# 거짓말 퍼즐

# 거짓말 퍼즐

PUZZLE OF LIES

김은정 장편소설

Terrace Book

## CONTENTS

'우연'이란
'익명'이길 바라는
신의 의지이다.

PIECE 1

# 나더러 뭘 맡으라고?

책을 집어 든 게 잘못이다. 나는 화장실에서나 읽어야 할 소설책 뒷부분에 대한 궁금함을 참지 못하고 다시 책을 집어 들었다. 그래서 약속 시간에 늦어버렸다.

며칠 전 대학 동기인 미향이 내가 일하는 로펌으로 갑자기 전화를 걸어왔다. 그녀는 판사다. 어떤 정의를 제 손으로 얼마나 실현하고 싶었는지는 모르겠지만 한때 친하게 지냈다가 원수처럼 등지고 졸업한 이래로 본 적이 없는 그녀였다.

반갑다기보다 '왜?'란 의문이 가장 먼저 들었고, 뒤이어 '꼭?'이라는 생각까지 들었다. 꼭 나를 만나야겠으니까 갑자기 연락한 거겠지만, 사실 '꼭' 내가 아니었으면 좋겠다. 그래서 약속 시간을 못 맞춘 나 대신 다른 누군가로 인해 상황이 종결되고 다시는 그 여자의 연락을 받는 일이 없었으면 좋겠다. 하지만 정말 내가 '꼭' 필요해서라면?

그래도 상관없다고 생각하면서 의자에 깊숙이 기대어 앉아 베란다 난간에 발을 걸친 나는 책의 거의 마지막 부분에 몰입했다. 이따금 베란다에 설치된 고성능 카메라의 렌즈를 들여다보면서 말이다.

지금 내가 살고 있는 고급 아파트는 내 것이 아니다. 여기로 이사한 지는 한 달이 조금 안 되었다. 그 한 달 전, 내가 일하는 로펌의 사무실로 땅딸막한 노인 한 분이 찾아왔다. 그 노인은 미간을 좁히며 나를 위아래로 한 번 쓰윽 스캔하더니 입을 열었다.

"내 재산을 지키고 싶소. 그걸 내 거지 같은 자식들은 유산이라고 부르더구만."

내밷는 말투부터가 상당히 남다른 노인이었다.

"제가 하는 일이 그런 일입니다, 어르신. 유산이 특정인에게만 양도되길 원하십니까?"

나는 여유로운 태도로 반질반질한 실크 재킷의 안주머니에 손을 넣어 펜을 꺼내며 정중하게 물었다. 그 노인네가 내 슈트의 안감에 박힌 로고를 봤으면 좋겠다고 생각하면서.

로펌의 격에 맞게 나는 회색 계열의 양복만 10벌 가지고 있다. 하나같이 명품이지만 명품이 아닌 척하는 점잖은 스타일이다. 이 직업의 특성상 명품이 아닌 척하는 명품을 입어야 한다. 너무 있는 체하면 젠체한다거나 돈을 밝히는 것으로 보이니 말이다.

하지만 명품을 입지 않으면 또 변호사 수임료가 변변찮은, 능력 없는 변호사로 보이기 때문에 나는 내가 살고 있는 임대 아파트보다도 더 비싸 보이는 차와 양복을 가지고 있다. 티가 나든 안 나든 명품 슈트 좀 입고 있어야 정의나 진실 따위와 상관없이 돈 욕심에서라도 불구덩이 같은 사건에 휘발유를 뒤집어쓰고 뛰어들 전사라고 생각할 테니 말이다.

변호사가 어디 정의와 진실을 위해 싸우던가? 오로지 의뢰인을 위해 싸울 뿐이다. 그 의뢰인이 정의로운 사람인지 비정한 모사꾼인지 따위는 중요하지 않다. 의뢰인을 위해 정의나 진실에 맞서 싸워야 할 때도 비일비재하게 많다. 게다가 난 유산 전문 변호사이다. 유산 어디에 정의와 진실이 필요할까. 오로지 다 죽어가는 의뢰인의 친필 사인만이 중요할 뿐이다.

"한 푼도 양도되길 원치 않소."

노인은 딱 잘라 말했다. 보기보다 노랑이군. 나는 딱 내 스타일인, 검버섯이 만개한 노인을 향해 점잖게 미소 지었다.

다시 말하지만, 나는 유산 전문 변호사이다. 그러니까 쉬운 유산 상속 같은 경우는 누워서 떡 먹기이고, 이런 식의 특별한 케이스나 들어와야 좀 변호사다운 움직임으로 일한다.

나는 손가락 사이로 몽블랑 펜을 유연하게 굴리며 물었다.

"그러시군요. 유언장은 작성하셨습니까?"

"있긴 하지만 고치고 싶네. 내 부탁을 들어준다면 자네와 작성하고 싶소만."

"부탁이라면?"

노인 모르게 뒷구멍에서 그의 딸들이나 며느리들에게 홀랑 넘어가 노인의 유언장을 임종 전에 미리 보여주거나, 더 깊이 넘어가 유언장을 고치는 그런 짓은 말아달라는 것인가?

"내 집 근처에 내 명의의 아파트가 있소. 그리로 이사 와서 나의 일거수일투족을 봐주시오. 나는 지금 목숨이 위태롭소. 거지 같은 자식들이 내 재산을 날로 먹기 위해 호시탐탐 나를 노리고 있다오. 그 자식들이 날 어떻게 할지도 모르니 멀리서 지켜보고 있다 만일의 사태가 났을 경우 그것을 찍어서 경찰에 넘겨주면 되오."

얼토당토않은 제안이었다. 인상을 구기지 않을 수 없었다.

"어르신, 그런 부탁이라면 사설 경호 회사나 정식으로 경찰에 보호 요청을……."

"난 죽는 게 두려운 게 아니오, 변호사 양반. 난 내 재산이 흐지 부지 사라지는 것이 두렵소."

나는 노인의 눈을 뚫어지게 바라보았다.

"애인이 있으십니까?"

노인도 나의 시선을 피하지 않았다. 정곡을 찔렀는지 노인은 내 사무실에 들어와서 처음으로 빙그레 웃었다.

"그렇소. 난 내 재산을 그 여자에게 줄 참이오."

"그러시다면 그냥 줘버리십시오, 지금 당장."

나는 차갑게 말했다.

"그러면 그 망할 년이 내 옆에 있겠소?"

노인은 나를 덜떨어진 동네 바보 보듯 바라보았다.

"유언장으로 쓰더라도 내가 갑자기 죽어버리면 내 거지 같은 자식들은 유언장 파기 소송을 낼 게 분명하오. 제 어미를 닮아 머리가 뱀 새끼들같이 교활한 놈들이지. 난 그걸 원치 않소. 죽으면서 당당하게 말할 수 있으면 좋겠지만 그렇지 못할 경우를 대비하는 거요."

노인은 끝까지 자식들을 거지 같다고 하더니 이젠 뱀 새끼에까지 비유했다.

"그걸 대비하자고 저에게 아파트를 빌려주시고, 언제 돌아가실지도 모를 경우를 대비해서 홈 비디오를 찍고 있으란 말씀이십니까? 차라리 CCTV를 설치하시죠."

빈정대지 않을 수가 없었다. 아무리 교활한 뱀 새끼들이라도 결국 자기 자식들일 텐데, 겨우 정력을 풀어주는 여자에게 재산을 몰아주기 위해 이렇게 애를 써? 그 정신으로 백 년을 더 사는 방법을 강구하는 게 낫겠다. 하지만 이 생각은 그에게 티 내지 않기로 했다.

"CCTV가 마음에 들었다면 진작 그랬겠지. 거지 같은 자식들 눈알도 지겨운데 그딴 것까지 구석구석 달고 싶지 않소. 또, 그게 집 안에 걸려 있는 걸 그놈들이 본다면 뭔 짓을 하려 들겠소?"

"그래도 멀리서 지켜보고 녹화하는 것에는 한계가 있다는 걸 잘 아실 텐데요."

"걱정 마시오. 죽을 거면 가급적 동영상이 잘 찍히는 데서 죽을 테니까."

그는 의연했다.

"그게 원대로 된다면 객사하는 사람이 왜 있을까요?"

내키지 않았다. 의도는 흔할 만큼 분명했지만 과정이 꺼림칙했다.

노인은 입맛을 다셨다. 나는 그렇다는 의지의 행동으로 자리를 털고 일어나려 했다.

"마음에 들지 않는 모양이군. 결국 내 전 재산의 5%는 다른 변호사에게 줘야겠군."

빌어먹을. 순간 멈칫하고 말았다. 노인도 나의 행동을 눈치챘을 것이다. 그러나 차가운 눈꼬리를 옆으로 슬며시 돌린 그 노인네는 모른 척하고 말을 이었다.

"난 대기업 못지않은 사채업을 했소. 강남에 빌딩이 십여 채 있고, 지방에도 이십여 채가 있지. 건물만 그렇다는 것이고 나대지나 놀리고 있는 아파트는 빼고 하는 말이오."

그것들의 5%? 그렇다면 그 빌딩들 중 적어도 강남 빌딩 하나 정도는 내 것이라는 말이었다. 갑자기 의도만 분명한 꺼림칙한 과정이 전혀 대수롭지 않게 여겨졌다.

"내 재산 상속이 유언장대로 이행된다면 수임료 이외에 그걸 더 주겠소. 전 재산의 5%를 따로 챙겨주겠단 말이오. 또 아파트 관리

비나 카메라, 유지비는 내가 지불하겠소. 솔직히 말하면 내가 자식들 중 한 놈에게, 또는 다른 놈들과 합세한 떼거지들이 날 잔인하게 죽이는 장면이 찍혔으면 하는 바람이오. 그렇다면 그놈들의 항소고 뭐고 없이 내 여자가 편하게 모든 걸 가질 수 있을 테니까."

노인의 '내 여자'가 누군지 궁금해 미칠 것 같았다. 머리는 비었고 몸은 튼실한 삼십대일까? 아니면 뱀 새끼들을 능가할 정도로 교활한 구렁이 같은 여자일까? 아니면 예상을 넘어서 집 안의 허드렛일을 하던 아주 서민적인 아줌마가 순진하게 보여 그 자리를 꿰차게 된 것일까? 솔직히 전자라면 동영상 찍을 맛은 나겠다 싶었다. 그야말로 허락하에 찍는 몰래카메라가 아닌가. 그것도 아주 심각한 사안의.

"정력이 넘치십니까?"

내 물음에 그는 한쪽 눈을 치켜 올려 떴다.

"제가 동영상을 찍게 된다면 어르신의 사생활까지 찍히게 될지 모릅니다. 그러면…… 그 부분은 지워드리겠습니다."

한쪽 무릎을 세우고 두목이라고 부르지만 않았지, 비굴하게 보였을 거라는 걸 인정한다. 하지만 최대한 비굴함이 아닌, 정중한 예의로 보이도록 최선을 다했다.

"그 말뜻은 내 제안을 받아들이겠다는 말이겠군."

"사생활 침해로 제가 불이익을 당할 수도 있습니다. 그것도 염두에 두셔야 할 겁니다."

"딜을 하자는 겐가? 그에 합당한 금전적 이득?"

노인은 만족스러운 미소를 머금으며 말을 이었다.

"난 법적 후견인으로 자네를 지명하겠네. 그러면 모든 것이 합당해지지 않겠나? 나를 지켜주기 위한 최소한의 조치라고 말이야."

노인은 만족스러운 표정으로 자리를 털며 일어났다. 간결하고 정확한 것이, 정말 딱 내 스타일인 노인네다.

"왜 그렇게 자식들에게 유산이 돌아가는 걸 싫어하십니까? 그렇게 재산이 많다면 좀 나눠줘도 좋을 텐데요."

나는 그를 따라 일어나며 진지하게 물었다. 그러자 노인은 콧방귀를 뀌었다.

"정말 내 자식들이라면 그렇겠지."

사람 놀라게 하는 특별한 재주가 있는 노인이다.

"이제 내 후견인이니 나에 대해 자세히 알아야겠지. 법적으로 그 자식들은 내 자식이지만 신체적으로 난 무정자증이네. 그걸 마누라는 죽는 날까지 몰랐단 말이지."

말을 마친 노인은 문 쪽으로 걸음을 옮겼다. 나는 반사적으로 문을 열어주었다. 그래야만 할 것 같은 포스가, 내 가슴까지밖에 오지 않는 작은 키의 노인에게서 뿜어져 나왔다. 내가 문을 여니, 밖에서 그의 비서인 듯 보이는 남자가 예의를 갖추며 노인을 기다리고 있었다. 보면 볼수록 '두목'이라고 부르고 싶게 만드는 아우라를 풍기는 노인네다.

그렇게 나는 노인의 유언장을 감독하게 되었고, 노인의 요구대로 이 아파트로 이사를 왔다. 나를 위해 준비된 고급 아파트는 흡사 인테리어나 가구, 주방 식기까지 완전히 갖춰진 모델 하우스 같았다. 집은 전체적으로 반짝이는 흑색과 실버로 눈이 부셨고, 베란다에는 이미 노인의 집에 초점이 맞춰진 망원경과 카메라가 장착되어 있었다. 나의 또 다른 일터인 셈이었다.

나의 휴식 공간이자 일터인 그곳에 나는 아주 잘 적응했다. 간간이 노인의 여자 모습이 보였고, 나는 바로 실망했다. 여자는 60년대 후반에나 인기가 있었을 법한, 50대 후반 정도로 보이는 후덕한 글래머였다. 세월은 흘러도 이상형은 변하지 않는 모양이다.

다음 날, 나는 법원에 도착하자마자 자판기 커피를 들고 흡연실로 향했다. 담배를 피우지 않았지만 냄새가 역하게 느껴지지 않았다. 적당히 더러운 공간. 거기만큼 자유로운 곳이 없다.

막 간이 의자에 엉덩이를 붙이려는데 벽을 두드리는 노크 소리가 들려왔다. 돌아보니 미향이었다. 판사복을 걸친 미향은 잔뜩 화가 난 표정으로 들어섰다.

"여기 있을 거 같아서. 오늘 재판 있지? 당신이 이상한 노인한테 말려서 성인 비디오 찍고 있다는 소식은 들었어."

당신. '야' 또는 '너'라고 서로 지칭하며 친구로 지냈던 대학 동기에게서 '당신'이란 단어로 불리자니, 내 자신이 갓 페인트가 덧발라진 나체 동상처럼 느껴졌다. 페인트라도 입었으니 덜 민망한 척해야 함과 동시에 덜 말랐으니까 가까이 할 수 없다는 거리감.

그나저나 소문이 난 건 아니겠지? 내 상담을 엿들었을 만한 사람은 비서인 정양뿐인데. 내 금쪽같고 비밀스러운 5%에 대해서도 들었나? 들었을 거라는 것에 100%의 가능성을 두지만, 이 여자에게 그것까진 발설하지 않았을 거라는 것에 의리를 걸고 싶다. 설마, 크리스마스나 새해 선물 따위를 생략하고 지낸 사이라고 해서 그런 의리조차 없는 건 아니겠지?

"그런 거 아니야. 약속은 정말 미안해."

솔직히 그녀의 명령 같은 약속 자리에 나가고 싶지 않았다. 그녀를 만나면 그녀와 내가 동시에 알았던 한 여자가 습관처럼 생각날 것 같았기 때문이다.

"판사복은 법정에서만 입으면 안 돼?"

"이걸 입지 않으면 지금도 법원 입구에서 경비가 잡아. 그건 그렇고, 내가 할 말이 있다고 했지?"

나는 그녀를 불편한 눈으로 위아래로 훑어보며 눈썹을 일그러뜨렸다. 그녀는 판사답게 거만한 자세로 벽에 기대섰다.

"후견인이 돼줘."

하마터면 아르마니 재킷에 커피를 쏟을 뻔했다. 요즘 내 운이 후견인이 막 덤비는 때인가?

"무슨 잘못을 저질렀기에 판사가 후견인이 필요해?"

나는 손수건으로 입가를 닦으며 실소했다.

"만 9세, 초등학교 3학년, 남자아이. 동 주민센터 생활 지도사를 성추행 혐의로 고소했어. 생활 지도사는 기소됐고, 곧 재판이 시작될 거야."

초등학교 3학년이 고소를?

"여교사?"

내 물음에 미향은 팔짱을 끼며 도리질했다.

"아니, 남자."

나는 팔짱을 끼며 방관하듯 그녀를 바라보았다. 그러자 그녀는 어쩔 수 없다는 표정으로 설명을 덧붙였다. 미향의 얼굴에는 불편한 심기가 가득했다.

"피고 이름은 오제근. 나이는 43세. 미혼이야. 사건 장소에 CCTV가 설치되어 있긴 한데, 그 당시 고장이라 찍히지 않았어. 본 사람도 없고."

"그럼 증거는 뭔데?"

"애."

그녀는 짧게 대꾸했다. 절로 실소가 터졌다.

"애 말만 듣고 기소했다고? 피고가 인정했어?"

"아니. 대부분의 피고들이 그렇듯이."

"그런데 후견인이 왜 필요해? 부모가 없어?"

"보호자가 지금 한국에 없어."

말을 마친 그녀는 나를 빤히 바라보다 다시 말을 이었다.

"엄마는……, 4년 전에 사망했어. 아빠는 중앙 심포니 오케스트라 지휘자야. 안소니 씨. 모르겠지. 그런 쪽으론 문외한이니까."

미향은 내가 할 말까지 친절하게 알아서 대답해주었다.

"왜, 고아한테 엄마라는 단어를 말하는 게 실례라고 생각돼?"

나는 피식 웃었다.

"다른 친인척은?"

벌써 머리가 아파오는 것 같았다. 돈도 안 될 테고, 아이니까 다루기도 쉽지 않을 게 뻔하다. 아이는 내 전공도 부전공도 아니고, 그렇다고 교양에도 들어 있지 않다.

"없어. 보모가 하나 있지만 그 애를 보호해주긴 역부족이야. 하필 아빠까지 해외 공연 중일 때 일이 터져서 아동 센터의 도움을 받아 고소한 상황이야."

그녀는 그 아이가 진심으로 염려되는지 한숨을 쉬었다.

"당신이 자주 들여다봐줘. 다행히 그런 일을 당했다고 해서 풀이 죽지는 않았어."

"아는 사이야?"

"애 아빠 부탁으로 아동 센터에 접수하게 도와준 게 나야."

"그럼 당신이 계속 도와줘."

나는 시큰둥하게 넥타이를 고쳐 매고 재킷 안에 단정하게 넣었다.

"판결을 내가 맡았어. 판결 맡은 판사가 후견인이 될 순 없잖아."

"그럼 담당 검사한테 부탁하지?"

"담당 검사는 여자야."

"흥. 판은 잘 짜졌네. 성추행 사건에 여자 검사라."

질척거리며 말이 길어지는 이런 불길한 상황은 질색이다. 무엇보다 응하지 않으면 당장 내 목을 비틀어 죽일 것만 같은 그녀와 절대로 얽히고 싶지 않았다.

"남자보다 여자 검사가 낫긴 하지. 추행에 대해 극악하게 말해도 이해받으니까. 내가 판결하는 것도 유리하고."

"짜고 치는군."

가끔, 아니 자주 법정에서 그런 쇼가 벌어지면 재미있다. 아무도 자연스럽다고 생각하지 않는데 그들은 완전 몰입하여 열연을 펼치니까.

"그런 거 아니야. 성추행 당한 초등학생 남자애야. 후견인은 남자가 좋겠어."

'짜고 매운 양념 치킨보다 순한 마일드 치킨이 좋다.' 뭐 이런 뉘앙스의 말투로 내뱉던 그녀는 한결같이 시큰둥한 내 얼굴을 보곤 자신의 말이 설득력이 없다고 느꼈는지 협박범처럼 덧붙였다.

"내 제안 거절하면 당신네 로펌 사건이 내게 넘어올 때 어떤 불이익이 있을지 로펌 대표 만나서 설명해줘 볼까?"

그 말에 나는 고개를 떨구었다. 망할 대학교 동기만 아니면 그냥.

"남편하고도 잠자리 들 때 그런 식으로 딜해?"

나는 오만 가지 불편한 마음을 그러모아 그녀를 꼬나보았다.

"우린 둘 다 판사야. 효율적으로 타협할 줄 알아. 걱정 마. 담당 검사랑 통화나 한번 하고."

미향은 만족스러운 미소를 지었다. 젠장. 이 여자한테 명령조의 말을 들어야 하는 내가 너무 싫다. 과거의 어느 부분에서부터 모르고 지냈다가 다시 만난 현재에 이르는 시점까지 한결같이 마음에 들지 않는 그녀를 향해 나는 미간을 좁히며 퉁명스럽게 물었다.

"담당 검사는 누군데!"

미향이 준 쪽지에는 그 아이의 이름과 주소, 전화번호가 적혀 있었다. 담당 검사의 핸드폰 번호 옆에는 눈에 익은 이름도 있었다.

나인영. 추측컨대, 내 연수원 동기인 그 나인영인 것 같다. 왜 하필 이 여자야? 자꾸 과거 속의 여자들을 만나는 것도 그렇고 근간에 계속 불필요한 사람들과 엮이는 것 같은 건 단지 기분 탓일까?

나는 화풀이하듯 당장 그 번호로 전화를 걸었다.

"헤이, 아가씨!"

그녀가 절대적으로 싫어하는 호칭이다. 이어폰을 귀에 꽂고 운전하던 나는 '아가씨'란 단어를 간만에 내뱉은 것에 쾌감을 느끼며 빙그레 미소 지었다. 더러운 기분이 다소 누그러지는 것 같았다.

[조윤건! 왜 하필 당신이야!]

이 여자도 나만큼 그리 썩 상쾌하진 않은 것 같다. 그녀의 인상 쓴 얼굴을 상상만 해도 하루 체증이 내려가는 것 같았다. 많이 변했으려나, 이 여자? 연수원에서 처음 봤을 땐 귀염성 있고 톡톡 터지는 탄산 같은 느낌이 있었는데. 순간 손끝에, 그녀의 살갗이 닿았던 보드랍고 뽀송한 느낌이 되살아나 나는 얼굴을 털며 정신을 차렸다. 지나간 여자는, 다시 보는 게 아니야.

"왜 여자 동기들은 내 목소리만 들어도 바르르 떨까? 궁금해."

나는 과거의 어느 시간 즈음, 그녀와 엮였던 모든 것들을 걷어내고 그녀를 스쳐 지나간 여자 동기들과 동급으로 치부해버렸다. 그녀도 오히려 그게 낫다고 생각할지 모른다.

[궁금해하지 마. 모를수록 좋은 것도 있으니까.]

찬바람이 씽씽 부는 그녀의 말투에서 묘한 안정감이 느껴졌다. 과거의 특별한 여자가 아니라 이름도 모르고 얼굴만 겨우 익히며 스쳐 간 여자 동기들과 같은 취급을 받았다는 생각에 기분이 상했을 수도 있겠지만 그것까지 배려할 여유가 내겐 없으니 그건 패스다. 그래서 나 또한 그녀가 나를 무례하게 대해도 별반 반응하지 않았다.

[그 애 때문에 전화한 거라면 직접 만나봐. 나보단 남자가 속 얘기하기 낫겠지. 면담 후에 보고해. 끊어.]

그녀는 선수 치듯 먼저 전화를 '툭' 끊었다. 나는 입맛을 다시며 이어폰을 신경질적으로 빼 조수석에 던졌다.

대학교 동기인 미향을 만나는 것만큼이나 연수원 동기 여자들은 되도록 마주치고 싶지 않았다. 그럴 바엔 아예 이쪽 일을 접고 싶다는 생각까지 들었다. 하지만 오기 때문에 그러지 못했다.

전형적이어야 했다. 고아로서 모진 풍파를 이기고 변호사가 된 인간 승리라는 흔한 드라마의 주인공. 그마저도 못 되면 세상의 먼지보다 못한 존재가 되는 것 같아 나는 주먹을 불끈 쥐었다. 하지만 역시 여자 동기들은, 좀 그렇다. 먹다 목에 걸려 잠시 뱉어놓은 박하사탕. 목구멍은 아리지만 그 화한 맛이 좋다. 하지만 먹다 뱉은 것을 다시 빨긴 그렇고, 그렇다고 미련이 아주 없는 것도 아닌 것이다. 내가 누구에게 그런 걸까. 그럴 사람은 이미 떠나고 없는데.

나는 적힌 주소로 가지 않고 로펌으로 돌아왔다. 오전에 있었던 판결도 보고해야 하고, 그보다 될 수 있으면 '후견인'이란 갑작스러운 이름표를 가능하면 떼어내고 싶었다. 시간을 조금 끌면 그렇게 될 수 있을 것도 같았다. 시간은 도피처이다. 되지 않을 수도 있지만 기대를 걸기에는 충분하다. 실제로 종종 그런 일이 일어나기도 하니 다시 시간에 빌어본다.

사무실 내 방에 도착하자 비서 정양이 빙긋 웃으며 나를 맞았다. 성이 '정' 씨가 아니라 이름이 '정양'이다. 우정양. 나의 약속어음 같은 5%에 대해 알고 있을 것만 같은 여자.

"이겼군요? 축하드려요."

그녀는 내게 습관성 다분한 미소를 지어 보였다.

"유산 분배가 뭐 어려워서. 부탁인데 제발 의뢰인과 나의 대화를 다른 사람에게 보고하지 말아줘. 당신 상사는 나라고."

"그렇다고 당사자인 변호사님께 말할 순 없잖아요."

나는 피곤함으로 가늘어진 목소리에 힘을 주며 그녀를 차갑게 흘겼다. 내 비밀 얘기를 살포하고 싶어 입이 근질근질하다는 이 여자의 당당한 태도를 보라. 도대체 누구에게 또 말했을까. 머리가 아찔해지기까지 했다. 능구렁이. 여자들이 이래서 능구렁이 취급을 받는 것이다.

"신선한 대꾸군. 그래도 내 말은 들어두는 게 좋을 거야."

집게손가락을 차갑게 쳐든 나는 그녀에게 각인시키듯 의미심장하게 내 얼굴을 가리켜 보였다. 그러자 정양은 어쩔 수 없다는 듯 눈을 감고 어깨를 으쓱였다. 생각해보겠다는 표시이다. 졌다. 노인 감시 카메라는 그렇다 치고, 5%에 대해선 이 여자가 무덤까지 가지고 가줄 거라고 믿는 수밖에 없겠다.

나는 포기하듯 머리를 흔들며 내 방으로 들어갔다. 그리고 상의 재킷 단추를 하나 풀며 책상 위에 다닥다닥 붙은 포스트잇을 확인했다. 온통 '전화 요망'이었다. 낯익은 번호들을 하나씩 떼어내어 급한 업무 순서대로 다시 한쪽에 붙여놓았다. 그러던 중 빨간 색연필로 동그라미가 쳐진 전화번호가 눈에 띄었다. 그 숫자들을 빤히 보며 나는 인터폰을 눌렀다.

"이 동그라미 쳐진 건 어느 번호지? 처음 보는 번호인데."

[단테라는 아이 아신다면서요? 그 애의 보모 번호예요.]

단테, 단테. 문득 생각난 나는 가방에서 미향이 준 쪽지를 꺼냈다. 아, 그래. 아이의 이름이 단테였다. 안단테. 강아지 이름으로 멋있다는 생각이 드는 이름이다. 사람 이름으로는 별로다.

나는 다시 인터폰을 눌렀다.

"전화 꼭 해야 돼?"

[그걸 저한테 물으시다니, 자리를 바꿔야 할까요? 영광이네요.]

나는 욕지거리가 씹히는 입술을 씰룩거리며 인터폰에서 손을 팍 뗐다. 시간이 마음의 짐을 해결해줄지 모른다고 생각했다. 그런데 보모가 벌써 손을 쓰듯 전화를 해왔다니. 아무래도 이번 일에서만큼은 시간이 내 편이 아닌 모양이다.

[전화를 받을 수 없어 음성 사서함으로 연결됩니다. 녹음 후 끊으시면 됩니다.]

삐-.

몇 번이나 그 꼬맹이의 보모가 남겨놓은 번호로 전화를 걸었지만 이런 메시지만 되풀이되고 있었다. 갑자기 시간이 누구의 편인지 헷갈리기 시작했다. 내가 전화를 걸지 않자 포기하고 다른 후견인을 부탁한 걸까? 얼굴에 절로 미소가 번졌다.

마음이 한결 가벼워진 나는 유유자적하게 집으로 돌아왔다. 그리고 편한 옷차림으로 갈아입은 후 맥주 캔 하나를 들고 '일'을 하기 위해 베란다로 갔다.

노인의 집에 불은 켜져 있었지만 아무도 보이지 않았다. 나는 카메라 옆의 안락의자에 다리를 펴고 앉았다. 그 순간 노인이 젊은 사람들과 베란다에 와 서는 것이 보였다. 나는 등을 곧추세우고 촉각을 세운 채 카메라 렌즈를 들여다보았다. 드디어 일이 터지는 것인가? '내 5%'가 주문처럼 외워졌다.

젊은 사람들은 노인에게 뭔가를 열심히 따져댔고, 노인은 무신경으로 일관하는 듯했다. 애인은 보이지 않았다. 잠시 후, 젊은 사람들은 화를 내며 사라졌고, 노인은 입술을 씰룩이며 무슨 욕 같은 것을 내뱉는 듯하다 안으로 사라졌다.

긴장감이 느슨해지자 나는 안락의자에 기대고 앉아 맥주를 한 모금 마셨다. 그러다 하늘을 올려다보니 별들이 보였다. 임대 아파트에선 볼 수 없던 별들이다. 고급 아파트는 멋진 하늘도 따로 기획해 놓는가 보다.

갑작스럽게 벨이 울렸다. 팔을 쳐들어 머리를 괴려던 나는 퍼뜩 놀라 자리에서 일어났다. 살면서 누군가의 방문을 받아본 적이 없었다. 이 아파트로 이사 와서는 더더욱.

"누구세요?"

혹시 노인인가 싶어 나는 반신반의하며 문간으로 갔다.

"조윤건 변호사님 댁인가요?"

나이 들어 보이는 여자의 음성이다.

"그렇습니다만."

경계하며 대답한 나는 덥석 문을 열지 않고 문 밖을 향해 촉각을 곤두세웠다.

"누구시죠?"

"아까 전화 드렸었는데 안 계시다고 해서요. 단테라고 아시죠."

단테. 개 새끼 최고의 이름. 순간 감이 잡혔다. 시간이시여, 제발.

"그런……데요?"

"문 좀 열어주시겠어요? 문에 대고 말하기 너무 힘드네요."

진짜 힘든 목소리이기는 했다. 나는 어쩔 수 없이 문을 열었다. 그러자 중년의 한 여자가 배낭을 메고 가슴에 게임팩을 한 아름 안은 남자아이를 앞세우고 서 있었다. 남자아이는 나를 빤히 올려다보았다. 마치 '이건 뭐야?' 하듯이. 중년의 여자는 얼굴이 많이 상해 보였다.

"제가 이 아이, 단테의 보모입니다."

"아, 네."

나는 어수룩하게 인사했다. 그러는 동안 아이는 나를 계속 바라보고 있었다. 나도 지지 않고 반질반질한 그 애의 눈을 내려다보았다.

"오늘 오실 거라고 판사님이 말씀하셨는데 연락도 없으시고, 언제 오신다는 말도 없으셔서."

"아, 네. 제가 오늘 판결이 있어서 좀 늦었습니다."

사실 판결은 오전에 끝났다. 오후에는 사무실 컴퓨터로 스타크래

프트 대전이 붙어 시간 가는 줄 몰랐다.

"사실 제가 좀 아파서요. 결석이 생겼는데 쉽게 나을 것 같지 않습니다."

그녀는 아랫배 쪽을 손으로 감싸며 말했다.

"무슨 말씀이신지……."

순간 나는 몰아주기에 대해 생각했다. 한 사람만 개 꼴 보자는 몰아주기.

"지휘자님이 오셔야만 할 텐데, 제 결석이 지휘자님을 기다리지 못하네요."

차츰 내 손에서 식은땀이 나기 시작했다. 몰아서 주는 것이 아니라 받는 것이 확실한 입장에서 어떻게 판을 뒤엎을 것인지. 그러나 그렇게 하기에 이 아줌마는 진짜 아파 보였고, 뱃속에 있는 결석을 이길 만한 나의 지병은 떠오르지 않았다. 너무 건강해도 탈이다.

"다행이에요. 후견인으로 지정되신 분이 남자라서……."

서 있는 것조차 힘든지 아주머니는 손에 든 수건으로 연신 이마의 식은땀을 찍어냈다. 나는 남자아이와 다시 눈을 마주쳤다. 아이는 내가 시선을 뗀 동안에도 계속 나에게서 시선을 떼지 않고 있었다.

"잠시만요, 아주머니. 무슨 말씀을 하시려는지 모르겠지만 후견인이란 건 말이죠."

"판사님과도 상의를 했어요."

그녀는 병색이 완연한 얼굴로 내 말을 잘랐다.

"제가 너무 몸이 좋지 않아서 상의를 드려야 했거든요. 물론 더 좋은 방법이 있었으면 좋았겠지만 판사님도 더 이상의 방법은 모르겠다고 하셨습니다."

"그렇게 돈독한 사이라면 그 집으로 데려가지……."

말을 하다 멈칫한 나는 아이를 흘깃 쳐다보았다. 내가 무심코 뱉으려던 말이 아이를 짐짝 취급하는 말 같았기 때문이다.

"판사님은 이번 사건의 판결인이시잖아요. 좋은 생각이 아니라고 하셨습니다."

제기랄! 판결은 다른 판사에게 부탁하고 애나 봐줄 것이지. 사적인 전화까지 할 정도면 충분히 그렇게 해줄 수도 있는 거 아냐?

"제 아들이 밑에서 기다리고 있어서요. 그럼 부탁드립니다."

아주머니는 판을 물릴 여지도 주지 않으려는 듯 아이에게 인사를 시켰다. 아이는 나를 계속 꼬나보며 목만 까딱 숙여 인사했다.

"수술 날짜를 잡았습니다. 미룰 수가 없어요. 부탁드립니다. 다행히 단테 정신과 치료는 오늘로 끝내기로 했어요. 단테에게서 별다른 징후가 보이면 판사님께 말씀해주시면 됩니다. 판사님이 알아서 해주실 거라고 하셨어요."

내가 미더웠는지 내가 뭐라고 하기도 전에 다행스럽다는 미소를 지은 아주머니는 아이의 어깨를 다독이듯 두드려주고 발길을 옮겼다. 복도에 우두커니 서 있던 아이는 나와 함께 아주머니가 멀어지는 것을 멀거니 바라보다 나를 돌아보았다. 그 자식의 눈빛에 나는 멈칫했다. 아까부터 계속 느꼈지만 어린놈이 쉬워 보이지 않는 눈초리를 가지고 있었다.

나는 그 녀석과 현관 문턱을 사이에 두고 대치하듯 다시 한참 동안 눈싸움을 벌였다. 정돈된 앞머리, 깍은 지 얼마 안 되는지 파르스름한 목덜미가 살짝 보였다. 뽀얀 피부부터가 되게 거리감 들게 만든다. 이렇게 고급스럽게 생긴 애는 천성적으로 재수가 없어서 싫다.

PIECE 2

# 개 새끼 이름의 그 녀석

거실 한가운데 소파 정중앙에 앉은 꼬맹이는 게임팩을 옆에 내려놓은 채 집 안을 둘러보고 있었다. 하지만 나는 자리에 앉을 만큼 여유롭지가 않았다. 핸드폰을 귀에 대고 연결 음을 듣는 내내 그 아이를 힐긋거리면서 초조하게 거실을 서성였다. 한 장소에서 터지는 화산과 번개처럼 욕과 한숨을 번갈아 연발해 터뜨리면서.

[전화를 받지 않아 음성 사서함으로 연결됩니다.]

제기랄! 미성년자를 앞에 두고 욕을 할 수는 없어 입술로만 중얼거렸지만 도저히 참을 수가 없었다. 이 여자, 일부러 전화를 안 받고 있는 것이 분명하다. 누가 이기나 해보자. 나는 신경질적으로 다시 전화기의 버튼을 눌렀다. 아이는 멀뚱거리다 뭐라고 주절거렸다.

"뭐?"

전화기를 귀에 대던 나는 눈을 치뜨고 되물었다. 아이는 또박또박 말했다.

"집이 마음에 안 든다구요."

"근래 들은 말 중 가장 기분 좋은 말이구나."

나는 전화기의 신호 음을 들으며 차갑게 말했다.

딸칵-.

그 순간 겨우 전화 받는 소리가 들렸다.

"내가 아이 맡는 것에 대한 회담을 나 없이 개최했었다며? 일언반구 없이 이게 무슨 짓……!"

[미안, 미안, 미안. 진정해.]

폭포수같이 터지는 내 울화에 미향은 화딱지 나게도 조용히 대꾸했다. 폭풍 같은 욕을 한 바가지 쏟아붓고 싶은데 울컥할 때마다 자꾸 끊겼다. 나를 보고 있는 녀석 때문이었다. 자신을 짐짝 취급하는 건 싫을 것이다. 그런 기분을 나는 누구보다 잘 안다고 자부할 수 있었다.

[어쩔 수 없었어. 판결 내릴 사건이 산더미야. 단테 사건 판결을 다른 판사에게 떠넘기고 단테를 봐야 하는데, 우리 부부가 환장할 정도로 바쁘다고. 게다가 만나봤겠지만, 보모는 결석으로 수술을 해야 할 것 같다고 하고. 단테 아빠가 오면 하겠다고 버티는 중이었는데, 도저히 참을 수가 없으셨나 봐. 더 참으라고 어떻게 말해. 그러다 당신 생각이 났어. 혼자잖아.]

조금만 더 듣고 있으면 울겠다. 물론 재판장에서 흔히 보는 쇼처럼 말이다.

"결혼 안 한 성인 미혼들은 절반 이상 혼자 살아. 여긴 내 아파트도 아니라고!"

[대한민국에 자기 집이 아닌 집에 사는 사람들도 절반이 넘어.]

쏟아부은 울화치고 너무 평이한 대꾸에 앞이마가 '우지끈' 하고 툭 튀어나오는 소리가 들렸다. 나는 거머쥐듯 이마를 짚었다.

[나도 당신이 그 애 데리고 있는 건 별로야.]

내가 원한 것도 아닌데, 내가 맡게 된 것이 별로라고? 순간 기분이 확 상했다. 열 받게 하는 데는 타고났다, 이 여자.

"정말 다른 친인척은 없어? 돈 좀 주고 어디 맡기면……"

또 아이의 눈치를 살필 말을 하고 말았다. 내게 시선이 고정됐던 그 녀석은 베란다 밖 카메라를 흥미롭게 보고 있었다.

[후견인이라는 거, 쉽지만 어렵다는 것도 배워.]

그녀가 타이르듯 말했다. 나는 속으로 내가 아는 제일 더러운 욕을 연발하다 앞니를 짓이기며 말했다.

"다음에 또 나한테 후견인 맡기면 그땐 변호사, 판사 계급장 떼고 맞짱 뜰 준비나 해."

먼저 거칠게 핸드폰을 끊고 주머니에 처넣으며 돌아섰다. 그러다 나를 빤히 보고 있던 그 자식과 또 눈이 마주쳤다. 혼자 저렇게 우두커니 앉아 있는 애들은 봐줄 수가 없다. 옛날, 고아원 원장실에서 양부모가 될 사람들의 간택을 기다리며 앉아 있던 내 모습이 생각나서 딱 식도가 더러워지는 기분이다.

아이는 가방을 벗어 지퍼를 당겼다. 그리고 부스럭거리며 은박지에 싸인 뭉치 하나를 꺼냈다.

"샌드위치 드실래요? 초면에 식사까지 얻어먹으면 안 된다고 아줌마가 싸주셨어요."

초면에? 그럼 그 다음 식사는 어쩔 건데? 동네 식당 전화번호라도 일러주고 가셨나?

"난 됐다."

나는 무성의하게 손을 저으며 베란다로 갔다.

"컵 좀 써도 돼요?"

녀석이 정중하게 물었다. 나는 돌아보지도 않고 대꾸했다.

"찾아서 써. 깨면 변상해야 돼."

베란다의 작업용 안락의자에 앉아 카메라로 노인의 집을 보니 어느새 불이 꺼져 있었다. 일찍 잠자리에 들었나? 노인이 안락하게 아침을 맞이하길 바라며 의자에서 몸을 일으킨 나는 아까 마시던 맥주 캔을 들고 거실로 돌아왔다.

아이는 커다란 유리컵에 진한 주스를 따라놓고 샌드위치를 열심히 먹고 있었다. 옆에 놓인 커다란 주스 통은 백화점에서 이따금 보던, 100% 오렌지를 자랑하는 고가의 주스였다. 200ml 하나에 오천 원씩 하는. 오케스트라 지휘자의 월급이 변호사 수임료보다 나은 모양이네.

그 애의 맞은편에는 은박지에 싸인, 그 애가 먹는 것과 똑같은 뭉치가 하나 놓여 있었다. 결석으로 아프다면서 머릿수에 맞춰 샌드위치를 쌀 정신은 있으셨나 보군.

"유기농 감자에 유기농 당근, 유기농 마요네즈를 섞어서 만든 샌드위치예요. 드셔보세요."

녀석은 내게 정중히 권했다. 유기농 샌드위치? 그런데 빵을 만든 재료도 유기농일까? 그게 유기농이 아니면 다른 게 유기농인들 무슨 소용일까. 나는 탁자를 지나쳐 가며 퉁명스럽게 말했다.

"됐다. 뒀다가 아침으로 먹으렴."

"아줌마가 유일하게 잘 만드는 건데. 다른 건 거의 이유식 수준이에요. 내가 아직도 갓난아기로 보이나 봐요."

녀석의 말에 맥주를 '호륵' 마시다 울컥했다. 말을 길게 하고 싶지 않다는 내 의중을 못 읽은 것 같다. 아니, 무시하는 건가? 주스를 마시던 녀석의 눈동자가 내게 와 박혔다.

"얼마나 있을 생각이냐?"

내가 물었다. 그러자 아이는 샌드위치를 다 먹고 남은 은박지를 돌돌 말아 던질 곳을 찾으며 되물었다.

"얼마나 데리고 있으실래요?"

나는 얼이 빠졌다. 오래간만에 만만치 않은 놈을 만났다.

"창밖의 카메라는 뭔가요? 망원경으론 별을 보나요?"

"화장실 비데는 어느 나라 건가요? 센서가 예민한 건가요? 엄하게 물총 맞을까 봐 겁나요. 소독은 잘되고 있죠?"

"방이 많네요. 아무 방이나 골라 써도 될까요? 전 창이 넓은 방이 좋은데."

"주무실 때 실내등은 켜놓으시겠죠? 화장실 찾다 엎어져서 싸버리면 아저씨 책임이에요."

"청소, 하세요? 세탁은 누가 하나요? 친하신 누나가 오나요?"

"이사하실 생각은 없으세요? 이 집은 정말 마음에 안 들어요."

"시끄러워!"

아이의 질문 공세에 TV를 보는 척하던 나는 더 이상 참지 못하고 버럭 소리쳤다. 이 자식을 박스에 싸서 창고에 넣어두면 사형감일까? 싱크대를 둘러보던 아이는 내 소리에 놀라 눈을 동그랗게 뜨고 나를 쳐다보았다. 아이 눈에 비친 나는 콧김을 마구 내뿜는 티라노사우루스처럼 흉악해 보일 것이다. 그랬으면 좋겠다.

"망원경과 카메라는 별 보기용이 아니야. 절대 건들지 말고!"

나는 팔을 쳐들어 베란다를 가리키며 소리쳤다.

"비데는 무척 좋은 센서가 달려서 물총 들고 싸우자고 덤비지 않는 한, 용변 보지 않은 사람에게 쏴대지 않을 거다! 비데 소독이 걱정이면 네 비데는 따로 싸 들고 다니던가! 방은 많지만 네가 쓸 방은 문 옆 복도에 작은 창이 나 있는 방이야. 이 집에서 제일 큰 창문이 달린 방은 내 방이니까, 욕심 내지 마!"

복도 끝 방을 가리킨 나는 내 방에 대한 자부심을 얼굴 가득 피력했다. 나를 보던 녀석의 입이 딱 벌어지는 걸 보니 사라졌던 기운이 솟아났다.

"실내등은 켜두겠지만 엎어지면 네 잘못이야. 용변 배출 시점도 조절 못 하는 멍충이란 소리나 들을 테니까 그런 불상사가 생기면 알아서 해결해! 그리고 친한 누나는 없다. 이사는 당분간 안 할 생각이다. 네 마음에 안 든다니 더더욱! 더 이상 질문은 안 받는다! 이상!"

일목요연하게 오리엔테이션을 끝낸 나는 싸늘하게 돌아섰다.

"멍충이는 좀 심했네요."

어이없어 돌아보니 녀석은 한심한 표정으로 나를 보고 있었다.

"내가 아저씨라도 조금 짜증이 날 거 같긴 해요. 후견인이 뭔지 정확히 몰랐는데 이제 알겠어요. 안녕히 주무세요."

아이는 꾸벅 인사하고는 내 옆을 스쳐, 내가 일러준 복도 끝 방을 향해 걸어갔다. 내가 좀 심했나? 불러세워서 뭐라고 말해야 하나? 망설이고 있는데 그 순간 아이가 나를 향해 돌아섰다. 나는 망설이지 않은 척 차갑게 아이를 응시했다.

"욕실 쓰실 거예요? 전 좀 씻고 싶은데."

"쓰고 싶음 써. 대신 물 낭비하면 안 돼."

화를 내진 않았지만 명령하듯 말하자 아이는 으쓱이며 몸을 돌렸다. 그러고는 소파에 있던 게임팩들과 가방을 들고 방으로 가려다 말고 벽에 걸린 그림에 시선을 두었다. 몬드리아니가 자신이 그린 꽃

병을 추상적으로 다시 그린 그림으로, 회색빛에 짙은 갈색 붓질이 인상적인 작품이었다. 물론 모조이다. 하지만 비싸게 준 커스텀급이다. 한참 동안 그림을 보고 서 있던 아이가 물었다.

"유명한 화가 그림이에요?"

"몬드리아니."

알까 싶어 툭 던지듯 대꾸하자 그 애는 고개를 끄덕이며 다시 그림을 둘러보았다.

"이 집에서 유일하게 마음에 드네요."

단테는 그 말을 남기고는 내가 정해준 방의 문을 열고 들어가더니 '쿵' 하고 문을 닫았다.

탁자에 남은, 은박지에 싸인 샌드위치가 나를 보며 언제쯤 자신의 옷이 벗겨질까 궁금해하고 있는 듯했다. 한숨을 쉰 나는 은박지에 싸인 샌드위치를 냉장고에 갖다 넣었다. 냉장고 안에는 거의 새것인 고가의 100% 주스 병이 세워져 있었다. 가만있자……. 진짜 이 자식이 먹는 것도 내 돈으로 지출해야 하는 거야?

새벽. 정확히 말하면 알람으로 맞춰놓은 시각보다 1시간 30분가량 일찍 일어나버렸다. 간밤에 있었던 뜻하지 않은 방문객 때문이었다. 그놈과 얼마나 있어야 하나, 들어갈 비용과 구체적 항목은 무엇일까 생각하며 뒤척이다 보니 맨정신으로 있다 일어난 것만 같았다.

덕분에 골이 띵해진 나는 심한 멀미를 느끼며 방을 나섰다. 아스피린을 찾기 위해 주방으로 향하는 순간, 주방과 방 복도 사이에서 어중간하게 서 있는 녀석을 발견했다. 손에는 물이 가득 담긴 커다란 크리스털 잔이 들려 있었다.

“그 컵에 물 담아서 도망칠 생각 아니었음 내려놔라. 깨지면 그 잔 값을 네 몸값으로 요구해야 할 일이 생길지도 모르니까.”

나는 지끈거리는 관자놀이를 엄지와 검지로 짓누르며 녀석을 무심하게 스쳐갔다. 그런데 힐긋 본 그 자식 얼굴이, 그 잔을 쥐고 인질극을 벌이는 초짜 범인처럼 보였다.

“뭐 하냐?”

설마 나한테 갖다주려다 뻘쭘해진 건가? 어릴 적, 고아원 원장님께 잘 보이고 싶어서 원장님의 구두를 닦아놓고 머쓱해했던 그 느낌이 되살아나버리고 말았다. 갑자기 녀석을 민망함으로부터 구해주고 싶었다. 뭐, 목이 마르기도 했고.

“아스피린 먹으려고 했는데…… 고맙다.”

나는 녀석의 손에서 커다란 잔을 빼앗아 들었다. 당황한 녀석이 손에서 강탈되는 잔으로 손을 뻗치는 순간, 나는 이미 그 잔을 입에 대고 마셔버렸다. 후각이 내 순발력보다 늦다는 것을 깨닫는 순간이었다. 시큼한 암모니아 향이 콧구멍 밑을 메운 순간, 이미 그 액체는 내 목젖을 건들고 있었다. 나는 빛의 속도로 싱크대로 달려가 몸을 던져 고개를 처박고 방금 마셨던 액체를 게워냈다.

“쿠웩!”

“순간적으로 우리 집이랑 헷갈려서 화장실을 잊어버려서…….”

그 자식이 얼버무리는 동안, 나는 콸콸 흐르는 수돗물에 벌린 입을 갖다 댄 채로 괄괄거리고 있었다. 이래서 아량은 아무나, 아무에게 베푸는 게 아니다. 저 자식이 엄청 비싼 크리스털 잔에 소변을 보다니. 마지막 0.00000001 나노 입자의 소변 성분이 입 안에서 다 가셔지면 저 자식은 죽은 목숨이다!

모든 것이 꿈이기를 바란 적이 있다. 또 밤새 꿈꾸었던 일들이 현실이기를 기도하며 눈을 뜬 적도 엄청 많다. 어슴푸레 잠이 들었던 나는 그중 한 생각을 하며 눈을 떴었다. 물론 전자로.

주방으로 가 냉장고 문을 여니 이제 절반밖에 남지 않은 주스 병이 세워져 있었고, 식탁 위에는 냉장고에 있던, 샌드위치는 다 먹고 껍질만 남은 은박지가 돌돌 말린 채 무중력 공간의 미러볼처럼 우두커니 남아 있었다. 그리고 아직까지도 물방울을 뚝뚝 흘리며 뒤집혀져 있는 크리스털 잔. 저걸 뜨거운 물에 얼마나 소독해야 하는 거지?

단테는 보이지 않았다. 새벽녘, 무슨 짓을 한 거냐고 내가 소리쳤을 때 그 자식이 했던 말이 떠올랐다.

—그 잔을 넘치게 하지 않으려고 죽을힘을 다해 오줌 줄기를 끊을 때 얼마나 힘들었는지 알아요? 누가 삽질하는 것처럼 아랫배가 엄청 땡겼다구요!

한 번 스타트한 오줌 줄기를 끊어야만 할 때 얼마나 고통스럽고 마음 같지 않은지 알기에 나는 더 이상 할 말이 없었다. 바닥에 흘리지 않은 걸 감사해야 했는지도 모른다. 한 시간 전에 이어 분노의 양치질을 10분 넘게 한 나는 급 낡아버린 칫솔을 분리수거함에 던져 넣고서 단테의 방으로 가 노크를 했다. 아무 소리도 나지 않았다. 빼꼼 문을 열고 들여다보니 단테가 손님용 침대에 엎어진 자세로 널브러져 있었다.

"학교는 어떻게 됐니?"

나는 근엄하게 물었다.

"방학이에요. 어른들은 회사에 다니기 시작하면 방학 주기 같은 건 까먹나 봐요?"

말 한마디를 그냥 하는 법이 없다. 내가 저런 건방진 자식 소변을 삼킬 뻔했다니. 빈정 제대로 상했다.

"원래 말대꾸 따박따박 하고, 건방지게 되묻기까지 하냐?"

"엄마가 그랬어요. 나를 통제할 사람은 한 사람밖에 없다고."

베개에 얼굴이 짓눌린 녀석이 웅얼거리며 말했다.

"그게 누군데?"

"대답해주시기 전에 돌아가셔서 몰라요. 애통하죠."

녀석은 이렇게 말하고 고개를 벽 쪽으로 돌렸다. 입은 있으되 대꾸할 말이 없다는 것이 바로 이런 것이다.

입을 통째로 들어내 바꿔 달 수 있다면 얼마나 좋을까. 가글 액을 입 안에 한 모금 물고 로펌에 출근하는 나를 정양은 기괴한 표정으로 뚫어지게 보았다. 정확히 말하면 내 입가를.

"어디 아프세요? 아님 밤새 무슨 일 있으셨어요?"

가글 액을 컵에 뱉는데 입술이 맞닿는 느낌이 헐거운 게 되게 낯설다. 양치질을 너무 했나?

입 안 청소에 오늘의 에너지를 전부 쏟아부은 나는 기진맥진하며 내 방문을 열었다. 하지만 기진맥진할 틈이 없었다. 자리에 앉기가 무섭게 미향이 찾아왔기 때문이었다. 대학 졸업 후 이제야 나를 찾아다니는 게 재미있어진 모양이다.

"판사복이 유니폼인 줄 알았는데 오늘은 안 입었군?"

미향을 힐긋 본 나는 보던 서류를 덮어 한쪽에 휙 던졌다.

"법원이 아니니까. 애는 어쩌구?"

미향은 조심스럽게 주위를 두리번거렸다.

"그렇게 걱정이면 데리고 있지 그랬어? 내가 일일이 그 애 하루 일과까지 보고해야 하나?"

"걱정돼서 그러지."

미향은 눈을 내리깐 채 손가락으로 내 책상의 모서리를 문질렀다.

"그렇게 걱정이 되면 맡기질 말던가! 그 자식이 내게 한 짓……!"

새벽에 당한 그 자식의 망할 짓을 원망하듯 고자질하려고 했는데 차마 입이 떨어지질 않았다.

"게임팩이 50개는 돼 보여. 또 방학이라 학교에 안 간다기에 텔레비전 조작법 알려주고 왔어."

나는 서류를 당겨 거칠게 팍팍 뒤적이며 사무적으로 설명했다.

"먹는 건?"

아침에 샌드위치 먹는 것을 봤고, 점심은……. 나는 살짝 멈칫했지만 곧 태연하게 서류를 넘기며 아무 말도 안 했다. 미향이 사라지는 대로 당장 정양에게 말해서 뭐라도 시켜주라고 해야겠다. 나는 아무 생각도 하지 않은 척 허리를 곧추세웠다.

"알아서 먹겠지."

"무슨 말이 그렇게 건성이야?"

미향이 폭발하며 짜증을 냈다.

"내가 그런 것만 건성이겠어? 갑자기 쳐들어왔어. 내 생활은 어쩌라고?"

"생활 같은 게 있었어?"

내가 그녀를 향해 눈을 홉뜨며 비아냥거리자 그녀도 지지 않고 비아냥거렸다.

"내 말이 그거야. 그런데 당신이 나한테 묻는 게 생활에 관한 거잖아. 없는 생활을 급조해서 만들어야 돼? 냉장고 안에는 생수랑 맥주 캔, 가끔 뜯어 먹는 치즈가 전부인데 그 자식은 십만 원짜리 오렌지 주스를 마신다고. 그걸 사대야 돼? 나도 제대로 먹어본 적이 없는 걸?"

아침에 본 냉장고가 떠오르자 짜증은 수직 상승했다. 나는 성질을 내며 힐긋 시계를 보았다. 12시가 넘어가고 있었다. 대화를 포기한 듯 미향은 두 손을 들어 보이며 돌아섰다.

"내가 가볼게."

"잘 생각했어. 그리고 좀 더 생각 있으면 당신 친인척한테 부탁해 봐. 당신 닮은 사람들이면 인정에 사무쳐 잘 지내겠네."

문을 향해 걸어가던 그녀는 내게 가운데 손가락을 쳐들어 보이곤 사무실 문을 '쾅!' 닫고 사라졌다. 나는 회전의자 등받이에 털썩 기대앉았다.

역시 아이는 귀찮다. 이렇게 생각해야 할 게 너무 많은데 어떻게 데리고 살고, 키워? 또 말 트인 지가 옛날일 텐데 혼자 시켜 먹지도 못하나? 그런 거나 가르쳐놓지. 핸드폰 번호는 알려주고 왔으니 일이 있으면 전화하겠지. 뻔뻔하고 시건방진 놈이 전화하는 법을 모르지는 않겠지. 배가 고픈데 시켜 먹지 못하겠다면 꼭 전화할 것이다.

마침 전화벨이 울렸다.

"여보세요."

[변호사님?]

나는 피식 웃으며 전화를 받았다. 양반은 못 되는군. 역시 그 녀석이다. 배고파 죽기 직전이신가 보네.

"뭐냐. 중국요리냐, 찌개백반이냐. 참고로 집에서 된장찌개 냄새 나는 꼴은 못 참……."

[오른쪽 아랫배가 아픈 게 맹장일까요, 소화불량일까요.]

말투가 시건방질 것 같았는데 예상 외로 매가리가 없었다. 순간 내 머리 속이 '뎅~' 하고 울렸다.

"배 아픈 거야?"

나도 모르게 자리에서 벌떡 일어났다. 아침에 본 돌돌 말린 은박지가 떠올랐다. 데워 먹지 않은 것이 분명하다, 이 자식.

"119에 전화해! 얼른!"

[그럴 거면 진작 했겠죠. 아는 게 아저씨 전화번호 달랑…….]

그 자식 말을 다 듣지도 않고 나는 전화를 끊었고 서둘러 119로 전화를 걸었다. 멍청한 자식, 119가 어려워?

내가 지정해준 가장 가까운 병원으로 가는 앰뷸런스를 따라잡기 위해 나는 최고 속력으로 액셀을 밟았다. 단테가 차가운 샌드위치를 먹고 병이 났다는 것을 미향이 알면 나를 잡아 족치려고 들 거다. 그래서 급한 마음에 미향에게 전화해 내 집으로 가지 말라고 말하면서도 그 내용은 굳이 알리지 않았다.

병원에 도착하니, 구급대원들이 앰뷸런스에서 흙빛의 단테를 이동 침대로 옮기고 있었다. 나는 병원 침대로 옮겨지는 단테에게 달려들며 소리쳤다.

"정신 차려!"

단테의 게슴츠레한 눈이 나를 향했다.

"보호자이신가요?"

단테가 누워 있는 침대를 밀며 달리던 구급 대원이 내게 물었다.

"후견인입니다. 상태가 어떻죠?"

나는 다급하게 대답했다.

"충수염입니다."

당황한 나는 달리던 걸음을 멈추었다.

"터지기 직전이었어요. 큰일 날 뻔했습니다."

구급 대원은 다 죽어가는 단테를, 달려온 의사와 간호사들에게 넘기며 내게 말했다. 달려온 간호사 하나가 급히 내게 말을 걸었다.

"응급 수술이니까 서둘러서 수술 동의서에 사인해주세요."

"어디로 갑니까? 후견인이 사인해도 됩니까?"

이런 일이 처음인지라 나는 우왕좌왕했다.

"책임만 지시면요."

책임? 맹장 수술을 하다가 죽기라도 하면 그 책임이 내게 있다는 건가? 그런 건 의사가 져야지. 차라리 차를 폐차하는 것에 동의하라고 설명하는 것이 더 와 닿는다. 절대 폐차는 못 하지.

"무슨 일이야?"

때마침 가쁜 숨을 몰아쉬며 들이닥친 미향이 대원과 내 앞에 끼어들었다. 다행이다. 눈치 100단 미향이 차를 되돌리다 나처럼 앰뷸런스를 따라왔나 보다.

"맹장염이래."

내가 퉁명스럽게 말하자 미향은 나를 사납게 흘겼다.

"수술 들어갔어?"

"방금. 가서 수술 동의서에 사인이나 해."

미향은 내가 건성으로 가리킨 곳으로 가다 잠시 이리저리 헤맸다. 그러다 한 간호사를 붙잡고 물어대더니 간호사를 따라 다급히 사라졌다. 그제야 나는 넥타이를 느슨하게 풀며 대기실 의자에 주저앉았다.

결혼하지 않은 건 내 인생에 몇 안 되는 정말 잘한 짓인 거 같다. 애가 없는 것은 천만다행이다. 애가 있었다면 이런 응급 상황이 밥 먹는 횟수보다 더 많았을 것이 분명했다. 미향이 당황스러워하면서도 침착하게 간호사를 붙잡고 묻는 것을 보니 그 암담한 상황이 눈에 훤했다.

홀로 빈 의자에 앉아 바쁜 병원 안을 둘러보는 것이 희한하게 위로가 된다면 미친놈일까? 사이코 패스가 유행이던데, 나도 결국 그런 류인가? 하지만 내가 아픈 것도 아니고, 가족의 생사가 오락가락하지도 않는 상황에서, 이렇게 한가롭게 병원에 앉아 부러 남 걱정을 할 수는 없지 않은가? 억지로 찌뿌둥해 있을 필요도 없고.

게다가 후견인으로서 맡고 있는 아이는 맹장염일 뿐이었다. 맹장수술로 죽었다는 말은 들어본 적이 없기에, 굳이 검색까지 해서 맹장이 위험한 수술인지 찾아보고 싶지도 않았다. 그러나 미향이 험악한 얼굴로 나를 당장 갈기갈기 뜯어 먹을 듯 노려보며 다가오는 것을 보자, 어쩐지 무신경하게 꼬고 있던 다리를 정중하게 풀어야만 할 것 같았다.

“사인 잘 했어?”

“내가 카드 결제 영수증에 사인하고 온 걸로 보여?”

너무 대수롭지 않게 물어봐서 빈정 상했다는 말투였다.

“걱정 안 되는데 걱정되는 척할 필요는 없잖아. 맹장이 큰 수술도 아니고.”

“맹장 수술 해보고 하는 소리야?”

그녀는 메고 있던 가방을 내 면전에서 휘두르듯 풀어 내리며 내 옆자리에 앉았다. 가방으로 얼굴을 맞는 줄 알고 식겁했던 나는 움찔했던 것을 민망해하며 간격을 조금 벌려 앉았다.

“혼자 119 사람들 만났을 애를 상상해봐! 그 사람들한테 문 비밀번호 가르쳐주는 게 그렇게 망설일 일이야?”

애가 문을 못 여는 것 같다고 비밀번호를 알려달라는 119 대원의 질문에 짧은 순간 망설였는데, 그게 티가 났나? 그렇잖아도 집에 가자마자 비밀번호를 바꿔야겠다 마음먹고 있던 참인데.

꼭 알려줘야만 하는 거냐고, 혹시 애가 문 열러 나오는 중인지도 모르니까 좀 기다려보면 어떻겠느냐고 물어대며 시간을 끈 건 인정한다. 그러고 보니, 문단속들은 잘하고 나왔는지 모르겠다. 집 안에 고가의 망원경이 있다는 사실은 아무도 모르겠지? 설마, 119 대원 중 누군가 알아보고 몰래 되돌아간 건 아니겠지?

미향에게 한마디 들은 후로 나는 그녀와 한동안 말없이 대기실에 앉아 초조하게 수술이 끝나기만을 기다렸다. 솔직히 말하면 초조한 척한 거였다. 아무리 몰입을 하려고 해도 맹장 수술쯤이야 발가락 티눈 제거 수술과 다를 게 뭐가 있겠나 싶었다. 하지만 기도하듯 두 손을 꼭 쥔 미향이 초조해하니 나도 덩달아 그래야 할 것만 같아 걱정되는 척하느라 급 피곤해졌다.

"커피 마실래?"

나는 벽에 기댔던 뒤통수를 굴려 두 팔로 상체를 싸매고 앉은 미향을 바라보며 물었다. 미향은 대답 대신 한숨을 내리쉬었다. 바짝 타올랐던 분노는 어느 정도 사그라든 것 같다.

"애들은 맹장 수술 했어?"

나는 다시 뒤통수를 굴려 정면을 바라보며 물었다. 그다지 궁금하진 않았다. 단지 뭔가 말을 걸어야만 할 것 같았을 뿐이다.

"첫째는 했어."

"그럼 별거 아닐 텐데 뭘 그렇게 초조해해?"

"별거 아니긴. 전신마취야. 뇌에 영향이 간다구. 못 깨어난 애들이 있다는 말도 들었어. 첫애 수술 때는 내가 대신 들어가서 수술 받고 싶더라고. 그때 생각만 하면 아직도 소름이 돋아."

미향은 그때가 떠오른 듯 팔뚝을 손바닥으로 문질러댔다.

"이래서 애 엄마들은 감정 이입이 쉽다니까."

"그래서 불만이야? 당신 엄마도 분명……."

미향은 말을 하다 말고 멈칫했다. 내 얼굴에 간만에 헐벗은 미소가 흘렀다.

"그래. 날 낳은 엄마도 내가 맹장 수술 받는 걸 본다면 분명 당신처럼 바들바들 떨었을 거야."

엄마 얼굴은 본 적도, 냄새 맡아본 적도 없다. 어쩌면 고아들에게는 흔할 양어머니도 없었다. 나는 천애 고아이다.

"미안해."

미향이 나지막이 말했다. 어쩐지 이런 사과는 듣는 쪽이 더 미안하다. 내게 어머니가 없는 게 그녀의 잘못도 아닌데, '엄마'라는 단어를 꺼냈다는 이유만으로 미안함을 가지게 만든다는 게. 저자세가 되게 만든 건 그래도 찬스란 생각이 들었지만 개운하진 않다.

"미안하긴. 이럴 때 아니면 내가 하늘에서 뚝 떨어지지 않았다는 걸 어떻게 느끼겠어."

땅만 쪼아대며 걸어 다니는 '닭둘기'만 보다 하늘을 날아다니는 진짜 비둘기를 보면 그제야 평화라는 단어가 떠오르듯이 말이다.

"저 애도 마찬가지야. 엄마가 없어……. 그러니 저 애를 수취인 없는 짐짝 취급하지 말아줘. 그러려고 태어난 게 아니잖아."

"그건 누구보다 내가 더 잘 알아. 단지 계획성 없이 돌아가는 세상이 마음에 들지 않을 뿐이지."

단테가 성추행을 당하는 계획은 누가 세웠을까. 그 애의 보모가 결석에 걸렸다가 딱 내가 후견인이 될 타이밍에 맞춰서 더 아파진 건 누구의 계획일까. 최소한 내가 계획하고 바라던 일은 아니다. 난 몰랐으니까. 몰랐던 일을 당하는 건 정말 질색이다.

그리고 난 누가 낳아 고아원에 버린 걸까. 내가 그 계획성 없는 결과물일지도 모른다는 생각이 들면 나 자신이 되게 하찮고 구차하게 연명하는 미생물처럼 느껴진다. 기분 더럽게.

병원은 조금만 멍해 있으면 모든 것이 일렁이기 시작한다. 복도도, 사람들도, 자판기도. 나는 그것이 어슬렁대는 환자들이 입고 있는 환자복 때문이라고 생각한다. 기하학적인 무늬. 아주 잠깐, 무슨 모양일까 집중하는 사이 매직아이가 돼서 속이 울렁거릴 정도로 어지러움이 느껴진다. 그것이 병원 내부를 일렁이게 만드는 것 같다.

"은제는 어떻게 지내?"

일렁임이 순간적으로 날 무뇌 상태로 만들었다. 입술을 뜯어내고 싶다. 미향이 못 들었길 바랄 수밖에.

"궁금하기는 해?"

젠장, 들었군. 그녀는 의외라는 반응이었다.

"그냥 물어본 거야. 대답하지 않아도 돼."

나는 무릎을 짚으며 서둘러 일어나려 했다.

"걱정하지 않아도 될 정도로 잘 지내. 그럼 좀 위안이 돼?"

찰나의 순간, 나는 일어서다 멈칫하고 말았다. 빈정거림인지, 위로가 되라고 하는 말인지 모르겠다.

"위안? 글쎄. 그게 필요해본 적이 없어서 말이지."

나는 다시 일어나기 위해 손목에 힘을 주었다.

"걘 필요했어, 그게."

나는 또다시 멈칫하고 말았다.

"잘 지낸다며?"

"그랬었다고. 과거형 몰라?"

"내 토익 점수는 만점이었어. 그딴 걸로 빈정 상하게 하고 싶으면 가정 점수를 물어봤어야지."

공격 정신을 불러일으키는 그녀의 질문 덕분에 아득했던 정신이 돌아왔다.

"하긴. 위안이란 거, 받아보기나 했어야 남에게도 필요하단 걸 알았겠지. 당신은 대학 시절 내내 외로울 틈이 없었지, 아마?"

"그 어느 시기는 정점에 이르렀었지."

다른 누구도 아닌 내 과거의 어느 한 시점에 대해 관조적으로 대꾸한 나는 씁쓸한 쓸개즙이 역류하는 것을 억지로 삼키며 웃었다.

"그랬을 거야. 하지만 그때, 은제는 많이 힘들었어."

"그래서 그 애 앞에는 나타나지 않았잖아. 날 보는 자체가 호러였을 테니까."

"왜 그렇게 장담해?"

미향은 원망하듯 나를 바라보았다.

"그럼 아니야?"

그녀는 질린다는 얼굴로 시선을 착 내리깔며 말했다.

"먼저 물었잖아."

"대답 안 해도 된다고 했잖아. 사절, 오절 붙인 게 당신이라고."

"미안하게 됐다!"

나도 모르게 언성이 높아졌고, 미향은 신경질을 내며 내게서 고개를 돌려버렸다.

"계속 있을 수 있어?"

나의 인내력은 드디어 한계점에 다다랐다.

"왜, 일찍 들어가야 돼? 약속도 없으면서."

"당신이 나에 대해 뭘 안다고 그래."

나는 냉소를 흘리며 힘겹게 자리에서 일어났다.

"여전히 의미 없는 정력 소모에 시간을 낭비하고 있군."

그녀가 내 뒤에 대고 비아냥거렸다.

"고아라 그래."

나는 그녀가 더 이상 대꾸할 수 없도록 일침을 놓고 병원을 나와버렸다.

PIECE 3

# 첫사랑

다행히 문은 잘 잠겨 있었다. 문을 열던 나는 복도에 서서 주위에 아무도 없음을 확인한 후 현관문의 비밀 번호를 빠르게 변경했다. 그리고 집 안에 들어서자마자 베란다의 망원경이 무사한지 확인한 후 코르셋을 입은 것 같은 가죽 커버의 핸드폰을 소파에 던지고서 냉장고 문을 열었다. 아침과 다를 것 없는 양의 주스가 그대로 냉장고 문간에 꽂혀 있었다. 목에서 '끙' 하는 신음이 흘러나왔다.

그 자식 맹장이 나간 건 내 잘못이 아니다. 차가운 샌드위치가 원인도 아니었다. 난 당연히 출근을 해야 했고, 방학을 해서 학교에 안 가는 애를 출근해야 하는 내 집에 데려다놓은 건 내가 아니라 미향, 그리고 그녀와 함께 짠 보모이다. 그런데도 목에 뭐가 잔뜩 걸려 나오지도, 도로 들어가지도 못하고 있는 기분이었다.

이래서 애들이 싫다. 내 잘못이 아닌데도 모든 게 어른 잘못인 양 상황을 만들어버린다. 변호사로 돈을 꽤 모으면 '어른들을 위한 아동 이해론'을 편찬해봐야겠다. 순전히 어른 편에 서서. 베스트셀러가 될 것이 분명하다.

망원경 렌즈를 통해 보이는 노인의 집은 언제나 그렇듯 소음 하나 없이 평화로웠다. 500m 정도 떨어진 거리에서 소리 없는 동영상을 보는 것 자체가 감정을 느낄 수 없게 만든다. 노인이 마누라의 거지 같은 자식들 중 아무하고나 육탄전을 펼친다 해도 나는 그저 볼썽사나운 왈츠로 볼 뿐이겠지만. 그렇다 한들 달라질 건 없다. 내가 그의 재산, 5%의 수임료를 받을 날짜가 조금 미뤄질 뿐이다. 노인 사체 발견 날짜에 맞추어서.

뭐라도 하고 있지 않으면 또 순간적인 무뇌 현상이 발발한다. 그러면 절대 꺼내보지 않던, 그러고 싶지 않던 이름이 생각난다.

이은제. 나의 첫사랑. 그리고 마지막 사랑. 그녀를 열렬히 사랑했다. 더 이상 사랑할 수 없을 만큼. 그런 그녀를 지금 현재, 걱정 없이 잘 지내게 한 건 나다. 떠나보냈으니까.

그녀가 떠나기까지의 과정은 잘 모르겠다. 그녀를 떠나보내기 딱 하루 전 시점부터 의식하지 않았으니까. 그녀를 의식하지 않기 위해 나는 의도적으로 대학교의 모든 날라리 여자들과 관계를 가졌다. 그 사실이 대학교에 퍼지도록. 사실 대놓고 퍼트리는 것까지는 하고 싶지 않았지만 모든 날라리들이 그렇듯 그런 여자들은 비밀 유지가 힘들 정도로 입이 쌌고, 그중 염문설의 시초였던 가장 지독한 날라리가 독하게 입이 쌌다. 나와 관계를 가진 것을 자랑하고 싶었는지도 모르겠다. 난 잘난 놈이니까, 흠흠.

나의 무의미한 정력 낭비에 대한 소문이 학교를 휩쓸 즈음, 은제는 조용히 내 인생에서 사라졌다. 내가 기억하는 그녀의 마지막은 그 정도이다.

나는 갑작스레 스민 은제 생각을 떨쳐내기 위해 세차게 도리질을 한 후 찬물에 샤워를 했다. 수증기 낀 거울을 손바닥으로 닦다 멈칫하고 말았다. 샤워기에서 쏟아지는 물줄기를 맞고 있는 어깨에 그려진 나침반 문신이 눈에 들어왔기 때문이다. 정확히는 쇄골이 끝나는 지점에 새긴 동그란 서양 나침반 문신이었다. 그 나침반이 나를 보면서 묻는 것 같았다. 가리킨 방향대로 잘 가고 있는 거 맞느냐고.

—여기에 나침반을 그릴 생각은 어떻게 했어?

—고등학교 졸업하고, 고아원이랑 영원히 빠이빠이 하면서 해방감 좀 만끽하느라고.

모의재판을 끝낸 어느 날이었다. 은제는 옆에서 벗어놓은 옷들을 챙겨주다 아르바이트를 가기 위해 급히 셔츠를 갈아입는 내 어깨의 문신을 보고 물었다. 그때, 호기심 어린 눈빛을 보내던 은제의 목소리가 수증기와 함께 되살아나듯 내 몸을 휘감았다.

말은 그렇게 했지만, 이 나침반은 절박했던 그때의 기분이었다. 대부분의 젊은이들은 독립을 하면서 기대감이 충만한 출발 지점에 서는 것 같겠지만, 고아원의 나이 제한으로 인해 어쩔 수 없이 독립해야 했던 나는 달랐다. 고아원 문을 나서는 그 지점부터 막막해졌다.

교도소를 가보진 않았지만 출소하는 기분이 그렇지 않을까 하는 생각이 들었다. 전과가 있진 않았지만 고아원 출신이라는 작대기를 이마나 어깨 어딘가에 달고 있는 기분이었다.

그런 면에서 나의 부모는 내게 일찌감치 모욕감을 준 것이나 다름없었다. 나는 때론 수치스럽기도 한 모욕감을 떨쳐내고 싶었고, 그런 기분의 작대기 대신 새긴 것이 눈에 명확히 들어오는 나침반이었다. 느낌 이전에 눈이 먼저 확인할 수 있게. 방향을 잃은 것 같고, 자신감이 사라져 시선이 절로 떨어지면 보일 수 있게 정확히 쇄골

끝 지점에.

바늘은 항상 같은 위치에 있었지만 내 필요에 의해서건 무의식에 의해서건 볼 때마다 바늘의 위치가 달라 보였다. 그리고 그때마다 바늘이 가리키는 방향이 내가 갈 방향이 되었다.

은제가 사라진 후로, 숱한 여자들과 관계를 가졌다. 그녀들은 거의 내 장기(臟器)가 된 나침반에 대해 궁금해했다. 하지만 나는 은제에게 해주었던 대답처럼 둘러대는 대답도 한 적이 없다. 그 나침반은 은제가 사라진 이후, 망가졌기 때문이다. 망가져도 전혀 아픈지 모르는 내 또 다른 장기.

나는 신경질적으로 샤워기를 끄고 욕실을 박차고 나왔다. 나를 휘감은 은제의 목소리가 수증기와 함께 허공에 남아 떠나질 않아 숨이 막혀 죽을 것만 같았다. 집에 있고 싶은 기분이 아니었다.

나는 편한 옷차림으로 갈아입은 후, 차 열쇠를 챙겨 들고 아파트를 나왔다. 그리고 별로 잘 가지 않던 근처 마트로 향했다. 웬만한 건 정양이 대신 주문 배달을 시켜주었었는데.

마트에서 카트 한가득 인스턴트 죽을 샀다. 전복죽부터 야채죽, 소고기죽, 양송이죽 등을 회사별로, 메뉴별로 다양하게. 언제부터 마트에서 죽을 팔기 시작했는지는 모르겠으나 그 다양성에 혀를 내둘렀다. 그리고 마트의 거대함에 경외심마저 들었다. 지갑을 열고 돈을 쓰는 것은 나임에도 불구하고 마트를 향해 무릎을 꿇으며 지갑을 바칠 수밖에 없도록 압도당하는 기분이었다.

마트에 간 김에 생각나서 들른 멀티탭 코너에는 도서관 책 분류보다 더 꼼꼼하게 멀티탭들이 진열되어 있었다. 코드 두 개짜리부터 시작해서 예닐곱 개까지 다양하게. 모양이 길쭉한 것부터 동그란 것, 각진 것까지 다양하게. 스위치 하나로 모든 구멍의 전력을 통제하는 것부터 하나씩 관리하는 것까지 다양하게.

나는 어지러움에 토할 것만 같았다. 멀티탭 하나 고르는 데 꼬박 30분이 소요됐다. 대충 사고 싶어도 그게 마음대로 되지 않았다.

마트는 사람들이 정치에 집중하지 못하고 다른 것에 빠져 고민하도록 정부 비밀 부서에서 만들어놓은 기관이 분명하다. 사기업이 아니라 공기업이란 말이지. 미국에서 시작했을 테니 그걸 정부에서 벤치마킹했을지도 모른다. 기업에다가 그것이 획기적인 사업인 양 설득하고 곳곳에 마트를 만들 수 있도록 허가해주면서 말이다. 인생에서 정력 낭비 다음으로 내가 낭비한 게 또 하나 늘어나는 시점이었다.

정확히 멀티탭과 죽, 딱 두 종류의 물건을 사는 데 거의 1m짜리 영수증이 나왔고, 시간은 2시간이 넘게 걸렸다. '어른들을 위한 아동 이해론'을 편찬하고 난 후 두 번째 작품으로는 '마트의 정체, 그 엄청난 국가적 기밀'을 편찬해야겠다.

다행스러운 건 인스턴트 죽은 냉장고에 넣지 않아도 된다는 것이었다. 하지만 그러기엔 내 냉장고가 너무 널찍했다.

나는 냉장고 문을 열고 그 앞에 쭈그리고 앉아 죽들을 차곡차곡 쌓았다. 4가지 맛이 일렬종대, 횡대로 탑을 쌓은 냉장고는 간만에 손님을 맞이하듯 '윙~' 하는 소리를 높이기 시작했다. 냉장고로서의 본업에 임해야 될 때가 온 것을 인공 지능적으로 이해한 모양이다.

냉장고 정리를 마친 후 싱크대의 수돗물을 틀고 손을 닦다 그 자식이 천연덕스럽게 볼일을 봤을 그 잔이 여전히 뒤집힌 채 바싹 말라 있는 것을 발견했다. 마트에서 그 잔을 소독할 만한 걸 찾아본다는 걸 깜빡했다. 물기가 마르고 나니 다른 잔들과 달라 보이지 않는

다. 저걸 어쩌지? 도저히 다시는 저 잔에 뭘 마실 수가 없을 것 같았다. 거기에 불로장생 특효약이 들었다고 할지라도.

그 순간 갑자기 핸드폰이 울렸다. 나는 주위를 두리번거렸다. 그제야 마트에 핸드폰을 가져가지 않았다는 걸 깨달았다. 소리 나는 곳을 따라가 보니 소파 틈에 낀 핸드폰이 가냘픈 신음을 내고 있었다.

[영원히 안 받으면 찾아가 죽여버리려고 했어. 왜 이제 받아!]

미향이었다. 여러 번 걸었었나. 하지만 별로 미안하진 않다. 나는 피곤한 표정으로 얼굴을 쓸어내렸다.

“두고 나갔어.”

[여자랑?]

자동적으로 얼굴이 뒤틀렸다. 코웃음이 났다.

“꼬치꼬치 캐묻지 마. 내 사생활이야.”

[언제 올 거야? 밤새 나더러 여기 있으란 건 아니지? 우리 애들 나 보고 싶어 해.]

“그렇게 자기 자식처럼 걱정해대더니 아픈 남의 자식보다 멀쩡한 제 자식이 먼저시네. 판사가 사람이란 사실을 다시 한 번 일깨워주는 대목이군.”

[빈정대지 마. 모두 엄마 찾을 어린애들이야.]

“나한테 설명할 필요 없어. 편파적이라고 삿대질할 마음 없으니까. 퇴원하면 안 된대?”

나는 가볍게 툭 치듯 그녀의 말을 자르며 소파에 깊숙이 기댔다.

[수술했어. 대충 꿰매고 밴드 붙인 상처가 아니라고. 알아들어?]

소리 지르고 싶은 걸 최대한의 지성으로 참는 눈치였다. 이참에, 난 좀 더 놀려주고 싶었다.

"사실 아까 당신이 전화했을 때, 판타스틱한 무아지경으로 넘어가는 중이어서 전화벨 소리 따위 들리지도 않았어. 여자가 지금 샤워 중인데, 집에 데려다줘야 해."

핸드폰 저편에서 뜨거운 콧김이 뿜어지는 소리가 들렸다.

"택시 태우면 택시 값으로 택시 기사한테 제 몸을 딜할 여자라서 말이지. 세 시간이면 될 거야. 조금만 기다려."

아주 느끼한 목소리로 기다리라고 말한 나는 그녀가 잡아먹을 듯 뭐라고 소리치기 전에 얼른 전화를 끊었다. 내 얼굴에 해탈의 미소가 번졌다.

왜 엄마란 느낌만 들면 골려주고 싶지? 내 안에 잠재된 엄마에 대한 복수심 때문인가? 그 알량한 복수심 때문에 미향은 제 자식들에게, 몰인정하게 자식들을 내팽개친 엄마란 투정을 듣게 되었다. 하지만 그 여자도 나를 마음대로 하려 했으니 그 정도는 괜찮다고 생각한다. 단테처럼 누가 수술해서 누워 있는 상황은 아니지 않은가.

전화를 끊은 후 느긋하게 양치질을 하다 내친김에 다시 샤워를 한 번 더 하고, 죽 맛을 보기 위해 마트에서처럼 일렬종대, 횡대로 늘어선 죽 대열 앞에서 심사숙고한 끝에 양송이죽을 선택했다. 그리고 표시된 대로 전자레인지에 데워 텔레비전을 보면서 천천히 한 그릇을 다 먹었다. 그러고 나서 그릇을 대충 헹궈 분리수거한 후, 보다 만 방송 부분을 마저 보다가 미향과 전화한 지 세 시간쯤이 지난 것을 확인한 후에야 20분 거리에 있는 병원으로 향했다.

병원에 도착해 전화를 하니 미향은 속삭이며 병실 번호를 알려주었다. 아쉽게도 화가 나진 않은 것 같았다.

병실을 노크하고 들어서자 팔짱을 끼고 앉아 있던 미향이 나를 쌩하게 돌아보았다. 1인실 침대에 누운 단테는 곤히 잠들어 있었다. 나는 눈을 찡그리며 웃어 보였다.

"미안."

"더러워."

미향이 내뱉었다.

더러워? 뭐가? 섹스가? 만물들이 다 흥분하는 그게?

"당신은 남편이랑 안 해? 할 때도 판사복 입고 판결 봉 들고 하시나? 근엄하게?"

"조용히 해! 입 다물어!"

그녀는 주먹으로 내 배를 가격했다. 내 귀에 입술을 바짝 댄 미향은 명령하듯 앞니를 짓이기며 읊조렸다. 나는 얼굴을 구기며 신음을 삼켰다. 많이 패본 솜씨다. 남편이 불쌍하다.

"가스가 아직 안 나왔어. 새벽에 깰지도 모르니까 잘 지켜봐."

미향은 남자 배를 갈긴 여자답지 않게 아주 담담한 목소리로, 자고 있는 단테를 내려다보며 속삭였다. 피곤한 얼굴의 미향은 의자에 있던 제 가방을 주워 들었다. 나는 문으로 향하는 미향을 향해 신음이 가시지 않은 목소리로 힘겹게 물었다.

"아침에 올 거지?"

"별일 없으니까 10시쯤 올게."

경악스럽다. 자고 있는 애랑 11시간을 어떻게 보내란 말인가. 여자도 데려오지 않았는데. 이 여자한테 징징거리고 싶지 않은데, 순간 당황한 나머지 질척거리며 묻게 되었다.

"그 전엔 안 돼?"

"곤란해. 화끈하게 풀었을 테니 고생 좀 해."

미향은 나의 가운데를 죽일 듯 잠시 노려보고는 병실을 나갔다. 제길! 나는 핸드폰을 켜고 정양의 이름을 찾아 전화를 걸었다.

[이 시간에 전화하시는 건 실례 아닌가요?]

정양은 잠에서 갓 깬 목소리로 투덜댔다.

"끽해야 혼자 영화보다 남자도 없이 쓸쓸하게 자고 있었겠지. 내일 출근 늦을 것 같으니까 그렇게 알고 있어."

[저에 대해 너무 잘 아시네요. 사유는요?]

상사 같은 추궁이다.

"후견인 임무 수행."

[후견인요? 그거 사장님께 보고하셨어요? 저도 모르는 얘기인데?]

"그러고 보니 잊었군. 이제 알았지? 당신이 보고해줘. 굿 나잇."

전화를 끊은 나는 핸드폰을 주머니에 넣으며 잠든 단테를 내려다보다 재킷을 벗어 침대 발치에 던져놓고 소파에 벌렁 누웠다.

소파에 누운 채 얼핏 잠이 들었다. 그러다 강아지가 낑낑거리는 것 같은 소리에 어스름 잠이 깨었다. 눈을 비비며 일어나니, 침대에 누운 단테가 얼굴을 구긴 채 가늘게 뜬 눈으로 나를 보고 있었다.

"왜, 아프니?"

나는 억지로 일어나 찌뿌둥한 얼굴로 단테의 곁으로 갔다.

"무, 물요."

가스도 안 나왔다는데 물은 괜찮나?

"간호사에게 줘도 되냐고 물어보고 올게."

"가스 때문이면 방금 나왔어요."

단테는 다 죽어가는 가느다란 목소리로 말했다.

"진짜?"

"내가 뀐 방귀를 내가 몰라요?"

방귀 주인으로서 기분 나쁘다는 투였다.

"탈 나면 네 책임이다."

나는 경고하듯 집게손가락으로 녀석을 가리키며 냉장고에서 생수를 꺼냈다. 단테는 지친 듯 고개를 움직였다. 나는 컵에 물을 조금 따라 내밀었다. 단테는 일어나려 했지만 손등에 꽂힌 링거 바늘과 수술 부위의 통증 때문인지 쉽게 일어나지 못했다. 하는 수 없이 내가 그 애의 어깨를 팔로 받쳐주었다. 그제야 단테는 겨우 물 잔을 잡고 고개를 숙였다. 물을 잘 마실 수 있도록 컵을 마주 잡아주는 팔에 아이의 체온이 전해져왔다. 생각보다 땀이 많은 녀석이군.

"감사합니다."

물을 조금 마신 단테는 고개를 숙이며 물 잔에서 얼굴을 떼었다. 한 손에 물 잔을 쥔 나는 그 애가 잘 누울 수 있게 도와주었다.

"아침에 아파서 엎어져 있었던 거야? 아랫배를 삽질하는 것 같던 통증이 전립선이 아니라 맹장 때문이었나 보지?"

"괜찮을 줄 알았는데……. 폐 끼쳐서 죄송해요."

본인이 아프면서도 죄송하다고 말하는 기분이 어떤지 대충 짐작이 가는 바람에 더 이상 빈정댈 수 없었다. 고아원에 독감이 돌아 꼬맹이들이 상한 김밥들처럼 주르륵 누워 있는데 다 큰 나까지 아파 누워 있었을 때, 나는 내게 식판을 가져다주는 선생님에게 미안하다고 말했다. 그래야 조금이라도 편한 자세를 취할 수 있을 것 같았다.

물 잔을 냉장고 위에 올려놓고 돌아서자 단테는 반대쪽으로 몸을 돌리고 있었다.
“안 아파?”
“아파요. 내 가방은 집에 있겠죠?”
시무룩한 목소리였다. 여러 가지 방법으로 고아원을 생각나게 하는 이 자식이 징글징글하게 싫어진다.
“그럼. 입원했다고 짐까지 다 옮겨주랴?”
“그냥 물어본 거예요.”
단테는 이불깃을 잡아당기고 몸을 움츠렸다. 애들은 비위를 맞추기가 너무 힘들다. 제 기분쯤 묻기 전에 브리핑해주면 안 되나? 보육원에서 나를 키우던 선생들도 그랬을까? 새삼 또 미안해진다. 그래서 또 짜증이 솟구치려 한다.
“골났어?”
“아뇨.”
“그런데 왜!”
고함이 짓이겨지듯 터져 나왔다.
“엄마 없는 애잖아요. 이해하세요.”
헐. 내가 미향에게 내뱉었던 것을, 이 녀석을 통해 복수 당하는 기분이다. 나는 기막혀 웃으며 소파에 풀썩 주저앉았다.
“그거 이용하는 거냐?”
“사람들이 알아서 생각해주던데. 모르는 사람한테 각인 한 번 시켜주면 나를 보는 눈빛 자체가 바뀌잖아요. 최대한 부드럽게. 그렇게 편리한 건데 왜 이용을 안 하겠어요.”
“그 말, 후견인으로서 너를 관찰한 결과에 좋지 않은 영향을 끼칠 수도 있다. 알아?”

"지금은 이용하는 거 아닌데. 엄마가 진짜 보고 싶어 그래요."

나는 잠시 단테를 뚫어지게 바라보았다. 이번엔 진심인 것 같았다.

"사진 없어?"

난 없었다. 있는 게 이상하긴 하지.

"그게, 가방에 있어요."

갖다줘야 대인배일까?

"내일 퇴원해도 되죠? 병원 싫어요. 엄마 냄새가 나서."

"엄마……, 아파서 돌아가신 거니?"

"네. 엄마가 위독하다는 말에 아빠랑 놀라서 숨이 멎도록 뛰어갔던 병원 냄새가 이랬어요. 그 냄새가 여기서도 나네."

단테는 벽을 향해 돌아누웠다. 어깨 너머로 가느다란 한숨 소리가 났다. 하지만 해줄 말은 없었다. 내가 고아인 것을 인정하듯, 엄마가 없는 저 애가 지고 나가야 할 몫이었다. 누가 거들어주면 거들어준 만큼 나중에 더 많이, 더 오랫동안 힘들 것이다.

당해봐서 안다. '고아 새끼'라는 욕지거리, 또는 놀림 소리를 귓등으로 흘려듣기까지 십 년 남짓 걸렸다. 그 말이 지나가는 지하철 소음처럼, 귀를 찢기는 하지만 다른 생각은 하지 않게 되기까지 말이다. 적어도 얘는 고아는 아니니까 이겨내기 쉬울 것이다. 결론적으로 나보단 덜 불행한 놈이란 얘기지. 좀 울어도 될까?

아침으로 나온 환자식은 이유식이었다. 단테는 밥뚜껑을 열자마자 얼굴을 찌푸렸다. 아이의 입에서 나온 한탄치고는 연륜이 묻어나 웃음이 났다.

"미치겠네. 굶어도 돼요?"

"난 지하 식당 가서 먹을 건데. 먹어. 네 위를 생각해서."

자랑하듯 떠든 내 말에 그 녀석은 나를 찌릿 노려보았다. 내 말에 아이는 입술을 굳게 다물었다.

"떠먹여줘야 하는 건 아니지? 맛있게 먹어라."

순간 그 자식은 나를 향해 눈을 치떴다. 어린놈이 또 노려본다. 나는 단테의 시선을 외면하고 손을 흔들며 병실을 나와 지하 식당으로 갔다.

"미치겠네."

식당 밥을 마주한 내 입에서 나도 모르게 단테와 같은 한탄이 터져 나왔다. 이유식과 별반 다르지 않았다. 밥풀이 무르지 않다는 것과, 반찬의 수와 양이 조금 많다는 것뿐. 밥값이 싼 것도 아니면서. 병원이 왜 돈을 많이 버는지 그 의문이 이제야 확실히 풀렸다.

맛을 느낄 수 없을 정도로 밥을 대충 씹어 목구멍으로 넘겨 서둘러 식사를 마친 후, 싸구려 자판기에서 고급 커피를 뽑아 들고 단테의 병실로 들어섰다. 단테는 비운 식판을 발치에 미뤄놓고 누워 있었다. 다가가 보니 잠들어 있었다. 또 자네.

자는 아이 침대 옆에서 창밖을 보며 싸구려 커피를 마시고 있을 때 미향이 왔다. 돌아누운 단테의 옆얼굴을 자세히 들여다보던 미향이 나직하게 말했다.

"자네."

"새벽에 가스 나와서 이유식 먹었어."

남은 커피를 원샷하고 종이컵을 구겨 쓰레기통에 넣었다. 미향은 그런 나를 빤히 바라보았다. 그녀가 알 듯 모를 듯한 미소를 지었다.

"아이랑 하룻밤을 보낸 사람이라 그런가? 좀 정감 있게 보이네?"

“정감?”

나와는 전혀 어울리지 않는 단어에 나는 눈을 치켜떴다. 미향의 얼굴은 동화책이라도 보는 표정이었다. 나를 보며 동화책을 보는 표정이라니, 기가 찼다.

“왜, 있잖아. 아이와 함께 있는 사람은 부모든 아니든 착하게 보여. 정 많게 보이잖아.”

“결국 보인다는 거지, 그렇다는 게 아니잖아. 그래 보여서 나한테 이득이 될 게 뭐가 있다고. 겨우 이틀 밤을 보냈을 뿐인데, 그럼 한 달 정도 같이 자면 본모습으로 돌아온 내니 맥피처럼 보이겠구만.”

나는 콧방귀를 뀌며 집으로 가기 위해 돌아섰다. 그러자 미향이 내 뒤통수에 대고 말했다.

“이따 이리 퇴근해.”

“내 마누라처럼 굴지 마. 몸에 천 마리 좀이 순간 번식한 기분이라 드러워.”

나는 돌아서지 않은 채 지껄이고는 그녀가 반격하기 전에 냉큼 병실 문을 나섰다.

아파트에 잠시 들러 옷을 갈아입고 회사에 도착하자 로펌 사장이 내 방 앞에서 기다리고 있었다. 그의 차가운 시선이 여유롭게 로펌에 들어서던 내게 정확히 꽂혔다. 나는 순간 멈칫하고 숨을 들이마셨다. 사장은 손가락을 까닥인 후 그의 방으로 사라졌다. 나는 넥타이를 고쳐 매고 곧장 사장실로 그를 따라갔다.

사장은 내가 연수원을 마치고 로펌마다 이리저리 이력서를 낼 때 나를 먼저 불러준 대학 선배이다. 대학 시절 내 평판을 듣고 로펌의 모든 여자들이 내 정력 밑에 무릎을 꿇을까 봐 걱정들을 하는지, 지원한 다른 로펌에서 나의 합격을 선뜻 결정 내리지 못했을 때였다.

평판이 얼마나 중요한지는 중학교 때부터 알고 있다. 공부를 잘해서 나를 친구 1호로 생각했던 동급생의 부모들은 내가 고아란 사실만으로 친구 1호에서 1459호로 강등시켰다. 평판이란 그런 것이다. 고아라는 평판을 어느 고아 놈이 처음으로 안 좋게 만들었는지 모르지만 난 그 평판에 속수무책으로 당하고 말았다.

고아는 질이 좋지 않다는 평판은 이제 진리가 되었다. 전부 그렇지는 않다고 말해주는 사람도 결국은 고아들은 어쩔 수 없다는 말을 쉽게 한다. 부정하고 싶지만 나조차도 인정할 수밖에 없는 그런 경우를 너무 많이 봤기 때문에 할 말도 없다. 원망하지는 않는다. 단지 나도 그 사람들을 믿지 않을 뿐이다.

지금의 사장인 선배는 선뜻 나를 뽑으며 말했다.

—결국 믿는 건 너 자신이야. 순응하지도, 반항하지도 않는 네 기질이 마음에 들었어. 너만의 방식이 있다는 식의. 그리고 그것에 힘을 더해주는 네 외모가 마음에 들었지.

선배는 나를 싸늘히 보며 미소 지었다. 하지만 난 예의상으로도 마주 웃지 않았다. 그게 그가 말하는 나만의 방식이었으니까.

—어차피 이것도 장사니까 비주얼을 신경 쓰지 않을 수 없어. 네

사생활이나 배경에 대해서는, 로펌에 문제가 되지 않는 한 들먹이고 싶은 생각 없다. 너를 믿는 건 내가 아니라 너다. 너의 믿음에 너를 배신하지 마라.

동정도 배려도 없는 장사꾼의 말이었다. 나는 가슴이 뭉클했다. 지금까지 살면서 나를 동정하지 않고 말한 사람은 선배가 처음이었다. 그래서 난 그 이후로 사장을 존경하기로 했다.

"후견인을 맡았다고?"

사장이 데스크에서 콩깍지 까듯 초콜릿을 하나 까서 입에 쏙 넣으며 물었다. 나이 마흔에 180cm에 72kg인 건강한 체격의 사장은 초콜릿 마니아이다. 그것도 초콜릿으로 몸매를 조절하는 특이자.

"고미향 판사의 추천이었습니다."

좀 더 내 의지가 아니었다는 것을 이해시키고 싶었다. 웬만해서 판사의 요구는 거스를 수 없는 것이기 때문이었다.

"유산 전문이니까 별로 급한 일은 없겠군. 하지만 후견인도 엄연히 법적인 일이야. 회사 이름에 누를 끼치지 않길 바라네."

"아이일 뿐인데요."

나는 어깨를 으쓱이며 가볍게 대꾸했다.

"그러니까."

사장의 말이 무슨 뜻인지 금방 이해되지 않아 대꾸하기 힘들었다. 어느새 사장은 초콜릿을 두 개째 까서 입에 넣었다.

"먹어볼래? 벨기에에서 사온 건데."

"됐습니다."

나는 가볍게 손을 들어 보였다.

"아이는 반드시 구해야 하는 거야. 영화든 현실이든 인간애를 떠나 공식이지."

나를 빤히 보며 말한 그는 입 안의 초콜릿을 녹이듯 가볍게 웃었다. 그렇지. 영화 막바지, 절대 들어갈 수 없는 불길이나, 시한폭탄의 남은 초에 맞춰 도저히 살아나올 수 없는 순간에도 아이는 구해야만 한다. 구하지 못한다면 그건 이야기의 시작이고, 결말에 이르기 직전에 아이는 반드시 산 채로 확인되어야만 한다. 그렇지 않으면 몰지각한 영화라는 평을 들을 수밖에 없다. 현실도 다르지 않다.

"아이라도 조심할 건 해야지. 게다가 자넨 애를 좋아하지 않잖아. 그런 인상을 법정에서나 회사 외의 사람들에게 보이는 걸 삼가길 바라네."

나는 눈을 깜박이며, 말을 멈추고 세 번째 초콜릿 껍질을 까는 사장을 바라보았다. 사장의 말은 법정에서 말고는 애와 같이 있지도, 함께 다니지도 말라는 말로 들렸다. 그렇지 않고서야 어떻게 들키지 않을 수 있지? 억지로 베푸는 친절이 얼마나 도드라지게 티가 나는지 받아봐서 잘 아는 입장에서는 무척 난해한 주문이 아닐 수 없다.

"알겠습니다."

나는 사장을 향해 고개를 까딱이고 사장실을 나왔다.

"아침은 드셨어요?"

방 앞에 도착하자 자판을 두드리던 정양이 일어나 나를 맞았다.

"웬 친절. 자기 것만 주문한 샌드위치, 내가 나눠달랠까 봐?"

"아이랑 있을 변호사님을 생각하니까 왜 이렇게 애잔해지죠?"

정양은 두 손을 가슴에 얹고 몸을 흔들었다. 빈정대는 게 틀림없다.

"몸 근질근질한 전염병 도나봐? 병원 가봐."

나는 내 방의 문손잡이를 잡았다. 그러다 문득 어제 정양과의 전화 통화에서 했던 말들이 떠올랐다. 후견인이란 말만 했지 아이란 말은 하지 않았다. 그러고 보니 사장도 그 사실을 알고 있었다.

나는 의아한 눈으로 그녀를 돌아보았다. 그녀의 눈이 나를 향해 방긋 웃었다.

"내가 후견인 맡은 대상이 아이라는 건 어떻게 알았지?"

"참, 아침 일찍 단테 아버지란 분에게서 전화가 왔어요. 어제 핸드폰으로 전화 걸었는데 안 받으신다고."

눈이 반짝 떠졌다. 핸드폰을 두고 간 사이 꽤 많은 전화가 왔던 것 같다. 부재중이 많이 찍히긴 했지만 일일이 들춰보진 않았었는데, 그중 하나가 단테의 아버지일 줄이야.

"인사드리고 싶은데, 시차랑 스케줄 때문에 시간 맞추기가 힘드시대요. 대신 잘 부탁한단 말을 전해달라고 하시더라구요. 얼굴 뵙고 인사드린다고."

"그래……."

나는 떨떠름하게 대꾸했다. 억지로 후견인이 된 것도 못마땅한데 그 애 아버지와 상견례하듯 인사까지 하게 생겼다.

"참, 아침에 나 검사님이 전화하셨어요. 그 애 담당 검사님이요. 아이가 아프다면서요? 그래서 심리가 미뤄졌대요. 아이가 아프단 말은 사장님께 하지 않았어요."

그녀는 엄청난 비밀이라도 숨겨준 양 은밀하게 속삭였다.

"대신 아이 병간호하면서 진술에 거짓말은 없는지 알아봐달래요. 증거도 없다면서요? 거짓말 탐지기를 사용할 수도 있대요. 그때 개망신 당하고 싶진 않으니까 피고가 무죄를 주장하는 말이 맞다면 사실을 말해야 한다고 아이를 설득해달래요."

정양은 브리핑하듯 장황하게 떠들었다.

나는 고개를 끄덕이고 돌아섰다. 그러다 다시 정양을 돌아보자 그녀는 자리에 앉으려다 일어서며 나를 쳐다보았다.

"피고의 주장이 맞다면 그렇다고 말하게 설득해달랬다고?"

정양은 고개를 끄덕였다.

"말씀하신 대로예요."

잠시 골몰하던 나는 그대로 방으로 들어갔다. 뭔가 미향과는 다른 생각을 하고 있는지도 모르겠다는 생각에, 갑자기 인영이 동지처럼 느껴졌다. 음모란 이런 느낌일까?

오후에 마땅히 할 짓도 없어서 일찍 퇴근한 나는 집에 잠시 들렀다가 편한 차림으로 갈아입고 병원으로 갔다. 물병에 물을 담아오던 미향이 병실 앞에 선 나를 보고 깜짝 놀랐다.

"일찍 올 줄 몰랐네? 오늘은 애들한테 먼저 자라고, 이 엄마 외박하겠노라고 말하려던 참인데."

"그럼 그러든지."

나는 손잡이에 닿았던 손을 거두고 왔던 길을 향해 다시 돌아섰다.

"알았어. 빈정대지 않을게. 감개무량이네."

미향은 얼른 내 팔을 잡았다. 순간 우리 둘 다 멈칫했다. 잠깐이지만 대학교 시절 강의실에서 자리를 다투며 장난치던 때의 느낌이 들었다. 미향도 그렇게 느낀 게 분명하다. 그녀는 어정쩡하게 손을 거두더니 헛기침을 했다.

"애는 자?"

나는 그런 분위기를 완벽하게 무시하며 무뚝뚝하게 물었다.

"피자 시켰어. 같이 먹어."

"병원으로 배달도 해주나?"

나는 병실 문을 열어주었고, 물병을 든 미향은 고개를 까닥이며 안으로 들어갔다.

"그렇더라고."

"피자 먹어도 돼?"

이렇게 물으며 침대 쪽을 바라보자 애는 이미 피자를 한 조각 베어 물고 있었다.

"밥이 너무 맛없다고 해서 어쩔 수 없었어. 의사한텐 비밀이야."

미향이 속삭였다. 나는 혀를 차며 고개를 가로저었다.

"애 엄마들이란."

"퇴원은 내일 하는 게 좋겠대."

단테는 피자를 우물거리며 나를 빤히 바라보고 있었다.

"얘기는 할 수 있지?"

내 물음에 미향이 의아한 시선을 보냈다.

"후견인의 의무 이행하려고."

그녀에게 대꾸하면서 단테에게 시선을 고정한 나는 아이를 향해 빙긋 웃었다. 단테는 웃지 않았다. 지극히 작업적인 미소라는 걸 느꼈나 보다. 이 자식도 촉이 허접한 놈은 아닌 것 같았다.

"내가 얘기 안 했나? 심리는 미뤄졌어."

"들었어. 그래도 조용히 얘기하기는 병원이 딱이잖아. 집에선 방학 생활 해야지."

미향을 돌아보던 나는 미소 띤 얼굴로 단테를 내려다보았다. 피자를 오물오물 씹던 단테는 나를 뚫어지게 보면서 물을 삼켰다. 미향은 단테를 내려다보고 부드럽게 물었다.

"괜찮겠니?"

"아침에 죽 먹어서 위가 줄어들었나 봐요. 배불러요. 심심해서 죽을 뻰했는데 그거라도 하면 좋겠네요."

단테는 각오했다는 듯 진지한 얼굴로 말했다.

"그렇게 대단한 건 아니야. 그냥 네 얘기를 하면 돼."

미향은 환하게 웃으며 응원하듯 말했다.

"검사님한테 말해봐서 아무렇지 않아요."

단테는 어깨를 으쓱해 보였다. 나는 미향을 돌아보며 말했다.

"집에 갈래?"

"그래도 돼?"

뜻밖의 나의 관대함에 미향은 어리둥절해했다.

"어제도 잤었는 걸 뭐. 정 소파에서 자고 싶으면 양보하고."

"그래, 그럼. 급한 일 생기면 전화해."

미향은 주섬주섬 가방과 겉옷을 챙겨 들고 단테의 얼굴을 한 번 매만지고는 나에게 잘 부탁한다는 느낌의 눈인사를 한 뒤 병실을 나갔다.

"여자들, 좀 귀찮지?"

내 물음에 단테는 피식 웃었다.

"인생에 무척 필요한 사람인데, 왜 귀찮은지 모르겠어요."

내 말을 100% 접수한 멘트였다. 나는 침대에 걸터앉아 단테의 얼굴을 바라보았다. 단테는 트림이 올라오는 듯 목을 주억거렸다.

"넌 엄마의 손길이 더 필요하잖아?"

"엄마랑 오래 있어 보지 않아서 잘 모르겠어요."

"불편하니?"

"가스가 차나 봐요. 방귀 뀌어도 아는 척하지 마세요."

"냄새만 안 나면."

단테는 웃었다. 나는 그런 그 애를 지그시 바라보며 물었다.

"난 네가 고소한 사실이 진실인지 묻고 싶구나."

단테는 내 눈을 빤히 들여다보며 말했다.

"변호사님 같으시네요? 저에 대해 무척 궁금해하는 건 알겠는데 엄청 딱딱해요. 작년에 냉동실에 넣어둔 카프리썬처럼요."

"내 직업이 변호사다. 나중에 명함 하나 챙겨줄게."

단테는 고개를 끄덕였다. 애써 찾아보면 소량의 인정은 있겠지만 수임료 계산에 더 관심 많은 변호사라고 이해하는 중인가 보다.

"제 말이 거짓말이라고 생각하세요?"

"난 네가 한 말을 아무것도 못 들었어. 하지만 네가 거짓말을 하는 것 같다고 주위에서 믿기 시작하면 네가 아무리 진짜라고 말해도 사람들을 믿게 하기는 힘들 거야. 그거 아니? 거짓말쟁이에게 가장 무서운 벌이 뭔지?"

내가 말을 멈추자 시선을 깔았던 단테는 고개를 들어 나를 바라보았다. 나는 그런 그 녀석의 다갈색 눈동자를 보며 말했다.

"아무도 그 사람 말을 믿지 않는 거다."

"이미 그 아저씬 기소됐잖아요"

"하지만 검사는, 어쩌면 판사도 네가 어린아이이기 때문에 장난치고 있다고 생각할지도 몰라. 넌 사실 돈도 많고, 괜찮은 집안 자식이잖아. 네 아버지도 아는 사람은 다 알 만한 사람이고. 그런 아이를 남자 생활 지도사가 성추행했다는 사실이 곧이곧대로 먹히진 않지. 일단 증거가 없잖니. 생활 지도사도 강하게 부정하고 있고."

"어린아이의 말이라면 더 믿어야 하는 거 아닌가요?"

"그래, 믿지. 하지만 거짓말 탐지기를 사용할지도 몰라. 거기서 거짓말이 들통 나면 너나 네 검사나 개망신이라고."

단테의 얼굴이 심하게 구겨졌다. 마치 '엄마 없는 아이'라는 말처럼 '어린아이'라는 말을 이용하는 듯이 느껴지기도 했다. 나는 침대 난간에 걸친 허벅지 위에 두 손을 포개 올렸다. 내 말이, 내 후견인 역할을 단시간 안에 끝내게 해줄지도 모른다는 기대감이 살짝 샘솟는 순간이었다. 내가 너무나 객관적인 제3자처럼 느껴졌을까? 단테는 2박 3일을 같이 지내온 사이로 배신감 같은 걸 느끼는 것 같았다.

"아저씨는 아직 내 말을 들어보지도 않았잖아요!"

"그럼 말해볼래? 솔직히 난 진짜라고 해도, 또 아니라고 해도 별 상관이 없어. 이런 일은 대가도 없고 지명으로 후견인이 된 이상, 이래저래 난 너랑 같이 지낼 수밖에 없으니까."

단테는 이글거리는 눈으로 이불에 가려진 제 발끝을 노려보며 입술을 곱씹었다. 그러고는 분한 듯 입술을 뒤틀었다.

"후견인은 왜 내가 지정할 수 없었을까요?"

"그러게. 네 말대로 '어린아이'이기 때문에 미향 아줌마가 네 의견 수렴을 하지 못한 모양이다. 네 걱정만 했을 뿐이지."

단테를 속상하게 한 원인이 미향이라고 고자질을 하고 나니 속이 다 시원했다. 어쨌거나 난 그 여자의 얄팍한 인정 베풀기에 동원된

희생양일 뿐이니까.

“아줌마는 아저씨를 잘 모르나 보네요. 아저씨는 변호사로서도 별로 능력 있어 보이지 않아요. 후견인은 말할 것도 없고요.”

말을 끝낸 단테는 눈을 들어 차갑게 나를 노려보았다. 단테의 말이 맞다. 미향은 나를 잘 모른다. 내가 여자들을 후릴 때에만 미소를 써먹는 차가운 인성의 소유자라는 것만 알고 있다. 나는 그런 내가 싫지 않다. 또 설명하며 구질구질하게 보이고 싶지 않았다. 아프다고 징징대는 사람들, 슬프다고 칭얼대는 사람들이 제일 한심하다.

“다음에 얘기하는 게 좋겠다.”

나는 단테의 무릎에, 집에서 들고 온 그 애의 가방을 올려놓고 병실을 나왔다. 점심시간이 지난 시각이었고, 나는 점심 식사 전이었다.

나는 의사들이 쉬고 있는 베란다에 앉아 병원 편의점에서 산 샌드위치를 먹고 커피를 마셨다. 잡담하다 말고, 또는 웃다 말고 갑작스러운 호출 음에 놀라 허둥지둥 달려가는 의사들이 보였다. 그들은 무엇을 위해 저렇게 정신없이 뛰는 것일까? 그러다 정작 자신의 가족이나 자신의 일은 놓치고 있지 않을까? 그럼 그건 누구를 위한 삶일까. 저 사람들 중에 과연 몇 %가 자신의 일에 만족하고 있을까? 가족들이 좋아하고나 있을까?

나는 아니라는 데 한 표를 행사하겠다. 의사의 월급이 높을까, 변호사의 수임료가 높을까? 최소한 나는 의뢰인이 죽었다고 뛰어가진 않는다. 전화해서 유가족과 통화해 유언장 낭독 날짜만 잡으면 된다. 그러고 보니 변호사란 직업은 의사에 비해 무척 양반인 직업이다. 의사는 제복 값도 싼, 우아한 막노동 근로자들이다. 법학 전공하길 잘했지. 핸드폰을 켠 나는 정양에게 전화를 걸며 내 앞으로 환자가 누워 있는 침대 하나가 지나가는 것에 시선을 옮겼다.

“내가 퇴근한 사실을 알고 있나 확인 전화했어.”

[아까 그 말씀이 바로 하신다는 거였어요? 전 적어도 오후 근무 시간은 지키실 줄…….]

“약속도, 부고 난 것도 없는데 뭐하러.”

시선을 두고 있던 침대가 옆 병실로 사라진 이후로 복도에 사람들이 늘어서기 시작하고 갑자기 어수선해지는 것을 느끼며 나는 반대쪽으로 걸음을 옮겼다.

“밖에서 당신이 다른 비서들이랑 잡담하는 소리 경청이라도 하고 있으라고? 그러다 내 욕 나오면 말하는 당신 잘못이 되는 건가, 아니면 그거 듣고 당신한테 빈정 상해하는 내 잘못이 되는 건가.”

[휴, 하지도 않은 변호사님 뒷담화 문제로 이렇게 빈정 상해하시는 걸 보니 뭔가 심기 되게 꼬이셨나 보네요. 말해보세요. 뭐죠?]

그녀는 통달한 듯 한숨 섞인 목소리로 물었다. 기분 나쁘다. 여자들은 전반적으로 남자들에게 가르침이 필요하다고 생각하는 것 같다. 어떤 때는 아예 애 취급을 하는 것도 같다. 바로 지금 정양이 나를 구슬리는 듯한 태도부터가 그렇다.

“정말 내 뒷담화한 적 없다고 맹세할 수 있어?”

아주 잠깐, 수화기 너머로 미묘한 멈칫함이 느껴졌다고 맹세할 수 있다. 100%.

“상사 욕 안 하는 직원이 어디 있어. 그렇다면 그건 천연기념물을 넘어서, 그 사람이야말로 정신 감정을 해봐야 할 거야. 골이 비었거나, 뇌에 주름이 없거나, 아님 배알도 없는 거지.”

[우리 얘기의 화제가 그게 아닌 것 같지 않아요, 변호사님? 변호사

님을 또 삐뚤어지게 만든 게 뭔지 궁금할 뿐이에요. 저에 대한 변호사님의 뒷담화에 대해선 전혀 궁금하지 않습니다.]

"내게 그럴 만한 친구 자체가 없다는 걸 아니까 그렇겠지."

나는 아량 베푸는 척하는 정양의 말에 꼴사나워하며 대꾸했다.

[그게 제 탓은 아닌데 왜 찔리는 기분이죠?]

말끝에 그녀의 웃음소리가 묻어들었다.

"애들에 대해 어떻게 생각해? 가끔 허무맹랑한 말을 늘어놓는 애들 말이야. 처음 보는 애가 당신 앞에서 주절거리고 있다면 당신은 어떨 것 같아?"

[음, 제가 로펌에서 비서를 하고 나서 느끼는 건데요. 말하는 사람보다 듣는 사람이 문제가 많다는 생각이 들긴 해요.]

순간 나의 얼굴 근육이 일시에 움직여 오만상을 찌푸리게 했다.

"로펌 비서 경력 중 최고로 긴 게 내 비서 경력이지. 나한테 문제가 많다는 거야?"

[오해하지 말고 들으세요. 근본적인 얘기를 하는데 토씨 하나, 사용한 단어 하나에 너무 민감하게 구는 사람들이 많다는 거죠. 자기가 잘났다고 생각하는 사람들 대부분이 그런 것 같아요.]

"변호사들 대부분이 자기 잘난 맛에 살지."

말하면서도 기분이 좀 찝찝했다.

[하하, 아주 틀린 말은 아니네요. 물론 지금도 근본적인 얘긴 그게 아니란 거 아시죠?]

그녀의 웃음에 나는 마주 웃음을 흘리지 못했다. 지금 정양과의 대화에서도 그랬다. 근본적인 것. 그것을 항상 제쳐두고 생각하는 흠이 있긴 하다.

PIECE 4

# 'X'의 저주

전화를 끊고 병원 베란다에 선 나는 잠시 생각에 잠겼다. 방금 시답지 않게 토론이 되어버린 정양과의 대화도 그렇고, 오전에 그녀가 전해준 나 검사의 말도 선뜻 이해되지 않았다. 진지한 궁금증이 일었다.

어쩐지 나 검사는 단테를 100% 믿고 있는 것 같지 않았다. 이번 사건의 기소를 진행하는 것이 그녀일 텐데 개망신 당할 것을 걱정하는 것 같다.

나 역시 단테의 말을 들으면서 그런 느낌을 받았다. 하지만 아주 아니라고 하기에도 뭔가 석연치 않은 구석이 있었다. 그것이 우리가 잊고 있는 근본적인 것은 무얼까 되짚어보게 했다. 아마 나 검사도 그걸 감지했기에 스스로 뭐라 단정하지 못하고 나에게 그런 말을 한 것인지 모른다. 무거운 한숨이 입에서 흘러나왔다.

베란다 난간에 서서 잠시 불어오는 바람을 맞고 있던 나는 다시 핸드폰을 꺼내 이번엔 미향에게 전화를 걸었다. 전화를 받자마자 미향이 궁금한 목소리로 먼저 물었다.

[다정하게 얘기 좀 했어?]

"어디야?"

[운전 중. 왜?]

"단테랑 얼마나 친해?"

[왜?]

맨 먼저 내뱉은 '왜?'보다 상당히 굴곡진, 진짜 궁금한 목소리였다.

"궁금하면 돌아와."

나는 먼 산을 응시하며 차갑게 말한 뒤 전화를 끊었다. 정확히 15분이 지나 미향이 로비에 도착했다고 전화해왔다.

우리는 1층 카페에 마주 앉았다.

"가라더니, 왜?"

궁금한 듯 묻는 미향의 표정은 자신을 다시 불러서 기분이 좋지 않다는 것은 아니었다. 아이의 일이라면 뭐든 궁금한 사람인가 보다. 아니면 아무 때나 불타오르는 모성 본능? 나는 따뜻한 아메리카노 컵의 뚜껑을 열어 커피 향을 음미하며 퉁명스럽게 물었다.

"걔 아버지는 언제 온대?"

"연주회 스케줄이 끝나야 한대. 한 이 주일 후쯤? 전화했었는데 안 받았다며?"

되게 가까운 사이이긴 한가 보군.

"그 사람도 사건 내용에 대해 알겠지?"

"당연하지. 같이 못 있어줘서 얼마나 미안해하고 있는데."

미향은 다리를 꼬고 앉으며 레모네이드를 홀짝였다.

"아버지 반응은 어땠어?"

"단테 아빠도 놀랐어. 단테 나이가 그런 일을 당하기엔 아직 어리니까. 하지만 곧 전폭적으로 지지해주면서 나한테 도움을 부탁했어. 그래서 내가 아동 센터에 연결해준 거고."

"그럼 고소 결정은 단테 아버지가 한 거야?"

"그건 단테가 먼저……."

미향은 '흐음' 하며 생각에 잠긴 듯 깊은 숨을 내쉬었다.

"나 검사는 이번 고소 사유를 100% 믿지는 않는 눈치야."

"그래?"

그녀는 생각보다 가벼운 반응을 보였다.

"이 상황에서 내가 후견인으로서 어떻게 하길 바라?"

내가 빤히 바라보며 묻자 미향은 고개를 삐딱하게 기울이고 나를 바라보았다. 그리고 눈썹을 비틀어 올리며 물었다.

"개인적인 관심이야?"

난 코웃음을 쳤다.

"이봐, 날 후견인으로 지명한 사람이 당신이야. 난 그 책임을 이행하고 있고. 어떤 식으로든 하루빨리 매듭지었으면 좋겠어."

"새빨간 거짓말 같지는 않아."

미향이 한숨을 쉬며 나지막하게 말했다. 그 말에는 나도 동의했지만 표 내지 않기로 했다. 일단 이 여자도 자신이 총애하는 맹장 없는 아이가 100% 진실을 말하고 있진 않은 것 같다고 생각한다는 걸 알았다.

"당신이 담당 판사라는 것도 문제가 될 수 있지. 그리고 일단 증거가 없고, 이 상황에서 그 피고가 나 검사를 갈아 마실 만큼 능력 있는 변호사를 선임해서 단테가 지기라도 하면?"

생각만 해도 암담한 듯 미향의 눈썹이 일그러졌다.

"어쩌면 이 일이 이슈가 될 수도 있어. 그러면 지휘자인지 뭔지 이름값 있는 애 아버지 입장은 어떻고? 거기다 청소년 보호 단체에서 지들끼리 불끈해서 항소하라고 부추긴다면? 새빨간 거짓말이 그렇게 부풀려진다면?"

미향은 점점 평정심을 유지하기 힘든 듯 불편한 표정을 지었다. 판사로서 이 일을 법정에서 마주할 때도 아마 저런 표정이 될 것이다. 난 그런 미향의 눈을 똑바로 바라보며 다시 물었다.

"아무도 그 애에게 거짓말이라면 실토하라고 설득하지 않았지?"

미향은 입술을 오므리며 쭉 뺐다. 의심스럽긴 하지만 거짓말이라고 몰아세우는 나쁜 어른은 되고 싶지 않았을 것이다.

"나 검사도 마찬가지겠지. 아이가 성추행을 당했다는 말을 듣고 무시하는 듯한 언행을 했다가는 질타를 받는 세상이니까. 그 고발이 허위라는 직감이 와도 일단은 받아주고 봐야 하는 세상이잖아. 불났다는 거짓 전화에도 일단 소방차는 출동해야 하는 것처럼."

내 말에 그녀는 잦아든 목소리로 입을 열었다.

"아닐 수도 있지만 1%의 가능성이 사실이 됐을 때 그 후폭풍이 더 무서우니까."

갑자기 미향은 목이 타는지 레모네이드를 벌컥벌컥 마셨다.

"어쩔 줄을 모르겠지?"

미향이 갈팡질팡하는 걸 보니 내 얼굴에 조소 같은 미소가 번졌다. 아무리 판사라 해도 지인의 일인 이상 제3자가 되긴 힘든 것이다. 게다가 단테는 애다.

미향은 주저하다 말했다.

"내가 그 애의 맹장을 일부러 주물럭거린 건 아니지만 심리가 미뤄진 건 다행이라고 생각하고 있어. 하지만 거짓말할 아이는 아니야."

"그 애를 믿는 거야?"

"당신은 어린 시절에 어땠어?"

내 암울했던 고아원 시절을 묻는 건가? 미향은 내 과거 인생사를 아는 몇 안 되는 사람 중 하나였다.

"거짓말을 잘하는 편은 아니었어. 내게 해가 미치지 않는다면 거짓말을 일삼진 않았어."

"그래, 거짓말은 그런 거야. 내게 해가 미칠까 봐 두려워지는 순간 내 뇌가 나를 위해 펼치는 무조건적인 반사작용. 하지만 이 소송을 걸었다고 해서, 해 입을 것이 무마되지는 않잖아. 무슨 말이든 거짓말이라고 생각하고 들으면 전부 날조된 거짓말 같아져. 그러고 싶지 않아."

"자식이 있어서 그렇게 이해심이 깊은 건가?"

나는 등받이에 기대어 미향을 물끄러미 바라보았다. 내가 처음 알았던 그녀는 풋풋한 대학생이었다. 화장법도 잘 몰라서 얼굴과 화장이 따로 놀기도 했었는데, 이제 그녀는 유기농 스킨케어가 아닌 색조 화장품을 밥으로 아는 그런 나이가 되었다.

나이가 든다는 건 단순히 피부가 늙고, 대신 머리가 영그는 것만은 아닐 것이다. 쌓이는 과거가 점점 많아지는 것이다. 그녀도 나도.

그녀의 수많은 과거 속에서 활동 사진처럼 움직이고 있을 나는 어떤 모습일지 궁금했다. 아마도 거의 은제와 함께겠지.

불현듯 떠오른 은제 생각에 놀란 나는 그 생각을 떨쳐내려 황급히 커피 잔에 손을 뻗었다.

"판사가 되는 조건에 미혼이 있었으면 좋겠어."

나는 커피를 '호록' 마시며 말했다. 그러자 미향은 피식 웃었다.

"기혼이란 말은 안정된 삶이란 말의 다른 표현이야. 결혼하면 안정을 찾는다고 하잖아. 안정감에서 내리는 판결이야말로 가장 이성적이고, 가장 노련한 거겠지. 당신 말대로라면 갱년기를 홀로 맞이하는 독신 판사들의 스트레스 때문에 판결이 뒤죽박죽될 수도 있어."

"이상적인 인생이 결혼한 인생이란 말이야?"

"비슷하긴 하지. 만나서 헤어지는 것보단 결혼해서 안정을 찾는 게 인생을 긍정적으로 만드는 데 보탬이 되지 않겠어?"

"날 욕하는 거야?"

나는 고개를 기울인 채 삐딱한 시선으로 그녀를 노려보았다.

"미안. 공격적으로 말하려던 건 아닌데."

그녀는 흘기는 내 시선을 모른 척하며 레모네이드를 마셨다.

"난 그만 병실로 가볼게. 애가 혼자 있으니까."

나는 자리에서 일어났다.

"이 소송이 어떻게 될진 모르지만 당신은 애 비유를 맞추는 쪽으로 흘러갔으면 하는 것 같군. 나도 안정적인 인간은 아니지만, 애한테 보탬이 되는 쪽으로 행동해보도록 하지."

아직 건너편에 앉은 채 나를 올려다보는 미향을 향해 말한 후, 나는 반쯤 남은 잔을 귀찮은 표정으로 집어 들었다.

"하나만 물어도 돼?"

내가 발을 떼려는 순간 미향은 질문으로 나를 잡았다. 나는 잔을 든 채 다른 손을 바지 주머니에 꽂으며 그녀를 돌아보았다. 그녀는 나를 물끄러미 바라보았다.

"가던 길을 돌아오게 했으니까 내 질문에 대한 대답 정도는 해줄 수 있지? 꼭 대답해."

아무 대꾸도 하지 않자 그녀는 무거운 눈빛으로 약속을 바랐다.

"좋아. 돌아온 게 그다지 기분 언짢아 보이지는 않지만. 뭔데?"

나는 바지 주머니에 손을 꽂은 채 어깨를 으쓱여 보였다.

"왜, 은제를 잡지 않았어?"

순간 나는 관자놀이 구멍을 막았던 마개가 빠져 뭔가 순식간에 머릿속을 흘러나간 듯 멍해졌다.

어린 시절, 내 생김새가 좀 날카롭고 까칠해 보였는지 아이를 입양하기 위해 온 사람들은 나를 유심히 바라보다 그대로 지나치기 일쑤였다. 아니, 지금 생각해보면 나를 유심히 본 것은 일단 내 첫인상이 그리 나쁘지는 않았기 때문인 것 같다. 하지만 이 아이를 잘 키울 수 있을까, 집에 있는 가족들과 잘 융화될 수 있을까 생각하다 보면 그건 아니라는 결론이 났기 때문에 나를 그저 스쳐갔을 뿐이었던 것이다.

실제로 가끔 아이들을 둘러보러 누군가 온다는 소식이 전해지면 원장님은 나를 불러 이렇게 말했다.

"어른들이 널 유심히 보면 좀 웃지 그러니. 네 미소는 백만 불짜리인데."

하지만 난 그러고 싶지 않았다. 날 유심히 보는 예비 부모들이 한결같이 내 마음에 들지 않았기 때문이다. 그들도 자신들이 원하는 아이를 고르고 있는데, 우리도 좀 골라야 형평성에 맞는 것 아니겠는가 말이다. 나도 그들이 내 입맛에 맞을지, 내가 자칫 눈 밖에 나도 나를 자기들의 가족들과 융화시키기 위해 노력할 기본자세가 있어 보이는지, 그리고 어디 가서 삼촌 따라왔냐는 말을 듣지 않기 위해 적절하게 닮은 구석이 있는지 등등…… 나도 고민하는 그들만큼 꽤 머리가 아팠다.

하지만 내가 결정적으로 입양되기를 꺼렸던 것은 좋아했던 여자애 때문이었다. 그 아이는 내가 생활하던 고아원 후원자의 딸로, 아이들을 입양할 의지는 없지만 일정 금액을 헌납할 의지는 강했던 사람을 아버지로 두고 있었다.

그 앤 나와 또래였다. 이름은 최아름. 그 애의 아버지는 그 애를 고아원에 곧잘 데려왔었다. 베푸는 미덕이 뭔지 그 애에게 산 경험을 시켜주고 싶었던, 다분히 후원자다운 마음이 담겨 있는 듯한 행보였다.

나는 그 애가 오는 날이 좋았다. 고아원 전체의 퀴퀴한 곰팡이 시멘트 냄새가 그 애가 오면 향긋한 허브 향으로 바뀌었다. 옷과 이불에서도 그런 냄새가 났고, 간혹 나와 눈이 마주치면 부끄러운 듯 생긋 웃는 그 애의 뺨이 복숭아처럼 분홍색으로 변하는 모습이 좋았다.

그래서 나는 기도했다. 그 애를 언제나 볼 수 있게 내가 입양되지 않게 해달라고. 그리고 그 기도는 반만 이루어졌다. 나는 고아원을 나가야 하는 나이가 될 때까지 고아원에 남았지만 그 애는 내가 중학생이 되기도 전에 미국으로 이민을 간 것이다. 그때 난 짝으로 만들어졌던 한 쌍의 인형 중, 나만 포장도 벗겨지지 않은 채 떨궈진 기분이라 엄청 맘이 상했었다.

그리고 영원히 기억에 남을 것 같던 그 애를 대학교에서 다시 마주치게 되었다. 확실히 그 애는 아니었다. 닮긴 했지만 안경도 썼고, 귓불 모양도 좀 달랐다. 미국으로 이민 갔던 전력도 없었다. 또 나와 눈이 마주치면 볼이 발그레해지면서 눈웃음이 작렬하긴 했지만 이름도 달랐다. 이름은 이은제. 나와 같은 법대 동기였다. 입학식에서 그녀를 처음 보고 숨이 멎었다가 내가 좋아했던 그 애가 아니라는 사실에 겨우 숨을 쉴 수 있었다. 처음 그녀는 그렇게 가끔 시선에 잡혔다 사라지는 동기 여학생일 뿐이었다.

대학 생활이 시작되면서 나는 모든 것에 완벽했다. 리포트, 시험, 구두시험, 모의재판 등등 모든 분야에서 두각을 나타냈다. 그렇게 사람들에게 완벽한 놈이라는 칭송을 받으며 2학기가 되었을 때였다. 교양 수업을 들어야 하는데 내가 짠 시간표에 맞는 과목이 생활체육밖에 없었다. 나는 모든 것이 완벽한데 운동신경은 없었다. 모두가 알다시피 신은 공평하니까.

잠깐 고민하다 먼저 수업을 들었던 선배들의 평을 듣고는 오히려 잘됐다 싶었다. 알려진 바에 따르면 그 체육 과목의 교수는 첫 수업에만 출석을 하면 다음부터는 출석을 잘 체크하지 않았다. 나는 즉시 계획을 짰다. 첫 수업에 가서 다른 과의 떨떨한 놈을 하나 찍은 후, 그 자식의 리포트 – 주로 법학개론 같은 – 나 하나 써주거나 시험에 나올 내용을 찍어주겠다고 하고 대리 출석을 부탁하는 것이었다. 그 조건이면 내가 2학기 동안 전공 공부를 할 수 있는 시간을 벌 수 있을 것 같았다. 수업료를 벌기 위해 아르바이트를 하면서 수업을 듣자니 시간이 보통 부족한 게 아니었다.

그렇게 완벽한 계획을 세워놓고, 난 첫 수업에서 완전 조지고 말았다. 강의실과 체육관을 헷갈려서 그만 강의실에 늦게 도착을 한 것이다. 다행히도 강단에는 교수의 모습이 보이지 않았다.

"교수가 늦네."

여유롭게 중얼거리며 강의실에 들어서는데 막 내 뒤에서 누군가의 목소리가 들려왔다.

"늦어서 미안하다."

바로 나보다 늦은 체육 과목 교수였다. 내가 놀라 얼른 머리를 조아리자 그 교수는 내 이름을 물었고, 그날 교수는 학생들 앞에서 이렇게 말했다.

"앞으로 내 출석은 조윤건이다. 조윤건 오면 다 온 거다."

학생들에게 널리 이롭게 소리친 교수는 나에게 윙크를 해 보였다. 학생들은 키득거리면서 웃었고, 나는 얼굴이 빨개진 채 체육 수업의 출석부가 된 신세를 굴욕스러워 했다. 그때 웃는 학생들 속에 눈이 안 보일 정도로 환하게 웃는 은제가 있었다. 미향과 함께.

어쩔 수 없이 체육 수업 시간에 한 번도 빠짐없이 출석해야 했던 나는 개망신의 나날을 보내야 했다.

"조윤건, 다 잘하는 줄 알았더니 운동은 빵점이네?"

"신은 공평하다는 말이 너한테 써먹으라고 생긴 말이었구나?"

"배드민턴은 국민 체육 아니니? 넌 어느 나라에서 왔니?"

듣는 말들도 버라이어티했다. 그렇게 내가 죽을 쑤는 얼굴로 배드민턴공을 주우러 다니던 어느 날, 은제가 말했다.

"중간고사 종목이 배드민턴이래. 어떻게 할래? 나랑 같이 칠래?"

순간 땀이 이마에 송골송골 맺힌 은제의 백옥같이 흰 얼굴이 안경 낀 천사의 얼굴로 보였다. 내가 연모했었던 그 애보다 천 배는 더 아름다워 보였다. 내 1학기 동안의 이미지는 성적이 모두 에이플러스인 것은 당연했고, 어떤 각도에서도 보기 좋은 이미지가 연출되었으며, 과 친구들과 친하진 않았지만 가끔 하는 말들이 애들 마음에 쏙 드는, 도도함이 매력적인 신망 어린 이미지였다. 그런 내가 체육에서만 뒤처질 순 없었기에, 게다가 나와 팀을 이루겠다는 사람은 아무도 없었기에 앞뒤 잴 것 없이 단숨에 오케이했다.

"육상 선수가 되고 싶었는데 집에서 법대를 가라고 했어."

이런 축복받은 아이를 보았나. 나는 저주받았을 정도로 운동치인데, 이 애는 공부도 잘하고 운동은 더더욱 잘하는 애였던 것이다.

수업이 끝나면 은제의 특훈이 이어졌다. 스냅 사용법, 서브, 점프 등등의 온갖 테크닉을 그 애에게서 배웠다. 그러던 어느 날이었다. 너무 열심히 공을 주고받다가 높이 뜬 공이 둘 사이의 어중간한 사이에 떨어졌다.

"내가! 내가!"

"내가!"

그 애와 나는 서로 공을 바라본 채 뛰며 소리쳤다.

"헉!"

퍽-!

결국 공이 떨어지던 지점에서 그녀와 나는 세차게 부딪히고 말았다. 내 몸에 튕겨나간 은제는 두 걸음 밖으로 나가떨어졌다.

"어! 미안! 괜찮아?"

너무 놀란 나머지 당황한 나는 허둥지둥 그녀 앞을 오락가락하면서 그녀를 일으켜야 할지, 상태부터 봐야 할지 헷갈려하며 팔을 뻗었다. 그러다 애매하게 뻗은 가운뎃 손가락이 그녀가 쓴 안경에 걸리고 말았다. 내 손에 안경이 걸려 벗겨지자 그녀는 콧등을 찡그렸다. 그 모습이 너무 귀여웠다. 스냅 사진처럼 눈에 와 박혔다. 어린 시절 최 아무개란 첫사랑의 이름은 까먹은 지 오래였다. 갑작스러운 민낯 발사에 당황한 그녀를 보던 나는 나도 모르게 콧잔등을 찡

그런 그녀에게 '쪽' 하고 입을 맞추고 말았다.

내 입술이 그녀의 입술에 살짝 닿자 그녀는 깜짝 놀라 나를 멍하니 올려다보았다. 그 또한 너무 사랑스러운 모습이었다. 그래서 그녀의 팔을 확 잡아당겨 진하게 키스해버렸다. 살아오면서 그처럼 감정적이었던 때가 단 한순간도 없었던 내게 그 시간은 무척 중요하고 진실한 순간이었다. 그렇게 나는 대학 시절의 유일무이, 그러니까 내 전체적인 인생을 통틀어 유일무이한 사랑을 시작했다.

그랬던 그녀가 떠났을 때, 내가 왜 잡지 않았는지 미향이 묻고 있다. 그 얘기를 하자면 길다. 하지만 미향이든 누구든 아무에게도 말하고 싶지 않았다. 상당히 두서없어질 그 얘기, 이실직고하자면 나도 왜 그랬는지 명확히 설명할 수 없는 그때 상황들을 이제 와 늘어놓고 싶지 않았다.

"걔가, 내가 잡길 바랐대?"

나는 건조하고도 무겁게 그녀를 바라보았다.

"아니었을 것 같아?"

아직도 비난하고 있는 건가? 순간 내 입가에선 귀찮은 한숨이 흘렀다. 누구 심리를 미뤄놓고 누구 심리를 시작하는 거야?

"결과적으로 잘된 거잖아. 잘 지내고 있다면서. 이미 일어난 자리야. 다시 앉고 싶지 않아."

나는 귀찮은 얼굴로 몸을 돌려 걸음을 옮겼다. 그러자 미향이 내 옆으로 와 걸으며 말했다.

"언제쯤 말해줄까 궁금했어. 어쩌면 나한테는 언제가 넋두리하듯 풀지 않을까……."

담담한 목소리였다. 나는 내 보폭에 맞춰 걷는 미향을 흘기듯 돌아보았다.

"그렇게 마음에 두고 있을 정도였는데 내가 이러면, 내가 얼마나 말하기 싫은지 알겠네."

나는 내뱉듯 말하고 그녀보다 보폭을 넓혀 걸었다.

"변론의 기회를 주는 건데. 싫어?"

미향은 종종걸음을 치면서까지 내 보폭에 맞추면서 끈질기게 물었다. 내 입에서 탄식의 한숨이 흘렀다.

"남의 일에 신경 쏟는 것이 아줌마들 특정 과목인 건 잘 알겠는데, 나한테는 좀 신경 꺼줄래? 그 옛날에 말하지 않았던 걸 이제 와 말할 놈으로 보여, 내가?"

나는 콧방귀 뀌듯 말하고 보폭을 더 넓혔다.

"만약에."

문득 그녀가 걸음을 멈추고 말했다. 그 말이 또 내 발을 잡았다. 나는 마지못해 그녀를 향해 몸을 돌렸다. 미향이 애잔한 얼굴로 나를 보고 있었다. 그다지 탐탁한 얼굴은 아니었다.

"은제가 행복하긴 하지만, 너랑 살았을 것보다 덜 행복하다면?"

순간 내 눈썹이 꿈틀한 건 왜일까. 나도 모르게 그녀가 그러기를 바랐기 때문일까, 그렇지는 않을까 생각했던 내 예상이 맞았기 때문일까. 아니면 그녀가 덜 행복할 거란 말에 속이 상해 그런 걸까.

"그걸 어떻게 알아? 같이 살아보지도 않았는데."

나는 귀찮다는 듯 대꾸해버렸다.

"사랑은 했잖아. 그런 사랑, 너는 또 있었니?"

미향의 말투는 어느새 대학교 시절 말투로 변했다.

"걔는 지금 남편을, 나보다 덜 사랑하는데도 결혼한 거래?"

나는 미심쩍은 듯 한쪽 눈꼬리를 치켜 올렸다. 그러자 내 눈을 빤히 바라보던 그녀가 말했다.

"다른 사람을 너보다 더 사랑할 자신이 없었으니까……."

그녀의 말을 듣는 순간 나는 입술 안쪽을 꽉 물었다. 미향에게 그걸 티 내지 않기 위해 아무런 표정도 지을 수가 없었다. 얼굴 근육이 가늘게 떨리는 게 느껴졌다.

"너 때문에 더 이상 사랑을 믿지 않게 됐으니까."

미향의 눈빛은 날 질책하고 있었다. 법원에서 처음 우연히 마주쳤을 때 나를 보던, 그리고 그 이후로는 보지 못했던 눈빛이다.

나는 애써 목소리 톤을 정돈하며 물었다.

"그러고도…… 잘 지내고 있는 거 맞아?"

어쩔 수 없이 목소리가 뚝뚝 끊겼다.

"그래. 그러고도…… 그러고도 잘 지낼 수 있을 만큼 좋은 사람을 만났으니까."

미향의 목소리가 애잔해졌다.

"그럼 잘됐네. 나랑 결혼했으면 기혼의 다른 말이 안정된 인생이란 네 말이 틀려지는 거였을 테니까. 걔 인생을 위해서도 무척 잘된 일이야."

나는 힘이 잔뜩 들어가 마음대로 굽히지 않는 고개를 억지로 끄덕이며 몸을 돌렸다.

"그럴까?"

미향이 물었다.

제기랄! 돌아볼 여력이 없었다. 더 이상 은제에 대해 말할 때 뛸 수 있는 심장이 남아 있지 않았다.

은제를 생각할 때면, 그녀에 대한 말을 할 때면 폭풍처럼 뛰던 심장은 멈춰버린다. 그러면 죽을 것 같다. 지금처럼. 바닥에 푹 꺼져버릴 것 같은 내 몸을 지켜주는 내 다리에게 감사할 뿐이다.

병실에 돌아와 보니 단테는 처음 잠들었을 때와 모양새만 바꾼 채 여전히 자고 있었다. 나는 소파에 꺼지듯 주저앉았다. 미향이 계속 들러붙어 물어댔다면 그녀의 목을 졸라버렸을지도 모른다. 언제쯤이면 은제에 대한 생각을 떠올려도 아무렇지 않을 수 있을까.

"엄……마."

땅이 꺼져라 한숨을 내쉬는데 단테가 몸을 뒤척이며 신음하듯 엄마를 불렀다. 수술의 통증으로 꿈자리가 뒤숭숭한가 보다. 나는 얼굴을 찡그리는 단테를 멀거니 바라보았다.

"엄……마."

단테는 또 몸을 틀며 신음하듯 말했다. 나는 힘겹게 몸을 일으켜 그 애에게 다가갔다. 낮에는 멀쩡하더니 많이 아픈가? 간호사에게 모르핀 좀 놔달라고 해야 하나? 하지만 모르핀도 일종의 마약이라고 들었는데. 나는 잔뜩 인상을 쓴 단테의 얼굴을 보며 망설였다.

"흐응."

단테는 다시 수술한 부위를 잡으며 신음했다. 수술하는 꿈이라도 꾸는 모양이다. 나는 어쩔 줄을 모르다 어정쩡하게 손을 뻗어 단테의 어깨를 살짝 토닥였다. 그러자 신기하게도 일그러졌던 단테의 얼굴이 조금 펴지는 것 같았다.

"괜……찮아."

나도 모르게 입에서 이런 말이 흘러 나왔다. 그리고 조금 더 부드럽게 단테의 어깨를 토닥여주었다. 그러자 단테의 자세가 편안해지고 얼굴도 편안해졌다. 어정쩡한 자세로 선 채 나는 조금 더 녀석의 어깨를 두드려주었다.

"흐음."

단테는 고통을 모두 긁어내듯 깊은 숨을 내쉬며 더 깊은 잠으로 빠져들었다. 나는 평온을 되찾은 단테를 주시하며 뒤로 슬금슬금 물러나 다시 소파에 털썩 주저앉았다. 그리고 한참, 자고 있는 단테를 넋을 놓고 바라보았다. 나도 저런 때가 있었을 테지. 너무 고통스러워 무의식중에 저렇게 누군가를 불렀을 때가.

누구를 불렀을까. 무의식인 가운데에선 엄마를 부를 수 있었을까? 내 기억에 내 입으로 엄마를 부른 건, 초등학교 때 소리 내어 책을 읽을 때 말고는 없었다. 그때 그 단어를 읽었을 때의 기분은 마치 외계어를 발음하는 것만 같았다. 문득 나도 아파보고 싶다는 생각이 들었다. 이제라도 아파본다면 조금 알지 않을까. 누구 생각이 날지.

내가 마지막으로 아팠던 건 작년 겨울 갑작스러운 몸살이 났을 때였다. 나는 병치레가 잦지 않은 대신 한 번 아프면 옴팡 아픈 체질이었다. 그때마다 생각났던 건, 은제였다. 차마 이름도 부르지 못했다. 그저 그녀의 해맑게 웃던 모습이 떠오를 뿐이다. 그리고 그녀가 자퇴서를 내고 떠났다는 말을 전해주던 미향의 모습과 나를 질책하는 듯한 목소리, 그리고 이어지는 '네 탓이 아니야.'라고 말해주는, 상상 속 은제의 목소리가 떠올랐다.

정말이지 병실이 싫다. 지난 시간을 회고하기에 딱 좋은 음 소거의 공간 같은 이곳은 일상에서 느껴지는 시간의 흐름보다 시간을 더 많이 부풀리고 흐름을 연장시켜주는 것 같다.

곧 노크 소리가 들리더니 간호사가 문을 빼꼼 열고 들어왔다. 간호사는 나를 힐긋 보더니 곧장 단테에게 다가가 링거를 확인했다. 나는 천천히 자리에서 일어났다.

"오늘 퇴원하면 안 됩니까?"

내가 무뚝뚝하게 묻자 간호사는 내겐 시선도 주지 않은 채 수액의 투입량을 조절하며 건조하게 대꾸했다.

"안단테 환자 퇴원은 내일입니다. 담당 선생님 회진 후에요."

"오늘은요?"

나는 다시 물었다. 그러자 차트에 뭐라고 적던 간호사가 딱한 표정으로 나를 돌아보았다.

"상처가 덧나면 다시 오셔야 해요. 상처 부위 때문에 움직이기 힘들고, 수술 후 경과 체크를 위해 병원을 오가다 더 덧날 수 있는데, 그걸 바라시는 건 아니죠?"

내 얼굴 어디에 '충고가 무척 많이 필요한 사람입니다.'라고 쓰여 있나? 미향부터 시작해서 나만 보면 다들 빈정대듯 말을 하지? 기분이 확 잡쳤다.

"병원비 계산은 어디서 합니까?"

나는 완전히 기분 상한 어투로 지갑을 꺼내며 물었다.

"1층 수납 창구로 가보세요."

그 간호사는 아주 친절하게 대꾸해주곤 쌩하니 병실에서 사라졌다. 나는 입술을 구기며 그녀가 나간 곳을 째려보았다. 그게 내가 할 수 있는 최대한의 복수였다.

수납 창구로 가니 이미 내일까지 포함해서 병원비가 계산되어 있었다. 아마 미향일 것이다. 그렇다면 내일까지 있긴 해야겠군.

다음 날, 단테의 상태를 본 의사는 퇴원해도 좋다고 했다. 드디어 갑갑했던 병실을 나서게 됐다. 단테보다 내가 더 기분이 좋았다.

의사의 명이 떨어지자마자 나는 지체 없이 단테에게 갈아입을 옷을 던져주고 짐을 쌌다. 한참 짐을 챙기는데 옷을 갈아입던 단테가 내게 말했다.

"아저씨, 바지 좀 입혀주세요."

냉장고에 든 음료수와 먹을 것을 챙기던 나는 그 나이에 바지도 못 입느냐고 질책하려고 돌아서다 당기는 허리를 엉거주춤 잡고 애매하게 바지를 발목에 걸치고 있는 단테를 보게 되었다.

"많이 아프냐?"

진짜 많이 불쌍해 보여서 절로 눈살이 찌푸려졌다.

"당겨요. 꼭 고무줄로 꿰맨 것처럼."

상상이 됐다. 나는 두말없이 다가가 무릎을 세우고 앉아 바지를 올려주었다. 한 번도 아이의 옷을 입혀준 적이 없는 나로서는 엄청 생소한 경험이었다.

"지퍼는 제가 할 수 있어요. 감사합니다."

단테는 내게 고개를 꾸벅이곤 허리에 걸린 바지의 지퍼를 올렸다. 나는 다시 짐들을 챙기려 돌아서다 멈칫하고 단테를 다시 돌아보았다. 단테가 기를 쓰고 지퍼를 잡아 올리고 있었다. 나는 고개를 기울여 단테의 얼굴 표정을 살폈다.

빡빡한 지퍼에 온 정신이 팔린 아이. 남자에게 성추행을 당한 애치고 방금 전, 아랫도리를 너무 태연하게 내게 보이고 있었잖아? 조금의 움츠림도 없이. 그리고 지금도, 이 자식은 입술까지 오므린 채 지퍼 올리기 미션에 정신을 쏟고 있었다. 역시 거짓말일까?

미향의 믿음을 배신하고 싶지 않았……던 것은 아니지만 어쩌면 미향의 믿음에 배신이란 단어를 새겨줄 찬스가 왔다는 악마적인 행복감이 잠시 스쳐갔다. 그러다 뜨거운 콧김이 흘렀다. 나란 놈은 남에게 배신감을 주면서 희열을 느끼는 놈인가? 그런 놈이 어째서 변호사가 된 걸까. 아니지. 변호사야말로 악랄한 내게 제격일지도 모른다.

병원 주차장, 단테의 짐을 트렁크에 싣고 차에 오르는데 뒷자리에 앉아 있던 단테가 지갑을 내 쪽으로 내밀었다.

"엄마 사진 볼래요? 사람들이 우리 엄마 예쁘댔는데."

지금 얘가 누구 앞에서 엄마 자랑질이야? 나는 귀찮은 표정으로 단테의 손을 걷어냈다.

"내 엄마 아닌 사람한테는 솔직히 관심 없다."

내게도 예쁜 엄마를 자랑하고 다른 사람들처럼 예쁘다는 칭찬을 해주길 바라는 게 분명하다. 그러니 난 더 안 보고, 안 해줄 테다.

다음 날 아침, 주방에서 잔을 찾던 나는 하마터면 며칠째 뒤집혀 있던 크리스털 잔을 꺼낼 뻔했다. 식겁했던 나는 식은땀까지 흘리며 안도의 한숨을 내쉬었다.

나는 신경질을 내며 들었던 잔을 구석에 휙 밀어버리고 다른 잔을 꺼내 들었다. 그런데 자꾸만 구석으로 밀쳐진 그 잔이 거슬렸다. 도저히 안 되겠다. 저 잔에다 무슨 표시를 해놓고 비싼 잔에 구린 짓을 한 그 자식만 저 잔을 쓰게 해야겠다.

나는 서랍을 뒤져 이사할 때 가구에 칠하느라 샀던 페인트 마카를 찾아 꺼내 들었다. 그리고 그 자식이 볼일을 본 악몽의 잔 맨 밑 가장자리에 'X' 자로 표시해놓았다. 이제 이 자식은 제 소변 그릇을 잔으로 쓰게 될 것이다. 'X' 자가 마르길 기다리는 내 얼굴에 음흉한 미소가 흐르고 있다는 걸 느낄 수 있었다. 그때였다.

"물 좀……."

갑자기 나타난 그 자식이, 바로 내 앞에 놓인 'X' 자 표시의 잔을, 그것도 'X' 자 표시를 정확히 엄지손가락으로 집으면서 잔을 쥐는 것이었다.

"아!"

나는 당황하며 눈을 휘둥그레 떴다.

"아, 저게 그 잔인가요? 제가 쓸게요."

내 탄성에 단테는 바로 캐치한 것처럼 집었던 잔을 놓더니 방금 새로 꺼낸 잔을 집었다.

"아냐!"

나는 두 손으로 머리를 움켜쥐며 소리쳤다. 놀란 단테는 집었던 잔을 얼른 놓았다. 비명이 두개골 밖으로 튀어나가지 못하고 골 안을 빙빙 돌며 울렸다. 지금 내 눈앞에, 비슷한 위치에 'X' 표시를 한 두 개의 똑같은 잔이 놓여 있다. 엄지손가락 지문에 똑같은 'X' 표시를 한 녀석과 함께.

젠장! 잔 두 개를 포기해야 하는 거야? 이게 다 얼마야?

PIECE 5

# 난 내 얼굴이 정말 싫어

출근하기 위해 옷을 갖추어 입고 소매 끝 단추를 꿰며 거실로 나서니 단테가 뭔가를 끌어안고 퍼먹으면서 텔레비전을 보고 있었다. 그 앞에는 'X' 자 표시가 된 잔이 주스를 머금고 있었다. 저절로 내 콧등에 주름이 잡혔다.

최신 53인치 LED 브라운관에서는 낯선 여자들과 남자들이 나오는 드라마가 방영되고 있었다. 누군가 내 텔레비전을 보고 있는 거실 풍경이 생뚱맞도록 낯설었다. 그 앞에서 뭔가 퍼먹으며 구부정하게 앉아 있는 남자아이도.

"이거 꼭 원피스에 나오는 우정의 증표 같아요."

단테는 텔레비전으로 향하던 시선을 주스가 담긴 크리스털 잔에 흘리며 말했다.

"그게 뭔데?"

"엄청 유명한 만화인데 모르세요?"

"나 그렇게 한가한 남자 아니다."

"알아요."

눈을 동그랗게 떴다가 시선을 내리깐 그 자식은 주절주절 말을 잇기 시작했다.

"거기에 나오는 루피랑 조로, 상디, 나미, 쵸파, 우숍, 비비……."

"뭔 이름들이 개 새끼 이름 퍼레이드냐?"

알아도 꼭 제 이름 같은 놈들만 외운다.

"휴……."

내가 무지 한심스럽다는 듯한 한숨이다. 짜증 나게.

"거기 나오는 애들이 서로를 기억하는 증표가 돼요. 서로에게 진실되고 영원히 기억되는, 암튼 원피스 아는 사람이라면 다 아는……."

"됐고. 지금 보는 것도 그런 거냐?"

나는 재킷 소매 안에서 구겨진 와이셔츠 소매를 털며 텔레비전을 보았다.

"아침 드라마요? 보모 아줌마가 보시던 건데, 여기 오고 나서 병원에 입원하느라 못 봤거든요. 궁금해서요. 아저씨네 IPTV가 우리 거랑 똑같아서 다행이에요."

헉! 조기 교육이 이런 것인가? 아침 드라마처럼 통속적이고, 진부하며, 막장의 아우토반을 내달리고, 일주일 후나, 한 달 후 내용이 똑같은 그런 성인 드라마를 사내자식이 밀린 것까지 챙겨서 보고 있단 말이야? 이런 자식이 군대에 갈 수나 있을까?

"무슨 내용인지 알고나 보냐?"

바지 주머니에 손을 꽂은 채 텔레비전을 힐긋 본 나는 단테 뒤에서서 단테의 정수리를 한심하게 내려다보았다.

"저 아줌마가 아들을 위해서 저 누나를 며느리로 사려고 해요."

"산다고?"

황당해진 나는 다시 텔레비전을 보았다.

"네. 회장인데 돈이 많죠. 아들이 자폐증 환자라서 결혼을 못하는데 저 간호사를 좋아해요."

흐음, 생각보다 참신한 내용이다.

"간호사가 무척 착한데, 애기를 낳았다가 잃은 경험이 있어요. 그런데 사실은 간호사네 엄마가 거짓말하고 아이를 다른 집에 입양 보낸 거예요. 딸의 행복을 위해서. 그래서 제목이 '하얀 거짓말'인가 봐요."

단테는 텔레비전을 주시한 채 일목요연하게 설명해주었다. '입양'이란 말이 구미를 당겼는지 모르겠다. 나는 주머니에 꽂았던 손을 빼 손목시계를 들여다보았다.

"몇 분짜리냐?"

"20분요."

딱 맞춤처럼 평소 출근 때보다 20분 이른 시각이었다.

"끝나가니?"

"네. 다음 편 이어 볼 건데요."

단테는 고개를 돌려 나를 힐긋 올려다 보더니 다시 텔레비전에 집중했다. 내 집, 내 소파임에도 나는 멋쩍게 소파를 돌아 단테 옆에 앉았다.

"엔딩 크레딧 올라가네?"

내가 화면을 보며 중얼거렸다.

"다음 편 돈 내고 봐야 하는데, 봐도 돼요?"

"뭐? 얼만데."

나는 눈살을 찌푸렸다.

"천 원요."

"앞으로 몇 편 남았는데?"

"두……세 개요."

단테가 슬쩍 내 눈치를 살폈다.

"한 번 사면 얼마나 볼 수 있는데?"

"일주일요."

잠시 고민했지만 쪼잔하지 않은 사람으로 보이기 위해 쿨하게 허락했다.

단테는 알 수 없는 노래를 흥얼거리며 리모컨으로 화면에 뜬 '구매 확인'을 눌렀다. 다른 손에는 내가 사두었던 인스턴트 죽의 양송이 맛이 들려 있었다. 내가 사오자마자 먹었던 그 맛이었다.

"양송이 좋아하냐?"

"그나마요."

그, 나, 마?

"그런데 뭔 죽을 그렇게 많이 샀대요?"

순간 널 위해 샀다는 말은 죽어도 목구멍으로 넘어오지 않았다. 솔직히 왜 샀는지도 모르겠다. 구급 대원에게 집 현관문 비밀번호를 단숨에 알려주지 않았다는 일말의 미안함 때문에?

"내가 죽을 좋아해."

"그래요? 난 싫은데."

"그런데 왜 먹어. 내놔."

내가 손을 뻗자 단테는 들고 있던 죽을 얼른 허리춤으로 숨겼다.

"배가 고파서 어쩔 수 없이 먹는 거예요. 병원 죽보다 낫기도 하고. 그 병원에다가 환자들한테 이 죽을 주라고 해야겠어요."

단테는 주저리주저리 떠들어댔다. 엄청 친한 사이처럼.

"시끄러워. 시작한다."

잠깐의 로딩 중 광고가 끝나고 드라마가 시작됐다. 화면 가득 '하얀 거짓말'이라는 제목이 떴다가 사라졌다.

하얀 거짓말. 자식의 행복을 위해 자식이 갓 낳은 아이를 입양 보내는 부모라……. 잠시 내가 그 아이 입장이라고 생각해보았다. 용서가 될까? 그건 잘 모르겠다. 버리는 부모의 바람대로 행복해졌는지 어떤지가 관건일 것 같다. 부모들의 바람대로 행복해졌다면…… 그래도 난 용서가 되지 않을 것 같다.

나는 양복 상의의 단추를 풀고 소파에 편안하게 기댔다. 옆에서는 단테가 텔레비전에 시선을 꽂은 채 죽을 후루룩 마시고 있었다. 곧 텔레비전에선 눈에 익은 여자가 잠옷 차림으로 나와 물을 마셨다. 이거 애들이 봐도 되는 건가?

한 편만 보고 나오겠다는 생각과는 달리 두 편을 보고 나오는 바람에 살짝 지각했다. 이래서 아줌마들이 헤어 나오질 못하는구만. 세 번째 책 구성이 잡혔다.

'막장 드라마. 마약 같은 정체성 붕괴.'

심각한 일이다. 어른들이 무심코 보는 그런 드라마를 따라 보는 어린아이들의 정신 건강은 누가 책임질 것인가 말이다. 어떻게 보면 전파 낭비이다. 제 돈 줘가며 저지르는 낭비. 오늘 나는 그 낭비에 이천 원을 썼다. 그리고 앞으로 얼마를 더 쓸지는 나도 모르겠다.

아무튼 운전을 하며 책 차례까지 구성하다 로펌 사장과 엘리베이터 앞에서 맞닥뜨리고 말았다. 하지만 나는 침착하게 말할 수 있었다.

"후견인의 임무 때문에 단도리 좀 하고 나오느라구요."

나의 말에 눈썹의 각을 세우던 사장은 마지못해 고개를 끄덕이더니 내 어깨를 툭툭 두드리며 엘리베이터에 올랐다. 나는 유리로 된 엘리베이터를 타고 터미네이터의 마지막 장면처럼 유유히 내려가는 그에게 90도로 인사했다. 그걸로 가볍게 끝이었다.

게다가 막장처럼 스릴 있지는 않았지만 예상치 않게도 – 사실은 충분히 예상은 했다. 그게 오늘일지 몰랐을 뿐 – 사무실로 단테의 담당 검사인 인영이 찾아왔다. 인영은 귀에 반짝이는 작은 귀걸이를 하고, 너무나 단정한 연노랑 정장을 입고 나타났다. 자신을 귀여운 여자로 봐줄 것을 상대방에게 강요하는 차림이었다. 선보러 간 자리에선 그게 강점일 수 있겠지만, 여검사를 우습게 보는 의뢰인이나 판사, 배심원이나 방청객을 만나면 되게 욕먹을 스타일이었다.

"검사께서 후견인에게 어인 일?"

책상에 깔린 자료들에 정신을 쏟고 있던 나는 방으로 들어서는 그녀를 뒤늦게 올려다보곤 한쪽 입술을 귀에 걸며 미소 지었다. 연수원 시절, 내가 '헤이, 아가씨.'라는 호칭을 다른 여자에게 하는 것을 들키지만 않았어도 깊은 사이가 유지될 뻔한 여자다. 물론 사랑은 아니었다. 그녀가 귀여움에 너무 충만해 있어서 잠시 갖고 싶었을 뿐이다. 귀여운 강아지나 인형, 작은 화분을 보면 떠오르는 동심 어린 기분. 그러고 보니 나는 귀여운 여자 취향인가 보다.

"고 판사님이 당신한테 가보라고 해서."

"판사님이 미팅도 주선해주시고. 되게 한가하신가 봐?"

나는 빈정대며 자리에서 일어났다. 인영은 내가 권하지도 않은 소파에 털썩 앉아 다리를 꼬았다.

"커피?"

"허브 티 있음 한 잔 줘."

"없어."

"됐어."

내 단칼에 그녀는 무심하게 대꾸했다. 나는 싱긋 웃으며 인터폰을 눌렀다. 정양이 신속하게 대꾸했다.

[네.]

"여기 레몬 티 두 잔만."

[네.]

인영은 나랑 있는 것이 거북한 듯 눈을 감았다 뜨며 건조한 듯 눈동자를 굴렸다.

"전화로 하지 그랬어?"

나는 그녀의 마음을 십분 이해한다는 표정을 지어주었다. 한때, 나랑 있으면 도발적으로 변한다고 고백했던 그녀였다. 연수원에서 내게 처음 몸을 맡길 때였다. 그렇게 말하던 이 여자의 몽환적인 눈빛과 지금 나를 혐오스럽게 보는 눈빛이 너무나 상반돼서 같은 사람이라고 단정 짓기가 주저될 정도였다.

"단테는 어때?"

그녀는 하찮다는 시선으로 나를 건너다보았다.

"잘 지내."

"맹장 수술 했다며? 별걸 다 겪네."

"그러게."

시답잖은 대화가 잠시 오가는 사이 정양이 들어와 그녀와 내 앞에 예의 바르게 레몬 티를 놓고 사라졌다.

"담당 검사가 병문안도 안 갔어?"

"후견인이 있는데 뭐하러."

마치 그 후견인이 떡하니 자리를 지키고 있어서 병문안 가기 싫었다는 말로 들렸다.

"피고의 결백을 증언해줄 사람들이 준비됐대."
그녀는 피곤한 얼굴로 말했다.
"당신도 그 새…… 자식이 결백하다고 생각하나봐?"
'새끼'라고 말하려다 순간 눈동자가 빠질 듯 나를 노려보는 그녀의 눈빛에 전두엽이 서둘러 정정했다.
"그런 말투, 의뢰인 앞에서 실수할 수 있어."
그녀는 눈을 가늘게 뜨고 훈계하듯 말했다.
"교수님 말투네."
나는 시답잖다는 듯이 대꾸했다. 그러자 그녀는 힘없이 어깨를 축 늘어뜨렸다.
"벌써 증인이 셋이래. 근데 우리 쪽엔 한 사람도 없어. 단테는 나한테 처음 진술했던 그대로만 똑같이 얘기하고. 이러다 개망신……."
뜨끔했는지 그녀는 입술을 말았다. 내 말투를 지적하더니 자기 말투도 엉망진창이다.
"그럼 처음부터 기소 따위 하지 말았어야지."
나는 레몬 티 잔을 입가에 대고 잔에 동동 뜬 진짜 레몬을 뚫어지게 보면서 심드렁하게 말했다. 그랬으면 이렇게 마주 앉아 있을 일도 없었을 텐데.
"시민 단체까지 끼어들었어. 가볍게 여겼다간 그야말로 매스컴 처형대 감이라고. 나도 어쩔 수 없이 맡은 사건이야."
인영은 무거운 추가 달린 것처럼 하염없이 어깨를 늘어뜨렸다.
"딱하게 됐네. 판사를 바꿔달라고 해."
나는 슬쩍 흘리듯 말했다. 그러자 인영의 눈이 씨알도 안 먹힐 소리라는 듯 홉떠졌다.

"고 판사님이 들어주시겠어?"

"원래는 고 판사가 다른 판사에게 일임했어야 할 일이지."

"엄청 아끼는 아이인가 봐."

"그런 것 같더라."

나는 레몬 티를 '호록' 마시며 아침에 드라마에 몰두해 있던 단테의 모습을 떠올렸다.

"단테가 태어나는 것도 봤대."

"그래?"

그건 금시초문이다. 미향의 사적인 관계를 다 알지는 못하겠지만 그런 절친이 있을 줄은 몰랐다. 그러다 문득 은제가 아이를 낳는 것도 봤겠다는 생각이 들었다. 은제도 아이를 낳았겠지? 아들일까, 딸일까? 요즘엔 은근히 불임도 많으니까 고전 중인지도 모르겠다. 이상하게 애들 좋아하는 사람들이 오히려 애를 갖지 못하는 경우가 많은 것 같다는 생각도 잇따라 들었다. 상대성 원리에 따른 느낌일 뿐일지 모르지만.

"대모라도 되는 모양이지?"

"그렇다던데?"

또 새로운 정보다. 하긴 그 정도나 되니까 그렇게 사사건건 자기 자식 건드렸다는 듯이 날 째려보겠지. 단테를 이용해서 그 아줌마를 좀 어떻게 골탕 먹여볼까?

"우리 고매하신 고 판사님은 좀 두고 보자는 속셈 같던데. 아이가 한 말인데 거짓말로 몰면 그것도 아이에게 상처가 될 테니까. …… 피고는 어때?"

잠시 뜸 들이다 말을 이은 나는 들고 있던 잔을 테이블에 내려놓고 인영을 쳐다봤다. 그녀는 착잡한 표정을 지었다.

"글쎄……."

인영은 어깨를 갸웃하며 레몬 티를 한 모금 마셨다.

"평범해. 잘 들키지 않을 얼굴이야."

그녀의 미간이 일그러졌다.

"사람들 사이에 섞여 있으면 잘 못 찾을?"

"응. 엄청 평범하게 생겼어. 아니라고 펄펄 뛰는 걸로 봐선 정말 아닌 것 같기도 하고."

"역시 단테가 거짓말을 했을 거라는 데 무게를 두는군?"

'거짓말'이라는 단어를 입에 올리자 문득 아침에 단테와 같이 보았던 '하얀 거짓말'이란 드라마가 떠올랐다. 하얀 거짓말. 선의의 거짓말이란 뜻이다. 그 녀석도 그 뜻을 알고 있는 듯했다.

불현듯 100% 거짓말 같지는 않다던 미향의 말이 떠올랐다. 혼자 눈이 휘둥그레진 나는 나 검사를 바라보았고, 잔을 들던 그녀와 눈이 마주치자 그녀는 의아하게 나를 바라보았다. 그때였다.

"변호사님!"

정양이 기겁을 하며 문을 열었다.

"왜……."

내가 놀라며 일어서려는 찰나 허둥거리는 정양 뒤로 세 명의 건장한 남자가 나타났다.

"누구시죠?"

내가 놀라며 묻자 맨 앞에 선 남자가 신분증을 보이며 말했다.

"서초구 강력계 형사입니다. 댁에 갔더니 경비원이 여기서 일하신다고 해서요."

형사 신분증을 내 코앞에 들이댄 그가 딱딱하게 말했다.

"무슨 일이신데요?"

"M 아파트 101동에 사시죠?"

"네."

형사에게 대꾸하는 내 머릿속은 '윙' 소리를 내며 마구 돌아갔다. 설마, 노인네가 어떻게 된 건 아니겠지?

"그 앞에 씨사이드 아파트가 있는 거 아시죠?"

"네. 그런데……."

나는 영문을 몰라 하며 인영과 정양을 번갈아 돌아보았다. 그녀들의 눈은 주먹만큼 커진 채 나를 향하고 있었다.

"그 아파트 주민이 스토킹 당하고 있다고 당신을 신고했습니다. 집에 망원경과 카메라 있으시죠?"

순간 뒤통수가 쓸린 듯한 기분이 들었다.

"아, 그건……."

나 검사와 정양은 어느새 벌레를 씹은 표정으로 나를 경멸스럽게 바라보았다.

"그건 제가 말씀드릴 수 있습니다."

내가 다급하게 입을 열었지만 형사 둘은 개의치 않고 내 옆에 민첩하게 착착 붙어 팔을 끼웠다. 어디서 많이 본 장면이었다. 내겐 상당히 거리감 있는 행동이라고 생각했던.

"변호사시니까 권리는 잘 아시겠죠. 일단 서로 가시죠."

"이것 보십쇼. 전 도주 의지가 없는 사람입니다. 놓고 가시죠. 이것 보세요!"

가끔은 내 겉모습이 싫을 때가 있다. 누가 봐도 여자를 무척 탐할 것 같고, 스토커 짓을 한다면 할 수도 있겠다 싶게 뺀질거리게 생긴 내 얼굴이.

서에 도착하니 나를 신고했다는 여자 둘이 있었다. 딱 봐도 스토커 짓 하게 만들게 생긴, 엉덩이를 겨우 덮는 미니스커트에 가슴만 겨우 가린 초스몰 사이즈의 탑, 그리고 그 초스몰 사이즈로는 도저히 다 덮일 것 같지 않은 슈퍼 D컵의 가슴, 한 머리에 두 가지 이상의 칼라를 믹스한 그녀들은 10분만 봐도 흥미진진한 행동과 언행이 기대되는 여자들이었다. 어떤 남자라도 쳐다보게 생긴 그녀들이었기에 내 변명은 통하지 않을 것 같았다.

합의로 끝내 한몫 잡으려 드는 게 분명하다는 생각이 들었다. 어쩌면 카메라 렌즈가 비스듬히 자신들을 향해 있기만 해도 자신들을 '도촬' 하는 줄 아는 자뻑 클럽 회원일지도 모른다. 카드 결제 영수증을 내밀고 사인하라고 하면 제 사인 해달라는 줄 알고 종이 한가득 사인을 휘갈기는 연예인들처럼.

"자, 자초지종을 말하자면 제 의뢰인과 저의 얘기입니다."

나는 주위 눈치를 슬쩍 살피며 나지막이 말했다.

"해보시죠."

"그게, 기밀이라 함부로 말씀드릴 순 없습니다."

이러고 있는 상황이 정말 마음에 안 들어 이마가 저절로 구겨졌다.

"그럴 수 없습니다. 안 그러면 묵비권을 행사한다고 생각하겠습니다. 묵비권이 뭘 의미하는 줄은 아시죠?"

"그게요. 아하, 참……."

나는 답답해하며 넥타이를 풀었다. 뒤에서는 따라온 인영이 사건의 정황을 보고받는 중이었다. 여차하면 나를 위해 나서줄 거라는 데, 나를 혐오하는 그녀로서는 아마도 여자들 편을 들지도 모를 일이다. 하는 일도 그런 일 아닌가.

난 노인과의 신뢰를 위해 망원경과 카메라 설치의 이유를 댈 수 없었다. 설사 얘기한다 해도 사실인지를 확인하려면 그 노인네의 증명이 필요했다. 그럼 나는 심각하게 모양 빠지는 꼴을 보이고 말 것이다.

"언제부터 그런 거야?"

어느새 뒤로 다가온 인영이 내 귀에 대고 속삭였다.

"아니라니까!"

나는 버럭 소리쳤다. 그러자 껌을 짝짝 씹던 그 두 여자가 흠칫 놀라며 나를 쳐다보았다. 한 여자가 껌이 넘어갔는지 캑캑거렸다. 염병! 별의별 상황을 다 겪어봤지만 근래 들어 이런 일들이 일사불란하게 연달아 일어나는 것을 이해할 수 없었다.

문득 단테와 그 얼굴도 모르는 성추행범이 떠올랐다. 지금 이런 상황이라면 그 남자는 무지하게 억울할 수도 있겠다. 변호사가 되고 처음으로 상대편의 입장이 되어봤다. 경험의 가르침이 이런 걸까? 이렇게 뼈에 새길 정도가 돼야 가치가 있는?

"집에 가봅시다. 거기 망원경이랑 카메라가 설치되어 있으면 그 각도를 보면 알겠네요. 카메라도 있다면 저장된 게 있지 않겠어요?"

인영은 나를 위해 최선을 다한다는 표를 역력하게 내며 형사들에게 말했다. 망할 여자! 누가 주둥아리 함부로 놀리라고 했어! 거기서 카메라 속 노인네의 상황을 본다면? 만일 카메라에 내가 보지 못한, 노인네와 그 가정부 출신 애인의 비밀 정사라도 녹화되어 있다면, 죄다 조지는 거다. 또 다른 스토커로 오해받고 설명이 필요해질 것이다. 만약에 노인이 직접 증명을 해줘야만 한다면? 노인이 다 귀찮다고 아예 모른 척한다면! 그러고도 남을 노인네였는데!

"그거 좋은 생각입니다. 같이 가실까요?"

인영의 말에 형사는 흔쾌히 자리에서 일어났다. 내 집에 가는데 왜 그가 흔쾌히 승낙하지? 더구나 짧은 쪼가리 패션을 한 두 여자도 자리에서 벌떡 일어났다. 카메라에 자신들이 잘 녹화되었는지, 화면발은 잘 받는지 궁금한 얼굴이었다.

입이 딱 벌어진 나는 어떠한 행동도 하지 못하고 멍하니 서 있을 수밖에 없었다. 그때 인영이 내 옆으로 와 다시 속삭였다.

"떳떳하면 떨 거 없잖아?"

나 떨고 있니? 떨리는 주먹으로 이 여자를 후려쳐 기절시키면 어떤 상황이 초래될까? 앞의 사건들은 사라지고 연수원 동기에게 폭력을 행사한 것으로만 입건될까? 그럼 그쪽이 더 좋을 것 같은데. 합의가 쉬울 테니 말이다. 무릎 꿇고 다시 안면 보이지 않겠다는 약속으로 끝내면 그만이고, 나는 충분히 그렇게 할 자신이 있다. 여자를 때려서는 정말 안 되는 걸까?

이런저런 생각으로 머리를 굴리는 사이 나는 어느새 평생 탈 일 없던 경찰차에 올라타고 있었다. 인영은 자신의 차를 몰고 따라올 예정이란다. 게다가 날 고소한 여자들이 따로 탄 경찰차까지.

집들이 하는 것도 아니고, 내 집 관광 퍼레이드도 아니고 이게 무슨 일이란 말인가. 예우 차원에서 수갑까지 차지는 않았다. 하지만 경찰차에서 내리는 나를 본 경비원은 아연실색했다. 마치 살인범이 현장 검증을 하기 위해 범행 현장으로 올라가는 형국 같았다.

나는 애써 경비원에게 미소 지었고, 경비원도 내 인사를 받았지만 나도 그도 기가 막히기는 마찬가지였다. 아파트에서는 명망 높았던 변호사였는데, 하루아침에 이미지 추락이다.

엘리베이터에 오르자 문득 단테가 생각났다.

“아, 집에 아이가 있습니다.”

“아이요?”

형사가 놀라 되물었다.

“몇 살인데 집에 혼자 둔답니까?”

그러고 보니 맞는 말이다. 그럼 어린이 유기죄도 추가 성립되는 건가? 아, 미치겠다.

“자초지종을 제가 설명하면 안 될까요?”

단테 얘기에 인영은 다급히 앞으로 나섰다. 그녀 앞에서 울고 싶진 않지만 정말 울고 싶었다.

“일단 망원경부터 확인합시다.”

형사의 말에 쪼가리 패션의 여자들이 고개를 끄떡였다. 껌이 목구멍으로 넘어갔다던 여자는 어느새 새 껌을 씹고 있었다.

비밀번호를 누르고 집에 들어서자, 탁자 앞에서 쭈그리고 앉아 뭔가를 쓰던 단테는 화들짝 놀라 고개를 쳐들고 나와 내 뒤를 따르는 사람들을 돌아보았다.

내가 없는 낮 동안 얘는 이렇게 멀거니 혼자 있나 보다. 나도 혼자 있으면 이렇게 보일 텐데 어쩐지 단테의 모습이 측은하게 느껴졌다. 그래서 그런지 그 애가 거짓말하는 게 아니라고 믿고 싶어졌다. 법정을 이리 옮기면 우리가 이길 거다.

“단테야, 손님들이 오셨는데 네 방에 가 있을래?”

나는 단테를 바라보며 최대한 부드럽게 말했다.

"아, 저기, 저도 드릴 말씀이……."

단테는 상당히 걱정스러운 표정으로 쭈뼛거렸다. 지금 이럴 때가 아니란다, 아이야.

나는 스팀 오르는 콧김을 애써 참으며 주먹을 꽉 쥐었다.

"나중에 해도 되니까 잠깐 들어가 있자."

인영이 단테의 어깨를 안으며 상냥하게 말했다. 얼굴이 어두워진 단테는 고개를 푹 숙이며 방을 향해 돌아섰고, 인영은 단테를 방에 들여보낸 후 내 옆으로 와 섰다.

"함께 망원경과 카메라를 보도록 하죠."

인영이 앞으로 나섰다. 그녀가 베란다로 나가면서 망원경과 카메라를 안고 논개처럼 떨어진다거나 — 아, 이건 참극인가? — 발이 걸려 앞으로 고꾸라지면서 망원경과 카메라가 박살이 난다면 어떨까.

나는 경찰서에서와 마찬가지로 여러 가지 가능성에 대해 머리를 굴렸다. 어느 것이 노인에게 모양 빠지지 않고 이 상황을 헤쳐나갈 수 있을지.

"자, 그럼."

인영이 손뼉을 '짝' 하고 마주치곤 베란다로 성큼 나갔다. 상점 오픈식이라도 하냐? 나는 침통하기 그지없는 얼굴로 베란다를 외면하며 돌아섰다. 곧 들려올 멘트가 대략 예상이 되어 미칠 것 같았다.

"이게 뭐야?"

형사가 깜짝 놀라 중얼댔다. 그래, 이 멘트가 시작이겠지. 터져 나온 가장 적절한 대사에 나는 눈을 질끈 감았다.

"언제부터 저랬어?"

놀란 인영이 거실 안으로 고개를 들이밀며 내게 물었다. 아, 뭐라고 말해야 하나. 난 그저 노인의 전 재산 중 5%를 갖고 싶었을 뿐이라고 말해도 될까. 의뢰인이 억지로 시켜서 여기도 거의 볼모처럼 끌려와 사는 거라고.

그때, 인영과 함께 베란다로 나갔던 형사도 거실로 몸을 들이밀며 쪼가리 패션의 여자들에게 물었다.

"분명히 오늘도 봤다고 말씀하셨습니까?"

여자들은 고개를 끄덕였다.

"그런데……."

인영은 한숨을 쉬며 나를 보았다. 그리고 가소로운 표정으로 여자들을 돌아보았다.

"이 상황에 뭔가 봤을 리가 없을 텐데요."

어, 이건 예상 멘트가 아니다. 내가 당황해 돌아보자 인영은 어깨를 으쓱이며 베란다로 사라졌고 형사도 굳은 얼굴로 베란다로 사라졌다. 나와 거실에 함께 있던 여자들도 베란다 창에 달라붙어 밖을 내다보았다. 궁금해진 나도 그녀들의 머리 너머로 베란다를 내다보았다.

헐! 눈으로 보고도 믿을 수 없는 광경이었다. 망원경은 하늘로 치솟아 있었고, 카메라는 목이 부러져 있었다.

"이게 어찌 된……!"

나도 모르게 입에서 이런 말이 튀어나왔다. 여자들이 눈을 들어 나를 올려다보았다. 나는 헛기침을 하며 똑바로 섰다.

"아이는 누굽니까?"

찝찝한 표정으로 카메라를 살피던 형사가 나를 보았다. 아이에게 뭔가 묻고 싶은 것 같았다.

"설명드리긴 뭐한 일이 있는데, 암튼 제가 그 아이 담당 검사입니다. 그리고 이분은 그 아이 후견인이시고 별을 좋아하시는 분이죠."

인영은 나를 가리키며 말했다. 내가 별을 좋아한다고 이 여자에게 말했었나? 나 별 안 좋아하는데. 그러나 망원경은 별을 너무너무 좋아하는 것처럼 목을 꺾고 위를 올려다보고 있었다.

"아이를 의심하시는 거라면, 이 집에 온 지 며칠 되지도 않았고, 맹장 수술 때문에 어제 퇴원했어요. 의심받을 일은 하지 않았을 거란 말이죠."

인영은 법정 한가운데 선 양 허리를 꼿꼿하게 세운 채 팔짱을 끼며 말했다.

"여자분들은 오랫동안 스토킹을 당했다고 하셨는데 그걸 어떻게 밝히죠? 여긴 공동 주택이고, 누구나 별은 볼 수 있죠. 망원경을 잠시 내려놨다고 해서 다른 꿍꿍이가 있다고 단언할 순 없지 않나요?"

인영이 당당하게 소견을 말하는 동안 형사는 장갑 낀 손으로 카메라를 주워 저장된 파일을 찾아보려 버튼을 눌러댔다. 하지만 카메라는 완전히 맛이 간 상태였다.

"그리고 이분은 무척 바쁜 변호사세요."

마치 동물원 우리를 안내하는 듯한 그녀의 말투에 나를 고소한 여자들은 다시 봤다는 듯 나를 위아래로 훑어대기 시작했다.

"낮엔 집에 거의 계시지 않고 주말에도 나돌아…… 아, 그러니까 의뢰받은 일로 바쁘신데 언제 카메라에 정신을 쏟고 있겠어요. 게다가 이분들은 밤에 일하시고, 이분은 밤에나 퇴근하시는 분인데요."

수긍이 되는지 형사는 고개를 끄덕였다. 인영의 두 손을 잡아도 된다면 당장 부여잡고 오열하고 싶은 심정이었다.

"여자분들이라 좀 민감하셨나 봐요. 심정은 저도 이해해요."

인영은 동조하듯 고개를 끄덕였다.

"미안합니다."

너무나 순순히 사과하는 여자들이었다. 참 순박할 정도로 순응이 빠르다. 자기들 집 위치가 어디니까 얼마나 잘 보이는지 확인이나 해보자고 따지고 들 수도 있었는데 말이다.

"오해하실 만도 했습니다. 사실 형사님께서 자초지종을 먼저 들어주셨으면 이런 걸음은 안 해도 됐을 텐데."

당당해진 나는 거만한 미소로 형사와 두 여자들을 아우르듯 둘러보았다.

"현장을 봐야 이해가 빠르니까요."

형사는 미심쩍지만 물증이 없으므로 어쩔 수 없다는 표정이었다.

카퍼레이드 하듯 왔던 그들은 물러갔고, 잠시 후 거실에는 인영과 나만 남았다. 단테가 앉아 있던 탁자로 가보니, 종이가 여러 장 겹쳐 있었다. 그 가운데 작은 글씨가 조약돌처럼 늘어서 있는 종이가 눈에 띄었다.

나는 손가락으로 종이 모서리를 쭉 잡아당겼다. 그 종이에는 장문의 문장들이 주르륵 늘어서 있다 중간에서 멈춰져 있었다.

아저씨, 유료로 밀린 드라마도 보고, 죽까지 세 개나 먹고, 잠도 얻어 자고, 따뜻한 물도 썼는데 이렇게 은혜를 원수로 갚게 돼서 정말 죄송해요. 아저씨가 만지지 말라고 했는데, 저도 모르게 고급 카메라로 뭔가 찍고 싶었어요. 그래서 그냥 찍었는데, 뭔가 녹화되고 있다는 걸 그제야 알았어요.

되감아야 하나, 찍히긴 했나, 버튼을 누르다 그만 카메라가 지지대에서 빠졌지 뭐예요. 다시 고정하려 했지만 불행히도 고정되지 않았어요. 그래서 슬쩍 올려놓았는데, 제가 물러서는 사이 뒤뚱하더니, 팍!

놀라서 팔을 쳐들다 망원경을 쳤어요. 망원경이 하늘로 90도로 섰어요. 그리고 움직이지 않아요. 전 더 이상 여기 있을 수 없어요. 맹장도 없고, 엄마도 없는 저를…….

여기까지 쓰다 말았다. 아마도 이다음을 쓸 찰나에 우리가 들어온 모양이다.

"푸하하하!"

편지를 읽던 나는 그만 웃음이 터져 배를 움켜쥐고 웃어대다 제대로 서 있을 수 없어 바닥에 무릎까지 꿇었다. 그런 내 모습을 어이없는 표정으로 보던 인영은 내게 다가왔다.

"괜찮아?"

"큭큭큭! 괜찮아, 푸하하하!"

나는 박장대소하며 들고 있던 쪽지를 인영에게 보여주었다. 곧 웃음이 터진 그녀도 내 등에 이마를 묻으면서 아파트가 떠나가라 웃기 시작했다.

"얘가 당신을 살렸네. 영문은 모르겠지만, 풉! 푸하하하!"

방에 들어갔던 단테가 문을 빼꼼 열고 우리를 내다보았다. 내일은 어떻게 될지 모르지만 오늘은 용서해주겠다, 안단테.

이런 일들을 겪으니 내가 얼마나 문제 많은 인생을 살고 있는지 알겠다. '가치 없이 보낸 날, 그날은 잃은 날이다.'라는 자콥 보바트의 말대로라면 내 인생에서 가치 있는 날은 전 생애를 통틀어 하루도 안 되어 보인다. 이제 31살인데. 제기랄!

나의 인생 스토리 자체는 확실히 문제가 많다. 가장 혈기 왕성해야 할 시기에 유산 전문 변호사라는 껍데기를 뒤집어쓰고 미동도 하지 않은 채, 죽음으로 내게 계산되는 수임료를 챙기면서 그럭저럭 연명하고 있었다. 마치 지금껏 인공 호흡기를 입에 달고 살아온 것처럼, 나는 내 의지대로가 아니라 호스에 연결된 호흡기에 의존해서 살아온 것이다.

그걸 오늘 단테가 일깨워주었다. 내 인생에, 우발적 첫 키스를 했던 배드민턴 코트 말고 이렇게 다이내믹한 하루를 보낸 적이 또 있었을까.

웃음 덕분일까. 나는 아주 너그러워졌다.

"저녁 먹으러 갈래?"

나는 콤팩트를 열고 거울을 보는 인영을 돌아보며 물었다.

"음, 그럴까?"

거울을 보며 립스틱을 덧바르던 인영은 입술을 맞물리며 선뜻 대답했다. 나에 대해 좋지 않았던 인상은 말끔히 잊은 것 같다.

"뭐 먹고 싶냐?"

재킷을 고쳐 입으며 묻는 내 말에 단테는 대답 없이 나를 빤히 올려다보았다. 카메라를 깼음에도 불구하고 외식을 시켜주겠다는 나를 '돈 거 아닌가?' 하는 눈으로 바라보는 것 같았다.

"애들은 보통 스테이크 좋아하나?"

순간 단테의 눈이 커졌다.

"가자."

나는 짧게 말하며 현관으로 앞서 나갔다. 뒤에서 들려오는, 급히 핸드백 챙기는 소리와 거실 복도를 가로질렀다 돌아오는 뜀박질 소리에 싱긋 웃음이 났다.

내 차를 회사에 두고 오는 바람에 인영의 차로 이동하기로 했다. 우리는 와인이 서비스로 나오는 꽤 비싼 레스토랑으로 갔다. 낯설어하지 않을까 했던 단테는 능숙하게 메뉴판을 펴 들고 수프와 메인 요리, 샐러드를 시켰다. 있는 집 자식은 뭘 해도 티가 난다.

"정말 당신이 살 거야?"

인영은 펼친 메뉴판 너머로 눈을 올려 뜨고 미심쩍은 눈빛으로 나를 쳐다보았다. 나는 메뉴판을 훑으며 고개를 끄덕였다.

"할리우드 코미디판이랑 생지옥 무료 체험판을 한 번에 경험했는데 이 정도쯤이야."

"할리우드 갔다 오셨어요?"

생수를 한 모금 마신 단테가 부러운 눈으로 나를 보았다. 풉! 얘, 오늘 진짜 웃기네. 맹장이 없으면 웃겨지나?

"그런지도 모르겠다. 가끔 생뚱맞은 짓을 잘해서 말이야."

나를 흘긴 인영은 단테에게 부드럽게 말했다. 진심인지 의도적인 건지 헷갈리는데, 대체로 여자들은 아이들에게 관대하다. 난 그 이유를 모르겠다. 그러면 남자들이 더 사랑스럽게 본다고 여기는 걸까? 그렇다면 난 정반대다. 애들과 뒷간은 멀리 있을수록 좋다. 하지만 오늘은 단테 덕분에 내가 관음증 걸린 거만 덩어리 이중인격의 변호사가 될 뻔하다 말았다. 정확히 말해, 탄로가 날 뻔했다고 해야겠지.

"드라마는 다 봤니?"

나는 웨이터가 테이스팅으로 따라준 와인을 음미한 후 고개를 끄덕이며 말했다.

"네. 내일부터는 유료 안 볼게요."

단테는 아까 나를 향했던 존경스러운 시선을, 내 앞에서 '찰찰찰' 차오르는 와인 잔에 꽂은 채 대답했다.

"봐도 돼. 설마 백만 원 어치를 보겠어?"

휘둥그레진 단테의 눈이 와인 잔에서 내게로 옮겨왔다.

"그렇게 보려면 일기도 못 쓰고, 교육 방송도 못 보고, 게임도 포기해야 돼요. 밥 먹을 시간은 있으려나?"

생각만 해도 아득하고 배가 고파진다는 듯 단테의 얼굴이 핼쑥해졌다. 나와 단테 사이에서 인영이 킥킥 웃었다.

"한번 해볼래? 이 아저씨가 어떻게 나올지 궁금한걸?"

인영은 와인 잔을 든 팔꿈치를 테이블에 댄 채 잔을 살살 흔들며 단테에게 말했다. 연노랑 정장에 와인 색이 오묘하게 어우러졌다. 그러고 보니 머리칼이 약간 붉은빛이었군. 여태 그걸 왜 몰랐지? 이런 조명에 있어본 적이 없어서 그런가? 떠올릴 만한 추억의 장소는 온통 연수원 안뿐이었기에 형광등 조명 아래에서의 인영만 기억날 뿐이다.

"아저씨, 우리 먹을 것 좀 사면 안 돼요?"

낮에 자신이 한 만행을 그새 잊은 건가? 단테는 태연하게 자신이 먹을 것을 구입하기 위해 내 지갑을 열라고 주문하기 시작했다.

"십만 원짜리 주스가 떨어졌냐?"

비싼 오렌지 엑기스 생각에 절로 입 안이 시어졌다.

"꼭 그거 아니어도 좋지만 그거 마시다가 다른 주스 마시면 닁닁해서 못 마셔요."

"그럼 이참에 끊어."

나는 상큼하게 대꾸했다. 그러자 인영이 나를 흘겼다.

"비타민은 꼭 필요해요."

단테도 지지 않았다.

"한 통에 오백 원 하는 비타민제도 있다."

또 인영이 나를 째려보았다. 나는 슬슬 짜증 나기 시작했다.

"그러지 말고 식사하고 나서 마트에서 장 좀 보는 게 어때?"

중간에서 눈동자로 단테와 내 사이를 왔다 갔다 하던 인영이 훈수 두듯 내게 말했다. 나는 그런 그녀를 지그시 바라보며 느끼하게 물었다.

"자기가 사는 거야?"

그러자 이번엔 그녀가 짜증이 나는 모양이다. 낚시 바늘이 대여섯 개 걸린 것처럼 그녀의 입술이 이리저리 마구 뒤틀렸다. 이제야 마음이 좀 가벼워지는군.

"팝콘 사도 돼요?"

단테가 신이 나 물었다.

"맹장도 없는 애가 팝콘을 먹으면 어떻게 해?"

내가 눈에 힘을 주며 주의를 주자 단테의 눈이 휘둥그레졌다.

"맹장 없으면 팝콘 못 먹어요?"

"당연하지."

순간 와인을 홀짝이던 인영은 캑캑거리며 사레 들린 듯 기침을 해댔다. 단테가 인상을 찡그리며 그녀를 돌아보았지만 나는 태연하게 말을 이었다.

"맹장이 무슨 역할을 하는지 생각해봐. 소화되지 않는 이물질이 가는, 사람 몸속의 쓰레기통이야. 그런데 너는 그게 꽉 차서 버렸잖니. 망가져서 버렸나? 암튼."

나는 두 팔을 테이블에 올려놓고 허리를 곧추세우며 적극적으로 설명했다.

"불행히도 의사들은 새 규격 봉투를 넣지 않고 네 배를 그냥 꿰매버렸지. 네 맹장이 있던 자리는 텅텅 비었다고. 다시 말해, 네 몸속 쓰레기가 갈 곳이 없어졌다고. 팝콘의 꼭지 부분이 어디로 가겠니? 폐? 신장?"

내 설명을 듣던 단테의 얼굴이 일그러졌다. 생각만 해도 위장 곳곳에 팝콘의 꼭지 부분이 덕지덕지 붙는 기분인가 보다.

"수박 씨나 포도 씨 같은 금기 음식이 맹장 없는 사람들에게는 있어. 이따가 컴퓨터로 검색해봐."

나는 단테를 주시하며 강한 어조로 말했다.

"알았어요."

더 이상 팝콘이나 수박, 포도를 먹지 못하게 되어 극도의 우울감에 빠진 단테는 침울한 목소리로 대답했다.

"농담 좀 작작해. 애 울겠어."

인영이 나를 흘겨대며 단테의 어깨를 토닥였다.

"거짓말이었어요?"

뒤늦게 울컥한 단테는 격분해 나를 쏘아보았다.

식사를 마친 후 나와 인영, 단테는 가까운 마트로 향했다. 이런 성별과 연령의 조합이 썩 마음에 들진 않았지만 모성애 넘치는 여자와 어린 사내자식의 눈총에 어쩔 수 없었다.

레스토랑에서 소의 등판 한 접시에 버터 바른 감자와 샐러드, 아이스크림까지 먹은 단테는 마트에 들어서자마자 코를 벌름거리면서 시식대로 달려갔다. 절로 혀가 내둘러졌다. 뭔가 입에 넣는 모습만 봐도 내 속이 다 더부룩해졌다.

"얘들 위장은 주머니가 여러 개인가 봐."

나는 눈치도 없이 이것저것 먹어대는 단테를 멀찍이서 바라보며 혀를 내둘렀다. 그 녀석과 일행으로 보이고 싶지 않았다. 그랬다간 저 자식이 샘플로 맛본 것들을 다 사야 할 것만 같은 부담감이 팍팍 밀려왔다.

"와, 이거 진짜 맛있다."

입가심하듯 시식대에서 두부 전을 찍어 먹던 단테가 인영과 나를 향해 손짓을 해댔다. 인영은 나를 끌고 단테 곁으로 갔고, 나는 하는 수 없이 녹말 이쑤시개에 두부 조각을 꽂아 집어 들었다.

"진짜 맛있다!"

인영도 눈을 동그랗게 뜨며 쩝쩝거렸다. 맛이 있긴 했다.

"어머, 애가 엄마랑 아빠를 골고루 닮았네."

말도 안 되는 뻥을 아무렇지도 않게 치는 시식대 직원의 말은 우리 셋을 한 번에 당혹스럽게 만들었다. 으레 이런 데 오면 영업적 수익을 위해서라도 그런 말을 해줘야 한다고 생각하는 것 같다. 그래서 나는 이렇게 세트로 묶여 다니는 게 정말 싫다.

입구는 있지만 출구는 없을 것 같은 거대한 마트를 일주한 우리는 녹초가 되어 집에 도착했다. 단테는 피곤하다며 대충 씻는 둥 마는 둥 하더니 방으로 가 금방 잠들었다.

"당신이 애랑 잘 지낼 줄은 꿈에도 몰랐어."

장 본 것을 주방 조리대에 꺼내 늘어놓으며 인영이 말했다.

"그러고 보니, 우리 오늘 12시간을 같이 보내는군."

내가 시계를 풀며 말하자 인영도 놀란 듯 핸드폰을 켜보았다. 저녁 10시가 다 되어가고 있었다.

"그러네. 집에 가봐야겠어."

봉지에서 물건들을 꺼내다 말고 그녀는 호박으로 변하는 마법에 걸리기라도 한 듯 급작스럽게 허둥댔다.

"냉장고에는 다 넣어주고 가지? 내가 고른 건 아무것도 없는데, 내 지갑이 털렸잖아."

그녀는 자기가 먹고 싶다면서 봉지 과자 몇 개와 에비앙 6개, 자일리톨 한 통을 골라 계산대에 슬쩍 끼워놓고는 내릴 때 자신의 차에 꼼꼼하게 빼놓았다. 그러고도 집에 들고 온 커다란 봉지가 두 개나 되었다.

내 말에 인영은 잠깐 눈을 깜박이더니 어쩔 수 없다는 표정으로 냉장고 문을 다시 열었다.

"죽 먹고 살아?"

그녀가 외쳤다.

"생각보다 맛있어."

나는 양말을 벗어 돌돌 말아 빨래 분리수거 함에 농구하듯 던져 넣었다.

"몸이 방부제 덩어리구나."

인영은 사온 것들을 냉장고에 달캉달캉 넣으며 혀를 찼다. 상관없다. 누구에게 줄 유전자도 없는데, 나만 가지고 있다 땅속에 묻히면 그만이지. 그러다 백만 년 후에 전혀 부패되지 않은 상태로 발견되는 것도 나름 의미가 있을 것이다. 21세기의 미라 제작법이라는 사학적 연구가 붙을지도 모르는 일이다. 그럼 지구인들 대부분이 미라가 되기 위해 준비하고 있는 셈인가?

"이 주스 마셔도 되지?"

베란다 문을 열고 있는데 주방에서 그녀의 물음이 들려왔다.

"어."

심드렁하게 대꾸한 나는 부서진 카메라의 초점을 이리저리 확인해본 후 절망하며 베란다 문을 닫고 들어왔다.

"풉!"

순간 무방비 상태였던 눈알이 튀어나갈 뻔했다. 인영이 'X' 표시가 있는 잔에 따른 주스를 벌컥벌컥 마시고 있었다. 그녀는 주스를 마시면서 눈을 동그랗게 뜨고 나를 보았다. 무슨 일 있느냐는 듯.

"아, 아냐. 아무것도……."

그녀를 향해 천천히 손사래를 쳐 보인 나는 급히 그 어떤 심각한 상상을 하며 아무렇지 않은 척해야 했다. 지구 멸망, 물 부족으로 인한 인류의 위기, 인공위성의 추락, 내 차의 테러…….

"생각보다 둘이 되게 친한가 봐. 잔에 이런 표시도 하고."

내가 씰룩이는 입술에 힘을 주고 쭈뼛거리며 거실에 앉는 사이, 주스를 원샷한 그녀가 말했다.

"응?"

"잔 두 개에 이렇게 표시한 거 말야. 둘이 우정의 증표 같은 거지? 원피스에 나온 루피랑 걔 친구들처럼."

"너도 그 만화 알아?"

나는 휘둥그레진 눈으로 그녀를 돌아봤다.

"우리 세대에 원피스 모르는 사람도 있나? 근데, 의외네. 두 사람, 이런 표시도 해놓고. 아님……."

갑자기 그녀의 눈꼬리가 가늘어졌다. 나는 한쪽 눈썹을 치켜 올리며 반문했다.

"아님?"

"다른…… 여자?"

헐.

"됐어, 그만 상상은."

나는 손을 내저으며 코웃음을 쳤다.

"하긴. 당신이 여자가 있든 말든 뭐 어때서. 그만 갈게."

갑자기 새초롬해진 인영은 부스럭거리며 가방을 챙겨 들었다.

"주스는 내가 배달이 되는지 한번 알아볼게. 유통기한이 길지 않더라. 자주 사러 가지 않을 것 같은데."

"나 여자 있을까 봐 신경 쓰여?"

농담처럼 한 말에 말없이 차갑게 쏘아보던 인영은 다문 입술에 힘을 주고 입술 가장자리를 늘어뜨리며 말했다.

"설마 내가 그럴 것 같아?"

거슬렸던 말에 정곡을 찔린 것 같은, 성질 뻗친 여자애 같아 귀여워 보였다.

"가볍게 한잔하고 갈래?"

아무래도 오늘은 나의 뉴런들이 휴가 기간인가 보다. 기강이 해이해져 아무 말이나 지껄이게 한다.

"아, 피곤하면 그냥……."

나는 급히 내가 했던 말들을 주워 담았다.

"다음에 한잔해."

싱긋 웃으며 대답하는 인영의 말에 나는 잠시 멍해졌다. '싫어!' 또는 '내가 왜?'라고 공격적으로 응수할 줄 알았기 때문이다.

삐리리링.

어디선가 가느다란 벨 소리가 들렸다. 잠시 마주 보았던 인영과 나는 주위를 두리번거렸다. 그러다 내가 소파 등받이에 벗어놓은 재킷으로 함께 시선이 쏠렸다. 나는 급히 옷을 뒤적여 핸드폰을 꺼내 들었다.

"네. 조윤건입니다."

모르는 번호에 나는 사무적으로 전화를 받았다.

[조 변호사? 나요, 허명수.]

허명수? 순간 나는 고개를 돌려 건너편 아파트를 보았다. 허 노인의 집에는 불이 꺼져 있었다.

"어디십니까?"

나를 오롯이 바라보는 인영을 힐긋 본 나는 창가로 몸을 돌렸다. 창문에, 나를 바라보고 서 있던 인영이 주방으로 가 냉장고로 허리를 숙이는 모습이 비쳐졌다.

[지금 올 수 있겠나?]

설마 어두운 저 공간 어느 바닥에 칼 맞고 누운 채로 전화한 건 아니겠지? 그런 사람치고 목소리가 아무렇지 않긴 하다. 멀리 음악 소리가 들리는 것 같기도 하고.

"어디십니까?"

그의 아파트 쪽을 보던 나는 베란다 쪽을 돌아보며 물었다.

[여기 근처 단란 주점이네.]

"근처요?"

[우리 한동네 사람 아니던가? 자네 아파트 바로 앞에 있는 곳이야. 기다리겠네.]

말을 마친 노인은 먼저 전화를 끊었다. 나는 몸을 돌려 아파트 입구를 바라보았다. 바로 코앞에 단란 주점 간판이 현란하게 반짝이고 있었다. 그러고 보니 노인과 같은 주민센터를 이용하는 이웃이었다. 불러내기도 무척 쉬운.

나는 핸드폰을 주머니에 넣으며 주방에 있는 인영을 돌아보았다. 주스 상표를 핸드폰 카메라로 찍은 인영은 주스를 다시 냉장고에 끼워 넣고 문을 닫았다. 그리고 가방을 챙겨 들며 거실로 나왔다.

"이제 그만 갈게."

인영은 나를 향해 고개를 갸웃하며 말했다. 나는 그런 그녀를 물끄러미 보며 잠시 망설이다 말했다.

"오늘, 집에 늦게 가면 안 돼?"

순간 그녀는 얼굴이 빨개짐과 동시에 흔들리는 시선으로 나를 보았다. 정말 미안했다. 그녀가 상상하는 것과 달라서.

"갑자기 의뢰인이 만나자고 해서……. 단테가 자고 있긴 하지만 그래도 혼자 두는 건 좀 걱정돼서 함께 있어달라는 뜻이었어."

그녀의 오버를 막기 위해 속사포처럼 설명하자 인영의 얼굴은 다시 빨개졌다. 이번엔 저 혼자 오해해 들은 것에 대한 민망함 때문일 것이다. 난 그런 인영을 모른 척하고 내 방으로 들어갔다. 저 여자, 저렇게 이상한 방향으로 순발력 넘쳐서 어떡하냐.

급히 가벼운 차림으로 갈아입은 나는 단란 주점으로 향했다. 오래된 간판에 급조해 단 LED가 난잡하게 반짝이는 주점에 들어가 이 방 저 방을 기웃거리다 구석진 방에 혼자 앉아 있는 노인을 발견할 수 있었다.

음악을 틀어놓은 채 번쩍이며 돌아가는 전구 아래서 혼자 잔을 기울이던 그는 내가 안으로 들어섰음에도 아는 체 없이 술만 홀짝였다. 그러다 내가 건너편에 앉자 두말없이 내 앞에 잔을 놓아주었다.

"술은 좀 마시나?"

노인은 이미 내가 든 잔에 술병을 기울이며 물었다.

"네. 조금은 합니다."

그다지 약한 편은 아니다. 사실, 다른 사람들보다 센 것 같다. 옆에서 술 마시던 사람들이 고주망태가 되어 온갖 주정과 병맛 행동을 하는 것을 모두 지켜보는 편이니. 그렇다고 상황을 대신 정리해주거나 하진 않는다. 지들이 한 짓을 술이 세다는 이유만으로 혼자 도맡아 정리해줘야 한다는 것 자체가 논리에 맞지 않는다고 생각한다.

내게 술을 따라준 노인은 건배를 요청하지도 않고 혼자 단숨에 잔을 비웠다. 멋쩍어진 나는 고개를 살짝 돌려 잔을 비웠다. 그러자 그는 내가 술병에 팔을 뻗기도 전, 먼저 술병을 내게 기울여 보였다. 나는 말없이 잔을 받았고, 그에게 따라주려는 찰나, 노인은 혼자 자신의 잔을 채웠다. 뭐야, 혼자 앉아 있기 심심해서 병풍이 필요했나?

카메라가 부서진 것이 찔린 나는 혹시나 그가 카메라에 대해 물을까 조바심이 났다. 카메라에 대해 묻더라도 망가졌다는 이실직고는 절대 안 하겠지만 마음에 걸리지 않는 것은 아니었다. 카메라를 원상 복구할 때까진 이 노인네가 무사해야 할 텐데.

"비서님이 안 보이십니다."

잔잔한 경음악 속에서의 어색함을 떨치려 나는 괜히 방을 둘러보며 나직이 말했다.

"자네 대신 그 자식이라도 앉혀뒀으면 내가 전화하지 않았을 거란 말인가?"

노인은 한쪽 눈꼬리를 쳐올려 나를 보며 물었다.

"지난번 저희 로펌에 오실 때 같이 계셨기에 항상 옆에서 보필하시는 것 아닌가 해서요."

'당신의 말이 맞습니다만, 그렇다고 대꾸하지 않을 겁니다.' 나는 그를 유들유들하게 바라보며 생각했다. 5%에 목 내놓고 절절 매는 허접한 놈으로 보이고 싶은 마음은 없으니까 말이다.

"주구장창 달고 다니면서 보는 것도 지겨운데 여기까지 뭐하러."

매일 보던 얼굴은 싫고, 그렇다고 여자를 부르고 싶진 않았던 모양이다. 지금 같이 사는 여자에 대한 의리인가? 그러고 보니…….

"그분은……."

사모님이라고 해야 할지, 여자 친구라고 해야 할지 호칭이 애매했다. 다행히 노인은 내 말뜻을 알아차렸다.

"전 영감 제사라고 지방에 갔어. 자정에나 오겠지."

전 영감? 눈알이 튀어나가 잔에 빠질 뻔했다. 생각보다 되게 너그러운 양반이었네, 이 노인네.

"부르신 이유가 있으신지요?"

나는 단도직입적으로 물었다. 그러자 노인은 나를 한 번 힐긋 보더니 잔을 휙 비웠다. 나는 잽싸게 팔을 뻗쳐 그가 쥐려던 술병을 낚아챘다. 그는 다시 나를 힐긋 보았고, 나는 그의 잔에 정중하게 술병을 기울였다. 내가 잔을 채우자 그는 술잔을 내려놓고 내 앞에 서류 봉투 하나를 휙 던졌다. 나는 의아하게 노인을 바라보았다.

"내 자식들 얼굴이랑 연락처야. 외워뒀다가 혹시 나 모르게 수작이라도 부리려 들면 아는 척도 말고 냅다 튀어."

"네?"

나는 황당하게 되물었다. 그러자 그는 잔을 싹 비우고 인상을 찡그리며 말했다.

"내가 그 자식들한테 미션을 좀 줬거든. 절대 할 수 없는 미션을. 큭큭."

낮게 웃던 그는 착 가라앉은 트림을 토해냈다.

"그런데 튀라는 건……."

"그놈들 인적 사항 뭉치 말고 하나 더 있을 거야."

내 물음을 톡 자른 노인은 내 앞에 놓인 봉투를 힐긋 보았고 나도 따라 봉투를 보자 말을 이었다.

"강남에 있는 건물이야. 사회에 환원하고 싶으니까 적당한 기부처 찾아서 절차 밟아주게."

나는 의아한 얼굴로 봉투를 열어보았다. 일곱 명의 남녀 얼굴들과 이름, 연락처, 하는 일 등이 간략하게 적혀 있는 문서 말고 한 뭉치의 등기부 등본과 매매 계약서, 그리고 유언장이 들어 있었다.

"갑자기 사회 환원은 왜……."

나는 떨떠름하게 물었다. 그의 자식은 아니었지만 그의 재산 중 5%에 대한 권리가 있었기 때문에 그다지 달가운 주문은 아니었다.

"내가 다 끌어안고만 있으니까 언젠간 지들 게 될 거라고 생각하는 모양이야. 어찌나 당당한지 꼴 보기 싫어서 약을 좀 쳐주려는 걸세."

약을 치려면 몇 대 때려주지 뭐하러 사회 환원 같은 걸 해? 어쩌면 노인의 씨가 아닌 그의 자식들과 나는 동급일 것 같다. 그들이 정말 작업을 해오면 슬쩍 넘어가주고 싶어질지도 모르겠는데?

노인은 그런 내 속을 꿰뚫듯 나를 바라보았다. 뜨끔해진 나는 고개를 돌려 잔을 비우는 척하며 그의 시선을 외면했다.

"자네 5%는 따로 쟁여놓았네. 내 재산이 줄어도 자네 5%는 그대로일 거란 말이야."

목구멍으로 술을 넘기다 울컥할 뻔했다. 그럼 정말 모양 빠지는 건데 다행스럽게도 입술에 조금 넘치기만 했다.

"어르신, 갖고 계신 재산을 상세하게 알지는 못하지만, 좀 줄어든다 해도 제가 확인할 바는 아닌 것 같습니다."

나는 손등으로 입가를 쓰윽 닦으며 능청스럽게 말했다.

"곧 유언장을 고치러 자네 사무실로 가겠네."

"이렇게 다른 데서 부르셔도 제가 찾아갈 수 있습니다."

"사무실에서 보세."

내 의지가 아닌 자신의 의지대로 하겠다고 못 박듯 말한 노인은 갑자기 자리를 털고 일어났다. 나도 얼른 따라 일어났다.

"자넨 여기서 남은 술 처리해주고 가게."

"알겠습니다. 살펴 가십쇼."

나 역시 그와 나란히 단란 주점에서 나가 아파트 문 앞에서 헤어지는 오글거리는 짓은 하고 싶지 않았기에 그에게 허리 굽혀 인사하는 것으로 면담을 끝냈다.

테이블에는 딱 한 잔 정도가 남은 양주 병과 손도 대지 않은 고기 안주가 노인의 주문이 담긴 서류 봉투와 함께 덩그러니 놓여 있었다. 노인이 남긴 양주를 잔에 따른 후 서류 봉투를 열어 그 안에 있는 그의 씨 다른 자식들을 하나하나 확인했다. 총 4남 3녀. 전 부인이 뉘신지 참 버라이어티하게 바람피우다 가셨군.

나는 코웃음을 치며 강남에 있다는 건물의 등기부 등본과 매매 계약서를 꺼내보았다.

헉! 20억짜리 건물을 사회에 환원하겠다고? 그다지 크지 않은 평수를 감안한다면 분명 알토란 같은 입지일 텐데, 씨 다른 자식들이 길길이 뛸 것이 눈에 훤히 보였다.

그동안 카메라로 보아온 그들의 행동거지를 보건대 그들이 아는 체하면 튀라는 노인의 말은 그야말로 진심 어린 충고였다. 부디 이 충고에 욕질을 하는 일은 없어야 할 텐데.

PIECE 6

# 이상한 명언 카드

누군 이런 빌딩을 아무렇지 않게 사회에 환원하고도 먹고살 만한데, 누구는 이런 것에 눈알이 튀어나가려고 하다니. 죽을 때까지 내 이름이 박힌 이런 땅문서를 만져볼 기회나 있을까.

상대적 박탈감에 나는 양주를 단숨에 비우고 소주 한 병을 더 시켜 남은 고기 안주와 함께 마시고 단란 주점을 나왔다.

아파트에 들어서고 나서야 집에 인영이 있다는 사실을 깨달았다. 늦지 않을 거라고 말했었는데, 시계를 보니 12시가 넘어 있었다. 나는 20억짜리 빌딩 문서가 든 서류 봉투를 꼭 쥐고 부랴부랴 집으로 향했다.

급히 엘리베이터에서 내려 아파트 문 앞에 선 나는 문틈에 꽂힌 봉투를 발견했다. 두리번거리며 주위를 살폈지만 아무도 없었다. 부동산이나 비싼 골프장 홍보지인가 궁금해하며 봉투를 열자, 카드가 하나 들어 있었다. 나는 무심히 카드를 펼쳤다.

> 당신이 연 상자에 남은 것이 없을 때까지는
> 아무것도 믿지 마라.

내 눈이 휘둥그레졌다. 뭐야, 이 구닥다리 명언 같은 말은. 판타지

게임 광고 문구 같은 걸 아파트 전체적으로 뿌렸나? 급히 다른 집 문을 돌아봤지만 나머지 세 집의 문엔 이런 봉투가 끼어 있지 않았다. 다들 가지고 들어간 건가? 늦은 시간이라 세 집 모두 가지고 들어갔을 것 같진 않은데.

나는 너무 기가 차서 봉투를 앞뒤로 훑어보았다. 그 문장 외에는 아무것도 쓰여 있지 않았다. 이딴 말을, 이다지도 할 일 없이 남의 집 문틈에 끼워놓은 작자는 대체 누구일까. 장난인가?

나는 카드를 구기듯 쥐며 주위를 둘러보았다. 충분히 그냥 무시해 버릴 수 있는 카드였지만, 왠지 좀 께름칙했다.

낯선 누군가가 내 문틈을 기웃거렸다는 생각에 불쾌해진 나는 불만스럽게 비밀번호를 입력하고 문을 열었다. 인영은 보이지 않았다. 거실 소파도 텅 비었다. 늦어서 그냥 갔나?

당황한 나는 먼저 단테의 방에 가보았다. 단테는 여전히 자고 있었다. 조심스럽게 문을 닫고 돌아서서 베란다와 화장실도 둘러봤지만 그녀는 보이지 않았다. 그러다 주방 아일랜드 식탁 위에 놓인 그녀의 가방이 눈에 들어왔다. 점점 더 당황스러울 수밖에 없었다. 도대체 어딜 간 거야? 밖으로 나갔나? 그럼 이 봉투는?

손 안의 구겨진 봉투를 당황스럽게 내려다보던 나는 다른 손바닥으로 머리를 쓸어 넘기며 창가로 다가갔다. 그러다 발끝에 차이는 옷자락에 놀라 뒤로 펄쩍 뛰어 물러났다.

소파 뒤에 인영이 구부정하게 몸을 웅크리고 잠들어 있었다. 식겁했던 나는 놀란 가슴을 쓸어내리다 인영을 황당하게 내려다보았다. 치마 입은 채로, 창밖에서 누가 보면 어쩌려고 저런 자세로 자?

당황한 나는 얼른 재킷을 벗어 그녀의 무릎에 걸쳐주었다. 그러다 무릎에 관자놀이를 대고 잠든 그녀의 얼굴에 시선이 멈추었다. 내려앉은 가늘고 긴 속눈썹이 그녀의 눈 밑에 따뜻한 그림자를 만들고 있었다. 살짝 벌어진 입술에서는 오렌지 향이 났다. 도대체 단테 주스를 얼마나 훔쳐 마신 건지. 또, 그 컵에 마신 거야?

"킄!"

나도 모르게 웃음이 나오는 것을 참았다. 그때 눈 밑에 만들어졌던 그림자가 열어지면서 인영이 게슴츠레 눈을 떴다.

"어, 왔어?"

너무 가까운 거리에 있는 내 얼굴에 살짝 놀란 그녀는 마치 버릇처럼 손등으로 입가를 닦으며 일어났다. 그러다 내 재킷이 바닥으로 툭 떨어지자 당황하며 재킷을 주워 들었다.

"덮어준 거야?"

잠이 묻어나는 그녀의 목소리는 다정하고 노곤했다. 무장해제가 될지도 모르는 순간…….

"혹시 누가 다녀갔어?"

나는 그녀의 손에서 재킷을 낚아채듯 빼내어 돌아서며 물었다.

"누가, 왔었어?"

그녀는 비몽사몽인 듯 허둥지둥 되물었다. 나는 등 뒤로 봉투만 들어 보였다.

"아니. 자느라고 못 들었나?"

그녀는 머리를 긁적이며 시무룩하게 말했다.

"아니야. 문에 꽂혀 있길래. 일부러 꽂아두고만 간 건지도 모르지. 늦어서 미안해."

나는 시원한 물을 찾아 냉장고 문을 열었다. 주스가 얼마 남지 않았다.

"주스 바로 시켜줄 거지?"

나는 거의 빈 주스 병을 내려다보며 목소리를 한 옥타브 높여 물었다. 왠지 이것저것 물어야 잠깐 빠져들었던 그윽한 분위기를 떨칠 수 있을 것 같았다.

"그럼. 핸드폰으로 벌써 주문해놨어. 내일 가져다준대."

그래서 마음 놓고 마셨군. 나는 바닥이 드러난 주스 병을 손가락으로 툭 치고 스치며 생수병을 꺼내 들었다.

"나 좀 주차장까지 데려다줘."

그녀는 어느새 재킷을 입고 가방을 쥔 채 현관으로 향하고 있었다. 나는 얼른 물을 마시고 급히 그녀를 따라나갔다.

"늦어서 미안해. 일찍 오려고 했는데."

그녀를 따라 복도로 나간 나는 현관문을 닫으며 미안해했다.

"아냐. 애 혼자 두고 나가는 것보다 낫지. 어차피 내 의뢰인인데."

손톱 세우고 투덜댈 줄 알았는데 예상 밖이었다. 그녀와 나는 나란히 엘리베이터에 올랐다.

"고 판사님이 왜 당신을 후견인으로 지목했는지 알겠어."

이건 또 무슨 평가지? 나는 어리둥절한 표정으로 나란히 선 그녀를 바라보았다.

"둘이 되게 안 어울릴 것 같은데 은근히 잘 어울려."

"남자애랑 엮여서 듣기에는 되게 메슥거리는 칭찬인데? 게다가 쟤가 누굴, 무슨 죄명으로 기소시켰는지 잊었어?"

나는 콧방귀를 뀌었다.

"뭐, 어울리라고 후견인 지명한 건 아니겠지만, 다행이야. 단테가 눈치 보는 것 같지 않아서.”

“원래 저 자식은 눈치 같은 거 안 봐.”

“어떻게 알아?”

인영은 내 눈을 빤히 들여다보았다.

“그 자식이 단숨에 싸가지 없는 티를 냈으니까.”

나는 그녀의 시선을 피해 바뀌는 층수 표시를 올려다보았다. 엘리베이터는 곧 주차장에 도착했다.

“눈치를 보게 되니까 더 아무렇지 않은 것처럼 행동할 수도 있어. 그런데 그런 것 같지 않아서 다행이라고. 다음에 봐. 오늘 저녁 잘 먹었어.”

인영은 내 가슴을 손바닥으로 툭툭 치고는 엘리베이터에서 내렸다. 다음에 봐……. 다음에 보긴 보겠지만, 이게 무슨 뉘앙스일까?

나는 엘리베이터에서 내려 그녀가 차에 올라 시동을 거는 것을 지켜보았다. 그녀는 아까 계산했던 것들 중 미처 내가 알지 못했던 초콜릿을 흔들며 웃어 보였다. 내가 어이없는 표정을 짓자 그녀는 방긋 웃으며 핸들을 꺾고 멀리 사라졌다. 여자들은 하나같이 요물이라더니, 그 말이 딱 맞는다. 정신을 놓으면 그만큼 더 챙겨간다.

인영의 차가 완전히 주차장을 빠져나간 것을 확인하고 엘리베이터 쪽으로 돌아서던 나는 문득 구석에 설치된 CCTV로 눈이 갔다. CCTV라…….

아파트 관리실. 대충 어림잡은 시간을 알려주며 녹화된 CCTV를 빨리 돌려보라는 나의 재촉에, 의자에 앉은 경비원은 등 뒤에서 몸을 바짝 구부리고 있는 나를 다소 귀찮은 듯 흘기며 조그셔틀 버튼을 돌렸다. 낮에 있었던 일 때문에 내 이미지가 추락한 걸까? 그 일에 대해 구체적으로 변명하고 싶었지만 변명 또한 구차한 것이기에 지금 현재 내가 건재하게 내 거주지를 맘껏 활보하고 있다는 것으로 별일이 아니었음을 피력하기로 했다.

"여, 여기요!"

화면을 뚫어지게 보며 잡생각을 하던 나는 저녁을 먹으러 나갔던 우리가 마트 로고가 박힌 큰 봉지 두 개를 들고 집으로 들어가는 장면에서 소리쳤다.

"여기부터 주의 깊게 돌려주세요."

나는 심각하게 화면을 주시하며 말했다. 곧 화면은 정상적인 속도로 재생되었다. 화면 속에서 내가 노인을 만나기 위해 문을 나서는 장면, 한참 후 중국집 배달 철가방을 든 남자가 지나가는 장면이 스쳐갔다. 그리고 잠시 후, 화면 속에서 내가 다시 집으로 돌아와 문 앞에 섰다. 그때까지 봉투는 보이지 않았다. 그런데 문을 열려던 내가 문틈에서 봉투를 끄집어내는 것이 보였다. 뭐야, CCTV에서 봉투는 보이지 않는 각도에 있었다. 잠시 후 화면에선 나와 인영이 집을 나서고 있었다. 낯선 남자는 철가방을 든 그 남자뿐이었다.

"변호사님 여자 친구시네요."

경비원은 심드렁하게 말했다.

"여자 친구는 아닙니다만……."

나는 경비원을 내려다보며 말했다.

"오늘 한 번 마주쳤는데 기억하시는 걸 보니 이 철가방은 잘 아시겠네요?"

경비원으로부터 중국집 번호를 딴 새벽 아침, 출근 준비를 마친 나는 지난밤 노인이 준 서류 봉투와 옆에 놓아두었던 중국집 번호가 적힌 메모지와 카드까지 전부 챙겨 들었다. 그러다 순간 멈칫했다. 집에 아이가 있다는 말에 '몇 살인데 집에 혼자 둔답니까?'라고 말하던 형사의 말이 떠올랐기 때문이었다. 어쩐지 단테를 혼자 집에 두는 것이 께름칙해졌다. 카메라도 망가져서 같은 걸로 얼른 사다 설치해놓아야 한다.

단테는 주방에서 혼자 계란 프라이를 해서 빵 사이에 열심히 끼워 넣고 있었다. 왜 차곡차곡 쌓지 않고 빵 두 장을 겹쳐 들고 그 사이에 계란 프라이를 끼우려고 하는지 도대체 이해할 수가 없었다. 어제 탁자에 등을 굽히고 뭔가 끄적이던 쓸쓸한 단테의 모습도 오버랩되었고, 텅 빈 집을 할 일 없이 얼쩡거리는 모습도 머릿속에 그려졌다.

모른 척하고 현관으로 가 신발을 신으려던 나는 망연자실하게 고개를 쳐들고 긴 숨을 내쉬고 말았다.

"샌드위치는 잘 만들었냐?"

고개를 돌리자 식빵 사이에서 흘러나오는 계란 프라이를 손으로 다시 집어 빵 사이에 쑤셔 넣고는 기름 묻은 손을 그대로 상의에 문지르는 단테의 모습이 눈에 들어왔다. 저 자식, 그냥 세탁기 사용법이랑 청소기 사용법이나 알려주고 집안일이나 하게 할까? 이건 노동력 착취가 아니다. 시간을 알차고 보람되게 쓰는 몇 가지 방법 중 하나일 뿐이다.

"드실래요?"

단테는 들고 있던, 너덜너덜하고 기름에 흠뻑 젖은 덩어리를 내게 내밀어 보였다. 나는 인상을 찌푸리며 고개를 흔들었다.

"다 만들었으면 차에서 먹어."

"네?"

"가방 챙겨 가지고 나와."

나는 이렇게 말하며 신발을 꿰어 신고 구둣발로 바닥을 가볍게 굴렀다.

단테를 뒤에 달고 사무실에 도착하니 사람들이 나를 힐긋거리며 속닥거렸다. 분명히 스토커 소동에 대한 수군거림일 것이다. 그렇다면 사장이 저번처럼 내 방 앞에서 기다리고 있겠지. 빙고!

나와 눈이 마주친 사장은 나를 향해 따라오라는 손짓을 하고 손에 들렸던 초콜릿을 입에 던져 넣으며 그의 방 안으로 사라졌다. 이어 정양과 눈이 마주쳤다. 수군거리는 다른 사람들과 달리, 정양은 모든 것을 믿지 않는다는, 그리고 어떠한 사실이라도 이해하겠다는 신뢰 가득한 표정으로 나를 보고 있었다. 나는 사장처럼 그녀에게 다가오라는 손짓을 했다. 정양은 입술을 꾹 다물고 의연한 표정으로 내게 다가왔다.

"이 애 좀 부탁해. 그리고 이것도."

나는 단테의 어깨를 지그시 짚으며 손에 들린 서류 봉투를 그녀의 손에 쥐여주었다.

"네."

깍듯하게 대꾸하며 서류를 받아 든 정양은 단테의 어깨를 상냥하게 팔로 감쌌다. 나는 넥타이를 고쳐 매며 사람들의 시선을 가르고 사장실 방문을 열었다.

"아니라는 말은 들었네."

어제 내 혐의에 대해 하는 말일 것이다. 사장은 창밖을 잠시 내다보다 나를 돌아보았다.

"저 애야?"

사장은 닫힌 문을 가리켰다. 이번엔 내가 달고 온 단테를 말하는 것이다.

"네. 혼자 집에 둘 수 없어서요."

"당연하지."

사장은 고개를 끄덕였다.

"어제 소란은 죄송합니다. 오해가 있어서요."

"그랬겠지."

사장은 입 안에 남은 초콜릿을 씹기 시작했다.

"가끔 인생은 그렇게 터무니없는 일로 사람을 곤욕 치르게 하지. 그 바람에 그걸 옆에서 보는 사람은 신선한 재미를 느끼기도 하고."

사장에게도 재미가 있었으면 좋겠다. 내겐 사고는 물론이고 작은 해프닝조차 허락되지 않는다는 걸 안다. 출생 자체가 스캔들일진데, 스캔들 투성이 변호사는 탐탁지 않을 것이다. 내 얼굴빛에 드러난 긴장을 느꼈을까?

"이번이 마지막이네. 내 회사에서 내 부하 변호사가 형사들을 대동하고 크리스마스도 아닌데 반짝이는 등을 단 차를 타고 사라지는 모습은 다시는 보고 싶지 않아."

오해이든 아니든 방금 사장이 말한 풍경만으로도 로펌이 구설수에 오르기는 충분했다.

“주의하겠습니다.”

“듣자하니 자네 의뢰인과 관련된 일이었다는데, 문제가 있나?”

이번엔 허 노인에 대해 묻는 것이다. 사장은 탁자에 걸터앉으며 초콜릿 통에서 초콜릿을 하나 꺼내 입에 넣었다. 그리고 아주 천천히 음미하듯 깨물며 나를 빤히 보았다.

“사실 의뢰인은 지금 식구들에 의해 타살될 수 있다고 생각하고 있습니다. 제가 사는 곳에서 보이는 집에 살고 있는데, 그 의뢰인의 부탁으로 카메라를 설치한 것입니다. 의뢰인에 대해서는 경찰에 보고할 수 없었습니다.”

최대한 의뢰인과의 신뢰를 위해 목까지 내놓았었다는 의지를 사장이 알아주길 바랐다. 또한 노인의 죽음으로 내게 그의 재산의 5%가 떨어질 거라는 사실은 영영 눈치채지 않기를.

“그게 중요하지. 고생했어.”

사장은 만족스러운 듯 내 어깨를 두드려주었다.

“하지만 저 애는 여기 오래 두기 힘들 거야. 그건 자네도 알지?”

“조치를 취하겠습니다.”

사장은 고개를 끄덕였다.

“그럼 가보겠습니다.”

나는 앞으로 쏠리는 넥타이를 손바닥으로 가볍게 누르며 고개를 숙이고는 방을 나왔다. 내가 별 탈 없이 사장실을 나서자 그제야 사람들이 내게 다가와 별일 아니라 다행이라는 말을 건네왔다. 나는 걱정해줘서 좆나게 고맙다는 마음으로 미소를 지으며 역겨운 인간들을 떨치고 내 방으로 갔다.

"단테는 변호사님 방 안에 있어요."

자리에 앉아 있던 정양이 일어나 내게 말했다. 이미 통성명을 한 모양이었다.

"커피 좀 부탁해."

나는 평소와 다름없이 말하며 방 문 손잡이를 잡았다.

"전 변호사님을 믿었어요."

내가 돌아보자 정양이 결의에 찬 두 주먹을 들어 불끈 쥐어 보였다. 사람들이 수군거릴 때 그렇게 말해줬으면 지금보다 덜 엿 같은 기분일 텐데. 그래도 수많은 시선들 중에 유일하게 나를 신뢰하는 눈빛을 보내준 그녀였다. 나는 그녀에게 옅은 미소를 지어 보이고는 사무실로 들어갔다.

단테는 요구르트와 빵이 놓인 탁자 앞 소파에 앉아 있다 나를 돌아보았다. 주인을 기다리던 개처럼.

"제가 요구르트 좋아하게 생겼나 봐요."

요구르트 먹을 나이로 봐서 기분이 언짢다는 투다. 나는 인터폰을 눌렀다.

"오늘 별 다른 스케줄은 없지?"

"의뢰인 중, 부고란에 오르는 사람이 없다면요."

나는 두말없이 인터폰에서 손을 뗐다. 그러다 노인이 준 서류 봉투가 책상 위에 놓여 있다는 걸 그제야 알아차렸다. 나는 다시 인터폰을 누르고 말했다.

"의뢰인이 재산 일부를 사회에 환원할 의사를 밝혔어. 알맞은 재단이나 단체 있는지 알아봐줘."

"얼마 정도인데요?"

전화기 너머로 자판 두드리는 소리가 들렸다. 재단 명단을 찾는 것 같았다.

"20억 정도?"

"알겠습니다."

그녀의 말투는 예상외로 담담했다. 하긴, 정양은 일부 재산이 자신의 것이라고 생각한 적이 없으니 느껴지는 것도 없겠지.

"음…… '다안 고아원'이 아직도 있는지 알아볼 수 있을까?"

나는 멋쩍은 듯 말했다.

"다안……요?"

"그 고아원에 얼마 정도 기부하는 것도 괜찮을 것 같아."

"어디에 있는 건지 알 수 있나요?"

정양이 자판을 두드리는 소리가 연달아 들렸다.

"경기도 북부쯤……."

"찾아볼게요. 이름이 특이하니까 어렵진 않겠어요."

내 말이 그 말이다. 그래서 '고양'이라는 정확한 지명을 알고도 말해주지 않은 것이다. 인터폰에서 손을 뗀 나는 다음으로 중국집에 전화를 걸었다. 아직 개점 전인지 전화벨만 무심하게 흘러갔다. 하는 수 없이 전화를 끊었다.

"나갈까?"

자리에서 일어난 나는 재킷을 정리하며 단테를 돌아보았다. 먹기 싫은 표정으로 뜯어놓은 빵을 접시 테두리에 늘어놓고 있던 단테는 아까처럼 고개를 쳐들었다.

"카메라, 보상하셔야지?"

내 말에 단테의 턱이 툭 떨어졌다. 이게 오전에 내가 해야 할 세 번째 용무였다. 단테는 내가 그대로 용서했을 거라고 생각하고 있었는지 뒤통수를 제대로 맞은 듯한 표정을 지었다. 인생의 가르침 또 하나를 깨우쳤겠지.

"제가 사는 게 맞는 거죠? 제가 망가뜨렸으니까."

차를 타고 오는 내내 아무 말도 하지 않던 단테는 차를 세우고 전자 상가로 걸어 들어가자 그제야 걱정했던 일이 온몸으로 와 닿는 모양이었다.

"고 판사한테 카드라도 하나 맡겼으면 좋았을걸. 넌 어떤 사고도 대차게 칠 가능성이 다분한 초등학생인데."

내 말에 단테의 눈썹이 심하게 구겨졌다.

"네 보모가 너의 아버지 카드 하나쯤은 가지고 있었을 텐데, 나한테 주는 걸 깜박하셨을 거야."

나는 태연하게 상가를 이리저리 기웃거리며 말했다.

"아, 맞다!"

단테는 갑자기 손뼉을 마주치더니 그 자리에 멈춰 섰다. 나도 걸음을 멈추고 단테를 멀뚱히 바라보았다.

"아빠가 급할 때 쓰라고 주신 카드가 있는데."

단테는 메고 있던 가방을 급히 뒤졌다.

"호오, 그 좋은 걸 여태 말하지 않고 숨겼던 거야?"

나는 눈을 가늘게 뜨고 팔짱을 끼며 단테를 바라보았다.

"몇 년 됐어요. 한 번도 쓰지 않아서 까먹고 있었어요."

생각보다 더 순진한 놈인지도 모르겠다. 그런 '법인 카드'가 있다면 구차한 이유를 대면서 게임팩 사는 데 사용할 수 있었을 텐데, 몇 년 동안 휴면 카드로 만들어놓다니. 나에게 그런 아버지가 없다는 사실에, 처음으로 이 자식에게 질투심이 생겼다.

"아, 있다."

지갑을 뒤지던 단테는 활짝 웃으며 카드를 꺼내 보여주었다. '아메리칸 익스프레스'였다. 단테는 잘못을 보상할 수 있게 돼서 다행이라는 듯한 표정이었다.

"그거 잘됐구나."

나는 단테를 향해 환하게 미소 지었다.

이리저리 기웃대다 들어간 매장 진열대에는 최신 카메라들이 잔뜩 쌓여 있었다. 노인이 내게 주었던 그 카메라는 꽤 값이 나가 보였기에 걱정이 되긴 했다.

나는 우리를 맞이한 점원에게 카메라 회사와 사양, 모양새를 대강 설명했고, 점원은 두어 개의 같은 회사 제품을 내 앞에 늘어놓았다. 다행히 그 제품이 있었는데, 예상대로 꽤 가격이 나갔다. 단테는 주머니가 불룩 튀어나오도록 주머니 속에서 카드를 꼭 쥔 채 테이블에 올라온 카메라를 뚫어지게 보고 있었다.

"좋아요. 이걸로 하죠."

"다른 부속품이나 렌즈는 필요하지 않으세요? 여기에 장착할 수 있는 최신 줌 렌즈가 나왔는데……."

"이거면 됐습니다."

나는 점원의 장황한 부연 설명의 시작을 단칼에 막았다.

"네, 알겠습니다."

점원은 내가 고른 카메라를 상자에 넣고, 쇼핑백에 담으며 사용법에 대해 설명을 늘어놓았다. 흘리듯 점원의 설명을 듣는 동안, 단테는 주머니에서 카드를 슬쩍 꺼냈다. 나는 그런 단테를 슬쩍 보곤 앞으로 나서며 안주머니에서 지갑을 꺼냈다.

"얼마죠?"

단테는 점원에게 가격을 묻는 내 모습을 고개를 들어 빤히 올려다보았다. 그러다 뭐라고 말하려는 단테에게 나는 눈썹을 꿈틀거리며 집게손가락을 입술에 댔다. 그 뜻을 알았는지 어쨌는지 단테는 시선을 내리깔고 입술을 꾹 다물었다.

가게를 나서자 단테는 궁금함에 사무친 목소리로 보폭을 넓혀 걷는 나를 따라잡으며 물었다.

"왜 제 대신 계산하신 거예요?"

"대신이라니. 내 카메라야. 내 것을 사는 데 네 아버지 카드를 쓸 순 없지. 어차피 그건 네 돈이 아니잖니. 그럼 네가 보상하는 게 아니잖아."

솔직히 말하면 모르는 점원 앞에서 애가 계산하는 이상한 상황을 만들고 싶지 않았다. 애한테 삥 뜯는 기분도 들었고, 이상하게 보는 점원의 시선을 받으면서 구구절절하게 카메라가 망가진 사연을 말하고 싶지도 않았다.

말을 마치고 앞서 걷는데 단테가 따라오질 않았다. 의아해 돌아보니 단테는 나에게 존경의 눈빛을 발사하고 있었다. 이놈의 매력은 연령과 성별을 가리지 않는다. 감동 먹으라고 한 말은 아니었지만 나는 그 애가 나를 존경하도록 그대로 놔두었다.

다시 로펌 사무실에 복귀하니 내 책상 위에는 청소년 캠프, 청소년 문화 교실 같은 프로그램 팸플릿들이 두껍게 쌓여 있었다. 나는 인터폰을 눌렀다. 단테는 이미 익숙해진 듯 소파, 아까 그 자리에 앉아 가방을 풀었다.

"정양 씨, 이게 다 뭐지?"

[사장님이 말씀하셔서요. 단테가 어린이 프로그램에 참여하면 좋을 거라고.]

며칠 동안 사무실을 오갈 것을 염려하는 것 같더니 역시 행동력 끝내주시네.

"네가 청소년이냐, 어린이냐?"

인터폰을 끈 나는 프로그램 팸플릿들을 들춰 비교해보다 단테를 향해 물었다. 가방에서 게임기를 꺼내 들던 단테는 의아한 얼굴로 나를 보았다.

"초등학생인데, 어린이 아닌가요?"

그래, 어린이가 맞다. 아직 솜털이 보송보송한 하얀 피부, 동글동글한 골격. 어린이들만 가질 수 있는 귀염성 있고 순수한 눈빛을 장착한 저 녀석은 말끝마다 내 혀를 차게 하지만 어린이가 맞다.

"누군가를 고소하는 일은 확실히 어린이가 할 만한 행동 같진 않지."

피식 웃은 나는, 나의 말을 기다리는 단테에게 들고 있던 프로그램 팸플릿들을 던져주었다.

"참여하고 싶은 데 있으면 말해. 데려오고 데려다주는 건 아마 안면 튼 정양 아줌마가 해주실 거다."

나는 목에 맨 넥타이를 느슨하게 풀며 책상 앞에 앉았다.

40분이 흘렀다. 오전에 확인하지 못한 메일과 서류들에 집중한 나머지 뭔가 잊고 있었다는 게 불현듯 생각났다. 단테. 소파를 쳐다보니 단테는 여전히 팸플릿을 뒤적이고 있었다. 꽤 방대한 양의 프로그램 공격에 머리가 해킹당한 듯 눈이 반쯤 풀려 있었다.

"왜, 하고 싶은 게 너무 많아?"

급히 몰려오는 피곤함에 나는 콧등을 집고 등받이에 몸을 기대며 시큰둥하게 물었다.

"꼭 골라야 하는 거예요?"

단테는 들고 있던 팸플릿을 손가락 사이로 튕겨내며 물었다.

"아무 할 일 없이 널 여기 둘 순 없어."

"차라리 집에 혼자 있는 게 더 나은데."

단테의 목소리엔 불만이 가득했다.

"그것도 안 돼. 걱정된다고."

나보다 인영이나 고 판사, 그리고 나를 구치소에 넣을 뻔했던 형사가 그렇다는 얘기이다. 나도 혼자 있는 것을 더 좋아한다. 하지만 아이가 아무리 혼자 있는 게 좋다고 해도 어른에게는 미성년자를 방치해선 안 될 의무가 있다.

"공부할게요."

"어디서?"

단테는 대답 대신 내 사무실을 둘러보았다.

"안 돼. 여기선 의뢰인들과 상담도 해야 한다고."

"밖은요?"

"마찬가지야. 게다가 밖은 공공장소이고. 모르는 사람들과 섞여 있으면 네가 편하겠어?"

단테는 고민스러운 표정을 지었다.

"정양 아줌마랑 있는 건요? 옆에 빈 책상 있던데."

나는 실소했다. 언제 그것까지 봤대?

"아줌마가 한가해 보이디?"

"아줌마는 무슨 일을 하는데요?"

"내 스케줄을 관리해주지. 전화도 받아주고, 메모도 남겨주고, 법적 사례들도 대신 찾아주고, 의뢰인들 전화를 대신 상대하고 또 해결해주고, 다른 변호사와 연계도 시켜주고. 내가 하는 일 이외의 일들을 그 아줌마가 해주지."

말하다 보니 그녀의 월급을 좀 더 올릴 필요가 있다는 걸 깨달았다. 나보다 더 많은 시간 동안 사무실에 있으면서 나보다 더 많은 업무를 처리하는 고능력자였다. 하지만 이건 그녀에겐 절대 말하지 말아야지. 나를 얕볼 게 분명하다. 지금도 그런 것 같은데.

"그럼 그 아줌마 심부름을 제가 해주면 아줌마가 좀 더 편하지 않을까요?"

"으음……."

그럴듯한 말이긴 하다. 그런데 정양이 내 부탁 때문에 마지못해 애를 옆에 앉혀두고 귀찮아하면 그것도 골치 아프다. 그럴 경우 그 히스테리는 고스란히 내 몫이 될 것이다.

"그건 좀 더 생각해보자."

나는 심각하게 대꾸했다.

"생각하시는 동안 뭐 좀 쓰게 종이 좀 주실래요?"

단테가 내게 다가왔다. 나는 프린터에 꽂힌 A4 용지를 몇 장 집어 그 애에게 내밀었다.

"그림이라도 그리게?"

"아뇨. 국어사전에 등재시킬 단어들을 모으고 있어요."

"뭐?"

"아저씨는 미망인의 반대말이 뭔지 아세요?"

미망인은 남편을 잃은 여자니까 그 반대는 아내를 잃은 남자겠지? 그럼 그 단어는 홀아비일까? '미망인'은 한자어 같고, '홀아비'는 은어처럼 들린다. '인'으로 끝나는 뭐가 있지 않을까 생각해봤지만 선뜻 떠오르지 않았다.

"그런 것들요. 한번에 묶어서 국어사전에 등재시키려고 해요."

감탄이 절로 나왔다. 나는 이론서를 쓰고자 하는데, 얘는 국어사전에 뜻을 두고 있었다. 이런 친밀감이라니. 누가 이런 애를 낳았을까. 오케스트라 지휘자라는 말을 듣고도 그다지 관심이 없던 이 자식의 아버지가 처음으로 궁금해졌다.

"국어사전에 등재시키는 방법은 아니?"

"그것도 소송 같은 걸 걸어야 하나요?"

법적인 문제가 있다면 아마도 단테는 걱정할 일이 없을 것이다. 아는 검사 한 명에, 변호사가 후견인이며, 대모는 판사이다. 그 판사의 남편 역시 판사이다. 또 그들 주변에는 아는 법률 지식인들이 줄에 줄을 잇고 있을 것이다. 법정에서만 따진다면 슈퍼 메가톤급 백그라운드였다. 법적으로 해결할 수 있는 거라면, 이 자식의 이름을 사전에 올릴 수도 있을 것이다. 개의 이름이 아닌 사람의 이름으로 쓰인다는 각주를 달고.

"그렇진 않겠지. 설득력이 관건이겠구나."

"일단 단어들을 모으고 있어요. 집에 노트가 있는데 나중에 보여드릴게요."

제 모친 사진에 이어 이젠 수첩도 보여주겠단다. 뭔가 보여주지 못해 한이 맺혔나. 아니면, 관심애자(關心愛子)인가? 혹시 이 아이가 고소한 이유가 여기에 있지 않을까? 관심 받고 싶어서.

"좋아. 나한테 네 얘기를 제대로 해주면 이 방에서 탈출하게 해줄게."

내가 마주 앉으며 말하자 단테는 나를 멀거니 바라보았다.

"네가 당한 일 말이다."

나는 낮은 목소리로 조심스럽게 말머리를 끄집어냈다. 그러자 단테는 시선을 내리깔더니 양 엄지손톱을 맞물렸다.

"이번에 말하면 앞으로는 최대한 그 일에 대해 말을 꺼내지 않아도 되도록 도와줄게. 인영이 아줌마 앞에서 하는 것보단 편하잖아?"

나는 단테가 최대한 경계하거나 모멸감을 느끼지 않도록 편안하고 자연스럽게 말하려고 노력했다.

"정말 이번뿐인가요?"

농담도 여러 번 하면 지겨운데, 남자에게 능욕당한 일을 재차, 삼차 말하는 건 고통스러울 것이다.

"네 말이 중요하기 때문에 자꾸 말을 시키는 것뿐이야. 나는 그 횟수를 최소화해주려고 해. 어때?"

내 회유에 단테는 굳은 얼굴로 대답했다.

"좋아요."

단테는 숨을 한 번 들이마셨다가 무겁게 토해내곤 입을 열었다.

"학교 끝나고 집으로 갔는데 보모 아줌마가 형광등 분리수거하러 주민센터에 가신댔어요. 아줌마가 아프신 걸 알고 있었기 때문에 제가 대신 버리고 온다고 했죠. 그래서 형광등을 가지고 주민센터에 간 거예요. 거기서 그 아저씨를 만났어요."

단태는 침착하게 말을 이었다.

"평소에도 아는 사이였어?"

"아뇨. 수거함이 낮아서 쭈그리고 앉아 형광등을 수거함에 넣는데 누군가 제 바지를 쓱 올려주더라구요. 손이 쑥 들어와서 놀랐어요. 돌아보니까 그 아저씨였어요."

"왜 그랬을까?"

나는 미간을 좁히며 물었다.

"앉느라고 바지가 내려갔었나 봐요. 그래서 얼른 일어났죠. 그런데 그 아저씨가 빵 먹고 가라고 하더라구요. 봉사 활동 간식이 남았다고."

"그래서 따라갔구나?"

나는 턱을 괴고 고개를 끄덕였다.

"사실 빵이 먹고 싶진 않았어요. 집에도 많았으니까. 그런데, 그 아저씨 호의를 무시하는 것도 예의는 아닌 것 같아서……."

"어른들이 모르는 사람들은 따라가지 말라고 하지 않던?"

나도 모르게 이마를 구기며 물었다. 그러자 단테는 한숨을 한 번 쉰 후 대답했다.

"친구들한테 주고 싶었어요. 그런 거 있잖아요. 주고 생색내기."

고개가 끄덕여졌다.

"그래서 따라갔는데 갑자기 요구르트도 있다면서 냉장고에서 꺼내 가래요. 그래서 냉장고 문을 열었죠. 요구르트가 다섯 줄이나 있더라구요. 그걸 안고 돌아서려는데 그 순간 갑자기 그 아저씨가 등 뒤로 다가와선 손으로 내 앞……."

단테는 더 이상 말을 잇지 못하고 입술을 꾹 다물었다. 치욕스러웠던 그때의 느낌이 되살아난 것 같다. 귓불이 심란하게 빨개졌다.

"놀라서 물러섰는데 아저씨가 손을 놓지 않는 거예요."

"소리치지 그랬어."

"그것도 무서웠어요. 소리치면 더 아프게 할까봐……."

갑자기 속에서 열이 확 올라오면서 분통이 터질 뻔하는 걸 겨우 참았다. 이래서 힘없는 애들한테는 보디가드를 하나씩 붙여놔야 한다. 그래야 하는 세상에 살고 있다.

"그 아저씨가 나를 벽으로 밀어붙이려는 걸 겨우 비집고 뛰쳐나왔어요. 그게 끝이에요."

"요구르트는?"

나는 소파에 기대앉아 불편하게 듣다 되물었다. 그러자 단테는 눈을 들어 나를 바라보았다.

"요구르트 안고 있었다면서. 어쨌어."

"그건…… 기억 안 나요. 거기다 버리고 나왔나……."

"뭐, 하긴 기억 못 할 만도 하지. 알았다. 고맙다, 말해줘서."

나는 기특하다는 듯 미소를 건네며 단테를 바라보았다. 단테는 민망한 듯 시선을 흩뜨리며 고개를 돌렸다.

"자, 이제 네 소원을 들어줄 수 있는지 부탁하러 가야겠다."

나는 정양을 만나기 위해 자리를 털고 일어났다.

내 제안에 정양은 조금의 망설임도 없이 대꾸했다.

"저야 좋죠. 심심하지도 않고."

이 여자가 심심한 적이 있었던가? 내가 자리를 비우면 다른 비서들과 함께 나를 포함한 직속상관 변호사들 험담을 하느라 입이 모터를 달고 날 테고, 내가 있어도 인터넷 서핑, 인터넷으로 구입한 물건 반품 전화, 괜히 샀다 싶은 물건 트집 잡아 택배비 없이 반송시키는 일 등을 내 업무를 돕는 시간 간간이 해치우려면 하루 24시간이 부족할 텐데.

"애한테 이상한 심부름은 안 되는 거 알지? 택배 대신 부쳐주기라든가……."

"수준이 너무 낮으시네요. 걘 법적 피해자예요. 그런 애한테 사소한 심부름이라니. 오랜 기간 동안이 아니라면 저도 조카 데리고 있는 셈 치죠. 보니까 성가시게 하는 스타일은 아닐 것 같은데. 대신 그 애 아버지한테 오케스트라 음반 사인 받을 수 있죠?"

'놀랄 노' 자다. 클래식은 잠 안 올 때 마취용으로나 듣고, 주로 듣는 음악은 90년대 한창 날리던 노래들일 줄 알았는데.

PIECE 7

# 연애, 그 시답잖은 진리

다음 날로 단테는 정양의 옆자리에 자리를 펴고 앉게 되었다. 사장에게 양해를 구했을 때, 위치상 — 내 방은 사장실에서 보이지 않는 구석진 자리에 있었다. 그리고 그 앞은 더 구석지게 꺾여 있었다 — 큰 소리만 내지 않으면 사장도 뭐라 하지 않을 포지션이었기에 허락해주었다.

간간이 내가 사무실에서 나올 때마다 정양과 단테는 사이좋게 머리를 맞대고 뭔가 하기도 하고, 같이 사라져 있기도 했다. 잠시 짬이 생겨 후견인으로서 단테와 이야기를 하려고 하면 단테는 어디로 가고 없었다. 어디 갔느냐고 물으면 정양은 심드렁하게 대꾸했다.

"권 변호사님이 불러서 갔어요. 그 변호사님 아들이 단테 또래잖아요. 생일 선물 사러 가는데 단테한테 조언을 구하신대서요."

또 이런 말을 하기도 했다.

"이 비서가 빌려갔어요."

"빌려가?"

"그렇게 말하고 갔으니까요. 남자들 심리 물어본대요."

"갠 어린이인데?"

"남자 친구 정신 연령이 좀 낮거든요."

정양은 콧등을 찡긋하며 속삭였다. 그 밖에도 단테는 복사기의 신비로움에 빠져 복사기 옆에 서서 남의 복사를 대신 해주면서 전자 상가에서 카메라를 샀을 때 내게 쏘았던 존경의 눈빛을 복사기에 쏘아대고 있기도 했다. 복사기가 한 권의 법적 기록을 책으로 묶어 토해냈을 때는 '멋지다!'를 연발하며 눈물까지 흘릴 뻔했단다. 또 서류를 다른 변호사의 비서에게서 또 다른 변호사의 비서에게로 갖다주기도 하고, 변호사들의 커피 스타일을 외워 사람들 앞에서 발표도 했고 우레와 같은 박수 소리에 가슴에 손을 얹어 인사를 하기도 했다. 제 아버지가 연주를 끝마치고 하는 짓을 배운 모양이다.

단테는 그야말로 비서로서 해야 할 일들을 차근차근 하나씩 열의를 다해 배우는 중이었다. 저렇게 둬도 괜찮을지 걱정이 되기도 했지만, 자신의 꿈을 찾지 못했을 때 최소한 변호사 비서 정도는 할 수 있을 테니 좋을 것도 같았다. 그리고 퇴근을 하고 함께 차에 오를 때면 단테는 누구와 어떤 간식을 나누어 먹었는지, 어떤 비서의 남자 친구에 대해 들었는데 별로 좋은 사람 같지 않다는 등의 말을 떠들어댔다.

"그런 건 비밀이야. 남들에게 편하게 하지 못할 말을 너에게 털어놓는 건, 실낱같지만 너에 대한 믿음이 있기 때문이겠지. 그런데 그 말들을 다른 사람들에게 떠벌렸다고 하면 기분 나쁘지 않겠니?"

"내 얘기를 내 친구들이 알면 안 되는 것처럼요?"

나는 대답 대신 룸미러로 단테를 돌아보았다. 단테는 앞을 바라보며 건조하게 주절거렸다.

"별게 아니니까 나한테 물어보는 거지, 정말 중요한 걸 나한테 묻겠어요? 저는 애인데. 그냥 심리 테스트 같은 거라고 생각해요."

"심리 테스트? 그런 것도 알아?"

"그런 건 초등학교 1학년도 알아요. 학교 앞에서 천 원이면 그런

책 한 권 사요."

그 정신 연령 낮은 남자 친구를 둔 여비서의 연애와 관련된 질문이 천 원짜리 심리 테스트 책과 별반 다르지 않은가 보다. 나는 웃음이 났다. 초등학생에게 연애란 어떤 걸까.

연애. 상대가 있었고, 내 온몸을 주는 연애라면 흔했다. 하지만 그 온몸이 아까웠던 적이 더 많았고, 온 마음과 온몸을 주어도 아깝지 않았던 연애는 딱 한 번뿐이었다. 이런 생각 끝에는 언제나 '은제'라는 명사가 남는다. 그럴 때 그녀의 이름은 대명사가 아니라 내 인생을 지탱했던 하나의 보통명사로 남는다. '삶', '죽음' 같은. 지금 나는 어느 쪽일까.

심리 일이 다가왔다고, 인영이 전화해왔다. 그녀는 단테의 상태를 궁금해했다.

"오늘 좀 더 얘기해보고 내일 전화해도 되지?"

[그래.]

"알았어."

전화를 끊을 타이밍인데 그녀가 머뭇거리는 눈치였다. 먼저 끊을까 하는데 그녀가 말했다.

[나 초콜릿 다 먹었어.]

"그래? 되게 좋아하나 봐?"

[여자들, 좋아하잖아.]

당연하니 받아들이란 투다. 받아들이는 것 이전에, 여자들이 그렇다는 것 자체에 관심이 없었다.

"우리 사장은 남자인데도 달고 살아. 왜 보고하는 건데?"

[잘 먹었다고 인사하는 거야.]

또 사달라는 의미라는 걸 잘 알고 있다.

"다음에 단테 만날 때 수제 초콜릿 가게에서 보도록 하지."

[그럴까?]

목소리에서 살짝 들뜬 기분을 느낄 수 있었다.

"내일 전화할게."

'내일 전화할게, 아가씨.'라고 하려다 그만두었다. 지금 이 여자를 긁어주기에는 이 여자가 너무 기분 좋은 것 같았다.

노인의 20억은 고아원 두 곳에 기부되는 신문 기사로 산화되었다. 내가 말했던 고아원 어필에 정양은 다른 재단 찾을 것 없이 같은 고아원 두 곳을 선정하는 게 깔끔하고 보기 좋겠다며 알맞은 고아원을 섭외해왔다. 그중 하나인 나의 출신지 '다안 고아원'은 내 도움으로 10억의 기부금을 받았다는 걸 모를 것이다. 나도 별로 알리고 싶지 않았다. 그곳 출신이라 거길 선정했다면 말도 안 되는 리베이트처럼 보일 것도 같고.

허 노인도 자신이 기부했다는 걸 그다지 알리고 싶어 하지 않아서 기부식도 따로 하지 않았다. 어찌나 다행인지. 그랬다면 나도 거기에 가야 했기 때문이다. 고아원 명패 앞에서 사진 찍는 것만큼 지긋지긋한 것이 또 없었는데, 그 짓을 또 할 뻔했던 것이다. 그걸 생각지 못하고 '다안 고아원'을 들먹였다가 뒤늦게 잠깐 식겁했었다.

[별일 없나?]

기사를 본 허 노인이 전화를 걸어왔다.

"별일이 있겠습니까? 기부 받은 곳에서는 아마 파티나……."

[자네 말일세.]

"저 말씀이십니까?"

[그렇게 묻는 걸 보니 내 자식들이 찾아가진 않았나 보군.]

"유언……."

노인은 두말없이 전화를 끊었다. 입을 벙긋했던 나는 어이없는 얼굴로 핸드폰을 바라보았다. 유언장 고치러 온다고 해놓고 이게 뭐야? 들고 찾아가야 하나?

나는 그가 주었던 서류 봉투를 다시 열어보았다. 그리고 그의 자식들 얼굴과 신상을 한 번 더 자세히 훑은 후 유언장을 꺼냈다. 그러다 흰 봉투와 전화번호가 적힌 메모지를 발견했다. 그제야 내가 전화할 곳이 있었음을 깨달았다. 집에 들어갈 때마다 봉투가 떠오르면서 좌우를 한 번씩 둘러보게 되었지만 문을 열고 들어가면 새까맣게 잊어버리곤 했다.

시계를 보니 시간도 딱 알맞게 4시쯤이었다. 점심시간이 지났으니 바쁘진 않을 테고. 그런데 막상 전화를 걸려니 누구를 바꿔달라고 해야 할지 난감해졌다. 뒤통수가 짱구인 배달원을 바꿔달라고 할 수도 없고 말이다. 결국 퇴근하면서 직접 들르기로 하고, 중국집에 전화를 걸어 상호와 위치만 확인하고 전화를 끊었다.

중국집 앞에 차를 세워두고 배달원들이 오가는 것을 눈여겨보다 딱 뒤통수가 CCTV에서 본 그 뒤통수 같은, 모자도 비슷한 남자를 발견했다. 차에서 급히 내려 말을 거니, 그 남자는 우리 아파트로 배달을 갔다가 어떤 남자가 부탁하길래 들어줬다고 순순히 말했다.

"몇 살 정도로 보였나요?"

"삼십대 후반 정도?"

그는 고개를 갸웃하며 자신 없어 했다. 하지만 중요한 건 아파트 전체에 뿌린 게 아니라 나를 타깃으로 했다는 점이었다. 저격수의 레이더망에서 왔다 갔다 하고 있는 느낌이었다. 더 이상의 추궁을 포기한 나는 그에게 고맙다고 말한 뒤 차에 올랐다.

"밥 먹으러 온 거 아니었어요?"

내가 시동을 걸자 차 뒷좌석에 앉아 기다리고 있던 단테가 툴툴거렸다.

"식당에 들어간 거 아니었잖아."

나는 룸미러를 한심하게 바라보며 말했다.

"짜장면 집 앞에서 이렇게 한참 앉아 있었던 적 없어요. 먹으러 들어가거나, 금방 지나치거나 그랬죠."

할 말이 없었다. 확실히 근처에 있다는 이유만으로도 중국요리 냄새에 위장이 회를 치는 건 거의 반사적이다. 습관적이라고 해야 하나?

"우리나라에서 주방장이 직접 만드는 중국요리 집은 절반도 안 돼. 다 팩으로 포장된 걸 도매로 사다 데워서 파는 거라고. 성장기인 너한테 안 좋아."

단호한 어조로 말한 나는 입술을 한 댓발 내미는 단테를 외면하고 핸들을 꺾었다. 애들 교육은 이렇게 시키는 거다.

집에 도착한 후 단테와 나는 각자 할 일을 하느라 잠깐 바빴다. 시간 차를 두고 샤워를 하고 그 앞뒤 시간에 나는 새로 설치한 카메라가 잘 작동하는지 확인하고, 망원경으로 노인에게 아직 숨이 붙어 있는지 확인했다. 그러는 동안 단테는 방학 숙제를 점검하고, 오늘 외운 영어 단어와 내일 외울 영어 단어를 정리했다. 나름 남자 둘이 사는 데 박자가 맞아가고 있었다. 단테가 수다스러울 때가 있지만 엄청 수다스러운 아이가 아니란 것이 그나마 다행이라면 다행이었다.

그러나 아직도 나는 단테가 양변기에 가끔 흘리는 소변 방울이나 세면대에 내 것이 아닌 머리털이 있는 것, 내 칫솔 옆에 얼룩소 무늬의 단테의 칫솔이 서로 칫솔 모를 맞대고 있는 것을 보면 속이 불끈하곤 했다. 그럴 때면 나는 큰 소리가 나오려는 걸 참기 위해 얼굴에 힘을 주고 주먹을 꾸욱 쥐었다 폈다.

내가 화장실 정리를 하고 나왔을 때, 단테는 텔레비전 리모컨을 조작하고 있었다.

"며칠 그 드라마 못 봤네?"

"전 사무실에서 컴퓨터로 봤는데."

로펌 직원 다 된 듯한 말투다.

"정양 씨 컴퓨터로?"

새로 업그레이드된 유산 상속 사례 좀 찾아달라고 했을 땐 바쁘다더니 컴퓨터로 드라마 보느라고 바빴어?

"아뇨. 보노보노 비서님 책상에서요. 그분은 컴퓨터가 두 대 있으시던데. 아저씨보다 높으신가 봐요?"

그래. 우리 로펌에서 나이가 제일 많은 베테랑 비서이지. 어떤 면에선 변호사인 나보다 더 높은 대우를 받고 있는지도 모른다. 아무리 비서라 해도 하대를 할 수도, 법적 논쟁에서 마구 대할 수도 없는 상대였다. 지식만 파헤치고 본다면 고등법원 판사를 해도 될 것이다. 그런 그녀의 생김새가 일본 만화에 나오는 해달을 닮았다고, 택배 기사가 자리에 없는 그녀의 이름을 몰라 급하게 옆 사람에게 보노보노 닮은 비서님 어디 가셨냐고 묻는 데서 50살 먹은 그녀의 별명이 탄생되었다.

"그래? 그럼 얘기 좀 해봐. 다 보기에는 나도 좀 지루하니까."

나는 소파에 다리를 올리고 눕듯이 앉았다. 그러자 단테는 내가 앉은 긴 소파 끝에서 나를 향해 몸을 틀고 양반 다리를 하고 앉아 흥미진진한 얼굴로 설명하기 시작했다.

"그 간호사 아줌마가 결국은 자폐증 아저씨랑 결혼을 하는데요, 간호사 아줌마네 식구들이 막 반대했어요. 그래서 그 나쁜 회장 아줌마가 간호사 아줌마네 아저씨를 힘들게 만들어요. 사기를 당하게요. 그리고 자폐증 아저씨한테 약속을 해요. 간호사랑 꼭 결혼하게 해주겠다고. 그 말이 저는요, 꼭 비싼 장난감을 구해주고 말겠다는 말처럼 들려서 으스스했어요."

단테는 제 일인 양 몸서리를 쳤다. 그 애의 말을 듣는 동안 내 머릿속엔 드라마 내용이 영상이 되어 펼쳐졌다. 단테는 중요 사건만 잘 간추려서 제 느낌을 보태 상세하게 설명해주었다. 이런 애들은 이야기꾼이 되어도 좋을 것이다. 이야기를 잘 추려서 재미있게 만드는, 눈으로 본 것을 경험적으로 부풀려서 남들에게 솔깃한 재미를 주는 그런…….

"그다음 부분은 나중에 듣자. 잠깐 할 일이 생각났어."

나는 단테의 어깨를 짚으며 자리에서 일어났다.

"그래요?"

한참 신이 나게 떠들던 단테는 다시 텔레비전을 향해 몸을 돌리고 리모컨을 들었다. 나는 그런 단테를 잠시 멀거니 보았다. 텔레비전을 보는 눈빛이 여느 아이들처럼 반짝거렸다. 나는 방음 장치가 확실한 베란다로 나가 문을 닫고 인영에게 전화를 걸었다.

[아까 통화하고 또 할 말이 생겼어?]

내 번호를 저장해놓은 듯, 그녀는 내 전화를 받자마자 이렇게 말했다.

"내가 피고인을 만나보면 어떨까?"

나는 눈앞에 펼쳐진 야경을 바라보며 무겁게 말했다.

[당신이?]

"응."

인형의 물음에 대꾸하며 텔레비전을 보는 단테를 유리문 너머로 바라보았다.

[담당 변호사도 아닌데 당신한테 뭐라고 말하겠어, 그 사람이?]

"그놈 담당 변호사는 누구야?"

[윈드림 로펌 소속 변호사야.]

"만만한 수준은 아니군."

나는 전화기를 귀에 댄 채 다른 손으로 턱을 문지르며 노인의 집을 응시했다. 노인의 집에 사람들이 오가는 것이 어렴풋이 보였다. 잔치하나?

"하나만 물을게."

[아프게만 물지 마.]

"농담하지 말고."

짜증 나는 농담에 나는 눈을 무겁게 감았다 떴다.

[미안.]

"왜 그쪽에서는 거짓말 탐지기를 사용하자고 하지 않지? 억울하다면 말이야, 먼저 해보자고 해야 할 사람은 그쪽 아닌가?"

[먼저 말해오진 않았어. 우린 그걸 할 수도 있다는 가능성만 가지고 있었지. 그러고 보니 왜 안 그럴까?]

인영도 이제야 궁금해진 듯했다.

"하자고 해볼래?"

[우리가 먼저?]

내 제안에 의아한 듯 반문하던 인영은 선뜻 대꾸하지 못했다. 나는 다시 반짝이는 야경 끝, 블랙홀처럼 빨려 들어갈 것 같은 암흑을 빤히 응시하며 물었다.

[당신은 믿어? 거짓말도 연습하면 거짓말 탐지기쯤은 속일 수 있다는 말.]

개망신이냐, 진실이냐…… 이것이 인영의 머릿속에서 싸우고 있는 것 같았다.

"제안해봐. 어떻게 나오나 보게."

나는 대신 결정해주듯 강하게 말했다.

[감 잡은 게 있는 거야?]

"당신은 못 잡은 거."

이렇게 대꾸하고 전화를 끊은 나는 암흑과 야경의 경계로 시선을 옮기며 주머니에 핸드폰을 넣었다. 그리고 그대로 주머니에 손을 꽂은 채 생각에 잠겼다. 단테는 자기가 겪은 일을 말하지 않은 것이 분명했다. 하지만 본 것이라면? 그걸 앞뒤 맞춰 잘 전달할 수 있는 능력이 있다면? 그리고 그래야만 하는 이유가 있다면……?

생각이 꼬리에 꼬리를 물고 가속 페달을 밟기 시작했다. 심심해서 법을 상대로, 또 무고한 한 사람을 괴롭히면서 우리와 놀자는 제스처로는 보이지 않았다. 역시 외로운 건가? 그래서 사람들이 주목해 줄 뭔가가 필요했던 걸까? 내가 바지 입혀주는 것도 아무렇지 않게 받아들이는 순수한 어린애가 성추행이란 단어를 주도면밀하게 사용하고 있는 건 어떤 필요성 때문일 것이다. 겪지도 않은 일을 그렇게 심리 상태까지 자세하게 보태가면서 말할 수는 없겠지.

사무실에서 단테가 그때 일을 말했을 때는 몇 번의 진술 과정에서 요령을 터득한 후일 것이다. 예상 질문도 확실히 알고 있었다. 요구르트만 빼고. 내 인생에서 처음으로 변호사다운 기질을 활용할 줄이야. 내 안에 그런 것이 있다는 것은 나도 몰랐다. 그런 걸 써먹을 법정이 별로 없었다. 유산 분배는 주로 협의를 통해 이루어졌고, 전투적으로 세게 밀고 나가는 소송은 드물었다. 그리고 유산 분배에 대해서는 법문과 전례에서 충분히 상세하고 친절하게 설명하고 해결을 해주었기 때문에 어떤 상황에서도 유산은 적절하게, 법대로 행해졌다. 염색체가 하루아침에 뒤바뀌지 않는 한 말이다.

거짓말 탐지기. 정말 이런 게 발명될 거라고는 상상도 하지 못했다. 그게 발명되는 순간, 판사도, 변호사도, 검사도 필요 없어질 거라고 생각했다. 하지만 그건 발명되었고, 판사, 변호사, 검사들은 사라지지 않았다. 거짓말 탐지기가 피고를 압박해서 무고한 피고들을 기소시킨다는 이유 때문이었다. 다행히 그로 인한 일자리가 사라지지 않아 부수적 관리자들은 여전히 법원에서 일을 하고 있다.

동전의 앞뒤처럼, 거짓말 탐지기의 신뢰도는 믿거나, 그렇지 않은 사람들로 나뉜다. 그걸 믿는 사람들은 떨어진 지푸라기라도 잡고 싶은 심정의 사람들이다.

단테의 말을 들으면서 내가 생각한 건 그 생활 지도사 자식은 왜 거짓말 탐지기를 사용하자고 하지 않을까였다. 그건 그놈이 뭔가 구린 게 있기 때문일 것이다. 그럼 그게 뭘까? 어쩌면 단테는 다른 남자애가 성추행 당하는 것을 보고 그대로 말한 것일지도 모른다.

나는 무거운 숨을 내쉬며 난간에 팔을 걸치고 노인의 집을 바라보았다. 잔치를 하는지 사람들이 평소보다 요란하게 오가는 것이 어렴풋이 보였다. 나는 깜빡거리는 카메라를 바라보다 베란다 문을 열고 안으로 들어갔다.

단테는 방금 '명탐정 코난'이라는 제목이 떴다 사라진 화면에 정신을 집중하고 있었다. 나는 리모컨을 집어 들어 텔레비전을 껐다. 그러자 단테가 놀람과 짜증이 섞인 얼굴로 나를 휙 돌아보았다.

"내일은 변호사 사무실에 출근하지 못할 거야."

나는 눈을 내리깔고 소파에 앉았다.

"그럼 뭐 해요?"

"심리. 나 검사한테 그게 뭔지에 대한 얘기는 들었지?"

말을 마치고 눈을 들어 단테를 보자 이번엔 단테가 눈을 내리깔았다.

"재판정에서 거짓말을 하면 어떻게 되는지 알지?"

나는 차분하게 말했다.

"잡혀가요."

단테도 차분했다.

"증인이란 것도 알아?"

"내가 앤 줄 아세요?"

단테의 눈썹은 사나워지고 입술이 뾰로통하게 튀어나왔다.

"혹시나 해서."

나는 어깨를 으쓱이며 상체를 앞으로 기울였다.

"거짓말 탐지기도 해야 할지 몰라."

"항상 하나요?"

단테의 얼굴에 걱정스러운 빛이 얼핏 스쳐갔다.

"항상은 아니지만, 증거가 없을 땐 거의 해. 누가 해보자고 하면 하겠지. 피고가 완강하게 죄를 반박하거나, 피고 입장에서 볼 때 억울하다고 느껴지면."

나는 단테의 눈을 빤히 들여다보았다. 동공이 작아졌다 커졌다 하는 걸 알 수 있다. 작게 흔들렸다는 것도.

"거짓말 탐지기는 말이 많아."

"그게요? '진실', '거짓', 이렇게만 말하는 거 아니었어요?"

단테의 물음에 나는 실소를 흘렸다.

"그렇긴 하지. 하지만 사람들이 거짓이라고 해도 믿어줄 수도, 진실이라고 해도 믿지 않을 수도 있다는 거야. 할 수 있겠니?"

"……네."

결심한 듯 단테는 입술을 힘주어 꾹 다물었다.

"많이 심심한 건 아니지?"

비장한 각오에 사무쳐 있던 단테가 튕기듯 눈을 들었다.

"걱정돼서 하는 말이야. 증거도 없고, 거짓말 탐지기가 어떻게 반응할지도 모르는 상황에서 네가 얼마나 버틸지 말이다. 혹여 네 일을 신문사나 방송국에서도 알 수 있어. 그럼 너를 아침 방송이나 뉴스, 신문에 낼 수도 있단 거야. 그래도 괜찮겠어?"

난 궁금했다. 애한테 너무 겁주는 거 아닌가 잠시 생각했지만 그런 각오가 필요했다. 사건의 전말이 단테가 겪은 일이 아니라면 무슨 일인 건지, 무슨 일로 이렇게 덤비는 건지 단테의 의지를 확인해야만 했다. 최소한 무모하게 덤비는 것이 아니어야 했다.

"재판에서 져도 괜찮아요."

단테의 목소리엔 힘이 없었다.

"하지 않겠다는 건 아니고?"

"하겠다고요. 하지만 져도 된다고요."

"너 지금 어른들한테 놀아달라고 떼쓰는 거야? 법과 관련된 어른들하고 놀아보고 싶은 거야?"

나도 모르게 발끈하고 말았다. 아이를 대할 때 그러면 안 된다는 건 알지만, 단테는 애 같지가 않았다. 처음부터. 최소한 자기 의지대로 뒷감당을 감수하고 있다면 어른으로 봐줘야 할 것이다. 지금 이 아이는 자신은 물론 제 아버지와 대모인 판사의 명성까지 감당해야 한다. 그걸 모를 리가 없다.

"그런 거 아니에요."

단테는 초지일관 침착했다. 대신 내가 격분했다.

"너네 아빠에 대해 생각해봤어? 네가 허위 고소를 하는 거라면 네 아빠 명성에도 오점이 생긴다고. 오점이 무슨 말인지는 알지?"

"아저씨는 여전히 내 말을 믿지 않죠?"

단테가 서운한 눈빛으로 나를 바라보았다. 순간 멈칫한 나는 단테를 물끄러미 바라보다 말했다.

"너를 믿고 싶다."

"거짓말이니까요?"

지금 이 순간, 나는 진심이었다. 그러나 단테가 나에게 보내는 눈빛은 야유였다. 자신을 믿지 않는 어른에 대한. 그럼 이 녀석의 말이 진짜일까? 내가 과연 이 아이를 100% 믿을 수 있을까? 내가 굳이 그러려고 노력할 필요가 있을까?

초등학교 5학년 때, 수업을 마치고 고아원으로 향할 때면 항상 지나치는 슈퍼가 있었다. 초등학교 근처 슈퍼였으므로 아이들이 혹할 만한 불량 식품과 장난감들이 가게 맨 앞에 진열되어 있었다. 그 진열대 맨 끄트머리, 그러니까 사람들의 무릎이 스치는 모서리 자리에는 한동안 형광 플라스틱의 요요가 자리했었다. 투박한 짙은 색의 플라스틱이 아니라 유리처럼 투명한 연두와 분홍의 투명 형광 플라스틱으로 된 요요였다. 그건 어린이날이나 크리스마스 선물로 고아원에 들어오는 상자에는 없는 거였다.

방학이 시작되기 전 여름, 아이들은 제각각 손에 그 요요를 들고 다녔다. 여자애들까지도. 나는 요요를 잘했다. 요요를 멀리 보냈다가 단숨에 잡는 것은 물론이고, 그네도 만들어 태울 수도 있었고, 바짓가랑이 사이를 오가게 할 수도 있었다. 하지만 불행히도 내 소유의 요요는 없었다. 내 건 겨울방학이 끝나면서 깨져버렸다. 요요를 하도 벽과 바닥에 튕겨서 부식되었기 때문이다.

난 두 개의 요요를 양손에 쥐고 번갈아가며 튕기는 연습이 하고 싶었다. 하지만 아무도 요요를 잃어버렸다거나, 낡았다고 버리지 않았다. 그래서 나는 그 슈퍼를 지나칠 적마다 그 요요를 하염없이 바라보며 걸었다. 그리고 상상했다. 아무렇지 않게 슈퍼 가까이 걸어가다가 두 손으로 찐빵을 집듯 요요를 덥석 감싸 들고 양쪽 주머니에 넣으며 태연하게 걸어가면 주인이 모르지 않을까? 주위 사람들 시선이 문제지만, 청소가 끝나고 한참 있다 학교를 나서면 학교 앞은 한산하니까 그때를 노리면 성공하지 않을까.

나는 수도 없이 그 슈퍼 앞을 지나며 상상했다. 실제로 슈퍼 가까이 걸으면서 무릎으로 요요가 있는 가판 모서리를 스쳐보기도 했다. 내 팔 길이를 가늠하면서. 또 주인 시선의 사각지대가 있지 않을까 보면서 말이다.

그렇게 상상한 것이 백 번 가까이 되었을까, 나는 그 요요에 더 이상 흥미를 갖지 않았다. 왜냐하면 너무 많이 상상한 나머지 이미 그 요요를 가졌다가 버린 기분이 들었기 때문이다. 그리고 자라서 어쩌다 요요를 볼 때면 나는 그때의 일을 회상했다. 가판대에서 요요를 훔치던 그때의 상상을.

상상이란 그런 것이다. 실제 있었던 일이 아닌데도 자꾸 생각하다 보면 실제와 혼돈할 때가 있다. 나는 요요를 훔친 적이 없지만, '도벽'이라든가 '소매치기'라는 단어 앞에서는 어쩐지 죄책감이 들곤 한다. 세뇌란 그런 것일까.

단테는 자기가 성추행 당했다는 상상을 얼마나 했을까. 어쩌면 이미 아빠가 준 법인 카드로 시판되고 있는 거짓말 탐지기를 테스트해보았는지도 모른다. 그래서 자신감이 있는 건지도 모른다. 망신을 당해도 정말 아무렇지 않을까?

나는 후견인이다. 내게 책임은 없다. 게다가 그 녀석을 회유까지 해보았지만 녀석은 단호했다. 그러니까 인영과 그 녀석이 나란히 법정에 서서, 당황스러움에 버벅대는 미향의 무고죄 판결을 들으면서 개망신을 당해도 그만이다.

다음 날 아침, 나는 단테를 조수석에 앉히고 법원을 향해 차를 몰았다. 힐긋 옆을 돌아보니 단테는 인상도 몸도 구긴 채 조수석에 박혀 있었다.

"아침 드라마 못 봐서 그렇게 죽을상은 아닌 거지? 남자가 아침 드라마 밝히면 거시기 작아진대."

웃자고 한 얘기인데 단테는 웃지 않았다. 생각해보니 식상한 유머 같기도 하다. 남자애 거시기 농담은 이제 정말 거시기가 작은, 더 어린 아기들한테나 먹힐 것이다. 그리고 사건상 단테는 거시기 부분에 심한 치욕스러움을 당했다. 사과해야 할까?

"청심환 사주랴?"

어젯밤 일로 꿍해 있다는 건 알았지만 사과하고 말고 할 그런 얘기가 아니었기에 농담처럼 분위기 전환을 하고 싶었다. 그때였다.

"아저씨 좀 조용히 하실래요?"

단테가 날 째려보며 핀잔을 주었다. 제길. 21살이나 어린 자식에게 조용히 하라는 주의를 듣다니.

"내가 원래 말 많은 남자가 아니거든?"

내가 눈에 잔뜩 힘을 주고 말하자 단테도 나를 쏘아보았다.

"저도 그렇거든요?"

그래서 조용히 있겠다 이거지? 얼른 심리가 끝나고 선고 공판이 치러졌으면 좋겠다. 이 자식이 개망신을 당하든 말든 말이다.

핸드폰이 울렸다. 나는 번호도 확인하지 않고 이어폰을 귀에 꽂았다. 인영일 줄 알았는데 뜻밖의 남자였다.

[조윤건 변호사님이신가요?]

"네. 그렇습니다만."

[전 허명수 회장님의 보좌관입니다.]

허명수? 아, 그 노인네. 그 노인네를 어떻게 부를지 헤맸는데 '회장님'이라고 부르면 되겠구나.

"아, 예."

"회장님이 어젯밤 칼에 맞으셨습니다."

"뭐라고요?"

순간 나는 화들짝 놀라 차와 함께 한강 바닥으로 번지점프를 할 뻔했다.

법원 앞에 드리프트하듯 차를 세웠다. 갑작스러운 차의 속력으로 혼비백산해 안전벨트를 꽉 잡고 있던 단테는 차가 심하게 기우뚱하다 멈추자 그제야 멈췄던 숨을 토했다. 법원 앞에서 인영이 깜짝 놀라며 조수석의 문을 잡아 뜯듯 열었다.

"애를 태우고 그렇게 운전하면 어떻게 해!"

인영은 서둘러 단테를 묶은 안전벨트를 풀며 빽 소리쳤다.

"시간 없어! 이따 전화할게!"

나는 다급하게 말했다.

"같이 안 들어가?"

"바빠서 안 돼!"

인영이 단테가 내린 조수석 문을 잡고 말하는 것을 내가 휙 당겨 닫으며 소리쳤다. 그러고는 그대로 차를 몰아 노인의 보좌관이 말해준 병원으로 내달렸다.

보좌관이 말해준 병실은 영안실이 아니었다. 아니, 왜? 그렇게 생각했지만 그렇게 물을 수 없었다. 인공호흡기를 끼고 있을까? 내가 들어서는 순간 영화처럼 나와 눈을 마주친 노인이 숨을 거둘까? 그럼 나는 울까? 울 필요까지는 없겠는데. 담담해해도 되겠지. 보좌관이 내게 원하는 것도 그 노인의 죽음을 확인하고 봉인되었던 노인의 유지를 이행하는 것일 것이다. 하지만 아직 유언장을 고치지 못했는데. 내 몫으로 쟁여놨다는 5%에 대해서도 어디에 명확하게 문서화해놨는지 알 길이 없었다. 그렇다면 전직 가정부 같던 그 내연의 여인과 얘기를 해봐야 할까? 어느 시점에서 얘기 좀 하자고 말해야 좋을까?

나는 오만 가지 생각을 하며 병실로 달려갔다. 보좌관이 일러준 병실 앞에 잠깐 멈춰서 숨을 고르고, 넥타이를 매만지고, 이마에 땀이 맺혀 있는지 확인하고, 손수건을 꺼내 코 밑과 입술 언저리만 슬쩍 닦아낸 후 병실을 노크했다. 그리고 조심스럽게 문을 열었다. 그 순간, 침대에 누운 노인과 곁에 선 보좌관과 동시에 눈이 마주쳤다.

"늦었군."

마치 스톱워치의 버튼을 누르듯 노인은 착잡한 목소리로 말했다. 인공호흡기 따위는 달고 있지도 않았다. 칼은 어디에 맞은 건지, 목소리도 정정했다. 손끝 잠깐 스쳤다고 전화한 건 아닐 텐데. 나는 잽싸게 그의 머리부터 발끝까지 스캔했다.

"크게 상하시진 않은 것 같아 다행입니다."

나는 마음에도 없는 말을 정성스레 내뱉으며 그에게 다가갔다.

"내 전화를 기다리고 있을 거라고 생각했네."

노인은 내게 알아들을 수 없는 말을 했다. 사리 판단이 둔해졌나? 역시 곧 죽는 것인가?

"의사 좀 불러오게."

갑자기 노인이 비서에게 말했다. 비서는 곧 병실을 나갔고 나와 노인만 남았다.

"내가 호적상 둘째 아들인 자식과 실랑이를 벌일 때, 자네가 나를 보고 있다는 걸 알았지."

그제야 어젯밤, 단테의 일로 인영과 통화를 하면서 베란다를 서성거렸던 것이 기억났다. 나는 노인의 집에서 보이는 실루엣들을 보며 잔치라도 벌이는 모양이라고 생각할 뿐 집중해서 보지 않았다. 다른 데 집중했었으니까 말이다. 그걸 보고 노인은 나를 충실한 변호사라고 생각하는 것 같았다. 어쨌든 점수 땄다.

"녹화는 잘되었나? 드디어 죽게 되나 싶어 카메라 앵글에 맞추려고 노력했는데 말이야. 쿨럭."

허탈하게 웃으며 말하던 노인이 기침을 했다. 사회 환원한 빌딩 때문에 그런 건가? 그렇다면 내가 대신 맞았을지도 모르는 일이었다.

"괜찮으십니까?"

나는 서둘러 노인에게 허리를 굽히며 다가가 휴지를 뽑아 건넸다.

"망할 자식."

노인이 성질을 내며 욕을 내뱉었다.

"찌르려면 정확하게 찌르던가. 맹장이 뭐야, 맹장이. 이딴 건 애저녁에 떼어버렸어야 했는데."

한 방에 죽지 못해 원통하다는 듯 노인이 투덜거렸다. 노인은 오른쪽 배를 쓰다듬었다. 주위에 망가지고 칼 맞은 맹장이 풍년이었다. 그러고 보니 단테와 노인은 비슷한 게 한둘이 아니었다.

"녹화가 되었는가 말일세."

노인이 눈꼬리로 눈동자를 굴려 나를 차갑게 돌아보았다.

"얼굴은 알아볼 수 있을 겁니다."

연습 삼아 녹화해본 카메라의 성능은 그 전과 다를 바 없이 좋았다. 그러니까 지금도 여전히 잘 돌아가는 중일 것이다.

"그건 없애버리게. 실패한 작전은 쓸모가 없어. 그 자식이나 나나 실패했으니 그건 쓰레기야. 지워버려."

나의 공갈 수표를 백지 수표로 만들어주는 말이었다. 노인은 갑자기 배를 짚으며 인상을 찡그리다 말을 이었다.

"그건 협박용도 못 돼. 다음번엔 더 잘해야 할 텐데, 그걸 보여주면 그 자식이 몸을 사리고 내게 해코지하려 들지 않겠지. 다른 녀석들도 내가 그런 걸 찍고 있었다는 걸 알면 아무런 행동도 하지 않을 거야. 내가 고요히 죽을 때까지 나만 미치는 거지."

노인의 얼굴이 집요해졌다.

"집 안에 CCTV를 설치하지 않은 이유를 알지 않나. '다음 기회에', 알지? 매번 우리를 꼬시는 말 말이야. 뚜껑을 열어 다음 기회란 말이 나오면 다음을 기대하게 되지. 그 자식들은 그래야 돼. 뚜껑을 한 번 따봤으니 또 못 딸 일도 없겠지."

노인은 담담하게 활을 맞을 준비를 하는 의병장처럼 근엄하게 창밖으로 시선을 돌렸다. 그가 정말 내가 모시는 의병장이었다면 눈물이 났겠다. 하지만 나는 그의 재산의 5%로만 그를 생각하는 – 그를 꼰대로 모시는 – 서열 밑바닥의 꼬붕일 뿐이었다.

"그럼 유언……."

"캘록, 캘록!"

유언장을 빠른 시일 안에 고치는 게 좋겠다는 말을 하려는데 갑자기 노인이 마치 토악질이라도 할 것 같은 각혈성 기침을 해댔다.

내가 놀라 다가가자 그는 입을 감싼 채 내게 가보라는 손짓을 했다. 곧 보좌관과 의사가 들어왔고, 나는 얼른 인사하고 병실을 나왔다.

자기 자식들이 아니기에 복수하고 싶은 노인의 기분은 알겠다. 하지만 목숨을 담보로 한 복수는 썩 내키지 않는다. 그렇게 하고 싶던 복수를 왜 아내에게는 하지 않고 아내의 부산물들에게 하고 있는 걸까. 그것이 진정한 복수일까? 그리고, 노인이 병원에 입원했는데 그 내연녀는 왜 안 보이는 거지?

들어갈 때와 달리 허탈하게 병원을 나온 나는 병원 주차장에서 차를 출발하기 전에 인영에게 전화를 걸었다.

[궁금은 했나 보네?]

목소리가 쌀쌀맞다. 애를 던지듯 두고 왔으니 그럴 만도 하기에 신경에 거슬리진 않았다.

[심리는 끝났어. 후견인으로서 같이 갔어야 하는 거 아냐?]

인영은 화를 냈다.

"그게 맞긴 하지. 하지만 나도 갑작스럽게 의뢰인 호출 받은 거야. 칼 맞은 의뢰인한테 나중에 보자고 할 순 없잖아."

[단테는 고 판사님이 데리고 가셨어. 일 끝나면 데리러 가.]

"잠깐 볼까?"

내 말에 그녀는 볼멘소리로 말했다.

[나 아직 일 남았어.]

"법원 근처 커피숍에서 기다릴게. 끝나면 전화해."

이렇게 말한 나는 먼저 전화를 끊었다.

근처 커피숍에 도착하자마자 어디인지 묻는 인영의 전화가 왔고,

곧 그녀는 내가 있는 곳으로 달려왔다. 내가 앉은 테이블 건너편에 막 앉으려는 그녀에게 나는 묶여 있던 넥타이를 느슨하게 풀며 피곤한 목소리로 말했다.

"난 아이스커피."

엉덩이를 의자에 어정쩡하게 붙이려다 멈춘 인영은 기가 차다는 듯 나를 바라보았다.

"아까 나 봤잖아. 아침부터 뛰어다녔더니 다리가 후들거려."

나는 눈살을 찌푸리며 다리를 두드려 보였다. 내 몰골을 위아래로 좌악 훑은 그녀는 내가 불쌍해 보였는지 일언반구 없이 제 가방에서 지갑을 빼 들고는 주문대로 사라졌다. 그리고 잠시 후 아이스커피 두 잔을 쟁반에 받쳐다 테이블 위에 내려놓았다. 자고로 세상은 이렇게 변해야 한다. 남자만 여자 몸종 노릇을 하면 안 되는 거다.

"심리는 잘 했어?"

내 물음에 그녀는 한숨처럼 말했다.

"애가 침착하니까. 피고를 보고도 눈 하나 깜빡 안 하더라. 반면 피고는 방방 뜨겠는 표정이었지. ……뭐 좀 알아낸 거 없어?"

나를 보는 그녀의 눈빛이 간절하다 못해 처량했다. 나는 커피 잔을 들어 입술을 적셨다.

"수임료도 안 주는데 내가 왜?"

"지난번에 나한테 전화했을 때, 뭔가 있는 거 아니었어?"

그녀는 앙탈을 부리듯 테이블 가장자리에 매달려 칭얼거렸다.

"다음 재판은 언제야?"

다리를 꼬고 앉은 나는 그녀의 말을 못 들은 척 일관성 있게 관망조로 물으며 그녀가 사온 커피를 빨대로 '호륵' 빨았다.

"내일."

한숨 쉬는 인영의 뜨거운 콧김이 테이블에 퍼지는 듯했다.

"상담했던 정신과 의사 말이 말수가 현격하게 줄은 건지 원래 말이 없는 건지 모르겠대. 그런 일을 당하면 그렇게 되기도 하지만 단테는 밝은 아이 같다고. 상담하는 내내 칠교놀이에 푹 빠져 있더래. 정황이 좋아서 치료를 일찍 끝낸 거라는데 나한테 무슨 말이라도 해야 뭘 하든가 말든가 하지. 통 말을 안 하니."

인영은 답답한 표정을 지었다. 그녀에게 내가 직감한 것을 말해줄까 말까 망설이다 그만두기로 했다. 이대로 두면 세 번째 재판이 선고 공판이 될 것이다. 그럼 모든 것이 끝난다.

"져도 괜찮대."

나는 다시 커피를 한 모금 빨았다.

"개망신 당해도 된단 말이지?"

인영은 언짢은 표정을 지었다.

"그 애가 재판정에서 그랬어? 거짓말이라고?"

나는 비아냥거리듯 커피 잔을 빙글 돌리며 그녀를 보았다.

"당신도 그렇게 느꼈잖아."

인영은 눈썹을 구겼다.

"느낌일 뿐이야."

인영의 콧잔등에 심한 주름이 생겼다. 그녀의 기분을 이해 못 하는 것은 아니지만 어쨌든 단테의 담당 검사는 그녀였다.

"지는 재판도 해봤을 거 아냐. 판결이 나기 전에 이미 졌다는 느낌이 오는 것도 있지? 그런 거라고 생각해."

"그럴 때마다 아무렇지 않았던 거 아니야. 그때마다 힘들어. 게다가, 무고죄인 아이 장단에 놀아나는 건지도 모르잖아."

입술을 쭉 내민 그녀는 투덜거렸다.

"기소 이전에 애를 선도했어야 하는 것 아닌가 하는 갈등에 사로잡혀……. 모르겠어. 증거도 없고, 감도 안 잡히고."

그녀는 어깨를 늘어뜨리고 앞으로 숙인 이마를 주먹 쥔 손으로 짚었다. 나는 그런 그녀를 보며 지긋이 말했다.

"감은 애가 잡아주고 있잖아. 성추행이야. 피고들이 아니라고 반박하기 일쑤인 사건이라고. 여자 판사에 여자 검사. 그리고 흔하지 않은 어린 원고. 이길 확률도 있어."

이렇게 말해줬는데도 그녀의 죽을상인 표정은 조금도 되살아나지 않았다. 나는 심드렁하게 그녀를 위로할 말을 찾았다.

"거짓말 탐지기는?"

내 말에 순간 인영이 고개를 번쩍 들었다. 나는 테이블에 잔을 내려놓으며 말했다.

"단테가 구린 것도 있지만, 그 자식 역시 구린 게 확실해. 무고에 가까웠던 피고가 거짓말 탐지기 때문에 기소된 경우가 훨씬 많아. 그쪽 변호사한테 거짓말 탐지기 얘기해봤어?"

"아직. 하지만 다음 심리 때 별로 할 게 없다면 고 판사님도 달리 방도가 없을 거야."

"단테가 원고이긴 하지만 궐석 재판으로 진행될 거잖아. 어린애니까."

"그러면?"

"상황을 짜봐야지. 그 자식도 구리니까 그걸 추궁할 수도 있어. 거기서 거짓말 탐지기 얘기도 해보고. 단테의 재판이 아니라 그 자식 재판으로 만들어야지."

나는 눈에 힘을 주었다.

"어쩐지 애 하나 구하자고 무고한 사람을 중죄인 만드는 기분이야. 왜지?"

인영은 또다시 어깨를 축 늘어뜨렸다.

"증거가 없어서 그래. 과학 수사대가 왜 생겼겠어. 그 찝찝함을 덜어주려고 생긴 거잖아. 힘을 내."

나는 손을 뻗어 그녀의 어깨를 두드려주었다.

"초콜릿은 왜 안 사주는 거야?"

갑자기 대화가 초콜릿으로 튀었다. 뭐야, 지금 작업 들어오는 거야?

"아, 미안. 생각 못 했어."

일부러 잊은 척했다. 난 초콜릿이 별로다. 아니, 초콜릿뿐 아니라 단것들은 죄다 싫다.

"그렇군."

그녀는 입술을 삐죽였다. 나는 그녀를 보며 빙긋 웃었다.

"어쩐지 당신이 나를 꼬시는 느낌인 거 알아?"

순간 인영의 귓불이 빨갛게 달아올랐다.

"귀까지 빨개지기야? 그럼 농담한 내가 미안해지잖아."

내가 짓궂게 웃자 인영은 눈썹을 일그러뜨렸다.

"연수원에서 헤어질 때는 질려서 다음에 보면 목을 부러뜨릴 것 같았는데, 다시 보니 그 정도는 아니어서 솔직히 당황스러워."

인영은 얼굴을 숨기듯 커피 컵의 뚜껑을 열어 입에 갖다 댔다.

"당신 평판이 어느 정도인지는 알지?"

그녀는 입가에 댄 컵 너머로 나를 흘깃 보았다. 나는 고개를 끄덕였다.

"신경 안 써."

내가 스스로 내 평판을 그렇게 만든 거니까. 일부러. 그래서 목적을 이루지 않았던가. 은제는 내 평판에 놀라 자퇴까지 했다. 그렇게까지 되는 걸 바라지는 않았지만 지독하게 이기적으로 다행이라고 생각했다. 더 이상 그녀를 보지 않아도 되니까.

내 몹쓸 수많은 성격 중 하나는 헤어진 사람을 다시는 만나고 싶지 않다는 것이었다. 인영의 경우는 어쩔 수 없이 다시 만난 것이다. 하지만 그로 인해 나의 또 다른 매력을 발견할 수 있었다. 질리도록 싫어했던 나에게 다시 호감을 갖게 만드는 매력. 이놈의 매력은 닳지를 않는다.

"연수원에서 들었어?"

나는 커피를 한 모금 삼키며 대수롭지 않게 물었다. 그녀는 들었던 컵을 내려놓으며 고개를 흔들었다.

"발령받았을 때 내 연수원 동기 중에 여자들에게 총 한 발씩만 맞아도 형체도 없이 사라질 만큼 매력적인 변호사가 있었다는 말을 들었어. 그게 내 화장실 파트너였는지는 몰랐지."

"풉!"

하마터면 그녀의 면전에 커피를 뿜을 뻔했다.

"연수원은 너무 따분했어. 그리고 상대적으로 당신은 너무 근사해 보였구. 내 것이 아니라 다른 여자의 것이 된다는 걸 참을 수 없을 만큼. ……아직 혼자인 이유는 뭐야?"

회상에 젖어 있던 그녀는 대뜸 나를 똑바로 보며 물었다. 백이 없는 고아라서? 그래도 더러 데릴사윗 감으로 좋다고 생각하는 얍삽한 사람들이 있긴 했지만 그런 사람들은 내 쪽에서 싫었다고 말하면 이 여자는 바로 이해할까? 나의 이력을 알고나 있을까?

"결혼 자체가 싫을 뿐이야."

나는 입가에 튄 커피 방울을 냅킨으로 두드려 닦아내고 테이블 위에 던지듯 올려놓았다.

"애인도 없잖아? 단테가 그러던데? 집에 데리고 오는 여자도, 전화하는 여자도 없는 것 같다고."

나는 커피를 들다 말고 그녀를 바라보았다. 여자들이 아이들과 친해지는 이유를 알 것 같다. 특히 남자의 조카들과는 유난히 쉽게 친해지지.

"나한테 그렇게 관심이 많았는지 몰랐네."

"원래 관심 많았어."

눈을 치뜬 그녀는 나를 의미심장하게 바라보았다.

"도발적여지고 있는 거야?"

그녀는 커피를 든 팔을 벌리며 호탕하게 웃었다. 주위 사람들이 그녀를 쳐다보았고, 그 시선을 의식하지 않은 것은 그녀뿐이었다.

"솔직히 당신이 먼저 연락해올 줄 알았어."

"아가씨란 말 한마디에 쌩해지는 여자를 누가 좋다고?"

콧방귀를 뀐 나는 눈썹을 일그러뜨리며 커피의 얼음을 입 안에 털어 넣었다.

"후회했어. 좀 봐줄 걸 그랬나 싶기도 했지."

"내가 그 정도로 대단했어, 당신한테?"

순간 내가 그녀에게 어느 정도인지 호기심이 일었다.

"고백하자면 당신 이후로 별 흥미를 잃었어."

진술서 쓰듯 말하는 그녀를 나는 의아한 눈으로 바라보았다. 나와 눈이 마주친 그녀는 살짝 얼굴을 붉히며 미소로 넘겼다.

"당신 느낌이 좋았어. 그런데 그렇게 헤어지고 나서 좀 힘들었나봐. 당신을 그리워하는 내 마음을 털어내려고 몇 명 만나봤어."

엄지와 검지를 폈다 접은 그녀는 눈동자를 굴리며 생각하다 이러고 있는 자신이 우스운지 피식 웃었다.

"오해는 마. 가벼웠으니까."

"오해 안 해."

나는 고개를 가볍게 흔들었다. 내가 그녀에게 그 정도로 의미 있었다니, 그게 신기할 따름이었다.

"내가 어느 정도였는지 물어봐도 돼? 다음 애프터서비스 때 참고하려고 말이야."

난 얼음을 잘게 부숴 씹으며 상체를 낮추고 그녀에게 농담처럼 말했다. 그런데 그녀의 눈빛이 진지해졌다.

"꼭 맞는 느낌, 알아?"

괜히 물었다. 순간 확 질리는 것 같다.

"제발. 영혼의 짝을 찾았다던가, 퍼즐의 마지막 피스를 찾았다던가 하는 말은 말아줘. 식상해."

질린다는 듯한 내 표정에 그녀는 장난스러운 미소를 지었다.

"그럼 이건 어때? 어린 왕자가 탄 비행선이, 그 비행선 사이즈에 딱 맞는 행성에 도착한 느낌?"

"대놓고 도발적인 여자는 매력 없는 거 알지?"

나는 커피와 얼음을 동시에 벌컥 마셨다. 사실 오래간만에 보내오는 여자의 추파에 나름 들뜨는 기분도 들었다. 하지만 한 번 엔조이였던 여자와 다시 엔조이하는 건, 이미 오래전 평정한 갤러그를 다시 처음부터 재부팅해 시작하는 것과 같다. 처음은 무척 지루할 것이고, 마지막은 오래전 그 감동 이하일 것이다.

"처음부터 말고, 마지막부터 다시 이어보면 어떨까?"

내 속을 꿰뚫기라도 한 듯 그녀가 나지막한 목소리로 제안했다. 나는 기가 막히다는 듯 그녀를 바라보았다. 지금 그녀는 완전히 뻔뻔함으로 무장되어 있었다. 반면 나는 너무 어이가 없어 무장 해제가 된 것 같다.

"당신이 아가씨란 말을 하기 전 말이야. 그때까지 난 완전 좋았으니까."

그녀는 입가를 올리며 매혹적인 미소를 지었다.

끊어진 과거의 어느 부분을 현재에서 다시 이을 수 있을까? 그럴 수 있다고, 그렇게 해보는 건 어떨까 하고 생각해본 적이 한 번도 없었다. 그게 가능하리라고는 상상도 하지 못했는데.

"그게 가능할 거라고 생각해?"

어쩌다 반박하듯 묻고 말았다. 그러나 그녀는 예상외로 가볍게 말했다.

"과거는 흐르지 않고 정지해 있을 뿐이야. 그걸 잇는 게 뭐가 어려워?"

순간 앞이마에서 깨달음의 전구가 팍 켜지는 것 같았다. 그걸 몰랐구나. 과거는 멈춰 있다는 것을. 나는 과거란 그저 시간과 함께 멀리 멀리 흘러가는 거라고 생각했다. 그래서 은제를 버리고 지내온 시간만큼 그녀와 점점 더 멀어지고 있다고만 생각하고 있었다.

그런데 정지해 있을 뿐이라…….

너무 늦게 깨달아버렸나? 그녀는 이미 다른 남자와 더할 나위 없이 행복하게 지내고 있는데. 그녀에게 나는 이을 필요가 없는, 어쩌면 잊기를 바라는 과거의 하찮은 흔적일 뿐일 텐데.

인영에게 초콜릿 세트를 사준 뒤 돌려보내고 미향에게 전화를 거니 판사실이라고 했다. 내가 그녀의 방에 들어서자 의자에 앉아 다리를 달랑거리고 있던 단테가 나를 보고 반색했다.

"얘, 왜 이렇게 기분이 좋아?"

나는 어리둥절해져 미향을 보았다.

"아빠가 오신대요!"

의자에서 팔짝 뛰어내린 단테는 행복에 겨워 촐랑거렸다.

"언제?"

나는 다시 미향을 보았다.

"저녁 비행기."

책상 앞에서 문서를 읽던 그녀는 보던 것을 덮고 자리에서 일어났다. 그리고 뒤늦게 나를 바라보았다.

"잘됐네."

드디어 절대 짐짝 취급하면 안 되는 짐짝 하나 덜게 생겼구나.

"음, 난 약속이 있어서 공항에 못 가."

미향의 말에 순간 내 표정이 얼마나 흉악하게 변했을지 안다. 하지만 그 감정을 숨길 이유가 하나도 없었다. 내 기분을 직감한 미향은 단테에게 다가가 아이의 어깨를 붙잡고 한쪽 무릎을 세우며 앉았다. 그리고 그 애에게 몸을 기울이며 부드럽게 물었다.

"단테야, 우리 집에서 기다리면 어떨까? 아니면, 아저씨 집에서."

미향의 회유에 단테의 얼굴이 금세 어두워졌다.

"하지만 아빠는 공항에 혼자 도착하는 기분 별로랬어요."

"그건 너희 엄마랑 네가 항상……."

말을 하던 미향은 한숨을 내쉬었다. 나도 한숨이 났다. 엄마 없는 애 앞에서 엄마 얘기하기가 얼마나 껄끄러운지 겪어본 입장에서 기분이 어떨지 짐작이 갔다. 특히 이 여자는 자주 그러는 것 같다.

잠시 굳어 있던 미향은 심기일전하듯 쾌활하게 말을 이었다.

"아빠는 어른이야. 솔직히 너네 아빠는 너보다 더 어리광이 심해. 진짜 그렇게 외롭지 않을 거야. 너한테 뭘 바라신 게 아니라고."

"그래도 마중 가고 싶어요."

불과 1분 전까지만 해도 아드레날린에 푹 절인 말랑말랑 젤리 같았던 단테는 어느새 제초제를 강제 드링킹한 풀처럼 목이 접힌 채 목소리가 팍 죽어 있었다. 정말 두 눈 뜨고 못 봐주겠다.

"하고 싶지만 할 수 없는 일이 어쩔 수 없이 점점 더 생기게 될 거야. 그럴 때마다 이렇게 풀이 죽으면 세상 어떻게 살래?"

나는 단테의 뒤통수에 대고 퉁명스럽게 말했다. 미향이 나를 흘겼지만 난 그 눈길을 무시했다. 미향은 단테를 다시 지그시 바라보았다.

'내가 시위를 당겼으니 확실하게 한 방 먹여.' 나는 미향에게 눈으로 말했다.

"마중 갈 상황이 아닌데 억지로 가면 아빠도 걱정하실 거야. 그리고 할 수 없는 걸 억지로 하면 좋지 않은 일이 생긴단다."

그래, 지나치게 나긋나긋하긴 하지만 그 정도면 잘했다. 팔짱을 끼고 그녀의 말을 경청하던 나는 만족스럽게 고개를 끄덕였다.

"그게 뭔데요?"

단테는 시무룩하게 물었다.

"음, 그건 어른이 되면 더 명확해지는 건데, 마음속에서 누가 말해주는 거랑 같아. 하지 말라고. 그런데 그 소리를 이기고 해버리면 다치거나, 뭔가 잃어버리거나, 일이 꼬이거나 하지. 그럼 나중에 마음속 목소리가 말해. '거봐, 하지 말라고 했잖아.' 하고."

미향의 설득을 들으며 하품과 한숨이 동시에 나오려는 걸 억지로 참았다. 애 설득하는 데 동화 한 편이 필요해?

"그건 양심의 소리랑 뭐가 달라요? 나쁜 짓이 아닌데?"

단테의 반문에 미향은 어이없어하며 나를 보았다. 나는 꼴좋다는 표정으로 그녀에게 어서 이어보라는 손짓을 했다.

"음…… 글쎄, 그게 어떤 느낌이냐 하면……."

쩔쩔 매는 미향을 보자 참았던 한숨이 나왔다. 참다못한 나는 둘 사이에 끼어들어 단테를 내 앞으로 돌려세웠다. 단테는 고개를 푹 숙인 채 내 쪽으로 향했다. 나도 미향처럼 한쪽 무릎을 접고 단테를 올려다보았다.

"나쁜 건 법률적으로 말할 수 있지만 마음에 걸리는 건 법률적인 게 아니야. 개인적인 거지. 남들에겐 별거 아닐 수도 있는 그냥 재수 없는 일 같은 거 말이다. 너한테 그런 일이 일어나길 바라는 게 아니야. 오늘 상황은 안 되니까 그렇다는 거라고."

미향과 달리 목소리에 힘을 좀 주었다. 단테는 시종일관 목에 턱을 탁 접어 넣고 있었다.

"마중 가고 싶다고 택시 타고 혼자 갈래? 그러다 네가 게이트를 헷갈리거나 아빠가 너를 못 보고 그냥 혼자 집으로 가버리면?"

순간 단테는 마치 그 상황에 놓인 양 불안한 눈으로 나를 보았다.

"그런 거야. 그런 수많은 재수 없는 일이 생길지도 모른다는 걸 네 머리가 계산해서 신호를 보내주는 거야. 언더스탠?"

강요가 들어간 눈빛으로 눈을 올려 뜨며 묻자 묵묵히 듣던 단테는 고개를 끄덕였다. 미향은 그제야 한시름 놓는다는 표정을 지었다.

"어쩌면 당신보다 애 다루는 능력이 내가 한 수 위인가 봐?"

내가 그녀의 귓가에 대고 나지막이 거들먹거리자 미향은 나를 흘기며 말했다.

"변호사잖아. 구슬리는 데는 타고나야지, 그 정도도 못해?"

큭. 할 말이 없군.

"오후 근무 끝나는 시간까지만 데리고 있다가 우리 집에 데려다 줘. 우리 집 주소는 문자로 보내줄게. 우리 애들이 집에 있을 거야."

미향은 제 책상으로 돌아가 핸드폰을 집어 들며 말했다.

"부탁한다는 말을 빼먹으셨잖아, 판사님."

내가 단테의 어깨를 잡으며 능글거리자 미향은 눈을 치뜨고 나를 보았다.

"부탁해, 조 변호사님."

곱씹는 그녀의 얼굴에 나는 피식 웃으며 아랑 넓은 눈인사를 한 후 단테를 데리고 그녀의 방을 나왔다.

나는 오후 내내 로펌 사무실 사람들로부터 단테가 어디 아프냐는 질문을 받아야 했다. 그 녀석은 일하는 나를 기다리는 동안 웃지도 않고, 복사기 놀이도 하지 않고, 심부름도 힘없이 어기적어기적 다니고, 커피 취향도 못 맞췄다. 나는 그 이유를 알지만 구차하게 설명해줄 수 없었다. 아니, 그러고 싶지 않았다.

"못 기다리겠어? 더 일찍 미향이 아줌마네 집에 데려다줄까? 낮에 미향 아줌마 집에 아무도 없는 건 아닌가?"

내 말에 정양 옆 의자에 걸터앉은 단테는 입술을 5cm 정도 내밀고 고개만 가로저었다. 정양은 걱정스럽게 단테를 보았다.

"도넛도 싫대요. 먼치킨 도넛이면 환장했었는데."

"다른 도넛 먹을래?"

다시 물었지만 단테는 이번엔 입술을 10cm 정도 내밀었다. 정양은 단테의 머리 위로 입술만 움직여 내게 물었다.

"우울증일까요?"

나는 고개를 가로저었다.

"협박하는 중이야."

단테를 뚫어지게 바라보며 내뱉은 대답에 정양은 깜짝 놀랐다.

"코코아나 한 잔 타다 줘."

시선은 단테를 향한 채 정양에게 부탁하자 정양은 단테를 걱정스럽게 바라보며 자리에서 일어나 사라졌다. 나는 무릎을 접고 단테와 눈높이를 맞추었다. 단테는 제 운동화 끝을 뚫어져라 바라보고 있었다.

"네 눈에선 레이저가 안 나와. 대신 시력이 나빠지지."

그제야 힘을 푼 단테의 시선이 나를 향했다.

"여긴 너를 걱정하는 사람밖에 없구나. 코코아도 그냥 한 말인데, 정양 아줌마는 너를 위해 여기에 코코아도 준비해놨나봐. 여긴 겨울에도 코코아 마시는 사람 없어. 너보다 어린애가 가끔 어른들한테 딸려 와도 절대 준 적 없다고. 알겠니?"

단테의 맑은 눈동자가 내 눈에 와 박혔다. 익숙한 눈동자였다. 이 자식이 이런 눈으로 나를 봐온 것을 이미 알고 있었나 싶게. 나는 그 맑은 눈을 물끄러미 보며 말했다.

"다른 사람들도 온통 너한테 무슨 일 있냐는 질문만 해. 사람들이 하나같이 널 걱정하는데 넌 오후 내내 골만 부리네. 누가 착한 사람일까?"

"아저씨의 마음의 소리는 어때요? 이 아이랑 같이 가주는 게 어때, 라고 말하진 않나요?"

"뭐?"

"내 마음의 소리는요, 어쩌면 아저씨가 시간이 날지도 모른대요. 아침에 그렇게 패대기치듯이 날 법원 앞에 던져놓은 게 미안해서 나를 데리고 공항에 가줄지도 모른다고요. 올 때는 꼭 같이 오지 않아도 되지만 말이죠."

골이 빠개지는 것이 어떤 건지 이제야 감이 좀 잡힌다. 정수리 중앙부터 '으자작' 소리를 내며 금 가는 소리가 들렸다.

"그러면 나한테 갈망의 눈초리를 보내지 왜 그렇게 시무룩하게 볼을 팅팅 부풀리고 있어?"

신경질이 난 나는 입술을 짓이기며 윽박지르고 싶은 걸 겨우 참았다. 단테는 눈을 내리깐 채 시무룩하게 대꾸했다.

"다른 마음의 소리가 들릴까 해서요. 만에 하나, 아저씨는 나랑 같이 가줄 착한 사람이 아니라는 말이 들리면 그 순간 마음을 접어야 하니까, 다음에 들릴 소리를 기다리고 있었던 거예요."

이 자식이, 이번 사건에 대해 거짓말하고 있다는 것에 내 전 재산을 걸겠다. 나는 기가 막혀 물었다.

"너, 커서 뭐 될래?"

그러자 단테는 나를 말똥말똥 쳐다보며 말했다.

"변호사요."

나를 존경한 나머지 내 직업까지 숭배하며 그런 대꾸를 한 거란 생각은 하지 않겠다. 적어도 검사, 판사보다 그 직업을 가진 내가 만만해서 직업조차 만만해진 것이 분명하다.

"오늘 오후에 별다른 일 없나?"

"아침에 부고란 보셨잖아요. 의뢰인 예약도 없구요."

"흠…… 내 기억엔 무슨 일이 있었던 것 같은데?"

"흠……."

나와 똑같이 턱을 괸 채 소리까지 따라 흉내 낸 정양은 정수리를 보이며 잠시 내 스케줄 표를 뒤적였다. 나는 그녀의 정수리에 관제탑을 꽂을 듯 노려보며, 바쁘다고 말하라는 엄청 센 텔레파시를 보냈다. 잠시 후, 그녀가 고개를 들고 말했다.

"없는데요?"

젠장!

조수석에 앉은 단테는 안전벨트로 묶어놓지 않으면 하늘로 둥둥 떠오를 것처럼 기분이 훨훨 날았다. 반면 나는 오후 스케줄이 딱히 없다는 정양의 입술을 쪼고 싶은 마음을 억지로 참고 그녀를 향한 욕을 입술로 곱씹으며 운전대를 잡을 수밖에 없었다.

PIECE 8

# 10년 전이 내게 걸어온 말

인천 대교를 건너자 단테는 결국 참지 못하고 창밖을 향해 개처럼 포효했다. 불어오는 바람을 향해 혓바닥도 내민 것 같다. 이 자식은 나중에 커서 엄청 약은 변호사가 될 게 분명하다.

"야! 바람 들어와! 목감기 걸려 죽고 싶어? 당장 창문 올려!"

눈에 힘을 바짝 준 나는 운전대를 부술 듯 다잡고 앞을 주시한 채 소리쳤다.

"미세 먼지가 잔뜩 낄 거라고 했는데, 공기가 엄청 맑아요!"

아빠가 오는 걸 알고 있는지 날씨부터 자신을 환영해주고 있다고 말하는 듯한 함축적인 의미가 팍팍 느껴지는 포효였다. 나는 당장 버튼을 눌러 유리 창문을 올리고 싶었다. 하지만 그랬다간 저 자식 목이 창틀에 대롱대롱 낀 채 달리게 될 것이기에 차마 그러지 못했다. 그럼 바로 신문기사 감이다. 니미럴.

나는 공항의 들뜬 분위기가 싫다. 밖에 멈춰 서 있는 비행기를 와그작와그작 씹어 먹을 태세인 관광객들과 가슴에 깃발이라도 꽂은 양 간절하게 누군가를 기다리는 사람들. 그리고 낯선 얼굴들 속에서 눈을 희번덕거리며 지인을 찾는 귀향자들. 한결같이 행복을 기대하는 모습이다. 좌절하고 있을지라도, 일이 제대로 되지 않아 도피 중이라 할지라도 말이다. 이곳을 나서면 뭔가 기대한 것이 현실로 펼쳐질 거라고 막연하게 상상하는 것 같은 모습들이, 마치 할머니가 읽어주는 동화책이 진실이라고 믿는 어린아이 같아서 실망스럽다. 다 큰 어른들이 90%인 이곳에서 말이다.

게다가 그 나머지 10% 중 하나를 이루고 있는 단테가 내 옆 의자에 앉아 다리를 달랑거리며 제 엄마에 대해 늘어놓기 시작했다. 이 아이도 미향을 닮았는지 분위기 파악이 안 되는 것 같다. 어쩌면 다정했을 엄마와 함께 기다렸던 아빠를, 까칠한 아저씨와 기다리게 되면서 더 엄마가 떠오르는 건지도 모르겠다.

나는 단테가 말하는 동안 다른 잡생각 속을 헤엄치고 있었다. 말하는 단테를 피해 귀를 막고 혀를 내두르며 '어버버' 하고 있을 수는 없으니까 말이다.

"엄마는 집에서 쿠키를 만든다고 오븐이 달린 가스레인지를 사셨대요. 그런데 난 한 번도 엄마가 만든 쿠키를 먹어본 적이 없어요. 그리고 그 오븐이 나는 식기 건조대인 줄 알았어요. 엄마가 거기다 그릇을 넣어두셨거든요."

단테는 신이 나 조잘거렸다.

"그리고 또요. 엄마는 꼭 세탁이 끝난 후에 헹굼을 한 번 더 하셨어요. 난 그게 엄마가 빨래를 엄청 깨끗하게 헹구려는 건 줄 알았는데 매번 섬유 린스 넣는 걸 까먹어서 그랬던 거래요."

뒷목이 뻐근해지면서 속이 울렁거리는 것 같다. 이런 자랑 같지 않은 자랑질을 지리멸렬하게 들어본 역사가 없다.

"그리고 엄마는 텔레비전을 볼 때마다 엄지발가락에 힘을 주고 벌리고 있었어요. 쥐가 난 집게 가재처럼요. 별로 예쁜 모습이 아니었다고 하니까 엄마는 웃었어요."

온 정신을 모아 공항에서 울리는 안내 방송에 귀를 기울였지만 단테가 하는 말은 왠지 귀에 거슬렸다. 마지막 말이 좀 이상했다.

"꼭 다 지나고 나서 말한 것 같구나?"

나는 단테 뒤 등받이에 팔을 걸치고 포갠 다리를 건들거리며 시큰둥하게 말했다.

"엄마가 병원에 입원해 있을 때 했던 말이거든요."

어느새 단테는 엄마 사진이 든 지갑을 꺼내 만지작거리고 있었다. 윽, 몇 초 후면 나에게 보겠느냐고 물을 것이다. 나는 그 애가 그렇게 말하기 전에 얼른 선수를 쳤다.

"엄마는 왜 돌아가셨는데?"

"암이요."

"무슨 암?"

그래, 우리 암에 대해 얘기나 해보자. 파닥거리며 넘어가는 전광판을 돌아보니 단테의 부친 마에스트로가 오려면 20분은 더 기다려야 했다.

"몰라요."

"몰라? 엄마 병명도 몰라?"

"암은 그냥 몸이 썩는 거 아닌가요? 꼭 어디가 아프다는 걸 알아야 하는 거였나요? 어차피 돌아가실 거였는데?"

단테는 나를 물끄러미 돌아보았다. 틀린 말은 아니었다. 이미 고칠 수 있는 기한을 넘긴 다음부터는 암이란 말 자체가 죽음과 같은 말처럼 들려, 콕 짚어 어떤 암이라 하지 않아도 착잡해지기 마련이지.

"오래 아프지 않으셨으면 좋았겠구나."

나는 생각나는 대로 지껄였다. 단테가 슬픈 표정으로 내 옆에 앉아 있는 걸 다른 사람들이 이상하게 보지 않았으면 좋겠다는 생각뿐이었다. 어딘가로 애를 입양 보내는 사설 입양 기관 사람 같아서 그 또한 기분이 좋지 않았다.

"오래 아프셨어요. 내 초등학교 입학식에도 못 오셨고, 공개 수업 때도 아빠만 왔었으니까."

"그래도 다행이네. 아빠라도 있어서. 엄마, 아빠가 다 같이 바빠서 혼자 있던 아이도 있었을 텐데."

대표적으로 말하면 내가 그렇다. 내 부모는 나를 버리느라 무척 바빴지.

"유치원 운동회에 못 가기도 했어요. 엄마가 돌아가셔서요."

단테는 발을 허공에서 계속 흔들고 있었다. 순간 의자 등받이에 걸쳤던 내 손이 단테의 뒤통수를 쓰다듬으려 했다. 당황한 나는 얼른 손목에 힘을 주어 팔을 다시 등받이에 걸쳤다.

"운동회 못 가서 서운했냐?"

나는 공중에 걸린 커다란 시계 옆 광고판에 시선을 고정하며 시큰둥하게 물었다.

"좋았어요. 난 달리기에서 맨날 꼴찌였으니까."

단테의 밝은 목소리에 나는 눈동자를 돌려 단테의 옆모습을 힐긋 보았다. 단테가 나를 보고 씨익 웃었다.

"창피 당하지 않아서 좋았어요. 하지만 초등학생이 되면서 또 꼴찌만 해서 창피했었어요."

어쩐지 명치끝이 쑤신다. 운동 못하는 놈, 여기 하나 또 있다.

"다른 과목은 다 1등인데 체육 시간만 되면 몸이 말을 잘 안 들어요."

단테는 한숨까지 쉬었다. 처음으로 동지 의식이 느껴졌다.

"운동이 전부는 아니잖냐. 힘내."

나는 단테의 뒤통수를 쓰다듬으려던 팔을 들어 그 애의 어깨를 툭툭 두드려주었다.

"우리 엄마는 운동을 되게 잘했어요. 씻기 싫어서 도망가면 열 발짝도 못 가서 잡혔어요. 유치원에 늦었을 때는 내 손을 잡고 뛰는 엄마 따라가느라 발이 허공을 달릴 수 있을 정도였어요. 손이 잡혀서 거의 날아갔으니까. 축구는 얼마나 잘하게요. 아빠보다 더 잘해요."

단테는 혀를 내둘렀다. 운동을 잘하는 여자. 매력적이지. 나도 모르게 투명한 보석 같은 땀을 튕겨내며 눈웃음 짓던 은제의 얼굴이 떠올랐다. 한동안 가물가물했었는데 오늘은 이목구비 구석구석 자세하게 눈앞에 떠올랐다.

"눈웃음이 엄청 예뻤어요. 우리 아빠가 엄마 눈웃음에 홀랑 넘어갔대요."

순간 나는 심장에 전기 충격기를 댄 것처럼 화들짝 놀랐다. 내 속마음이 스피커를 타고 단테가 말하는 것처럼 들리는 것은 아닌가 혼란스럽기까지 했다.

나는 어안이 벙벙해져 행복한 얼굴의 단테를 내려다보았다. 단테는 눈앞에 엄마가 서서 웃고 있기라도 한 듯 먼 곳 어딘가에 시선을 고정한 채 다리를 달랑거리며 말을 이었다.

"엄마가 병원에 입원해 있을 때 나한테 해준 말인데요. 엄마는 운동을 무지 잘해서 대학교 때 가장 인기 있었던 남자를 사귀었대요. 이건 아빠도 모르는 비밀이라고 나한테 말해줬어요."

갑자기 손에서 땀이 솟았다. 당연히 아닐 거라고 생각하면서도 '어쩌면'이라는 단어가, 마음이 해주는 말처럼 무척 혼란스럽게 머릿속을 헤집기 시작했다.

"엄마가 대학교 가서 처음 짝사랑하게 된 남자인데, 같이 체육 수업을 받게 됐대요. 운동 되게 잘하게 생겼으면서 되게 못하는 남자였다는데."

숨이 멎을 것만 같다.

"엄마는 그러면서 나한테 그랬어요. 누구나 약점은 있는 거라고. 나도 운동 못한다고 창피해할 필요 없다고. 대신 잘생겼고, 공부도 잘하니까 운동 잘하는 여자를 만나면 된댔어요."

나는 떨리는 시선으로 단테를 천천히 돌아보았다.

"열심히 공부하고 훌륭한 사람 돼서 운동 잘하는 여자 만나서 행복하게 해주라고. 사랑하는 사람과 행복해지는 게 인생에서 가장 큰 기쁨이라고요."

점점 목구멍이 뻐근해졌다. 전광판 옆에 있는 시계는 단테의 아버지가 올 시간이 얼마 남지 않았다는 것을 알려주고 있었다. 분명 아니겠지만, 그래도 물어볼 필요는 있었다. 미향과 친한, 운동 잘하는, 아들을 낳고 일찍 죽은 여자. 물론 내가 생각하는 그 여자는 좋은 남자를 만나 행복하게 잘 지내고 있다고 했다.

"엄마 이름이 뭐냐?"

목구멍이 아프게 너울거려 말이 나오기 힘든 것을 참고 겨우 물었다. 그때, 공항 안내 방송이 머리 위로 퍼졌다.

[4시 30분 도착 뉴욕발 비행기가 도착했습니다. 게이트는 3번입니다.]

단테와 내 눈이 동시에 천장에 있는 스피커로 향했다.

"아빠가 왔어요!"

단테가 의자에서 펄쩍 뛰어내리며 소리쳤다. 나는 침착하려 애쓰며 단테를 따라 일어났다. 뉴욕발 비행기에서 내리는 승객들을 기다리던 사람들이 우르르 3번 게이트로 몰려들었다. 단테는 내 바지를 잡아당겼다.

"우리 앞으로 가요."

단테는 내 바짓단을 당기며 채근했다.

"여, 여기서 기다리자. 여기서도 잘 보이잖아. 저 앞은 너무 붐빌 거야. 네 아버지가 널 못 볼 수도 있어."

'네 아버지'란 말이 목구멍에 탁 걸려서 매끄럽게 내뱉어지질 않았다. 제기랄! 대체 무슨 상상을 하는 거야!

"하긴 우리 엄마도 그랬어요. 저 앞에 있다가는 얼굴에 사람들 발자국이 찍혀서 아빠가 날 못 알아볼 거라고."

단테는 내 말에 수긍하며 딱 두어 발짝 내 앞으로 나가 섰다. 나는 단테의 어깨를 꼭 잡고 정수리를 바라보며 조심스럽게 말했다.

"단테야, 아저씨가 아까 물었잖아. 대답 안 해?"

단테는 아직 열리지 않은 게이트를 확인하고 나를 돌아보았다. 단테는 내 마지막 질문이 기억나지 않는 모양이다. 아예 듣지 못했는지도 모른다.

"네 엄마 이름……."

그제야 기억난 듯 단테는 뭐라 말하며 게이트를 돌아보았다. 그와 동시에 게이트 문이 열렸다. 갑자기 난간에 둘러서 있던 사람들이 게이트를 빠져나오는 사람들을 향해 이름을 불러대기 시작했다. 그 바람에 단테의 목소리는 사람들이 각자 외치는 수십 가지 이름들에 묻혀 들리지 않았다. 등골로 식은땀이 주룩 흘렀다. 단테는 까치발을 하고 목을 길게 빼 제 아버지의 얼굴을 찾느라 열심이었다. 방법을 바꿔야겠다.

"엄마 사진 좀 보여줄래?"

나는 허리를 굽히고 단테의 귓가에 조용히 말했다. 단테가 뜻밖이라는 눈으로 나를 올려다보았다. 지금까지 보여주겠다는 걸 내가 극구 사양했었다. 그냥 보아둘걸. 그럼 이렇게 초조하진 않을 텐데.

"진짜요?"

단테가 지갑을 만지작거리며 말했다. 나는 말할 힘도 없었다. 아마 이 아이가 제 아버지를 만날 때쯤엔 나는 지금의 이 우스꽝스러운 상황을 혼자 떠올리며 비웃음을 연발할 것이다. 말도 안 되는 추측을 했다며 뻐드렁니에, 두꺼운 안경을 쓴, 작달막한 여자가 헤벌레 웃는 사진을 보고 코웃음 터지는 얼굴을 애써 감춘 걸 회상하며 킥킥거릴 것이다. 단테와 그 아버지 사이에서 어색해할 내가 웃을 수 있는 기억을 만들어준 지금에 감사할 것이다.

내가 입술을 굳게 다물며 고개를 끄덕이자, 단테는 만족스럽게 웃으며 지갑을 펼쳤다.

"진작 보지 그랬어요."

단테는 내게 펼쳐진 지갑을 휙 건네고 다시 3번 게이트에서 빠져나오는 사람들을 주의 깊게 두리번거렸다. 나는 재판 때, 미처 준비 못 한 상황이 갑작스럽게 닥쳤을 때 태연하게 보이려고 익힌, 평정심을 되찾는, 출산 시 임산부들이 하는 라마즈 호흡과 비슷한 심호흡을 하며 단테가 건넨 지갑을 받아 들었다. 그리고 눈을 밝히며 사진을 들여다보았다……. 빌어먹을!

내 마음속 비명과 동시에 내 앞에 선 단테가 손을 반짝 들며 소리쳤다.

"아빠!"

나는 반사적으로 단테가 바라보는 곳을 쳐다보았다. '뉴욕의 가을'에 나온 리처드 기어처럼, 나이보다 이른 은발에 고급스러운 버버리 코트를 입은 분위기 있는 중년의 남자가 단테를 보자마자 환한 표정을 지으며 손을 번쩍 들고 우리를 향해 유유히 다가오고 있었다. 나는 사진이 꽂힌 지갑을 손에 든 채, 멍하니 그를 바라보았다. 그 순간 은제가 나에게 했던 마지막 전화가 떠올랐다.

—할 말 있어. 내일, 우리가 가던 그 카페에서 만나. 기다릴게.

나는 그 자리에 나가지 않았다. 그게 마지막이었다. 그날, 은제는 내게 무슨 말을 하려고 했던 걸까.

대학교 2학년. 매일 내 자취방으로 찾아오던 은제가 일주일째 오지 않았다. 전화도 받지 않고, 학교 수업에도 나타나지 않았다. 은제의 본가에 대해 듣기는 했지만 가본 적도, 주소를 물어본 적도 없어 나는 막막하기만 했다. 그래서 학교에서 수업에 나타난 미향을 보자마자 나는 그녀를 잡으며 다급하게 물었다.

"은제, 어디 갔어!"

난처한 표정을 짓던 미향은 내게 되물었다.

"전화 안 왔어?"
"그러니까 너한테 묻지. 내가 너한테 작업 거는 걸로 보이냐?"
나는 눈살을 찌푸렸다. 일주일 넘게 은제가 해준 아침을 먹지 않아서 그런지 배탈 증세가 가시질 않았고, 그녀의 향기가 생각이 날 듯 말 듯했다. 그녀의 가슴골에 코를 묻으면 맡을 수 있었던 꽃향기가 기억에서 사라져 공황 상태를 겪는 것만 같았다.
"사라진 게 아니라면 연락 오겠지."
미향은 이렇게 무책임한 말을 내뱉고 제자리에 앉았다. 이런, 우라질! 제일 친한 친구가 저딴 식으로 나오다니!
"넌 걱정도 안 되냐?"
미향의 뒤통수에 대고 소리치자 그녀는 나를 무섭게 야린 후 돌아앉았다. 저래서 여자들 우정이 기름종이보다 얇다고 하는 거다. 미향의 뒤통수를 노려보고 책상을 책으로 내리치며 자리에 앉은 나는 입술을 뭉갰다.
다음 날, 학교 로비를 지나가는데 은제로부터 전화가 왔다.
"어디 있었어!"
나는 전화를 받자마자 소리쳤다.
[걱정했어?]
그녀의 목소리는 우울했다.
"당연하지!"
버럭 하고 답했지만 그녀의 목소리가 마음에 걸렸다.
"무슨 일 있어?"
나는 금방 기를 죽이고 걱정스럽게 되물었다.
[윤건 씨…….]

그녀의 목소리가 내 가슴에 공명을 만들었다. 좋지 않은 느낌. 나도 모르게 더럭 겁이 났다.

"무슨 몰래카메라 찍어? 갑자기 사라졌다가 그렇게 음울하게 사람 이름 부르고. 너 은제 맞긴 하냐?"

나는 부러 너스레를 떨었지만 양 팔뚝에 소름이 돋았다. 이상했다. 영혼까지 공감하는 사이라고 생각했는데 그녀의 가라앉은 목소리에 좋지 않다는 느낌뿐, 다른 감정은 전달되어 오지 않았다.

[내가 자기 믿어도 될까?]

"뭔 소리야, 그게."

평소 같았으면 당연히 날 믿지 누굴 믿느냐고 목청을 높였겠지만 나도 모르게 기어들어가는 대꾸가 내 입에서 흘러나왔다. 이런 대답을 원하는 게 아니라는 것을 분명히 느끼면서도 그녀가 원하는 대답을 할 수 없었다.

[믿으면 안 돼?]

그녀는 차분하게 반문했다.

"무섭게 너 왜 그래, 자꾸. 다단계 같은 거에 엮였어? 그럼 나 돈 없는데. 알잖아."

남자가 세상에서 가장 비굴하고 허접하게 보일 때가, 여자가 뭔가 잡을 것을 원한다는 걸 알면서도 쿨하게 외면하고 시답잖은 변명을 구질구질하게 내뱉을 때였다. 내가 딱 그랬다.

[윤건 씨…….]

우는 게 분명했다. 내가 알아채지 못하게 눈물을 가슴에 꾹꾹 눌러 담고 있다는 걸 전파 속에서도 느낄 수 있었다. 이런 전화가 발명되지 말고 모스 신호를 전화처럼 사용하고 있었다면 얼마나 좋을까. 호흡과 분위기만으로도 상대방의 감정을 읽고 미련을 떨치지 못하는 감정적인 생물인 것이 이기적일 정도로 환멸스러웠다.

[할 말 있어. 내일, 우리가 가던 그 카페에서 만나. 기다릴게.]

기다린다 함은 하루 수업이 모두 끝나는 오후 수업 마지막 시간까지 기다린다는 말이었다.

"은제야."

내가 그녀의 이름을 부르는 사이, 그녀는 전화를 끊었다. 정적만 남은 전화기의 묵직함을 감당하기 힘들었다. 뭘까? 이 여자가 우는 이유가 뭘까? 그러고 보니 미향도 수상쩍었다. 은제의 전화를 받고 보니, 전날 미향의 태도가 이해되려고 했다. 그녀도 뭔가 알고 있는 게 분명했다. 나는 즉시 미향에게 전화를 걸었다.

[여보세요.]

"은제, 무슨 일이야?"

나는 나른한 목소리로 전화를 받는 미향에게 다짜고짜 물었다.

"전화 왔었는데 이상해서 그래. 무슨 일 있어, 걔?"

심각한 내 목소리에 잠시 뜸 들이던 미향은 곧 담담하게 말했다.

[걔 일만은 아닐 거야.]

"나도 관계된 거야?"

[내가 말해줄 수 있었다면 이미 했겠지. 나한테 묻지 말고 은제한테 들어. 끊는다.]

미향은 전화를 끊었다. 나는 한참 동안 끊긴 핸드폰을 귀에 대고 멍하니 서 있었다. 세상이 돌아가고 있긴 한데 이상하게 돌아가기 시작했다. 내가 의도하지 않은 대로.

나는 결정해야 했다. 아니길 바랐지만, 내일 만나는 은제에게 내가 예감하고 있는 분위기의 말을 들을 수도 있다. 나와 은제와의 관계라면 딱 하나 성립되는 게 있었다. 서로의 애정 친밀도에 따른 육체적 관계. 그 이유 말고 뭐가 있겠어? 어쩌면 그게 아닐 수도 있지만 여자들이 의리를 지키는 것처럼 이렇게 무겁게 구는 사건은 몇 되지 않는다. 가장 입이 가벼울 수 있는 게 금전적인 문제이고, 그 반대인 것이 바로 성적 관계의 부산물에 대한 책임이 따르는 어떤 것. 내가 주변에서 듣고 느낀 바론 그렇다.

한 번도 생각해본 적 없었다. 그녀와의 관계에서 뭔가 문제가 생긴다는 것은. 조심하긴 했지만 돌발적일 때도 있었다. 그냥 은제를 안는 것이 좋았고, 그만큼 그녀를 사랑한다고 믿었다. 그런데 그 사랑에, 문득 의심이 들기 시작했다. 내가 그녀를 책임져야 한다면 그럴 수 있을까? 난 아직 2학년이고, 고시 준비도 하지 않은 상태인데.

은제가 일주일이나 학교를 빠질 만큼 큰 고민에 내가 관계가 있다면 나는 한 학기, 아니 그 이상도 빠질 수 있는 것일지 모른다는 압박이 나를 짓누르기 시작했다. 이런 데서 표가 나는구나, 고아라는 것은. 책임감에 대해선 제대로 습득해본 적이 한 번도 없었다.

책임감 없기로 단연 1등인 표본이 바로 나 아닌가. 책임감 없는 어른들의 상처 딱지 같은 내가 누구를 책임지고 보듬을 수 있을까. 은제를 위로할 수 있을까? 그녀를 사랑한다고 말한 대가로 그녀가 내일 내뱉을 말들을 감당하고 안아야 하는데, 그럴 수 있을까?

나는 고개를 흔들었다. 그때, 누군가 내 등을 톡톡 쳤다. 황망하게 돌아보니 학교에서 처음 본 남자와도 아무렇지 않게 원 나잇 하기로 유명한, 일명 '원 미닛'이라 불리는 동급생 여자가 음흉한 미소로 나를 보고 있었다. 그녀는 교내 남자들 사이에선 알아주는 유능한 로비스트로 통했다.

"법대생 맞죠? 도서관에서 본 적 있는 것 같은데."

도서관은 개뿔. 학교 앞 네일아트 숍에 앉아 있다 법전 끼고 지나가는 날 봤겠지. 아님, 시내 호프집에서 시시껄렁한 놈들하고 모텔 가기 전에 한잔 걸치다 맥주 서빙하고 있는 나를 봤던가.

"잘됐다. 사실, 나 교양으로 법학개론 듣거든요. 리포트를 내야 하는데 그게 내일까지여서요. 촉박한데, 도와줄 수 있어요?"

스커트의 히프 부분을 만지작거리며 몸을 뒤트는 이 여자가 제안할 4페이지짜리 리포트에 상응하는 대가가 뭘지, 은제와의 통화처럼 듣지 않아도 감이 왔다. 갑자기 은제가 내준 기한인 내일에 맞춰 리포트를 차고 나타난 이 여자가 나의 비상구일까?

나는 의미심장하게 그녀를 노려보았다. 오후 6시. 이미 한 번 애정 욕구를 풀고 온 듯 아이라인은 번져 있었고, 립스틱은 덧바른 듯 투박해 보였다.

"어느 교수님인데요?"

오래 갈등하지 않았다. 교수가 원하는 스타일의 리포트 특성을 살릴 정보 습득성 질문이 바로 이어졌다. 그녀는 '아이, 좋아라.' 하면서 두 손을 맞잡더니 내 손가락에 깍지를 끼었다. 이 여자의 별명이 원하기만 하면 1분 만에 남자를 꼬실 수 있는 '원 미닛'이란 걸 감안하면 나는 30초 만에 그녀에게 넘어가주었다. 마음이 편해지기 위한 내 뇌의 방어 작동 때문이었다.

어느새 은제는 내게 폭탄이 되고 말았다.

나의 가장 순결한 첫사랑이 폭탄이 되고 만 그날, 나는 은제 걱정 대신 '원 미닛'의 법학개론 담당 교수가 원하는 리포트 스타일을 고민했고, 다음 날 '원 미닛'이 법학개론 담당 교수에게 리포트를 넘기고 오자마자 우리는 학교 근처 모텔로 갔다. 그리고 오후 수업 시작 무렵부터 자정이 될 때까지 나는 '원 미닛'을 안은 침대에서 한 발짝도 나오지 않았다. 침대에서 발이라도 뺐다가는 그대로 나락으로 떨어질 것만 같은 기분이었다. 나는 은제를 만나 뭐라고 변명할까 고민하면서도, 나를 향해 교태스러운 미소를 흘리는 '원 미닛'을 만족시켜주기 위해 최선을 다했다.

그러나 '원 미닛'의 입이 싸다는 것을 깜박했다. '원 미닛' 덕에 은제를 만나면 무슨 변명으로 그녀를 달랠지 고민할 필요가 없어졌다.

아침 식사를 위해 학교 식당에 갔을 때, 옆 테이블에서 학생들이 소곤댔다. '원 미닛'이 전날 오후 수업을 왕창 재꼈고, 그녀를 기숙사에도 돌려보내지 않고 밤을 하얗게 불태운 법대생이 누구냐는 얘기를 들으며 나는 눈을 감았다.

그들은 그나마 안테나가 시원찮아 내 이름을 모를 뿐, 힐긋거리는 식당 안의 학생들이 절반 가까이 되는 것을 느끼며 나는 은제와 끝났다고 생각했다. 그리고 예상대로 은제는 다시 만날 수 없었다.

나를 벌레 보듯 하던 미향은 며칠이 지난 후 내게 말했다.

"정말 말 섞고 싶지 않은데 신경 쓰지 말라고 말해주는 거야. 기소되지 않을 테니까. 은제 자퇴했어. 다행이지? 이제 편하게 놀아."

'다행이지?'가 무슨 뜻일까? 내게 비난의 눈초리를 보내는 미향과 부러운 시선을 보내는 사내자식들 속에서 나는 과연 편하게 놀아야 하는 벌을 선고받은 것인지, '프리덤!'이라고 외칠 석방 선고를 받은 것인지 감 잡을 수 없었다.

'원 미닛'과 나의 구설은 언제나 그렇듯 짧게 끝났다. 하지만 미향과 나, 그리고 다시는 만나지 못하게 된 은제에게는 '그 일'이 기점이 되는 셈이었다. 그리고 '그 일' 이후 미향을 법원에서 처음으로 다시 만났을 때, 나는 미향을 '그 일' 이전처럼 대할 수 없었고, 미향도 그러지 않았다. 나를 본 미향의 눈초리는 0.01초 사이에 샐쭉해졌으니까. 대신 나의 능글맞음은 더 반들반들해졌다.

"여긴 어쩐 일이야?"

법원에서 미향과 내가 처음 재회했을 때 그녀가 눈을 가늘게 뜨고 한 말이었다.

"보면 몰라? 난 원고도 피고도 아니야. 그럼 뭘까?"

"당신이 변호사라니. 가당키나 해? 아니지. 그 인격으로 검사를 선택하지 않은 걸 다행으로 여겨줘야 하나?"

미향은 나를 범죄자 보듯 했다. 그리고 '당신'이라니. 친했던 동기에게 '너' 아닌 '당신'이란 말을 들으니 눈물이 날 지경이었다. 하지만 난 웃었다.

"이러지 마. 내가 당신과 얼굴 붉힐 일이 뭐가 있어?"

나도 '당신'이란 단어를 아무렇지 않게 말했다.

"웃으면서 볼 사이도 아니지."

퉁명스러운 그녀의 말투에 나는 시선을 살짝 내리깔며 미소를 머금었다.

"판사가 됐단 소리는 들었어."

"당신이 변호사가 될 줄 알았다면 검사로 남을 걸 그랬어. 제대로 붙어보게."

"힘 빠지게 해서 미안한데 나 유산 전문이야. 재미없어."

나는 항복하듯 두 팔을 털어 보였다.

"자주 보지 않았으면 좋겠어."

그녀는 이렇게 말하고 돌아섰다.

"미향 씨."

그녀를 '미향아'라고 부르지 못함이 유감이었다. 미향은 마지못해 나를 돌아보았다. 그러나 그녀를 불러 세운 나는 정작 그녀를 보며 한동안 말을 잇지 못했다.

"왜?"

내 말을 기다리던 그녀가 채근했다. 혼란스러운 생각에 빠져 있던 나는 그녀를 향해 빙긋 웃었다.

"커피 한 잔 주지 그래? 법원 커피가 그렇게 맛없다면서?"

사실 은제는 어떻게 지내느냐는 말을 묻고 싶었지만 그건 영원히 내가 하지 못할 말 같았다. 대학교 시절 미향이 나에게 마지막 선고처럼 내린 말로 '다행이지? 편하게 놀아.'라는 말을 잘 지키지 못해서일까? 여전히 나는 많이 괴로워하고 있다고 말하고 싶었지만 그마저도 하지 못할 것이라고 생각했다. 어떤 말을 해도 이 여자는 내 말을 믿지 않을 테니까.

어느새 내 앞으로 다가온 단테의 아버지는 부드러운 미소를 지으며 먼저 악수를 청했다.

"당신이군요."

그의 말이 의미심장하게 들렸다. 나는 들고 있던 지갑을 서둘러 덮고서 그가 내민 손을 맞잡았다. 이제 와 은제가 내게 하려던 말이 뭔지 미치도록 궁금해지다니. 어쩌면 단순하게 지겨워졌으니 헤어지자고 하려고 했는지도 모른다. 그럼 자퇴한 이유는? 다시 육상이 하고 싶어져서?

갑자기 어지럼증을 느낀 나는 손가락으로 콧등을 짚으며 눈을 질끈 감았다 떴다. 단테의 아버지는 그런 나를 흥미롭게 바라보았다.

"전화 통화도 못 하고 메모만 남겼었죠. 제 아들을 봐주셔서 감사합니다. 전 안소니라고 합니다."

큽! 이 와중에 나도 모르게 웃고 말았다. 이은제, 안소니랑 결혼하면서 어떤 기분이었을까. 내 웃음에 맞장구라도 치듯 그도 씨익 웃었다.

"제 아내 이름이 캔디일 거란 생각은 안 하시겠죠?"

안다. 그의 아내 이름은 이은제이다. 사진 속에서, 카메라 가득 처진 눈꼬리와 하얀 치아를 보이며 웃고 있던 그녀의 이름.

"제 부모님도 음악을 하셨는데 좀 고리타분하게 영국풍이셨거든요. 제 아들 지갑이네요."

그는 내 손에 들린 지갑을 웃으며 내려다보았다.

"삥 뜯으려던 건 아닙니다. 얘가 가진 게 카드밖에 없다는 걸 이미 알거든요."

사진을 봤다는 걸 알려주고 싶지 않았다.

"아빠, 이제 우리 집으로 가요?"

단테가 그의 손을 냉큼 잡고 매달렸다. 어쩐지 속이 쓰리다. 미향이나 인영에게 애처럼 굴고 매달릴 때는 신경도 쓰이지 않았는데.

"어디 불편하세요? 가슴을 문지르셔서요."

그의 말에 놀라 내 손을 보니 나도 모르게 명치를 쓸어내리고 있었다.

"아, 네. 아, 아닙니다."

나는 서둘러 손을 거두었다.

"비행기가 착륙하자마자 미향 씨한테 전화했더니 미향 씨 말이, 변호사님께서 서울까지 데려다주실지도 모른다고 했지만 불편하시면 따로 가겠습니다. 단테를 여기까지 데려다주신 것도 감사할 따름이죠."

그는 점잖게 말했다. 데려다줄지도 모른다고? 어느새 정양에게 전화한 모양이다. 오늘 당장 이 여자를 만나야겠다.

"아닙니다. 따로 가다 신호등 정지선에 나란히 서 있기는 싫습니다. 제가 지금 갈 곳은 서울밖에 없거든요."

짐짓 너털 웃었지만 그가 어색해하는 것 같아 영 개운치 않았다.

단테는 그의 손을 잡고 내 차의 뒷자리에 올라탔다. 나는 졸지에 그들의 운전기사가 되었다. 문득 은제와 내가 헤어진 지 얼마나 되었는지 가늠해보았다. 단테의 나이가…….

"아빠! 이번 선물은 뭐예요? 보모 아줌마 거는? 아줌마 수술하시는 건 알고 있죠? 전화하는 걸 깜빡했어요. 아빠, 아줌마 병문안 언제 갈 거예요? 그럼 오늘은 미향이 아줌마네서 잘 거예요? 그럼 내 짐은?"

단테는 속사포처럼 그에게 질문을 퍼부어댔다. 소니는 그런 단테를 무한한 사랑의 눈빛으로 내려다보고 있었다. 그런 두 부자의 전경이 차 룸미러에 반사되었다. 그리고 그 전경을 룸미러로 보는 내 눈빛은 내가 봐도 날카롭고 사나워 보여 놀랐다.

"병문안은 시간을 만들어보도록 하자. 먼저 아줌마 상태를 물어봐야 하니까."

그의 손이 단테의 머리를 쓰다듬고, 뺨을 스치고, 부드럽게 목덜미까지 내려갔다. 한 번도 저렇게 단테를 쓰다듬어주고 싶다는 생각을 해본 적이 없다. 반성이냐, 뒤늦은 부러움이냐.

나는 미간을 구기며 룸미러에서 시선을 떼었다. 내가 무슨 생각을 하고 있는지도 알 수 없었다.

"미향 씨 법대 동기시라구요."

아들을 보던 그가 내 쪽을 향해 물었다.

"네? 아, 네."

나는 보고 있지 않았던 것처럼 룸미러를 힐긋 보며 대꾸했다.

"단테가 변호사님께 맡겨진다고 했을 때 걱정을 좀 했습니다. 그랬더니 미향 씨가, 근본은 좋은 사람이라고 하더군요. 하하하."

그가 기분 좋게 웃었다.

근본은 좋은? 가만 보면 그녀는 이중적인 느낌의 말을 많이 쓰는 경향이 있다. 근본은 좋다니. 성질은 포악하나 근본은 착하다, 뭐 이런 건가? 그녀가 나에 대해 어떤 결론을 내리고 있는지 오늘 중으로 기필코 만나봐야 할 것 같다.

"감사합니다. 단테를 돌봐주셔서."

그는 다시 한 번 나에게 감사를 표했다.

"어떤 분일까 궁금했는데 단테와 잘 어울리셨을 것 같네요."

이건 또 무슨 의미일까. 오늘 상당히 난해한 말들을 많이 들어서 골이 아플 지경이다.

"뵈니까 단테와 비슷한 성격이실 것 같다는 생각이 들어서요."

애매한 내 표정을 읽었는지 그가 보충 설명을 했다. 그랬나……?

"단테가 불편했을 겁니다. 제가 혼자 살던 습관이 있어서."

나는 시선을 돌려 룸미러로 단테를 찾으며 말했다.

"이놈, 자네요."

그의 말에 허리를 세우고 룸미러를 뒤져보니 시트 위에 몸을 구기고 누운 단테가 소니의 허벅지를 벤 채 잠들어 있었다. 공항으로 오는 내내 소리 지르고 방방 뜨더니, 피곤했나 보군. 소니는 단테가 편하게 자도록 다리를 펴주었다.

"후견인으로서 단테가 한 행동이 잘한 것이라고 생각하십니까?"

그는 단테의 머리를 부드럽게 한 번 쓸어주고는 나를 물끄러미 바라보았다. 그와 눈이 마주친 나는 마치 도둑질을 하다 들킨 사람처럼 급히 룸미러의 사각지대로 시선을 피했다.

"아버님께서는 어떤 생각을 하셨습니까?"

'아버님'이란 단어도 '엄마'라는 단어만큼 내겐 불편했다. 하지만 지금 내 입에서 나오는 '아버님'이라는 말은 불편한 것과 달리 무척 발음하기 힘들었다. 단테의 아버님…….

"저는 단테에게 너의 생각은 항상 옳다고 말해줍니다. 그게 이 아이 스스로, 자신의 판단이 얼마나 중요하고 올발라야 하는지 깨닫게 해주죠."

아들에 대한 무한 믿음이 그대로 전해져왔다.

"훌륭한 교육관이시네요."

"그게 키운 아비로서의 책임감 때문일까요? 이 아이가 잘못되는 걸 이 아이의 엄마도, 친아버지도 바라지 않을 거라는 걸 알기 때문입니다."

끼익-.

순간 핸들이 휘청했다. 그 바람에 차가 옆 차선으로 넘어가 하마터면 도로 난간을 긁을 뻔했다. 나는 잽싸게 핸들을 돌려 원래 차선을 유지하고 겨우 속도감을 찾았다.

"괜찮으세요?"

갑작스러운 차의 쏠림에 놀란 소니는 단테를 꼭 안은 채 다급하게 물었다. 온몸의 땀구멍에서 삐질삐질 땀이 샘솟고 목이 바짝 말랐다. 방금 그가 한 말을 다시 해달라고 요구해도 될지 판단이 서지 않은 채, 액셀을 밟은 발에서 자꾸 힘이 빠져 속도가 떨어졌다.

"제 말 때문에 놀라셨나요?"

그가 조심스럽게 물었지만 나는 뭐라고 말해야 좋을지 몰랐다.

"처음 저를 보고 조금 당황하시기에, 제가 이 아이의 친아빠가 아니라고 생각하시는 것 같아 말씀드리는 겁니다. 이 아이와 제가 너무 닮지 않아 가끔 당황들을 하시더라구요."

나를 보는 그는 감정적 가감 없이 회한의 미소를 짓고 있었다.

"굳이 그런 걸 말할 필요가 있을까요?"

나는 아무렇지 않게 보이려 애썼다. 그깟 말들에 감정 기복이 심한 쪼다로 보이고 싶지 않았다.

"그게, 이 아이도 그 사실을 알고 있습니다. 우린 혈액형이 다르거든요."

혈액형이 같았으면 얼마나 좋았을까, 그의 목소리에는 그런 착잡함이 묻어 있었다.

"학교 수업을 받고 와서 제게 묻더군요. 혈액형이 뭐냐고."

그때 일을 떠올리듯 먼 곳을 보는 그의 목소리와 표정이 쓸쓸했다.

"그 부분에 대해서는 전혀 긴장하지 않고 있었습니다. 대수롭지 않게 말했다가 단테 얼굴 표정을 보고 후회했습니다. 사실대로 말하지 말걸. 단테는 B형이고 아내의 혈액형은 O형이거든요. 그런데 저는 A형입니다. 아내는 혈액형 검사가 항상 맞는 게 아니라고 둘러댔죠."

그는 아내 생각, 그러니까 은제를 생각하는 듯 시선을 떨구며 입술을 꾹 다물었다. 그러다 잠시 후 시선을 위로 향하며 다시 말을 이었다.

"그리고 저 역시 아주 잠깐, 내가 잘못 말했다고 정정할까 망설이기도 했습니다만 차마 그럴 순 없었습니다. 아들을 믿게 하려고 거짓말을 할 수는 없었으니까요. 나중에 수혈이 필요하거나 하는 급박한 상황에 이중으로 충격을 줄 수도 있으니까."

옳은 판단을 한 것 같다.

"단테는 어쩔 줄 모르는 나와 아내를 보곤 아예 자신이 주워온 아이라고 생각하더라구요. 그때 생각했습니다. 진실을 말해줄 때가 왔다고. 언젠가 진실을 말해야 할 때가 올 거라고 막연하게 생각하고 있었거든요. 어쩌면 친부가 나타날지도 모르니까……."

룸미러 속의 내 눈과 마주친 그는 싱긋 웃었다. 저 웃음은 무슨 뜻이지?

"좀 이르다는 생각이 들었지만 전 진실을 말해줄 수밖에 없었죠. 그날, 저도 아내도, 단테도 많이 울었던 게 기억납니다."

어쩜 그 진실이 내가 10년 전에 듣지 못한 것의 일부분일까? 그걸 단테가 대신 들은 건 아니겠지? 설마…….

PIECE 9

## 갑작스레 남의 인생과 충돌했을 때

내가 무의식적으로 운전하며 혼란스러워하는 사이 그는 한숨을 내쉬며 창밖으로 짙은 회색 하늘을 바라보았다.

"많이 달라질 거라고 생각했습니다. 그 다음 날부터. 그 이전의 생활들과 많이 달라질 거라고……. 단테가 나를 거부하면 어떻게 하나. 단테가 방황하면 어떻게 하나. 제 아빠를 찾아가겠다거나, 찾아달라고 하면 어쩌나……."

목소리 가득 심란함이 묻어났다. 이 남자, 모든 말들이 처음부터 끝까지 진심이라는 것이 느껴졌다.

"찾아달라는 게 차라리 낫겠다고, 찾아가겠다고 하면 어떻게 대처해야 할지 몰랐습니다. 솔직히 내 의견은 묻지도 않고 내 앞에서 사라질까봐 그게 더 겁이 났습니다."

"안 사라졌네요."

나는 착잡하게 내뱉었다.

"네. 게다가 단테는 그 전보다 저를 더 챙기고 아껴줬습니다. 더 많이 내게 사랑한다고 말하고 안아줬습니다."

그는 창가에 턱을 괴는 척하며 눈가의 눈물을 닦았다. 나는 이마에 힘을 주었다. 단테의 엄마가 은제라는 사실을 안 후부터 몹시 궁금해졌다. 내가 다시 한 번 단테의 정확한 나이가 몇 살인지 되새겨보는 동안, 그리고 은제가 나를 떠난 해를 기억해내려 애쓰는 동안 차 안에는 적막함이 흘렀다.

미향의 집에 도착한 후 소니가 초인종을 누르고 잠시 기다리자 미향이 문을 열고 나타났다. 그녀는 나와 소니, 단테가 나란히 서 있는 것을 보고는 귀신이라도 본 사람처럼 말을 잊고 멍때리다 황망해진 눈빛으로 겨우 초점을 맞춰 우리를 둘러보았다.

"여기까지 같이……."

미향이 버벅거리듯 물었다. 예상했던 반응이다. 반면 그녀는 내가 그들의 운전기사 노릇을 할 거란 걸 알면서도 이 그림은 예상하지 못한 듯했다. 자기 집 문 앞에서 이런 생뚱맞은 그림을 그리며 서 있을 줄은. 이래서 어떻게 스펙터클한 법정에 앉아 있으실까?

"이 몸이 마에스트로님을 픽업해 오셨지."

나는 그녀를 날로 삼키고픈 뱀처럼 표독스럽게 바라보며 두 갈래 혀로 비꼬듯 말했다.

"덕분에 편하게 왔어요."

소니는 특유의 부드러운 미소로 미향과 나를 번갈아 보았다. 그 아래서 단테가 제 아버지의 미소를 부럽게 올려다보며 이를 함빡 드러낸 채 웃고 있었다. 이 모습을 은제가 봤다면 코미디 사진 같다고 배를 잡고 웃었겠다. 그리고 그 코미디 사진에 객원으로 끼인 나는 정말 이루 말할 수 없이 착잡했다.

"어, 그래? 수고했네. 고마워."

미향은 사람들이 북적거리는 백화점 할인 매대에서 알맹이 상품을 낚아채듯 단테와 소니의 팔을 안으로 잡아당겼다. 급작스레 공간 이동을 한 것처럼 미향 뒤에 선 단테와 소니는 어리둥절해했다.

내 팔은? 내가 팔을 들려는 찰나, 그녀는 내 눈을 피하며 빠르게 말했다.

"내일 전화해. 우린 바빠서. 그럼 잘 가."

말을 마친 미향은 다시 번개에 콩 볶듯 말하고 문을 '쾅!' 닫았다.

"내가 할……."

젠장. 말을 씹히고 문전박대 당했다. 뒷골이 확 당기는 기분이다. 이렇게 나온단 말이지.

나는 미향의 집 앞길에 놓인 돌들을 걷어차듯 건너편에 세워둔 차로 돌아가며 핸드폰을 꺼내 신경질적으로 번호를 눌렀다.

[여보세요?]

미향은 벨이 한 번 울리자마자 잽싸게 전화를 받았다.

"판사님께서 이렇게 중심을 잃으시면 어쩌나. 훤히 들키잖아."

나는 차 지붕에 팔을 기대고 그녀의 집을 돌아보았다. 통유리 너머로 불빛이 환한 그녀의 거실이 어렴풋이 보였다.

[인사도 못 하고 가게 해서 미안. 당신 식사는 준비 못 했어.]

미향은 속삭이듯 다급하게 말했다.

"벽장에라도 숨어서 전화 받는 거야? 남편한테 들키면 나 죽나? 아님 단테나, 소싯적 남자들 사이에서 한동안 왕따였을 것 같은 이름의 안소니 씨……."

[내일 통화해.]

"끊지 마!"

내가 버럭 소리쳐도 저편에선 아무 말도 들리지 않았다. 끊었나?

"제길! 여보세요?"

[안 끊었어.]

미향이 힘없이 대꾸했다.

"하나만 말해. 당신이 나한테 한 거짓말이 하나야, 둘이야? 정확하게 짚어줘? 하나는 거짓말일 거고, 하나는 제대로 말할 시간이 없었을지도 모르지. 최소한 거짓말을 하긴 한 거야?"

나는 눈썹을 짓이기며 무섭게 물었다.

[내일 얘기해.]

그녀는 이렇게 말하고 전화를 끊었다. 망할! 거짓말을 하긴 했군.

차를 몰고 집으로 향하는 나의 정신은 온전치 못했다. 공항에서 출발할 때부터 무의식으로 운전대를 잡고 있었다. 기억 속 은제의 얼굴과 목소리, 느닷없이 연락해온 미향을 법복 걸친 상태로 법원 흡연실에서 조우했을 때, 그리고 아파트에 아픈 보모와 함께 나타난 단테, 공항에서 들었던 은제에 대한 아이의 주절거림, 안소니의 등장이 머릿속에서 뒤죽박죽 뒤엉키며 재생과 정지, 되감기를 반복했다.

후회와 분노가 폭풍처럼 휘몰아쳤다. 무엇보다 단테를 처음 봤을 때 그 자식을 짐짝 취급했던 일들이 떠올라 핸들에서 자꾸 손이 떼어지고 액셀 밟는 힘이 불규칙해졌다.

퍽-!

아파트 앞 신호등 앞에 멈춰 선 나는 핸들을 세차게 내려쳤다. 그리고 신호가 바뀌자 신경질적으로 우회전을 했다. 그 순간, 건너편 차선에서 내 차를 향해 헤드라이트를 비추며 공격적으로 달려오는 차를 발견했다. 당황한 나는 급히 핸들을 돌리며 충돌을 피하기 위해 액셀을 힘주어 밟았지만, 정확히 나를 향해 달려온 차는 그대로 내 차의 뒷문에 세차게 부딪히고 말았다. 내 차는 그 차의 힘에 밀려 그대로 인도로 튀어 오르다 시설물 보호 가드에 그대로 처박혔다. 우연이 아닌 계획적인 충돌이 확실했다.

"으윽……."

몸을 움직이려 했지만 상체가 마음대로 움직이지 않았다. 핸들에 명치를 치받혔다. 에어백이 터졌어야 마땅했는데 충격이 생각보다 덜했는지, 아니면 에어백이 고장 났는지 나는 그대로 핸들에 이마를 처박고 말았다. 흐릿흐릿해지는 시야의 어느 한 부분이 붉게 투영되었다. 나는 힘들게 정신을 차리며 손을 들어 눈썹 언저리를 만져보았다. 미끈한 액체가 손끝에 닿았다. 피였다.

나는 힘겹게 눈을 감았다 뜨며 천천히 허리를 곧추세웠다. 그리고 안전벨트를 푸는 순간, 갑자기 운전석 문이 벌컥 열리더니 웬 덩치 큰 사내가 화난 얼굴로 내 멱살을 움켜쥐었다. 나는 정신을 차릴 새도 없이 그의 손에 잡혀 차 밖으로 끌려나갔다.

"너냐?"

그는 포악한 얼굴로 다짜고짜 내게 따지듯 물었다. 눈동자를 내려 옆을 보니 내 차 뒷문을 박은 차의 운전석은 문이 열린 채로 비어 있었다. 이 남자가 운전한 장본인인 듯했다.

"지금 고의로 사고 낸 거 맞습니까?"

한쪽 눈썹 언저리에서 피를 뚝뚝 떨어뜨리던 나는 착 가라앉은 목소리로 흘기듯 그를 노려보며 물었다.

"너냐고 물었잖아!"

그는 당장이라도 이빨로 내 얼굴을 물어뜯을 것처럼 들이대며 소리쳤다. 나는 그의 얼굴을 빤히 보았다. 낯설지가 않았다. 이 남자, 노인이 준 자식들 리스트에 있던 놈들 중 하나다. 아버지를 칼로 찌른 둘째였던가? 순간 그의 손에 뭔가 들려 있나 싶어 공포가 밀려왔지만 노인 말대로 냅다 튀긴 애초에 글렀다. 그럼 차라리 칼을 맞는 게 낫다. 그럼 이 자식은 명백한 범죄자가 될 테니까.

"내가 누군지는 경찰서로 가서 말하도록 하죠. 나도 댁이 궁금하니까."

나는 그에게 멱살이 잡힌 채 주머니에서 핸드폰을 꺼내 들었다. 그러자 그는 나를 내 차 쪽으로 밀쳐내고 내 손에서 핸드폰을 빼앗아 바닥에 던졌다. 그리고 보란 듯이 구두 뒤꿈치로 내 핸드폰을 짓이겼다. '빠지직' 하는 소리가 힘없이 들려왔다. 차에 걸터 선 나는 치받혔던 명치를 손바닥으로 누르며 그를 노려보았다.

"당신이 누군지를 먼저 밝혀야 하는 거 아닙니까? 쿨럭!"

명치 끝에서 기침이 올라왔다. 명치와 다친 이마 외엔 망가진 곳이 없는 것 같은데 등을 펴기가 쉽지 않은 것이 갈비뼈 어디가 나간 건 아닌지 걱정되었다. 곧게 설 수 없었지만 나는 어금니를 악물고 허리를 세웠다.

"네가 감히 우리 돈을 날로 먹으려 들어!"

순간 나는 이 자식이 나의 5%에 대해 알고 있다는 걸 깨달았다.

"경고하는데, 다신 우리 꼰대 앞에 나타나지 마!"

그는 집게손가락을 번쩍 들어 내 얼굴에 쑤실 듯 들이대며 윽박질렀다.

"그건 내 임의가 아닙니다. 아시겠지만 업무상……."

"업무상? 지랄하고 있네."

퍽-.

순간 내 복부를 파고드는 고통에 나는 신음을 씹으며 허리를 접었다.

“이걸로 새 차 뽑고 꺼져!”

그는 내 얼굴에 수표 뭉치를 던지곤 제 차도 버린 채 유유히 무단 횡단을 하며 건너편으로 사라졌다. 나는 메탈스러운 무언가가 복부 근육 사이로 찌르고 들어온 건 아닌가 하고 복부를 감쌌던 손바닥을 펴보았지만 깨끗했다. 주먹맛이 꽤 매서운 놈이다. 노인의 자식들 중에 그런 놈이 한두 놈이 아니겠지?

어쩌면 노인의 다른 자식들도 순차적으로 벼르고 있지 않을까 하는 생각도 들었다. 이 정도면 5% 가지고는 안 되겠다. 생명 수당까지 붙여서 몇 % 더 올려 받아야 마땅하다.

나는 복부에 남은 고통과 아까부터 욱신거리는 명치, 이마에서 전해지는 고통으로 얼굴을 찡그리며 방금 제 몸을 싣고 내 차를 받은 겁대가리 없는 그 자식의 차를 돌아보았다. 내 차도 어디 가서 빠지지 않는 외제 세단이었지만 들이받은 차 역시 만만찮은 세단이었다. 비슷한 것들끼리 부딪혔는데 에어백이 안 터져? 성질나는데 아쉬운 대로 차 회사를 고소할까?

나는 힘겹게 걸음을 옮겼다. 그러다 갑자기 다리의 힘이 풀리면서 그대로 도로 위에 엎어져버렸다. 눈앞에, 부서진 내 핸드폰의 부스러기들이 지나가는 차들의 헤드라이트에 반짝이며 아름답게 보였다. 그리고 그 곁에서 나비처럼 낮게 팔락이는 수표들이 시야에 들어왔다. 바람이 심하지 않았으면 좋겠는데. 모여드는 사람들의 발자국 소리가 들렸다. 자칫 수표 다 도난당하게 생겼다.

나는 눈앞에 보이는, 귀퉁이가 가볍게 팔랑이는 수표 한 장을 향해 손을 뻗으려 했다. 그러다 짙은 암흑 속으로 내 동공이 빨려들어가는 것을 느꼈다. 염병…….

내가 다시 눈을 떴을 때, 눈앞에는 흐릿한 여자의 모습이 보였다. 눈에 힘을 주고 초점을 맞추려 애쓰자 여자의 얼굴이 확연하게 나타났다. 바로 은제였다. 그렇다면 여긴 천국? 그녀는 착했으니까 천국에 있는 건 당연했고, 그녀가 있는 곳에 내가 왔다면 나 역시 천국에 온 것이다. 천국에 가고 싶다고 오매불망 바란 건 아니었지만 나쁘지 않았다. 설마, 나를 위해 명복 빌러 지옥에 잠시 들른 건 아니겠지?

"괜찮아? 나 보여?"

그녀의 손이 내 앞에서 와이퍼처럼 왔다 갔다 했다. 나는 내 앞을 오가는 그녀의 손을 '탁' 잡았다. 그리고 다시 눈을 들어 앞을 봤을 때 은제의 얼굴은 사라지고 인영의 놀란 얼굴이 나타났다.

그녀를 은제로 헷갈렸다는 것에 당황한 나는 그녀의 손을 놓고 몸을 일으키려 했다. 그러다 이마의 통증 때문에 인상이 찡그려졌다. 통증이 전해지는 곳을 짚으니 거즈가 만져졌다. 그리고 손등에 박힌 링거 바늘도 보였다. 그제야 겉옷도 벗겨진 채, 풀어진 와이셔츠 차림이란 걸 깨달았다.

"어쩌다 이렇게 됐어? 차는 엉망이던데."

"그러는 당신이야말로 어쩌다 여기 와 있어?"

나는 찌뿌둥한 몸을 일으키며 물었다. 명치가 뻐근했다. 다행히 이마와 명치 외에 다친 곳은 없는 것 같았다. 일어나 앉은 나는 손등에서 링거 바늘을 잡아 뺐다.

"무슨 짓이야! 몸이 많이 놀랐대. 에어백도 안 터졌다면서."

인영은 화들짝 놀라 일어나는 나를 말렸다.

"그래서 차 만든 회사 고소하러 가려고."

"고소는 나중에 하고 링거 다 맞고 가."

인영은 내 어깨를 잡고 침대로 밀쳤다.

"아."

뒤로 밀리던 나는 신음을 내며 명치를 감쌌다.

"미안. 많이 아파?"

당황한 그녀는 내 안색을 살피며 어쩔 줄을 몰라 했다. 나는 코앞에 있는 그녀를 보며 피식 웃었다.

"옛날 생각나네."

그제야 그녀는 자신의 손이 내 가슴을 잡고 있다는 걸 깨달았는지 얼굴이 새빨개져 손을 확 떼었다.

"당신 회사로 전화가 갔나봐. 당신 비서가 전화해왔더라고. 바로 올 수 없어서 급한 김에 나한테 전화한 거라고."

그녀는 나와 시선도 못 마주치고 우물거리며 말했다.

"변호사 비서보다 덜 바쁜 검사라? 기분 나빠 해야 하는 거 아냐?"

나는 비아냥거리듯 말하며 겉옷을 찾아 주위를 두리번거렸다.

"정양 씨 아버지 제사래. 아버지 제사보다 상사가 더 중요하다고 말하고 싶은 건 아니지?"

겉옷을 찾는 내 눈빛을 읽었는지 그녀는 발치에 곱게 개어져 있는 재킷을 집어 내게 내밀었다.

"근데 핸드폰은 어쨌어? 어떻게 다이렉트로 전화가 못 가고, 이리저리 돌고 돌아서 나한테까지 와?"

핸드폰을 떠올리니 무식한 조폭 같던 노인의 둘째 아들놈이 한 짓이 떠올라 나는 어금니를 자근자근 씹었다.

"내가 자는 동안 내 차랑 합체돼서 하늘나라 갔을 거야."

나는 투덜거리며 침대에서 일어섰다. 그러다 그만 현기증에 중심을 잃고 기우뚱했고, 놀란 그녀가 잽싸게 내 몸을 받쳤다.

"손, 어딨는 거야?"

나는 내 가슴에 얼굴을 찰싹 붙이고 가슴에 손을 댄 그녀를 내려다보며 물었다. 그러자 그녀는 황망하게 내 가슴에서 얼굴을 떼었다. 손버릇이 안 좋다, 이 여자. 거의 습관이다.

인영에게 뒤처리를 맡겨두고 나는 응급실 밖으로 나왔다. 바람을 맞으며 서 있는데 응급실 입구의 스테인리스 기둥에 비친 내 몰골이 눈에 들어왔다. 가뜩이나 찌그러져 보이는데 이마에 손가락 두 개만 한 반창고를 붙이고 있으니 그야말로 가관이었다.

"조윤건 씹니까?"

찌그러져 보이는 스테인리스 기둥에 반창고 붙인 이마를 들이댄 채 보고 있는데 갑자기 뒤에서 남자의 목소리가 들려왔다. 돌아보니 경찰관 한 명이 인영과 함께 내 쪽으로 걸어오고 있었다. 내 앞에 선 경찰은 내게 수표 뭉치를 내밀었다.

"부서진 차를 수습하다 주웠습니다. 조윤건 씨 돈 맞습니까?"

그의 말이 끝나기도 전에 난 수표를 받아 숫자를 세어보고 있었다. 1억 원. 딱 떨어진 액수로 볼 때 잃어버린 수표는 없는 것 같았다. 노인네 아들답다. 지갑에 1억을 챙겨 들고 다니다니.

"조윤건 씨 차를 들이받은 차의 차주가 보이지 않던데, 혹시 보셨습니까? 사건 현장을 목격한 사람들 말로는 두 분이 대화를 하는 걸 봤다고 하던데요."

"일반 사고로 처리해주셨으면 감사하겠습니다."

경찰이 나를 의아하게 바라보았고, 인영도 이해 불가란 표정을 지었다.

"쌍방 과실입니다. 원만하게 해결하려고 했습니다. 보이시죠."

나는 들고 있던 수표를 책처럼 손바닥에 탁탁 두드려 보였다.

"정말 그렇습니까? 하지만 목격자들 진술로는 들이받은 차가 명백하게 의도적으로……."

"일반 차 사곱니다. 그렇게 처리해주십시오."

이마에서 몰려오는 통증 때문에 나는 인상을 찡그리며 손바닥으로 상처 부위를 짚었다.

"사고 직후라 더 이상 말씀하시는 건 무리겠네요. 추후 처리는 제가 하겠습니다."

나의 모습을 지켜보던 인영은 경찰과 나 사이에 끼어들며 경찰에게 그녀의 명함을 건네주었다. 명함과 그녀를 번갈아보던 경찰은 그녀와 내게 인사를 하고 사라졌다.

"언제부터 내 뒤처리 전담이 되셨지?"

나는 반창고에서 피가 새는지 짚었던 손바닥을 확인하며 내뱉듯 물었다.

"그러게. 집으로 갈 거야? 난 저분 뒤따라가야 할 것 같은데."

인영은 나를 걱정스럽게 올려다보았다. 나를 걱정해주는 얼굴. 되게 오랜만이다.

"핸드폰 줘봐."

나는 그녀의 걱정 어린 시선을 무시하고 손을 내밀었다. 그녀는 두말없이 내게 핸드폰을 건네주었다. 나는 그녀의 핸드폰 액정을 콕콕 찍으며 최근 통화 목록 창을 열어 맨 위 번호에 통화 버튼을 눌렀다.

"누구한테 막 거는 거야?"

거침없는 내 행동에 인영은 깜짝 놀랐다.

"가장 최근 전화에 정양 씨 말고 딴 놈이라도 있어서 찔려?"

나는 핸드폰을 천연덕스럽게 귀에 대었다. 나를 쏘아보는 그녀의 눈빛이, 딴 놈이 없어서 분하다는 얼굴이다.

[네, 나 검사님.]

곧 정양의 목소리가 전화기에서 흘러나왔다.

"정양 씨 번호가 맞았네. 아니면 어쩌나 쫄아 있었는데."

나는 옆에서 입술을 뒤트는 인영을 흘깃 보며 피식 웃었다.

[아직도 제 번호 모르세요?]

"요즘 남의 번호 외우는 사람이 어딨어. 손톱만 한 유심이 대신 기억해주는데."

[근데 말씀하시는 뉘앙스가 그 기억장치를 잃어버리셨나 봐요? 어째요?]

"그러게. 기억장치가 나가버렸어. 당분간 정양 씨가 피곤하겠네."

[휴, 그게 제 일이죠. 무슨 용건이시죠? 이제 겨우 집에 가는 길이라서 좀 피곤하네요.]

"그래? 그럼 잠깐 사무실 좀 들러줘."

[네?]

정양은 기겁했다.

"허명수 의뢰인 연락처를 알아야 해서 말이지."

"꼭, 지, 금, 요?"

이를 악문 그녀는 또박또박 발음하며 물었다.

"응. 지금. 롸잇 나우."

정양이 노인의 연락처를 찾으러 가는 동안 경찰을 먼저 돌려보낸 인영과 나는 응급실 로비에 있는 커피 자판기 앞에 섰다.

"되게 친한가 봐, 비서랑."

인영은 가진 거라고는 1억 원뿐인 나 대신 자판기에 동전을 넣으며 물었다.

"그렇게 보여? 나쁜 건가?"

나는 자판기의 고급 커피와 일반 커피를 번갈아 보면서 고심하며 되물었다.

"아니, 뭐 나쁠 것까지야. 근데 누가 보면 사귀는 줄로……."

"풉."

나는 가볍게 웃음을 뱉으며 '고급 커피' 버튼을 눌렀다. 맛은 일반 커피와 똑같겠지만 이백 원 더 지불하고 고급스러운 자부심을 지키기로 했다.

"그거 누르면 어떡해! 나 이제 잔돈 없단 말야!"

컵이 떨어지는 소리와 함께 인영은 버럭 소리쳤다.

"그렇다고 소리까지 지를 건 없잖아. 한 천만 원 주면 되냐?"

나는 투덜거리며 주머니에서 수표를 뒤적거렸다.

"됐어."

뾰로통해진 인형은 허탈하게 딸칵거리며 동전 반환구로 떨어지는 동전을 집어 들고는 앞서 걸어갔다. 나는 그녀를 따라 병원 밖으로 나가 화단에 걸터앉았다.

"내가 정양 씨랑 사귈까봐 그래?"

나는 김이 나는 종이컵을 들어 한 모금 마시며 그녀를 바라보았다. 그러자 팔짱을 끼고 먼 산을 보고 있던 그녀는 나를 날카롭게 쏘아보았다.

"세상 여자들이 당신만 좋아하는 줄 알지?"

"아니."

나는 착잡하게 대꾸하며 다른 곳으로 시선을 옮겼다. 은제는 이제 세상 여자들이 아니니까, 그리고 적어도 한 명, 미향은 나를 싫어하고 있는 게 분명했다. 하긴 좋아하는 것도 우습다.

그러고 보면 그녀는 꽤 과묵한 여자였다. 대학 때도, 단테를 내게 맡길 때도, 한 번쯤 슬쩍 흘리듯 말해줄 수도 있었을 텐데. 은제가 단테를 낳을 때라도 말이다. 은제가 단테를 낳을 때 안소니, 그 사람이 곁에 있었을까, 없었을까. 갑자기 안중에도 없던 모든 일들이 궁금해지기 시작했다.

"만약에 당신이 아이 낳을 때 옆에 남편이 없다면 어떤 기분일 것 같애?"

종이컵을 들여다보고 있던 나는 인영에게 불쑥 물었다. 그런데 대꾸가 없다. 올려다보니 그녀가 또 얼굴이 발그레해져서 멍하니 나를 보고 있었다. 오버한다, 또.

"넌 그런 일 당하지 않을 테니까 편하게 말해봐."

순간 그녀의 얼굴이 더 빨개졌다. 이 여자, 오버의 출구가 없구나.

"나 말고 다른 남자 만나. 그러면 돼. 자, 이제 대답해봐."

나는 눈을 감고 한숨을 쉬며 말했다.

"내, 내가 뭘 어쨌다고!"

발끈한 그녀 역시 한숨을 쉬더니 말을 이었다.

"그, 글쎄. 당해봐야 알겠지만 애를 낳고도 상실감 같은 게 들지 않을까 싶네."

애를 낳고도 상실감이 든다……. 그 어떤 말로도 형언할 수 없이 되게 슬프고 처량하고 외롭겠다.

"대답 고마워."

나는 착잡하게 대답했다. 그때 그녀의 핸드폰에서 문자 알림 소리가 났다. 그녀는 얼른 핸드폰을 꺼냈고, 나는 그 핸드폰을 낚아채 문자를 확인했다. 정양이 보낸 노인의 연락처였다.

나는 핸드폰을 보며 그녀를 향해 손가락을 까닥였다. 곧 그녀가 내 손에 펜을 쥐여주었다. 나는 손바닥에 번호를 받아 적었다.

"고마워. 남은 커피 당신 마셔."

나는 그녀에게 핸드폰과 펜, 그리고 커피가 남은 종이컵을 쥐여주곤 씨익 웃어준 후 급히 걸음을 옮겼다. 그러다 문득 걸음을 멈추고 다시 그녀에게 돌아갔다. 나를 멀뚱히 보고 있던 그녀는 다가선 나를 의아하게 올려다보았다.

"나 택시비 없는데 태워줄래, 택시비 꿔줄래?"

나를 아파트 앞에까지 데려다준 인영에게 기어코 몇천 원을 빌린 나는 그녀를 보낸 후 편의점에서 천 원짜리를 백 원짜리로 교환했다. 그리고 근처 공중전화로 가서 손바닥에 적힌 번호를 눌렀다.

[누구십니까.]

'여보세요'도 아니고 '누구십니까'라니. 게다가 아직 누군지도 모르는 상대에게 목소리가 여간 싸늘한 게 아니었다. 이런 양반이 누구를 두려워하겠나.

"조윤건입니다."

[무슨 일인가?]

나라는 걸 알고도 목소리는 여전히 싸늘했다. 뭐 다정할 이유도 없긴 하지.

"전해드릴 게 있어서요."

나는 손끝으로 이마의 반창고를 쓸었다.

[지금은 곤란하고, 내일 사무실로 가겠네. 아침 일찍 들르지.]

하긴, 이 노인이 사무실에 와서 유언장 고칠 일이 남아 있었다.

"그럼 사무실에서 기다리겠습니다."

용건이 끝나자 노인은 인사도 없이 전화를 끊었고, 나는 허탈하게 수화기를 내려놓았다. 당신의 그 겁대가리 없는 아들 덕에 내 차가 반파되었으니 아침 일찍 내 사무실로 올 거면 함께 당신 차를 타고 가면 어떻겠느냐고 슬쩍 묻고 싶었지만, 한 치의 동정심도 없이 거절할 것만 같아 그만두었다.

걸을 때마다 욱신거리는 명치를 꾹 누르며 겨우 집에 도착한 나는 망원경 렌즈로 건너편 노인의 집을 바라보았다. 바쁠 것 같은 노인은 의외로 한가해 보였다. 어깨에 감은 붕대에 한쪽 팔을 걸친 채 잠옷 차림을 하고 있는 노인을 잠시 바라보고 있으려니 인도 독립영화를 보는 것처럼 멀미가 날 지경이었다.

다리에 힘이 풀린 나는 카메라 옆 의자에 털썩 주저앉았다. 그리고 베란다 난간에 머리를 박았다. 실패자. 난 실패자다. 이런 말이 마음에 차곡차곡 쌓였다가 허공으로 흩어졌다. 그리고 다시 마음에 쌓이고 흩어지기를 여러 번 반복했다.

오늘 일이 있기 이전까지, 아이가 있는 사람들은 실패자 같았다. 호르몬을 주체하지 못하고 결혼이란 법적 틀에 매여 자신의 복제물을 어떻게 하지도 못하고, 자기 발전에 힘써야 할 때에 애들 먹이고 가르치기에 바쁜 실패자들.

그런데 지금 보니 그 실패자가 바로 나였다. 오히려 법적으로 아이들의 부모인 그들이 진정한 승리자라는 걸 이제야 깨달았다. 고아 주제에 사생아나 만든 패배자. 고아보다 더 무책임한 사생아를 만들어버린 실패자. 내 관자놀이에 총이라도 쏘고 싶은 심정이었다. 그래야만 정신을 차릴 것 같았다. 아니, 이 지구에서 사라지는 게 논리적으로도 책임론적으로도 당연한 거겠지.

나는 냉장고에서 맥주 캔을 꺼내 들고 다시 작업실 겸용 베란다로 나왔다. 그리고 머리가 아무런 두뇌 회전도 하지 못하게 연거푸 차가운 맥주를 목구멍에 부어댔다.

그렇게 한 시간쯤 지났을까. 나는 정신과 육체 모두 지친 상태로 의자에 널브러져 있었다. 그리고 여기서 자면 진짜 골로 간다는 이성적인 생각에 반사적으로 몸을 일으켰다. 그래도 몸은 살겠단다. 젠장. 뭐 잘한 게 있다고.

내가 다리를 움직이자 발끝에 차인 빈 맥주 깡통이 '딸캉' 하고 빈 소리를 냈다. 무심히 내려다보니 빈 맥주 캔 다섯 개가 새벽 길거리처럼 바람에 흔들거리고 있었다.

은제가 떠난 지 10년. 단테의 나이 10살. 은제가 떠난 해를 앞뒤로 옮겨봐도 단테가 10살인 것과는 필연적이었고, 양심의 눈을 가리고 두 해 정도 은제가 떠난 해를 옮기면 잠깐은 기분이 좋아졌지만 금방 빈 죽 그릇 같은, 찌꺼기가 덕지덕지 붙은 기분이 들었다.

갑자기 단테를 성추행했다는 그 자식을 당장 찾아가 목을 꺾어버리고 싶었다. 남의 아이와 내 아이의 차이인가? 단테의 혈액형은 B형이라고 했다. B형. 그 자식, 자신이 내 혈액형을 물려받았다는 걸 알면 기분이 어떨까? 그 아이가 내 아이라는 것을 말할 수 없는 지금의 나처럼 기분이 더러워질까?

노인의 집 거실 불이 꺼졌다. 그와 동시에 초인종이 울렸다. 나는 누구인지 묻지도 않고 비틀비틀 문으로 향했다. 기껏해야 도선생에게 문 열어주는 것밖에 더 있을까. 칼을 들고 있다면 내 심장은 여기라고 가슴을 두드려줄 것이다.

문을 여니 뜻밖에도 미향이 서 있었다.

"벌써 내일인가?"

나는 거실로 들어서며 손목시계를 힐긋 보고 주머니에 손을 찔러넣었다. 아직 12시가 채 되지 않았다. 미향의 집에서 나온 후로 짧은 시간 동안 꽤 많은 일이 있었던 것 같다. 미향은 나를 따라 안으로 들어왔다.

"단테는 오늘 우리 집에서 자기로 했어. 일기장을 두고 왔대서."

나는 코웃음을 쳤다.

"걔 아버지 없을 때는 나더러 맡으라더니 아버지가 오니까 그제야 걔가 당신 집에 머물 수 있는 거야? 혹시 걔 무슨 병 있어? 내가 옮나 안 옮나 관찰하다 내가 멀쩡하니까 안심하고 재우는 거야?"

"빈정대지 마. ……얼굴은 왜 그래?"

뒤늦게 내 이마의 상처를 본 미향은 화들짝 놀라 내 상처로 손을 뻗었다. 나는 그녀의 팔을 거칠게 걷어내며 물러섰다.

"다쳤잖아."

"내 상처 따위로 대충 상황 모면하려고?"

나는 그녀를 원망스럽게 흘겼다.

"그냥 대충 넘어가자."

그녀는 손으로 이마를 짚으며 지친 듯 눈을 감았다.

"이 상황이 대충 넘어갈 상황이야!"

퍽-!

나도 모르게 날아간 주먹은 현관 기둥으로 가 꽂혔다. 미향의 안색이 파랗게 질렸다. 하지만 지금은 환장할 지경이니, 패스.

"내가 계집질에 도가 튼 한량인 건 알았는데 폭력적인 건 몰랐다는 얼굴이네?"

나는 끝까지 빈정댔다. 그렇지 않고서는 배배 꼬인 내 심사에 질식할 것 같았다.

"나한테 하려던 질문 해봐."

굳은 얼굴로 나를 보던 미향은 팔짱을 끼며 침착하게 말했다.

"이제야 판사다우시군. 그러고 보니 당신네 집 현관을 경계로 판사다운 마음가짐이 오락가락하나봐?"

"얼마든지 빈정대. 맥주 있어?"

미향은 가방을 소파에 내려놓고 주방으로 갔다. 나는 대꾸도 하지 않고 거실 장으로 걸어갔다. 미향이 맥주 캔과 빈 잔에 얼음을 담아 들고 나왔을 때 나는 거실 장에 있던 와인을 따서 잔에 따르고 있었다.

"무슨 와인을 막걸리 붓듯 콸콸 부어?"

미향이 내 손에 든 와인 병을 잡았고, 나는 그녀의 팔을 거칠게 뿌리쳤다.

"당신은 내 걱정 따윈 하지 않던 여자야. 내 기분 따위는 안중에도 없었잖아. 웬 간섭이야. 토 나오게."

나는 툴툴대며 와인을 잔에 가득 따른 후 병을 탁자에 '탁!' 내려놓았다. 그리고 손에 든 와인을 벌컥벌컥 마셨다.

"그렇지 않아."

미향의 눈썹이 무겁게 내려앉았다.

"웃기지 마. 그렇지 않고서야 어떻게 이런 상황을 만들어? 게다가 당신은 내가 들어야 할 말이 있다는 걸 알면서도 문전 박대했어."

미향에게 뒤틀린 심정을 모두 쏟으면서, 지금 내 원망을 거침없이 퍼부을 누군가 있다는 게 이상하게 다행스러웠다.

"이제 애 보던 나는 필요 없어졌으니 사라져라, 이거 아니었어? 그 자식 양아버지 모셔다 집 앞에 곱게 내려놓고? 그 상황쯤 됐을 때, 어떻게 할 거란 계획도 없었어? 나한테 그 양아버지 픽업 부탁까지 했던 사람이?"

"진정해."

"진정? 내가, 왜? 애 보기 마지막 단계에서 내 레벨은 오르기는커녕 벼랑으로 뚝 떨어지고 말았는데? 그러면서 내 걱정을 안 한 게 아니었다고?"

나는 소리치며 그녀를 노려보았다. 그녀의 다문 입술이 씰룩였다. 나와 약속했던 그날, 나를 기다리며 울음을 삼켰을 은제의 얼굴이 오버랩되었다. 더 이상 그녀를 똑바로 볼 수가 없어 고개를 돌렸다.

"단테를 나한테 맡긴 거, 작전이었어?"

나는 신음하듯 물었다. 미향은 그런 나를 측은하게 보다 나직이 말했다.

"꼭 그렇진 않아. 상황이 그랬잖아. 보모 아줌마는 편찮으시고, 소니 씨는 해외에 나가 있고, 나는 단테를 맡을 형편이 못 됐어. 그때 네가 생각났어. 너는 이해 못 하겠지만 나는 생각했어. 잠깐 애를 봐줄 정도의 책임은 있지 않을까."

입에서 탄식이 흘러나왔다.

"그래. 난 너한테 거짓말을 하나 했어."

미향은 가라앉은 목소리로 중얼거렸다. 그녀가 나를 '너'라고 부르기 시작했다. 고개를 숙였던 나는 눈동자를 굴려 그녀 쪽을 보았다. 그녀의 마주 잡은 손가락들이 착잡한 듯 뒤엉켜 있었다.

"은제가 잘 지내고 있을 거란 말은 하늘에서 그럴 거란 말이었어. 떠나기 전까지 많이 아팠거든."

순간 배에서 커다란 덩어리가 종양처럼 울컥하고 생겨나더니 위장을 뒤틀기 시작했다. 핸들에 받혔던 명치가 갓 사고 났을 때보다 더 욱신거렸다.

"단테를 낳을 때도, 그리고 은제 혼자 키우는 1년 동안에도 너한테 말하자고 수없이 설득했었어. 그런데 은제는 듣지 않았어. 너한테 뒤늦게 연락했다가, 또다시 네가 인생을 마구 휘저으며 살면 어떡하냐고, 그런 네 모습은 보고 싶지 않다고 말이야……. 은제는 네가 일부러 그렇게 산다는 걸 알고 있었어."

미향의 목소리는 타고 남은 재처럼 푹 내려앉았다.

"그래도 말했으면 좋았잖아."

깨문 입술에서 희미한 피 맛이 전해져왔다.

"정말 말했으면 좋았을까?"

미향이 후회스럽다는 눈빛으로 나를 바라보았다. 나에 대한 비난의 시선이 아니라 자신의 행동에 대한 후회가 가득한 눈빛이었다. 시선을 마주치지 못하겠다. 내 자신이 너무 한심하고 부끄러워서.

"은제는 그랬어. 아이의 아빠는, 회사 일에 몰두해 있지만 가정을 위해 회사 회식 다섯 번 중 두어 번쯤은 거짓말하고 집에 와줄 수 있었으면 좋겠다고. 뱃속의 아이를 위해 책을 읽어주고, 아이가 태어나서도 그렇게 해줬으면 좋겠다고."

어느새 미향의 목소리가 은제의 목소리로 바뀌어 있었다. 쓸쓸하지 않은, 기대감 가득한 목소리로, 봄 햇살이 비추듯 상냥하게.

"아이가 싫어하는 음식은 엄마 몰래 대신 먹어주기도 하지만 일주일에 한 번은 같이 운동도 하고, 자기가 지쳐 있을 때 말없이 아이를 데리고 나가 놀아주고, 자기가 자는 사이 맛없는 김치 볶음밥을 해줄 수 있었으면 좋겠다고. 넌 거기에 얼마나 해당되니?"

입 안 가득 옅었던 피 맛이 진하게 퍼졌다. 손등으로 입가를 문지르고 손바닥으로 얼굴을 문질렀다. 힘이 조절되지 않아 얼굴이 뭉개지고 터진 입술의 상처가 커져버렸다. 하지만 상처는 더 이상 아프지 않았다. 미향이 내 얼굴을 보지 말았으면 좋겠다고 생각했다. 은제에 대해 말하는 미향 앞에서 얼굴을 들 수 없었다.

"소니 씨는 그런 사람이었어. 우는 단테를 보자마자 서슴없이 품 안 가득 안아주고, 아무도 달래지 못하던 애를 웃게 해주고, 또 재워주고……. 그래서 아이를 데리고 결혼할 생각은 눈곱만큼도 없던 은제가 흔들렸지. 다시는 남자를 믿지 못하던 은제가 말이야."

"너라면 나한테 말해줄 수 있었잖아. 내가 선택할 수 있게."

나는 원망스럽게 그녀를 바라보았다. 그러자 그녀가 말간 눈으로 나를 보며 말했다.

"이미 넌 선택했었잖아. 은제를 만나기로 한 그날, 다른 여자와 있기로. 그것도 여자들이 혐오하던 그런 여자애랑."

말문이 막히다 못해 혀가 말려 위장으로 넘어가버렸다. 그대로 위산에 녹아 사라져버려라.

"은제는 너한테 한 번 더 기회를 주려고 했어. '원 미닛' 그 계집애가 너랑 10시간 가까이 그 짓을 했다고 무공훈장 단 것처럼 떠벌리기 전까지 말이야. 그걸, 입덧 때문에 학교 화장실에서 변기를 끌어안고 구역질을 하면서 들었대. 너라면 그 상황에서 기회를 주고 싶었겠니?"

비난하는 말투가 아니었음에도 나는 심장이 날카로운 칼에 푹푹 쑤셔지는 기분이었다. 실제로도 그래야 마땅했다.

"내가 은제였어도 아이 태교에 넌 절대 좋지 않다고 생각했을 거야. 절대 가까이 오지 못하게 했을 거라고. 아이 유전자 속에 너의 그런 오입질 본능이 있으면 어떡하나 고민했을 거야, 나 같으면."

미향의 말에 나도 전적으로 동감한다. 정말 위협적이고 갈등하지 않을 수 없는 상황이었을 것이다.

"단테 같은 아이를 낳은 게 기적이지. 네 아이 따위 낳을 필요 없다는 오판을 하지 않은 것이 다행이고."

혓바닥이 정말 위산에 녹아버렸나 보다. 뭐라 할 말이 있었던 것 같은데 혀가 움직이지 않았다. 미향은 착잡한 표정으로 고개를 쳐

들었다. 붉게 충혈된 그녀의 눈가가 촉촉했다.

"차를 운전하고 오면서 내내 고민했어. 사실을 말해야 할까, 말아야 할까. 사실을 말한다고 해서 달라질 건 없는데."

창밖의 어두운 하늘을 바라보던 미향은 눈을 돌려 나를 바라보았다. 나는 지금 나 자신에 대한 격분으로 튀어나가려는 눈동자를 그대로 방치한 채 멍하니 앉아 있었다. 칼로 마구 난자 당한 기분이었다. 그런 너덜너덜한 내 육신을 일부러 거두고 싶지 않았다.

"그런 내가 이 말을 하는 이유는, 그 사람이 다 알았기 때문이야."

미향의 말이 금속으로 변해 내 뒤통수를 가격했다.

"널 보자마자 알겠더래."

그제야 머리에 형광등이 켜졌다. 나는 눈을 돌려 그녀를 바라보았다.

"사람을 볼 때, 눈을 마주치고 있으면 맑으면서도 생각이 많은 것 같은 눈빛……. 눈동자 색. 미소 지을 때 가늘게 말려 올라가는 입가가 낯설지 않게 누굴 많이 닮은 것 같아 처음에는 기분이 묘했대."

미향은 먼 곳을 보며 애잔하게 말했다.

"마치 처음 보는 당신의 어릴 적 모습을 본 적이 있는 것 같은 친숙함과 낯설음이 동시에 느껴져서 당황했대. 그러다 곧바로 이해했나봐. 은제의 대학 친구이자 내 대학 친구라니까 더더욱……."

미향은 측은한 눈빛으로 나를 보고 있었다.

"너를 찾아올지도 몰라."

순간, 화형당한 내 영혼이 탁한 대기와 섞여 하늘로 올라가고 있었다.

PIECE 10

# 퍼즐 조각을 줍다

다음 날, 노인은 약속대로 아침 일찍 나의 사무실을 찾았다.

"얼굴은 왜 그 모양인가?"

불편하게 눈을 힐긋 떠 내 이마의 상처를 본 노인은 퉁명스럽게 물었다. 오늘 로펌에 출근해 내 방으로 오기까지 그 질문을 100번은 들은 것 같다. 구구절절 설명하고 싶지 않아 '팝콘 튀기다가.' 하고 아무렇게나 대꾸하고 말았지만 이 노인에게는 좀 다르게 설명해야 할 것 같다.

나는 소파 테이블 앞에 앉은 그와 마주 앉았다. 곧 정양이 짙은 향의 쌍화차를 가져다주었다.

정양이 사라지고 난 후, 나는 쌍화차를 홀짝이는 노인 앞에 수표가 든 봉투를 내밀었다. 잔을 입가에 댔던 노인은 눈을 올려 뜨고 물끄러미 나를 바라보았다.

"어제 둘째 아드님이 차로 제 차를 받으셨습니다. 변상하라고 합의금을 주셨는데 제 차 값보다 많이 주셨네요. 차 값 빼고 남은 돈입니다. 돌려드려야 할 것 같은데 저로 인해 또 문제가 생길 것 같아 회장님께 드립니다."

나는 상처 난 이마를 손끝으로 슬쩍 긁으며 담담하게 설명했다.

"구구절절 말이 길군. 넣어두게."

노인은 불편한 얼굴로 쌍화차를 호륵 마셨다.

"그토록 주의를 줬건만 그렇게 될 때까지 뭐 하고 있었나."

이렇게 말할 줄 알았다. 나는 졸지에 제 발이 있어도 도망도 못 치는 굼뜬 놈이 되고 말았다.

"반대편 차선에서 차를 타고 날아올 줄은 몰랐죠."

나는 썩은 미소를 지으며 말했다. 그러나 쌍화차 위에서 대추가 유영하는 것을 지켜보던 노인은 내 얼굴은 보지도 않고 말했다.

"그놈이 없는 돈 만들어줬겠나? 차로 들이받겠다 마음먹었을 땐 콩밥 먹을 생각까지 했겠지. 그렇다고 그렇게 비장하게 생각할 놈은 아니고. 돈으로 얼마든지 무마할 수 있겠다고 생각하고 덤볐을 게야. 그딴 놈한테 거스름돈이라고 전해주고 싶은 마음은 없네."

노인은 수표 봉투를 집어 옆으로 멀리 밀쳐놓았다. 나의 시선은 자리를 옮기는 수표 봉투로 옮겨갔다. 저 돈을 플러스하면 어떤 차를 뽑을 수 있더라? 그 생각은 차차 하기로 하고 돌아앉은 나는 그가 내게 주었던 유언장을 챙겨 들었다.

"그럼 난 가보겠네."

갑자기 노인은 들고 있던 잔을 내려놓고 자리에서 일어났다. 놀란 나는 유언장을 들고 일어났다.

"새 유언장을……."

"차 잘 마셨네."

그는 내게 손을 들어 보이곤 문으로 향했다. 당황한 나는 서둘러 달려가 문을 열어주었다. 밖에서는 지난번 그 보좌관이 그를 기다리고 있었다. 노인에게 인사한 나는 보좌관에게도 간략하게 인사했고, 노인은 그대로 사무실을 떠났다.

나는 문을 연 채로 사라지는 노인을 멍하니 바라보았다. 설마 자기가 여기 왜 왔는지도 모르는 거 아냐? 치매인가? 그럼 내 5%는? 쟁여놨다는 말이 설마 뻥은 아니겠지?

나는 영 찜찜한 얼굴로 고개를 갸웃거리며 돌아섰다. 그러다 테이블에 덩그러니 남은 수표 봉투를 집어 들고 책상으로 가 앉았다. 그리고 잠시 수표 봉투를 책상 모서리에 톡톡 치며 생각에 잠겼다가 인터폰 버튼을 눌렀다.

"고미향 판사 다이렉트 번호 좀 알려줘."

[판사님 다이렉트 번호라면 핸드폰 번호 말씀이신가요?]

"판사실 번호든 핸드폰 번호든 알고 있는 번호 전부."

[변호사님 새 핸드폰 장만하시면 전화번호부 다시 입력하는 건 제 일일까요?]

명함첩을 뒤적이는 소리와 함께 벌써부터 질린다는 듯한 정양의 목소리가 들렸다.

"미안할 것 같았는데 기대하는 것 같으니 다행이네."

인터폰에서 손을 뗐다. 곧 정양이 의미심장한 눈빛과 함께 내 책상 위에 미향의 판사실 번호와 핸드폰 번호가 적힌 메모지를 붙여주고 사라졌다. 망설이던 나는 미향의 핸드폰 번호로 전화를 걸었다. 몇 번의 연결 음이 울린 후 그녀가 전화를 받았다.

[왜?]

그녀의 목소리는 벌써 피곤에 절어 있었다. 시계를 보니 고작 9시 30분이었다.

"단테네 집 주소 좀 알고 싶어서."

나 역시 그녀의 목소리에 장단 맞추듯 피곤한 목소리로 물었다.

[왜 갑자기…….]

"갑자기는 아니지. 그 사람이 날 찾아올 거라며. 내가 찾아가는 건 어때서? 좀 더 일찍 만나는 게 뭐가 잘못이야?"

그녀는 대답 대신 한숨을 내쉬었다.

"나보다 그 사람들에게 더 애정 쏟고 있다는 거 알아. 나보다 그 사람들을 더 지켜주고 싶겠지. 하지만 아무리 내가 돌로 쳐 죽일 죄인이래도 이렇게 나만 코너로 몰릴 순 없잖아? 당신이나 그 사람이 하는 대로 순순히 받아들이고만 있어야 하느냐고. 가서 깽판 치겠다는 것도 아닌데."

[알았어.]

결국 힘겹게 대답한 그녀는 단테의 집 주소를 알려주었다. 주소를 받아 적은 나는 짐짓 비장한 얼굴로 자리에서 일어섰다. 그때 노크 소리가 들렸다.

"네."

대답하자 정양이 들어왔다.

"심부름센터에서 이게 왔어요."

정양은 내 앞에 봉투 하나를 내밀었다. 속에 뭐가 들었는지 살짝 묵직했다.

"뭐지? 누가 보낸 거야?"

내가 정양의 얼굴을 보며 봉투를 받자 그녀는 어깨를 으쓱해 보였다.

"수취인은 변호사님이 맞구요. 역시 폭탄은 아닌 것 같아 받았는데, 그냥 돌려보낼 걸 그랬나요?"

지난번 이상한 명언구가 적힌 카드도 그렇고 보낸 이가 누군지 모르는 봉투는 반갑지 않았다. 나는 찝찝한 얼굴로 봉투를 열었다. 그러자 차의 리모컨으로 추정되는 열쇠가 들어 있었다. 나는 황당한 얼굴로 손바닥에 봉투를 털었다.

짤칵-.

기분 좋은 금속과 가죽, 플라스틱의 부딪힘 소리가 났다.

"벤츠네요."

내 손바닥에 떨어진 열쇠의 가죽에 박힌 벤츠 심벌을 본 정양이 말했다. 나는 황당하게 정양을 바라보았다.

"버리실래요?"

정양은 두 손을 공손하게 펴 들었다. 나는 그녀에게 나가보라는 눈짓을 했다. 그녀는 아쉽다는 얼굴로 방을 나갔다. 짚이는 게 있어 나는 곧바로 노인에게 전화를 걸었다.

[무슨 일인가.]

역시 그는 무뚝뚝하게 전화를 받았다.

"혹시 회장님께서 차 열쇠 보내신 건가요?"

[내 취향이 아니라서 안 타던 차네. 새 차가 아니라서 싫은가?]

헌 차를 보낸 모양인데 넙죽 받지 않아 기분 나쁘다는 건가? 중고차일 텐데 엄청 고마워할 것까진 아닌 것 같다. 결국 제 자식 잘못 무마하려는 것일 텐데 '중고차'라니. 뭐, 그래도 돈은 굳겠다.

"아닙니다. 갑자기 차 열쇠를 받게 돼서 누가 보낸 건지 확인하려구요."

[마음에 들면 그냥 타고, 새로 사고 싶으면 반납하게.]

"잘 타겠습니다. 감사합니다."

아직 차는 보지 못했지만 수중에 차를 사고도 남는 돈과 또 몇 년 식인지 모를 벤츠가 생겼다. 마다할 이유가 없다.

[그럼 끊네.]

노인은 전화를 끊었다. 그제야 나는 전화기를 든 채 허공에 대고 허리 굽혀 인사했다는 것을 깨달았다. 전화를 하든 얼굴을 직접 대하든 허리 굽히게 하는 포스는 사라지지 않는 노인네다.

그러고 보니 차를 어디에 갖다놨는지 묻지 못했다. 하지만 차니까 엘리베이터를 타고 여기까지 올라올 수 없었겠고 주차장에 있겠지. 나는 벤츠 중 어떤 시리즈가 내 차로 이름 붙여졌을지 궁금해하며 주차장으로 내려갔다. 로펌 사이즈로 보나 고객들로 보나, 외제차가 다른 주차장보다 상대적으로 많은 곳이었기에 나는 감을 잡지 못했다. 하는 수 없이 하늘을 향해 리모컨을 꾹 눌러보았다.

삑-!

바로 보이는 가까운 곳에 있던 벤츠 한 대가 주황 눈빛을 반짝였다. 차를 보는 순간, 무척 당혹스러웠다. 마치 차 전시장에서 바로 튀어나온 듯 반짝이는 차체의 루너 블루 메탈이 조명에 반짝였다. 벤츠를 고른다면 이것으로 하고 싶었던, 원래 가지고 싶었던 색상이라 색 이름이 절로 떠올랐다. 차 문을 열어보니 시트는 엉덩이 자국이라곤 찾아볼 수 없이 새것이었고, 핸들도 지문 하나 없이 깨끗했다. 놀라운 건 주행 거리였다. 400m 남짓. 딱 주차장을 달려 들어온 거리였다.

주행 거리를 보고 갓 뽑은 새 차임을 확신한 나는 운전석 문을 짚고 선 채 생각에 잠겼다. 새 차 맞는지 또 확인 전화를 해야 해? 그건 구질구질한 걸 좋아하지 않는 노인이 질색할 것 같았다. 딱 보면 새 차라는 걸 알 수 있는데 굳이 중고차라고 말한 노인의 깊은 마음을 이해하기로 하자. 그래도 자기 둘째 아들 놈 차에 받혀 죽을 뻔한 게 미안했던 모양이다. 그럼 이제 어떡한다? 생각하던 나는 피식 웃었다. 어떡하긴 뭘 어떡해.

젖은 솜처럼 푹 가라앉았던 기분이 새 차로 인해 잠시 조금 뽀송뽀송해졌다. 타이어가 아스팔트에 닿지도 않고 도로 위를 날아가는 것 같은 새 차를 몰고 도착한 단테의 집은 한적한 곳에 자리 잡은 전원주택이었다. 예술가에 대한, 그리고 그들이 살고 있을 집에 대한 환상에 부응하듯 단테의 집은 우아한 발코니가 있고, 아름드리 나무에 둘러싸여 있었다.

대저택은 아니었지만 살고 싶다는 생각이 절로 드는 옅은 황토색 벽돌의 이층집에서 단테가 막 인라인스케이트를 신고 나서고 있었다. 미국 드라마에서 보던 그런 평화로운 그림이다. 내가 끼면 그림이 망가질 것 같아 주저되었다.

"아저씨!"

나를 발견한 단테는 반색을 하고 나에게 달려왔다. 순간 나는 당황했다. 나를 향해 달려오는 내 아이를 상상해본 적이 한 번도 없었기에, 내가 어색하게 손을 흔드는 것이 잘하는 짓인가도 의문스러웠다. 팔을 뻗어야 하나? 그건 안소니 몫일 텐데.

내가 망설이며 단테에게 한 발짝 막 다가설 때였다. 집 안에서 안소니가 철문을 닫으면서 밖으로 몸을 드러냈다. 나는 반사적으로 허리를 굽혀 그에게 인사했다. 왜 뭘 훔치려다 들킨 기분이 들까. 그는 모든 것을 안다는 듯한 미소를 지으며 내게 인사를 건네왔다. 페이크일까? 그렇게 생각하기엔 나까지 푸근해지는 미소였다.

"아저씨, 이마 왜 그래요?"

102번째 질문이다.

"작은 사고가 있었어."

단테에게만은 둘러대는 말이라도 하고 싶지 않았다. 이 아이에게, 이 아이의 엄마에게 이미 나는 거짓말쟁이보다 더한 죄인이니까.

"차도 바뀌었네요?"

내 뒤의 차를 본 단테는 눈을 반짝 떴다.

"아줌마는 안 왔어요?"

이내 주위를 빙 둘러본 단테는 나를 올려다보며 물었다. 난감해졌다. 은제와 나에 대해 아는 그 사람 앞에서 다른 여자의 안부를 듣다니.

"오늘 재판이 있습니다. 모르셨어요?"

소니가 내게 물었다. 사실 재판이고 뭐고 안중에 없었다.

"두 시간 정도 남았는데 단테 기분 전환 좀 시키려고요."

소니는 단테의 정수리를 쓰다듬으며 말했다.

그렇지. 단테에게 문제가 있었다. 정신줄이 리셋되었던 탓에 잊고 있었다. 그는 내게 말하는 내내 미소를 짓고 있었다. 습관인지 버릇인지, 나는 도저히 흉내 낼 수 없는 거다.

"피고는 보셨습니까?"

나는 오늘 온 용건을 뒤꽁무니에 숨겨버렸다. 사실 뭘 하려고 막연히 구상하거나 맘먹고 작정한 것도 없었다. 그가 찾아온다고 하니 내가 먼저 찾겠다는 병신 같은 오기만 가득했을 뿐이다.

소니와 나는 서툴게 두 팔을 휘휘 저으며 인라인을 타고 느릿느릿 앞서 가는 단테의 뒤를, 뒷짐을 지고 천천히 따르기 시작했다. 한 아이와 그 아이를 따르는 두 아버지라. 감성적인 추석 특집극 같다.

"아뇨. 그래서 오늘 보려고요."

그의 미소 없는 얼굴은 처음 본다. 부드러운 인상이지만 강인해 보였다. 내가 생각하던 이상적인 아버지의 얼굴이었다. 그와 마주 선 나는 그를 잠시 건너보다 단테가 잘 타고 있는지 돌아보았다. 그 때, 단테가 비틀거리며 기우뚱거리다 엉거주춤 주저앉았다. 내게 예지력이 있는 것처럼 순간 놀란 나는 서둘러 단테에게 달려가 손을 뻗어 아이를 일으켜 세웠다.

"조심해야지."

나는 안타까운 표정으로 단테의 바지를 털어주었다. 멋쩍게 혀를 날름 내민 단테는 아무렇지 않게 흙 묻은 손을 털었다.

"괜찮아?"

나보다 조금 늦은 안소니는 단테의 어깨를 감쌌다. 순간 불타오르는 질투에 나는 하마터면 그의 턱주가리를 날려버릴 뻔했다. '왜 내 아들을 안아?' 하면서.

"괜찮아요."

별거 아니라는 표정을 지어 보인 단테는 인라인스케이트를 끌고 다시 앞으로 어정어정 걸어나갔다.

"운동신경이 둔한 편입니다."

안소니는 단테의 뒷모습을 보며 안타깝게 말했다.

"다른 걸 잘하면 되지요."

어설프게 인라인스케이트를 타는 단테의 뒷모습을 보며 나도 모르게 착잡해졌다. 빼도 박도 못하게 닮았구나. 혈액형부터 운동치인 것까지.

"운동은 잘하십니까?"

그가 불쑥 물었다. 놀라 그를 돌아봤던 나는 그와 눈이 마주치자 아무 대꾸도 할 수 없었다. 귀가 화끈거렸다. 뭘 알고 묻는 건가?

"어떻게 찾아갈까 망설였습니다. 후견인을 찾아가는 이유를 댈 것이 없어서. 단테의 일기장도 미향 씨가 가져와버렸고……."

그는 다른 이야기를 꺼냈다. 단테의 재판과는 다른, 내가 온 용건과 같은.

"원래 후견인이 찾아다닙니다. 그게 일이죠."

나는 단테에게 향했던 시선을 그에게로 돌렸다. 그는 나의 얼굴을 구석구석 애잔하게 바라보았다. 그 시선을 오롯이 감당하기가 벅차서 시선을 다시 단테에게로 돌려버렸다.

"부럽습니다. 단테를 닮아서……."

그는 애잔한 목소리로 말했다. 단테와 내가 닮았다던 마트 시식코너 직원의 말이 허튼 말이 아니었나? 인라인 위에서 중심을 제대로 잡지 못하고 팔을 휘적이는 단테를 바라보면서, 그 애가 나를 닮은 거라는 말을 하려다 목구멍이 탁 막혔다. 그 말이 혓바닥에 도달했을 때는 닮아서 미안하다는 것이었고, 입술을 타 넘을 때는 묵음으로 긴 신음만 내뱉어졌다.

자기 자식이 아닌 단테를 자기 자식처럼 키워준 그에게 아무런 말도 할 수 없었다. 내가 모르던 시간 동안의 그들을 질투하고 있다는 것만이 선명하게 인지되어 있었다. 하지만 그건 하면 안 되는 말이었다. 난 단테의 존재도 모르던 멍청이니까.

나는 황망한 시선을 옮길 곳이 없어 손목을 들어 시계를 보았다.

"말씀하신 재판 시간이 가까워지는 듯하군요."

"그렇습니까?"

그도 시계를 보더니 단테를 바라보았다.

"저……, 부탁이 있는데."

그는 머뭇거렸다.

"시간이 괜찮으시면 단테의 재판이 진행되는 동안 단테와 함께 있어주시겠습니까? 피고를 봐야 한다는 생각에, 단테를 맡길 곳이 없어 법원까지만 데려가려고 했었는데, 괜찮으시겠습니까?"

이 사람은 정말 착한 사람인가 보다. 내가 생부인 걸 알면서 아이를 맡기다니. 내가 데리고 내빼면 어쩌려고? 내가 아이에게 애착이 없어 보여 한시름 놓은 걸까? 나는 이제 막 애착이 샘솟으려고 하는데?

나는 나답지 않게 얼른 대답하지 못하고 우물쭈물했다. 내가 선뜻 대꾸하지 못하자 그가 주춤하는 나의 바지춤을 잡아주듯 말을 보탰다.

"오래 걸리지 않을 거라고 했습니다. 단테에게 들으니, 변호사님 사무실에서 많이 놀았다고 하던데요."

그는 진심으로 그러기를 바라는 얼굴이었다.

"사실은 저도 이번 재판에 가보려고 했습니다. 심리 때 가보지 못했거든요."

나는 망설이듯 대꾸했다.

"그런가요? 피고를 아직 보지 못하셨겠네요."

"네……."

무책임한 생부라는 자각이 들었다. 뒤늦게 알았지만 어쨌든 아들

놈에게 더러운 손장난을 한 놈을 그냥 두었다는 자책. 이제라도 같이 가서 패주자고 할까?

"그럼 재판이 끝나면 저에게 전화를 주십시오. 제가 데리고 있겠습니다."

나는 재킷 안주머니에서 명함을 꺼내 그에게 내밀었다.

"드디어 변호사님 연락처를 땄군요."

그가 짓궂은 표정을 지으며 농담처럼 말했다. 은제가 이 사람과 함께 있는 동안 많이 웃었을 것 같다는 생각이 들었다. 살면서 누군가를 질투해본 적이 없었다. 그런데 난생처음 내가 도달하지 못할 우위에 누군가 있다는 것에 대한 경외와 질투심이 동시에 일었다. 나는 죽었다 깨어나도 이 사람처럼 웃거나, 말하거나, 아이를 사랑하거나, 아내를 사랑하진 못할 것이다. 영원히.

"단테야, 이제 그만 가야겠다."

그가 단테를 향해 소리치자 단테가 휘청거리며 그를 돌아보곤 환하게 웃었다. 그리고 힘겹게 걸음을 옮겨 나와 소니를 향해 몸을 돌렸다. 순간 나는 내가 보지 못한 이 두 사람의 추억에 또 한 번 강한 질투심을 느꼈다. 그리고 나는 그만큼 빙하기를 맞는 공룡처럼 느껴졌다. 허우대만 클 뿐, 곧 의지할 곳 없이 얼어 죽을 것만 같은 힘없는 멸종 직전의 쓸모없는 공룡. 이렇게 내가 불쌍하게 느껴진 적이 없었다.

갑자기 가슴속에 스산한 바람이 불어왔다. 불과 1m 남짓 떨어져 있을 뿐인데, 마치 저 두 사람과 나는 1억 광년 정도 떨어진 것 같고, 그 사이로 계곡을 돌고 도는 광풍이 부는 것 같았다. 중심을 잡느라 휘젓고 있는 단테의 팔을 낚아채 내 쪽으로 당기면 그 1억 광년이 1m로 좁혀질까?

"도저히 그런 일을 당했던 아이로 보이지 않죠."

그는 다행이라는 표정으로 말했고, 나는 동조하듯 끄덕이며 말했다.

"성추행이란 말은 어른들이 붙인 말일 뿐, 아이들에게는 독하게 아팠던 감기와 다름없는 것 같아요. 주위에서 잘 도와줘서 그랬을 수도 있지만 그냥 아팠던 기억으로 사라지고, 더 크고…… 잘 웃네요. 어쩌면 아이들의 용서가 어른들보다 더 빠를 수도……."

말을 끝맺을 수가 없었다. 지금은 단테가 과연 용서할 만한 일을 당했는지가 관건이었지만, 과연 내가 용서란 말을 입에 담아도 되는 건지, 그게 나에게도 해당이 되는 건지 심란하기 그지없었다.

인라인스케이트를 탄 단테는 어그적 다가와 소니의 바지를 잡아챘다. 소니는 그런 아이를 두 팔로 감쌌다. 걸음마도 이렇게 배웠을까? 순간 나는 눈물이 왈칵 쏟아질 뻔했다.

"재판이 있을 동안 너는 변호사님이랑 함께 있어. 알았지?"

소니는 무릎을 접고 단테와 눈높이를 맞추며 자상하게 말했다.

"변호사님은 일이 없으세요?"

소니의 손에 의지한 채 나를 돌아보던 단테가 말을 이었다.

"그렇게 일이 없으면 나 좀 도와주지."

단테의 입술이 뾰로통해졌다.

"변호사도 필요하냐?"

너무 어이없는 말에 기가 찼다. 그러자 단테는 고개를 갸웃하며 혼잣말을 했다.

"변호사도, 검사도 많을수록 좋지 않아요?"

이 아이는 영화 '300'의 무사 군단처럼 제 편을 몰고 가면 안 싸우고도 이길 거라고 생각하고 있는 걸까? 그렇다면 나는 스파르타 무사 복장이 좀 야함에도 불구하고 맨 앞에 설 수 있을 것 같았다.

"그럼 네 편으로 재판정을 꽉 메우면 들을 것도 없이 이기겠구나."

이렇게 말한 소니도 나를 돌아보며 어이없다는 듯이 웃었다. 하지만 나는 그렇게 편안하게 웃을 수가 없었다. 그렇게 해서라도 이길 수 있으면 뭐든 하겠다는, 말도 안 되는 사명감이 불쑥 올라왔다. 이런 걸 책임감이라고 해야 하나? 왜 이런 느낌을 이제야 가졌을까. 10년 전에만 가졌어도…….

"그런가?"

고개를 갸웃하던 단테는 민망한 듯 뒷목을 긁다 소니를 보더니 방긋 웃었다. 그런 단테의 미소가 눈에 와 박혔다. 그리고 이런 내가 점점 무서워졌다. 이 아이를 욕심내게 될까봐. 그래서 소니와 주먹다짐 이상의 싸움을 하게 될까봐. 그럼 과연 누가 이길까? 나는 정당하게 폭력을 행사하는 방법을 수십 가지 정도 알고 있었다.

소니와 헤어지고 난 후, 나는 단테를 데리고 사무실이 아닌 박물관으로 향했다. 내가 단테를 이런 데 데리고 왔다고 해서 부자간에 한 번도 해보지 못한 일을 하는 것으로 지금껏 없었던 정을 쌓고 싶은 건 아니다. 나는 그렇게 시시껄렁한 인간이 아니다. 소니가 아이를 부탁했기 때문이고, 사무실에서는 당장 할 일이 딱히 없었기 때문이다.

"혹시 놀이동산 가고 싶니?"

내 목소리가 조심스러워하고 있다. 진실을 몰랐던 그때, 이 아이를 대할 때의 그 껄렁껄렁함과 시답잖음은 다 어디로 갔는지 나도 모르게 저자세가 되었다. 자식에게 이유 없이 미안한 부모 모드가 이런 건가. 하긴 모든 걸 부정할 수 있더라도, 적어도 딱 하나 미안한 게 있긴 하지. 모든 핑계를 단숨에 무력화시킬 수 있는 하나…….

"여기 박물관 아니에요?"

단테는 내 질문이 이상하다는 듯이 창밖에 나타난 박물관 간판을 유심히 보았다. 별난 물건 박물관. 이상한 물건들로 가득 차 아이들의 호기심을 유발한다는, 나의 말주변 없음과 재미없음을 해소시켜줄 공간적 해결사였다.

"운동신경 없는 애들은 놀이동산에서 별로 할 게 없을 것 같아서 이리로 온 건데."

"잘 아시네요."

단테는 고개를 끄덕였다.

"앞으로 뭘 결정할 때는 상대방에게 물어보시는 게 더 낫겠어요. 알아서 한다고 해서 다 잘하는 건 아닌 것 같네요."

내가 주차장에 차를 세우자 단테는 안전벨트를 풀고 문을 열며 주절거렸다. 만 아홉 살짜리에게 듣기 힘든 충고를 듣다니.

"여기가 싫다는 거야?"

욱한 나는 단테의 어깨를 잡았다. 그러자 단테가 씩 웃으며 돌아보았다.

"방학 숙제에 박물관 답사가 있었어요. 잘됐어요."

어린 자식이 어른을 들었다 놨다 한다. 법적인 것뿐만 아니라 사사로운 것으로도 어른들을 휘두르는 능력이 있다.

나는 눈빛을 반짝반짝 빛내며 박물관을 탐색하는 단테를 어슬렁 따라 걸었다. 한 무리의 아이들이 '우당탕' 하며 내 옆을 스쳐갔다.

'어디서 저렇게 덜 배운…….'이라고 생각하며 주위를 둘러보았지만 제지하는 안내인은 한 명도 보이지 않았다. 보호자들도 아이들이 마구 떠들고 장난치는 것을 그대로 방관하고 있었다. 박물관에서 예의 따위는 바라지 않는, 정말 이상한 박물관이었다.

"내가 하나 맞춰볼까?"

내가 툭 내뱉었을 때, 단테는 촛대 같은 것 앞에 서서 골몰하고 있다 입을 열었다.

"확실한 건, 여기는 쓸모가 있긴 하지만 전혀 팔리지 않아서 반품된 아이디어 상품들 창고라는 거예요."

나는 내 질문을 일단 넘겨두고 단테의 시선을 따라갔다.

"그렇구나. 이건 아무리 봐도 촛대 같은데."

"아이스크림 꽂이래요."

단테는 손가락으로 명패를 가리켰다.

"아이스크림을 왜 꽂아놔?"

나는 이해 불가란 표정을 지었다.

"내 말이요."

나와 눈을 마주친 단테도 어깨를 으쓱이더니 자리를 옮겼다.

처음엔 신기했던 것들도 그것들이 폭풍처럼 몰려오면 점점 지루해진다. 우리는 별난 박물관을 신기함, 의아함, 한심함 반반반의 얼굴로 돌아보다 밖으로 나왔다.

"아이스크림 먹을래?"

내가 답답했던 숨을 토하며 물었다.

"여기 아이스크림은 아이스크림 꽂이에 꽂아서 팔까요?"

'농담이지?' 하며 돌아보는데 단테의 얼굴은 진지했다.

"음료수나 마시자. 네 아빠도 한 말이지만 넌 그런 일을 당한 애 치고는 꽤 명랑하구나. 집중력이 지나치게 떨어지는 건가?"

나는 주머니에서 동전을 찾아 자판기에 하나씩 넣으며 말했다. 동전 떨어지는 소리가 연속적으로 '찰칵, 찰칵' 들렸다. 내가 열심히 돈을 넣자 어느 순간 자판기의 금액 표시등이 반짝하고 켜졌다.

"뭐 마실래?"

그제야 단테를 돌아본 나는 나를 멀거니 보는 단테와 눈이 마주쳤다.

"나는 마시는 게 아닌데?"

나는 눈썹을 으쓱여 보였다.

"아저씨는 맛없어 보여요."

단테는 인상을 찌푸렸다.

"기분 좋은 말은 아니구나. 난 커피."

내가 커피 버튼을 누르자 차가운 캔 커피가 '우당탕' 떨어졌다.

"자, 칠백 원 남았다. 선택의 폭이 넓은데, 뭐 마실래?"

나는 자판기에 진열된 음료수들을 둘러보았다.

"맥주는 얼마예요?"

단테는 여전히 나를 보며 물었다. 단테를 빤히 내려다보던 나는 눈살을 찌푸리며 대답했다.

"여긴 맥주가 없는데?"

우리는 캔 커피와 에이드 캔을 사이에 놓고 벤치에 나란히 앉았다. 단테의 얼굴은 진짜 술 한 잔 권해야 할 것처럼 적막하고 건조해 보였다.

"난 네 일이 금방 끝날 거라고 생각했다."

나는 먼 산을 보며 나지막이 말했다. 나와 다른 곳을 보는 단테의 눈빛이 초조해 보였다. 거짓말. 단테가 내 아들이라는 걸 알기 전엔 단테의 말은 100% 거짓이라고 생각했다. 하지만 지금은 단테에게 거짓말이라고 말하기가 주저되었다. 소니처럼 아이의 말을 다 믿어주고 싶었다. 그놈의 손모가지를 꺾어버리고 싶을 정도로.

갑자기 앞쪽에서 바람이 불어와 머리칼이 날렸다. 나는 가슴을 부풀려 신선한 공기를 폐에 가득 채웠다. 그러자 단테도 나를 따라 바람을 맞으며 깊이 숨을 들이마셨다.

순간 나의 가슴은 바람을 담고 있는 것보다 훨씬 더 벅차게 뻐근해졌다. 어릴 적 고아원 시절, 양부모가 결정되지 못한 후, 고아원 뒷동산에 올라가 긴 숨을 들이마시던 그때 내 모습을 시간 여행 해서 보고 있는 기분이었다. 자식이란 이런 느낌인가? 애지중지하는 보물이라는 것을 제외하고도, 나만의 추억을 돌아볼 수 있는 시간 여행자가 되는 선물을 받는 기분?

폐에 공기 대신 액체가 고이는 것처럼 묵직해졌다. 그리고 그만 숨 쉬는 박자를 놓치고 말았다. 딸꾹질이 날 것 같아 숨을 참았다. 그렇지 않으면 딸꾹질과 함께 눈물도 튀어나올 것만 같았다. 아버지의 행동을 닮은 아들. 나 같은 실패자도 따라 할 것이 있다는 것을 증명하는 것 같은, 그냥 보고 넘기기 아까울 정도의 사랑스러운 모습이었다.

"내가 아까 맞춰본다는 게 뭐였는지 아니?"

애써 목소리를 가다듬은 나는 단테를 부드럽게 돌아보며 물었다. 단테는 쏟아지는 햇살이 눈부신지 게슴츠레 뜬 눈으로 나를 올려다보았다.

"누가 당하는 걸 봤지? 그런 거지?"

순간 단테의 동공이 커졌다. 쏟아지는 햇빛을 모두 삼켜버릴 만큼. 나는 단테의 손에 내 손을 지그시 올려놓았다. 단테의 심장 박동이 빨라진 것을 느낄 수 있었다.

그렇지 않고서야 그동안 그렇게 순박할 수 없었다. 그런 일을 당한 아이치고 해맑고, 명랑하고, 때때로 그 일을 주변에서 짚어줘야만 그제야 '아, 내가 그런 일을 당했고, 또 일을 벌였지.' 하고 기억하는 듯한 단테의 행동이 확신을 주었다.

"네가 당하고 싶었던 건 아닐 테고. 의협심이야? 의협심이 뭔지는 알지? 넌 똑똑한 아이니까."

눈동자가 흔들리던 단테는 내 눈을 피해 고개를 돌렸다. 주목받고 싶어서 그런 건 아니라고 확신한다. 소니가 그걸 증명해주고 있다.

"그 사람이 유죄라는 걸 알기 때문에 너를 도와주려는 거야. 네 거짓말이, 거짓말이 되지 않게 하기 위해서."

내가 소니처럼 부드러운 음성을 내기 위해 애쓴다는 것을 자각했다. 누구 흉내를, 특히 단테가 누구보다 사랑하는 소니를 흉내 내는 건 정말 싫었지만 단테가 어른들은 다 똑같다며 내게서 내빼버릴까 봐 겁이 났다. 예전에는 사라져주길 고대했었지만 이제는 결코 아니었다. 잡아둘 순 없어도, 도망치게 만들지는 않을 것이다.

"내가 당하지 않으면 거짓말이잖아요."

단테는 목을 잔뜩 구겨 넣고 인상을 찡그린 채 말했다. 아이가 지금 엄청난 번민에 휩싸여 있다는 것이 목소리에 잔뜩 묻어났다.

"아직도 '하얀 거짓말'이란 아침 드라마가 하는지 모르겠네. 하얀 거짓말이 뭔지 알지? 그 드라마는 그 말이 주제인 것 같았어. 지금 네가 시작한 재판이 그런 거지? 딸을 위해 엄마가 거짓말한 것처럼."

진짜 이유가 뭔지 그게 중요했다.

단테는 잠시 생각에 잠겼다. 나는 기다리는 걸 진짜 못하는 성미였다. 그럼에도 참았다. 발가락에 힘을 주고서 조급하게 캔 커피를 홀짝이지도 않았다. 단테 스스로 생각을 정리하길 기다렸다.

얼마나 기다렸을까. 해의 위치가 조금 바뀌고 바람의 방향이 이쪽에서 저쪽으로, 그리고 다시 이쪽으로 불기 시작할 즈음, 이윽고 단테의 입에서 작은 한숨이 새어 나왔다. 나는 조심스럽게 그 애를 내려다보았다. 단테는 입술을 깨물더니 천천히 나를 올려다보았다. 그리고 걱정 가득한 눈으로 말했다.

"제가 진짜를 말해도 그 사람이 정말 벌을 받을까요?"

확신으로 대꾸할 것은 없었다. 하지만 소신으로 할 말은 있다.

"네가 벌줘야 한다고 생각한다면 내가 어떻게든 그렇게 하마."

불행히도 단테는 바로 입을 열지 않았다. 내가 단테를 데리고 법원에 도착하자 때마침 사복 차림의 미향과 인영이 소니와 함께 서 있었다. 미향은 기가 막힌 표정으로 나를 보았다. '정녕 둘이?' 이런 얼굴이었다.

"그렇게 서 있는 걸 피고 측에서 본다면 작당을 하고 있다고 떼거지로 맞고소 당하겠어."

내가 말을 내뱉음과 동시에 단테는 나란히 계단을 오르다 냉큼 올라가 소니의 다리 옆에 착 달라붙었다. 아, 서운하다고 생각하면 안 되는데.

"법복 안 입으면 아무도 못 알아본다니까."

소니에게 매달린 단테를 본 미향은 안됐다는 눈으로 나를 보았다. '동정하는 거야?'라고 묻는 내 눈빛에 그녀가 눈빛으로 대답했다. '알면서 뭘 물어.'

"재판은 어땠어?"

나는 소니와 알콩달콩하고 있는 단테를 신경 쓰지 않는 척하며 미향에게 조심스럽게 물었다.

"이따 한가해?"

미향이 불쑥 내게 물었다. 단테 앞에서 재판 내용에 대해 말하기가 불편한 것 같았다.

"오전 내내 땡땡이쳐서 안 한가해."

나는 시큰둥하게 대꾸하며 단테와 소니를 슬쩍 보았다. 자꾸 손장난하고 있는 그들이 신경에 거슬렸다. 내 그런 시선을 미향은 묘한 시선으로 바라보았다.

"같은 방향이니까 나랑 얘기하면서 가. 나, 택시 타고 왔어."

인영이 앞으로 나섰다.

"차는?"

"펑크 났어."

인영이 나를 향해 활짝 웃어 보였다. 그런 그녀와 그녀를 바라보는 나를, 단테는 흐뭇하게 웃으며 바라보고 있었다.

인영과 나는 단테 일행과 인사를 하고 곧바로 헤어졌다. 그러지 않으려고 노력했지만 소니와 함께 멀어져 가는 단테가 자꾸 신경 쓰였다. 뒤통수, 옆통수가 자꾸 단테를 향해 쏠리는 것 같았다.

"내 차 타고 가. 나무 아래 세워놨어."

내 차로 향하던 나는 내 뒤를 따라오는 인영에게 키를 던져주고 차를 세운 위치를 가리켜 보였다.

"뭐?"

놀라며 열쇠를 받은 인영은 어리둥절해했다.

"갑자기 판사님과 할 말이 생각났어. 차 오늘 새로 뽑은 거니까 머리카락만 한 기스라도 나면 내 손에 죽는다."

그녀에게 손가락을 튕겨 인사를 한 나는 급히 판사들이 차를 세우는 우선 주차 구역으로 갔다. 그러나 미향의 모습은 보이지 않았다. 벌써 떠났나? 그녀의 차가 뭔지 알 수 없기에 주차된 차들 한가운데 서서 주위를 두리번거렸다.

"내 차 앞에서 뭐 해?"

깜짝 놀라 돌아보니 서류를 한 아름 안은 미향이 계단에서 막 내려서다 나와 내 뒤의 차를 보고 있었다. 나는 내 뒤에 주차되어 있는 차를 뒤돌아 훑어보았다. 검은 오피러스 세단이었다.

"출근길마다 내 차 앞에 깜박이도 켜지 않고 끼어들던 차가 오피러스였는데, 당신 차였어?"

"그랬나?"

웃으라고 한 얘기였는데 퉁명스러운 표정의 그녀는 뚜벅뚜벅 차로 걸어와 눈길도 주지 않고 차를 향해 리모컨을 눌렀다. 그리고 힘겹게 차 문을 열었다. 나는 버거워 보이는 그녀의 서류를 받아주었다.

"날 피하는 것 같더니 웬 친절?"

문을 열고 서류를 다시 받아 차에 실은 미향은 나를 싸늘하게 보았다.

"그러니까 끼어들 때는 깜박이를 켜줘야 당하는 사람도 당황하지 않지. 신호도 없이 막 끼어들면 욕부터 나온다고. 하마터면 그대로 내 인생 박을 뻔했어. 알아?"

"자기 인생이 아까운 사람이 그렇게 아무렇게나 살아?"

미향은 허리에 팔을 걸치며 안쓰럽다는 듯이 나를 보았다.

"다신 그러지 않을 거야."

대답하는 내 목소리에 자조적인 힘이 실렸다.

"갱생이야?"

"그냥…… 흉내야."

나는 무거워진 어깨를 들썩여 보였다. 그리고 그녀를 보며 피식 웃었다. 그런 나를 보는 그녀의 입은 웃고 있었지만 눈은 그렇지 못했다. 내가 소니처럼은 되지 못하더라도 그의 반 정도라도 되고 싶어 한다는 것을 그녀도 눈치챈 걸까?

그녀의 집에 두 번째로 와본다. 첫 번째는 문 앞에서 쫓겨났지만 오늘은 거실 소파에 앉아 갓 내린 커피를 대접받았다.

"은……, 단테 엄마도 여기 와봤어?"

은제의 이름이 입 밖으로 튀어나갈 뻔한 나는 서둘러 말을 바꾸고 시선을 커피 잔에만 모으려고 애썼다. 주위를 둘러보면 왠지 은제의 자취를 찾는 것처럼 보일까봐, 진짜 은제의 흔적을 찾으려 애쓰게 될까봐 두려웠다.

"여긴 은……, 단테 엄마가 죽고 나서 이사 왔어."

나처럼 그녀도 우리 둘 사이에서 은제의 이름을 부르는 것이, 습기에 흠뻑 젖은 케이크를 들어 올리는 것처럼 조심스러운가 보다. 그녀의 말에 나는 그제야 숨 쉬기가 좀 편해졌다.

"단테 다음 재판은 언제야?"

나는 애써 가벼운 목소리로 물었다.

"일주일 후. 단테 쪽에서 별다른 증거나 증인이 나오지 않으면 피고는 무죄 선고를 받을 수 있어. 정황으로 볼 때 그 사람은 전과가 없고, 평판이 나쁘지 않아. 어쩌면 그게 더 범죄자스러운 건지도 모르겠는데, 매사에 조심스러운 사람이었어."

"역시 들키는 게 꺼려질 뭔가가 있는 거야."

내 말에 미향은 대답 없이 커피 잔을 입에 갖다 대었다. 암묵의 동의였다.

"나 검사랑 얘기하지, 왜 나랑 해?"

그녀가 찻잔을 입에 댄 채 눈을 들어 나를 보았다. 나는 다시 거북해졌다. 나를 아리송한 눈빛으로 보던 미향은 다시 물었다.

"못 깠어?"

"캑!"

뜨거운 커피의 엔젤링이 목구멍에 탁, 걸려버렸다.

"판사님의 고귀한 입에서 그런 상스러운 단어가 나오다니. 믿을 수가 없네."

사레가 들린 나는 입을 가리며 연신 콜록거렸고, 미향은 그런 나를 보며 개운한 표정을 지었다.

"가끔 법복이 얼마나 나를 옥죄는지, 그걸 참아내는 내 인내심이 점점 느는 것에 혼자 놀라곤 해. 괜히 판사 됐다고 생각할 때가 많아. 애들 훈육할 때는 말할 것도 없고."

미향이 가벼운 한숨을 내쉬었다.

"때론 네가 이해도 돼. 해도 후회, 안 해도 후회인 것의 대명사가 결혼이잖아. 너를 보면 그래도 후회 안 하는 것도 있겠지, 라고 생각해. 너는 그게 뭔지 영원히 모르겠지만."

미향의 눈가에 애잔한 미소와 함께 가는 주름이 잡혔다. 대학생 때는 없던 것이다. 그만큼 시간이 흘렀고, 우린 서로 다른 장소에서 전혀 다른 곳을 향해 달리고 있었다. 어쩌면 이 교차점을 끝으로 그녀를 다시 못 만날 수도, 또는 교차점을 시작으로 지그재그로 교차하며 영원히 얼굴 붉히며 함께 달릴지도 모르겠지만 지금 현재 그녀는 내게 있어 중요한 존재였다. 같은 색으로 땋고 있던 내 인생에 다른 색의 실이 섞여버려 색실 전체를 바꾸어야 예쁠지, 그대로 두는 게 예쁠지, 또 다른 색으로 바꿔버리는 것이 예쁠지 판단할 수 있게 이 여자가 도와줄 것이다.

"내가 나쁜 놈이긴 하지만, 천하의 나쁜 놈은 아니라고 편들어주는 거야?"

"아니. 운이 나쁘긴 하지만 좆나게 운 나쁜 놈은 아니라고 말해주는 거야."

그녀는 피식 웃었다. 나도 따라 웃었다. 더럽게 운이 나빠 은제를 놓쳤지만 단테를 만나게 됐으니 확실히 아주 운이 나쁜 건 아니지.

"나 검사가 너한테 관심 갖기 시작했다는 걸 알겠어."

"그 여자는 뭘 그렇게 질질 흘리고 다니는 거야."

나는 투덜거렸다.

"그만큼 순수하다는 거야. 순진하다는 것과 다르다는 건 알지?"

순진한 여자가 나랑 있기만 하면 도발적여진다고 말하진 않겠지.

"단테는 어쩔 거냐고 묻지 않을게. 나 검사랑 한번 가봐."

"어딜? 단테 대신 그 여자랑 다른 애라도 입양하라고?"

나는 콧방귀를 뀌며 찻잔을 들었다.

"말 돌리지 마. 나 검사랑 갈 데까지 가보라고. 미친 척 놀아본 게 한두 번도 아닐 텐데 이 기회를 터닝 포인트로 삼으라고. 단테 일은 어쩌면 이대로 끝날지도 몰라. 그러면 너랑 만날 일도 없어."

판사인 그녀에게 사적으로 듣는 선고와도 같은 말이었다.

"내가 너랑 만나잖아."

"누가 그래?"

"아니야?"

나는 짐짓 서운한 표정을 지어 보였다. 그게 진실돼 보이지 않았는지 미향은 나를 가늘게 흘겼다.

"순전히 후견인 찾다가 이런 상황이 된 거야. 소니 씨도 돌아왔으니까 네 직무는 그대로 끝일 수 있어."

미향은 단단히 못을 박았다.

"법적으로 노는 양반이 왜 이러실까? 후견인으로서, 또 유전자를 수여해준 사람으로서 내 할 일을 이제야 찾았는데."

나를 보는 미향의 눈이 불안스럽게 커졌다.

"뭘 어쩌려고 그래?"

"내 할 일을 하겠다고. 혹시나 해서 찾아온 거야. 이렇게 나를 후견인에서 배제시키지 않을까 생각해서. 당신이라면 단테를 그런 식으로 나한테 붙였다 뗄 생각을 할 수도 있으니까. 단테 엄마가 이룬 가정, 내가 깨길 원치 않을 테니 나를 예의 주시할 거잖아?"

나는 가느다란 미소를 머금었다.

"알면 좀 빠져주지?"

미향은 무섭게 나를 노려보았다. 나는 그런 그녀를 향해 능글맞게 웃어 보였다.

"그럴 생각 전혀 없어. 단테 엄마의 베프였다고 해서, 내가 그 여자를 함부로 대한 것에 당신이 내게 벌을 줄 수 없는 것처럼, 내 인생사는 물론 애정사에 관여할 수 없어. 당신이 내게, 나 검사와 사귈 것을 명령하고 방망이를 내려쳐도 아무 쓸모없는 선고일 거란 얘기야."

혈압이 오르는지 미향의 코가 벌렁거렸다.

"그렇게 질린다는 듯한 눈으로 보지 마. 나중에는 나한테 고마워할 테니까."

나는 재킷을 여미며 자리에서 일어났다.

"내가? 어째서?"

미향은 입을 딱 벌리며 나를 올려다보았다. 나는 눈을 내리깔고 그녀를 내려다보았다.

"당신들이 못 잡은 감을, 나는 딱 잡았으니까."

그리고 아마 단테도 나한테만 말하고 싶을 테니까.

PIECE 11

## 지는 게 두려웠으면 시작도 하지 않았어

나는 사무실에 도착하자마자 정양에게 나 검사가 갖고 있는 자료를 부탁했다.

"사무실 확인하신 거예요? 나 검사님 자료를 왜 저한테서 찾으세요?"

정양이 영문을 모르겠다는 투로 내게 말했다.

"그래서 불가능하다고, 우리 정양 씨께서?"

나는 콧방귀를 뀌며 눈썹을 으쓱였다.

"정확히 어떤 자료를 말씀하시는 건데요?"

말도 안 된다는 듯 정양은 어깨를 가볍게 풀어 보였다.

"단테."

나는 나를 주시하고 있는 그녀 앞을 지나 내 방으로 들어가며 내뱉듯 말했다. 사무실 문을 열자 고객용 소파에 인영이 앉아 있었다. 그녀는 다리를 꼬고 팔짱을 낀 채로 나를 불쾌하게 쏘아보았다. 그제야 뒤따라 들어온 정양이 말했다.

"사무실 착각하신 분이 한 분 더 있다는 말을 깜박했어요."

정양이 등 뒤에서 속삭이고는 문을 닫고 사라졌다. 나는 잠시 그대로 서서, 내게 분노의 레이저를 쏘고 있는 그녀를 마주 보았다.

"왜 피해?"

그녀가 다짜고짜 물었지만 바른대로 설명하면 그녀가 이해할 수 있을지 의문이다.

'내게 몰랐던 아들이 있어.'로 시작해서 '그래서 여자들은 위대하면서 메두사만큼 무서워.'라고 끝맺을 말을.

"차 펑크 났다고 무조건 챙겨줄 순 없잖아. 나도 일이 있는데."

나는 넥타이를 느슨하게 풀고는 책상 앞으로 가 정양이 열을 맞춰 붙여놓은 메모들을 천천히 살피며 하나하나 옆으로 다시 줄맞춰 붙였다.

"차 주차해주러 왔어. 갈게."

내 차 열쇠를 테이블에 올려놓은 인영은 포기한 얼굴로 가방을 들고 자리에서 일어났다.

"정양한테 당신이 갖고 있는 단테 관련 서류 부탁했는데 복사해 줄 수 있지?"

포스트잇을 옮겨 붙이던 나는 눈을 흘긋 올려 뜨고 그녀를 향해 물었다. 순간 문을 향해 몸을 돌리던 인영이 나를 쏘아보았다.

"내 자질에 문제가 있어?"

"아니. 제대로 이해해보려고."

나는 그녀의 시선을 피하며 손가락으로 콧등을 긁었다. 그녀에게 자세하게 설명할 수는 없었다. 내 자식 일인데 당연히 전력을 쏟아야 하는 것 아니냔 말을, 갈 데까지 가보라는 미향의 충고 속 여자에게 선전포고처럼 할 수는 없었다.

"내 브리핑에 무슨 문제 있었어?"

그녀는 허리에 손을 걸치고 한판 붙어보자는 듯한 자세로 나를 무섭게 노려보았다.

"단지, 내가 자세히 듣지 못해서 그래."

여자들은 이래서 무섭다. 너무 귀찮을 정도로 질문을 해댄다. 내가 말하고 싶지 않다는 얼굴을 하면 좀 알아서 돌아서주면 좋지 않을까.

"그러니까 뭘!"

그녀는 버럭 소리쳤다. 순간 문 밖으로, 문 앞에 귀를 찰싹 붙일 정양이 투시되었다.

"여긴 당신 사무실이 아니야. 그렇게 언성 높이고 싶어?"

"그러니까 왜 자기 사무실에서 내 목소리가 새어 나갈 정도로 큰 소리치게 만드는데? 난 당신, 이해할 수가 없어!"

인영은 두 팔로 엑스 자를 그어 보이며 소리쳤다. 머리가 아팠다. 아까 미향이 내게 말한, 후회하지 않을 것도 있겠다는 말은 아마 이것 같다. 여자들의 발끈하는 잔소리. '결혼을 하느냐 마느냐'의 절대적 기준 요소이다.

"그럼 말해봐. 이번 재판을 어떻게 끝낼 건데?"

의자에 앉아 등받이에 몸을 기댄 나는 팔꿈치를 팔걸이에 붙이고 양손을 깍지 끼며 지그시 그녀를 바라보았다. 날 노려보는 그녀의 눈썹이, 번개가 찍힌 것처럼 꿈틀댔다.

"그건 자기가 이미 말하지 않았어? 대충 끝내라면서?"

"그러니까 대충 어떻게?"

내 물음에 인영은 깊은 한숨을 내쉬며 앉았던 소파로 돌아가 털썩 주저앉았다. 그리고 팔걸이에 팔을 올려 이마를 짚었다. 엄청 큰 고민이 있다는 표정이었다. 나와 동행하고 싶었던 이유가 이것일까?

나는 인터폰 버튼을 눌렀다.

"레몬 티 차게 한 잔, 따뜻하게 한 잔 부탁해."

정양에게 조용히 부탁한 후, 버튼에서 손을 떼고 인영을 돌아보니 그녀의 얼굴은 붉게 상기되어 있었다.

"흥분하게 해서 미안해."

나는 그녀가 앉은 자리 앞 테이블에 걸터앉으며 조용히 말했다.

"진짜 여러 가지로 흥분하게 만드네."

그녀는 열을 식히려 머리칼을 뒤로 넘겼다. 잠시 후, 노크 소리와 함께 정양이 레몬 티를 쟁반에 받쳐 들고 들어왔다. 나는 그녀에게서 쟁반을 받아 들며  미소 지어 보였다. 정양은 나와 인영을 걱정스럽게 번갈아 보다 방을 나갔다. 내가 쟁반을 탁자에 내려놓자마자 인영은 잔에 손을 대보고 찬 레몬 티를 들고 벌컥벌컥 마셨다. 나는 따뜻한 레몬 티를 들고 향을 음미했다.

"단테 말은 녹음기 같아. 내가 묻는 말에는 단답형으로만 말해. 아이들이 원래 그렇다는 건 알고 있지만 때론 놀림 당하는 기분이야. 성추행 당한 애한테 닦달할 수 없어서 나 혼자 한숨만 팍팍 쉬어. 단테를 담당하는 정신과 의사 말도 나랑 다르지 않아. 그래서 당신이 후견인이라는 데 희망을 걸었어. 그런데 내 사리사욕은 채울 수 있을지 모르지만 사건에는 도움이 안 된다는 걸 알겠어."

사리사욕? 초콜릿이나 행성 사이즈에 딱 맞는 비행선 같은 그런? 나도 모르게 입가에 미소가 번졌다. 이 여자가 진심으로 귀엽게 보인다. 그렇게 보인다고 절대 말해주진 않겠지만 말이다.

"그런데 이제 당신이 조금 관심을 가져주니까 오히려 참고 있던 화가 폭발했나봐. 당신한테 퍼붓는 게 아닌데."

"내 차를 끌고 오게 한 건 미안해. 당신이 견인 트럭도 아닌데."

그녀가 눈을 치뜨고 나를 흘겼다.

"기분 안 좋은데, 우리 수제 초콜릿 가게에 가서 핫초코 마실래? 초콜릿 뷔페도 먹게 해줄게."

"진짜?"

그녀의 눈이 금세 황홀하게 번쩍 떠졌다.

"진짜."

나는 웃으며 그녀의 손을 잡아당겼다.

"당신이 가진 자료 내가 좀 봐도 되지? 정양이 팩스로 당신 쪽에 부탁할 때 덜 우는 소리 하게 말 좀 해줘."

"좋아."

그녀는 냉큼 핸드폰을 꺼내 들었다. 일하기 쉬워졌군. 그런데 어쩐지 인영과 나, 각자 다른 의도의 사리사욕을 채우려는 것뿐인데 이상하게 데이트를 가는 것 같은 묘한 기분이 든다. 좀 불길한데?

핫초코와 초콜릿을 같이 먹는 맛은 어떨까? 초콜릿을 액체 상태와 고체 상태로 섭취하는 차이일 뿐인데, 인영은 그 감미로움의 차이가 엄청나다는 표정으로 한 입씩 초콜릿을 먹고, 마셨다. 지켜보기만 하는데도 위 속이 온통 걸죽하고 시커먼 설탕 덩어리가 된 것 같은 기분이 들었고 열흘치 입맛이 한번에 싹 가셨다.

"알파벳 초콜릿은 그 글자 특유의 모서리 맛이 나. 또 하트나 동그라미는 그 덩어리만큼 깊이가 있어."

인영은 뜨악한 표정의 나를 향해 같이 느껴보자며 들뜬 목소리로 설명해주었다. 당분을 과하게 섭취한 게 분명하다.

"그 모서리만큼 초코 코팅이 더 돼 있고, 그 덩어리만큼 코코아버터와 설탕이 서로 다른 양으로 뭉쳐서 그런 거겠지."

내 말에 입가에 초콜릿을 묻힌 인영이 새초롬한 얼굴로 나를 쏘아보았다.

"오자고 한 사람은 자기야."

언제부터 나를 자기라고 불렀지?

"피고 평판이 나쁘지 않았다고?"

나는 얼른 화제를 돌렸다.

"그게 좀 찝찝해. 단테가 거짓말을 하지 않았다는 전제로 말이야. 사람이 살다 보면 더러 싸우기도 하고, 의견 표출을 하기도 하는데, 이 사람은 그런 분쟁이 없었어. 단테네 주민센터 윗선에서 소개받아 오게 된 모양이야. 그런 사람들은 좀 거만스럽지. 그러면서도 소개해준 사람에게 폐가 되지 않게 알아서 조심스럽게 행동하는, 딱 그 정도야."

"그런 연줄이 있으면 사람들이 나쁘게 말하지도 못하겠네. 성추행 정도면 금방 나올 수 있다고 생각할 수도 있으니까. 그런 사람과 다시, 그리고 오래 일하게 될 가능성이 크다면 주변에서 말조심을 할 수도 있지 않겠어?"

나는 인영이 골라온 초콜릿들을 손가락으로 이리저리 비집어 보며 마뜩잖은 표정으로 말했다.

"그럴 수도 있어. 게다가, 지금까지 성추행으로 기소된 사건들을 보면 대부분 절반만 그 범죄가 인정됐어. 그 확률이 점점 높아지고 있긴 하지만 단테의 경우에는 증거도 없고, 단테의 정신적 외상도 두드러지게 나타나지 않고, 피고는 결백을 주장하고."

입 안의 초콜릿을 뭉개며 말하는 인영의 목소리가 다시 의기소침해졌다.

"거짓말 탐지기는 얘기해봤어?"

"생각해보겠대. 거부하지도, 승낙하지도 않은 거야."

"판사 생각은?"

접시 위의 초콜릿들을 이리저리 훑던 나는 눈을 흡뜨고 인영을 바라보았다.

"마지막에 사용할 것 같애. 더 이상 단테에게 들을 게 없을 때."

"지금도 들을 건 없을 텐데?"

"은연중에 단테와 아는 사이라는 게 판사님을 불편하게 만들고 있어. 그쪽 변호사가 들먹이는 모양이야."

인영은 입술을 쭉 오므려 빼며 말했다. 나는 잠시 생각에 잠겼다.

"자기 생각에도 질 것 같지?"

초콜릿을 하나 집어 들던 인영은 조심스럽게 내 표정을 살폈다.

"지는 게 두려워?"

나는 그녀를 건너다보았다. 그녀는 고개를 저었다.

"지는 건 신물 나게 겪어봤으니까. 가끔은 이겨줘도 좋겠다고. 특히 단테 일은. 단테 일이 진실이다, 아니다를 떠나서 아이의 성추행 사건이 피고의 무죄로 끝이 나면 사회적으로 좋지 않을 것 같아. 또 아이를 제대로 지켜주지 못한 엄마 같은 기분도 들 것 같고."

한숨을 쉬는 인영이 초콜릿을 씹는 속도가 느려졌다.

"판사님도 그다지 능력 없는 내가 담당 검사인 게 마음에 안 드실 거야. 하지만 여자가 붙어서 피력해야 더 잘 먹힐 사건이니까 그나마 다행이라 생각하고 계신 것 같고."

눈을 내리깔며 힘없이 말하는 인영이 안쓰러웠다.

"아까 당신이 한 말 기억해? 단테의 말이 녹음기 같다는 말."

내 말에 눈이 반짝 떠진 인영이 몸을 낮추며 은밀히 속삭였다.

"역시, 거짓말이야?"

나는 그녀의 눈을 마주 보며 고개를 흔들었다. 초조해진 인영의 초콜릿 씹는 속도가 급속도로 빨라졌다.

"그렇게 씹어대서 어떻게 연애가 제대로 되겠어?"

나는 핀잔을 주며 그녀에게 눈웃음을 지었다. 그러자 그녀는 초콜릿을 씹다 만 표정으로 멍하니 나를 보았다. 또 머리 회전이 오버하려고 하나 보다.

"초콜릿은 씹는 음식이 아니야. 그리고 나한테 자기라고 하지 마."

나는 의자를 가볍게 '탁' 치며 자리에서 일어났다.

수제 초콜릿 한 상자를 더 주문해 그녀에게 선물해주고, 택시를 태워 보낸 후 사무실로 돌아오니 단테의 자료들이 이미 책상에 놓여 있었다.

"별거 없는 것 같아요."

정양은 이미 훑어본 듯 오늘 내 앞으로 온 우편물들을 건네주면서 말했다.

"피고와 면담한 기록도 있을 텐데?"

나는 건네준 우편물들을 하나씩 확인하고 모두 쓰레기통에 처넣으며 물었다.

"녹음한 걸 문서화해놨더라구요. 피고가 씨부린 욕밖에 없지만요."

정양이 서류 중 표시된 것 하나를 꺼내 위에 놓았다. 나는 그것들을 뒤적이며 훑었다.

"결백하다고 그러는군."

나는 훑어본 종이를 바닥에 떨구었다.

"안 그런 피고 봤어요?"

정양은 씨익 웃어 보이고는 방을 나갔다. 그런 그녀에게서 변호사 머리 위에 앉은 검사의 포스가 느껴졌다. 뭔가 나보다 한 수 위에 있는 것 같다. 되게 의지하고 싶다고 말하면 인영처럼 오버할까, 이 여자도?

문득 정양이 내가 인정하는 것보다 훨씬 더 능률적이고 노련하다는 생각이 들었다. 그런 그녀에게 자기도 모르는 사이 많은 걸 의지했으면서 그동안 그녀를 너무 무시하지 않았나, 때아닌 반성도 하게 되었다. 이러다 반감 서려던 여자를 급 존경하는 경지에까지 이르게 되지 않을까 염려가 되었다.

정양이 방을 나간 후 그녀가 챙겨준 문서를 훑던 나는 인터폰을 눌렀다.

"피고의 직속 사수 찾아서 연결해줘. 총괄 담당 말고, 사사로운 업무를 전담시키는 사람 말야."

[작은 주민센터에요. 그런 직책, 없을 수 있어요.]

"시골 촌구석에도 없는 직함은 없어. 분명히 위 눈치 보는 상사 때문에 그 사람 업무를 되레 자신이 할 수밖에 없었던 사수가 있을 거야. 참, 피고의 근황을 알 수 없는, 과거 그와 친분이 있었던 사람도 찾아봐."

[지금 그걸 말이라고 하세요? 근황을 알 수 없는 친분 있는 사람이라면 고향이 머나먼 경우이겠죠. 그 동네에 쭈욱 살았다면…….]

"분명히 있을 거야."

[휴, 찾아보죠.]

그녀와 대화를 끝내고 다시 단테 관련 서류를 훑고 있는데, 정양이 인터폰을 울려왔다.

[말씀하신 사수 전화번호를 알았어요. 지금은 근무 중이라 얘기하기 힘들대요. 그리고 그 사람 근황을 모를 만한 사람은 당장 찾기는 힘들겠어요. 고향이 파주래요. 고향 주소는 알아냈어요.]

"고마워. 내가 찾아가볼게. 퇴근 전에 메모 줘."

이렇게 말을 끝낸 나는 인터폰에서 손을 떼려고 했다. 그때였다.

[변호사님, 되게 활기차 보이세요.]

"그, 그래?"

서류에 눈을 두었던 나는 자못 당황했다.

[네. 그전에는 유산을 상속해주게 된 사람들의 상태랑 비슷해 보였거든요.]

내가 죽은 사람처럼 보였다고? 비록 마음속이었지만 기껏 칭찬해 마지않았는데, 욕 비슷한 말로 마무리를 짓다니.

[다음에 사장님이랑 면담하실 때 전문 부서를 바꿔보시는 게 어때요?]

"어떤 쪽으로?"

[지금 하시는 일이요.]

"응?"

[성(性) 쪽이 전문이실지 몰랐어요.]

웃음 섞인 말을 끝으로 그녀는 인터폰을 껐다. 나도 웃음이 나왔다. 그동안 나는 죽어 있었던 것일까? 누구보다 자유롭게 잘 살고 있다고 생각했었는데.

나는 다음 날 아침 일찍, 핸드폰을 하나 장만한 뒤 파주로 향했다. 메모에 적힌 주소는 파주시에서도 더 들어가는 작은 동네였다. 분명 어릴 적 친구가 한 명 정도는 남아 있을 것이다. 정미소를 한다던지, 늙은 청년 회장 노릇을 하고 있다던지. 어딜 가나 고향을 지키는 사람 하나쯤은 있지 않던가.

동네 입구에서 플라스틱 간판이 삭아 여기저기 부서져 있는 슈퍼를 발견한 나는 냉큼 안으로 들어가 생수 하나를 집어 들었다. 그리고 텔레비전을 보고 있던 슈퍼 주인 남자 앞에 자연스럽게 생수병을 내려놓고 지갑을 꺼내 들었다.

"휴, 사람 찾기 되게 힘드네."

내가 지폐를 내밀며 혼잣말처럼 투덜거리자 지폐를 받고 잔돈을 세던 슈퍼 주인이 나를 힐끔 보며 장단 맞추듯 물었다.

"누굴 찾는데 그러쇼?"

동네가 손바닥만 해서인지 제 집 사람 얘기 듣듯 바로 물어왔다.

"아, 제근 씨요. 오제근 씨. 여기 산다고 해서 일부러 찾아왔는데. 겨우 돈 갚을 만하니까 안 찾아지네요."

내가 너스레를 떨며 안타까운 표정을 짓자 슈퍼 주인은 가게 안 복도를 향해 대뜸 말했다.

"수만이 친구지, 제근이가?"

그제야 가게 안 복도 끝에 안채가 있는 걸 알았고, 몸을 기울이자 안채 문턱에 앉아 양파를 까는 아줌마를 발견할 수 있었다. 생각보다 되게 쉽다. 이래서 좁은 동네 살던 사람은 죄도 지으면 안 된다.

"그분이 여기 사는 거 맞습니까? 어디 사는지 알 수 있나요?"

나는 안도하듯 반색하며 물었다.

"제근이는 여기 이제 안 살지. 수만이랑 그놈이 연락하고 지내는지는 모르겠는데."

"그럼 수만이란 분은 어디에……."

"시내버스 정류장 매표소에서 일하고 있긴 한데."

슈퍼 주인은 경계하듯 나를 바라보았다. 괜히 말했다 싶은 얼굴 같기도 했다.

"감사합니다."

그의 찝찝함을 덜어주려 얼른 감사의 말을 건네고 슈퍼에서 나온 나는 당장 오던 길을 돌아 내비게이션으로 파주 시내버스 정류장을 찾았다.

정확히 20분 후, 내가 버스 매표소 앞에 서자 손이 두꺼운 남자가 심드렁하게 매표소 선반에 손을 걸치며 나를 돌아보았다.

"신수만 씨 되십니까?"

내 질문에 그는 내게 중요한 정보를 주던 슈퍼 주인과 마찬가지로 경계의 시선으로 나를 요리조리 훑으며 고개를 갸웃했다. 나는 그의 등 너머에 있는 시계를 보았다. 점심시간이 다 되어 있었다.

"오제근 씨를 아시죠? 제가 예전에 신세를 진 일이 있어서요. 돈을 갚아야 하는데 연락처를 잊었습니다. 동네에 갔더니 신수만 씨께서 도와주실 수 있을 거라고 하시던데요. 도와주시겠습니까?"

나는 정중하게 예의를 갖추어 물었다. 그러자 그는 말도 안 된다는 듯 되물었다.

"그 자식이 돈을?"

절대 그럴 놈이 아닌가 보다. 그는 고개를 뒤로 빼며 연신 나를 의심스러운 눈빛으로 훑어보았다.

"신세 진 것 중 일부분이라도 꼭 갚고 싶어서 그럽니다. 연락처를 알아봐주신다면 제가 사례로 점심을 사겠습니다."

나는 방긋 웃으며 말했다. 내 말에 그는 입맛을 다시며 시계를 슬쩍 돌아보았다.

그와 나는 버스 정류장 건물 맨 끝에 있는 불고기 전문 식당으로 들어갔다. 그는 업무 중임에도 뚝배기 불고기에 막걸리를 주문했다. 내가 식당 주인에게 주문하는 동안 그는 핸드폰으로 연신 전화를 걸고 연락처를 받고 또 전화를 해댔다. 그리고 막걸리가 나오자 2G 핸드폰 폴더를 덮어 테이블 위에 놓고는 막걸리를 가열차게 흔든 뒤 뚜껑을 비틀어 땄다. '피시시' 하는 거품과 함께 시큼한 냄새가 풍겨왔다.

"그 자식이 돈이 있을 놈이 아닌데 돈을 꿔줬단 말이오?"

그는 주전자에 막걸리를 쏟아부으며 여전히 내가 미덥지 않다는 표정을 지었다. 넥타이를 느슨하게 푼 나는 그의 손에서 막걸리 주전자를 빼앗아 그에게 주둥이 쪽을 예의 바르게 내밀었다. 그는 가장자리가 찌그러지고 찌든 때가 남은 양은그릇을 주전자 앞에 내밀었다. 나는 '콸콸' 소리가 나도록 막걸리를 따랐다.

"그러니까 말입니다. 어쩌다 보니 저랑 잠깐 한방에 세들어 산 적이 있거든요. 제 처지가 좀 급박했습니다. 그때 도와주셨죠."

너스레를 떤 나는 내 잔에도 막걸리를 부으며 그동안 산전수전 다 겪은 표정을 지었다. 그는 막걸리를 목구멍으로 꿀떡꿀떡 넘기며 눈동자를 굴려 내 양복을 훑었다. 이럴 줄 알았으면 구리한 걸로 입고 오는 건데. 나는 천연덕스럽게 씨익 웃었다.

“옷이 좋아 보이는데?”

“옷만 그렇습니다. 껍데기로 먹고 사는 처지라. 단벌이죠.”

나는 안쪽에 금색 실로 수놓인 ‘살바토레’가 안 보이도록 접으며 재킷을 훌훌 털어 보였다. 그는 고개를 끄덕였다.

“엄청 마음에 들었나 보네. 학교 때도 그놈아, 쫌팽이였거덩.”

말을 마친 그가 막걸리 사발을 쭉 들이켜는 순간 테이블에 올려 놓았던 그의 핸드폰이 울렸다. 얼른 전화를 받은 그의 목소리가 커졌다.

“어, 그래. 그렇다니까. 그 자식 돈 받으면 술 사라 할게. 그래……. 뭐라고?”

그가 나를 노려보았다. 나는 당황했다. 지금 그가 기소됐다는 얘기를 듣고 있는 건가? 그렇다면 어떻게 하지. 하긴 내가 변호사인 건 모를 테니 모른 척 넘어가주자. 에이, 슈퍼 주인에게 알아봐달라고 할 걸 그랬나. 일순간 머리가 복잡해졌다.

그때 갑자기 그가 나를 향해 주먹 쥔 손을 흔들었다. 나는 불안과 초조함이 꽉 찬 눈을 동그랗게 뜨며 그를 보았다. 그는 내게 인상을 찡그리며 손으로 쓰는 흉내를 냈다. 아, 필기도구. 나는 얼른 주머니에서 잽싸게 볼펜을 꺼내 그의 손에 쥐여주었다. 그는 펜을 한번 쓰윽 보고는 나를 다시 한 번 흘끔 보았다. 몽블랑이다. 좋은 펜이라는 걸 알았나? 달라고 하면 어쩌지?

그는 곧 두리번거리다 냅킨을 뽑아 마구 갈겨쓰기 시작했다.

“알았다. 그렇게 전할게.”

그는 곧 전화를 끊었다. 나는 궁금한 얼굴로 그의 안색을 살폈다.

"이놈아가, 그 자식한테 꿔준 돈이 있다네. 얼마인진 모르지만 다이렉트로 지한테 보내면 안 되겠냐고. 쳇."

젠장. 여차하면 그 자식이 꿔간 돈까지 갚게 생겼다. 나는 난처한 표정을 지었다.

"그건 그분하고 얘기를……."

"그렇지. 댁이 거래한 건 그놈이니까. 자, 여기 있수."

그는 내게 숫자가 적힌 냅킨을 내밀었다. 피고 오제근의 핸드폰 번호였다.

"감사합니다."

나는 냅킨을 두 손으로 받으며 꾸벅 인사하고는 그에게 손을 내밀었다. 펜을 움켜쥐고 있던 그는 흠칫하더니 얼른 내게 펜을 돌려주었다.

"되게 정이 많은 분 같던데. 그죠?"

나는 주인 아줌마가 방금 내온 김이 펄펄 나는 뚝배기 불고기를 내려다보며 물었다. 그러자 그는 뚝배기에 공기 밥을 술술 말며 퉁명스럽게 말했다.

"정? 그런 놈이었나? 내가 기억하는 그놈은 요런 놈이었수."

빈 공기를 내려놓던 그는 곁에 있는 찌그러진 막걸리 그릇을 가리켰다.

"네?"

내 반문에 밥을 떠 입에 넣으려던 그가 인상을 찡그렸다.

"왜 있잖아. 단체 사진 찍으면 구석이나 밑줄 어딘가에 꾸부정하게 있는 놈. 자세히 안 보면 그런 놈들은 그냥 그림자처럼 보이지."

말을 마친 그는 밥이 수북한 수저를 냉큼 입에 넣었다. 나도 공기 밥을 뚝배기에 절반 정도 말아 뭉갰다.

"왠지 음침하고, 말도 잘 못하고, 우리끼리 돌려 보던 여자 사진도 제대로 쳐다보지 못하던."

"그러셨나요? 하하, 그분 지금은 결혼은 하셨는지 궁금하네요. 여자 친구는 있으셨는데."

내 물음에 그가 '캑!' 소리를 냈고 삼키던 밥이 도로 넘어온 듯 다시 씹었다.

"그게 정말이유?"

나는 밥을 뜨려던 동작을 멈추고 내 말을 신기해하는 그를 주시했다.

"그 자식, 내가 군대 가기 전까지 봤는데, 씹도 못하는 놈 같던데. 여자 경험이 전무한 놈이 분명했거든."

그는 의아하다는 듯 고개를 갸웃하더니 곧 음흉하게 키득거리며 다시 숟가락을 떴다.

식사를 마치고 그와 함께 식당을 나선 나는 다시 한 번 그에게 정중하게 고맙다고 인사했다.

"그까짓 거 갖고. 점심 잘 먹었수."

막걸리에 기운이 솟아난 그는 기분이 엄청 좋은지 웃는 얼굴로 손을 휘휘 저으며 매표소를 향해 걸음을 옮겼다. 그가 멀어져가는 것을 지켜보던 나는 주머니에서 전화번호가 적힌 냅킨을 꺼내 들었다. 그리고 그것을 반으로 접어 입을 닦은 후, 건너편에 있는 공공 쓰레기통 한가운데로 골인시켰다.

저녁 시간, 시끄러운 일본식 주점에서 만난 피고의 동료는 처음부터 나를 떨떠름하게 바라보았다.

"음해하라거나 구린 걸 집어내는 거라면 싫소. 사람을 궁지에 모는 짓은 하고 싶지 않소이다."

그는 내가 시킨 따끈한 사케를 종지만 한 잔에 콸콸 부어 단숨에 들이켰다. 오후에 봤던 피고의 동창과는 반대로 내게 엄청 비협조적인 사람이었다.

"그렇지 않습니다. 단지 그 사람이 하던 일이 궁금해서 그럽니다."

나는 그가 제 잔에 술을 따르려는 것을 얼른 빼앗아 따라주었다. 그는 못마땅한 눈빛으로 나를 힐긋 보았다.

"그런 건 저번에 이미 조사해 갔는데?"

"너무 두루뭉술해서요. 그리고 직원들 간의 친분 관계 같은 건 없더라구요."

내가 말하는 사이 안주로 시킨 알탕 뚝배기가 용광로처럼 펄펄 끓으며 나왔다. 아무거나 시키라는 그의 말에 고심하다 시키기는 했으나 그의 취향에 맞는지 궁금했다.

"식사 전인데. 공기 밥 하나 시켜도 되겠소?"

알탕을 자세히 들여다보던 그가 물었다.

"그러시죠. 사실은 저도 배가 고프던 참입니다."

나는 냉큼 웨이터에게 공기 밥을 주문했다. 하루 두 끼를 그 자식과 연관된 사람과 먹다니. 내 앞에 앉은 그는 공기 밥을 다 먹고 술값을 낼 나한테는 묻지도 않고 공기 밥을 하나 더 시켜 싹싹 긁어 먹었다. 나는 공기 밥 한 그릇을 더한 가치만큼 내가 알고 싶은 것을 그가 말해주길 고대할 뿐이었다. 밥과 함께 안주로 시킨 알탕까지 바닥낸 그는 이쑤시개로 이를 끄적였다.

"난 원래 맥주 마시는데."

그래? 원한다면. 나는 3분의 2나 남은 사케를 내 쪽으로 당겨두고 병맥주를 시켜주었다. 맥주와 어울리는 마른안주도 추가로 시켰다. 내가 빈 잔에 맥주를 따라주려 하자 그는 손을 내저으며 제 손으로 맥주를 따라 벌컥벌컥 마셨다. 그 자식과의 의리랍시고 밥이나 얻어 먹고 가려는 수작일까? 나의 주먹이 테이블에서 불끈하는 찰나였다.

"애들 있소?"

그는 트림을 그윽하게 뱉고는 불쑥 물었다. 순간 나는 있다고 해야 할지 없다고 해야 할지 헷갈렸다.

"미혼입니다."

몰랐던 아이가 있긴 했지만 법적으로는 그게 맞으니까.

"난 셋 있소."

그러신가? 그럼 애들에겐 술 대신 음료수를 사서 보내주어야 하나?

"그놈은 봉사 활동하는 학생들한테 주고 남은 간식을 관리했지. 아무도 맡기지 않았는데 그 자식이 항상 챙겼소."

그건 인영이 가지고 있는 자료에서 보았다.

"항상 남았지."

나는 고개를 끄덕이며 숙제로 남은 사케를 내 잔에 따랐다.

"남으면 좀 달라고 했지만 그 자식은 일언지하에 거절했소."

그는 또 빈 잔에 맥주를 따라 벌컥벌컥 마셨다. 그리고 '크아' 하고 시원하게 뱉고는 말을 이었다.

"문서화라는 게 그렇소. 숫자는 더욱 그렇지. 일일이 세지 못하는 건 아무렇게나 써도 위에선 읽어보지도 않는다는 거야. 간식이 남으면 그 다음엔 줄여야 되는 거 아니겠소? 하지만 그딴 건 보고도 되지 않소. 그 자식 빈속 채워주고 있는 거였다고."

말하다 흥분한 그는 얼굴 근육을 뒤틀었다.

"그렇군요."

나는 말하기 수월하도록 박자를 맞춰주는 데 최선을 다했다.

"맨날 그렇게 남은 간식들을 죄다 혼자 처먹는지 알 수가 없어. 아님 슈퍼에 싼 값에 넘기나……? 그놈 봤소?"

"네."

사실 못 봤다. 내 일에 힘겨워 그를 볼 겨를이 없었다. 내 아들에게 찝쩍댄 더러운 놈 면상을 곧 볼 계획이긴 하다.

"그 삐쩍 마르고 쬐깐한 놈은 먹어도 살도 안 찌나? 남는 우유도, 빵도 족히 10개는 넘어 보이는데 아무한테도 주지 않더라구. 쳇."

나는 불필요한 얘기에서 벗어나고자 화제를 바꾸었다.

"같이 술자리 해보셨습니까?"

"그 자식 주량을 묻는 거라면 소주 반병에 맥주 한 병 정도요. 취하게 마시지도 않더라구."

그러면서 그는 다시 잔에 맥주를 부었다. 나는 웨이터에게 맥주를 한 병 더 주문했다.

"그럼 2차나 3차 가보지 않으셨나요?"

"이런 데 가봤냐고?"

그는 음흉하게 웃으며 새끼손가락을 펴 흔들어 보였다. 취했는지 콧잔등이 빨갰다. 내 말 때문에 거기에 가고 싶은 마음이 동했는지도 모르겠다.

"내가 알기로 그놈은 절대 그런 데 가서 돈 쓰는 놈이 아니오. 여자들한테 관심도 없어 보이고."

그 말이 피고의 동창이 한 말과 비슷하게 와 닿아서 흥미로웠다.

"그런 단체에는 꼭 한두 명씩 괜찮은 여직원들이 있지 않나요? 그런 여자분들한테 시선을 주진 않았나요?"

나는 여담하듯 물으며 사케 잔을 비웠다.

"뭐, 썩 괜찮은 직원들한테는 생글거리기는 합디다. 그래도 제 주제는 아는지 데이트 신청도 없고 점심 식사 때 마주 앉지도 않더라구. 그래서 여자들한테는 순진한 놈으로 통하나 보더군."

오제근에 대한 평판이 상당히 고깝다는 투였다.

"선생님이 보시기엔 순진해 보이지 않았습니까?"

"흥. 내 눈에는 좆이 팽이버섯만 한 놈으로밖에 안 보입디다. 그런 놈이 무슨 여자를."

"보시고 하시는 말씀이세요?"

나는 피식 웃었다. 그러자 그는 이죽거리듯 말했다.

"그 자식은 남자 목욕탕에서도 팬티 입고 탕 안에 들어가는 놈입니다."

"진짜요?"

"여자들도 목욕탕에서 그러는지 모르겠지만 딱 하는 짓이 계집애 같았단 말입니다."

늦은 시각, 바에서 만난 인영은 내 말에 입이 딱 벌어졌다.

"여자들도 목욕탕에서는 안 그래. 목욕탕 주인들이 싫어하거든.

팬티 입고 돌아다니는 사람은 목욕 관리사밖에 없다고."

"남자들도 그래."

나는 끄덕이며 생맥주 잔을 들었다.

"가끔 음모가 너무 없는 노인들이 수건으로 가리고 다니곤 하지."

"남자들도 그래."

나의 건조한 말투에 인영은 테이블에 팔짱을 걸치며 내 쪽으로 당겨 앉았다.

"그런데 뭐가 궁금해?"

"피고 나이가 서른여덟이야. 미혼이고. 그 사람 고등학교 동창을 만났는데."

"당신이? 왜?"

납득이 안 간다는 듯한 반응이었다.

"궁금해졌어. 당신을 도와주고도 싶고."

나는 대충 얼버무렸다. 그러자 그녀의 눈이 가늘어졌다.

"내게 호의 베푸는 거야? 관심 있다는 표시라고 이해해도 돼?"

그녀는 고혹적인 미소를 지어 보였다.

"관둬. 내 말이나 들어."

나는 그녀의 시선을 무시했다.

"전에 다니던 주민센터에도 물어봤더니 사귀는 여자가 있는 걸 본 적이 없대."

내 말에 그녀는 고개를 갸웃했고, 나는 피곤한 목소리로 말을 이었다.

"여자들은 20대에도 수녀처럼 살 수 있지만 남자들은 불가능하지. 다른 데서라도 해소를 한다고. 그런데 그 자식은 윤락가도 찾지 않는 스타일이야."

그녀는 무거운 생맥주 잔을 힘겹게 들어 입에 대며 물었다.

"그래서?"

"오늘 만난 사람 말로는 그 사람이 자기 물건에 대해 자신이 없어 보이는 것 같았어."

나는 손가락으로 내 아래를 가리켜 보였다.

"하지만 수염은 났지."

인영의 이마가 쭈글쭈글하게 구겨졌다.

"성욕은 있으나 풀기 힘든 사람이야. 그런 사람들이 찾는 건."

"약한 상대……."

인영은 역겨운 듯 맥주잔을 내려놓고 목구멍을 실룩거렸다.

"그래서 어린애들이 표적이 된다는 건, 이제 대한민국 사람들 모두가 아는 상식이 됐잖아."

"단테의 말이 전혀 터무니없는 건 아니구나?"

인영은 힘겹게 나를 바라보았다. 나는 평정심을 찾으려 심호흡을 했다. 단테가 그 자식에게 당하는 상상만 해도 항문부터 뒤집히는 기분이었다.

"하지만 자기나 나나, 단테의 말에 진실성은 없어 보였잖아."

"하지만 그 자식이 구린 구석이 있다는 것도 우리가 느낀 거잖아."

나의 강한 어조에 인영은 수긍하는 표정을 지었다.

"거짓말 탐지기를 해보자고 다시 우겨볼까?"

"이봐, 검사 선생. 거짓말 탐지기가 명약은 아니야. 단테가 먼저 걸리면 재미없다고. 걔가 아무리 연습을 했다 해도 어린애야. 개구리 탈 쓴 애한테 지킬 박사와 하이드 연극을 바라긴 힘들어. 당사자를 찾아야지."
"당사자?"
"아직도 모르겠어? 단테는 당하지 않은 것 같지만 피고 그 자식은 구린 데가 있어. 그럼 누가 당했을까?"
"그게 누군데?"
테이블을 덮칠 기세로 내게 몸을 디민 그녀는 내 멱살을 잡을 것처럼 얼굴을 들이대고 물었다.
"그건 단테에게 물어야지."
나는 그녀를 피해 몸을 뒤로 빼며 대답했다.
"말할까? 지금도 제가 당한 걸로 말하고 있는데?"
단테에 대한 인영의 신뢰도가 영 좋지 않은 것 같다.
"말하게 만들어야지."
"할 수 있어?"
인영의 눈이 커다래졌다. 내 말에 반응하는 몸짓과 표정들이 만화에 나오는 여자를 닮은 것 같다는 생각에 나도 모르게 웃음이 새어 나왔다.
"연수원에서 이런 황당한 모습을 보여줬으면 절대 당신이랑 연수원 화장실에 안 갔어."
"말 돌리지 마. 할 수 있냐고 묻잖아?"
그녀가 이번엔 정말 내 멱살을 잡았다. 사람들이 우릴 이상하게 보자 그녀는 얼른 멱살을 잡았던 손을 풀었다.
"구슬려야지."
민망해진 나는 넥타이를 고쳐 매며 헛기침을 했다.
"당신이 나보다 낫네."

그녀는 의기소침하게 말했다. 그제야 나는 쪼끔 미안해졌다.
"그러지 마."
나는 작게 한숨을 쉬었다.
"개인적인 호기심일 뿐이야. 도와주면 좋잖아."
나는 가슴에 손을 얹고 진심을 담은 척 말했다.
"애한테 겁은 주지 마."
그녀는 나를 보며 주의 주듯 말했다. 내 기에 단테가 눌릴까 걱정되나 보다. 설마 내가 내 아들한테?

대리운전을 불러 아파트에 도착했다. 술에 취하진 않았지만 느적느적 차에서 내린 나는 대리운전 기사에게 금액을 지불하고 차 열쇠를 받았다. 정말 피곤한 하루였다. 아직 낯선 새 차의 열쇠를 주머니에 넣고 나는 발을 끌듯 엘리베이터로 향했다.
비리리링-.
주머니에서 핸드폰이 몸을 떨며 울었다. 인영인가? 가다 또 뭔가 말할 거리라도 떠오른 거야? 나는 다소 귀찮은 표정으로 핸드폰을 꺼내 들었다. 그런데 뜻밖에도 그 재벌 노인이었다.
"여보세요."
피곤했지만 쌩쌩한 척 전화를 받았다.
[어디시오.]
멀리 나와 있다고 하고 싶었다. 지금 당장 침대로 뛰어들지 않으면 그대로 기절할 것만 같았다.
"아파트에 들어가려던 참입니다."
왜 이 사람한텐 거짓말을 할 수 없을까.

[잘됐군. 단란 주점으로 오게.]

뚝-.

짧게 말한 그는 전화를 끊었다. 나는 한숨을 쉬며 아파트 입구를 돌아보았다. 단란 주점? 또 그 단란 주점? 이 노인네, 단란한 건 되게 좋아하나 보네. 거지 같은 자식들하고나 단란하게 지내지.

분리될 것 같은 몸뚱이를 질질 끌고 단란 주점에 들어서자 안내 데스크에는 아무도 없었다. 몇 개의 방에서 동시다발적으로 음악이 흘러나오고 있는 것으로 보아 손님의 호출을 받은 모양이다. 나는 혹시나 하고 지난번 그 방에 가보았다. 역시나 노인이 홀로 앉아 음악을 틀어놓고 소주잔을 기울이고 있었다.

나는 옷매무새를 다듬고 방문을 노크했다. 그리고 문을 밀고 안으로 들어갔다. 경음악이 구성지게 나를 반겼다. 이 노래, 지난번 그 노래 같은데 제목이 뭐더라? 화면에서 가사가 지나갔지만 트로트 가사는 잘 음미하지 않았던 까닭에 감이 잡히지 않았다.

나는 노인에게 인사하고 건너편에 앉았다. 마침 노인의 잔이 비어 있기에 나는 소주병을 들어 노인의 잔을 채워주었다. 그리고 내 잔을 채우려는데 노인이 술병을 빼앗았다. 그가 술병을 내게 기울이는 것을 보고 나는 급히 잔을 들었다. 잔을 채워준 노인은 역시 혼자 잔을 비웠고, 나는 몸을 비틀어 소주를 한 모금 마셨다. 피로한 몸이 알코올을 흡수하니 그야말로 약 탄 물을 스펀지가 흡수하는 것 같았다. 금방 노곤해지고 뇌까지 흐물흐물해지는 것 같았다.

툭-.

노인은 내 앞에 서류 봉투를 던져주었다. 지난번보다 묵직했다.

"내 전 재산이네. 잘 가지고 있게."

시신경까지 느슨해져 하마터면 또 눈알이 튀어나갈 뻔했다.

"이걸 왜 제게……."

"안에 보면 따로 묶은 봉투가 있을 걸세."

내 물음에는 아랑곳하지 않는 그의 말에 나는 봉투를 조심스럽게 열어보았다. 작은 봉투 하나가 따로 들어 있었다.

"남해에 있는 땅이야. 펜션 단지 부지로 사놨던 건데."

말의 뉘앙스가 불길했다.

"지난번처럼 사회 환원 절차를 밟아주게."

성질 나 못해먹겠다. 내 재산은 아니지만 이렇게 야금야금 제 재산을 소각시키려는 듯한 이 노인네의 행동이 도무지 이해가 되지 않았다.

"자제분들이 또 미션 실패하셨습니까?"

내 말투에 가시가 슬쩍 돋아나고 말았다.

"흥. 잘 아는군."

그는 코웃음을 치며 잔을 비웠다.

"나머지도 다 이렇게 하실 참이십니까?"

"글쎄. 그것까지 생각해보진 않았지만 그놈들이 계속 거슬리게 군다면 나도 어쩔 수 없지. 내 자식이라고는 하나 어차피 내 돈에 눈이 멀어 똘똘 뭉친 패 아니겠나. 내 돈이 없다면 그 패 또한 없어질 테지."

"그럼 함께 사시는 그분이 받을 몫은……."

"그건 자네가 신경 쓸 부분이 아닐 텐데?"

노인의 날카로운 눈꼬리가 내 얼굴에 꽂혔다. 그래, 맞다. 어차피 내 돈도 아니니 내가 간섭할 일은 아니었다. 이 노인의 자식이란 인간들만 불쌍할 뿐이지. 하긴, 그 둘째란 작자는 정말 피눈물 좀 흘렸으면 좋겠다.

"알겠습니다."

나는 노인이 준 서류 봉투를 단단히 여몄다. 오늘은 내가 먼저 일어나고 싶었다. 그가 먼저 나가고 다음 차례를 기다리다가는 여기서 진짜 그냥 자버릴 것만 같았다.

"그럼 유언……."

"더 마시고 오게. 난 그만 가보겠네."

도대체 유언장 고치는 일은 언제 하려고 하는 거지? 그것만 확실히 답을 얻고 나가려 했는데 노인네가 또 선수 치고 말았다.

"유언장은 대체 언제……."

그만 울컥해서 자리에서 따라 일어나며 가슴에 담겼던 투로 내뱉고 말았다. 그러자 그는 퉁명스럽게 말했다.

"내가 머지않아 죽을지도 모르지만 그게 오늘내일은 아닐 걸세. 그렇지 않나?"

그걸 내가 어떻게 장담하느냐고 되묻고 싶었지만 분명 무시당할 메아리가 될 것 같아 입을 다물었다. 문 앞에 멈춰 서서 자신의 수명에 대해 내게 충고하듯 말한 그는 이내 방을 나갔다. 밖의 소음이 일순간 들어왔다 사라졌다.

나는 음악이 흐르는 텅 빈 방 안에 홀로 남았다. 소주는 아직 반 병이 남았고 안주는 역시 그대로였다. 지난번에 먹어봐서 맛도 없다는 걸 안다. 도대체 저 노인은 이런 허름하고 안주도 맛없는 주점으로 왜 자꾸 오는 거야!

PIECE 12

# 시체 같았던 내 인생

"일어나세요."

쇳소리 섞인 여자의 때아닌 모닝콜에 눈이 떠졌다. 나는 낯선 목소리에 기겁하며 눈을 떴다. 그제야 내가 노인을 만났던 방, 앉았던 자리에서 그대로 몸을 누인 채 잠들었다는 걸 깨달았다. 나는 급히 서류봉투를 찾았다. 그러다 내 품에 단단히 여며져 있다는 걸 알았다. 어떻게 잠들었는지 기억나진 않지만 그 와중에 이건 꼭 안고 잤나 보다.

"몇 시죠?"

나는 머리카락을 넘기며 당황스럽게 물었다.

"새벽 4시요."

주인으로 보이는 테이블을 치우던 여자는 식다 못해 뻣뻣해진 안주 하나를 입에 넣고 질겅질겅 씹으며 말했다.

"수고하십쇼."

나는 그녀의 엉덩이에 대고 정중하게 인사한 뒤 단란 주점을 나왔다. 길거리는 그야말로 적막강산이었다. 때때로 다니는 차가 없었다면 아마도 인류의 마지막 날처럼 느껴졌을 것이다. 인류의 마지막 날 단란 주점 여주인과 함께라니.

나는 집에 도착하자마자 소파에서 몇 시간 눈을 붙이고 출근 시간이 다 되어 샤워를 하고 로펌으로 출근했다.

"사회 환원 절차 한 번 더 밟아야겠어."

정양의 책상을 지나치며 그녀에게 노인이 남해 펜션 단지 부지로 사놓았다는 땅문서를 건네주었다.

"또요? 설마……."

"맞아."

나는 피곤하다는 듯 고개를 끄덕이고는 내 방으로 들어가 노인이 준, 그의 전 재산이라는 문서 꾸러미를 책상 아래 금고에 처넣었다. 도대체 재산이 어느 정도인지 확인하고 싶었지만 그러면 세상 살맛이 안 나던가, 세상 살맛이 나게 노인에게 뭔 짓을 할지도 모르겠단 생각이 들까봐 무서웠다.

금고를 잠그고 책상 앞에 앉은 나는 소니에게 전화를 걸었다.

"단테 아버님, 조윤건입니다."

인사하는 목소리를 착잡하게 하고 싶지 않은데 자꾸 울대가 가라앉았다.

[안녕하셨어요.]

그는 웃으면서 전화를 받았다.

"오늘 뵐 수 있을까요? 드릴 말씀이 있는데요."

[그래요? 그럼 집으로 오시겠어요?]

집? 설마 은제랑 살았던 그 집? 나는 머뭇거려졌다. 그녀는 지금 그 집에 없지만 그래도 그 집에 그녀의 숨결이나 흔적이 남아 있다고 생각하니 벌써부터 심장이 떨려왔다.

[단테를 혼자 집에 둘 수 없어서요.]

"그렇군요. 그럼 댁으로 찾아뵙겠습니다."

그와 인사를 하고 전화를 끊은 후 나는 욱신거림과 떨림이 한꺼번에 일어나고 있는 심장을 손바닥으로 지그시 눌렀다.

그러지 않으려고 단단히 노력했는데, 단테의 집에 들어선 나는 나도 모르게 집 안을 둘러보게 되었다. 미향의 집에 갔을 때처럼 은제의 흔적을 발견하기 위한 내 무의식적인 행동이 펼쳐지고 만 것이다. 그런 나를 소니가 이해한다는 눈빛으로 바라보고 있다는 걸 깨닫는 순간 계면쩍어진 나는 황급히 집을 칭찬했다.

"집이 깨끗하고 예쁘네요. 보모분이 집도 살펴주셨나요?"

나는 아무렇지 않은 듯 그를 돌아보았다. 그는 눈웃음을 지으며 부드럽게 말했다.

"네. 인테리어는 아내가 직접 꾸민 거예요."

순간 경직된 내 표정을 그가 못 봤기를 바란다.

"남들은 아내가 죽으면 아내 생각이 나서 일부러 바꾼다고들 하는데 전 그러고 싶지 않더라구요. 여길 바꾸면 아내도 집에서 지워지지 않을까 하는……."

드라마를 보면 모두 이렇게들 말하지. 하지만 오늘은 그 식상한 말을 하는 그가 부러웠다.

"단테를 부를까요? 지금 옆집 친구가 새 게임기 샀다고 해서 잠깐 갔거든요."

"잘됐네요. 단테를 만나기 전에, 소니 씨께 할 말이 있었거든요."

나는 소니에게 내가 직감한 것에 대해 간략하게 설명해주었다. 내 얘기를 다 들은 소니는 놀라 벌어진 입을 손으로 막은 채 한참 멍하니 있더니 곧 다행이라는 표정을 지었다. 단테가 당한 일이 아닐 거라는 것에는 나도 동감하는 바이다.

친구 집에 간 단테가 소니의 호출로 집으로 돌아왔고, 나를 보자 반가워했다. 반가워해줘서 눈물 날 뻔했다. 와도 그만, 안 봐도 그만인 사람은 아니라는 걸 테니까.

바깥 날씨가 좋아 단테와 나는 거실 밖 발코니에 주스를 놓고 마주 앉았다.

"거짓말하면 지옥 간다는 말 알지?"

나는 무표정한 얼굴로 단테에게 말했다. 인영은 단테에게 겁주지 말라고 경고했다. 그래서 그러지 않았다. 얘가 정말 지옥 갈지도 모른다고 울 애는 아니니까.

"그 지옥에 변호사가 제일 많다는 걸 아저씬 아세요?"

단테는 오히려 내게 겁을 주었다. 나는 발바닥이 지옥 불에 데인 양 놀라 발을 들었다.

"변호사 직업에 대해 검색해봤더니 누가 그렇게 말하더라구요."

말문 막히게 만드는 데는 타고난 놈이다. 누구처럼.

열린 창 너머에서는 소니가 신문을 펴 들고 이쪽을 넌지시 보고 있었다. 감시의 눈빛이 아니라 단테가 무슨 말을 할지 궁금해 미치겠다는 얼굴이었다.

"단테야, 난 네 말이 거짓말이 아니라는 걸 믿는다."

나는 부드럽게 말하며 탁자 위에 멍하게 놓인 그 애의 오른손을 내려다보았다. 내가 지금 이 애의 손을 잡으면 안에서 보고 있던 소니는 무슨 생각을 할까. 내가 이 아이를 되찾겠다는 마음을 먹기 시작했다고 생각할까? 물론 아니지만 정말 그럴지도 모른다는 생각이 아주 안 드는 것도 아니었다.

"내가 당한 일이 아니라면서요."

단테는 곧난 얼굴로 내 시선을 외면했다. 나는 잠시 물끄러미 그 애를 바라보았다. 서운함이 가득한 시선을 창밖으로 돌리고 있던 단테는 내 침묵이 의아했는지 고개를 돌려 나와 눈을 마주쳤다. 나는 빙긋 웃었다.

"좋아. 여기서 멈추자. 네 후견인 그만둘게. 사실 그럴 명목도 충분히 있어. 네 아버지가 돌아오셨으니까."

"아저씨가 우리 아빠 대신이었어요?"

순간 눈에 압력이 들어가는 건 왜일까? 갑자기 울대가 일렁이면서, 나를 바라보는 그 애의 눈에 내가 그냥 아저씨로 보이는 것이 억울하다는 생각이 드는 건 왜일까?

"엄밀히 말하면 보모 아줌마 대신이었지."

나는 빼근해지는 목구멍을 겨우 가다듬으며 말했다.

"아줌마 보고 싶다."

단테는 갑자기 한숨을 쉬며 말했다. 어쩌면 내게 결석이 생겼다며 나타난 그녀는 단테에게 엄마 대신일지도 모른다. 이 집에 여자라곤 결석이 있는 나이 든 그녀뿐이었을 테니까.

"밤마다 거르지 않고 내가 잠들 때까지 옆에 계셔주셨어요. 제가 자다가 헛소리를 잘했거든요."

다시 심장이 멈추는 것 같았다. 나 역시 고아원에 있을 때 원장님은 같은 이유로 나를 신경정신과에 데려간 적이 있기 때문이었다. 심리적 원인이 있는 건 아닐까 하고.

"네 헛소리를 들은 적 있니?"

소니가 내 얼굴을 보지 말았으면 좋겠다. 지금 말하고 있는 나는, 또 다른 나를 보는 듯 감격적이고도 애잔한 표정일 테니까.

"설마요."

단테가 손가락으로 탁자 모서리를 꾹꾹 누르며 픽 웃었다. 나는 내 앞의 탁자 모서리를 내려다보았다. 거기도 작은 손톱자국이 이리저리 나 있었다. 그리고 그 옆에도. 이 탁자에 앉는 이 아이의 습관인가 보다.

나는 멋쩍게 손가락을 들어 그 손톱자국에 대보려다 화들짝 놀라 손을 거두었다. 그러면서 왜 또 소니를 돌아보았는지. 소니는 신문에 집중해 있었다. 지금까지 이쪽을 보다 화들짝 놀라는 내 모습에 얼른 시선을 돌린 것일까.

의자에 바늘이라도 꽂혀 있는 것처럼 자꾸 엉덩이가 들썩거렸다. 이 집에 괜히 왔다. 이 집에 온 이후로 계속 소니에게 들켜선 안 될 얼굴만 하게 된다. 내가 원래 이런 놈이 아닌데.

나는 단테를 향해 옅은 미소를 지으며 낮은 목소리로 제안했다.

"단테야, 우리 바람 좀 쐴래?"

"그래요."

단테는 제 아버지에게 묻지도 않고 선뜻 대답하며 의자에서 내려섰다. 그러고는 발코니 문을 열고 거실에 있는 소니에게 명랑하게 말했다.

"아빠, 나 아저씨랑 동네 한 바퀴 하고 올게요."

동네 한 바퀴. 두 사람 사이의 암호 같은 건가 보다. 부럽군.

맑은 아이였다. 나처럼 눈치 보며 자라지 않은 것이 정말 고마웠다.

소니는 신문을 접고 자리에서 일어나 푸근한 표정으로 나를 바라보았다.

"납치의 뜻은 없습니다."

내 말에 단테는 나를 올려다보며 키득 웃었다. 단테에게는 농담이겠지만 소니에게는 맹세였다. 소니는 눈썹을 으쓱이며 입술을 꾹 다물더니 이내 미소를 지었다.

"단테와 제가 하는 동네 한 바퀴 코스에는 생과일 주스 가게가 있습니다. 잔돈 있으세요? 거긴 카드가 안 돼요."

소니는 주머니를 뒤지며 내게 다가왔다.

"잔돈은 저도 있습니다."

내가 빙긋 웃으며 말하자 소니는 뒤적이던 손을 멈추고 다시 나를 부드럽게 바라보았다.

"저녁은 와서 함께하시죠."

그는 나를 향해 미소 지었다. 제발. 그의 미소는 나에게 크립토나이트(슈퍼맨을 무력화하는 물질) 같은 느낌이다. 나는 슈퍼맨이 아니지만 의지력을 상실하고 말기 때문이다. 정말 아이를 욕심내면 안 될까 하는 욕심의 의지력.

소니의 집에서 나온 나는 바로 보이는 편의점에 가서 돈을 찾았다. 돈을 찾으며 곁에 서 있는 단테를 힐긋 보았지만 단테는 내게 왜 잔돈이 있다고 해놓고 또 돈을 찾는지 묻지 않았다.

"우리 집 공기가 나빠요?"

편의점을 나선 뒤 앞장서서 걷던 단테는 나를 향해 돌아서서 뒷걸음치며 물었다. 나는 주변 경관을 둘러보며 심드렁하게 대답했다.

"아니."

"그런데 왜 산책해요?"

"내가 네 후견인을 그만두면 이젠 이 동네는 오지 못할 테니까.

사실 난 빌딩 숲에서만 살아서 이런 주택가가 어떻게 생겼는지 전부터 궁금했거든."

이건 진짜였다. 이런 주택가는 입구에서부터 함께 모인 가족들의 웃음소리가 들려올까봐 겁이 나 빙 돌아다니곤 했다. 마치 내가 범접해선 안 되는 천국의 구역 같은 느낌이랄까.

"주소만 치면 인터넷에서 동네 골목도 자세히 보여주던데."

검색도 하고, 길도 찾고, 컴퓨터가 친구인가 보다.

"물론 그런 사진엔 지나가던 사람들도 있고, 모퉁이에 떨어져 있는 동네 186번째 돌멩이도 있겠지. 하지만 동네 공기는 없더라. 그래서 사람들이 발품을 팔며 산책을 하는 걸걸?"

나는 산 너머로 햇살이 점점 사라지며 산란하는 투명한 남색 공기를 깊게 들이마셨다. 폐가 빵빵해지니 신기하게도 몸이 가벼워졌다. 나는 무의식적으로 팔을 뻗다 나도 모르게 단테의 정수리를 쓰다듬었다. 그 순간 깜짝 놀랐다. 병원에서의 의식적인 행동 이후, 이 자식과의 스킨십이 처음이었던 것이다. 놀란 나는 얼른 단테의 정수리에서 손을 떼고 뒤를 돌아보았다. 소니가 보고 있는 건 아닌지 괜히 제 발 저려서.

"아빠와 난 주스 마시려고 산책해요."

단테는 팔을 앞뒤로 나란히 흔들며 걸었다.

"비싼 주스 마시잖아?"

"그래도 생과일주스랑은 차원이 달라요. 우리 집엔 믹서도 있고, 과일도 있지만 아무도 믹서를 쓸 줄 몰라요. 그래서 보모 아줌마 휴가 동안에는 산책 겸 생과일주스 가게에 가서 주스 마시고 와요."

나는 아주 잠깐, 단테와 운동복 차림으로 동네를 어슬렁거리며,

아직 가본 적 없는 주스 가게로 가는 내 모습을 그려보았다. 나와 나란히 걷던 단테가 불쑥 내 팔에 매달리고, 나는 그 애를 그네 태워주다 팔이 빠진 것처럼 아픈 척한다. 단테가 걱정하면 나는 '메롱' 하고 뛰어가고, 단테는 억울해하며 나를 따라잡겠지…….

갑자기 눈가가 뜨거워졌다. 나는 서둘러 단테 반대쪽으로 고개를 돌리며 눈에 힘을 주었다. 이런, 젠장.

"그러면 우리 그만 만나요?"

반 발짝 앞서 걷던 단테는 나를 돌아보았다. 고개를 돌렸던 나는 활짝 웃으며 아무렇지 않게 그 애를 보았다. 미향이나 인영이 본다면 이런 나를 이상한 사람 취급하겠지. 갑자기 활짝 웃다니. 하지만 단테는 그러지 않고 나와 마주 웃었다.

"아저씨네 집 거실에 있던 몬드리아니 그림, 이젠 못 보나요?"

"그 그림이 그렇게 마음에 들었니?"

내가 단박에 마음에 들어 지르듯 구입한 그림이었다. 그림 취향도 통하다니. 이것도 유전자의 신비인가.

"책에서 보던 몬드리아니 그림이 아니어서 놀랐어요. 몬드리아니 그림은 항상 네모에 빨강, 노랑, 파란색이 채워져 있어서 그림 되게 못 그리는 색맹인 줄 알았는데, 아저씨네서 보고 알았어요. 그 사람도 화가 맞구나. 게다가 내 마음에 드는 화가였잖아요."

"그럼 다음에 가져다줄게."

"진짜요?"

신이 난 단테는 제자리에서 펄쩍펄쩍 뛰었다.

"그래."

내 얼굴에 미소가 번졌다. 이 자식을 기쁘게 해줄 수 있다면 뭐든

할 것만 같다.

"그거 되게 비싸지 않아요?"

"모조야. 커스텀 급이기는 하지만."

"그게 뭔 소리예요?"

"비싼 모조라고."

"그래도 가짜잖아요."

조금 실망한 얼굴이다. 그렇다고 거짓말할 순 없었다. 자기 집에 진짜 몬드리아니 그림이 있다고 했다가 창피를 당할지도 모르잖은가. 이 아이는 누구에게도 놀림감이 되지 않았으면 좋겠다. 그건 유전자적인 아버지를 절대 닮지 않았으면 좋겠다.

"그렇지."

"어쨌든 고마워요."

단테는 내 손을 잡고 흔들었다. 그런 그 애를 보면서 내가 할 수 있는 일이라곤 미소 짓는 것밖에 없었다. 문득 내 얼굴에 띤 미소가 어쩐지 소니가 짓는 미소와 닮았을 거라는 생각이 들었다. 내가 소니를 보았을 때 느꼈던 것처럼 내 기분이 부드럽고 온화해졌기 때문일 것이다.

"저기, 있잖아요."

내 손을 잡고 신 나게 흔들던 단테는 갑자기 고개를 떨구며 조용히 말했다. 나는 자세를 낮추어 단테를 바라보았다. 단테는 숙였던 고개를 들어 나의 눈을 응시했다. 우리는 아주 잠깐 서로의 눈을 마주 보았다. 가는 햇살이 산란하는 등 뒤의 하늘을 배경으로 아이를 보고 있는 내 모습이 단테의 눈동자에 그대로 비쳤다. 내가 이런 모습으로 보았다는 걸 이 아이는 나중에 기억해줄까?

나도 모르게 다시 눈가가 뜨거워졌지만 단테가 말없이 내 손을 끌고 가버려 다행히 충혈된 내 눈을 그 애에게 보이지 않을 수 있었다.

단테가 나를 끌고 간 곳은 단테 동네의 주민센터였다. 그 몹쓸 자식이 일하던 곳. 퇴근 시간이 얼마 남지 않은 주민센터는 한적했다. 단테는 시계를 보았다.

"여기가 추억의 장소는 아니겠지?"

나는 다소 실망스러운 표정으로 단테를 내려다보았다.

"잠깐만요."

단테는 주위를 두리번거렸다. 나도 따라 주위를 두리번거렸다. 그때 갑자기 단테가 내 소매를 끌고 벽 모퉁이로 몰아붙였다.

나를 끌어당겨 모퉁이에 몸을 숨긴 단테는 손가락으로 입을 가리더니 모퉁이 밖으로 눈만 빼꼼 내밀고 어딘가를 바라보았다. 나는 단테 머리 위로 눈을 빼꼼 내밀었다. 어떤 여자애가 주민센터 입구에서 막 걸어 올라오고 있었다.

"쟤?"

내가 단테의 정수리에 대고 속삭이듯 묻자 단테는 고개를 끄덕였다. 단테보다 머리 하나는 더 커 보이는 여자아이였다.

"누나잖아."

나는 실소했다. 그러자 단테의 얼굴이 일그러졌다.

"나랑 동갑이에요. 원래 초등학교 때는 여자애들이 더 커요."

단테는 눈썹에 힘을 주고 속삭였다.

"아, 그래."

어깨가 움츠러든 여자아이는 비쩍 마른 것이 한눈에 봐도 기가 약해 보였다. 그 여자아이는 주위를 둘러보지도 않고 곧장 주민센터 계단을 향해 다가왔다. 이곳이 익숙한 듯했다.

"쟤 좋아하냐?"

속삭이자 단테의 어깨가 흠칫했다. 웃음이 나왔다. 나는 계단을 힘겹게 오르고 있는 그 여자애를 유심히 살폈다. 그닥 예쁘다고는 할 수 없지만 등 언저리까지 곧게 뻗은 검은색 생머리에 청순한 이목구비였다. 웃으면 좀 더 예쁘지 않을까 생각이 들려는 찰나, 그 아이의 옷차림이 눈에 들어왔다. 유행이 지난 듯, 남루한 치마는 원래 그 색이 아니었던 것처럼 빛이 바래 있었다. 빈티지가 유행이긴 했지만 소매 끝단은 누가 봐도 오래되어 터진 것이었다. 왜 한숨이 나오는 것일까? 여자애가 덜 예뻐서? 집이 가난해 보여서? 아니면 둘 다?

그냥 아는 아이가 저런 여자애를 좋아한다면 진짜 좋아하는구나 생각하며 마음이 예쁘다고 칭찬해주겠지만, 내 아들이 남루한 여자애를 좋아한다고 생각하니 마냥 칭찬만 하진 못할 것 같다. 역시 속물 같은 나는 아이를 키울 자질이 없는 것 같다.

"왕따예요."

나는 황당하다는 표정으로 단테를 내려다보았다. 여자애는 곧 사라졌고, 여자애가 보이지 않게 되자 단테는 그제야 긴장을 풀며 나를 향해 돌아섰다.

"왜 그런지 모르겠는데 애들이 쟤랑 밥도 안 먹으려고 해요."

왜 그런지 모르기 때문에 좋아하는 거겠지.

"그래서 네가 같이 먹어줘?"

단테는 고개를 흔들었다.

"내가 여자애라면 그렇게 하겠지만 남자인 내가 그렇게 하면 쟨 더 왕따 될걸요?"

"왜, 네가 인기가 많아서?"

순간 단테는 한심하다는 눈으로 나를 올려다보았다.

"아빠가 그러는데 제 또래 애들이 지금 떠들고 장난치며 하는 농담이, 옛날에는 중학교나 가서 했던 것들이래요. 내가 접근하는 것처럼 보이면 재한테 아주 저질 별명이 붙을 거예요."

"저질 별명?"

"말하고 싶지 않아요. 그런 별명이 재한테 붙게 하고 싶진 않아요. 그럼 죽고 싶을 거예요."

"누가?"

내 물음에 단테는 고개를 갸웃하면서 나를 잠깐 보더니 시선을 주민센터 벽 쪽으로 옮기며 대꾸했다.

"저도, 또 재도요."

단테는 착잡해했다.

"부모님이 없는 게 정말 왕따의 이유가 될까요?"

순간 나는 당황했다. 나의 경험을 묻는 건가 하고. 하지만 단테의 눈빛을 보니 내 얘기는 아니었다.

"동생들 먹이고 입히는 게 재 몫이래요. 그런 걸 몫이라고 할 수 있나요? 몫은 좋은 거 아닌가?"

단테의 입술에 한숨이 서렸다. 나는 말없이 단테의 머리를 쓰다듬어주었다.

"왕따 당해보셨어요?"

단테는 다시 나를 향해 물었다.

"내가 어릴 땐 그게 왕따인지 몰랐지."

고아라서 실내화 한 짝을 잃어버렸던 적이 있다. 고아라서 남이 잘못했는데도 내가 화장실 청소를 한 적이 있었다.

"아저씨도요?"

단테는 믿을 수 없다는 표정을 지었다. 나는 바지 주머니에 손을 넣은 채 어깨를 가볍게 으쓱여 보였다.

"나도 비슷한 이유였던 것 같구나."

역시 다른 사람이 물었다면 그런 일 없었다고 말하고 화제를 접을 것이다. 하지만 역시 단테의 물음에는 거짓말을 할 수가 없었다.

"괜찮았어요?"

"느낌이 궁금한 거면 당해보지 그러니?"

나는 웃으며 물었다. 그러자 단테는 시무룩해져 고개를 저었다.

"나쁜 추억을 일부러 만들고 싶진 않아요."

"왕따 당한 애들은 그걸 추억이라고 부르지 않는단다."

"그럼요?"

"상처."

내 대꾸에 단테는 골몰했다. 그러더니 다시 몸을 돌려 주민센터 계단을 내다보았다. 나도 단테를 따라 몸을 숨기고 단테 머리 위로 얼굴을 내밀었다. 아까 그 여자애가 가슴에 한 아름의 뭔가를 안고 계단을 내려서고 있었다.

"재는 초등학교 시절의 상처가 몇 개나 되는 걸까요?"

단테의 슬픈 목소리가 내 귓가에 다다를 때, 그 여자애의 가슴에 안긴 것이 한 무더기의 빵이란 것에 내 시선이 꽂혔다.

주스 석 잔을 사서 두 잔은 단테에게 쥐여주고 집 앞에서 헤어졌다. 그리고 나머지 한 잔을 든 나는 곧장 사무실로 향했다.

"안 오실 줄 알았어요."

정양은 막 퇴근 준비를 하고 있었다.

"단테네 주민센터 결식아동 간식 배급을 누가 하나 알아봐."

정양의 눈이 커졌지만 나는 무시하고 지나쳤다. 그러다 발을 멈추고 손가락을 들어 보이며 그녀를 향해 돌아섰다.

"아, 그리고 피고가 봉사 활동에서 남은 간식을 어떻게 처리하는지도."

"지금요?"

정양의 말투는 농담이라도 화날 것 같다고 말하는 것 같았다.

"늦었나?"

나는 시계를 들여다보았다. 물을 것도 없었다. 단테와 함께 해 지는 석양을 보고 오지 않았던가.

"변호사님 일이라면 돕겠지만 이건 아니지 않나 싶네요."

정양은 나를 향해 똑 부러지게 말했다.

"미안하지만 내 일인데?"

나는 그녀의 눈을 정면으로 마주 대했다. 그러자 정양의 시선이 삐딱해졌다.

"사장님도 아시는 일인가요?"

"일러바칠 거야?"

나도 곁눈으로 그녀를 흘겨보았다.

"솔직히 그러고 싶어요."

"그럼 안 돼."

나는 단호하게 말했다.

"저 데이트 있다구요."

정양의 눈이 뾰로통해졌다. 망설이고 있다는 거다.

"확인만 해줘."

"다들 퇴근할 시간이잖아요."

"그러니까 부탁하잖아. 내가 언제 부탁하는 거 봤어?"

"헐."

정양의 입이 딱 벌어졌다. 나는 콧등을 찡그려 웃어 보이고는 사무실로 들어갔다. 20분 후, 인터폰이 울렸다.

[결식아동 배급은 각 마을 부녀회에서 맡고 있대요. 그리고 이번 단테 사건의 피고가 봉사 활동에 쓰는 간식을 관리하기는 했는데, 그간 남은 것에 대한 처리 보고는 올라와 있지 않대요. 그리고 지금은 봉사 활동을 자제하고 있고 간식도 복지과에서 관리한대요.]

"고마워."

나는 싱긋 웃었다.

[한 번만 더 근무 외 일 시키면 노동청에 고소할 거예요. 정말이에요.]

정양은 무섭게 말했다.

"알았어. 그땐 내가 변호해줄게."

[어이가 없네요. 즐거운 야근 되시길 바라요. 간식 주문해드리고 갈까요?]

"아니. 주문 가능 전화번호만 당신 책상에 놓고 가줘. 내가 내킬 때 주문할게. 데이트라며? 늦었잖아?"

나는 한 손으로 인터폰을 누른 채, 다른 서류로 팔을 뻗었다.

[엄청 신경 써주시니 눈물이 다 나네요. 그럼 전 가요.]

"즐거운 데이트 되라고."

[헤어지면 변호사님이 저랑 사귀셔야 돼요.]

"그래야 하는 거였으면 아까 처음에 말했어야지!"

농담인데도 식겁했다. 진심으로.

[훗. 진짜 갑니다. 수고하세요.]

정양은 웃으면서 인터폰을 껐다. 나는 의자에 털썩 주저앉았다. 피고의 동료가 내게 주절주절 떠들던 말들이 머릿속에서 녹음테이프처럼 되감기와 재생을 반복했다.

간식. 피고 자식의 동료가 투덜댔던 내용이 핵심이었다. 가난한 소녀 가장. 항상 배고픈 동생들. 배급을 하고 남은 상당량의 간식. 그리고 약한 상대를 찾아 헤맬 것이 분명한 그 자식과 왕따 소녀를 좋아하는 단테. 단테가 소녀를 다치지 않게 도와줄 수 있는 방법은 어떤 게 있었을까.

여자애가 주민센터에 오는 시간을 정확히 알고 있다는 건 처음 간 것이 아니라는 뜻이다. 내가 있었기에 그 정도에서 숨어서 봤겠지만 혼자였다면 그 애를 따라 빵을 받는 곳까지 따라갔을 수도 있다. 그리고 거기서 목격했을 수도 있다. 여자애가 그 자식에게 추행당하는 장면을. 추행 이상이었을까? 그걸 목격했을 때 단테의 충격과 분노가 어땠을지 가늠이 아주 안 되는 것도 아니었다. 도대체 단테는 무슨 생각을 한 걸까.

하루 종일 단테의 일에 신경을 빼앗기는 바람에 별로 밀릴 일이 없던 일들이 밀리기 시작했다. 나는 정양이 내 책상에 가지런히 쌓아놓은 숙제들을 노련미 넘치게 빛의 속력으로 정리했다. 그래도 자정이 넘어서야 퇴근할 수 있었다.

이틀 연속 잠을 제대로 자지 못해서 그런지 골도 울리고 몸도 빠근했다. 엘리베이터를 타고 로펌 주차장에 도착한 나는 비틀거리며 차를 향해 다가갔다. 그때였다.

"저 자식 잡아!"

작게 속삭이는 남자의 목소리가 들렸다. 나는 뒤를 돌아보았다. 순간, 바위만 한 주먹이 나를 향해 날아왔고, 나는 그대로 정신을 잃었다.

좌악-.

얼굴에 끼얹어지는 차가운 물 때문에 나는 가물가물했던 정신을 차렸다. 주차장에서 누군가의 주먹에 잠시 기절했던 것이 기억났다. 그리고 남자들의 손에 질질 끌려갈 무렵 정신이 들었다. 나는 몽롱한 정신 속에서 끌려가지 않기 위해 안간힘을 썼지만 결국 어떤 차에 처박히듯 태워졌고, 차로 이동하는 내내 양쪽에 앉은 덩치 큰 사내들로부터 주먹질과 발길질을 당했다. 이마의 상처가 다시 터져 눈앞에 피가 뚝뚝 흘러내렸다. 그리고, 상처가 아닌 곳에서도 살이 터진 것 같았다.

"살살 해라. 차에 깔릴 뻔한 몸이시다. 괜히 우리가 덤터기 쓰면 곤란하잖냐?"

눈에 고인 핏물 때문에 시야가 온통 붉게 보이는 가운데 조수석에 앉은 사내가 뒤도 돌아보지 않고 중얼거리는 소리를 들었다. 그리고 그 소리가 무슨 신호라도 된 것처럼 양쪽에 있던 덩치들은 더욱 세차게 주먹을 날렸고, 구둣발로 서슴없이 내 가슴과 배, 다리 할 것 없이 찍어댔다. 이런 린치는 고등학교 이후 처음이었다. 고등학교 때는 곱상하다고 불려가고, 공부 잘한다고 불려가고, 고아라서 재수 없다고 불려갔었다. 그때도 이렇게 단체로 덤비긴 했지만 그냥 당하지는 않았다. 폭력 혈통이었는지 모르겠지만 반사적으로 대응하는 싸움질도 곧잘 했다. 지금은 변호사로서 호신술을 배워 일취월장했다. 하지만 이런 상황에서는 아무 쓸모없는 혈통이고 호신술이었다. 내일을 기다리진 않지만 죽지 않으면 다행이겠다.

나는 이를 악물고 필사적으로 몸을 웅숭그렸지만 아무 소용이 없었다. 등을 보이면 등을 맞았고, 머리를 감싸면 손등과 팔꿈치를 가격해댔다. 그래서 여기로 옮겨져 왔을 때가 기억 나질 않는다.

퉁퉁 부은 눈으로 붉은 빛의 시야를 휘둘러보니 온통 어두웠고, 내가 있는 곳에만 조명이 들어와 있었다. 나는 이미 의자에 옭아매져 있었고, 내 주위로 덩치 다섯 놈이 병풍처럼 늘어서 있었다.

"분명히 사라지라는 경고를 들었을 텐데."

내가 끌려오면서 탔던 차 조수석에 앉았던 놈의 목소리였다. 목소리가 울리고 습한 냄새와 함께 찬 공기가 느껴지는 것으로 보아 무슨 창고 같았다. 곧 어둠을 뚫고 환한 시야 안으로 한 사내가 얼굴을 드러냈다. 조명이 만든 그림자로 그의 얼굴은 뭉크의 '절규' 속 창백한 사람처럼 호러스럽게 보였다.

나는 눈에 힘을 주고 찬찬히 그를 뜯어보았다. 아는 얼굴이었다. 허 노인의 아들 중 서열 1순위, 맏아들. 이름까진 외울 시간이 없었다. 둘째가 풍기는 포스보다 더 살벌하고 무식해 보였다.

"경고였나. 난 차 처박고 미안해서 그냥 씨부린 말인 줄……. 헉!"

내 말이 불쾌했는지 옆에 있던 놈의 주먹이 내 명치에 꽂혔다. 이러다 진짜 명치에 구멍 나게 생겼다. 의자에 묶인 채 몸을 앞으로 접은 나는 한동안 숨을 쉬지 못했다.

"세워."

맏아들 놈은 거만하게 말했고, 양쪽에 있던 두 놈이 내 어깨를 한 쪽씩 잡고 내 접힌 상체를 인정사정없이 일으켰다. 나는 썩은 신음을 내뱉으며 강제적으로 고개를 쳐들어야 했다. 코밑이 진공상태 같았다. 이러다 죽으면 누구 책임이지? 망할 놈의 노인네. 5%를 욕심냈다가 이게 뭔 꼬라지냐. 한탄이 절로 나왔다.

"네가 우리 재산을 다 날로 먹겠다 이거지?"

어느새 내 앞으로 다가온 맏아들은 손가락으로 내 턱을 세우고 굳은 표정으로 노려보았다.

"사람을 잘못 찾아온 거 아닙니까?"

"조윤건. 더블와이 로펌 변호사, 너 아니냐?"

제길. 나 맞다. 하지만 중요한 건 그게 아니었다.

"난 당신 아버지 재산을 어떻게 할 마음이 없는 일개 변호사일 뿐입니다."

"벌써 건물 하나를 말아드셨잖아? 지금 또 하나 준비하고 있지?"

"정확히 그 과정을 도와드리고 있을 뿐이죠. 아시다시피 제가 하는 일이……."

"웃기지 마! 넌 충분히 그 노인네를 설득할 수 있었어! 하라는 대로 할 필요가 없었단 말이지!"

버럭 소리친 그는 이를 악물었다. 짜증 났지만, 하는 일에 대해 비굴하게 설파할 수밖에 없었다.

"그건 말도 안 되는 말입니다. 내가 하는 일은……. 큽!"

복부를 가격하는 그의 주먹에 나는 토악질 같은 신음을 쏟으며 앞으로 고꾸라졌다.

"앞으로 네가 하는 일은 내가 정한다."

그는 내 배를 뚫을 뻔한 주먹을 털며 덩치들에게 눈짓을 했고, 그들은 절도 있게 나를 일으켰다.

"도대체 무슨 미션을 실패했길래 나한테 화풀이하는 겁니까?"

나는 투덜거리며 그를 흘겼다. 그러자 그는 내가 앉은 의자 팔걸이를 두 팔로 짚고서 내 얼굴 가까이 제 얼굴을 들이대며 야비한 미소를 머금은 채 말했다.

"바로 너."

나는 의아하게 그를 바라보았다. 그러자 그가 차가운 눈빛으로 나를 노려보며 말했다.

"널 죽이지 못한 거."

곧 덩치들의 주먹과 발길질이 내 몸 구석구석 꽂히기 시작했다. 내 몸이 만드는 둔탁한 소리에 나는 고통스러운 신음을 뱉다가 그대로 정신을 잃고 말았다. 추측컨대 나를 죽이지 못한 이유는 간단했다. 내가 자기들이 탐내는 재산 문서들을 전부 가지고 있었기 때문이란 거다. 그게 왜 겁이 나는지 모르겠다. 그야말로 날 죽이고 나서 그 문서들을 당당하게 찾아가면 그만 아닌가? 내가 뭘 알고 있다고 생각하는 건가? 그런데 정작 나는 그걸 몰라서 이렇게 헤매고 있는 건가?

도로 위를 스쳐가는 차 소리에 눈이 떠졌다. 맞아 죽는다는 게 이런 거구나. 어딘가 명확하게 부러지거나 대단한 곳이 터진 건 아넌지 의심스러웠다. 죽을 만큼 아팠고, 그 고통들을 모조리 느낄 만큼 모든 신경이 곤두서 있었지만 사지는 제대로 움직이지 않았다. 그래서 더 죽을 맛이었다. 바닥에 나동그라진 채 지나가는 차들의 바퀴에 치어 죽는 건 아닌가 하는 공포 속에서, 내 머리에는 그 맏아들 놈이 했던 말만 계속해서 떠올랐다.

—우리 아버지한테서 손 떼. 돈 욕심냈다가 저승부터 당겨가는 수가 있다.

그 수천 억 되는 재산의 5%쯤 욕심낸 게 뭐 어때서! 내가 달라고 한 것도 아니었는데! 더 기분 나쁜 건 지들 유산 싸움에 내 등을 터뜨리려고 한다는 것이었다.

"이런 젠장!"

나는 새벽하늘을 향해 거칠게 소리쳤다. 그 순간 지나가던 차 한 대가 저만치에서 멈춰 섰고, 놀라 급히 달려오는 발자국 소리가 들렸다. 급히 핸드폰 버튼 누르는 소리와 함께 119를 확인하는 누군가의 목소리가 들렸다. 그러자 아이러니하게도 마음이 너무 편안해져 잠이 쏟아졌다. 죽지는 않겠구나 하는 안도감이 나를 깊은 잠으로 빠져들게 했다.

어둠속에서 나를 가격하는 주먹과 발길질 소리가 소름 끼치게 들려왔다. 내 온몸 구석구석에서 충격과 고통이 밀려왔다.

"허억!"

고통스러움에 눈을 번쩍 떴다. 그제야 소독약 냄새가 훅 끼쳤다.

곁에서 물방울을 하나씩 톡톡 떨어뜨리는 링거 팩과 긴 링거 관이 언뜻 눈에 띄었다. 병원에서 눈을 뜨는 것이 이번이 두 번째던가? 하지만 상황은 지난번보다 훨씬 심각한 것 같았다. 어떤 부분도 내 마음대로 움직여지지 않는 것 같았다.

내가 힘없는 눈꺼풀을 애써 들었을 때 인공호흡기가 콧잔등에 걸쳐 있는 시야에 어스름 보인 것은 단테였다. 환상인가? 당황한 나는 그 환상을 잡으려 손을 들어 허공을 휘저었다.

탁-.

단테가 헛질하는 내 손을 잡았다.

"아저씨, 괜찮아요?"

손을 잡은 감촉도, 목소리도 환상이 아니었다.

"괜찮으세요?"

그제야 단테 뒤에 소니가 서서 나를 걱정스럽게 내려다보고 있다는 걸 깨달았다. 나는 단테에게 잡혔던 손을 힘없이 떨구었다. 곧 간호사들이 달려와 내 상황을 이리저리 체크한 후 인공호흡기를 떼어주었다.

"함부로 움직이지 마시구요. 통증 같은 게 느껴지시면 바로 호출해주세요."

나와 소니를 번갈아 보며 얘기한 간호사는 끌고 온 장비들을 챙겨 사라졌다.

"어떻게……."

이번엔 지난번처럼 쉽게 일어나지지 않았다.

"변호사님 핸드폰에서 제 번호를 찾았나봅니다. 마지막 통화한 사람이 저고, 또 핸드폰에 다른 번호는 저장되어 있지 않았다고 하더라구요."

새 핸드폰을 구입하면서 이전에 가지고 있던 연락처들을 아직 저장하지 않은 상태였다. 통화도 그의 집에 들르느라 했던 것이 마지막이었다.

"좀 괜찮으십니까? 다행히 부러진 곳은 없지만 비장 출혈이 있었다고 하더라구요."

소니는 걱정스럽게 말했다. 나는 힘겹게 손을 들어 배를 만져보았다. 상체에 아무것도 걸치지 않은 채 붕대만 칭칭 감겨 있었다. 나는 고개를 돌려 단테에게 힘없이 물었다.

"나 지금 어떠니?"

의도한 것도 아닌데 목소리가 매캐하게 흘러나갔다. 단테는 나를 한 번 쓰윽 훑더니 눈살을 찌푸리며 말했다.

"밤에 라면 10개는 먹고 잔 미라 같아요. 이렇게 무섭게 생긴 아저씨는 처음 봐요."

단테의 말에 나는 비죽 웃었다.

"비장 출혈이 심하진 않아서 지켜보자고 하더군요. 심하면 수술해야겠지만 미미하면 자연 치유가 될 수 있다고요……. 무슨 일이 있으셨던 겁니까?"

내 상태에 대해 설명해주던 소니는 걱정스럽게 물었다. 나는 할 말이 없었다.

"가끔 이쪽 일을 하다 보면 이런 일이 생기기도 합니다."

정말이다. 유산 배분에 앙심을 품은 상속자 중 하나는 자신에게 불합리한 상속을 해준 아버지의 무덤을 파헤쳐 따지는 대신 내게 협박하며 따졌었다.

"변호사란 직업이 되게 위험한 거였네요. 호신술이라도 배우지 그러셨어요?"

단테는 내 앞에서 택견과 절권도가 짬뽕이 된 듯한 이상한 동작을 시연해 보였다. 아, 맞다. 얘 운동 신경 둔한 애였지.

"큭큭."

이 와중에 웃음이 나왔다. 웃는 바람에 배가 당겨 웃음은 고통스러운 신음으로 바뀌었다.

"왜요, 아저씨? 아파요?"

웃긴 무술을 시연하던 단테는 내게 급히 다가와 물었다. 자기 때문에 배 땡겨 아프다는 걸 전혀 모르는 눈치였다.

"어, 아저씨 어깨에 문신 있네요?"

단테는 보물을 발견한 눈으로 내 오른쪽 어깨를 가리켰다. 나는 어깨를 내려다보았다. 나침반 바늘이 단테 쪽을 가리키고 있었다. 원래 이 방향이었나?

"나침반 모양이네? 신기하네?"

단테는 호기심과 장난기 가득한 눈빛으로 내 어깨 위 나침반을 뚫어지게 보았다.

"내가 가야 할 방향을 가르쳐줘."

나는 미소를 머금으며 말했다. 그리고 단테 뒤에서 역시 호기심 어린 눈으로 나를 내려다보는 소니와 눈을 마주쳤다. 이런 탈선, 한 번도 안 해봤을 상(相)이다.

"이게 움직이기도 해요?"

대단하다는 표정을 지으며 단테는 손가락을 쳐들고 내 어깨를 가리켰다.

"마음에 따라 움직이게 보이나봐. 난 볼 때마다 다르더라?"

나는 쫙 갈린 거친 목소리로 농담스럽게 말했다.

"마음에서 하는 소리가 표시 나는 거네? 진짜 희한하다."

단테는 여전히 내 어깨의 나침반 문신에서 시선을 떼지 못하고 있었다. 마음의 소리. 그게 맞는 말 같다.

"그래도 괜히 했다 싶을 때가 종종 있어."

"언젠데요?"

"나침반 바늘이 말을 잘 안 들을 때. 후회할 때가 반드시 올 테니까 멋지다고 막 문신하고 그러면 안 돼. 정 하고 싶으면 스케치북에 그려서 벽에 걸어놔. 그게 훨씬 더 잘 보이고, 후회도 덜 되니까."

"알았어요."

단테는 가볍게 고개를 끄덕였다. 나는 진심으로 해주는 말인데, 이 자식이 그렇게 알아들었는지 확신이 서지 않았다. 나중에 어느 순간, 문신의 욕구를 느낄 수 있기 때문에 예의 주시해야 할 것이다. 당장 소니에게 일러둬야 할 것 같다.

"도대체 무슨 일이야?"

갑자기 여자 둘이 폭격하듯 내 병실로 튀어 들어오며 호들갑을 떨었다. 다름 아닌 인영과 미향이었다. 내 몰골에 미향은 나를 한심하게 쳐다봤고, 인영은 눈이 커져 어쩔 줄을 몰랐다. 나는 눈을 감으며 고개를 돌려버렸다.

"맞았어? 누구한테?"

"지난번엔 차에 치이더니, 이젠 맞았어? 도대체 행실을 어떻게 하고 다니는 거야?"

"변호사 필요해? 아님 검사? 판사는 필요 없지?"

"아직 질풍노도의 시기였어? 몇 대 몇으로 싸운 거야? 사람 자꾸 간 쫄게 만들래?"

이 여자들 때문에 죽었더라도 정신이 번쩍 들겠다. 진짜 죽었더라면 부활하게 해줘서 감사하다고 해야겠지만 지금 나는 번갈아 들어오는 그녀들의 공격에 눈을 감고만 싶었다.

"그만."

나는 감은 눈에 힘을 주며 나지막이 말했다. 하지만 인영은 멈출 줄을 몰랐다.

"내가 당신 때문에 병원에 자꾸 끌려와야겠어?"

"그만!"

결국 나는 쉰 소리로 로펌 사장처럼 버럭 소리쳤다.

"학교에 내 학부모로 끌려왔어? 심심하면 가서 일이나 해."

잇따른 배의 통증으로 오만상을 썼다. 그러자 다음 말을 이어 터뜨리려던 인영은 숨을 참으며 입을 다물었다.

"이러고 있는 내가 제일 한심하단 생각 드니까 문병 온 거면 명복이나 빌고 가!"

나는 인영과 미향을 향해 고까운 눈초리를 쏘았다.

"명복이라니. 오죽 걱정되면 이러겠어? 언제까지 이러고 살 건지만 알려주면 잠자코 있다 갈게."

앞으로 나선 미향이 인영의 어깨를 다독이며 내게 말했다. 그러고는 친절하게 말을 이었다.

"회사엔 내가 얘기해놨어. 담당 의사가 상태를 봐야 한댔으니까 한 일주일 병가 내면 될 것 같아."

"고마워. 이제 그만 나가."

나는 피곤함과 아직 남은 고통으로 눈을 감으며 신음하듯 말했다.

"혼자 있고 싶은가 보네. 하긴 자기 반성은 혼자 해야지. 밖에 있을 테니까 뭔 일 있으면 불러."

끝까지 한마디 놓치지 않은 미향은 나를 흘기며 인영과 소니, 단테를 데리고 밖으로 나갔다. 그제야 가습기가 침 뿜으며 작동하는 소리, 바이탈 체크 소리만 나와 함께 병실에 남았다. 한숨이 절로 나왔다. 이게 무슨 꼴이냐, 진짜.

나는 도리질을 하며 눈을 감았다. 그러다 깜짝 놀라며 눈을 부릅떴다. 눈을 감으면 어젯밤 당한 일이 생생하게 리플레이되었다. 젠장, 언제까지 이 잔상이 남을 것이냐.

나는 입 안이 마르는 것을 느끼며 옆 탁자로 고개를 돌렸다. 그 순간 노크 소리가 들렸다. 문 쪽을 돌아보니 인영이 조심스럽게 문을 열고 나를 보고 있었다.

"타이밍 기가 막히네. 내 수발드는 게 희망 사항이야?"

"죽을래?"

병실 안으로 얼굴만 내민 채 그녀는 눈에 힘을 빡 주었다.

"미안. 나 물 좀……."

나는 텁텁한 입 안을 주억거리며 말했다. 그러자 그녀가 뒤를 힐긋 돌아보더니 조용히 문을 닫고 살금살금 내게로 다가왔다.

"지금 누가 찾아왔는데?"

인영은 잔에 물을 따라 내 입가에 조심조심 기울여주며 물었다.

"누가?"

나는 고개를 세우고 물을 마시며 그녀를 올려다보았다.

"자기 엄마……?"

너무 황당하고 어이없어 마시던 물을 뿜고 말았다.

"지금 고 판사님이 얘기 중이신데……. 왜? 어머님 아니신가?"

갈수록 점점 가관이다. 어머님? 이게 누구보고 막 어머님이래? 하긴 이 여잔 나에 대해 아는 게 별로 없지.

"뭔 시답잖은 소리야. 미향 씨가 얘기 중이라니. 무슨 얘기 중?"

두 여자에게 보호받는 느낌이 나쁘진 않았다.

"되게 화려해 보여. 얼굴은 엄청 차가워 보이는데."

인영이 밖의 상황을 브리핑하는 도중 문이 열리고 미향이 굳은 얼굴로 들어왔다.

"이렇게 된 거, 누구한테 당한 건지 알아, 몰라."

다짜고짜 심문하는 투였다.

"갑자기 왜 이래?"

나는 신경질을 냈다.

"당신이 당한 거 자기가 아는 사람들 짓 같다면서 신고하라고. 안 하면 자기가 해도 되겠냐고 하길래."

"도대체 누가!"

짜증이 꼭대기까지 차올라 또 성질을 버럭 내고 말았다.

"들어오시라고 할까? 만나고 싶어 하긴 하는데 차림도 그렇고 분위기가 영……."

미향은 눈살을 찌푸리며 도리질을 했다.

"뭔 판사가 겉모양 가지고 판단질이야. 누군지 모르지만 당신들하고 얘기하다간 생판 모르는 여자를 어머니라고 하면서 울겠어. 들어오시라고 해."

나는 성질이 뻗쳐서 신경질적으로 빠르게 내뱉었다.

"알았어. 감당 안 되면 불러."

미향은 옆에 순진무구하게 선 인영의 팔꿈치 자락을 당기며 병실을 나갔다. 영문을 몰라 하던 인영은 나를 힐끔거리며 끌려나갔다.

곧 한 여자가 병실로 들어섰다. 헐……. 나는 그만 입이 딱 벌어졌다. 나, 이 여자를 안다. 그렇다고 노인이 내게 준 테러리스트 명단에 있는 얼굴은 아니었다. 하지만 내가 아침저녁으로 문안 인사하다시피 카메라를 볼 때마다 나타나는 얼굴, 바로 내 재산 5%의 주주 노인의 내연녀였다.

덩치들에게 떡이 될 정도로 맞아 미라처럼 붕대를 칭칭 감고 부어터져 제대로 앞을 가늠할 수 없는 상태인 내 눈앞에 나타난 그녀는 정말 가관이었다. 쥐 잡아 먹은 것 같은 빨간 입술에, 무지개 색 눈화장, 장독 같은 몸에 쫙 붙는 롱 원피스를 휘감고서 안 어울리게 비싸 보이는 재킷을 아주 싸구려처럼 걸친, 시골 파마머리를 한 여자가 나를 차갑게 응시하고 있었다. 그녀의 가슴골까지 보인다. 얼굴이고 몸이고 도대체 눈을 둘 데가 없었다.

"많이 안 좋으신가 보네요? 안정을 취해야 한다고 하던데."

어떤 상태를 묻는 건지 모르겠지만 지금 현재 정신은 무지하게 멘붕 상태였다. 이 여자가 지금 날 왜 찾아와? 아들들에 이어 이 여자의 방문까지 받고 보니 생명의 위험이 강하게 느껴졌다. 나는 지금 아무것도 할 수 없는데, 만일 뭔가 날카로운 걸 들고 달려든다면, 그냥 끝장이다. 노인의 주변인들이 점점 무섭다. 특히, 이 여자.

"누구……십니까?"

나는 그녀를 모른 척 통명스럽게 물었다.

"회장님께서 당신과 유언장을 고친다고 하시던데, 오늘 연락이 안 된다고 걱정하셔서요. 지방 출장 중이신데, 저보고 연락 좀 해보라고 하셔서 로펌에 전화했다가 들었네요. 병원에 입원하셨다고."

"아, 네."

쥐 잡아 먹은 것 같은 입술로 도도하게 말하는 그녀의 말을 튕겨내듯 들으며 나는 건성으로 대꾸했다.

"병원에 입원하셨다는 말을 듣는 순간 왠지 감이 딱 왔는데……, 맞아요?"

그녀는 침대에 누운 내 상태를 가늠하듯 훑었다. 그 눈빛이 굉장히 별로라 불친절한 말투만 연속적으로 튀어나갔다.

"뭐 말씀입니까?"

"우리 회장님 자제분들 중 두 명이 유난히 바쁘더라구요?"

정확하게 짚고 있는 듯했다. 나는 아무 말 없이 그녀를 싸늘하게 바라보았다. 그러자 나와 눈이 마주친 그녀가 빙긋 웃으며 말했다.

"신고하세요. 당신을 이렇게 만든 사람들. 하나? 아님 둘? 뭐 많으면 많을수록 좋고."

그녀는 고개를 끄덕이며 만족스러워했다.

"그분 자제분들인지 어떻게 아십니까?"

나는 차갑게 물었다. 그러자 그녀는 산뜻하게 말했다.

"그렇게 말했을 때 변호사님께선 아니라고 하지 않았잖아요?"

그녀는 빙긋 웃었다. 하지만 눈은 웃지 않았다. 무서운 여자다.

"운이 좋아서 살아난 게 아니에요. 걔들이 마음만 먹으면 변호사님 한 사람쯤 원래 없었던 사람처럼 만드는 건 일도 아닐 테니까."

순간 말하던 그녀의 얼굴빛이 싸늘해졌다.

"목숨 붙어 있을 때 먼저 치세요. 옛날 같으면 병사들을 대줬겠지만 지금은 이 정도 정보쯤이면 변호사로서 어떻게 하는 게 가장 신속한지 알고 있지 않아요?"

자기가 미실이야, 뭐야. 뭐, 분위기로 보나 치장한 거로 보나 생긴 거로 보나 옛날에 태어났으면 한 가닥 했을 수도 있겠지만, 그녀 말대로 지금은 옛날도 아니고, 지금 이 여자는 한낱 사채업자의 내연녀일 뿐이었다.

"차라리 회장님을 설득하시죠? 사회 환원 같은 짓 따위 그만두고 자제분들을 품으시라고."

나는 말투에 힐난과 조언을 뭉개 담아 내뱉었다. 순간, 그녀가 내게 얼굴을 바짝 들이댔다. 나는 너무 놀라 고개를 뒤로 치빼다 어그러진 상처의 고통에 미간을 구겼다.

"크흡."

나는 입술을 다물고 신음을 삼켰다. 그러자 그녀는 손가락으로 내 턱을 치켜세우며 말했다.

"고통도 살아 있을 때 느끼는 겁니다. 뭔가 품기는 하시는 분이니 그딴 데 신경 쓰지 말고 당장 신고해서 그 자식들 처넣고 유언장이나 빨리 고쳐요. 그게 당신이 할 일이네요."

나는 눈썹을 일그러뜨리며 턱으로 그녀의 손을 쳐냈다. 그러자 그녀는 피식 웃으며 굽혔던 허리를 폈다.

"그럼 내 말 알아들은 걸로 알고 갈게요. 빨리 낫길 바랄게요."

그녀는 손가락을 살랑 흔들고 돌아섰다.

"미션."

나는 돌아선 그녀의 뒤통수에 대고 말했다. 걸음을 옮기던 그녀는 나를 힐긋 돌아보았다.

"회장님이 무슨 미션을 하달했길래 그 난리인 겁니까?"

묻고 싶었다. 그 자식들은 그게 나라고 했다. 정말 날 죽이는 게 미션일까.

"잘은 모르지만, 변호사님이 알 필요는 없는 거예요."

그녀는 가볍게 말했다. 정말 그렇다면 진짜 억울한 일이다.

"근데 내가 왜 미션 운운하는 소리를 들으며 당해야 하는 거죠?"

내 질문에 그녀는 한심하다는 듯 나를 돌아보았다. 나는 눈에 힘을 주고 그녀를 보았다. 그러자 그녀는 나를 의미심장하게 보며 말했다.

"변호사님이 알아야 하는 건 회장님을 너무 믿진 말라는 거예요."

그녀는 코웃음을 흘리며 병실을 나갔다. 병실 안은 다시 나와 바이탈 체크하는 기계 소리, 그리고 가습기 소리만 남았다. 허명수, 그를 믿지 말라고? 나도 모르게 헛웃음이 나왔다. 젠장. 5%가 문제가 아니었네. 당장 자리를 박차고 일어나 노인을 만나야 할 것 같았다. 나는 링거를 뽑기 위해 손바닥으로 링거 바늘을 움켜쥐었다. 그 순간, 불현듯 명언 카드에 적힌 말이 떠올랐다.

—당신이 연 상자에 남은 것이 없을 때까지는 아무것도 믿지 마라.

그러고 보니 그 카드를 보낸 인간을 아직도 찾지 못했다. 나한테 린치를 가한 놈들처럼 나를 혼란스럽게 만들려는 노인의 자식들 중 하나일까? 지금까지의 행실로 볼 때 간접적이고 시(詩)적으로 접근할 위인들은 아닌데.

PIECE 13

# 거짓말이, 거짓말이 되지 않기 위해

병실 문이 열리고 미향이 불쑥 얼굴을 들이밀었다.

"어떻게 하기로 했어?"

미향은 슬쩍 들어서며 물었다. 대답을 하려는 찰나, 인영도 조심스럽게 병실로 들어왔다. 나는 입을 다물었다가 씁쓸하게 물었다.

"단테는?"

"병원에 오래 있는 거 싫어해. 냄새를 질색해서 집으로 보냈어. 혹시, 나 모르는 비밀이라도……?"

뭔가 눈치챘는지 인영은 조심스레 나와 미향을 번갈아보며 물었다.

"비밀은 아니지만 막 떠들 얘기도 아니야. 나 쉬고 싶어."

나는 이불깃을 잡아당기며 힘겹게 몸을 뒤척였다. 그러자 인영이 급히 다가와 이불을 바로 덮어주었다. 그런 인영을 보다 그녀의 어깨 너머에서 나를 가소롭게 바라보는 미향과 눈이 마주쳤다.

"이 여자 좀 데리고 가줄래? 귀찮아."

나는 인영을 흘기며 미향에게 말했다.

"그래도 혼자는 못 있어. 움직이기도 힘들잖아. 화장실도 못 갈 텐데?"

미향은 피식 웃으며 놀리듯 말했다.

"넌 일도 없어?"

나는 인영을 곁눈질로 보며 못마땅하게 물었다.

"무능한 검사라 미안하네. 왜, 사라져줘?"

내 말에 그녀는 뾰로통해졌다. 그러자 미향이 인영의 어깨를 주무르며 말했다.

"저렇게 굴어도 옆에 있어줄 사람은 하나뿐인 거 같네. 수고해. 난 일이 있어서 그만."

인영에게 어르듯 말한 미향은 얼른 가방을 집어 들고 내게 손을 흔들고는 사라졌다.

꿈을 꿨다. 어두운 병실 안에서 덩치 큰 남자들이 나를 둘러싼 채 살벌한 눈초리로 노려보고 있는 것을 발견하고 깜짝 놀랐다. 누구냐고 물으려고 했지만 말이 제대로 나오지 않았다. 한 남자가 두터운 손을 뻗어 내 목을 지그시 눌렀다. 숨을 제대로 쉴 수가 없었다. 나는 고통스러워하며 그 손을 떼어내려 안간힘을 썼다. 그러던 중 발치에 서 있던 사내 둘이 옆으로 물러났다. 그리고 노인이 얼굴을 드러냈다. 어두운 병실이 만든 그림자가 그의 얼굴을 음산하게 만들었다. 나는 턱까지 막힌 숨 때문에 아무 말도 할 수 없었다. 그는 헐떡이는 나를 무관심하게 바라보았고, 내 목구멍을 누르는 사내는 더욱 손에 힘을 주었다.

"제발……."

나는 가늘게 신음하며 몸부림을 쳤고, 순간 시야가 탁 트이면서 환해졌다. 나는 급히 팔을 뻗었다. 손에 뭔가 잡혔고, 나는 그대로 움켜쥐었다.

"괜찮아? 무슨 꿈을 꿨길래 그렇게 몸부림을 쳐?"

놀란 인영이 내게 어깨를 잡힌 채 걱정스럽게 내 얼굴을 들여다보는 모습이 뒤늦게 시야에 들어왔다.

그녀의 어깨를 잡았던 팔에서 힘이 쭉 빠졌다. 나는 힘없이 팔을 떨구며 병실을 둘러보았다. 그녀 외엔 아무도 없었다.

"아직……, 안 갔어?"

자면서 혼자 펄떡였을 생각에 민망해져 버벅거리며 되물었다.

"이 땀 좀 봐. 도대체 무슨 일이 있었길래. 아, 이 질문 싫어했지?"

내 얼굴의 식은땀을 닦아주던 그녀는 내 눈치를 보며 얼른 입을 닫았다.

"왜 안 갔어?"

나는 투덜거리며 몸을 뒤척였다. 일어나고 싶은데 도통 일어나지지 않았다. 문득 맹장염으로 입원했던 단테가 생각났다. 그 자식이 급 불쌍해져 눈물이 날 것만 같았다. 나도 이렇게 힘든데 얼마나 힘들었을까. 툭하면 정색하는 내 앞에서 어리광도 피울 수 없었겠지.

"쉬하러 못 가서 침대에 쌀까봐. 그럼 진짜 망신이잖아."

말하지도 않았는데 그녀는 내 겨드랑이 밑에 두 팔을 쑥 넣고는 나를 안듯이 일으켜주었다. 나는 당황해 아무 말도 못 하고 그녀를 빤히 보았다. 나와 눈이 마주치자 그녀는 새쭉해져 얼른 내 몸에서 손을 떼었다.

"그래서 나 쉬 시켜주시게?"

내가 얼굴을 빤히 보며 묻자 그녀는 얼른 몸을 돌렸다. 보이는 그녀의 귓바퀴가 빨갰다. 저렇게 속을 못 속여서야. 미향이 눈치채는 게 무리도 아니지.

"나 집에 가고 싶은데."

내가 몸을 뒤척이며 말하자 그녀는 깜짝 놀라 나를 돌아보았다.

"안 돼! 비장 출혈이 있었다면서. 경과를 지켜봐야 한댔어. 그리고 몸이 지금 엉망진창……."

"어제부터 연달아 충격 먹어서 정신없는데 하얀 병원에 있으니까 돌아버리겠어."

나는 링거 관을 잡고 흔들며 링거 파우치를 올려다보았다. 거의 다 맞아가고 있었다.

"피똥 싸면 그때 다시 올 테니까 나 좀 집으로 데려다줘. 싫으면 택시 타고 갈 거야."

나는 힘겹게 몸을 틀었다. 그러다 부은 눈두덩이 때문에 초점이 흐려져 짚으려던 침대 난간을 잘못 짚어 휘청거렸다.

"조심해!"

그녀가 빛의 속도로 날아와 내 상체를 부둥켜안았다.

"이렇게 훅 들어오기야?"

나는 코앞에 있는 그녀의 눈을 빤히 내려다보며 물었다. 그러자 그녀는 짜증스럽다는 얼굴로 고개를 돌리며 버럭 소리쳤다.

"그럼 어쩌라고! 그냥 놔버릴까?"

나의 고집으로 약을 한 다발 처방받은 후, 그녀의 도움으로 집까지 무사히 올 수 있었다. 내 사망 소식이 전해지지 않아 혹시 그 자식들이 다시 오진 않을까, 인영을 괜히 끌고 왔나 싶기도 했다. 하지만 그들이 인영의 차를 알아볼 리도 만무하고 노인의 내연녀 말대로 그 정도로 끝내자고 도로에 버린 걸 테니 그만 긴장해도 되겠다는 생각이 들었다.

"오늘……, 같이 있어줄까?"

나를 침대에 누울 수 있게 도와준 그녀는 쭈뼛거리며 말했다. 나는 그녀를 무심히 올려다보았다. 그러자 그녀는 당황하며 말했다.

"무, 물론 당신은 당신 방에, 나는 거실이나 단테가 쓰던 방……!"

그녀는 거실과 단테가 쓰던 방을 번갈아 가리키며 다급하게 말했다. 그러다 진심으로 걱정하는 눈빛으로 나를 보았다.

"당신이 걱정돼서 그래. 혼자 있다 무슨 일이라도 나면……."

내가 걱정하는 것이 바로 그것이다. 어쩔 수 없이 그녀의 도움으로 집까지 오긴 했지만 정말 밤새 또 무슨 일이 벌어지면 이 여자를 지켜줄 만한 힘이 지금 내겐 없었다. 며칠 동안 해가 지고 난 후에 참으로 버라이어티한 일들이 일어나고 있었기에 아주 방심할 수는 없었다.

"아니. 당신이 여기 있으면 날 덮칠지도 모른다는 생각에 잠 설쳐서 안 돼."

"사람을 어떻게 보고!"

얼굴이 새빨개진 그녀는 발끈해 빽 소리쳤다.

"생각이 아주 없던 건 아닌가 보네. 얼굴까지 빨개지는 걸 보니."

나는 아픔과 피곤이 뒤범벅되어 다소 뚱한 얼굴로 그녀를 보았다. 그러자 가방을 고쳐 든 그녀는 투덜거리며 침대 옆 스탠드 불을 팍 켜주고 방 전등 스위치를 신경질적으로 껐다.

"알았어. 갈게. 나도 아픈 남자 옆에 두고 아무 짓도 못 하는 거 짜증 나니까."

그녀는 부러 호기롭게 떠들며 문손잡이를 당겼다.

"문 잘 잠그고 가줘."

"흥. 알았어."

그녀는 나를 흘기며 또박또박 얘기했다. 장난치는 걸로 들렸나 보다. 난 진심인데. 누군가 몰래 들어올 가능성이 51%였다. 절반이 넘는다는 얘기다.

"고마워."

나는 방을 나서는 그녀에게 나지막이 말했다. 그녀가 '뭐래?' 하는 얼굴로 나를 돌아보았다.

"고맙다고."

침대에 누운 채로 그녀를 바라보며 다시 한 번 지그시 말했다.

"들었어."

장난치듯 혀를 샐쭉 내민 그녀는 빙긋 웃고는 방문을 닫고 사라졌다. 나는 한숨을 쉬며 스탠드 불빛이 어른거리는 천장을 바라보았다. 비록 몸은 불편했지만 집에 온 것은 잘한 것 같았다. 병원보다 확실히 편했다. 무엇보다 내 의중과 관계없이 누군가의 방문을 받지 않아도 된다는 게 가장 마음 편했다.

언제 잠이 들었는지 모르겠다. 집으로 돌아왔지만 병실에서 꾸었던 악몽과 비슷한 악몽이 소용돌이치듯 떠올라 현기증이 날 정도였는데 어느 틈에 잠들었다가 눈을 떠보니 스탠드 불빛은 여전히 내 옆을 지켜주고 있었고 창밖은 어스름했다. 새벽인가? 아니면 해가 진 후? 감이 잡히지 않았다. 무의식중에 항상 핸드폰을 놓았던 협탁으로 손을 뻗었다가 손에 잡히는 것이 없다는 걸 깨닫고는 짜증스러움이 밀려왔다. 핸드폰은 어디에 있는가. 있기는 한 건가. 젠장. 그냥 인영을 있게 할 걸 그랬나.

하는 수 없이 침대 난간을 짚고 몸을 일으켰다. 푹 자서 그런지 처음만큼 아프지는 않았다. 나는 어기적 걸음을 옮기며 방을 나와 허기와 허전함으로 텅 빈 배를 손으로 감싸고 비틀비틀 거실로 들어섰다. 바깥 공기가 살짝 섞인 거실. 문득 단테가 오줌 싼 크리스털 컵을 들고 나오다 나와 마주치던 때가 떠올랐다.

든 자리는 몰라도 난 자리는 안다더니 이렇게 썰렁할 수가 없었다. 그래, 단테가 있었다. 갑작스러운 이벤트를 맞이하기 전까지 가장 고민했던 건 단테였다.

단테의 재판이 얼마 남지 않았다. 낯선 카드에 적힌 말도 내게 뭔가 암시한 말인지 아닌지, 거기 적힌 말이 내게 어떤 진실을 알려주려는 것인지 모르겠지만 어느 쪽으로도 기울일 수 없는 지금은 단테에게 집중할 때다.

나는 입술을 꾹 다물고 몸에 힘을 주어 주방으로 다가갔다. 마치 지금 상황에서 꼭 필요한 준비물 같은 죽을 꺼내 뚜껑을 땄다. 그리고 아일랜드 식탁 모서리를 잡고 선 채 티타늄 숟가락으로 죽을 푹 떠서 한 입 입에 물었다.

문득 나더러 당장 신고하라던 노인의 내연녀 말이 떠올랐다. 만 하루가 된 것 같은데 어쩐지 나는 그게 꺼려졌다. 그녀는 노인을 믿지 말라고 했지만 나는 그가 마음에 걸리기도 했다. 그리고 내게 호의적인 노인과 상의 없이 그의 피 한 방울 안 섞인 자식들을 마음대로 고소할 순 없었다. 그런데 왜 그 노인네는 그 자식들이 자기 자식이 아니란 걸 알았을 때 이혼하지 않고 그대로 인정하고 산 거지?

나는 입에 물었던 수저를 빼며 곰곰이 생각했다. 저승 간 마누라의 뒤통수 한 방을 노리고 자기 자식이 아닌 놈들을 주렁주렁 달고 살아? 그건 좀 아닌데? 내가 모르는 그 노인의 다른 면이 있는 걸까? 그의 내연녀 말처럼 믿지 말아야 하는 그 무엇이 있나?

숟가락을 손가락 사이에 끼고 팔랑팔랑 흔들며 생각에 잠겼다. 확실히 좀 더 시간이 필요하긴 하겠다. 나는 냉장고에 있던 남은 죽 두 개를 단숨에 해치웠다. 그리고 병원에서 처방해준 약을 한 사발 먹고 나니 소화가 안 될 지경에 이르렀고, 결국 식곤증과 잔 고통을 끌어안고 다시 잠자리에 들었다.

다음 날, 불편하긴 해도 어느 정도 몸이 가벼워진 나는 차를 몰고 단테의 동네로 향했다. 그러고는 단테와 갔던 시간에 맞추어 주민센터에 도착했다. 나는 단테와 숨었던 곳에 가 여자애가 나타나길 기다렸다. 오래 기다리지 않아 여자애가 힘겨운 다리를 끌고 주민센터 입구에 나타났다. 걸음에서 고단함이 묻어났다. 나는 단테가 혹시 오지 않을까 두리번거렸지만 보이지 않았다.

나는 여자애가 주민센터에 들어갔다 나오기를 기다렸다. 잠시 후, 여자애가 지난번처럼 빵을 한 아름 안고 주민센터 계단을 내려왔다. 나는 단테가 없음을 다시 한 번 확인한 후, 그 애에게 다가갔다. 주민센터 입구를 빠져나갈 즈음 나는 그 애의 등 뒤에 대고 최대한 놀라지 않게 말했다.

"봉지 같은 걸 가져오지 그랬니."

내 말에 여자애는 흠칫 놀라더니 나를 휙 돌아보았다. 그리고 나를 보곤 두려움에 휩싸인 눈빛으로 나를 쏘아보았다. 그제야 내 얼굴이 생각났다. 엄청 부어 있던 눈두덩이라 이만하면 많이 좋아졌다고 아침에 거울을 보며 생각했는데 여자애가 보기엔 상당히 불쾌한 얼굴일 수 있겠다 싶었다. 게다가 겨우 상처 아문 입술과 멍 자국이 남은 콧등에 이마의 상처까지 겹쳐져 엄청 몬스터같이 보일 것 같았다. 그리고 내 짐작이 맞다면 이 아이는 다른 여자애들보다 남자에 대한 경계와 공포가 심할 터였다. 인영을 앞세우고 올 걸 잘못했나? 뒤늦게 후회가 밀려왔다. 나는 얼른 아이의 어깨를 잡으려던 손을 거뒀다.

"놀랐구나. 미안해."

나는 목소리를 부드럽게 내기 위해 최선을 다했다. 그러나 예상대로 여자애는 잔뜩 몸을 움츠렸다. 마음이 아팠다. 나는 미소를 머금고 급히 말했다.

"단테한테 네 얘기를 들어서 네가 날 처음 본다는 걸 깜박했네."

"단, 테요?"

일그러져 있던 여자애의 눈썹이 올라갔다. 두터운 의심의 벽이 얇게 한 꺼풀 벗겨지는 것 같았다.

"응. 지나가다 지금처럼 가는 널 봤어. 네가 동생들을 돌보고 있다며? 단테가 칭찬을 많이 하더라."

단테가 동정하고 있다는 내색은 하지 않는 게 좋을 것 같았다. 단테도 그걸 원하지 않았으니까 이런 일을 꾸민 것이 분명했다. 그 애는 반신반의하는 얼굴로 아무 말도 하지 않았다. 여전히 날 의심스러워하고 있는 것이다.

"그래서 그러는데 내가 먹을 걸 좀 사주고 싶은데, 어떠니?"

아이의 눈가에 순간적으로 망설임이 스쳐 지나갔다. 하긴 그 피고 자식의 수법도 지금 내가 한 말과 별반 다르지 않았을 것이다.

나는 내가 말실수를 했음을 바로 깨달았다.

"이걸로 충분해요."

결국 날 믿지 않기로 결정했나 보다. 내 시선을 피하며 뒷걸음질 치던 그 애는 급히 몸을 돌리려 했다.

"그럼 옷은 어때? 옷도 필요하잖아."

순간 망설임과 불쾌함이 뒤섞인 표정이 여자애의 얼굴에 스쳐갔다. 제길. 또 말실수했다. 너무 성급했나 보다.

"필요 없어요!"

아이는 발걸음을 빠르게 옮겼다. 하지만 그 애를 놓칠 수 없었다.

"단테가 성추행으로 생활 지도사를 고소한 일을 알고 있지?"

내 말에 급히 옮기던 그 애의 발걸음이 탁 멈추었다. 하느님, 감사합니다. 아이는 천천히 나를 돌아보았다.

"해치지 않아. 널 도와주고 싶을 뿐이야."

나는 단테의 아버지가 지었던 미소를 떠올리며 같은 근육이 움직이길 바라면서 얼굴에 미소를 띠었다. 단테를 바라볼 때는 비슷했던 것도 같은데 이 아이를 보면서는 자신이 없었다.

"난 단테를 돕는 변호사거든. 뭘 좀 알아보려고 해. 그걸 네가 도와줄 수 있을 것 같은데."

나는 명함을 꺼내 그 애 앞에 내밀며 조심스럽게 말했다. 그러자 그 애는 내 명함을 받아 들고 한참 바라보더니 명함에 시선을 박은 채 천천히 입을 떼었다.

"그러면 그 아저씨가 벌을 받나요?"

가슴이 '쿵' 하고 내려앉았다. 이내 그 애는 나를 올려다보았다. 순간 아이의 절박하고 처절한 눈빛이 보였다. 단테가 했던 말, 그리고 그 말을 할 때의 단테의 눈빛과 똑같았다. 가슴이 먹먹해졌다. 나는 굳은 얼굴로 다짐하듯 그 애에게 말했다.

"내가 그렇게 될 수 있게 최선을 다하마."

나는 단테에게 했던 것처럼 다시 한 번 나와 약속했다. 기필코 그렇게 만들겠다고.

이름이 서미란이라는 여자애에게 줄 음료수를 사면서 우유와 과자도 봉지 한가득 샀다. 그리고 봉지를 하나 더 얻어 그 아이가 가지고 있는 빵을 담아주었다. 단테가 혹시 나와 이 아이를 볼까 걱정돼서 단테의 집과 한참 떨어진 한적한 정자에 나란히 앉았다. 미란은 내가 따준 과일 음료수의 겉 표면에 송골송골 맺힌 이슬방울들을 손가락으로 문지르며 한참 망설이던 끝에 입을 떼었다.

"단테랑은 친하지 않아요."

미란은 기어들어가는 힘없는 목소리로 말했다.

"단테는 좀 다르던데?"

나는 일부러 한 톤 높인 목소리로 말했다. 내 말에 고개를 숙이고 있던 아이는 깜짝 놀라 고개를 들었다. 나는 아이와 눈을 맞추며 빙긋 웃었다.

"단테는 친하고 싶은데, 그러면 네가 난처해질 것 같아서 말을 걸지 못한다고 하더구나."

미란의 뺨이 발그레해졌다. 순수하다는 느낌이 이런 걸까.

"단테한테 말 걸어주라고 부탁하려는 게 아니니까 부담 갖지 마."

이 아이에게 단테 얘기를 농담처럼 하는 게 재미있었다. 단테와 특별한 카테고리가 형성된 기분이라고나 할까. 어쩐지 이 사건이 끝나면 좀 더 흥미진진한 일들을 함께 보고 들을 수 있을 것만 같다.

"나는 어쩐지 단테가 다른 방법으로 너를 도와주고 있는 것 같다는 생각이 드는데."

미란의 어깨가 반사적으로 움츠리듯 접혔다. 그걸 보는 나의 입에선 가는 한숨이 흘러나왔다. 이 아이도 뭔가 짊이는 게 있는 걸까. 앞으로 이 아이는 자신이 받은 상처가 떠오르는 일을 대할 때마다 이렇게 움츠러들겠지. 남자들을 믿지 못할 것이고, 복수심 내지는 공포감을 느낄 것이다.

순수해야 할 시선의 절반 이상이 금이 가고 오염되었다. 그것이 회복되려면 오염된 강물이 다시 맑아지는 시간보다 더 오래 걸릴지 모른다. 아니, 영영 되돌아오지 못할지도 모른다. 처음 성추행을 당한 당사자가 단테인 줄 알았을 때, 아이들에게 성추행은 감기 같은 거라고 소니에게 말했던 게 아주 큰 오산이었다는 걸 이제 알겠다.

"난 단지 너를 도와주려는 애를, 너도 도와줄 생각이 있는지 궁금해서 말이야."

내가 말하는 동안 미란은 고개를 떨구고 있었다. 자기가 잘못한 게 아닌데, 잘못한 놈은 따로 있는데 왜 이 아이가 되레 잘못한 자세를 해야만 하는지 답답해 미칠 것 같았다. 당장 그 나쁜 자식을 찾아가 요절을 내고 말 것 같은 기분에 주먹이 불끈 쥐어졌다.

"어떻게 하라고 바라지 않을게. 내가 사실만 알았으면 좋겠다."

조금 초조해졌다. 이 아이가 그냥 간식 봉지를 들고 '고맙습니다.' 하고 사라지면 어쩌지?

치미는 조바심을 숨을 고르게 내쉬는 걸로 누르고 있을 때쯤 고맙게도 아이는 입을 열었다.

"전 단테도 당한 줄 알았어요. 그래서 다행이라는 생각도 했어요. 나만 당한 게 아니구나 하고……."

빰이 상기된 미란은 떨리는 가느다란 목소리로 말하곤 마른침을 삼켰다. 그리고 불쾌해진 얼굴에 힘이 잔뜩 들어감과 동시에 그녀는 입술을 깨물었다. 이럴 땐 어떻게 해야 하지? 그 애의 머리칼조차 쓰다듬어줄 수 없었다. 남자의 손길이라는 것이 이처럼 미안한 적이 없었다.

"빵이 빌미였니?"

나는 조심스럽게 물었다. 그러자 움츠러든 그 애는 입술을 꾹 다물었다가 대답했다.

"다른 생각 못 했어요. 아저씨가 주는 빵을 얻으려면 그런 과정을 지나야 하는 거라고 생각했어요. 아저씨가 내 치마를 들치면……."

주먹을 불끈 쥔 나는 입술을 깨물었다. 당장 달려가 단테를 만졌다고 생각했던 그 손목을 꺾어 불구덩이에 쑤셔 넣고 싶었다. 그리고 약한 여자애를 노렸다는 생각에 그 자식을 지금 당장 찾아가 모멸감이 무엇인지, 수치심이 무엇인지 몸소 겪게 해주고 싶어 참을 수가 없었다.

음료수를 든 미란의 손이 바들바들 떨렸다. 함부로 잡아줘도 될까. 망설여졌다. 역시 인영을 데려올 걸 그랬다. 단테의 경우 남자인 내가 나았던 것처럼 지금은 여자 후견인이 필요할 때였다.

"그 아저씨 사무실에 들어가면 빵 상자를 먼저 봐요. 많으면 그만큼 다행이라고 생각하고 참았어요. 적으면 속상했고, 내일은 많겠지 생각하면서 참았어요."

"다른 어른들에게 말을 하지 그랬어."

"그러면 내 빵을 지킬 수 있었던 건가요? 빵이 남는다고 처음 말해준 게 그 아저씨였어요. 그러니까 빵을 얻으려면 원래 그 아저씨를 찾아가야 하는 거 아니었어요? 그리고, 다른 사람들도 똑같은 거 아니었어요?"

미란이 두려운 눈빛으로 올려다보았다. 아이는 불신을 배웠다. 남자, 아저씨들에 대한 불신. 안타까움에 눈물이 날 것 같았다.

"혹시 다른 사람에게 말하면 창피를 준다고 하진 않았어?"

미란은 고개를 끄덕였다. 그래. 그랬을 테지. 자기가 다치는 일은 없게 밑밥을 깔고 시작했겠지.

다음 재판을 어떻게 이끌어내야 할지 막막했다. 단테는 분명히 무고죄 선고를 받고 패소할 것이다. 그 자식이 정신적, 시간적 보상을 요구하는 소송을 걸어올지도 모른다. 나는 착잡하게 말했다.

"단테는 네가 다치길 원하지 않은 것 같더구나. 그래서 이번 일을 생각한 모양이다."

"제가 어떻게 해야 하나요?"

미란은 슬픈 얼굴로 내게 물었다. 끼어들고 싶지 않다는 눈빛이었다. 누군들 안 그렇겠는가. 사실은 내가 성추행 당한 거라고 자신 있게 말할 여자, 그런 아이가 세상에 몇이나 될까.

"억지로 뭘 시키려고 한 건 아니야. 아까도 말했듯이 아귀가 맞지 않는 부분이 있어서 제대로 알고 싶었을 뿐이다."

이 아이는 이 말을 기대할 것 같았다. 뭔가 하라고 한들, 마음으로 나서지 않으면 할 수 없는 것들뿐이다. 사건 정황의 진실을 얘기하는 것도, 증인으로 나서는 것도 말이다.

말이 없던 아이는 나를 물끄러미 올려다보며 걱정스럽게 물었다.

"단테는 어떻게 되나요?"

뭐라고 답해야 하나 막막했다. 하지만 더 이상 거짓말이나 포장은 하고 싶지 않았다. 그냥 담백하게 말하고 싶었다. 판단은 듣는 사람의 몫이니까.

"무고죄라고 아니? 죄 없는 사람을 고소한 사람에게 주는 죄명이야. 아이니까 심한 벌은 받지 않겠지. 어쩌면 상대방 쪽에서 자기를 모욕했으니 그 보상을 하라고 항소할지도 모르겠다. 어쨌든 단테가 감옥 가거나 하는 일은 없을 거다."

나는 예상 시나리오를 여과 없이 설명해주었다. 미란은 아무 말도 하지 않았고, 나는 천천히 자리에서 일어났다.

"어디 아프세요?"

손에 비닐봉지 손잡이를 꿰면서 따라 일어나던 아이는 내가 배를 움켜쥐고 기우뚱하게 중심을 잡는 것을 의아하게 보며 물었다.

"아니."

나는 상처 때문에 얼굴이 당겼지만 최대한 씨익 웃어 보였다.

"무거우면 들어다 줄까?"

내가 고개를 갸웃하고 숙이며 묻자 미란은 고개를 가로저었다. 차라리 자기가 드는 게 나을 거라고 생각했는지도 모르겠다.

"내 명함 잊지 마. 이번 일이 아니더라도, 나중에라도 뭔가 상의하고 싶은 일이 있으면 전화해라. 단테가 널 도와주고 싶었던 만큼 나도 너에게 도움이 되고 싶으니까."

미란은 내 말을 들으며 손에 든 명함을 물끄러미 보다 꼭 쥐고 주머니에 넣었다. 이제 손을 흔들고 돌아서면 되는데 발길이 떨어지지 않았다. 부모 없이 동생들을 키우는 그 모습이, 혈혈단신으로 태어나 막 살기를 모토로 했던 나보다 장하고 대견해 보여서일까. 나는 얼른 지갑 속에서 만 원권을 있는 대로 꺼내 그 애의 손에 쥐여주었다. 그러자 미란은 커다래진 눈으로 나를 올려다보았다.

"네가 기특해서 그래. 아껴 써."

나는 미소 지으며 말했다. 이건 흉내 내는 미소가 아니다. 그냥 내 얼굴 근육이 그렇게 움직였다.

돈을 내려다보고 살짝 쥐어보던 미란은 결심한 표정으로 그 돈을 다시 내게 내밀었다.

"돈은 싫어요. 이렇게 우유랑 간식들 사주셨으면 됐어요. 돈은 어쩐지 감사하다는 생각이 안 드네요."

미란은 내 손에 돈을 쥐여주고 얼른 돌아서서 걸어갔다. 나는 손에 돌돌 말린 몇 장의 만 원권과 멀어지는 그 애를 번갈아 보았다. 그래도 자존심은 있는 아이구나. 저 애가 그런 손길을 감당했다면 얼마나 숨을 멈추고 참았을까. 얼마만큼이나 자존심이 갈기갈기 찢겨 너덜너덜해지는 것을 참았을까. 동생들을 위해서…….

"사실 달은 거인의 눈동자래. 까만 하늘이 흰자위인 셈이지. 달이 차고 기운 건, 거인이 눈을 감고 뜨는 시간이래. 눈 한 번 깜박거리는 데 걸리는 시간은 인간 시간으로 한 달인 셈이야. 우리가 눈을 깜박이는 건 0.001초인데 거인은 30일이라니. 내가 눈 한 번 깜박할 동안, 어느 곳에서는 아주 바쁘게 살고 있다고 생각해봐. 월급을 한 번 탈 주기 동안 말이야. 누가 재미없을까. 사람일까, 거인일까."

왜 법대에 들어왔는지부터가 수상했다. 은제는 입만 열면 창작 동화제 참가상 수상이 될까 말까 한 얘기들을 늘어놓았다. 마치 내가 그 얘기를 좋아할 만한 어린아이인 것처럼 눈까지 빛내면서 말이다. 은제의 물음에 나는 거인이라고 대답했다.

"우리가 눈 한 번 깜빡인다고 해서 달라질 건 별로 없어. 눈앞에서 건물이 내려앉던가, 멀쩡한 차가 폭발한다던가 하는 일은 일생에 한 번 겪을까 말까 한 일이고, 대체로 눈을 깜빡이는 건 눈동자가 건조해지는 것을 막기 위해서인데, 그사이 뭔가가 일어나긴 힘들어. 그런데 거인이 눈을 깜빡이는 사이 30일이 지난 인간들의 삶이 변해 있으면 그게 재미있겠어? 아침 드라마 토막 내어 중간중간 보는 기분 아니겠냐고. 눈은 또 얼마나 아프겠냐?"

그랬더니 은제는 말했다.

"아침 드라마는 원래 토막 내고 봐도 얘기가 이어져. 인간 대부분의 삶이 훤히 보일 거란 얘기지."

이 무슨 궤변 대화인가. 대꾸할 가치가 없어 나는 콧방귀를 뀌며 빈 아이스 라떼 컵의 빨대를 소리 나게 쪽쪽 빨았었다.

나는 단테의 재판에 참석한 적도 없고 피고를 만나본 일도 없다. 그럼에도 재판이 어찌 굴러갈지 아침 드라마처럼 훤히 보였다. 거인이 된 기분이다. 은제의 말대로, 재미없이 빨리 돌아가버리는 인간 세상을 방관자적으로 구경하던 거인. 그런데 이젠 아니다. 자칫 단테가 무고죄를 쓰고 피고 자식의 정신적, 시간적 보상을 해주느니 차라리 그 자식 머리에 구멍을 내고 말지. 물론 그 자식 손모가지를 마취 없이 자른 다음에 말이다.

차에 올라 인영에게 전화를 걸었다. 미란에 대해 말을 할까 말까 망설이다 그건 접어두기로 했다. 개망신이 두려운 인영이 단테의 승소를 위해 미란에게 접근해 닦달을 할 수도 있기 때문이다.

[몸은 좀 어때?]

전화를 받자마자 그녀는 내 안부부터 물었다.

"걱정하는 척은. 되게 걱정하는 것 같더니 그렇게 가서 전화 한 통화 없더라? 밥은 뭐 먹었는지 안 궁금해?"

[내 낚싯줄만 피해 다니는 물고기 걱정을 뭐하러?]

그녀는 퉁명스럽게 말했다.

"미끼를 잘 던져봐. 낚시꾼이 영 어설퍼서 일부러 걸리기도 민망하잖아."

[뭐야, 나 지금 가뜩이나 머리 아파 죽겠는데.]

그녀는 금방 풀이 죽었다.

"그래서 좀 도와주려고. 단테 주변 조사 좀 했는데."

[그 몸으로?]

그녀는 깜짝 놀랐다.

"그러게. 어설픈 낚시꾼 걱정하는 물고기 여기 있네."

나는 피식 웃었다.

[그래서 구세주야, 아니야.]

대뜸 그녀가 물었다.

"구세주는 단 한 분뿐이야. 알잖아."

[젠장, 끊어. 구세주한테 전화해봐야겠어.]

인영의 목소리는 신경질적으로 변했다. 여전히 질 게 뻔하다고 생각하는 모양이다.

"자신 없을 때마다 이렇게 신경질적여지는 거야?"

[안 될 게 뭐 있어? 이미 반 이상 지게 생긴 판인데.]

"좀 뻔뻔하네. 미래 남편한테도 그렇게 말할래?"

뭔가 반격해올 줄 알았는데 그녀는 아무 말도 하지 않았다. 내가 대꾸를 기다리고 있자 그녀가 말했다.

[그게……, 당신이란 얘기야?]

도로시가 오즈에서 마법사를 만나 '마법사님?' 하고 묻는 것 같았다. 나는 말문이 막혔다.

"농담을 분석해서 해석해줘야 하는 거야? 내 농담이 그렇게 수준 높은 거였나?"

[농담은 됐어. 이 재판 자체가 농담인데 뭐.]

"도와주는 사람 없어?"

그녀가 이토록 측은해 보일 수가 없었다.

[누가 봐도 내가 질 것 같은가봐. 운이 좋지 않았다고 생각하래, 다들. 내가 운이 정말 나쁜 건 괜히 연수원 점수가 좋았었다는 거야. 들떠서 능력도 안 되는 검사나 선택하고……]

"변호사 했으면 잘했을 거 같아서?"

나는 핸들 모서리를 손가락으로 톡톡 치며 피식 웃었다.

[위로 좀 해주면 안 돼? 꼭 그렇게 정곡을 찔러야 속이 시원해?]

"위로는 집어치우고, 재판 얘기나 해보자. 어디서 볼까?"

[당신 집.]

이 여자, 도발이 도를 넘어 은하계라도 침공할 태세 아닌가.

"다른 데."

[당신 집.]

그녀는 단호하게 되뇌었다.

"다른 데 대라니까!"

내가 소리치자 그녀는 한숨 쉬듯 말했다.

[진짜 집이 좋겠어. 다리를 편하게 쉬고 싶은데, 카페는 아무리 편해봤자 카페고. 우리 집은 사람 사는 집 같지가 않아.]

"어느 정도길래……."

[그래. 민망하지만 축사 수준이야.]

"보면 볼수록 매력이 땅을 파는 여자구나."

[좋은 소리야?]

"바보. 끊어."

이 여자는 법대를 제대로 졸업이나 한 건지 수상하다. 이해력이 바닥이다.

인영은 자신이 그렇다는 걸 여실하게 증명해주고자, 와인 병을 들고 타인 명의의 내 거주지에 나타났다.

"내가 언제 데이트 신청했어?"

문고리를 잡고 선 나는 눈살을 찌푸렸다.

"누가 준대? 내가 마실 거야. 얻어 마시고 싶으면 잘 보여. 아, 당신 환자지? 자칫하면 비장으로 와인이 줄줄 샐 테니까 안 되겠네."

혀를 날름거린 그녀는 문간을 가로막은 나를 밀치며 아파트 안으로 들어왔다.

"혼자 있으니까 허전하지 않아?"

그렇다는 사실을 바로 새벽에 느꼈다. 그리고 애써 잊어버린 척 외면하고 있었는데, 이 여자가 헤집고 들어왔다. 냉장고를 열 때, 남은 걸 몰랐던 깡통 죽 하나와 마셔도 될지 의문스러운 유통기한 지난 오렌지 주스를 볼 때마다 단테한테 싸 보낼 걸 그랬다는 생각을 했고, 꺼진 텔레비전 앞에 덩그러니 놓인 리모컨을 볼 때마다 단테가 생각났다. 그리고 오늘 새벽, 휑한 거실에서도 그랬다. 그리고 거실 벽에 붙은 몬드리아니의 그림을 모른 척, 시선을 뺏기지 않고 지나치기가 어려운 것이 한두 번이 아니었다.

"집을 좁혀봐."

"그런 것도 할 줄 알아? 벽을 잘라서 밀면 되나?"

나는 그녀의 말을 받아치며 거실 장에서 와인 잔을 두 개 꺼내 들고 소파에 앉았다. 그러다 주방에서 달그락거리는 소리가 나 돌아보니 그녀가 한 손에 와인 병을 든 채, 내 주방의 서랍을 마구 뒤지고 있었다.

"뭐 하는 거야?"

내가 인상을 쓰며 다가가자 그녀가 나를 돌아보았다.

"와인 병따개 없어?"

"없나봐. 있었는데……. 꼭 마셔야 돼?"

함께 서랍을 뒤지던 나는 이마를 구겼다. 안 나오는 걸 30초 이상 찾은 적이 없다.

"그럼 구경할까?"

그녀는 와인 병을 들어 보이며 어깨를 으쓱였다. 내 것이라도 마시면 좋겠지만, 내 것은 이미 내 방에 미향이 왔던 날 바닥을 내버린 후였다.

"아!"

인영이 갑자기 손뼉을 마주쳤다. 갑자기 뭐가 떠오른 모양이다.

"텔레비전에서 병따개 없이 와인 따는 방법을 배웠어."

그녀는 콜럼버스가 신대륙을 발견했을 때 지었을 법한 표정으로 눈을 반짝였다. 그리고 잠시 후, 우리는 거실 소파에 앉아 머리에 젓가락을 깊숙이 꽂고 묵언 수행하는 와인 병을 어처구니없이 바라보고 있었다. 내 한 손에는 어이없게도 형법 책이 들려 있었다. 와인 코르크에 젓가락을 꽂고 낑낑대는 인영을 보다 못해 내가 형법 책으로 내려친 결과였다. 아픈 와중에도 되다 마는 짓은 볼 수가 없기에 발 벗고 나서고 말았다. 그리고 결국 이 꼴이다.

"어떤 프로에서 이렇게 하는 걸 봤는데."

녹초가 된 그녀는 기진맥진해 소파에 널브러졌다.

"배운 거야, 아님 지들끼리 노는 거였어?"

나는 한심스럽게 그녀를 보았다.

"무슨 예능 프로였는데."

"그건 웃자고 하는 거잖아!"

나는 버럭 소리쳤다. 비장이 욱신거린다. 피를 토하는 중인지도 모르겠다.

"근데 이건 하나도 안 웃겨."

그것도 이상하다는 그녀의 말이다. 한숨만 나온다. 이 여자와 뭘 하려고 했는지도 까먹을 판이다.

"오다 보니까 앞에 공업사 있던데, 거기 가서 따달라고 할까?"

그녀가 진심으로 물어왔다. 혀를 찰 뻔했다. 쇠 파이프 절단기로 따달래게?

"참아. 퇴근했을 시간이야."

"그런가?"

기대했던 실낱같은 희망이 사그라든 그녀는 안타까운 표정을 지으며 턱을 괴고 와인 병을 슬프게 바라보았다. 젓가락을 머리에 꽂고 목매달고 싶은 것 같은 와인 병을.

결국 법전으로 꽂힌 젓가락을 두드려 코르크 마개를 아예 병 안으로 입수시켰다. 그리고 코르크 마개가 동동 떠 있는 와인을 나누어 마셨다. 그녀는 신고 있던 힐을 벗고 소파에 옆으로 길게 누워 상체를 팔로 받힌 채 여유롭게 와인 잔을 빙글 돌렸다.

"이래서 여자는 남자랑 살아야 하나봐."

와인 병 하나 따려고?

"일 얘기 좀 해보자. 앞으로 어떻게 할지 생각해본 거 있어?"

나는 들고 있던 와인 잔을 내려놓고 테이블 건너 그녀를 향해 당겨 앉았다. 그녀도 할 수 없다는 표정으로 허리를 세우고 앉았다.

"어떻게 할지라니. 이건 진 게임이야."

"이렇게 쉽게 포기하기야?"

나는 이마를 찡그렸다. 그녀도 내 표정을 따라하다 입술을 늘어뜨렸다.

"거짓말 탐지기도 안 되고……."

순간 나는 눈을 치떴다.

"누가 안 된대?"

"그쪽에서 거부했어."

"그럼 잘됐군."

"뭐가?"

그녀는 눈동자를 굴려 곁눈으로 나를 쳐다보았다.

"하자고 해."

"못 들었어? 저쪽에서 거부했어."

"판사한테 정식으로 신청해. 그리고 판사를 바꿔달라고 해."

나는 팔짱을 끼며 허리를 세웠다.

"뭐?"

인영은 내 말이 얼토당토않게 느껴지는 것 같았다. 그러나 나는 단호하게 말을 이었다.

"단테와 연관이 있는 판사라고 실토하고 이리저리 끌고 다녀. 이런저런 트집, 잡을 건 다 잡아서 질질 끌고 가야 돼."

"승산이 있다는 거야?"

그녀는 허리를 곧추세웠다.

"질질 끌고 가봐. 그럴수록 그 자식은 전전긍긍할 테니까. 그리고 증인으로 그 주민센터에 들락날락했던 초등학생들을 신청한다고 법정에서 말해. 할 수 있으면 봉사 활동으로 그 자식이랑 접촉했던 중·고등학생들도 전부."

"전부 다?"

나를 보던 그녀의 눈이 휘둥그레졌다.

"그래, 전부 다."

나는 고개를 끄덕이며 와인을 한 모금 마셨다. 인영은 눈을 가늘게 뜨고 나를 보았다.

"뭔가 알고 있지?"

와인을 마시던 나는 눈동자를 굴려 그녀를 바라보았다.

"뭔가 알고 있으면서 나한테는 말 안 해주는 거잖아."

의심과 심통으로 빵이 부풀기 시작한 그녀의 표정에 나는 미소 지으며 와인 잔을 내려놓았다.

"시간 끌기. 그 자식이 지겨워질 때까지. 신경을 박박 긁어놔서 거짓말 탐지기에 걸리게 하는 거야. 아무리 연습을 해도 티 나게 말이야. 혹은 진실을 말해도 걸려버리게. 그럼 승산 있어."

내 말이 끝나자 그녀는 좁은 소파에 앉은 내 옆으로 폴짝 옮겨와 앉았다. 나는 기겁을 하며 옆으로 물러났지만 불편한 몸 때문에 멀리 물러나지 못했다. 내게 얼굴을 바짝 들이댄 그녀는 내 입술을 고양이처럼 노려보았다. 당황한 나는 입술을 꾹 다물고 안으로 말았다.

"와인이 묻었어."

그녀는 엄지손가락으로 내 입가를 지그시 눌러 닦았다. 덩달아 그녀의 가슴이 내 어깨와 가슴에 와 닿았다. 어쩌지? 급 활성화된 호르몬 탓에 애국가를 불러야 할 것 같은데, 그럼 날 미친놈으로 볼까? 나는 색이 바뀌는 그녀의 눈을 빤히 보며 번민에 휩싸였다. 머릿속에선 이미 애국가의 전주가 시작되고 있었다. 그때 그녀가 나지막이 속삭였다.

"원해?"

그녀가 속삭였다. 도발적인 여자로 변신 중인 것이 분명했다. 당황한 나는 입술을 숨긴 채 서둘러 도리질했다. 세차게 그녀를 밀어냈어야 하지만 그녀의 엉덩이와 내 엉치가 비좁게 들어맞아버려서 그녀의 어디를 밀어야 할지 분간할 수가 없었다.

"애처럼 귀엽게 왜 이래?"

나를 보던 그녀는 피식 웃었다.

"애처럼 보이냐? 그럼 넌 애한테 뭐 하는 짓이야?"

나는 평정심을 되찾으려고 노력했다. 그러니까 이미 내 평정심이 무너지고 있다는 얘기다. 대학교 때 은제와의 사건 이후, 연수원 때 인영 외의 다른 여자들은 기억도 나지 않는, 무의미하고 짧은 만남이 전부였다. 그래서 간만에 느껴지는 여자의 피부 감촉이, 여직원들을 농담으로 농락하던 때와 지금의 나를 너무나 다른 차원에 있게 했다.

"왜 그렇게 당황해. 연수원 때랑 너무 다르잖아."

그게 나도 당혹스럽다. 나도 모르던 아이가 있고 없고의 시점으로 전후가 나뉘는 것 같은데, 그 '후' 시점 이후 책임감이라는 걸 절실히 깨달았기 때문일까. 무수한 정자들이 그냥 흘러가버리는 것이 아니라는 자각이 든 것일지도 모르겠다. 어쨌거나 나는 마치 그녀에게 기습당한듯 얼떨떨해 있었다.

갑자기 그녀가 내 입술에 가볍게 '쪽' 하고 입맞춤을 했다. 그리고 미소를 머금으며 고양이처럼 몰아 뜬 눈동자로 나를 오롯이 바라보았다. 뒤로 물러난 나는 당황할 수밖에 없었다.

"뭐, 뭐 하는 거야?"

"과거와 현재를 이어 붙이는 중이야."

그녀는 내 귓가에 속삭였다. 그게…… 가능할까? 하지만 그녀는 내가 하지 못했던 과거와 현재 잇기를 몸소 보여주고 있었다. 그녀의 입김만으로도 내 온몸에 전율이 일었다. 마치 처음 여자를 만나는 것처럼. 가슴속에 꼭꼭 감추어두었던 본능이 되살아나기 시작했다. 인영의 숨결이 내 목덜미에 닿자 정신이 혼미하게 분산되었다. 내가 이 여자를 거부하면 후회를 할까, 안 할까.

다분히 동물적인 반응을 말하는 게 아니었다. 단테를 만나고 내가 누군가와의 교감에 상당히 서툴다는 것을 뼈저리게 느끼고 있었다. 그리고 단테를 통해 조금씩 더디게 배우고 있는 중이었다. 그렇다고 인영이 실습 대상이란 말은 아니다. 오히려 두려웠다. 내가 누군가를 책임질 수 있을지 나 자신도 확신이 없었다. 그러면서 내게 치대는 이 아가씨가 어쩐지 애완동물을 넘어 내게 어떤 애착으로 다가왔다. 어쩌면 누구를 다시 사랑할 수도 있을 거란 느낌이었다.

무엇보다 나의 나쁜 평판을 듣고도 아무렇지 않게 나를 대해주는 이 여자가 내 인생에 도움이 되지 않을까 하는 기대감이, 오랫동안 꽉 막혔던 지하실 문이 열리면서 밀려오는 신선한 공기처럼 내게 밀려왔다.

"나한테 키스하면 뒷감당은 나도 못 해."

나는 무거운 마음으로 그녀를 노려보며 경고했다. 그러자 그녀가 입술을 꼭 다물고 웃었다.

"나도 원하는 바야."

그녀는 내 눈을 들여다보며 말했다. 나는 그녀의 귀 아래를 손바닥으로 감쌌다. 분명히 연수원 화장실에서 즐길 대로 즐긴 사이인데 첫 데이트처럼 이렇게 조심스럽고 떨릴 수가 있을까.

하긴 그때는 이런 대화도 필요 없었다. 눈빛이 통했고, 그날 밤 그대로 화장실 문을 밀치면서 우리의 동물적인 감각이 날개를 펼치고 날아오를 기세로 사랑을 나누었다. 사랑한다는 말은 한마디도 하지 않은 채. 그래서 쉬웠을까, 이 여자와의 헤어짐이. 은제와는 현재까지도 어려웠던 그것이 그 말 한마디 차이로 쉬울 수 있었을까.

그렇다면 이 여자와 헤어지려면 또 긴 시간이 필요하겠군. 그리고 다시는 그렇게 지리멸렬한 이별은 하고 싶지 않다.

인영의 입술에 내 입술을 맞대기까지 상상도 할 수 없는 시간이 걸렸다. 온몸이 떨려서 제대로 숨 쉴 수도 없었다. 인영은 차분히 내 입술이 자신의 입술에 닿기를 기다렸다. 기도가 끝나기를 기다리듯이. 떨리는 나와 달리 그녀는 안개를 맞이하는 새벽 호수처럼 고요했다. 모든 것을 내게 맡기고 있었다. 나는 천천히 그녀의 입술에 입을 맞추었다. 인영이 내 안으로 고이듯 미끄러져 들어왔다. 깊은 입맞춤이 이렇게 달콤한 것이라는 걸 오랫동안 잊고 살았다.

나는 그녀의 쇄골을 엄지와 집게손가락으로 조심스럽게 어루만졌다. 그녀가 부끄러운 듯 몸을 움츠렸다. 하지만 그녀의 살갗 느낌을 기억하기 시작한 내 손은 그녀의 셔츠 속을 파고 들어가 둥근 어깨를 어루만졌다.

"보고 싶었어."

눈을 감은 그녀는 내 뺨에 뺨을 맞댄 채 속삭였다.

"미안."

나도 그녀에게 입을 맞추며 속삭였다. 보고 싶어 하지 않아서 미안했다. 이렇게 안을 거면서 무례하게 대해서 미안했다. 어쩌면 내가 더 사랑하게 될지도 모르면서 먼저 다가가지 못한 것이 미안했다. 이 순간 이 모든 것이 미안해지는 것은 내가 착해지고 있다는 증거일까. 제발 그랬으면 좋겠다. 이 여자만큼은 제발 아프게 하지 않았으면 좋겠다. 그래야만 단테에게도 미안하지 않을 것 같았다. 누군가를 함부로 버리고 아프게 하는, 인간 같지 않은 놈이, 단테에게 유전자를 물려준 생부가 되게 만들어주고 싶지 않았다.

인영은 나의 목에 팔을 두르고 내가 자신의 몸을 탐하도록 내버려두었다. 우리는 서로 부둥켜안다가 소파에서 굴러떨어졌다.

"크흡!"

나는 명치를 감싸며 미간을 찌푸렸다.

"괜찮아?"

놀란 그녀가 나를 걱정스럽게 올려다보며 물었다. 그녀와 눈이 마주친 나는 정말 걱정스러운 얼굴로 내 얼굴을 살피는 그녀의 모습에 미소를 머금었다. 그녀를 향해 고개를 끄덕인 나는 그녀의 머리칼을 넘기며 미끄러지듯 그녀의 입술에 입을 맞추었다. 그러자 그녀는 나를 따뜻하게 꼭 끌어안아주었다. 그 순간부터 우리는 비행선을 타고 우주로 뛰어들었다.

"나는 고아야."

갓 떠오른 햇살이 어스름한 새벽의 결계를 풀고 하늘에 쏘아 올려질 무렵, 온 세상에 금가루가 뿌려지고 내 이마에, 그리고 그녀의 등과 머리칼에도 빛나는 금가루가 뿌려지는 것을 체온으로 느끼면서 나는 말했다. 이런 고백을 이런 순간에 하는 건, 부도 위기인 회사에 결제용으로 부도 수표를 내미는 것과 같을지도 모른다. 하지만 이런 순간이 아니면 이렇게 순수하게 솔직할 기회를 찾기 힘들 것 같았다.

곧 내 가슴에 얼굴을 얹고 있던 그녀는 고개를 들어 나를 빤히 보았다.

"너무 늦게 말했나?"

역시 난 부도 수표일까? 나는 조마조마한 마음으로 그녀의 눈을 바라보았다.

"그래서? 어쩌라고? 설마 나더러 당신을 입양하라는 건 아니지?"

그녀는 정색을 했다. 그리고 그녀의 반응에 난 코웃음이 났다.

"엄마라고 부를게."

나는 눈웃음을 지으며 대답했다.

"좋아. 입양할게."

그녀는 냉큼 대답한 뒤 다시 내 가슴에 얼굴을 기댔다. 그리고 내 나침반 문신에 서명하듯 손가락으로 선을 그으며 천천히 말했다.

"대신 엄마라고 부르지 마. 자기라고 불러줘. 키스도 해주고, 내가 간지럼 잘 타는 곳을 하루빨리 알아내주고."

그녀는 다시 고개를 들어 나를 바라봤다. 그리고 장난스럽게 말했다.

"주기적으로 초콜릿도 사줘야 돼."

"그리고?"

나는 한 팔을 뒤로 뻗어 머리를 괴고 다른 손으로 그녀의 머리칼을 만지작거리며 물었다. 그러자 그녀가 다시 고개를 들고 나를 보며 말했다.

"다른 여자는 쳐다보지도 마. 절대로."

나는 고개를 끄덕였다.

"공증."

내 문신에 사인을 마친 그녀는 이렇게 말하며 엄지손가락으로 자신의 입술을 찍더니 다시 내 입술에 찍었다. 나는 그런 그녀의 머리를 손바닥으로 감싸고 몸을 일으켜 그녀의 입술에 입을 맞추었다.

"이게 제대로 된 공증이지."

나는 그녀에게 입을 맞춘 채 두 팔로 그녀를 감쌌다.

PIECE 14

# 꼬붕의 품격

사무실에 들어서자 사람들은 제각기 제 일들로 분주했다.

"좋은 아침!"

손을 가볍게 든 나는 하이 톤으로 인사를 건넸다. 놀란 사람들이 하나같이 어떻게 반응해야 할지 몰라 망설이는 것이 느껴졌다. 하지만 나는 그런 시선들을 상큼하게 외면하고 가벼운 걸음으로 내 방으로 다가갔다. 문 앞에서 정양이 휘둥그레진 눈으로 나를 보고 있었다. 나는 눈썹을 추켜올리며 '왜' 하고 입을 벙긋거리며 다가갔다.

"우리 조 변호사님 못 보셨어요? 분위기가 음산, 괴괴하고, 아침 인사는 어릴 때 말이 트이자마자 입에서 떼어내버리신 분인데. 사람 기분 잡치게 하는 데는 1인자시거든요?"

정양은 나를 빤히 보며 물었다.

"이럴 거야?"

내가 인중을 일그러뜨리자 정양이 방긋 웃었다.

"이제야 우리 변호사님 같네요. 인중이 돼야 사무실 입장을 허락하죠. 들어가세요."

그제야 정양은 미소 짓는 얼굴로 손수 사무실 문을 열어주었다.

"병가 내셔서 걱정했어요. 몸은 괜찮으세요? 얼굴 상태는 좀 아니신 것 같은데."

따라 들어온 정양은 내가 자리를 비운 동안 밀린 업무들을 한 아름 책상에 내려놓고 심란한 듯 내 얼굴을 올려다보았다. 나는 눈살을 찌푸리며 책상 가득 탑을 쌓은 서류 맨 위 페이지를 젖혀보았다.

"아팠던 사람을 이런 식으로 환영하는 것도 어쩔 수 없는 비서로서의 방식이겠지?"

"이해해주셔서 감사해요. 차 한 잔 드릴까요? 커피 어떠세요?"

그녀는 고개를 기울이며 생긋 웃어 보였다. 나도 그녀를 마주 보고 미소 지으며 고개를 끄덕였다. 그러자 그녀는 희한하다는 듯한 미소를 지으며 방을 나갔다.

오랜만에 맡는 로펌 냄새였다. 숨을 깊이 들이마셨다 내쉰 나는 겉옷을 재킷 걸이에 걸었다. 그리고 와이셔츠 소매 단추를 풀자마자 핸드폰의 문자 알림 소리가 들렸다. 인영의 문자였다.

자기, 내 말이 맞지?

내 말이 맞지? 도통 무슨 말인지 몰라 물음표만 찍어 답장을 보냈다. 그리고 내가 넥타이를 느슨하게 하자마자 또 문자가 왔다. 문자 찍기가 완전 빛의 속도다. 나는 피식 웃으며 핸드폰을 들여다보았다.

내 행성 사이즈에 딱 맞는 그 비행선이 어젯밤 다시 도착했다는 사실

웃음이 터져 나왔다. 재판을 이런 위트와 재치로 풀어 가면 엄청 유능한 검사가 될 텐데. 법정에서 그녀는 10% 부족할 것 같은 느낌이다. 이 여자가 재판하는 모습을 꼭 한 번 봐야겠다.

어젯밤, 격동의 새벽이 떠올랐다. 그리고 그녀의 말이 맞는 것도 같다는 생각에 빙긋 웃음이 나오려는 순간 핸드폰이 울렸다. 문자질로는 성에 안 차시겠지. 나는 키득거리며 전화를 받았다.

[기분이 무척 좋은 모양이군.]

순간 나의 얼굴이 굳었다. 허명수, 그 노인이었다.

[다행이군. 둘 중 하나라도 즐거우니 말이야. 내 자식 놈들에게 당하고도 기분 좋은 일이 있었나 보군. 성격이 좋은 건가?]

알고 있으니 입 아프게 말할 필요는 없겠다.

[그 망할 년이 찾아갔다고?]

가장 최근, 어젯밤에 찾아온 그녀는 당연히 '망할' 범주에 들어가는 것이 아니니, 지금 말하는 그 여자는 아마도 그의 내연녀를 말하는 것일 게다. 그 여자가 날 찾아왔다는 것을 안다면 그 여자가 내게 한 말도 안다는 것일까? 이 노인을 너무 믿지 말라는 말도?

내가 전화를 받고 난 후 한 말은 인사 외엔 아무것도 없었다. 노인 혼자 퉁명스럽게 말을 잇고 있었고, 나는 묵묵히 그의 말을 듣기만 했다. 그럼에도 그는 아무렇지 않게 말을 이었다.

[이제부터 자네가 취할 행동은 하나야.]

전화기 너머 노인은 말하는 내내 퉁명스럽고 냉정했다.

[하고 싶은 대로 하게 냅둬. 단, 뭘 하든 깊이 생각하지 말게.]

여자가 하고 싶은 대로 하게 놔두라고? 그리고 깊이 생각하지 마? 노인을 믿지 말라던 그 말도? 그럼 당신은 어쩔 거냐고 묻고 싶었다.

[아무 상관없는 여자의 말 한마디에 이리저리 휩쓸리는 일은 없길 바라네. 그렇다면 자넬 내 후견인으로 삼은 게 후회될 테니까.]

"후회만 되시겠습니까?"

나는 기어코 싸가지 없는 투로 묻고 말았다. 노인을 믿지 말라는 그녀의 힌트를 어찌 이해할까 고민했었는데 은근히 나만 병신 되는 것 같아 기분이 뭐 같았다.

"기분이 찝찝하시면 후견인을 바꾸셔도 좋습니다. 어차피 저와 하신 일도 별로 없잖습니까. 유언장 고치는 것도 작업 전이구요."

[아니지. 나에게 믿음을 줬잖나. 그러지 않았다면 내 재산과 관련된 모든 문서를 자네에게 맡기지 않았을 걸세. 다시 또 누군가를 믿어야 할지 말아야 할지 고민하는 짓 따위는 하고 싶지 않네. 여생이 얼마나 남았다고 사람 고르다 인생 쫑 내겠는가.]

내가 그의 꼬붕으로서 꽤 만족스러운 모양인가 보다. 절로 코웃음이 쳐졌다. 하지만 여전히 이 노인의 내연녀 말이 머리에서 떠나지 않았다. 이 남자는 나를 믿고 있는데 나는 이 남자를 못 믿기 시작했다. 아니다. 나를 믿는다는 것도 말뿐일 수 있다. 내게 준 재산 증서도 그저 맡겼을 뿐이다. 그렇다면 난 뭘 믿지? 이 노인처럼, 바로 나?

그의 꼬붕 자격을 그대로 유지한 채 나는 기분 잡치게 전화를 끊었다. 갑자기 그녀의 재방문이 기다려졌다. 노인의 내연녀 말이다. 그때는 당황하지 않고 단도직입적으로 물을 것이다. 도대체 내가 춤출 장단은 누구 것이 더 스텝이 확실한가 말이다.

이런 불명확한 상황 속에서 유일하게 분명한 일이 있었다. 나는 즉시 핸드폰을 꺼내 안소니에게 전화를 걸었다.

[몸은 괜찮으십니까?]

그는 내 안부부터 물었다. 나는 민망해져 절로 이마를 긁적였다.

"덕분에요. 단테는 지금 집에 있습니까?"

먹구름만 잔뜩 껴 지들끼리 찌릿찌릿하는 자기장 속에 묶인 듯한 답답한 기분을 최대한 누르고 상냥하게 물었다.

[단테는 개학이 얼마 남지 않아서 방학 숙제에 피치를 올리고 있어요. 제대로 통화할지 의문인데 일단 바꿔드릴까요?]

소니가 웃으며 말하고 있다는 걸 알 수 있었다. 그의 온화한 얼굴이 떠오르자 그제야 머리가 맑아지는 것 같았다. 이 남자를 사랑하게 될 것 같다. 그럼 은제와 라이벌이 되려나?

"오늘 별다른 스케줄 없으시면 제가 찾아봬도 될까요?"

나는 정중하게 물었다.

[그제부터 영어 과외 수업을 집에서 받습니다. 3시쯤 끝나면 자유로우니까 그때 맞춰 오시겠어요?]

부탁은 내가 했는데 오히려 그가 양해를 구하듯 물었다.

"예. 알겠습니다."

나는 전화를 끊었다. 아버지라면 아이들의 교육도 신경 써야 하는구나. 그게 당연한 건데 되게 특별하게 느껴졌다. 점점 나란 놈이 도저히 흉내도 낼 수 없는 범주의 사람으로 보였다. 이러다 소니를 위인 삼아 존경하게 될 것 같다.

소니의 집에 도착해 초인종을 누르자 '삐' 소리와 함께 '철컹' 하고 문이 열렸다. 올망졸망한 정원수들 옆으로 잔디가 깔린 정원을 지나 현관에 도착하니 안소니가 문을 열고 선 채로 웃으며 나를 맞이해주었다.

나는 친근한 그의 마중에 미소로 답하며 그가 안내하는 거실로 갔다. 단테의 방으로 추정되는 곳에서 영어로 대화하는 소리가 흘러나왔다. 유창한 원어민과 유치원생보다 못한 아이의 대화 같았지만, 꽤나 길게 이어지고 있었다. 그 소리 또한 성스럽게 느껴진다.

"태권도를 배웠으면 좋겠는데 태권도는 절대 안 배우겠다네요. 차라리 수학 학원에 다니겠대요."

소니는 두 손 두 발 들었다는 표정을 지어 보였다. 나는 그가 '운동 신경 없는 네 탓이야.'라고 말하는 것 같아 몸 둘 바를 몰랐다.

"제가 온 용건은……."

나는 내 앞에 주스 잔을 내려놓는 그에게 재킷을 고쳐 입으며 말을 꺼냈다.

"꼭 용건이 없으셔도 오시고 싶을 땐 언제든 오세요. 헛걸음하시지 않게 전화만 주시면 됩니다. 밖에서 만나도 좋구요."

나는 처음으로 천사에 대해 생각해보게 된다. 하느님에 대해서는 간혹 생각해봤지만 천사를 염두에 두기는 쉽지 않았다. 그런데 이 사람은 날개를 어디다 감추고 있는 대천사가 아닐까 생각하게 했다. 어쩌면 그 커다란 날개는 착한 사람에게만 보이고, 나 같은 망종 같은 놈한테는 보이지 않는지도. 이 사람 등짝에 '이 사람의 날개가 보이시는 분은 연락 주세요.'라고 말하면 정말 누군가 날개를 보았다고 연락을 해오지 않을까 싶을 정도로, 이 사람은 천사라는 강한 추측을 하게 만드는 사람이었다.

문득 미향의 말이 생각났다. 그가 나를 이미 알고 있다는 말이.

"정확히 언제 나를 어떻게 알아봤나요?"

역시 그가 천사이기에 가능하지 않을까 하는 질문이었다. 내 물음에 그는 회상에 잠긴 듯 애잔한 미소를 띠었다. 미소에도 여러 가지 종류가 있구나. 이 사람은 어쩌면 내게 많은 가르침, 때로는 영감(靈感)이 된다.

"단테가 어떤 말투나 행동을 할 때 아내가 아련한 눈빛으로 볼 때가 있었어요. 그 눈빛은 단테를 보는 게 아니었어요. 단테가 보인 것과 같은 행동을 보여주었을 당신을 기억하는 눈빛이었습니다."

질문을 내가 했음에도 기습이라도 당한 것처럼 목구멍이 뻐근해졌다. 순간 울컥한 나는 뜨거워지는 눈을 어쩌지 못하고 그에게서 급히 시선을 떼었다.

"그런 특징적인 단테의 모습들이 몇 개 있었죠. 당황스러울 때 눈썹을 올리며 콧등을 긁적인다든가, 맛있는 걸 먹을 때 행복에 겨워하던 표정, 이길 수 없는 것에 대해 어깨를 늘어뜨릴 때, 사진기를 들이대면 고개를 반짝 들고 입을 찌익 찢어 보이던 모습들."

그는 스크랩 사진을 하나씩 꺼내놓듯 회상에 젖었다.

"그럴 때마다 아내의 눈에 눈물이 고였습니다. 그러다 나와 눈이 마주치면 미소 지으면서 너무 행복해서 눈물이 난다고 했어요. 나는 아내의 말이 맞기를 바랐습니다. 제가 채워주지 못하는 게 있지 않을까 항상 걱정했는데 그 틈마저 제가 채울 수 있다면 정말 행복한 거겠죠."

그의 목소리는 평온했다.

"다른 남편들은 그게 싫었을 텐데……."

민망해진 나는 시선을 낮게 깔며 머리를 쓸어내렸다.

"단테는 저한테 선물입니다……. 아실지 모르겠지만 저는 아이를 낳을 수 없습니다."

그의 눈빛이 흔들렸다. 나는 묵묵히 그의 말을 경청했다.

"음……, 이 사실은 미향 씨가 말해주지 않았을 것 같은데, 전 단테 엄마를 만나기 전에 결혼에 한 번 실패한 적이 있습니다……."

소니는 깍지를 낀 손을 조물락거리며 내려다보았다.

"아, 아무것도 듣지 못했습니다."

그가 당황하는 나로 인해 머쓱해지지 않았으면 좋겠다.

"괜찮습니다. 말하지 않는다고 해서, 또 누가 모른다고 해서 지워지는 게 아니니까."

나를 바라보던 그는 옅은 미소를 띠었다.

"첫 번째 결혼에서 아이가 생기지 않았는데 그 이유가 저에게 있다는 걸 알고 많이 힘들었습니다. 전 아내는 이혼을 바랐습니다. 물론 처음부터 그런 건 아니었구요. 입양을 생각하기도 했지만 아내는 아이를 낳고 싶어 했습니다. 그건 여자로서 당연한 거였죠."

그는 모든 것을 이해한다는 표정을 지었다.

"그래서 결국 헤어졌죠. 그렇게 혼자가 되어 몇 년이 지났을 때였습니다. 저희 오케스트라가 봉사 사업의 일환으로 무료 공연을 하고 있었는데, 공연을 하러 갔던 병원에서 우연히 단테를 갓 낳은 은제를 만나게 됐습니다."

다른 남자의 입에서 흘러나오는 은제의 이름이었다. 질투심이 살짝 솟구치기도 했지만 절대 그럴 수 없는 상대였기에 금방 사그라들었다. 그저 그 이름이 생경하게 느껴질 뿐이었다. 완벽하게 다른 남자의 아내 이름을 듣는 것처럼.

"단테를 낳은 병원에서 간호조무사 일을 하고 있더라구요. 처음엔 친구처럼 지냈었습니다. 서로의 얘기를 스스럼없이 하게 되고, 힘들었던 과거도 털어놓게 되고. 그러면서 서로의 사정을 너무나 잘 아는 사이가 됐구요. 그러다 제가 먼저 청혼을 했습니다."

그는 마치 사춘기 소년처럼 배식 웃었다. 잠시 청혼하는 그와 청혼 받는 은제의 모습을 상상해본다. 은제는 행복했을까? 그때를 떠올리고 있는 그의 표정을 보니 그랬을 것 같다.

"은제나 저나 서로 눈빛만 봐도 이해가 되는 사이였습니다. 그래서 인생의 동반자가 되는 것도 자연스러웠죠. 저는 행운이라고 생각했습니다. 평생 가질 수 없을 아이를 안고 행운이 찾아온 거죠."

그는 가슴을 부풀렸다가 지그시 숨을 내쉬었다. 지금도 그때만큼 감격스러운 기분인 것 같다. 그런 그가 부러웠다. 시샘조차 하지 못할 만큼.

"단테를 내 아이라고 생각하고 안는 순간, 저는 감격해서 울었습니다. 미안한 말이지만, 아기였던 단테가 저를 아빠라고 부르면서 그 보드랍고 쬐그만 손으로 제 손가락을 잡았거든요."

그때 일이 어제처럼 생생한 듯, 아니 다시 경험하는 듯 울먹이는 그의 눈이 붉게 충혈되었다. 그리고 그의 충혈된 눈에 눈물이 맺히기도 전, 내 눈에 눈물이 스몄다. 소니보다 선수 친 눈물이 민망해진 나는 얼른 손가락으로 눈가를 툭 쳤다. 이렇게 내 자신이 비루하게 느껴진 적이 없었다. 눈물방울이 '톡' 하고 내 손등에 튕겨졌다.

"아빠를 닮았다는 말을 들으면 단테는 뛸 듯이 좋아합니다. 하지만 반대로 아빠랑 다르다는 말을 들으면 제 뒤로 숨어 제 엉덩이를 주먹으로 막 때려요. 왜 닮지 않았냐는 거죠. 혈액형이 다르고, 우리가 피를 나누지 못한 사이라는 걸 안 후에도 마찬가지였습니다."

피를 나누지 않은 사이가 아니라 나누지 못한 사이라고 말했다. 그 말이 그의 마음을 그대로 표현해주고 있었다. 이 사람은 정말 단테를 친아들처럼 여기고 있었다. 나는 피를 나누고도 그런 사이라고 말하지 못하는데. 하지만 그건 내 탓이었다. 나는 지금 내 피를 모두 뽑아 그와 바꿔야만 하는 놈이다. 이 사람에게는 그렇게라도 해주고 싶은 기분이 들었다. 뭔가 떠오른 듯 그는 빙긋 웃었다.

"한번은 레스토랑에서 식사를 하고 계산을 하려는데 종업원이 나더러 조카와 놀러온 친절한 삼촌이라고 말한 적이 있었죠."

단테가 어땠을지 감이 딱 왔다.

"농담으로 넘겨버리면 그만인 말이었는데 단테는 그 말이 무척 거슬렸나 봐요. 미소 짓고 있는 그 남자에게 소리치더군요. 그렇게 보는 눈이 없어서 장사를 어떻게 하느냐고요. 음, 이건 정화한 표현이고, 그대로 표현하자면 '눈이 삐꾸냐.'고 물었어요. 하하하!"

"푸하하하!"

이 순간에 나만 박장대소한 것이 아닌 게 천만다행이다. 나 혼자 배를 잡고 웃었다면 그를 조소하는 걸로 오해받을 수도 있으니까. 웃던 그는 눈물을 찍어냈다. 우스워서 나는 눈물이기만 할까?

"나에게 언제나 에너지가 되는 아이입니다. 삶의 이유고, 존재이고, 전부죠."

'그러니 빼앗을 생각은 털끝만큼도 하지 마십시오.' 나라면 그렇게 말할 것이다. 대놓고.

"아버지가 당신이라서 다행입니다."

내 말에 그가 잠시 말을 잇지 못하고 나를 멍하니 보았다. 나는 히죽 웃었다.

"아실런지 모르겠지만 저는 고아입니다."

제길. 이런 자기소개를 앞으로 몇 명에게 더 해야 할까.

"위로의 말은 사양합니다."

나는 웃으며 손을 들어 보였다. 나를 이해했는지 입술을 꾹 다문 소니는 고개를 끄덕였다.

"저는 아무리 날고 뛰어도 당신처럼 하진 못했을 겁니다. 저는 주로 후회하면서 배우는 스타일이죠. 그나마 얼마 동안은 후회조차도 안 하고 살았었네요. 아이를 키우는 법을 그렇게 배운다면 정말 끔찍할 겁니다. 저나, 아이나. 그런 시행착오는 햄버거 고를 때만 해도 될 겁니다."

어쩌다 보니 반성을 하고 있었다. 대천사 앞에서.

"전 주로 방향제 고를 때 많이 하죠."

그와 나는 한동안 마주 보며 미소 지었다. 우리에게 그것 이상의 대화가 필요 없을 것 같았다.

그 순간 단테의 방문이 열렸다. 단테와 함께 나오던 영어 선생님은 아직 상처가 덜 아문 내 얼굴을 보곤 흠칫하는 것 같았지만 단테는 환하게 웃으며 내게 손을 흔들었다. 저건 내 유전자가 아니다. 은제에게서 받았거나 소니에게서 배운 것일 테다.

단테가 영어 선생님을 배웅하고 돌아온 후 나는 소니에게 말했다.

"단테와 한 번 더 동네 한 바퀴를 하고 싶은데, 될까요?"

내가 물으며 단테를 돌아보자 단테는 소니의 대답이 나오기도 전 나를 보며 능글맞은 미소를 지었다.

"그럼요."

소니는 웃으며 단테에게 내 곁으로 가라는 손짓을 했다. 단테는 옆으로 오며 나를 물끄러미 보았다. 여전히 능글맞은 미소를 지은 채.

"나한테 할 말 있니?"

내가 의아해하며 묻자 단테는 그냥 나를 흐뭇하게 보며 싱긋 웃었다. 애늙은이 같은 놈.

우리는 저번처럼 주민센터로 가지 않고 곧장 동네 산책로로 향했다. 단테는 길을 걷다 나를 힐긋 보고, 다시 걷다 또 나를 힐긋 보기를 반복했다.

"자꾸 그러면 나 기분 나쁜데."

나는 입술을 삐죽 내밀며 툴툴거렸다.

"아침에 인영이 아줌마랑 전화했어요. 내일 재판 있는데 할 말 없냐고."

"그래서?"

"없다고 했어요."

단테는 명랑하게 말했다.

"네 재판인데 너무 무신경한 거 아니니?"

나는 단테를 가볍게 흘겼다.

"이상하게 아줌마 기분이 좋던데."

자기 얘기를 하고 있는데 이 자식은 다른 얘기로 되받아쳤다. 음, 이 여자가 애 앞에서 뭘 또 질질 흘린 건가?

"아저씨 기분도 좋아 보여서요."

"그래? '기분 좋아라' 음료수를 마셔서 그런가?"

내 말에 단테는 한쪽 눈을 찡그리며 나를 보았다.

"내가 어린애인 줄 아세요?"

"그럼 네가 어른이냐?"

"말을 말자구요."

단테는 귀찮다는 표정으로 손을 내저으며 앞서 걸었다. 곧 앞에 주스 가게가 보였다.

"키위!"

순간 우리는 서로를 손가락으로 가리키며 소리쳤다. 지난번에 키위 주스를 샀었기 때문이다. 그걸 기억하다니, 좀 감격스러워해도 될까?

우리는 키위 주스 두 잔을 주문해 함께 마시며 산책로를 걸었다.

"뭐 하나 물을게."

단테가 빨대를 문 채 나를 힐긋 올려다보았다.

"너는 왜 그 애 대신 나서기로 했니?"

순간, 빨대를 물었던 단테의 입이 딱 벌어졌다. 미안하지만 통쾌했다.

"몰랐을 거라고 생각한 거 아니지? 내가 너보다 먹은 밥그릇 수가 장난이 아니거든?"

"그게 자랑이에요?"

들켜서 재수 없다는 듯 단테의 인상이 구겨졌다. 나는 빨대를 문 채 빙긋 웃었다. 단테는 곧 진지하게 변한 눈빛으로 물었다.

"궁금해요. 데이트를 하다 칼을 든 강도를 만나면, 강도와 남자, 여자 그렇게 셋만 있으면 남자는 여자 대신 칼을 맞을 수 있을까요? 아니면 여자에게 미안하다고 하고 도망칠까요?"

이게 순진한 질문인지 철학적인 질문인지 헷갈렸다.

"좋아하면 대신 칼을 맞지 않을까?"

빨대를 물고 먼 산을 보던 나는 무의식적으로 인영과 나란히 데이트하다 강도를 만나는 장면을 상상해보았다. 인영은 아마 펑펑

울면서 내 뒤에 숨을 것이다. 맞고 싶지 않아도 그 칼은 내가 맞게 되어 있다. 갑자기 명치가 아려왔다.

"정말 좋아하면 그렇게 될까 궁금했어요."

어쩐지 수궁의 목소리였다. 나는 빨대를 쪼옥 빨며 단테 녀석을 내려다보았다.

"그럴 것 같더라구요."

고개를 끄덕인 단테는 빨대를 빨며 앞으로 걸어갔다. 그런 단테를 보던 나의 발걸음이 멈춰졌다. 초등학교 3학년이란 건 인생 어느 쯤에 있는 걸까. 초등학교 저학년 중에서는 최고 학년이지만 멀리 볼 것도 없이 초등학교 고학년들에게는 애처럼 보일 것이다. 그런데 따지고 보면 저학년과 고학년이 갈리는 것은, 딱 한 학년 차이일 뿐이다. 그러니까 누군가의 수준을 알기 위해 '어느 학교, 몇 학년이니?'라고 물으면 안 된다. '몇 살이니?'라고 묻는 것도 마찬가지다. '누군가를 좋아해본 적 있니?', '강도와 애인과 셋만 있으면 너는 애인 대신 칼을 맞겠니, 버리고 도망치겠니?'라고 물어야 할 것 같다. 전자인지, 후자인지의 답을 떠나 그 답을 제대로 설득력 있게 댄다면 그 아이는 다 큰 것이다. 수준 낮춰 대화를 시도했다가는 오히려 물어본 사람이 수준 이하라는 소리를 들을 것이다.

나는 성큼성큼 걸어 단테 곁으로 갔다.

"차라리 그 애가 당하는 걸 봤다고 신고하지 그랬어?"

내가 목소리를 낮춰 묻자 단테는 자신도 그 부분을 고민했다는 것처럼 한숨을 내쉬며 먼 산을 바라보았다.

"그랬으면 학교는 물론 동네에 그 애 소문이 쫙 퍼지겠죠. 그 아저씨는 딴 데로 가버리면 그만이고. 인터넷으로 뒤져봤어요. 그딴 신고 따위, 대단한 일을 만드는 게 아니던데요. 그 아저씨는 사라지겠지만 그 애는 동네에 남잖아요. 다른 곳으로 이사 갈 수도 없는 애잖아요. 결국 손가락질 당하는 건 그 애뿐이에요."

주먹을 불끈 쥔 단테는 격분했다.

"그런 아이를 손가락질하면 안 되지."

"그렇죠. 그런데, 해요. 걘 이미 학교에서 왕따예요. 그런 일까지 생기면 걘 죽고 싶을지도 몰라요. 그건 내가 그 애를 돕는 게 아니잖아요. 또 오른손이 한 일을 왼손이 모르게 하라."

단테는 멋쩍은 미소를 지으며 말했다. 이런 애를 키운다면 정말 뿌듯할 것 같다.

"네가 오른손이란 말이니?"

내가 어이없어하며 묻자 단테는 확신에 찬 얼굴로 나를 올려다보았다.

"그리고 맞았잖아요. 그 아저씨는 더 이상 그 애한테 손을 안 대요. 그리고 망신은 그 아저씨만 당하죠."

듣고 있던 내 미간이 구겨졌다.

"너도 당해."

"난 괜찮아요. 난 아빠도 있고, 왕따가 아니니까 이길 수 있어요. 하지만 그 앤 나에 비해 가진 게 없어요. 그런 애를 지켜줘야 하는 거잖아요. 그래야 남자잖아요."

단테는 뿌듯한 미소를 지었다. 그런데 나는 맞장구치며 웃을 수 없었다. 확실히 단테에게는 내 유전자가 얼마 없다. 난 여자도 지키지 못한 젬병인 놈인데, 얜 십대에 이미 여자를 지키는 법을 배웠다. 소니에게서 배웠을지도 모르겠다. 사랑하는 여자를 위해 그녀의 아이까지 품어줄 수 있는.

나는 쾌청한 하늘을 눈으로 훑으며 마음속으로 말했다. 은제야, 네가 소니 씨를 단테의 아버지로 만들어준 건 정말 잘한 일인 것 같다. 영원히 저 애의 친아버지인 걸 숨기고 살게.

어쩌면 '친아버지'란 말도 어울리지 않는다. 난 그저 유전자 제공자일 뿐이니까. 목구멍이 아파온다. 나도 잘만 하면 저런 훌륭한 유전자를 생산해낼 수 있는데 뭘 무서워했던 걸까.

사무실로 복귀한 나는 소파 가득 놓인 꽃과 과일 바구니, 한의원 로고가 반짝이는 약상자를 보고 당황하지 않을 수 없었다. 재킷 단추를 풀며 소파 위의 물건들을 훑던 나는 뒤따라 들어온 정양에게 물었다.

"누가 보낸 거지?"

"전화번호가 있어요. 그리로 전화하시면 된대요."

"누군지 모르고?"

내가 눈썹을 뒤틀며 돌아보자 정양은 내게 전화번호가 적힌 메모지를 내밀었다.

"누군지 모르고 받아서 죄송해요. 병원까지 갔다가 돌고 돌아 여기로 온 거라는데 안 받을 수가 있어야죠. 폭탄인가 싶어서 창틀에 세워두고 안에서 시계 소리 같은 게 나나 귀 기울여봤는데 폭탄은 아니에요."

내가 뜨악한 얼굴로 바라보자 정양은 눈썹을 으쓱이며 말했다.

"흔들어도 봤어요. 액체 폭탄도 아닌 것 같아요."

자기는 할 만큼 했다는 투였다. 영화를 너무 보셨네.

"대신 전화해봐주면 안 될까?"

요즘 낯선 이들로부터 임팩트 있는 자기소개 인사를 받았더니 이젠 내 것이 아닌 것이 덤비면 심장부터 쿵쾅거린다. 이러다 새가슴이 될 것만 같다.

"지금 애기처럼 구시는 거예요?"

정양은 보다 보다 별 기괴한 걸 다 본다는 눈빛이다. 기대를 말아야지.

"됐어. 나가봐."

나는 퉁명스럽게 말하며 메모지에 적힌 번호를 다시금 바라보았다. 그러면서 꽃다발에서 불쑥 튀어나온 꽃송이를 손가락으로 훑다 가볍게 튕기며 책상 앞에 앉았다.

메모지의 번호를 뚫어져라 보다 한숨을 쉬며 전화기 앞으로 당겨 앉았다. 그리고 수화기를 든 채 메모지의 번호를 하나씩 꾹꾹 눌렀다. 곧 신호 음이 울렸고, 얼마 가지 않아 저쪽에서 전화를 받았다.

[여보세요?]

도도하고, 중년 정도 되는 여자의 목소리였다. 순간 누군지 얼핏 감이 잡혔다. 그냥 끊고 싶었다. 하지만 이 여자를 다시 보게 되면 하고 싶은 말이 있지 않았는가.

"선물을 받고 전화 드렸습니다. 누구신지요?"

나는 모른 척 퉁명스럽게 물었다.

[지난번 병원에서 봤었죠?]

자기가 기억 안 날 리가 없다는 거만한 목소리였다.

[너무 두서없이 내 말만 하고 온 것 같아서 뒤늦게나마 선물을 좀 보냈어요.]

여자는 내가 노인과 아침나절에 통화한 것을 모르는 것 같았다.

[벌써 퇴원했을 줄은 몰랐네요. 유명한 플로리스트가 디자인한 꽃이에요. 과일도 완전 유기농이구. 이 정도면 그 약은 어떤 약일지 말 안 해도 알겠죠?]

진시황제가 그렇게 찾아 헤매던 불로초라도 돼? 이 여자는 그 노인을 만나기 전에도 플로리스트가 디자인한 꽃을 사고, '완전 유기농' 과일을 먹으며, 말 안 해도 가치가 측정되는 약만 먹고 살았을까? 가슴이 움푹 파인 옷에 밍크 수백 마리 가죽을 아무렇지 않게 홀딱 벗겨 만든 밍크 코트를 두르고? 일부러 서민 티를 내고 싶진 않았지만, 서민 대표로 이 여자에게 면박을 왕창 뒤집어씌우고 싶은 욕구가 수초 만에 발끝에서 머리끝까지 차올랐다. 자기 멋대로 구는 게, 딱 내가 질색하는 스타일이다. 도대체 그 노인네는 이 여자 뭘 보고.

문득 노인이 내게 했던 말이 떠올랐다.

—하고 싶은 대로 하게 냅둬.

이렇게 냅두는 건 나름 나쁘지 않긴 하겠다. 더 귀찮게만 하지 않는다면.

"일단 받기는 하겠지만 다음엔 이러지 않으셨으면 좋겠습니다."

나는 선 긋듯 말했다. 그러자 갑자기 그녀의 말투에 날이 섰다.

[그런데 왜 신고하지 않는 거죠? 내가 그렇게 강조하고 왔는데?]

순식간에 눈앞에 있는 약상자가 독약처럼 느껴졌다.

"아직 확신이 서지 않아서 말입니다."

나는 심드렁하게 대꾸하며 의자에 깊숙이 앉았다.

[뭐가요? 변호사님에게 폭력을 행사한 사람들이 회장님 자식들이란 거 알잖아요?]

"지금 이러시는 거, 회장님도 알고 계십니까?"

예상대로 그녀는 바로 대꾸하지 못했다.

"지금 상황을 보자면 사모님은 저를 조종하려고 하시잖습니까. 몸으로 당하는 건 저구요."

[그게 두려운가요?]

콧방귀 섞인 물음이었다.

"제가 두려운 건 뒤통수죠. 죽자고 사냥감 물어다 놔주고 총에 맞아 죽는 사냥개처럼."

[내가 총이라도 쏠 것 같은가 보죠? 호호호.]

"중요한 건 총이 아니라 어찌 되든 당하는 건 저라는 겁니다."

[난 당신이 최대한 덜 당하게 만들어주고 싶은 거예요. 회장님 끄나풀로만 있으면 뭘 얻을 거라고 생각해요?]

5%. 하지만 그렇게 대꾸하지 않았다.

[본질에 충실하자구요. 회장님은 유산을 내게 주길 원하고, 당신은 그게 빨리 이뤄질 수 있게 맡은 바 임무를 다해야 해요. 그러기 위해 걸리적거리는 건 잠시 치워놓자 이거죠.]

"회장님 자제분들이 많이 걸리적거렸나 보네요."

[당신이 당한 것 이상으로 나도 당해봤으니까. 그렇다고 동병상련의 심정으로 선물을 보냈다고는 생각하지 마요. 난 그저 뒤늦은 인사를 하고 싶었을 뿐이니까.]

"그 인사 잘 받겠습니다."

나는 그녀의 말을 퉁명스럽게 받아쳤다.

[그래요. 해야 할 일도 잊지 말구요?]

"본질에 충실하겠습니다. 그리고 더 이상 채근하는 듯한 이런 전화는 사양하죠."

[동지애를 바란 건 아니지만 말이 잘 통하는 사람은 아니군요?]

잘 알겠다는 말투였다.

[그럼 하나만 말하죠. 사회 환원.]

그녀의 말에 번뜩 정신이 난 나는 급히 몸을 옮겨 책상 위의 서류들을 뒤적였다. 정양이 두 번째 사회 환원 대상으로 위안부 피해 할머니들과 희귀병 환우들의 모임 등등을 리스트로 만들어놓은 서류가 눈에 확 들어왔다. 나는 급히 서류를 펼쳤다.

[그건 하면 안 돼요. 그거 건들면 이번엔 회장님도 무사하지 못할 거예요. 이거 진짜예요.]

순간 서류를 넘기던 손이 멈칫한 나는 몸을 세웠다.

나는 아무 대꾸도 하지 못했다. 대신 차에 들이받힐 때의 충격과 어깨들의 주먹과 발길질이 전해질 때의 고통을 기억하는 내 몸이 욱신거렸고, 뒷골이 강한 압박으로 긴장하기 시작했다.

"설마 회장님과 저를 무사하지 못하게 만들 사람이 사모님은 아니겠죠?"

나는 불쾌한 목소리로 물었다. 그러자 갑자기 그녀가 목 놓아 웃기 시작했다.

[하하하! 재미있네요. 걱정해서 해준 말인데 범인의 충고처럼 들렸어요?]

팽팽했던 뒷골이 탁 튕겨나가면서 어지럽고 혼란스러워지기 시작했다. 중요한 건 다시는 차에 받히고 싶지도, 린치를 당하고 싶지도 않다는 것이다. 물론 그것이 선택할 수 있는 문제라면 말이다.

[궁금하면 당해보든지요. 그땐 최소한 누가 한 짓인지 알게는 되겠죠?]

이렇게 말한 그녀는 전화를 끊었다. 이 여자를 믿어, 말어?

책상 위에 팔꿈치를 괸 나는 손가락에 이마를 기댄 채 생각에 잠겼다. 시간은 흐르고, 난 뭔가 해야 하고, 내 꼰대 1순위는 지금 노인이다. 그런데 지금 상황에서 내게 구체적인 행동을 요구하는 것은, 그리고 나를 염려해주듯 말하는 사람은 그의 내연녀이다. 또 나를 믿는 것처럼 행동으로 보여주는 사람은 노인이다.

복잡한 생각에 잠겼던 나는 노인에게 전화를 걸었다. 그는 곧 전화를 받았다.

"안녕하십니까, 조윤건입니다."

[무슨 일인가?]

아니나 다를까, 그의 목소리는 차갑기 그지없었다.

"제가 이런저런 사고와 밀린 업무를 처리하다 회장님께서 부탁하신 사회 환원 건을 잠시 잊고 있었습니다."

[그런데?]

"사고를 당하고 보니 걱정이 돼서요. 계속 진행을 해도 회장님께 무리가 되지 않을는지요."

[무리는 무슨 무리? 내 걸 내가 마음대로 하겠다는 건데.]

"제가 당한 일이 회장님께 예고라고 생각하실 수도 있지 않겠습니까? 또 저에게 같은 일이 반복될 수 있구요."

[난 그런 예고 무섭지 않네.]

얼마나 배신감에 충만해 있어야 이렇게 눈 하나 깜짝하지 않을 수 있을까? 게다가 지금 말투는 자기 명령대로만 일이 진행된다면 내가 뭔 짓을 당하든 말든 상관없다는 투잖아. 같이 사는 그 여자나 이 노인네나, 자기가 당하는 게 아니면 상관없을 것 같은 투가 완전 빼다 박았다. 게다가 이 노인네는 한 술 더 떠 자기가 당해도 상관없다는 투였다. 돈이 많으면 목숨도 몇 개 쟁여놓나?

[그게 마지막이라고 해도 난 해야겠으니까 이제라도 서둘러주게. 그럼 바빠서 끊겠네.]

노인은 일언지하에 내 전화를 끊어버렸다. 젠장, 성격 안 맞아서 못 해먹겠네!

끊긴 핸드폰을 책상 구석으로 밀어버렸다. 열 받는데 재산 증서를 내 걸로 만들어버릴까? 난 법에 대해 무척 잘 아는 사람이다. 특히 재산 증여와 관련해서는 한 손으로 코를 100번이라도 풀 수 있다. 증서들이 모두 내게 있는 지금 상황에선 더더욱.

비리리링-.

책상 위에 놓아두었던 핸드폰이 울어댔다. 잠깐 아주 독한 사심에 푹 빠져 있던 나는 핸드폰을 보았다. 또 모르는 번호. 숫자만 가지고 사람 땀나게 만드네. 망설이던 나는 통화 버튼을 눌렀다.

"여보세요?"

[조……윤건 변호사님……?]

이번엔 늙은 여자가 아닌 앳된 여자애의 목소리였다.

난 이 목소리를 단번에 기억했다. 바로 미란이었다.

PIECE 15

# 나를 지킬 수 있는 건 나 자신뿐이다

어쩔 수 없었다. 나는 일단 정양에게 그녀가 제안한 대로 사회 환원 절차를 밟으라고 전한 후 곧바로 인영에게 전화를 걸었다. 미란이 증언을 하기로 마음먹었기 때문이다.

"지난번에 내가 말한 초등학생들과 봉사 활동 학생들, 증인으로 신청했어?"

[하기야 했지.]

인영의 반응은 뜨뜻미지근했다. 역시 회의적인 것 같았다.

"그럼 증인 명단 맨 위에 서미란이란 아이 이름을 올려줘. 단테와 같은 반 친구야."

[증인 수가 너무 엄청나. 이게 받아들여지겠어? 그리고 심문은 또 어떻게 해?]

"그다지 어려운 심문은 아닐 거야. 증인이 100명이라면 100명에게 물을 건 하나밖에 없잖아? 우리가 하기로 한 거."

인영은 대답 대신 한숨을 쉬었다. 미란이 증언하겠다는 전화를 해왔을 때, 솔직히 나는 단테도 걱정되었다. 미란을 위하는 마음이 상하진 않을지 말이다. 이 일로 단테는 자신이 한 일이 아무것도 없다고 화를 낼지도 모르지만, 그 마음이면 충분하다고 생각했다.

이 재판에서 누구보다 중요한 건 미란이었다. 시작은 그 애가 한

게 아니지만 미란도 자신이 농락당하고 자신의 인격이 해쳐지고 있다는 것을 참기만 하고 누군가에 의해서가 아니라 스스로 원위치시키지 않으면 평생 누군가에게 의지해야만 할 것이다. 그렇게 되면 다른 곳에서 또 비슷한 일을 당하게 되어도 역시 또 참기만 할 것이고, 더 큰 일을 당해도 입도 뻥긋 못 할 것이다.

그 아이가 그렇게 약한 아이가 아니라는 것은 내 돈을 거절하는 것을 보고 알았다. 아직 어린 여자아이라 할지라도 개념이란 게 있는 게 분명했다. 그 개념은 동생들을 우선해야 하는 상황에서 잠시 뒤로 물러나야 했던 것뿐이었다. 자신을 충분히 지킬 수 있는 기회가 있을 때, 그 기회를 다른 사람에게 맡길 것이 아니라 본인에게 주어야 한다. 그게 그 애의 인생 전반으로 볼 때 훨씬 좋은 일일 것이다.

다음 날, 나는 일찍 단테의 동네로 가서 미리 약속했던 미란을 데리고 법정에 도착했다. 차의 시동을 끄자마자 정양으로부터 전화가 걸려왔다.

[사회 환원 대상을 확정했어요. 지난번 드렸던 계획서 그대로요.]

"알았어. 진행시켜."

나는 착잡한 기분으로 전화를 끊었다. 이쯤 되면 갑옷이나 방탄조끼라도 입고 다녀야 할 것 같은데 여의치 않으니 할 수 없었다. 노인과 마찬가지로 비교적 보는 눈이 많은 곳에서 당하기를 빌 뿐이다.

내가 미란을 데리고 법정에 들어서자 원고석에 앉아 있던 인영은 예상보다 더 근심 어린 표정으로 나를 보았다. 수많은 아이들을 심문하는 동안 반대편에서 어떤 태클을 걸지 두려운 얼굴이었다.

"오래 걸리지 않을 거야."

나는 입술을 벙긋거려 조용히 말했다. 인영은 고개를 끄덕였다. 재판정엔 법원에 상주해 있다가 이 재판 소식을 들은 듯 보이는 기자 몇 사람뿐, 방청석에 온 사람들은 많지 않았다. 소니도 오지 않은 모양이었다.

변호인이 아닌 방청객으로 와 피고의 뒤통수를 보고 앉으니 기분이 새로웠다. 피고는 상상했던 것보다 더 작아 보였다. 곧 판사 입장이 알려지고, 나는 미란과 함께 자리에서 일어났다. 미향이 나와 옆에 선 아이를 보았지만 아무런 흔들림도 보이지 않았다. 그녀는 법정에선 누구보다 냉철했고, 그래서 판사가 되었다.

"착석하십시오."

서기의 말에 일어섰던 모든 사람들이 자리에 앉았다.

"원고 측에서 증인들을 신청하셨군요."

미향은 서류를 들춰 보며 묵직하게 말했다. 그녀 역시 꽤 많은 증인의 수가 되게 부담스러운 듯했다. 인영은 자리에서 일어났다. 미향은 인영과 피고의 변호사에게 가까이 오라는 손짓을 했다. 재킷을 정돈한 인영은 긴장하며 앞으로 나아갔다.

"증인이 너무 많습니다. 모두 와 있나요?"

미향이 눈살을 찌푸리며 인영을 내려다보았다.

"네."

인영은 당차게 말했다. 피고와 그의 변호사는 한숨을 내쉬었다.

"같은 얘기들을 반복적으로 듣게 된다면 중간에 멈출 수도 있습니다. 혹시 특별히 증언할 아이가 있습니까?"

미향은 눈에 힘을 주고 인영을 바라보았다. 순간 인영은 나를 돌아보았다. 나는 옆에 앉은 미란을 손가락으로 가리켰다. 미향도 그런 나를 보았다.

"예. 있습니다, 판사님. 서미란이라는 아이입니다. 단테의 같은 반 친구입니다."

순간 피고의 얼굴이 사색이 되었다는 걸, 하얗다 못해 파란색으로 변하는 귓불을 보니 알 것 같았다. 나는 호흡을 침착하게 가다듬으며 미란을 돌아보았다. 입술을 꽉 다문 아이는 두 손을 꽉 쥔 채 가늘게 떨고 있었다.

"이런 데 오면 모두가 떨어. 떠는 게 이상한 게 아니야. 저기 단테의 검사 아줌마는 지금 너보다 더 떨고 있단다."

내가 속삭이자 미란은 눈을 들어 아이보리 색 정장을 입고 선 인영의 엉덩이께를 쳐다보았다.

"굉장한 엉덩이지?"

내 말에 미란은 피식 웃었다.

"그 학생부터 시작해보죠. 증인은 증인석으로 나오세요."

미향의 말이 떨어지고 나는 미란의 손을 가볍게 잡았다 놓았다. 잠시 그대로 앉아 있던 미란은 엉거주춤 일어났다.

"예쁜 아이구나. 떨 것 없다."

미향이 앞으로 당겨 앉으며 아이를 향해 웃어 보였다. 미란은 다시 나를 돌아보았다. 나는 웃으며 손가락으로 증인석을 가리켰다. 청원 경찰이 다가와 미란을 증인석에 앉을 수 있게 도와주었다. 미란이 증인 선서를 하는 동안 피고의 변호사가 피고에게 뭐라고 묻는 뒷모습이 보였지만 피고는 대꾸하지 않는 것 같았다. 그렇겠지, 더러운 놈. 나는 속에서 수많은 욕이 서로 부대끼며 튀어나오려는 걸 겨우 참았다.

선서가 끝나고 미란은 초조한 표정으로 자리에 앉았다. 그러다 피고를 보더니 얼굴이 굳은 채 고개를 푹 숙였다. 그리고 지그시 입술을 깨물었다. 인영은 침착하게 미란에게 다가갔다.

"주민센터 직원들 말이, 네가 매일 규칙적으로 주민센터에 들렀다고 하는데 이유가 뭔지 말해주겠니?"

이건 모든 증인들에게 할 공통 질문이었다. 인영은 미란과 시선을 맞추기 위해 몸을 낮추었다. 하지만 고개 숙인 미란은 시선을 이리저리 흩뿌리면서 선뜻 대답하지 못했다. 역시 증언 연습을 해야 했을까? 그랬다간 미란이 증언을 포기할 것 같아 일부러 그러지 않았는데. 나는 초조해졌다.

미란을 지그시 바라보던 인영은 침착하게 다시 물었다.

"주민센터에 가긴 했니?"

미란의 흔들리는 눈빛과 어렵게 시선을 맞춘 인영은 아이의 대답을 기다렸다. 그러나 미란은 여전히 대답하지 못했다. 그때, 상대측 변호사가 기회를 놓치지 않고 벌떡 일어났다.

"이의 있습니다. 어쩐지 진실성이 없어 보이는 증인입니다. 고소에 급급하여 준비도 되지 않은 아이에게 증언을 시키는 것은 무리라고 사료됩니다만."

이에 인영은 발끈했다.

"지금 짜고 치고 있지 않다고 도와주시는 겁니까? 증언은 언제나 그렇듯 짜고 치잖습니까?"

인영은 방청석을 둘러보며 차분하게 반문했다. 그리고 판사인 미향을 향해 돌아섰다.

"아이입니다. 법정 경험이 전무하고, 솔직히 이런 자리에 올 나이가 아닙니다. 하지만 용기를 내서 이 자리에 섰으니 시간을 좀 주시기 바랍니다."

나는 당당하게 말하는 인영을 보며 주먹을 불끈 쥐었다. 10% 부족할 것 같다는 나의 예상은 틀렸다. 이번 재판이 끝나면 저 여자를 힘껏 안아줘야겠다.

"원한다면 증언 순서를 바꿔도 좋습니다."

미향은 자애롭게 말했다. 그때였다.

"……네."

미란이 기어들어가는 목소리로 말했다. 미향에게 쏠렸던 모두의 시선이 미란에게 옮겨 갔다. 미향은 미란에게 부드럽게 물었다.

"뭐가 '네'지?"

그러자 미란은 주위를 살피며 조심스럽게 말했다.

"주민센터에, 매일 갔다구요. 매일요."

"가서 뭐 했니?"

인영은 증인석 앞의 난간을 두 손으로 짚으며 조심스럽게 물었다.

"봉사 활동 때 남은 간식을 얻으러 갔어요. 항상 남았거든요."

미란의 목소리는 가늘게 떨리고 있었다.

"그래? 남은 간식은 어디에 쓰려고?"

인영이 묻자 미란은 이상하다는 눈으로 인영을 올려다보았다.

"먹으려고요."

당연한 걸 물었다. 사람들의 실소 같은 웃음소리가 간간이 흘러나왔다.

"집에 간식이 없니?"

빵이 없다면 고기를 먹으라던 영국 여왕의 말이 떠올랐다. 그만큼 한심한 질문이지만, 이제 시작이었다.

"그런 걸 둘 냉장고도 없어요. 부모님은…… 돈 벌러 나가셨는데 오랫동안 돌아오지 않고 계세요. 동생은 셋이 있어요."

떨리던 미란의 목소리는 점점 안정을 찾아가고 있었다.

"소녀 가장이구나."

"그렇게 많이 부르세요."

별로 듣기 좋은 호칭은 아니라는 표정이다.

"간식이 남는다는 건 어떻게 알았지?"

"저 아저씨가 알려줬어요. 간식이 남는다고."

미란은 피고를 가리켰다. 그는 고개를 떨구었다.

"그래서 매일 받으러 갔구나. 이상한 점은 없었니?"

미란은 또 입을 다물었다. 인영은 한숨을 쉬었다. 그때 미란이 결심한 듯 다시 입을 열었다.

"간식을 제가 가져가려면 절차가 필요하다고 했어요."

인영의 눈이 커졌다.

"절차? 매일 사인이라도 했니? 그런 서류는 못 봤는데."

관련 파일을 뒤적이던 인영은 나를 힐긋 보았다. 나는 눈을 감았다 떴다. 그녀도 드디어 알아챈 모양이었다.

"간식을 가져가는 대신 아저씨가 몸수색을 좀 해야 한댔어요."

순간 사람들이 동요하기 시작했다.

"몸수색?"

"위험한 물건을 가지고 있지 않나 하는 그런 수색요. 영화에서 봤지 않냐고 물었어요. 영화는 자주 못 봤지만 그런 장면은 본 적 있어요. 그래서 매일 몸수색을 했어요."

"어, 떻게?"

얼굴이 굳은 인영은 마른침을 삼켰다. 재판정에 있던 모든 사람들이 그랬던 것 같다. 피고의 변호사는 좌절하듯 고개를 떨구고 손으로 이마를 괴었다. 미란은 불안한 목소리로 말하기 시작했다.

"손을 잡고, 제 어깨와 엉덩이를 만졌어요. 가슴이랑 다리도. 치마를 입어야 몸수색하기 좋다고 해서 치마를 입고 갔어요. 그때부터는 치마 속도……."

"재판장님!"

분노한 인영은 얼굴이 빨개진 미란의 말을 자르며 날카로운 눈으로 미향을 돌아보았다. 미향도 당황하기는 마찬가지인 것 같았다. 사람들은 아까보다 더욱 심하게 동요했다. 기자들의 셔터 누르는 소리가 들리기 시작했다.

탕! 탕! 탕!

미향이 내리친 판사 봉은 법정의 소음을 전부 빨아들였고, 법정은 곧 고요해졌다. 뒤에서 본 피고 자식의 머리는 깊이 떨구어져 보이지 않았다.

"더 이상 듣지 않아도 저 사람이 몇 명의 아이를 농락했는지 알 수 있지 않겠습니까?"

"이의 있습니다, 판사님!"

피고의 변호사가 자리에서 벌떡 일어나 소리쳤다.

"한 명의 말을 듣고 다른 모든 아이들까지 들먹이는 것은 공정치 않습니다."

"그렇다면 성추행을 했다는 것은 인정하는 겁니까?"

미향은 피고의 변호사를 향해 차갑게 물었다. 변호사의 목덜미에 번들거리는 진땀이 흐르는 것이 보였다. 꽤 능력 있는 변호사로 알고 있는데, 변호사로서 참 안됐다.

"이 사건은 안단테 군의 재판입니다, 판사님. 피고는 단테 군을 성추행한 적이 없으며, 증거도 없습니다."

피고 측 변호사의 개진에 미향은 단호하게 말했다.

"그렇다면 저 아이에 대한 재판을 다시 시작하면 되겠군요. 그리고 지금까진 피고가 그런 짓을 할 만한 사람인지 알아보고자 하던, 증인과의 대화입니다. 저는 이 증언을 인정하겠습니다."

미향의 날카로운 시선이 피고를 빠르게 스쳐갔다.

"그리고 원고 측에서 거짓말 탐지기를 사용할 것을 요청해왔습니다. 본인은 그 요청을 받아들이기로 했습니다. 다음 재판은 선고 공판으로, 자세한 사항은 각 변호사를 통해 개별 공지하겠습니다. 이상입니다."

탕! 탕! 탕!

미향이 판사 봉을 내리치는 소리가 재판정을 울렸고, 곧 그녀는 자리에서 일어났다. 법원 내 모든 사람들은 자리에서 일어났다. 미향이 나가자 인영은 미란에게 다가갔다. 그리고 피고의 모습을 볼 수 없도록 등으로 그 애의 시야를 가린 채 꼭 안아주었다. 그제야 긴장이 풀린 미란은 인영의 품 안에서 울먹이기 시작했고, 기자들은 득달같이 인영에게 다가가 뭔가를 물어댔다.

나는 한숨을 쉬며 미란에게 다가갔다. 그때, 법정을 떠나는 피고가 내 곁을 엇갈리게 스쳐갔다. 간이 좋지 않은지 얼굴빛은 검었고, 눈자위는 누렇게 바래 늙은 쥐 같았다. 그리고 그의 변호사의 얼굴은 굳어 있었다. 어쩐지 그의 고충을 알 것 같았다. 범인인 줄 알면서 변호를 해야 하다니. 곧 매스컴에 나올지도 모르게 되었으니 그에게는 엿 같은 상황일 것이다. 어느새 변호사란 직업에 대한 환멸감이 스멀스멀 발가락을 타고 기어오를 것이다.

재판이 끝나고 미란을 집에 데려다주었을 때, 그 아이는 잠시 머뭇거리다 내게 다가와 머리를 숙였다. 처음엔 그 애의 인사에 당황했다. 그러나 곧 그 인사를 알아들었다. 역시 오늘 일이 이 아이에겐 큰 계기가 된 것 같다.

"고맙습니다."

"고맙긴. 네가 결정한 거잖아."

잠시 망설이던 나는 그 애의 정수리를 다독여주었다. 내 손길을 겁내진 않을까 걱정했는데 진심을 알았는지 그 애는 나를 올려다보며 미소 지어 보였다. 그러면서 물었다.

"단테가 여전히 저를 좋아할까요?"

하아, 가슴이 부풀어 오르면서 두근거렸다. 이 아이도 단테를 좋아하고 있었구나. 아이들이 성장해서까지 이런 마음을 이어갈지 모르지만, 이 아이가 소녀 가장이라고 해서, 또 이런 일을 겪었다고 해서 나도, 소니도, 반대할 사람은 아무도 없을 것이다. 하늘의 은제도. 아, 이런 상상을 하다니. 나는 다리 한쪽을 접고 그 애와 눈높이를 맞추며 부드럽게 말했다.

"네가 도망가지 않으면 단테도 더 가까운 친구가 되길 바랄 거야."

내 말이 위안이 되었을까. 얼굴에 홍조를 띤 미란은 시선을 내리깔며 부끄러운 듯 미소를 지었다.

미란이 안전하게 귀가한 것을 확인한 후 나는 소니에게 전화를 걸었다.

"아마도 단테의 사건은 종료되고 미란이를 위주로 다시 조사가 시작될 것 같습니다."

[그렇군요. 그 애가 많이 힘들었겠네요.]

시름 깊은 한숨을 토해낸 소니는 미란을 걱정했다.

"단테가 그 애를 많이 좋아한다더군요. 그래서 걱정이 됩니다만 단테가 이해를 했으면 좋겠습니다."

[제가 잘 얘기하겠습니다.]

소니는 온화하게 말했다.

"단테가 저에게 많이 화를 낼지도 모르겠군요."

단테가 나를 의리 없는 배신자로 낙인찍는 건 아닌지, 착잡해졌다.

[그 아이도 스스로 자신을 지키는 방법을 배웠을 겁니다.]

"아마 그럴 겁니다. 미란인…… 단테가 여전히 자기를 좋아해줄지 걱정하더군요."

[하하하.]

전화기 너머에서 소니의 기분 좋은 웃음소리가 들려왔다.

"그래서 그 애가 도망가지 않으면 단테도 더 가까운 친구가 되길 바랄 거라고 말했는데요. 혹시……."

[두 놈이 어떻게 자라는지 꼭 보고 싶은데요?]

내가 무엇을 걱정하는지 소니는 단박에 이해한 것 같았다. 이 사람은 역시 대인배였다. 타의에 의한 상처를 잘 보듬어줄 수 있는. 아참, 이 사람은 대천사였지.

"이번 일을 시작할 때처럼 단테가 이번에는 적극적으로 미란이에게 친구 하자는 말을 꺼냈으면 좋겠네요."

[그러게요.]

소니도 웃음 섞인 목소리로 동감을 표시했다. 어쩐지 아버지란 이름으로 두 남자가 대동단결한 것 같다. 한 아이에 두 아버지라. 한 사람은 레전드 같은, 정말 아버지다운 아버지이고, 하나는 좋게 말해 시니컬한, 사실은 철이 덜 든 생물학적 아버지에 지나지 않지만 둘 다 인생에서는 배울 게 있을 거란 생각이 들었다.

아마 내 쪽은 '저렇게 되지 말아야겠다.'는 기준이 되지 않을까.

"곧 마지막 재판인 선고 공판 일이 공지될 것 같습니다. 아마 지금쯤 피고는 거짓말 탐지기의 심판을 받고 있을 겁니다. 결과를 기대해보죠."

나는 소니와 인사하고 전화를 끊었다. 인영은 아마 피고가 거짓말 탐지기 조사 받는 것을 지켜보고 있을 것이다. 그녀의 전화를 기다리기로 한 나는 가벼운 마음으로 집으로 향했다.

오랜만에 개운한 기분으로 엘리베이터에서 내려 내 집 현관 앞에 도착했다. 그리고 도어록 버튼을 누르려는 순간, 내 얼굴은 회색빛으로 굳어버렸다. 문틈에 또 흰 봉투가 끼워져 있었다. 나는 즉시 좌우를 훑어보았다. 무슨 소리가 들리진 않는지 촉을 세웠지만 아무 소리도 나지 않았다. 나는 문틈에 끼인 채 날 기다렸을 봉투를 날카롭게 낚아챘다. 그리고 빠르게 안에 든 카드를 펼쳐보았다.

> 네 생각으로부터 자유로워져라.
> 그것이 널 해방시켜줄 것이다.

염병할. 어디서 레지스탕스 흉내 내다 쫓겨났나? 왜 엄한 데 와서 코스프레질이야. 성질이 아파트 옥상까지 뻗친 나는 카드를 좌우로 바짝 구겨 걸레 짜듯 비틀었다. 그러다 가장자리가 찢겨지는 소리가 나자 멈칫하고 카드를 다시 펴보았다. 지난번 카드도 그렇고, 누군지는 몰라도 내게 할 말이 있는 게 분명했다.

나는 속는 셈 치고 관리실로 달려가 CCTV 확인을 부탁했다. 벌써 두 번째였기에 경비원은 처음과 달리 심드렁하게 영상을 보여주었다. 이번에는 전단지 붙이는 아르바이트생이었다. 이 알바생을 잡은 수 없겠다. 비관적여진 나는 경비원에게 고맙다고 인사하고 소득 없이 집으로 돌아올 수밖에 없었다. 불행히도 카드를 보낸 이 작자와 나의 커뮤니케이션 사이의 갭이 너무 커서 이해가 되지 않았지만 언젠가는 알게 될 것이다. 어쩌면 이 작자가 미친놈이란 걸 알게 될지 모르지만, 일단은 킵해 두자.

나는 구겨지고 가장자리 가운데가 살짝 찢겨진 카드를 전단지 들듯 팔랑이며 집 안으로 들어갔다. 두 동강이 날 뻔한 구겨진 카드와 봉투를 아일랜드 식탁 어딘가에 휙 던져놓은 후 나는 옷도 갈아입지 않고 곧장 베란다로 나갔다.

이렇게 베란다 안락의자에 앉아 노인의 집을 보는 게 참 오랜만이란 생각이 들었다. 노인의 거실은 휑했다. 아무 생각 없이 바라보고 있자니, 마치 바빠서 잊고 있던 어항의 물고기 커플이 잘 살고 있는지 살펴보는 중인 것 같았다. 나의 경우는 물고기가 내 살 집까지 제공하는 셈이니 감개무량이다. 보이지 않는 그들의 안부는 그다지 오래 궁금하지 않았다.

무덤덤하게 카메라 렌즈와 하늘을 번갈아보며 시간을 보낼 때쯤 인영에게서 전화가 왔다. 인영은 고소하다는 투로 말했다.

[죄다 걸렸지, 뭐.]

"다른 애들도 있어?"

[많진 않은 것 같아. 봉사 활동하는 애들은 거의 중·고등학생들이라 건들지 않은 것 같더라구. 처음 조사 받을 때는 펄펄 뛰더니 엄청 겁쟁이야. 그러면서 밝히기는. 그런 것들은 거세를 해서 서서히 죽어가는 약을 먹여야 돼!]

인영은 격분했다.

"진정해."

아랫도리가 섬뜩해질 만큼, 생각만 해도 끔찍한 상상이 스쳐갔다.

[내가 진정 안 하게 됐어? 솔직히 그 애 증인석에 세운 거 얼마나 마음 아팠는데!]

"하지만 그 애가 자발적으로 그렇게 하겠다고 했어. 그게 자기 자신을 지키는 마지막 방법이라는 걸 깨달았다고."

나는 잦아든 목소리로 말했다.

[단테에게 도움이 됐으니 할 말은 없지만 같은 여자로서 속상한 건 속상한 거야. 언제 한번 찾아가 보고 싶어. 그리고 오늘은 집에 있을래. 세상이 여자와 짐승들로 나뉜 소굴인 것 같아서 우울해.]

"나도 그렇단 얘기야?"

갑자기 나도 발끈하고 말았다. 그러자 인영은 꼬집듯 말했다.

[자긴 남자 아니야?]

"적어도 나쁜 놈은 아니라고 반박하고 싶은데 그럴 자격이 없군. 입 닫고 있을게."

어쩌다 보니 내 자신을 인정하며 씁쓸하게 대꾸하게 되었다. 그러자 딱해 보였는지 그녀가 나지막이 말했다.

[나쁜 사람 아니야……. 단테, 당신 일 아닌데 열심히 도와줬잖아.]

그녀의 심장을 쓰다듬는 것 같은 말에 호흡이 멈춰졌다.

이 말을 하면서 혹시 이 여자는 내게 뭔가 기대하는 걸까? 네 일이라 도와줬다는 말을 기대하려나? 나는 그 애가 내 아들이라 당연하게 도와준 건데, 이 여자는 그 사실은 전혀 생각지도 못하고 있겠지. 이 여자에게는 언제 말할 수 있을까. 말이나 할 수 있을까.

결국 나는 그녀의 말에 아무 대꾸도 하지 못했다. 내 머뭇거림을 아는지 모르는지 그녀는 말을 이었다.

[어쩔 수 없이 단테가 무고(誣告)했다는 사실은 인정해야 할 것 같아. 의도는 좋았지만 역시 무고는 무고잖아.]

그렇겠지. 마음 한쪽이 무거워지는 건 어쩔 수 없다.

"그래. 고생했어. 잘 자."

나는 부드럽게 인사하고 전화를 끊었다. 그리고 창가에 서서 무심히 아파트 아래 전경을 내려다보았다. 단테가 잘 해낼 수 있을지 걱정된다. 날 닮았다면 '그 까짓 거.' 하면서 해낼 수도 있을 것이다. 단테가 나에게 많이 화내지 않았으면 좋겠다고 생각했다. 결국 자기가 좋아하는 여자를 제 힘으로 지키지 못했다는 생각을 할지도 모른다. 전혀 아닌데. 누구보다 기개가 넘쳤다고 말해주고 싶었다. 내일 그 애를 만나면 그렇게 말해야겠다.

뿌듯한 하루 마감에 나는 기분 좋게 샤워를 마치고 밖으로 나왔다. 때맞춰 핸드폰이 울어댔다. 정양이었다.

"퇴근 안 했어?"

나는 전화를 받자마자 물었다.

[사회 환원 건, 저한테 일임하셨잖아요.]

"그랬지. 그게 왜?"

단테의 재판에 참석하느라 사회 환원 건과 관련된 연락을 노인에게 해줄 것을 정양에게 부탁했었다.

[그분, 전화를 안 받으세요. 오후에만 열 번 가까이 했는데 안 받으시더라구요. 보좌관께 연락드려도 무방할까요? 꼭 직접 전달해야 하는 건 아닌지 확인한 후에 전화해보려구요.]

정양의 목소리는 근심과 피곤에 잔뜩 절여져 있었다.

"아냐. 내가 해볼 테니 전화번호 알려줘."

[그러실래요? 그럼 저야 좋구요. 그렇게 알고 전 퇴근할게요.]

정양은 한결 가벼운 목소리로 말했다.

"고생했어."

나는 인사를 건네고 전화를 끊었다. 그리고 혹시나 하는 마음에 곧바로 노인에게 전화를 걸었다. 그러나 아무리 연결 음이 울려도 그는 전화를 받지 않았다. 나는 뒤를 돌아 건너편 아파트를 바라보았다. 그의 집 조명은 어느새 모두 꺼져 있었다. 곧 정양에게서 보좌관의 전화번호를 알려주는 문자가 도착했고, 나는 곧바로 보좌관에게 전화를 걸었다.

잠시 후, 그가 전화를 받았다.

"조윤건 변호삽니다. 회장님과 연락이 되지 않아서요."

보좌관은 말하기를 주저했다. 느슨해 있던 내 촉이 긴장하기 시작했다. 그는 침착하려 애쓰는 말투로 말했다.

[회장님이 사라지셨습니다.]

PIECE 16

# 사라진 노인

보좌관의 말에 깜짝 놀란 나는 몸을 돌려 다시 건너편 아파트를 바라보았다.

[저희도 지금 찾는 중입니다.]

아까부터 보이지 않던 노인과 그의 내연녀. 그제야 절대 사회 환원 절차를 하지 말라던 그녀의 말이 떠올랐다. 그리고 무슨 일을 당해도 상관없다는 뉘앙스로 사회 환원을 추진하라던 노인의 명령 같은 말도 떠올랐다. 그런데, 아직 절차 보고도 하지 않았는데 노인이 먼저 사라졌어?

다급해진 나는 거실을 초조하게 오락가락하며 그의 내연녀에게 전화를 걸었다. 연결 음만 길어질 뿐 그녀 역시 전화를 받지 않았다. 시간이 흐를수록 나는 초조해졌다. 경찰에 신고를 해야 하나? 하지만 그것은 내 몫이 아니라 그들의 가족 몫이었다. 아무리 생각해도 노인네가 너무 성질대로 한 것 같다.

내연녀의 조언대로 절대 이벤트성 사회 환원 따위를 하는 게 아니었다. 게다가 노인의 말에 따르면 그것을 하는 이유가 자식들이 미션에 실패했기 때문이라는데, 도대체 미션이 뭐길래 이러는 건지 모르겠다. 가만, 노인의 장남 놈이 내게 한 말이 있었다. 날 죽이지 못한 게 미션 실패인 것 같은 뉘앙스였는데.

걸음을 멈춘 나는 깊은 생각에 잠겼다. 처음 차에 받혔던 날 둘째라는 자식은 또 내게 꺼지라고 말했었다. 뭔가 석연치 않다.

노인이 사라진 지금 상황에서 가장 의심스러운 건 그 노인의 자식들이었지만 물증은 없었고, 심증이란 것도 내가 당한 린치가 전부였기에 그게 충분한 증거는 되어주지 못할 것이었다. 결론은 나 혼자서는 할 수 있는 게 없다는 것이었다. 찾을 만한 사람은 노인의 내연녀, 그 여자뿐이었다.

그녀는 새벽이 될 때까지도 전화를 받지 않았다. 설마 두 사람이 한꺼번에 사라진 건 아니겠지? 생각이 이에 미치자 갑자기 걱정스러워지기 시작했다. 아무런 연관도 없는 사람들이 이토록 나를 불면의 밤을 지새우게 하다니. 역시 나는 속물인가? 내 5%가 그렇게 걱정이 될 수 없었다.

결국 나는 두 사람 중 어느 누구와도 연락이 되지 못한 채 아침을 맞았다. 출근하기 전 건너편 노인의 아파트를 살폈지만, 인기척이 없던 어젯밤과 달라 보이는 건 없었다.

출근하자마자 나는 커피를 내리고 있는 정양에게 말했다.

"경찰서에 어제 실종자 신고가 들어온 게 있는지 알아봐."

"정확한 이름으로 찾으면 안 되나요?"

정양은 즉각 펜을 꺼내 들며 물었다.

"허명수."

"허……."

이름을 받아 적던 그녀는 동그란 눈으로 나를 올려다보았다. 나는 심각하게 그녀를 바라보았다. 내 표정을 읽은 그녀는 얼른 수화기를 들었다. 순간 나는 수화기 스위치를 누르며 나직이 말했다.

"혹시 그 사람 내연녀도 함께 실종 신고됐는지도 알아봐줘."

"그분 성함 아세요?"

그녀는 수화기를 든 채로 다시금 나를 바라보았다. 이름……. 모른다. 궁금하지 않았다. 궁금해했어야 했는데. 그리고 그녀도 인사치레 같지만 말해줬어야 했다. 고고한 척은 혼자 다 하더니 영 예의가 없는 여자였네. 하는 짓이 그렇게 보이긴 했지만.

"그 노인 내연녀 조사도 좀 해줘야겠어. 이름은 뭔지, 그 노인하고는 어떻게 살게 됐는지, 살기 전까지 뭘 했는지. 커피는 됐어."

착잡하게 말하던 나는 굳은 표정을 한 채 내 방으로 들어갔다. 그리고 재킷을 벗어 옷걸이에 걸고 오늘 일정을 훑는 사이 인터폰이 울렸다.

[실종 신고가 세 건 있었지만 그분 성함은 없었어요. 내연녀라는 분 조사는 조금 걸릴 것 같네요.]

"알았어."

나는 인상을 구기며 인터폰에서 손을 떼었다. 그리고 곧바로 보좌관에게 전화를 걸었다.

[여보세요.]

그의 목소리는 긴장되어 있었다. 아직 좋은 소식이 없는 것 같다.

"회장님 소식은 아직 없으신가요? 준비해놓았던 사회 환원 절차 최종 사인을 받아야 해서요."

[그건 그리 급한 사안이 아니니까 잠시 미뤄주시죠. 회장님이 돌아오시면 계속 진행하게 될 테니까요.]

"실종 신고는 하셨습니까?"

내가 먼저 확인했다는 말은 하지 않는 게 좋을 것 같았다.

[아직 못 했습니다.]

망설이는 듯하던 그는 담담하게 말했다.

"왜죠? 어디 계신지 아시는 겁니까?"

어쩌다보니 다그치듯 묻게 되었다.

[그건 아니지만, 가족 문제인 것 같습니다. 자제분들 중 누구도 실종 신고 하자는 말을 하지 않으셔서요.]

이건 좀 이상하다. 재산 욕심이 있다면 차라리 실종 신고를 낸 후, 장기 미귀가로 처리해 재산 분할을 할 수도 있을 텐데 말이다. 회유하는 중인가? 그 고집쟁이 노인을 무슨 수로?

"참, 회장님과 함께 지내시던 그 여자분은……."

그녀의 존재를 아는 척하는 게 옳은지, 모른 척해야 하는지 나는 살짝 갈팡질팡했다.

[댁에 계신 걸로 압니다만.]

아침에 본 노인의 집은 아무도 없는 분위기였다. 렌즈 안으로 보이는 게 전부는 아닐 테니 짐작이 확실하다고 할 수는 없었다.

"제가 후견인으로서 개입할 수 있다는 걸 아십니까?"

나는 말을 바꾸어 사무적으로 물었다.

[아…….]

몰랐다는 탄성이 전화기 너머에서 흘러나왔다.

[유산 문제만 관여하시는 거 아니었습니까?]

그가 걱정스럽게 되물었다. 내가 노인과 어떤 협약을 맺고 있는지 잘 모르는 투였다. 그럼 내 5%는 당연히 모르겠군. 이것도 좀 불안하다. 노인이 아주 사라진다면, 그것에 관해 아는 사람이 한 사람쯤 있어도 좋을 텐데. 그래야 노인이 나타나지 않아도 그걸 분배 받을 수 있을 테니 말이다.

"주 업무는 그렇지만, 저를 후견인으로 인정하신 문서가 있습니다. 그것으로 그분의 실종 이유를 보좌관님과 가족, 함께 사셨던 분에게 물을 수 있습니다. 물론 경찰에 신고하는 것도 가능하구요."

나는 딱딱한 어투로 빠르게 설명해주었다.

[우선 가족들 문제니까 그분들께 맡겨야 할 것 같아서 저도 주저하고 있었습니다. 정확하게 무슨 일인지도 모르겠구요. 일단 상황을 보다 문제가 큰 것 같으면 말씀드리겠습니다.]

그의 목소리는 심각했다.

"알겠습니다."

그와 전화를 끊고 나는 잠시 골몰해 있다 곧 자리에서 일어나 재킷을 다시 꿰어 들고 방을 나섰다.

"어디 가세요?"

수화기를 들고 있던 정양이 놀라며 자리에서 일어났다.

"아까 부탁한 그 여자에 대해 뭔가 알게 되면 전화 부탁해. 오늘 일정은 내일로 미뤄주고."

정양에게 빠르게 말한 나는 재킷에 팔을 꿰며 사무실을 뛰쳐나갔다. 그 무식한 노인의 자식들을 만날 마음은 추호도 없었다. 이럴 땐 바로 곁에서 수발들던 사람이 가장 강력한 용의자다.

아파트 1층 입구에 서서 노인의 아파트 호수를 호출했지만 안에

선 아무 기척도 없었다. 보좌관의 말대로라면 그녀는 그 집에 있어야 했다. 하지만 보좌관이 그녀의 보좌관은 아니니 무조건 신뢰할 수도 없었다. 그래도 노인이 없는 지금, 집에 있다는 그녀를 찾아가는 게 어떤 등기우편보다 빠를 것 같았다. 하지만 아무리 호출을 해도 안에서는 묵묵부답이었다. 어쩔 수 없이 나는 정양에게 전화를 걸었다.

"허명수 씨가 남긴 주소 확인 좀 해줘."

[음……, 씨사이드 아파트 509동 1314호요.]

내가 층수와 위치를 가늠해서 초인종을 누른 호수와 같았다.

"고마워."

나는 가는 한숨을 뿜으며 핸드폰을 귀에서 떼었다. 그러다 귓바퀴를 타고 들어온 정양의 말에 나는 얼른 핸드폰을 고쳐 들었다.

[참, 그분이랑 사신다는 분 이름은 확인됐어요.]

"아, 그래?"

[박현임 씨예요. 나이는 61세.]

박현임. 나는 건조하게 그녀의 이름을 입술 사이로 굴려 보았다.

"수고했어. 또 뭔가 알게 되면 바로 연락 줘."

전화를 끊은 나는 노인의 아파트 문을 잠시 올려다보다 발걸음을 돌렸다. 그때, 안에서 누군가 나오며 1층 자동 현관문이 열렸다. 순간 멈칫했던 나는 시계를 보는 척하며 급히 몸을 돌렸다. 그리고 문이 닫히기 직전에 날렵하게 아파트 안으로 미끄러져 들어갔다. 그리고 일사천리로 엘리베이터를 타고 노인의 집 앞까지 가게 되었다. 노인의 집 앞에 도착한 나는 용기를 내어 초인종을 눌렀다.

딩동, 딩동.

역시 문을 여는 사람은 아무도 없었다. 어차피 아무도 없다는 걸 알았는데 왜 들어왔나 싶었다. 나를 막아 세웠던 장벽이 일시에 마법처럼 허물어져서 나도 모르게 충동적으로 들어오고 만 것 같다. 이 삐딱한 정신머리가 사람을 두 번 허탈하게 만든다.

다시 엘리베이터를 탄 나는 1층에 도착해 현관 자동문으로 향했다. 그때 우편함 앞에서 배송된 우편물들을 분리해 넣고 있는 우편배달원을 발견했다. 그 앞을 지나치던 나는 걸음을 멈추었다. 배달원이 막 임무를 마치고 돌아선 자리에 1314호 우편함이 보였던 것이다. 또 솟구치려고 한다. 하지 않아도 될 짓에 대한 삐딱한 욕구가.

눈동자를 굴려 주위를 한 번 훑어 CCTV를 슬쩍 확인한 나는 우편함 앞으로 가 CCTV를 등지고 섰다. 그리고 1314호의 우편물을 슬쩍 꺼내보았다. 몇 개의 광고용 우편물과 도시가스 요금 명세서, 그리고 카드 회사에서 온 우편물들이었다. 발신 날짜를 보니 전부 오늘이었다. 어제 우편으로 온 것이 없거나 밀린 것이 없다는 뜻이다. 노인은 어제부터 보이지 않았지만 내연녀는 집에 있었을 거라는 강한 추측이 인다.

나는 손가락으로 우편물을 후두둑 훑었다. 혹시나 했었는데 협박용이나 뭐 그런 건 없었다. 나는 심드렁하게 우편물을 각 맞춰 우편함에 밀어 넣었다. 그러다 맨 위에 있던 카드 회사 우편물에 박힌 이름이 눈에 들어왔다. 박춘임. 또 맨 밑의 우편물에도 같은 이름이 적혀 있었는데 법원에서 온 것으로 보였다.

박춘임? 분명 방금 정양에게 들은 노인의 내연녀 이름은 박현임이었다. 오타인가? 오타라고 하기엔 그 오타 범주에서 많이 벗어난 것 같았다. 아님 본명은 '춘임'이란 다소 토속적인 이름인데 '현임'이란 예

뻔뻔장한 이름으로 혼자 고쳐 부르고 있는지도 모르겠다. 딱히 뭐라고 의심할 만한 건 아니었기에 나는 우편물들을 마저 밀어 넣고 손을 털며 아파트를 빠져나왔다.

노인의 아파트를 떠나 차를 몰고 로펌으로 향하는데 핸드폰이 울렸다. 인영이었다.

[어디야?]

그녀는 추궁하듯 물었다. 이제부터 이동 장소마다 일일이 보고하고 다녀야 하나?

"꼭 로펌이 아닌 걸 알고 묻는 것 같다?"

이어폰을 낀 나는 피식 웃으며 창틀에 한쪽 팔을 걸쳤다.

[그럼. 다 보고 있지.]

단테의 재판에서 이길 것 같은지 목소리가 가벼웠다.

[따라다니는 CCTV 못 봤어? 내가 따라붙게 해놨는데. 후훗.]

나도 그녀를 따라 웃었다. 그러다 문득 생각 하나가 머리를 치고 지나갔다. CCTV를 피해 등지고 서면서도 그 생각을 못 하다니.

"아, 그랬구나. 고마워. 나중에 전화할게."

나는 건성으로 대꾸하며 급격히 차선을 변경했다. 곧 교차로가 시야에 들어왔고, 내가 급 차선을 변경하자마자 마침 좌회전 신호가 떨어졌다.

[뭐? 나 지금 당신…….]

"나도. 끊어!"

[뭐……?]

나는 이어폰을 잡아채 던지고 핸들을 있는 힘껏 왼쪽으로 꺾어 급히 유턴하였다. 다시 핸드폰이 진동을 해댔지만 나는 그것에 신경을 쓸 겨를이 없었다.

집에 도착한 나는 재킷 단추도 제대로 풀지 못하고 곧장 카메라가 있는 베란다로 달려갔다. 그리고 녹화 중인 카메라를 거치대에서 급히 분리하면서 건너편 노인의 아파트를 확인했다. 어두운 거실은 여전히 휑하게 보였다.

나는 즉시 카메라를 들고 거실로 들어서며 그동안 녹화된 것을 되감았다. 그리고 되감기가 시작된 화면을 한 장면도 놓치지 않으려 뚫어지게 보았다. 어느 순간쯤 이르니 움직이는 내연녀의 발이 보였다. 시간을 보니 내가 집에 오기 직전의 모습이었다. 그렇다면 내가 노인의 아파트에 방문했을 때 이 여자는 집에 있었다는 말이 된다. 집에 있을 거라던 보좌관의 말이 맞았던 것이다.

나는 눈에 힘을 주고 화면에 시선을 집중했다. 잠시 후, 현관 쪽이 주황빛으로 밝아지더니 곧 복도 등이 비춰 들어오듯 두 개의 조명 빛이 섞여 잠시 환해졌다가 이내 단계별로 어두워졌다. 곧 재생 버튼을 멈추고 나는 시간을 확인했다. 오늘 오후 1시경이었다. 내가 그녀에게 노인의 행방을 확인하기 위해 전화를 걸고 난 이후다. 나는 다시 되감기 버튼을 눌렀다. 빠른 화면 속에서 비주기적으로 거실을 오가는 발은 그녀의 것뿐이었다.

나는 입술을 잘근잘근 씹으며 빠르게 감기는 카메라 프레임에 온 신경을 모았다. 곧 그녀가 베란다 앞에 섰다. 나는 급히 되감기 버튼을 멈추고 재생 버튼을 눌렀다. 프레임 속 그녀는 초초한 얼굴로 창밖을 내다보며 팔짱을 끼고 있었다. 그러다 손에 들린 핸드폰을 한참 빤히 보더니 이마를 구겼다. 그리고는 이내 고개를 흔들며 핸드폰을 주머니에 넣었다. 나는 얼른 정지 버튼을 누르고 핸드폰을 꺼내 내가 그녀에게 전화 건 시각을 확인했다. 딱, 내가 전화를 걸었던 그 시각에 재생이 멈춰 있었다. 내 전화를 피했어?

나는 다시 되감기 버튼을 눌렀다. 화면 속 여자는 뒷걸음질해서 사라졌고, 나는 손에 들린 핸드폰과 카메라 속 시간의 변화를 번갈아 보았다. 내가 그녀에게 처음 전화를 걸던 그 시각이 가까워지자, 핸드폰을 보며 지나쳐 가는 그녀의 모습이 보였다 사라졌다. 화면 정 가운데 잡히지는 않았지만 핸드폰이 울렸던 게 분명하다. 그런데 받지 않았다니. 뭔가 수상했다.

나는 곧장 카메라에서 메모리 칩을 꺼내 텔레비전 외장 연결 장치에 연결했다. 그리고 카메라에 새 메모리 칩을 넣어 베란다 카메라 거치대에 다시 꽂아두고 녹화 버튼을 누른 후, 빠른 걸음으로 거실로 돌아와 재킷을 벗어 던지면서 소파에 앉았다. 그리고 리모컨을 들어 카메라에 녹화된 영상을 처음부터 재생시켰다.

재생 중인 메모리 칩을 바꾼 것이 바로 이틀 전이었다. 숨을 죽인 나는 때론 정지 화면 같고 때론 명상 스냅 같은 화면을 뚫어지게 바라보았다.

그러나 전화를 고의적으로 받지 않고 내 방문도 피했다는 것을 확인한 이후로 신경이 바짝 곤두섰던 나는, 시간이 지날수록 이 지루한 화면에서 차츰 벗어나고 싶어졌다. 하지만 눈을 뗄 수가 없었다. 어느 시점에서 내가 놓친 무엇인가가 또 있을지도 모른다는 생각이 동공을 확장시켰고 시야를 텔레비전에서 벗어나지 못하게 했다.

그 순간, 멀쩡한 모습의 노인이 나타났다. 그제야 나는 허리를 세우며 텔레비전을 향해 당겨 앉았다. 날짜를 보니 어제 날짜다. 분명히 어제까지는 노인이 집에 있었던 것이다. 노인은 곧 화면 밖으로 사라졌고, 잠깐씩 왔다 갔다 하는 장면이 감질나게 잡혔다. 어느새 하루 분량이 거의 지나가고 있었다.

다시 소파 등받이에 팔을 걸치고 깊숙이 앉은 나는 자꾸 감기는 눈을 비벼대고 머리칼을 털어대며 정신을 바짝 차렸다. 거실 등이 켜진 걸 보고 시간을 확인하니 저녁 무렵이 된 듯했다. 곧 노인이 현관 쪽에 서 있고, 현관 불빛과 복도 등 불빛이 섞였다 사라졌다. 누가 나갔나? 아님 누가 들어온 건가? 노인이 화면 바깥으로 사라졌기 때문에 그의 집을 방문한 누구와 함께 사라졌는지, 혹은 그의 내연녀를 배웅한 것인지 헷갈렸다.

피곤에 지친 나는 손가락으로 이마를 꽉 쥐었다. 그 순간, 손가락 사이로 보이는 텔레비전 화면에서 이전에는 볼 수 없었던 움직임이 휙 지나갔다. 놀란 나는 급히 리모컨을 찾아들고 되감기 버튼을 눌렀다. 노인이 갑자기 빠른 걸음으로 거실 가운데로 달려왔다. 내 카메라 프레임 안에 들어오고 말겠다는 강력한 의지의 행동처럼 보였다. 그러나 이내 뭔가에 끌려가듯 화면 저쪽으로 사라져버렸다.

나는 기겁하며 소파에서 튀어나갈 듯 허리를 세우고 화면을 뚫어지게 노려보았다. 노인의 버둥거리는 발이 보였다. 하지만 그 이상의 모습은 보이지 않았다. 화면을 손으로 당겨 들여다보고 싶은 심정이었다. 나는 초조하게 화면을 응시했다.

그때였다. 거실 한가운데로 검은 뭔가가 휙 내던져졌다. 뉘어져 있는 모양이 여자 하이힐 같았다. 다른 것일 수도 있겠지만 그게 하이힐인지 아닌지보다 더 중요한 것은 그 이후로 쭉 뻗으며 풀리는 노인의 다리가 보였다는 것이었다.

곧 현관의 불이 켜짐과 동시에 노인의 다리가 끌려 사라졌다. 그리고 복도 등과 현관 등 불빛이 섞였다가 사라지면서 노인도 완전히 화면에서 사라졌다. 숨을 멈추고 화면을 노려보았지만 그게 끝이었다.

나는 소파에 엉거주춤 앉은 상태로 굳어버렸다. 머릿속은 멍했다. 내가 추측하는 상황이 맞는 것인지 확신을 할 수 없었다. 그러는 사이 거실 가운데 하이힐이 덩그러니 놓인 채로 텔레비전 화면 상단의 시간은 계속 흘러갔다. 그렇게 30분이 지났을까. 현관의 불빛이 밝아지고, 노인의 내연녀가 집 안으로 들어왔다. 거실로 들어서는 모습으로 보아, 외출했다 돌아오는 것 같았다. 그럼 노인을 하이힐로 가격하고 끌고 나갔던 게 저 여자?

화면을 보던 내 얼굴은 괴상망측하게 일그러졌다. 나도 모르게 화면을 차갑게 흘겨보고 있었다. 그녀가 거실로 들어서다 하이힐을 보고는 현관을 향해 발로 확 차버렸다. 성질 한번 대차네.

내가 혐오스럽게 화면을 보고 있을 때였다. 그녀 뒤로 남자가 나타났다. 작지 않은 키에 단단한 체구, 얼굴이 흐릿하게 보이는 가운데서도 날카로운 눈매가 확실한 남자. 내가 본 적이 있고 오늘 통화했던 사람, 바로 노인의 보좌관이었다. '노인과 연락이 되지 않아 찾아온 것일까?'라고 추측하는 사이, 갑자기 보좌관이 그녀의 손을 꽉 잡았다.

지켜보던 내 입이 딱 벌어졌다. 그녀는 그의 손에 이마를 기대고 흐느끼듯 어깨를 들썩였고, 곧 보좌관의 팔이 그녀의 어깨를 끌어안듯 휘감아 다독였다. 이게 도대체 무슨 시추에이션?

나는 밤새 지금까지 녹화되었던 영상들을 모두 끄집어내 되감기와 빨리 감기 버튼을 눌러가며 전부 확인했다. 한 번도 관심을 가지고 틀어본 적이 없는 영상들을 등장인물들이 있을 때마다 화면을 멈추고 누구인지 확인하며 방문 횟수를 리스트에 일일이 적었다.

거의 새벽 동이 터올 쯤에야 그 모든 녹화 파일을 다 확인했다. 눈을 감아도 정지된 듯 노인의 집 거실이 나타났다. 눈을 떠도 내 집 거실이 그의 집 거실과 오버랩되었다. 나는 울렁거림으로 한동안 움직일 수가 없었다.

결국 이틀째 밤을 새웠다. 간단하게 샤워를 하고 출근 준비를 한 나는 거실 테이블 위에 올려놓았던, 노인이 등장하는 홈 비디오 속 등장인물들의 체크 명단을 집어 들었다. 자식들의 방문은 생각보다 적었다. 일단 자식들이야 따지러 올 게 있으니 그렇다 치자. 노인이 집을 비울 때마다 등장하는 보좌관은 아무래도 수상쩍었다. 그때마다 항상 그를 반기는 노인의 내연녀도 그렇고.

베란다로 나가 카메라 속 노인의 집을 확인했다. 여태껏 건성이었던 것과 달리 미세한 움직임이라도 있는지 구석구석까지 보느라 내 눈에 힘이 들어갔다. 곧 노인의 내연녀, 박현임이 거실을 가로질러 가는 것이 목격되었다. 나는 노인의 아파트를 응시하며 핸드폰을 꺼내 그녀에게 전화를 걸었다. 곧 연결 음이 들렸고, 나는 핸드폰을 귀에 댄 채 건너편 노인의 집을 바라보면서 천천히 심호흡을 했다. 곧 그녀가 전화를 받았다.

[여보세요?]

거실을 오가던 그녀의 모습은 보이지 않았다. 그녀의 목소리는 아침이라 그런지 초췌하게 들렸다.

"댁이십니까? 너무 이른 시간에 전화를 드린 건 아닌지요."

그녀의 위치를 슬쩍 얹어 물으며 다소 미안한 듯 말했다.

[잠깐 볼일이 있어서 밖이에요. 무슨 일이죠?]

내게 이렇게 말하며 베란다로 나와 찌뿌둥한 표정으로 전화를 받는 그녀의 모습이 나타났다. 귀찮아하는 목소리였다. 어제도 저런 얼굴로 인터폰에 비친 내 얼굴을 보고 있었을까? 내가 또 찾아갈 거라고 생각한 모양이다. 나도 모르게 빈정거리는 투로 말했다.

"아침 일찍 부지런하시네요."

그러자 그녀의 썩음한 표정이 스쳐갔다.

"밖이시면 잠깐 뵐까요? 회장님 문제로 좀 뵈었으면 하는데요."

나는 오만상을 쓴 그녀를 보며 조소를 흘렸다.

[나도 할 말이 있긴 하네요. 하지만 당장은 힘들고……]

그녀는 경황없이 뒤를 두리번거렸다. 누가 또 있나? 나는 눈에 힘을 주고 그녀 주위를 확대하듯 노려보았다.

[점심시간쯤 어떠세요? 제가 로펌으로 가도 괜찮을까요?]

그녀는 차갑게 물었다. 생각보다 만날 의향이 분명한 것 같다. 용건이 뭘지 급 호기심이 일었다.

"밖에 일이 있으시면 제가 근처로 가도 됩니다."

나는 딱딱하게 대꾸했다.

[어느 정도 규모의 로펌인지 궁금해서 그래요. 회장님이 고르신 로펌이니까 조악하진 않겠지만 보고 싶네요.]

조악? 매일 자기 얼굴을 보면서도 그런 말이 나와?

"그러세요? 그러면 오시죠. 주소는 아시죠?"

[알죠. 그럼, 이따가 보도록 하죠.]

나는 거만하게 팔짱을 끼고 베란다에 선 그녀를 뚫어지게 보며 통화 종료 버튼을 눌렀다. 그리고 핸드폰을 주머니에 넣고 바지에 손을 찔러 넣은 채, 끊어진 핸드폰을 노려보듯 내려다보는 그녀를 지켜보았다. 그때, 그녀의 어깨 너머로 희미한 얼굴 하나가 나타났다. 나의 동공이 저절로 커졌다. 그건 바로 내 기대를 저버리지 않는 보좌관의 얼굴이었다. 저 자식 정체는 또 뭐야? 저 자식 뒷조사도 해봐야 하는 건가? 그나저나 간밤에 둘이 함께 있었다는 건가?

내가 좀 막 놀았던 전적은 있지만 임자 있는 여자를 건드린 적은 없었고, 최소한 수컷끼리의 의리는 지켰다. 그런데 저 두 사람은 더러운 끈적임이 손끝에 닿는 것처럼 두 눈 뜨고 봐주기 힘들 정도였다. 그의 옷차림을 보니 집에 있던 차림은 아닌 것 같았다. 그렇다 해도, 내 의심이 무색하지 않을 만큼 편안해 보이는 두 사람이었다.

두 사람을 보면 볼수록 불쾌해졌다. 먹은 것도 없이 더부룩한 속으로 나는 곧바로 노인의 아파트 관리 사무실에 들렀다. 혹시 나타날지 모를 보좌관과 박현임의 눈을 피하느라 오가는 사람들의 그림자를 갈아타며 좀 거추장스럽게 숨어들었다.

“녹화된 CCTV를 보고 싶은데요. 509동 로비와 엘리베이터, 그리고 13층에도 CCTV가 있다면…….”

“아파트 입주자가 아니면 불가능합니다.”

관리소장은 딱 잘라 말했다. 더 이상 할 말이 없었다. 입주인의 후견인이라고 말해봤자 ‘그래서?’ 하고 되물을 게 뻔한 상황이었다.

로펌에 출근해 점심시간이 되기 전까지 나는 정양이 전투적으로 들이미는 자료들 속에 파묻혀 있었다. 며칠 동안 단테의 재판과 허 노인에 대한 일에 신경 쓰느라 밀리고 밀린 일들이 산더미였다.

"나 검사님이 전화하셨어요."

정양은 책상에 앉은 내 앞의 문서들을 살짝 밀어내고 커피 잔을 내려놓으며 말했다.

"나 검사가?"

와이셔츠 소매를 걷어붙이고 넥타이를 셔츠 주머니에 구겨 넣은 채 소송 자료에 정신이 팔려 있던 나는 책상 구석에 밀려나 있던 핸드폰을 힐긋 살펴보았다. 부재중 전화는 없었다. 왜 직접 핸드폰으로 하지 않고 정양에게 했지?

고개를 갸웃한 나는 다시 문서를 뒤적이며 물었다.

"뭐래?"

"단테 재판일이 내일로 잡혔대요. 마지막 선고 공판이 될 거라던데요?"

"알았어."

나는 고개를 끄덕이며 보던 문서를 덮고 다음 문서를 집어 들었다.

"목소리가 되게 차가우셨어요."

"알았어……."

나는 문서에 눈을 박은 채 듣는 둥 마는 둥 대꾸했다. 그녀는 한심한 눈빛으로 나를 바라보다 방을 나갔다. 나는 문득 시계를 보았다. 곧 점심시간이었다. 나도 모르게 경계하듯 핸드폰을 바라보았다.

비리리링-.

마치 텔레파시라도 통한 듯 핸드폰이 진저리를 치며 울렸다. 귀에 익은 벨 소리임에도 나는 흠칫 놀랐다. 역시 노인의 내연녀였다. 나는 잠시 벨이 울리도록 내버려뒀다가 사무적으로 전화를 받았다.

"조윤건입니다."

[저예요. 오늘 만나기로 한.]

끝까지 자기 이름을 얘기하지 않는다. 역시 자기 이름이 마음에 안 들어 고쳐 불리게 하고 있는 거 같다.

"로펌 주소를 잊으셨습니까?"

교양미 넘치게 말하는 그녀에게 나는 퉁명스럽게 물었다.

[그럴 리가요. 지금 로펌에 도착했어요. 안에 계신지 확인하려구요. 변호사들은 바쁘니까.]

"갑자기 안 바쁜, 능력 없는 변호사로 보일까봐 걱정되네요. 8층으로 올라오시면 됩니다."

"호호. 그러죠."

그녀는 웃음 섞인 말로 전화를 끊었다. 나는 끊긴 핸드폰을 내려놓으며 책상 위를 심란하게 훑어보았다. 피치를 올려서 배가 고파졌다. 하지만 이 여자에게 점심이나 하자고 물을 생각은 전혀 없다.

하던 일들을 정리해두는 사이 노크 소리가 들렸다. 나는 자리에서 일어났다. 곧 문이 열렸고, 아침에 발견했던 홈웨어 차림과 달리 우아함을 느끼기를 강요하는 화려한 옷차림에 진한 화장이 포인트인 그녀가 환한 미소를 지으며 안으로 들어왔다.

어깨 너머 정양은 눈을 크게 뜨며 경이롭다는 표정을 지었다. 정양도 이 여자를 보고 나와 비슷한 감상을 느낀 것 같다.

"이거 같이 먹을래요? 점심시간인 것 같아서 사왔는데. 여기서 먹어도 되죠?"

환한 미소를 머금은 그녀는 내게 날생선이 그려진 종이 가방을 들어 보이곤 눈웃음을 지으며 말했다. 우리가 도시락을 함께 먹을 정도로 친한 사이라고 생각하고 있나? 아니면 곧 같은 작당을 할 사이니까 친해지고 싶은 건지도 모르겠다. 너무 자연스럽게 같이 밥을 먹자고 해서 나는 거절할 수가 없었다.

"일부러 사오신 것 같은데. 일단 들어오시죠."

뜯지 말고 뒀다가 정양에게 줘야겠다고 생각하며 나는 그녀를 소파로 안내했다. 그러자 문 옆으로 냉큼 온 정양이 그녀에게 싱긋 웃으며 말했다.

"제 것도 사오셨어요. 잘 먹겠습니다."

정양은 나와 박현임에게 차례로 눈인사를 하고 문 밖으로 물러섰다. 오지랖 되게 넓은 여자네. 결국 초밥으로 추정되는 저 도시락은 영락없이 내가 먹게 생겼다.

"뭐 필요한 거 있으시면……."

"인터폰 할게."

나는 정양에게 억지로 미소 지으며 빨리 나가라고 턱을 치켜 보였다. 샐쭉 웃은 정양은 내 앞에 가슴골을 보이며 앉는 노인의 내연녀를 한 번 더 바라본 후 역시 경이롭다는 얼굴로 문을 닫고 사라졌다.

내가 문을 닫고 돌아서자 그녀는 어느새 내가 앉을 자리 앞 테이블에 초밥과 장국, 약간의 밑반찬들을 가지런히 늘어놓고 있었다.

"초밥 좋아해요? 유명한 집에서 사온 건데."

내가 당황스럽게 테이블을 보는 사이 그녀는 나무젓가락을 '탁' 잘라 내게 내밀었다. 되게 싹싹한 스타일 같다. 그래서 그 성질 더러운 노인이 마음에 들어 했을까?

"같이 드시죠."

나는 그녀가 내민 젓가락을 황송한 척 받아 들며 물었다.

"아뇨. 난 이미 먹고 왔어요. 점심시간에 들이닥치게 돼서 미안해서 사온 거니까 걱정 말고 먹어요."

그녀의 말에 나는 별수 없이 초밥 하나를 찍어 올리며 날생선이 그려진 종이 가방을 슬쩍 보았다. 꽤 먼 호텔에서 사온 것이었다.

"멀리서 사오셨네요. 운전하실 줄 아세요?"

나는 초밥을 입에 넣으며 시큰둥하게 물었다.

"아는 사람이 태워다줬어요."

초밥을 씹다 멈칫하고 말았다. 그 아는 사람이 나도 아는 사람일까? 아침에 그녀의 집에서 그녀와 함께 있었던…….

초밥을 씹는 둥 마는 둥 꿀꺽 삼킨 나는 인터폰을 눌렀다.

"나, 물 좀."

"장국을 마시지 그래요?"

그녀는 내게 친절하게 장국을 내밀었다. 순간 갑자기 입맛이 싹 가셨다. 여기 있는 것들 중, 아니 어쩌면 모두에 독이 들어 있을 것만 같았다.

"아뇨. 짠맛이 싫어서요."

나는 정중하게 그녀가 내민 장국을 받아 다시 제자리에 내려놓았다. 곧 정양이 들어와 나와 박현임 앞에 물 잔을 놔주었다. 볼이 햄스터처럼 한껏 부풀어진 모습의 정양은 초밥 한 덩이를 방금 입에 털어 넣고 온 모양이었다. 정양이 살아 있는 걸 보니 독이 들어 있진 않은 것 같은데.

정양이 방을 나갔다. 나는 생수로 방금 전 먹었던 생선의 향과 그녀에 대한 의심을 '설마.' 하고 씻어내며 자세를 고쳐 앉았다.

"하실 말씀이 있으시다고요."

"아, 그래요."

그녀는 깍지 끼었던 손을 풀고 옆에 놓아두었던 가방을 열었다. 그리고 봉투 하나를 꺼내 내게 내밀었다.

"이게 뭐죠?"

나는 그녀가 내민 봉투를 받아 들고 입구를 열어보며 물었다.

"회장님께서 제게 주신 거예요."

놀란 나는 커진 눈으로 봉투를 열어 안에 있는 것을 꺼내보았다. 잘 접힌 흰 종이였다.

"제가 봐도 될까요?"

그녀는 착잡한 얼굴로 고개를 끄덕였다. 나는 종이를 조심스럽게 펼쳤다. 친필로 쓰인 편지였다.

나 허명수는 전 재산을 박현임에게 증여하기로 한다.

첫 문구부터 정신이 확 들게 했다.

내가 가진 모든 재산을 박현임에게 증여하며 모든 권리를 박현임에게 위임한다. 법적 분쟁이 있을 시, 나의 후견인은 박현임을 위해 모든 법적 처리를 맡아줄 것을 요청한다. 나 허명수는 분명히 말한다. 내 재산의 모든 것은 박현임에게 증여될 것이며, 자식들에게는 한 푼도 나눠줄 수 없다.

맨 마지막엔 노인의 이름과 사인이 강직하고 선명하게 박혀 있었다. 밑에 어느 변호사의 공증까지 받은 상태였다. 나를 만나기 전에 작성한 듯싶었다. 그런데 변호사로부터 공증을 받으면서 후견인은 따로 지정할 마음을 먹고 있었나?

나는 앞에 앉은 박현임을 뚫어지게 바라보았다. 그녀는 진지하고도 심각한 눈빛으로 나를 응시했다. 나는 다시 편지를 내려다보았다. 편지의 내용엔 노인의 성질이 한껏 묻어나 있었다. 그리고 증여받을 대상을 헷갈릴까봐 못 박은 티가 팍팍 났다.

그런데 어디에도 내 5% 얘기는 없었다. 그렇다면 방금 전까지 내가 다소 비호의적으로 대한 이 여자와 장국을 원샷하고 나의 5%에 대해 지금이라도 친분을 다져 다정하게 얘기해봐야 하나? 아니지. 노인도 사라진 마당에 아예 10%라고 뻥을 쳐볼까?

목이 탄 나는 편지에 시선을 박은 채 팔을 뻗어 물 잔을 들어 한 모금 마셨다.

"이게 어디서 나셨습니까?"

편지를 다시 한 번 훑은 나는 그녀를 건조하게 건너다보았다.

"회장님께서 혹시나 자기가 오랫동안 행방불명이 되면 이걸 가지고 변호사나 경찰을 찾아가라고 하셨어요. 뭔가 걱정하고 계셨던 거죠."

진짜 웃긴다. 나랑 유언장을 고치자고 그렇게 말하던 사람이, 정작 유언장 고치려는 노력은 하지도 않고 내연녀에게 이런 비밀 거래문서나 남겨뒀었다니. 이래서 머리 검은 짐승과는 거래도 하지 말랬지. 아, 그 노인네는 회색이었던가? 흰 쪽인지 검은 쪽인지 헷갈리는 것이, 딱 하는 짓과 맞물리게 어중간하다.

"그러셨군요."

나는 고개를 끄덕이며 편지를 다시 접었다. 그러다 문득 종이가 무척 빳빳하다는 생각이 들었다. 근간에 작성한 것을 책 사이에 넣어두었다가 들고 나오기라도 한 걸까? 골몰한 채 편지를 천천히 접은 나는 최대한 편지에 내 손끝이 닿지 않도록 헐겁게 쥐고 봉투에 털어 넣었다.

"기어코 일이 터진 거예요. 내가 사회 환원 따위 하지 말라고 그렇게 말렸건만. 자기 자식들 성질머리를 제일 잘 아는 사람이 왜 하필 고집을 피워서……."

그녀는 참담한 표정으로 이마를 짚었다. 나도 같은 생각이다. 그랬다면 그 자식들한테 내가 쥐어터지는 일도 없었겠지.

"그런데 말이죠."

문득 그녀는 마른침을 삼키며 근심 어린 눈빛으로 나를 보았다.

"정작 그분 재산 문서가 어디 있는지 모른다는 거예요."

이제 보니 할 말이란 것은 노인의 실종에 대한 것이 아니라, 문서가 어디 있는지 모른다는 것이었다.

"걱정돼요. 혹시 자식들이 유산을 빨리 나눠달라고 조르려고 납치한 건 아닌지. 그리고 그 재산 문서들이 벌써 그 자식들 손에 들어가 있는 건 아닌지."

초조하게 입술을 달싹거리며 손끝을 조물거리는 그녀를 보던 나는 책상 밑에 있는 금고로 뒤통수가 마구 당겨지는 것을 느꼈다. 거기에 오롯이 누워 단잠을 자고 있을 노인의 재산 문서들.

"그런 것에 대해서 회장님과 한 번도 얘기한 적 없으십니까?"

나는 일관된 표정을 유지하며 그녀에게 물었다.

"당연히 없죠. 그런 거 물어봤자 재산이나 탐내는 여자로 보일 것 같고, 어디 있는지 알기나 한들 내가 어디다 쓰겠어요. 관심도 두지 않았죠."

근심스럽게 내뱉는 그녀의 말이 거짓말이라는 데 내 생부모의 전 재산을 걸겠다. 보좌관 손만 끌어안고 울지 않았다면 정말 순진한 끼쟁이 아줌마라고 생각했을 것이다. 어쩌면 그건 슬픔에 빠진 여자로서의 제스처였을 뿐, 내가 이 여자를 오해하고 있는 건지도 모른다. 사람 속은 정말 그 속에 들어가봐야만 아는 건데, 겉으로만 본 걸로 무슨 판단을 내릴 수 있겠는가. 그렇다면 지금 당장 저 금고 속에 있는 노인의 전 재산을 이 여자 앞에 내놔줘야 할까.

하지만 난 이 여자가 정말 마음에 들지 않는다. 그리고 이 여자의 말이 진실이 아닐 수도 있고, 아직 내 5%도 확답 받지 못한 상황이었다. 게다가 정말 노인이 다시 돌아올 수 없는 요단강을 건넌 상태라면 그 재산 문서를 모두 내 것으로 만드는 작업에 착수할 수도 있지 않겠나 하는 사악한 생각이 또 아주 잠깐 들었다.

이런 사악한 생각이 뱀처럼 내 머릿속을 유영하던 순간, 문득 내가 받은 두 번째 카드에 써 있던 말이 떠올랐다.

—네 생각으로부터 자유로워져라. 그것이 널 해방시켜줄 것이다.

내가 놓친 생각이 뭘까?

PIECE 17

# 그녀의 이름

나는 위임장이 든 봉투를 심각하게 보며 천천히 입을 열었다. 홀로 생각에 잠겨 있던 노인의 내연녀는 불안한 시선으로 나를 바라보았다. 나는 그녀에게 편지 봉투를 가리켰다.

"이 편지는 문제가 있습니다. 제가 알기로도 회장님께서는 이 편지 내용과 동일하게 유산이 집행되길 바라셨습니다. 하지만 문제는 자식들도 똑같이 유산에 대해 권리를 주장할 수 있다는 거죠."

"거기 공증이 있으면 유언장과 같은 효력이 생기는 것 아닌가요? 잘은 모르지만……."

내 설명에 그녀는 지금까지와는 다르게 자신 없이 물었다.

"맞습니다. 그렇다고 해도 자식들이 소송하지 않을 거란 장담은 못 하겠네요. 이유 여하를 막론하고 자식들에게 한 푼도 주지 않는다면 판사들은 자식들 편을 들어줄 수 있거든요. 본인이 생각하기에도 쉬운 판이 아니란 생각은 하고 계시죠?"

너무 굳은 표정으로 떠들고 있는 것 같아 나는 한쪽 입꼬리를 살짝 비틀어 미소 지어 보였다.

"그게 걱정돼서 회장님도 살아 계실 때 유언장을 고치고 싶으셨던 것 같구요. 하지만 그렇게 하고 돌아가셨다고 해도 자식들이 소송을 걸면 질 확률이 더 높습니다. 정식 배우자는 아니시잖아요?"

내 말을 경청하던 그녀의 얼굴이 어두워졌다.

"게다가 자제분들이 다 재력가에 한 성격 하시는 걸 알고 계실 텐데요. 대한민국 천지에 널린 게 변호사인데 힘 있는 변호사 선임하는 게 그들에게 어려울까요?"

내 말을 100% 이해한 듯 그녀는 힘겹게 숨을 들이마셨다가 무겁게 내뿜었다. 그러다 시선을 내리깐 채 묵직하게 말했다.

"내가 당신한테 어느 정도 챙겨준다면요? 그렇게 한다면 내 승률은 얼마나 높아지죠?"

노인의 5%도 버거운데 이 여자까지 내게 뭘 챙겨준다고? 상상만으로도 심장 마비 오겠다. 노인의 재산을 뜯어본 건 아니지만 두께만으로도 심장이 멎기는 충분했다. 이제라도 열어볼까?

그녀는 나를 날카롭게 보았다. 생각으로부터 자유로워지라더니 이런 상황을 암시한 건지도 모르겠다. 나는 그녀를 차갑게 쏘아보았다. 이 여자에게 내 속물근성이 읽혔다. 그것만으로도 내 빈정은 충분히 상했다.

"제가 제 수임료를 높이려고 약한 척하는 거라고 생각하십니까? 들어오시면서 저희 로펌 못 보셨어요? 저 혼자 전전긍긍해서 입에 풀칠하는 그런 회사가 아닙니다."

내가 거품을 물자 그녀는 정색하며 말했다.

"그런 뜻은 아닌데 변호사님을 언짢게 했나 보네요. 사과하죠."

그녀는 노려보던 시선을 거두었다. 계속 기분 상한 얼굴을 하면 정말 지갑에서 얼마 꺼내줄지도 모르겠다. 내가 돈을 좋아하긴 하지만 그런 싸구려 짓은 절대 사절이다.

"회장님이 사라지신 건 정확히 언제부터였습니까? 정말 아는 게 없으십니까?"

나를 겨냥한 그녀의 화살을 그녀에게 넘기듯 물었다. 그러자 그녀는 지겹다는 표정을 지었다.

"이틀 전이요. 후……."

그녀의 입에서 걱정스러운 탄식처럼 한숨이 뱉어내졌다. 담배라도 있으면 권해야 할 것 같은 얼굴이었다. 정말 이 여자는 아닐까?

"회장님 실종 신고는 안 하실 겁니까? 설마 두 번째 사회 환원을 진행하지 말라던 당신의 경고에 불응한 대답을 그런 식으로 표현하신 건 아니시겠죠?"

더욱 퉁명스러워진 내 말투는 어쩐지 그녀를 추궁하는 듯했다.

"풉. 지금 내가 그 양반을 납치라도 했다고 생각하는 거예요?"

어이없어하는 건지 나를 비웃는 건지 애매한 그녀의 웃음이었다. 하지만 나는 해학적으로 변한 그녀의 얼굴을 퉁명스럽게 바라보았다. 그러자 그녀에게서 이내 웃음기가 사라졌다. 그녀는 곁눈으로 나를 얄궂게 흘겼다.

"그런 짐작, 했을 수도 있겠네요. 내가 엄청 일차원적인 여자라고 생각했다면요. 안 그래도 용의선상 맨 처음에 내 이름이 오른 건 아닌지 걱정돼요. 그래서 신고를 주저한 것도 있지만 그것보다 먼저, 그분 자식들이 신고하지 말래서예요."

그의 자식 얘기를 하는 그녀의 얼굴은 벌써 귀찮아 보였다.

"사채업자의 실종 어쩌구 하는 기사라도 나면 집안 망신이라고. 회장님 손주들은 그분이 건설업에 종사하시는 줄 알거든요."

헐. 사채업자가 자랑스럽진 않았구나. 대놓고 아무렇지 않게 자길 소개해서 되게 뿌듯해하는 줄 알았다.

"난 솔직히 그 자식들이 의심스러워요."

갑자기 그녀는 주위를 경계하는 듯한 몸짓으로 목소리를 내리깔고 은밀하게 속삭였다.

"원래 사이가 좋지 않은 사이들이었단 건 알죠? 게다가 내가 없는 시간에 사라지셨고 딱히 증거는 없지만. 이런 걸 뭐라고 하더라?"

그녀는 눈꺼풀을 내리깔며 고개를 갸웃했다.

"심증이라고 하죠."

내가 그녀에게도 품고 있는 것이 그것이라는 말은 하지 않았다.

"차라리 그냥 경찰에 신고를 해볼까요?"

그녀는 고민을 토스하듯 나를 바라보았다.

"뭘요? 실종을요? 아니면 그 자식들을요?"

내가 그렇게 호락호락하게 대신 고민해줄 놈이 아니다. 어쨌거나 나는 최소 배당금이 있다. 노인이 어디에 명시를 해놓았는지 찾기만 하면 되고, 그와 나는 그가 불의의 사고를 당했을 경우 법적인 문제를 도와주면서 애도를 표할 정도의 사이일 뿐이었다.

그녀는 다시 무거운 한숨을 내쉬었다. 한숨을 내쉬는 그녀의 입가에 주름이 잡혔다. 그게 왠지 측은해 보였다. 남들과 다른 모진 풍파를 여러 가지 범상치 않은 방법으로 헤치고 나왔을 법한, 그런 굴곡이 서린 주름처럼 보였다. 노인의 내연녀로 살아온 것처럼 난잡함이 그 방법이었다고 하더라도 가진 무기가 그것뿐이었다면 선택의 여지가 없었을 것이다. 그걸 콕 짚어 비판하고 싶지는 않았다.

"어느 쪽이든 결국은 자식들과 싸우시게 될 겁니다. 감당할 수 있을 것 같으면 해보세요."

내가 해줄 수 있는 위안의 말은 이것뿐이었다. 그러자 그녀는 대뜸 물었다.

"당신이 도와주겠어요?"

나를 뚫어지게 보는 그녀의 얼굴에는 비장함마저 서려 있었다.

"당신이 도와준다면 해볼 만할 것 같기도 해요."

초밥으로 용병을 사려 하고 있다. 대체 이 초밥이 얼마짜리이길래. 나는 차갑게 굳은 초밥의 생선 살 덩어리를 거울 보듯 한심하게 흘겨보았다.

"어떻게 도와드리길 원하십니까?"

초밥을 보던 시선 그대로 그녀에게 시선을 옮기며 냉소적으로 물었다. 그러자 그녀가 지금까지와는 다르게 눈에 힘을 주고 말했다.

"이 편지 내용대로 집행할 수 있게 도와줘요. 그럼 재산 증서 따위 상관없이, 그분 명의의 재산이 얼마나 되는지 나라에서 찾아주지 않을까요?"

나와 얘기하는 동안 머리가 급속도로 빠르게 돌아간 듯하다.

"분기마다 낸 세금이 얼마인데. 세무서에서 재산을 모두 알고 있으니까 그런 거액의 세금을 때린 거겠지."

마음이 가벼워졌는지 그녀는 자리에서 일어났다.

"자식들이 소송을 걸어오면요?"

그녀를 따라 일어나며 내가 물었다.

"그때부터는 변호사님이 해주시면 되지 않나요? 유산 전문이라면서요?"

내가 잊고 있던 걸 이 여자가 일깨워주고 있다. 그래, 내가 바로 유산 전문 변호사였지. 왜 이 여자가 똑똑하지 않을 거라고 생각하고 있었을까. 한 방 먹었다.

내 표정이 마음에 들었는지 그녀는 여기에 와 처음으로 홀가분한 미소를 지어 보였다. 그녀의 고민을 호락호락하게 넘겨받지 않을 생각이었는데 어느새 내가 치러야 할 싸움이 되게 생겼다. 어쩌면 노인이 원한 게 이런 걸지도 모르겠다. 쇠약한 그 대신 내가 그의 내연녀를 위해 싸워주기를 바란 걸지도.

"회장님이 선택하신 변호사님이니까 특별한 능력이 있을 거라 믿어 의심치 않아요. 우린 이길 거란 얘기죠. 맞죠?"

문으로 향하는 그녀의 목소리는 벌써 기대감에 흥분하고 있었다.

"어떻게 장담하십니까?"

이렇게 묻는 내 목소리는 퉁명스러울 수밖에 없었다.

"변호사님이 그렇게 해줄 거잖아요."

방긋 웃은 그녀는 문을 열고 방을 나섰고, 굳은 나는 인사도 잊은 채 사라지는 그녀를 바라보았다. 살랑거리며 걷는 그녀의 재킷 끝이 심하게 하늘거렸다. 내 속물근성도 저 여자처럼 추하게 보일까. 한 번도 내 물질욕에 회의를 가져본 적이 없었는데 난데없는 여자 때문에 자아 성찰까지 하고 있다.

그녀가 로펌에서 사라진 후, 나는 그녀가 내게 주고 간 노인의 편지를 들고 정양에게 다가갔다. 마지막 초밥을 입에 문 듯, 양쪽 볼이 볼록한 그녀는 새초롬하게 입술을 꼭 다물고 나를 올려다보았다. 나는 건조한 표정으로 그녀를 뚫어지게 보면서 내 입술 옆을 손가락으로 톡톡 찍어 보였다. 와사비 한 톨이 클리프 행어처럼 그녀의 입술에 애처롭게 매달려 있었다. 내 손짓에 그녀는 제 얼굴을 더듬더니 급히 와사비를 털어냈다.

"이거, 지문 감식이랑 필적 감정 의뢰해."

나는 들고 나온 봉투를 그녀에게 내밀며 말했다. 의아한 얼굴을 한 정양은 조심스럽게 봉투를 받아 들었다.

"필적 감정은 지난번 허명수 씨가 날 후견인으로 지목하면서 작성한 서류랑 비교하면 될 거야. 그 사람 필적이 맞는지 확인해 달라고 해. 오늘 중으로 결과 나오게."

"오늘 중으로요?"

입술을 맞물려 닦던 그녀가 눈을 동그랗게 뜨고 나를 보았다.

"그래. 이제 내가 뭐라고 할지 알지?"

나는 인내심을 보이듯 눈을 감았다 뜨며 물었다.

"롸잇 나우……."

그녀가 불길한 얼굴로 되물었다.

"알면 서둘러."

그녀의 책상 위에 쌓인 서류 위를 가볍게 두드린 나는 고개를 끄덕이며 내 방을 향해 돌아섰다.

"지문 감식은 신원 확인까지 해야 하는 거잖아요."

"당연하지."

"시간이 오래 걸릴 텐데요."

"상관없어."

나는 내뱉듯 말하며 내 방의 문고리를 잡아당겼다.

"이렇게까지 해야 되는 일도 있으셨어요?"

정양은 돌아선 내 등 뒤에서 대들듯 물었다. 빈정거린 건가?

"그러게."

나는 시큰둥하게 대꾸하며 방으로 들어가 문을 닫았다. 솔직한 내 심정을 말하자면 맡고 있는 다른 소송 건들이 넘쳐나서 노인과 관련한 유산 문제는 도저히 맡을 수 없다고 말하고 모른 척할 수도 있었다. 하지만 이미 나는 노인의 후견인이었고, 결국 그의 유산 문제이기 때문에 관여하지 않을 수가 없게 되었다.

이렇게 옴짝달싹 못하게 해놓고 그 노인은 대체 어디로 사라진 걸까. 하지만 아직 내연녀의 생각대로 해줄 마음은 없었다. 일단 내가 확신에 차야 뭘 하든 말든 하지. 변호사로서 이건 바른 마음가짐이 아니었지만 언제부턴가 진짜가 아닌 쪽에 서고 싶은 마음이 그다지 생기지 않게 되었다. 이게 누구 때문이지 부러 머리 싸매고 고민하고 싶지도 않다. 이렇게 된 내 자신 스스로가 자유롭지 않게 된 것이 유감스러울 뿐이다.

정양은 직접 감식을 의뢰하기 위해 자리를 비웠고, 홀로 업무를 처리해야 했던 나는 바쁜 와중에도 간간이 노인에게 전화를 걸었지만 그는 여전히 전화를 받지 않았다. 얼마쯤 시간이 지나자 돌아온 정양이 인터폰을 울려왔다.

[담당자가 밀린 일이 많다고 짜증 내는 걸 고급 자양 강장제 들이밀고 어렵게 부탁했어요.]

"고생했네. 결과는 언제 나온대?"

"결과 나오는 대로 사무실 팩스로 보내달라고 했으니까 기다려봐야죠."

"고마워."

시계를 보니 오후 3시가 넘었다. 언제쯤 확신이라는 게 내게 팩스를 보내올까. 어쩌면 노인의 편지대로 유산을 집행해야 하는 경우가 생길지도 몰랐기 때문에 준비를 아예 하지 않고 있을 수도 없었다. 팩스를 기다리는 동안 나는 확신이 서지 않는 마음으로 부산스럽게 유산 집행을 준비했다. 그렇게 얼마쯤 시간이 지났을 즈음 노크 소리가 들렸다. 서류에 한눈을 팔며 대꾸하자 곧 문이 열리고 정양이 얼굴을 빼꼼 내밀었다.

"퇴근 안 하세요?"

그제야 나는 피곤한 얼굴을 식히며 시간을 확인했다. 퇴근 시간이 이미 한 시간 정도 지나 있었다.

"아직 팩스는 안 왔지?"

나는 문 밖 그녀의 책상을 흘긋 건너다보았다. 그녀도 내 시선을 따라 팩스를 돌아보곤 다시 나를 바라보았다.

"기다리실 거예요?"

"그러려고. 먼저 퇴근해."

"그래도 될까요?"

선뜻 돌아서지지 않는 모양이다.

"오늘 받고 싶어 한 게 나잖아. 팩스 받는 데 두 사람이나 있을 필요도 없고."

나는 가볍게 웃어 보였다.

"그래요. 그럼."

별수 없다는 듯 고개를 끄덕인 그녀는 나를 향해 씨익 웃어 보이곤 문을 닫았다.

어느덧 시간은 흘러 밤 10시를 넘어서고 있었다. 정양의 책상이 보이도록 문을 열어놓은 채 창가에 섰다. 반짝이며 움직이는 저 바닥과 빌딩 숲이 어둑한 밤하늘에 묻힌 시각이다. 일도 전부 해치워 달리 손에 들고 있을 만한 일거리도 없는 상황이었다.

얼마쯤 지났을까. 내 방을 누르고 있던 정적이 '징' 하고 갑자기 울직이는 팩스 소리에 의해 깨졌다. 나는 종이를 이물질처럼 토해내는 팩스를 향해 터치다운 하듯 날아갔고, 팩스 전송이 완료되기만을 전전긍긍하며 기다렸다.

기다란 종이가 늘어지며 말렸다. 그리고 곧 '티딕' 소리와 함께 팩스는 숨 돌리듯 '윙' 소리를 가볍게 냈다가 멈췄다. 나는 소리가 멈추기가 무섭게 종이를 칼같이 뜯어냈다. 가장 먼저 눈에 띈 것은 필적 대조 감정 결과였다.

의뢰한 문서 작성인의 필적과 다름.

어느 정도 감은 잡았지만 막상 문서를 받아보니 뒷골이 싸늘해졌다. 나는 다음 장을 위로 포개 들었다. 지문 감식에 의한 신원 확인서였다. 총 세 명의 지문이 감식되었다는 내용이었고, 그 세 명의 신원이 바로 아래 쓰여 있었다.

박춘임 김두경 조윤건

내 이름이 있는 건 당연했다. 그런데 박춘임? 이 이름은 노인의 아파트 우편함에서 보았던 것이다. 역시 가명을 쓰고 있는 거였나, 그 여자? 그리고 김두경이란 이름은 낯설었다. 누구지?

팩스를 손에 쥔 나는 창가에 서서 어둠에 잠겨 형체가 뚜렷하지 않은 빌딩 숲을 눈썹에 힘을 주며 암담한 표정으로 바라보았다. 하지만 아주 암담한 것도 아니었다. 이미 노인이 만들어준 그의 자식들 리스트. 의심스러운 사람들 중 가장 많은 비중을 그들이 차지하고 있었고, 나머지는 노인의 내연녀와 보좌관이 차지하게 되었다. 그렇다면 보좌관 이름이 김두경? 나는 내 촉이 계속 맞아줄 것인지 확인해야만 했다. 이럴 때 생각나는 사람은 누구?

정양은 전화를 받지 않았다. 하지만 나는 창가를 수없이 오락가락하며 끈덕지게 통화 연결 음을 들었고, 마지못한 듯 정양은 전화를 받았다.

[저 지금 무지 피곤해요. 오늘 저한테 시키신 거 많았잖아요. 저 지금 찜질방…….]

"찜질방 입장료랑 식혜 사 먹을 돈 줄 테니까 한 번만 더 도와줘."

[식혜 사 먹을 돈이요? 지금 저 무시하세요?]

좋게 한 말인데 그녀는 발끈했다.

"아니! 절대! 정양 씨 무시했으면 퇴근한 사람한테 자꾸 전화하는 짓은 안 하지. 내가 정말 정양 씨가 필요해서 그래."

[휴, 변호사님 그런 말씀에 잠시 설렌 적이 있었드랬죠.]

뭐야, 이 뜬금없는 고백은. 발끝으로 창틀 바닥을 톡톡 치다 멈칫한 나는 그대로 굳었다.

"설마, 지금도……."

[스톱! 생각은 거기까지. 제 말은 그런 적이 잠깐, 아주 잠깐 있었다구요.]

단호히 '스톱!'을 외친 그녀는 단조롭게 대답했다. 다행이다.

[옛날 생각하면서 소원 들어드리죠. 이번엔 뭡니까.]

이미 이력이 난 듯, 주섬주섬 일어나는 듯한 부스럭거리는 소리가 전화기 너머에서 들렸다. 내가 노인의 보좌관 이름을 알고 싶다고 했더니 정양은 노인의 연락처를 적어놓은 주소록 자료를 보면 알 수 있을 거라고 했다.

"내가 찾아볼게."

나는 즉각 정양의 책상으로 향했다.

"어디 있는데?"

[서랍요.]

그녀는 힘없이 대꾸했다. 나는 즉각 서랍을 당기는 손목에 힘을 주었다. 하지만 서랍은 열리지 않았다.

[열쇠가 저한테 있어요.]

정양은 좌절한 목소리로 말했다.

"진작 말하지."

[제가 언제 열려 있다고 했나요?]

찬바람 쌩쌩 불게 말한 그녀는 곧 오겠다며 전화를 끊었다. 그리고 30분쯤 지나자 정양이 사무실로 돌아왔다. 얼굴은 민낯이었고, 머리는 축축했다.

"민낯 예쁘다는 소리 들어?"

기꺼이 다시 회사로 돌아와준 그녀에게 미소 지어 보이며 물었다.

"아뇨. 그래서 꼭 화장하고 다닐 거니까 다른 말씀 마세요."

정양은 투덜거리며 책상 앞에 앉아 주소록을 뒤졌다. 다른 방법으로 마음을 풀어줘야 하나?

"그러니까 주소록 같은 건 가지고 다녀. 그럼 다시 돌아올 일은 없잖아."

나는 그녀의 책상 앞에 쪼그리고 앉아 머리만 책상 위로 비쭉 내밀고 말했다. 정양은 지나가던 똥개 훑듯 나를 흘겨보았다.

"일거리를 집까지 싸가지고 다니라구요? 사람 살맛 안 나게 하는 다른 방법, 뭐 또 아세요?"

또 말을 잘못했나 보다.

"그런 뜻 아닌 거 알잖아."

그녀의 입에서 탄식이 흘러나왔다. 내게 여자의 마음을 풀 수 있는 재주 따윈 없는 것 같다.

"닥치고 방에 들어가 있을 테니까 확인되면 불러줘."

미안한 얼굴로 다리를 펴고 일어난 나는 내 방으로 찌그러져 들어갔다. 그리고 하릴없이 책상 앞에 앉아 회전의자를 빙글빙글 돌리고 있는데 인터폰이 울렸다.

[찾는 이름이 뭐라고 하셨죠?]

냉큼 일어난 나는 문으로 달려가 방문을 열고 인터폰을 누르고 있는 정양에게 소리쳤다.

"김두경!"

고개를 들고 나를 본 정양은 인터폰에서 손을 떼며 심드렁하게 말했다.

"그 보좌관 이름, 맞네요."

역시! 의기양양해진 나는 주먹으로 손바닥을 후려쳤다. 이로써 내 연녀의 말을 믿을 수 없다는 쪽으로 결론을 내렸다. 경찰에 신고를 해야 할지, 어떻게 해야 할지 가닥이 쉽게 잡히지 않았다. 격양된 나와 달리 정양은 스탠드 스위치를 끄고는 느릿느릿 자리에서 일어나 가방을 챙겨 들었다. 나는 얼른 재킷을 챙겨 들고 밖으로 나왔다.

"가시게요?"

그녀가 뜻밖이라는 듯 나를 돌아보았다.

"이렇게 와줬는데 데려다는 줘야지."

나는 노인 생각에 굳었던 얼굴을 애써 펴고 싱긋 웃으며 로펌의 문을 열어주었다.

정양을 집 앞까지 데려다주고 집으로 돌아오는 동안 나는 비장한 각오로 인영에게 전화를 걸었다. 그러나 그녀는 전화를 받지 않았다. 진짜 많이 화가 났거나, 다른 소송으로 바쁘거나 둘 중 하나일 텐데, 왠지 전자가 맞을 듯했다.

결국 씁쓸하게 집에 도착한 나는 착잡한 기분으로 베란다로 나가 몇 날 며칠, 같은 자세로 한곳만 바라보고 있는 카메라를 측은하게 바라보았다. 카메라는 지금도 열심히 텅 빈 거실을 비추고 있었다.

이게 의미가 있을까? 이런 상황에서? 사라진 노인이 언제 다시 나타나 이 카메라 앞에서 자식들 손에 칼을 맞아 죽을지 아무도 모르는 상황이다. 또 노인은 납치된 게 확실한 것 같고, 그것을 계획한 사람이 다름 아닌 그 노인네가 애지중지하던 내연녀인 게 분명한데, 그 어떤 장면도 상세하게 녹화되지 않았다. 어쩌면 자식들이 납치한 상황에서 그녀가 잔머리를 굴리는 것일 수도 있다. 아니면, 자식들과 그녀가 한패인 건지도 모른다.

생각이 이에 미친 나는 고개를 흔들었다. 어쩐지 그럴 것 같은 확률은 희박해 보인다. 또 어쩌면, 더 이상 상황에 진척이 없다면 노인이 멀쩡히 돌아올지도 모를 일이다. 그럴 경우 경찰에 신고하는 것이 오히려 긁어 부스럼을 만드는 격일 수 있다. 납치만 당했을 뿐 멀쩡할 수 있는 사람을 되레 위험에 빠뜨릴 수 있기 때문이었다. 어쩌면 그의 자식들 쪽을 파보는 게 더 빠를 수도 있겠다는 생각도 들었다.

"후……."

나는 한숨을 쉬며 카메라를 그대로 둔 채 거실로 들어왔다. 텅 빈 거실이 스산하게 나를 감쌌다. 갑자기 울컥했다. 언제까지 이런 식으로 살아야 할까……. 살 수 있을까.

단테의 마지막 공판이 열릴 거라는 정양의 말이 아침에 눈을 뜨자 떠올랐다. 노인의 거짓 편지 해결을 위해 오늘 그의 자식들을 만나볼 참이었다. 하지만 단테의 일도 그만큼 중요한 일이었기에 나는 출근 준비를 하면서 인영에게 전화를 걸었다. 그러나 그녀는 여전히 전화를 받지 않았다. 좋다, 그럼 내가 알아서 찾아가지.

나는 미향에게 전화를 걸어 단테의 재판이 열리는 시각과 장소를 물었다. 시각은 오전 11시였다. 나는 곧 미란을 찾아갔다.

"오늘 단테 재판이 열린대. 마지막인 것 같은데 네가 보고 싶어 할지도 몰라서."

내 제안에 미란은 잠시 망설이다 말했다.

"꼭 보고 싶어요. 동생들을 맡길 수 있을까요?"

미란의 말에 나는 곧 부녀회장에게 동생들을 맡아줄 수 있는지 문의했고, 그녀는 흔쾌히 승낙해주었다. 나는 곧장 미란을 차에 태우고 함께 법원에 도착했다. 그리고 재판정 앞에서 소니와 함께 온 단테와 마주쳤다.

미란과 마주친 단테는 나를 노려보며 얼굴이 붉으락푸르락해졌다가 이내 미란을 힐긋 보고는 얼굴이 빨개졌다. 미란은 조심스럽게 단테에게 다가가 낮은 목소리로 수줍게 말했다.

"고마워."

미란의 말에 얼굴이 더욱 빨개진 단테는 미란과 제대로 눈도 마주치지 못하고 새침하게 고개를 돌렸다. 이런, 저런 것도 날 닮지 않았다. 저건 절대 내 유전자가 아니다. 사내자식이 새침하게 고개를 돌리다니. 저 숙맥을 어떻게 키워놓을까.

"오셨어요."

나와 비슷한 눈빛으로 두 아이를 보던 소니가 법원 입구를 돌아보더니 인사의 말을 건넸다. 나는 반사적으로 뒤를 돌아보았다. 인영이었다.

"일찍 오셨네요. 들어가시죠."

소니에게 환한 미소를 건넨 인영은 재판정을 가리켜 보였다. 그리고 내 옆을 지나치면서 미란의 정수리를 쓰다듬으며 더욱 화사한 미소를 지어 보였다. 나만 쏙 뺐다.

"어제 전화했는데."

나는 미란의 손을 끌고 그녀의 곁에 황급히 붙어 나란히 법정으로 들어섰다.

"알아."

미란의 손을 꼭 잡은 인영은 내 쪽은 보지도 않고 차갑게 응수했다.

"왜 안 받았는데?"

이유를 모르는 것은 아니지만 이 상황에선 모르쇠가 최상책이다.

"바빴나 보지."

남의 말 하듯 지껄인 인영은 결국 나와 눈 한 번 마주치지 않고 원고석으로 가 앉았다. 단단히 삐쳤군.

나는 미란과 방청석에 앉을 수밖에 없었다. 그 망할 자식의 피고석과 단테와 인영의 원고석이 모두 채워졌고, 곧 미향이 법정에 들어섰다. 자리에서 일어나던 나는 주머니에서 핸드폰이 진동하는 것을 느끼고 핸드폰을 꺼내보았다. 박현임, 그녀였다. 나는 울리는 핸드폰을 수신 보류로 돌려놓았다. 그리고 착석하라는 서기의 말에 다시 자리에 앉았다. 곧 공판이 시작되었다.

"선고를 내리겠습니다."

좌중을 죽 둘러보던 미향은 엄숙하게 말했다. 모두 자리에서 일어났다.

"피고 오제근은 단테의 성추행은 인정하지 않았으나, 피해자 서미란과 피해자 안구연, 피해자 김정서를 장기간 성추행한 혐의를 인정, 그 방법이 계획적이고 협박에 의한 강제 추행이란 결론에 입각, 실형 7년에 처하며 벌금형으로 인한 형 감면과 특별 석방에서 제외한다."

손을 모으고 눈을 질끈 감았던 미란의 뺨에 눈물이 흘렀다. 그리고 미란을 힐긋 돌아본 단테의 눈 또한 빨갛게 충혈되었다.

"그리고 원고 안단테는 허위 사실로 피고를 기소시켜 무고죄가 성립되나 아직 미성년자임과 실제 피해자들을 도우려 했던 마음을 헤아려 사회봉사 활동 20시간에 처한다. 이는 담당 변호사의 확인을 통해 봉사 시간을 성립시킨다."

나는 미향의 선고를 들으면서 생각했다. 봉사 활동 20시간 동안 소니의 동의를 얻어 함께 봉사 활동을 해야겠다고. 그러면 우리는 좀 더 멋진 친구가 되지 않을까? 나는 기대감이 생겨 가슴이 뻐근해졌다. 이런 것 말고도 단테를 키우는 동안 수없이 많았을 기대감과 흐뭇함을 놓쳤던 것이 너무 아쉬워서 말이다.

미란과 법정을 나서는데 인영이 내가 뭐라고 말을 걸 사이도 없이 빠르게 지나쳤다. 나는 급히 그녀를 따라가려 했지만 이어 들리는 소니의 목소리에 어쩔 수 없이 인영을 등질 수밖에 없었다.

"어차피 아이들이 학교로 가기는 힘들 것 같고, 점심이나 먹을까 하는데, 시간 괜찮으세요?"

나는 서로 눈치만 보고 있는 미란과 단테를 어처구니없이 내려다보았다. 그러다 소니와 눈이 마주치니 그도 웃겨 죽겠다는 얼굴로 난처한 미소를 지어 보였다.

"어쩌죠? 저는 급한 일이 있어서……."

내가 시계를 보며 망설이자 소니가 말했다.

"그럼 미란이는 제가 데려가죠. 나 검사님과 함께 갈 거니까 불편할 거 같진 않네요."

저 여자랑? 그런데 나한테 말도 안 하고 사라진 거였어?

"차에 짐을 두고 오신다고 했어요. 앞에서 뵙기로 했는데? 같이 가세요."

단테는 나를 오롯이 보며 불쑥 끼어들었다. 뭔가 문제가 있어 보였나 보다. 여자 앞에선 숙맥인 놈이 촉은 좋다.

"미란이 잘 부탁할게."

한쪽 무릎을 접고 단테와 시선을 맞춘 나는 곁에 선 미란을 단테 옆에 쓰윽 세워주고는 단테를 향해 윙크를 날렸다. 단테의 얼굴이 다시 빨개졌다. 날 놀려먹게 그냥 둘 순 없지.

서둘러 로펌에 도착하자 정양이 나를 반겼다.

"이제 오시면 어떡해요!"

몸까지 흔드는 걸 보니 보통 반가운 게 아닌 모양이다. 어젯밤, 내 말 한마디에 잠이라도 설쳤나?

"왜, 내가 그렇게 보고 싶었나."

나는 피식 웃으며 그녀에게 다가갔다.

"설마요. 전화통에 불나는 줄 알았어요."

그녀는 전화기를 가리켰다.

"왜?"

"박현임 씨요. 변호사님 핸드폰으로 전화하셨는데 안 받으신다고 저한테 전화하셨더라구요."

"그래?"

무슨 일일지 대충 짐작이 갔다.

"어제 변호사님께 부탁한 일이 있으시다는데 진행이 어떻게 되는지 궁금하시다고 30분마다 전화를 하시는 통에 다른 일에 집중을 할 수가 없었다구요."

일을 벌여놓고 빨리 해치우고 싶어 안달이 났군.

"내가 지난번에 말했던, 그 박현임 씨 지난 행적 조사는 어떻게 됐지?"

"아, 그거요. 그렇잖아도 아까 물어보니 오늘 중으로 확인해서 알려준다고 했어요."

"알았어. 커피 좀 부탁할게."

고개를 끄덕인 나는 손가락으로 커피 머신을 가리키고는 내 방으로 들어갔다. 그리고 막 재킷을 벗고 책상에 앉으려는 순간, 밖에서 '우당탕!' 하는 소리와 비명, 남자들의 고함이 들려왔다. 놀란 나는 급히 방문을 열었다. 그러자 둔탁했던 소음들이 일순간에 나를 덮쳤다.

"조윤건! 이 거지 같은 변호사 새끼!"

"우리 경고를 무시해?"

"당장 나와, 이 새끼야!!"

와당당탕탕-!

창고에서 의자에 묶인 나를 둘러싸고 있던 그 어깨들과 비등비등한 덩치의 남자 셋이 로펌 직원들의 책상을 마구 뒤집어엎고 발로 밟아대고 있었다. 갑작스러운 조폭들의 습격에 소스라치게 놀란 직원들은 비명을 지르며 일제히 로펌 가장자리로 밀려나 있었고, 정양 역시 한 손에 내게 줄 커피를 든 채 기겁해 책장에 착 달라붙어 있었다. 누가 보냈는지 감이 탁 왔다. 오늘, 내가 만나고 싶었던 그놈들의 초대장이 좀 억세게 도착한 느낌이랄까. 노인 재산 때문에 아침부터 전화통에 불이 나더니, 결국 로펌에 발 도장 찍는 놈들까지 생겼다.

그들을 노려보던 나는 정양의 손에 들린 컵을 받아 커피를 한 모금 마시고 다시 쥐여주었다. 정양은 나를 어이없다는 듯 보았다.

"조윤건이 누구냐니까!"

콰당, 쾅쾅!

깡패 같은 놈 중 가장 우락부락하게 생긴 놈이 앞에 거슬리는 의자를 걷어차며 소리쳤다.

"접니다만."

나는 책상들을 지나 그들 앞에 다가섰다. 순간, 정적이 아수라장이 된 로펌을 휘감았다. 불편하다. 내가 중심으로 선 상황의 정적은. 마치 품평을 기다리는 깨진 대리석이 된 기분이다.

"네가 조윤건이냐?"

방사형으로 흩어져 있던 조폭 세 놈이 일순간 내 앞으로 몰려들었다. 급격히 명치와 비장이 욱신거리기 시작했다. 그곳이 다쳤던 때와 비슷한 상황에 놓일 거란 암시일까? 그로 인한 반사작용? 어쨌든 그다지 유쾌하거나 카타르시스가 느껴지는 고통은 아니었기에 나는 미간을 찡그렸다.

"그렇습니다만. 소송을 하려고 온 겁니까, 당하려고 온 겁니까?"

바지 주머니에 두 손을 찔러 넣고 그들 앞에 선 나는 고개를 기울이며 그들을 하나씩 훑어보았다. 어쩌면 오늘은 이 자식들이 정말 날 죽일지도 모른다는 생각이 들었다. 그렇다면 여기 있는 사람들이 증언해줄 것이다. 아닌가? 목숨이 위태로워 모른 척하려나? 그들과 나의 신뢰도를 봤을 때 이들이 눈을 감아버릴지도 모른다는 불안감이 엄습하긴 했다. 하지만 늦었다. 이젠 될 대로 되라다.

"여기 파손된 것들과 우리 직원들이 입은 정신적 피해 보상금을 청구하고 싶은데 어디로 하면 될까?"

나는 바닥에 흩어진 사무실 도구들의 파편들과 엉망이 된 문서들이 그들의 발치에서 밟히고 짓이겨지는 것을 불편하게 훑으며 물었다.

"청구? 네가 한 짓이나 생각하시지? 갑자기 튀어나온 놈이 어디서 남의 돈을 날로 먹으려고 들어! 오늘이 네 제삿날인 줄이나 알아."

가운데 있던 놈이 앞으로 나서며 눈을 부라렸다. 흥! 날 아주 아작을 내주라고 한 모양이다. 나는 소매의 단추를 풀었다. 지난번엔 묶여 있었기에 때리는 대로 당했지만 오늘은 다르다.

"내가 오늘 너희 손에 맞아 죽더라도 한 놈은 꼭 같이 간다."

나는 치켜뜬 눈으로 그들을 훑으며 소매를 걷었다. 이것이 고아원 출신으로서 사람들이 나를 함부로 대할 때, 그래서 억울한 상황에 놓일 때 유일하게 나를 지키는 방법이었다. 때리면 맞는 대로 찌그러져 사는 꼴은 절대 있을 수 없었다. 그리고 다행히 아직까지 멀쩡하게 살아왔지만 오늘이 그 마지막 날이 될지도 모르겠다. 직원들 앞에서 꼴사납게 쓰러지느니 한 놈이라도 엮어가는 것이 폼도 날 것이다.

뒤에 움츠려 있던 직원들이 흠칫하는 것이 느껴졌고, 반대로 앞에선 조폭들의 콧방귀 소리가 들려왔다. 나는 주먹을 불끈 쥐고 가볍게 가드를 올렸다.

"황천길이 걱정이냐? 어쩌냐, 너 혼자 가야 할 것 같은데!"

앞으로 나와 으름장을 놓던 놈의 바위만 한 주먹이 정면으로 날아왔다. 숨을 멈춘 나는 날렵하게 몸을 움츠려 그 주먹을 피하면서 그놈의 배에 주먹을 힘껏 질렀다. 그러자 그놈의 무릎이 내 명치 쪽으로 솟구쳐 올랐고, 나는 뒤로 점프하며 구둣발로 그의 가슴을 걷어찼다.

"흐억!"

나에게 명치를 발길질 당한 놈이 가슴을 움켜쥐며 뒤로 나자빠지다 그의 무리에게 안겼다. 나는 가볍게 숨을 고르며 고개를 좌우로 풀었다. 양쪽에서 나가떨어지는 놈을 받아들던 두 놈의 눈빛에서 스파크가 튀었다. 나도 모르게 웃음이 나왔다. 본능처럼. 하지만 쉽지 않을 것이다. 한 놈으로 스타트를 끊었지만 본론은 원래 셋이니까.

"자, 페어플레이는 애저녁에 말아드셨을 테니까 덤벼봐."

나는 가볍게 스텝을 밟으며 양쪽의 두 놈을 향해 조롱하듯 손가락을 까딱였다.

"뭐라고? 이 깡패 같은 변호사 새끼가!"

비틀거리는 놈 양쪽에 있던 조폭 둘이 동시에 나를 향해 주먹을 날렸다. 나는 가드를 세웠던 팔을 들어 한 놈의 주먹을 막아내고 다른 놈을 향해 주먹을 날렸다. 하지만 날아드는 두 놈의 다리 공격을 막아낼 재간은 없었다. 피가 좀 튈 것 같은데 직원들이 놀라지 않을까. 게다가 사장까지 알면 이 로펌과도 빠이빠이겠군.

곧 내 몸뚱어리를 연발 강타해올 그들의 구둣발을 각오하면서 오만 잡생각이 떠올랐다. 그때였다. 난데없이 옆에서 팔이 뻗어 나오며 나를 향해 주먹을 날리는 놈들의 아귀를 갈겼다. 사람들의 비명이 터져 나왔다. 처음엔 내 몸에서 팔이 하나 더 뻗어 나온 것 같은 기형적인 느낌이었다. 하지만 곧바로 내 옆에 다름 아닌 사장이 나란히 섰음을 알게 되었다. 사장은 넥타이를 느슨하게 풀며 그들을 매섭게 노려보았다.

"페어플레이를 강요하는 건 아닌데, 이건 좀 아니잖아?"

사장은 목을 불편하게 꺾으며 조폭들에게 싸늘하게 말했다. 당황한 나는 눈을 휘둥그레 떴다. 이럴 수도 있는 사람이었어? 맨날 초콜릿만 까 먹길래 복근 성분이 모두 당(糖)일 거라 생각했었다. 그런데 받아치는 모양새를 보니 막노동판에서 뒹군 몸뚱이처럼 단단해 보였다.

"뭐야, 이 새끼는!"

뒤로 물러났던 조폭 셋이 나와 사장을 향해 주먹을 뻗으며 동시에 달려왔다. 곁눈으로 사장을 돌아보다 그와 눈이 마주쳤다. 그의 눈빛이 날카롭게 빛났다. 나는 본능적으로 날아오는 주먹을 받아쳤고, 그와 동시에 날카롭게 차올리는 사장의 장딴지를 목격했다. 조폭 1.5명을 상대하는 나의 액션은 나 스스로를 지키기 위해 배웠던 격투기 정도였다. 그러나 사장은 달랐다. 달려드는 조폭을 무슨 헬스클럽 운동기구처럼 들고 뒤집고 던지고 내리꽂았다. 헬스클럽에서 몸만 만들고 호신술 같은 건 전혀 배우지 않은 것 같은데, 폭발적인 열량을 가진 초콜릿을 장기 복용한 탓인지 점잔만 뺄 것 같던 사장은 드래곤볼의 야무치로 변신해 엄청난 덩어리들을 역기처럼 들어 올려 장작 부러뜨리듯 무릎으로 놈들의 허리를 찍어 던졌다. 한마디로 공격용 헬스 기구, 그 자체였다.

뜻하지 않은 조폭들의 비명이 동시다발적으로 터져 나왔다. 날아오는 주먹과 발길질을 정강이와 팔꿈치로 막아내며 나는 기가 찼다. 그렇게 한참 주먹다짐을 하고 있는데…….

"꼬, 꼼짝 마!"

갑작스러운 호령에 나와 사장, 그리고 조폭 셋은 즉각 동작을 멈추고 소리 나는 쪽을 돌아보았다. 누가 신고했는지 열 명 가까운 경찰이 현관에서부터 우르르 뛰어 들어와 우리를 향해 가스총을 겨누며 포위하기 시작했다. 나는 거친 숨을 몰아쉬며 뒤로 한 걸음 물러섰다. 그제야 입 안에서 피 맛이 느껴졌다. 손등으로 입가를 닦아보니 피가 묻어났다. 손등도 험상궂게 여기저기 터져 있었다. 돌아보니 씩씩거리고 있는 사장의 몰골도 만만치 않았다. 찢어지고 터진 와이셔츠 군데군데 피가 묻어 있었다. 저게 사장의 피인지 조폭들의 피인지 헷갈렸다. 대충 로펌만 엉망으로 해놓고 나를 끌고 갔거나, 엄포를 놓고 사라져야 했을 조폭들은 낭패란 표정을 짓고 있었는데 그들의 몰골도 만만치 않게 너덜너덜해 있었다.

곧 조폭들은 경찰들에게 연행되었다. 사장은 남은 경찰과 뭔가 얘기를 주고받다가 인사를 하고 경찰을 떠나보냈다. 그러고는 못마땅한 시선으로 나를 보며 다가왔다. 곁에선 평생 못 봤을지도 모를 광경들을 목격한 직원들은 얼떨떨한 표정으로 책상과 집기들의 잔해를 치우고 있었다.

"죄송합니다."

나는 사장에게 고개 숙여 사죄했다. 그만두라고 해도 할 말이 없다. 이럴 경우 사직서를 써야 하나, 그냥 짐만 싸도 되나, 그게 고민됐을 뿐이다.

"좀 다쳤군. 병원이나 다녀오지?"

퉁명스럽지만 빈정거리는 말투는 아니었다. 도대체 어떻게 행동하고 다녔길래 저런 놈들이 로펌을 이 꼴로 만드느냐고, 분명히 행실 똑바로 하고 다니라고 경고했는데 이런 식으로 굴다니 참을 수 없다며 당장 때려치우고 나가라고 윽박지를 줄 알았는데. 뜻밖의 친절한 발언에 나는 어리둥절하게 그를 바라보았다.

"사장님도 많이 다치셨는데요."

눈가에 난 그의 상처가 나를 더욱 긴장하게 했다. 평소 자신의 자태에 꽤 신경을 쓰는 사람인데 얼굴에 스크래치가 나게 만든 것이다. 난 이제 죽었다.

PIECE 18

# 두 개의 유언장

"난 경찰서에 경위서 쓰러 가야 해서."

뒤를 힐긋 보던 사장은 옆에서 잔해들을 치우는 직원들을 착잡하게 돌아보았다.

"그건 제가 가겠습니다. 사장님께선……."

나는 구겨진 소매를 급히 걷어 내리며 그에게 다가섰다.

"자네가 왜?"

그는 어이없다는 눈으로 나를 보았다.

"저 때문에 일어난 일입니다. 굳이 사장님께서 나서지 않으셨어도……. 죄송합니다."

나는 참담한 기분으로 그에게 다시 고개를 숙여 보였다.

"널 건드린 게 아니라 우리 로펌을 건드렸잖아. 그걸 가만둘 순 없지 않나?"

사장은 눈썹을 으쓱이곤 주먹질로 부은 손을 털며 돌아섰다. 갑자기 그의 어깨와 머리에서 빛이 나는 것처럼 보였다. 역시 사장은 존경할 만한 사람이었다.

"물론 집기에 대해서 자네가 책임진다면 굳이 뭐라 하진 않겠네. 회사 물품 경비가 굳는 거니까."

곁눈으로 나를 힐긋 돌아본 그는 한쪽 입꼬리를 비틀어 올려 미소 지으며 로펌을 나갔다. 고마워할까, 말까.

나는 내 방으로 달려가 노인의 자식들 리스트를 찾았다. 그리고 장남의 연락처를 찾아내 그에게 전화를 걸었다.

[누구십니까?]

귀에 익은 목소리가 느긋하게 전화를 받았다.

"나, 조윤건입니다. 뭐 하는 놈인지 말하지 않아도 아시겠죠?"

내 말에 그는 흠칫 놀란 듯, 아무 말도 하지 않았다. 내 입가에서 코웃음이 흘러나갔다.

"당신이 보낸 사람들은 잘 만났습니다. 불행히 그 사람들은 빨리 경찰서로 가서 회수하셔야 뒤탈이 없을 것 같습니다만."

개탄의 탄식을 흘리던 그는 금방 평정심을 되찾고 호기롭게 말했다.

[그 말 해주려고 전화까지나? 경찰서에 그놈들이 끌려갔다고 해서 내가 켕길 게 있을 거 같나?]

"하긴, 그 사람들도 돈 주고 산 사람들일 테니 어찌 되든 상관없으실 수도 있겠죠. 문제는 그 사람들이 회장님의 행방을 알고 있는지 어떤지이겠습니다만. 지금 제가 가서 물어볼까 생각 중입니다. 그쪽에서 직접 말해주면 경찰서까지 가는 번거로움은 피할 수 있겠는데요."

나는 주먹다짐으로 시큰거리기 시작하는 손등을 풀며 인상을 찡그렸다. 그때 정양이 얼음 수건을 내게 쥐여주고 걱정스러운 눈길로 바라보았다. 나는 그녀에게 고맙다는 눈짓을 해 보였고, 나를 짠하게 보던 그녀는 가는 한숨을 내쉬곤 방을 나갔다.

[내가 우리 아버지를 어떻게 했다는 말이야, 지금?]

"그럼 왜 실종 신고를 하지 않으시는 거죠?"

[할 거다, 이 개새꺄! 안 그래도 그 노인네 일찌감치 숨겨놓고 재산 다 들어먹으려고 작당한 놈들 아주 끝장내 버릴라니까!]

발끈한 그의 말에 나는 멈칫했다. 구린 구석 있는 놈치고 너무 당당했다. 아니면 이것 역시 쉴드일까? 게다가 지금 이 자식은 내가 노인의 내연녀와 작당하고 있다고 단정 짓고 있는 것 같았다.

"확실하게 말하지만 난 당신 아버지의 후견인입니다. 그분 뜻대로만 움직일 뿐입니다."

[결과를 보면 알겠지. 누구 아가리에 그 돈이 쳐들어가는지 보면!]

"생각에서 해방되어 보시죠?"

나는 전화 저 너머 쪽을 넘겨보듯 눈을 가늘게 떴다.

[광복절이냐? 해방 같은 소리 하고 자빠졌네!]

그의 거친 대꾸에 착잡한 한숨이 내 입술에서 흘러나왔다.

"더 이상의 대화는 통하지 않을 것 같군요. 회장님께 연락이 오면 전화나 주시죠."

[뭐라고? 니들 작당에……!]

나는 그의 말이 끝나기도 전에 전화를 끊어버렸다. 그리고 창밖을 향해 돌아서서 내 머릿속과 똑같은 암흑 같은 하늘을 올려다보았다. 확실히 노인의 내연녀와 자식들이 작당한 건 아닌 것 같다. 그렇다고 가장 행동력 있는 장남을 뺀 나머지 자식들의 짓이라고 할 수도 없을 것 같았다. 그럼 도대체 노인을 납치한 건 누굴까. 장남의 말대로 정말 그 여자 짓일까? 아님 보좌관? 어쩌면 둘의 합작?

게다가 더욱 심각해지는 건 내게 철학관 홍보 쪼가리 같은 명언 카드를 문틈에 끼워놓은 놈들이 장남 쪽 인물들은 아니란 얘기다. 그렇다고 지금 적극적으로 내게 대시하고 있는 노인의 내연녀일 가능성도 적었다. 그럼 도대체 누구지? 어쩌면 그 카드를 보낸 자가 모든 것을 쥐고 있는 제3의 범인일 수도 있겠다.

어쨌든 오늘 노인의 자식들을 찾아가 뭔가 캐내려던 계획은 조폭들이 설치는 바람에 간결하게 끝나고 말았다. 이제 뭘 어떻게 해야 하지? 이러다 정말 노인의 생사가 위태로워지면 그건 내 책임인가? 내가 뭘 했다고? 마치 단테의 응급 수술 때 받았던 수술 동의서를 들고 있는 기분이었다.

갑자기 핸드폰이 가늘게 떨리며 울렸다. 박현임. 그녀였다. 나는 이마에 힘을 주며 전화를 받았다. 그녀는 다짜고짜 내게 물었다.

[이제야 받으시네요. 내가 부탁한 건 진행 중인가요?]

"회장님 장남이 실종 신고를 한다고 하던데요."

[그래요?]

예상외의 반응이라는 투였다.

"그럼 여사님도 경찰에 출두하셔야 할 겁니다."

[그 전에, 변호사님 진행이나 잘하고 있는지 그게 알고 싶은데요.]

시종일관 깐깐한 그녀의 목소리에서 조바심이 묻어났다.

"제 진행 속도보다 경찰 쪽에서 여사님께 출두 명령을 내리는 게 더 빠를걸요? 괜찮으시겠습니까?"

[어차피 그 위임장도 유언장과 같은 효력이 있지 않나요? 가장 최근에 작성된, 회장님의 의지가 잘 들어간 유언장으로요. 회장님이 실종된 마당에 그 유언장대로 하자는 게 잘못인가요? 어쩌면 그게 평소 회장님 생각을 행동으로 옮기는 가장 빠른 방법이 될 수도 있다고요.]

틀린 말은 아니었다. 하지만 노인은 사망한 것이 아니라 실종된 것이다. 사안이 다르다. 그리고 엄밀히 말해 그 노인의 지문 하나 안 찍힌 그것을 신뢰할 수는 없었다.

[그리고, 지금 회장님의 후견인으로서 어쩐지 직무를 태만하게 하고 있단 생각이 드는데요?]

"그럴 리가요. 회장님에 대한 실종 신고도, 그로 인한 어떤 선고도 내려지지 않았는데 부화뇌동(附和雷同)하고 싶지 않을 뿐입니다."

수화기 너머 여자의 토라진 리액션이 느껴졌다.

"좀 기다려보시죠. 곧 실종 신고가 날 테고……."

[걔들이 어떤 놈들인데요! 더 있다간 회장님 안전을 보장할 수 없을 거라고요! 그리고 그 와중에 그놈들이 어떤 수라도 쓴다면……!]

그녀는 버럭 소리쳤다.

"구하고 싶은 게 회장님입니까, 재산입니까?"

나의 물음에 그녀는 아무 말도 하지 않았다.

"대답 잘 들었습니다."

나는 건조하게 대꾸하고 전화를 끊었다. 하나는 분명해졌다. 장남은 성질만 더럽지, 내가 알고 싶은 것은 알게 해줬다. 그러나 이 여자는 확실히 뭔가 숨기는 게 있었다. 그렇다면 그걸 실토하게 만들어야지. 갑자기 기분이 격하게 심란해졌다.

쏴아-.

갑자기 내 마음에 물을 끼얹듯 창밖에선 장대 같은 빗줄기가 허공을 가르며 꽂히기 시작했다.

아주 외롭고 쓸쓸한, 상실감 가득한 기분으로 집에 도착한 나는 문틈에 꽂힌 봉투를 발견했다. 이제 하나도 놀랍지 않았다. 오히려

이 고독감 속에서 누군가 내게 말을 걸어주는 것 같아 반갑기까지 했다. 기다리던 전보를 받듯 나는 얼른 봉투를 뽑아 열어보았다. 여지없이 카드 한 장이 얼굴을 내밀었다.

게임은 시작되었다. 당신만 모르고 있다.

문장을 읽는 순간 화가 솟구쳤다. 가뜩이나 엿 같은 기분인데 나만 모르고 있다고? 그게 뭔데! 가만 보니, 누군지 몰라도 문장 하나로 날 열 받아 죽게 하려는 속셈 같다. 볼 때마다 별거 아닌 것 같던 문장들이 슬슬 신경 거슬리게 하더니 이젠 보는 순간 화가 치받는다.

나는 카드를 구길 것만 같은 손아귀의 힘을 최대한 억제하고 부들부들 떨었다. 도대체 누가 보내는 거야, 이 카드는. CCTV는 확인하고 싶지도 않았다. 그래 봤자 이번엔 피자 로고가 그려진 헬멧을 쓴 피자 배달부나 치킨 배달부일 테지.

집으로 들어서면서 나는 노인의 내연녀에게 전화를 걸었다. 하지만 그녀는 전화를 받지 않았다. 집에 있든 없든 노인의 편지대로 일이 잘 진행되고 있는지 궁금해서라도 전화를 받아야 할 텐데 그녀는 그러지 않았다.

핸드폰 연결 음이 끊기고 음성 녹음 메시지 안내 목소리를 들으며 나는 핸드폰의 종료 버튼을 눌렀다. 그 순간 손에 들려 있던 핸드폰이 떨며 벨 소리를 내었다. 얼른 통화 버튼을 누르자 웬 남자의 목소리가 내 귀를 기습했다.

[전화 연결되기 더럽게 힘드네.]

"누구십니까?"

나는 날 선 목소리로 물었다. 뉘앙스가 카드를 보낸 놈인 것 같다.

[상황 봐서 전화하려고 했는데, 아무것도 하는 게 없구만? 충고 차원에서 한마디 하지. 계집질, 돈독에 자식도 내팽개친 노인네 찾을 생각하지 말고, 그 유언장대로 하는 게 좋을 거야.]

"누군데 다짜고짜 뭘 하라 마라십니까?"

나는 빈정 상한 목소리로 퉁명스럽게 물었다.

[내가 누군지보다, 내가 한 말에 신경 쓰는 게 좋을 거야. 영판 내용 이해 못 하는 말을 한 게 아니잖아?]

어떤 놈인지 나만큼 빈정 상한 말투였다.

[하루의 기한을 주겠어. 행동 보고 앞으로 어떻게 할지 결정할 테니까 알아서 행동해. 네가 눈독 들이는 여자를 나도 봤단 말이지.]

순간 눈앞으로 스파크가 튀었다.

"이봐……!"

다급하게 소리쳤지만 그는 이내 전화를 끊어버렸다. 젠장!

나는 황급히 걸려온 번호를 검색했다. 발신자 표시 제한 문구가 떴다. 혹시나 싶어 통화 버튼을 눌러보았다.

[지금 전원이 꺼져 있어…….]

바로 음성 안내 메시지로 넘어갔다. 나는 핸드폰을 움켜쥔 채 거실 기둥을 후려쳤다. 정확하게 짚고 넘어갈 게 있었다. 도대체 그 유언장은 어떤 걸 말하는 거야!

급해진 나는 즉시 인영에게 전화를 걸었다. 그러나 그녀는 전화를 받지 않았다. 그때, 핸드폰이 다시 손 안에서 부르르 떨며 경쾌한 소리를 냈다. 소니였다. 그러고 보니 오늘 오후에 그녀와 소니, 단테가 함께 점심을 먹을 거라고 했었다.

"단테 아버님!"

나는 너무 반가워 외치듯 전화를 받았다.

[일이 끝나셨습니까? 나 검사님께서 급한 일이 있다고 하셔서 점심 약속을 저녁으로 미뤘거든요. 시간이 되실까 해서요.]

앞으로 이 사람을 형님이라고 모셔야겠다. 인영이 무사하다는 것도 알게 해주고, 살뜰히 챙겨주는 말까지. 이렇게 한 마디, 한 마디가 위로가 될 줄이야. 진심으로 아쉬웠다. 이상한 전화와 카드만 받지 않았다면 당장 달려갔을 것이다.

"저도 그랬으면 좋겠지만 일이 덜 끝나서요."

[그러시군요. 바쁘실 텐데 제가 귀찮게 한 건 아닌지…….]

"그건 절대 아닙니다. 다음에 기회가 생기면 꼭 함께 식사하고 싶습니다. 그리고……."

나는 주저하다 말을 이었다.

"나 검사랑 같이 계신 것 같은데, 나 검사에게, 절대 혼자 다니는 짓은 하지 말라고 전해주십쇼. 변호사로서 가끔 열 받아 뚜껑 열린 의뢰인에게 제 지인들까지 린치를 당하는 경우가 있는데, 전혀 상관없는 나 검사가 말도 안 되게 레이더에 걸린 것 같다구요."

[그딴 건 나한테 직접 말해도 되지 않아? 내 걱정은 됐으니까 댁이나 잘하고 다니셔. 언제부터 보호자였다고 그렇게 내 걱정을 해?]

앙칼진 인영의 목소리가 전화기 너머에서 튀어나왔다. 갑작스러운 샤우팅 공격에 귀가 먹먹해지고 골이 띵해졌다. 방금 얼굴도 모르는 놈으로부터 협박 전화를 받았다는 것을 싹 까먹게 하는 그녀의 목소리였다.

"그래, 난 네 보호자가 아니지. 그러니 불시착했다고 생각하고 내 행성에서 당장 떠나!”

너무 열 받아 나도 모르게 맞장구치듯 소리쳤다.

[당신이 강제 퇴거 명령하기 전에 난 이미 떠났어! 그것도 모르고 있었어?]

인영은 제 할 말만 냅다 지르고 이내 전화를 끊었다. 기가 막혀 말도 나오지 않았다. 떠났다고? 그거 잘됐네!

이제 이 지리멸렬한 유언장 전쟁에서 벗어나고 싶다. 그래서 지금이라도 당장 유언장대로 진행시키고 싶은 마음이 굴뚝같았다. 그런데 도대체 어떤 유언장을 말하는 건지 모르겠다. 고치기 전의 유언장도 내게 있었고, 유언장과 다름없는, 노인의 내연녀에게 남긴 편지도 내게 있었다. 좀 전의 전화가 자식들 짓이 분명하다면 고치기 전의 유언장을 말하는 것이겠지만, 노인이 원한 건 그게 아니었다. 그걸 알면서 고치기 전의 유언장을 집행하면, 노인을 구하고서도 좋은 소리를 못 들을 것이 분명했다. 그럴 만한 성깔의 노인이었다.

잦아들었던 비가 다시 내리기 시작했다. 나는 답답한 마음에 베란다 창문을 주먹으로 짚으며 건너편 아파트를 내려다보았다. 순간, 심장이 멎는 줄 알았다. 박현임, 그녀가 베란다에 서서 비 내리는 창밖을 보고 있었기 때문이다. 시선이 내 쪽을 향해 있어서 처음엔 날 보고 있는 줄 알았다. 하지만 한참 팔짱을 낀 자세로 서 있다가 고개를 다른 쪽으로 옮기는 모습을 보고서야 나를 보고 있었던 게 아니라는 걸 알았다. 나는 그녀처럼 창가에 바짝 다가서서 비가 내리꽂는 허공을 넘어 그녀를 집요하게 바라보았다.

비리리링-.

핸드폰이 다시 주머니에서 울렸다. 정양이었다.

[박현임 씨에 대해 조사한 거 연락이 왔어요.]

"아, 그래."

나는 빗줄기에 아른거리는 박현임을 물끄러미 바라보았다.

[그분, 2년 전에 돌아가셨대요. 결혼한 흔적은 없구요. 그래서 당연히 자식이나 남편은 없었구요. 남해 일대 식당을 돌아다니면서 허드렛일 전전하시다 돌아가셨대요. 위암으로……]

순간, 줄어든 빗줄기 사이로 보이는 그녀가 환영처럼 보여 당황했다. 다리에 힘이 풀리고 정신이 비몽사몽 혼탁해지기 시작했다.

"정말이야?"

[네. 돌아가시기 직전에 가족이 찾아와서 함께 살았다는데, 그분 돌아가시고 나선 보이지 않았대요.]

방금 눈앞에 있던 박현임이란 여자는 몸을 돌려 거실로 사라졌다. 나는 그런 그녀를 마치 사라지는 환영 붙잡듯 팔을 뻗었다. 하지만 그녀는 내 손에 들어오지 않았다.

"가족이라면……, 정확히 누구지?"

[글쎄요.]

정양의 대꾸를 듣는 순간 떠오른 이름이 있었다. 노인의 아파트 우편함에서 보았던 박춘임이란 이름.

"그걸…… 그걸 알아봐줘. 형제나 자매가 있었는지 말이야."

[그러죠.]

신속하게 대꾸한 그녀는 전화를 끊었다. 건너편 집의 박현임이란 여자는 모든 것이 불투명했다. 모든 음모가 그녀에게서 시작된 것만 같다. 하지만 그녀에게 물을 수는 없었다. 물어봤자 딱 잡아뗄 것이 분명하다. 어떻게 입을 열게 만들지?

지금 여유를 부릴 상황이 아니었다. 인영에 이어 단테에게까지 흉악한 놈들의 손이 뻗칠지도 모르기 때문이다. 차라리 경찰에 신고를 할까? 노인의 자식들은 경찰이 그다지 무섭지 않은 듯했지만, 어쩐지 노인의 내연녀는 경찰의 개입을 극구 반대하고 있었다. 그렇다면 그 여자를 경찰서에 소환되게 만들어 그녀의 보호자를 불러내게 만든다면? 경찰서 안에서라면 옴짝달싹 못하는 건 내가 아닌 그녀일 것이다. 그럼 그녀를 경찰서에 제 발로 나오게 만들어볼까?

나는 즉각 로펌으로 달려가 노인의 재산 증서들을 복사했다. 그리고 정양에게 전화를 걸었다.

"미안. 자꾸 호출해서. 강남 경찰서 앞에서 봤으면 좋겠는데."

[알겠어요.]

퇴근하고 무척 피곤할 상태일 텐데 어쩐 일인지 그녀는 두말없이 내 말에 응했다. 전화를 끊은 나는 차를 몰고 전속력으로 강남 경찰서로 향했다. 경찰서에서 조금 떨어진 약속 장소에 도착하니 후줄근한 차림의 정양이 피곤에 전 얼굴로 서 있었다.

"영화 보면 변호사 비서들이 되게 스릴 넘쳐 보이고, 수사관처럼 빠릿빠릿 움직이는 게 되게 말도 안 된다고 생각했는데 요즘 쫌 영화 캐릭터 같아지는 거 같아요. 이거 바람직한 거죠?"

정양은 한숨을 내쉬며 말했다. 내게 두 손 들었다는 표정이었다.

"이유도 안 묻고 나와줘서 고마워."

"이유 물어봤자 물어본 시간만큼 제가 쉴 시간이 딜레이될 뿐이잖아요. 어차피 변호사님 설득에 넘어가고 말 텐데."

"정양 씨 안 시키고 내가 복사한 거야."

나는 미안한 표정을 지으며 봉투를 내밀었다.

"되게 고맙네요. 덕분에 좀 더 쉬었다는 걸로 알게요."

그녀는 무표정하게 내가 넘긴 봉투를 받아 들었다.

"이걸 어떻게 하면 되죠, 보스?"

"보스?"

그녀에게서 처음 듣는 말이었다.

"영화에서 그렇게 말하잖아요. 그리고 지금 전 변호사님 아바타구요."

옆구리에 봉투를 낀 그녀는 무표정하게 나를 바라보았다.

"남친 없으면 말해. 되게 매력적인 당신을 그냥 두는 남자들이 이해 안 되니까."

나는 그녀에게 미소를 지어 보였다.

"듣기 나쁜 소리는 아니네요. 이제야 부하 직원 일할 맛 나게 하는 언어 구사법을 배우셨나 봐요?"

코웃음을 친 그녀는 시큰둥하게 말했다.

"좋아. 근처 산책로 쪽, 좀 떨어진 곳에서 이걸 주웠다고 습득 신고 해줘."

"사본이라 대수롭지 않게 생각할 거 같은데요?"

봉투 속 문서들을 훑던 그녀는 회의적으로 말했다.

"하지만 액수랑 증서 양을 보면 심상찮아 할 거야."

내 말에 그녀는 고개를 끄덕였다.

"딱 봐도 막대한 재산을 가진 분 같은데 야산에서 어떻게 된 거 아닐까 걱정돼서 혹시나 하고 신고하는 거라고. 사본은 버려지고 원본과 함께 노인이 사라지기라도 한 건 아닌가 걱정된다고 말이야."

"그 말을 믿겠어요?"

"요즘 그런 일들이 좀 많았잖냐고 해. 그러면서 나중에 뭔 일 나면 이번 신고가 결정적일 수도 있잖냐면서 찝찝해하면 경찰들도 의구심을 갖겠지."

"왜, 직접 하시지 그러세요?"

"내가 노인 후견인인데, 혹시 호출 받을 일이라도 생기면 일이 웃겨지잖아."

"먼저 그렇다고 밝히시죠?"

"후견인이 재산 증서 원본도 아닌 사본 가지고 설치고 있으면 날 의심하겠어, 안 하겠어? 그러다 그 내연녀까지 내가 사본 들고 온 걸 알면 의심 받는 건 나라고."

"그렇군요."

그녀는 고개를 끄덕였다.

"여기서 중요한 건 내가 노인의 후견인이라는 사실이 아니라, 그 여자를 경찰서로 오게 만들어 스스로를 옴짝달싹 못하게 만드는 거야. 무슨 말인지 이해하지?"

"네, 보스."

그녀는 기대와 의구심이 반반씩 뒤섞인 얼굴로 경찰서로 들어갔다. 그리고 10분 후, 그녀는 빈손으로 경찰서를 나왔다.

"변호사님이 시키신 대로 했구요. 제 신원 남겨놓고, 경찰들이 그 분 집 전화번호 알아내서 전화 거는 것까지 보고 왔어요."

"수고했어."

"잘되시길 바라요."

그녀는 내게 주먹을 불끈 쥐어 보이고 집으로 돌아갔다. 곧 박현임이 불려올 것이고, 그녀에게 아무 잘못이 없다면 곧 풀려날 것이다. 또 경찰을 설득할 만한 것이 부족해지면 아마도 그녀는 나를 찾을 것이다. 경찰서에서 급하면 가장 먼저 찾는 것이 변호사이고, 최적의 변호사는 바로 친분 있는 변호사니까.

나는 근처에 세워둔 내 차에 돌아와 앉았다. 클래식 음악을 한 시간 정도 들으며 잠든 것과 비슷한 명상에 빠져 있을 때 핸드폰이 울렸다. 가늠컨대 경찰서 번호 같았다.

"네. 조윤건 변호삽니다."

오디오를 끈 나는 최대한 건조하게 전화를 받았다.

[여기는 강남 경찰섭니다. 허명수 씨 후견인이라고 하시던데, 맞습니까?]

날카로운 어투의 남자가 물어왔다.

"네, 맞습니다만. 무슨 일이시죠?"

[허명수 씨가 실종 신고된 건 알고 계십니까?]

"그분 장남 되시는 분께서 실종 신고할 거라는 말은 들었습니다. 며칠 동안 연락이 되지 않고 있었거든요."

나는 최대한 차분하게 대답했다.

[지금 그 문제로 경찰서에 동거인이 와 계신데 변호사님이 와주셨으면 하시더라구요. 어느 분께서 그분 재산 사본을 길에서 주웠다고 신고하셨습니다.]

"그렇습니까? 근처를 지나던 길이니 곧 가겠습니다. 10분 정도 걸릴 것 같군요."

전화를 끊은 나는 한숨을 삭이며 시간이 흐르기를 기다렸다. 그 10분이 마치 아득한 블랙홀처럼 느껴졌다. 계기판 옆 시계의 일분일초가 흘러가는 것을 눈 빠지게 노려보다 정확히 9분이 지나자 차에 시동을 걸고 경찰서 주위를 크게 한 바퀴 돌아 10분을 채우고 경찰서 안으로 들어갔다.

경찰서 주차장에 차를 세우고 건물 안으로 들어가자 죽은 여자의 이름을 쓰는 노인의 내연녀와 보좌관이 답답함과 짜증이 뒤죽박죽인 얼굴로 있다가 나를 억울한 표정으로 돌아보았다.

탕-! 탕-!

내연녀 앞에 앉아 있던 형사가 손바닥으로 책상을 치며 그녀를 쏘아보았다. 내게 뭔가 말하려던 그녀는 움찔하며 내게서 얼른 고개를 돌렸다.

"아까 분명히 박현임이라고 해놓고 이제 와서 아니라는 겁니까?"

딱 지금 내가 두 번째로 듣고 싶은 대목이 나오고 있었다. 첫 번째는 노인이 어디 있는지, 그리고 그 다음이 바로 방금 형사가 한 그 질문이었다.

"무슨 일입니까?"

나는 굳은 얼굴로 그들에게 다가갔다. 그러자 형사가 나를 못마땅하게 올려다보았고, 나는 그 앞에 내 명함을 내밀었다. 그러자 명함을 훑은 그가 미간을 조이며 말했다.

"결혼한 건 아니고, 동거인이라면서 습득자가 주운 것이 재산 중서 원본이 아닌 사본인 걸 황당해하길래 석연찮은 부분이 있어서 신원 검색 좀 하려고 했더니, 이젠 아까 말한 이름이 자기 이름이 아니라고 하지 뭡니까?"

담당 형사는 어이없어하며 말했다. 그러면서 나를 향해 물었다.

"허명수 씨, 사채업 하던 사람 맞죠? 그 사람한테 뭔가 들은 거 없습니까?"

나는 형사의 말을 들으며 노인의 내연녀를 관찰하듯 노려보았다. 이전까지 내가 자기 편이길 바랐을 그녀는 나와 눈을 마주치지 못했다. 이어 나는 곁에 선 보좌관도 노려보았다. 그 역시 내 시선을 피해 다른 곳으로 시선을 돌리고 있었다.

나는 형사를 천천히 돌아보며 말했다.

"사실 그분께서도 굉장히 의심하고 있던 상황이었습니다."

내 말이 끝나자마자 노인의 내연녀와 보좌관은 황당한 표정으로 나를 돌아보았다. 내가 알고 있을 거란 생각은 못하고 자기 편에서 도와줄 거라 믿었겠지. 물론 노인이 그랬다는 것은 거짓말이었지만, 이들이 듣기에는 식겁하기에 충분한 말이었기에 작정하고 뱉은 말이었다.

"게다가 지금 저는 그분의 유산 분배와 관련해서 정체불명의 누군가로부터 협박을 받던 중입니다."

"그렇습니까?"

내 말을 듣던 형사는 표독한 눈으로 노인의 내연녀를 흘겨보았다.

"확실히 뭔가 있군요. 집에 없는 사람을 몸이 불편하다고 핑계 대고 이름도 명확하게 알려주지 못하고……."

"박현임. 지금 이분이 쓰는 이름입니다. 한번 조사해보시죠. 노인의 실종과 무관하진 않을 것 같습니다."

나는 박현임이라는 이름을 쓰던 그녀를 곁눈으로 흘기며 말했다.

"아냐! 절대 난 아니에요! 난 절대 아니라고!"

갑자기 그녀는 머리를 움켜쥐며 기절할 듯 소리쳤다. 그 전까지 도도하고 우아함을 몸에서 떨어뜨리지 않으려 애쓰던 그녀에게선 절대로 볼 수 없는 창백한 비명이었다. 어이없어진 나는 이 여자와 한 패가 분명한 보좌관을 돌아보았다. 이 여자에 대한 실망이 이만저만이 아닌 것 같았다. 그의 얼굴엔 '낭패'란 글자가 가득 쓰여 있었다.

"대신 좀 말해줘요! 내가 그렇게 할 이유가 없었잖아요!"

나를 붙잡고 눈물을 흩뿌리는 그녀의 절규에 경찰서 안의 모든 사람들의 시선이 나와 그녀에게 쏠렸다. 나는 안쓰럽게 그녀를 내려다보았다.

"그럼 이름을 왜 당당하게 말하지 못하죠? 혹시 다른 이름으로 살아온 건 아닙니까?"

그녀가 미쳐버리기 전에 이실직고를 들어야 했기에 나는 다행히 아직 정신을 놓지 않은 그녀에게 단도직입적으로 물었다. 그러자 그녀는 얼빠진 얼굴을 한 채 아무 말도 하지 못했다. 딱 벌어진 입을 다물지 못하는 걸 보니 이 여자에게 뭔가 듣는 것을 포기해야 할 것 같기도 하다.

"정황으로 봤을 때 조사를 해보긴 해야 하는 여자입니다. 의심의 여지가 너무 많아요."

"네."

형사의 설명에 나는 나를 간절히 바라보는 그녀의 시선을 피하며 고개를 끄덕였다.

"아, 그리고 저 사람도……."

나는 보좌관을 가리켰다. 순간 그는 당황스럽게도 몸을 돌려 문을 향해 달려갔다.

"잡아!"

놀란 형사가 소리쳤고, 그는 지키고 있던 경찰들에 의해 금방 붙잡히고 말았다.

"뭔가 구린 게 확실히 있네요."

보좌관이 일그러진 얼굴로 나를 노려보는 눈빛을 마주 보며 나는 씁쓸하게 말했다.

집으로 돌아온 나는 씻지도 못한 채 그대로 침대에 엎어져 잠들어버렸다. 무척 오랜만에 푹 잔 것 같다. 그 깊은 잠을 아침 일찍 걸려온 정양의 전화가 깨워주었다.

"우리 헤어진 지 얼마 안 되지 않았어? 너무 부지런한 거 아냐?"

나는 잠이 덜 깬 목소리로 전화를 받았다.

[그러게요. 안 그래도 요즘은 퇴근을 해도 같은 공간에 있는 기분이라 피곤이 더 쌓이는 것 같긴 했어요.]

나 못지않게 찝찝해하는 그녀의 목소리였다.

[조사 결과 나왔다구요!]

"조사?"

몸을 뒤척이던 나는 눈을 번쩍 떴다.

[박현임 씨 가족 관계요.]

아득했던 정신이 번쩍 들었다.

[언니가 있었어요.]

"박춘임……."

나도 모르게 내 입에서 그 이름이 흘러나왔다.

[알고 계셨어요? 초혼이 되게 일렀네요. 보니까, 열아홉?]

뉘앙스가 수상쩍다. 초혼? 재혼, 삼혼, 뭐 이렇게 진행되었나?

[기록으로는 네 번 결혼했네요. 되게 힘들게 살았던 거 같아요.]

그제야 노인이 한 말이 떠올랐다. 단란 주점에서 그를 만났을 때 내연녀는 전남편의 제사로 집을 비웠다고 했다. 박현임은 결혼한 적이 없으니까, 아마도 박춘임 그녀가 동생 행세를 한 것 같다. 그럼 그때 제사는 몇 번째 남편의 제사였을까?

[자식은 없고, 두 자매가 같이 살다가 언니가 동생 장례식을 치러준 것 같아요. 그런데 그 여자, 전과도 있더라구요.]

"전과?"

'전과'라는 단어를 듣는 순간 뒷목이 싸늘해졌다. 살인이나 살인교사, 뭐 이런 건 절대 아니길.

[사기죄로 구형을 받은 기록도 있구요. 절도 전과도 있고. 중요한 건 지금도 소송 중인 게 있는데 네 번째 결혼 끝이 조금 시끄러웠나봐요. 자식이 있는 남자와 결혼했는데 그 자식들이 아버지가 교살된 거라고, 범인으로 그 여자를 신고했대요.]

들을수록 가관이다.

[증거 불충분이어서 구속되거나 하진 않았는데 계속 추궁 받는 중인가 보더라구요. 자식들이 꼭 밝히겠다고 나서고 있대요. 그래서 유산 상속이 제대로 이뤄지지 않고 있다네요.]

"유산 상속?"

[네. 그 돌아가신 분이 유산의 60%를 박춘임에게 주기로 했는데

자식들이 걸고 들어간 거죠. 그게 2년 전 일이에요.]

노인의 집 우편물에서 본 법원 우편물이 그것과 관련된 것인 듯했다. 받기로 한 60%가 지체되니 다른 물주를 찾은 것이다. 소송에 걸려 있는 가운데 이중생활을 하자니 되게 힘들었겠단 생각도 들었다. 그래서 더욱 전과가 없는 동생 이름으로 살아왔겠지. 안습이다.

엎드려 있던 나는 듣는 것만으로 급 피곤해져 눈자위를 손바닥으로 지그시 눌렀다.

"그걸 알려주려고 이렇게 일찍……. 수고했어."

[도움이 좀 되셨으면 좋겠는데.]

"많이 됐지. 고마워. 모닝커피 전이지? 법인 카드로 제일 비싸고 맛있는 커피 사 마셔. 힘들게 내리지 말고."

[로펌에서 제가 아침마다 준비하는 커피, 거의 제가 마시잖아요. 이미 최고급으로 샀던 거였어요. 암튼 잘 마실게요.]

그녀는 통쾌한 웃음을 흘리며 전화를 끊었다. 여러모로 용의주도한 그녀와 전화를 끊은 나는 천천히 자리에서 일어나 거실로 나갔다. 습관적으로 새장 들여다보듯 노인의 집을 건너다보았다. 아무도 없다는 걸 알아서인지 더욱 어두컴컴하고 썰렁해 보였다. 잠시 빈 집을 바라보던 나는 강남 경찰서 담당 형사에게 전화를 걸었다.

"그 여자, 입을 열었습니까?"

나는 조심스럽게 물었다.

[밤새 추궁했는데 어디서 나온 뚝심인지 입을 꾹 다물고 아무 말 안 한답니다.]

"그 여자, 박현임의 언니 박춘임 같습니다."

형사는 갑자기 말문이 막힌 듯 아무 말도 하지 않았다.

"우연히 박춘임이란 이름을 알게 됐는데 알아보니 죽은 박현임의 언니 이름이 박춘임이었다고 하네요. 그 여자가 박현임의 언니가 맞다면, 전과도 있는 것 같더군요."

[그래요? 허, 참나…….]

형사는 기가 차 말을 잇지 못했다.

"우선 사라진 제 의뢰인을 찾는 게 급선무일 겁니다."

나는 무뚝뚝하게 말했다.

"용의자가 박춘임과 이 남자가 아니라면 딱 한 그룹이 용의선상에 남거든요."

우선 내 핸드폰 통화 기록에 남아 있는 노인의 장남 전화번호를 찾아 형사에게 알려주었다. 그리고 내가 출근하는 사이, 형사는 그 번호의 소유주를 알아냈고, 그의 주소까지 알아냈다. 항상 느끼는 거지만 어떤 일이 닥쳤을 때 경찰들의 수사력과 기동력은 FBI를 능가하는 것 같다. 욕 먹는 이유를 모르겠단 말이지.

형사들이 노인의 장남을 연행하는 동안 나는 인영의 안전이 걱정되어 그녀에게 전화를 걸었다. 어쩐 일인지 그녀는 단번에 내 전화를 받았다.

[내가 아무리 당신한테 하찮더라도 그렇게 끊었으면 당장 전화를 했어야 하는 거 아냐? 이제야 전화 거는 건 무슨 자신감이야?]

우려와 달리 멀쩡하게 잘 있는 모양이다. 이 여자를 협박용으로 장난치던 놈은 도대체 누굴까.

"별일 없나 보네. 앞으로 행복하길 바란다는 말을 까먹어서 그거 해주려고 전화했어. 그럼 이만."

[야……!]

그녀의 고함을 뒤로하고 나는 전화를 끊었다. 여자를 끊는 방법. 나에게는 예나 지금이나 쉽지 않다. 그래서 순전히 내 위주로 하려고 한다. 그럼 뭐 어때. 나도 기분 별로인 건 마찬가지인데.

로펌에 도착한 나는 정양으로부터 최고급 커피를 전달받아 방으로 들어가며 경찰서에 전화를 걸었다. 담당 형사는 말했다.

[허명수 씨 장남과 둘째를 소환했습니다.]

"둘째까지요?"

[두 사람이 같이 있더라구요. 술에 취해 있었는데 대화는 가능합니다. 장남뿐 아니라 둘째라는 사람도 변호사님께 린치를 가했었다면서요.]

"그랬죠."

당했다는 말을 듣는 것도 뭣 같다. 가뜩이나 지금 되게 형편없는 놈 같아 죽을 맛인데 누구한테 맞고 치이고 다니기나 하고.

[두 아들은 변호사님한테 폭력 행사한 것은 인정하지만 허명수 씨 실종과는 무관하다고 합니다. 또 말씀하신 그 여자, 박춘임이 맞았어요. 전과도 확인됐구요.]

그제야 나는 안도감이 몰려와 의자에 털썩 주저앉았다. 그리고 팔꿈치를 허벅지에 괸 채 허리를 굽혀 바닥을 노려보며 그의 말을 경청했다.

[그런데 그 여자와 허명수 씨 보좌관도 허명수 씨 실종과 관련된 혐의는 완강하게 부인하고 있습니다.]

"하지만 정황은 분명히 납치였습니다."

[정황요?]

되묻는 형사의 말에 나는 잠시 입술을 다물고 번민에 잠겼다. 그러다 곧 결심을 굳히고 입을 열었다.

"단서가 될 것 같진 않지만 분명히 납치의 정황이 녹화된 동영상이 제게 있습니다. 곧 가져다드리겠습니다."

전화를 끊고서 의자 목받이에 머리를 기대고 한숨을 쉬었다. 노인 이외에는 보여줄 사람이 없을 줄 알았지만 결국 보여주게 되었다.

나는 다시 집에 들러 노인의 납치 상황으로 추정되는 부분만 편집하여 경찰서로 가져갔다.

"정황은 납치가 분명한데 얼굴이 안 나와 있는데요."

형사는 회의적인 표정으로 녹화 영상을 지켜보았다.

"그래도 납치는 분명한 것 같으니까 이분 아파트에 협조 요청해서 CCTV를 확인해보시죠."

형사를 향해 설득하듯 말하자 나를 돌아본 형사가 말했다.

"말씀대로 할 테니까 집에 가서 좀 쉬세요. 얼굴이 너무 안 좋아 보이네요."

그는 진심으로 나를 걱정했다. 나는 손가락으로 턱을 쓰다듬었다. 그 와중에 호르몬들의 활동으로 턱에 까칠한 수염이 자라났다. 손바닥 한가득 끈적이는 피곤함도 묻어났다. 이렇게 일해본 건 살아생전 처음인 것 같다.

PIECE 19

# CCTV

아주 잠깐만 소파에 누웠다 일어나려고 했다. 그런데 핸드폰 울리는 소리에 눈을 떠보니 이미 해가 기울고 있었다. 기겁하고 일어난 나는 급히 핸드폰을 찾아 들었다. 정양이었다.

[퇴근하신단 말도 없이 사라지셔서 사장님께는 의뢰인과 갑자기 약속이 잡혔다고 말씀드렸어요.]

"고마워."

나는 겨우 놀란 마음을 진정시키며 머리를 쓸어 넘겼다.

[오늘 잡힌 일 중에 큰일은 없었어요. 소소한 것들은 내일로 옮겼구요. 제 마음대로. 그래도 괜찮을까요?]

전혀 내 의중을 살피지 않는 당당한 물음에 픽 하고 웃음이 나왔다. 나는 손바닥으로 얼굴 반쪽을 받치듯 감싼 채 중얼거렸다.

"내가 말했었나?"

[무슨 말씀요?]

"당신은 정말 유능한 비서야. 다른 데 가면 절대 안 돼."

[음, 처음 듣는 말이 확실하지만 어쩐지 자주 들었던 것 같아요. 가끔 변호사님이 저를 그렇게 말하는 눈으로 볼 때가 있어서 그런 걸까요?]

아주 내 머리 꼭대기에 완봉 깃발을 꽂는군.

"고생했어. 그만 정리하고 퇴근해."

[그러죠. 근데…… 좀 달라지신 거 같네요. 원래 공치사 같은 거 잘 안 하셨잖아요.]

"내가 그랬……나? 죽을 때가 됐나 보네."

나는 고개를 뒤로 힘껏 젖혔다.

[썰렁한 농담은 질색이에요. 끊을게요.]

전화를 끊고 소파에 기댔다. 평소 쓰던 것보다 몇 배의 에너지가 더 소비됐다. 나는 늘어지는 팔을 뻗었다. 손가락이 엄지부터 차례대로 까닥여졌다. 문득 손끝에 스쳤던 인영의 옆구리 살 느낌이 전해져왔다. 이 소파에 누우면 몸이 그녀를 기억했다가 떠올리는 모양이었다. 마음이 착잡해졌다. 이러면 곤란한데.

샤워를 마치고 나서는데 강남 경찰서 형사로부터 전화가 왔다.

[박춘임 씨나 아들들이 서로 의심하는 상황입니다. 그래서 일단 집으로 가보는 게 좋겠단 생각이 들어서 영장 청구해서 방금 영장을 발부받았습니다. 허명수 씨 후견인이시니 알려드려야 할 것 같아서요.]

"언제 가보실 예정이십니까?"

나는 눈썹에 힘을 주며 시계를 보았다.

[지금 허명수 씨 집으로 향하고 있습니다.]

형사의 말에 나는 반사적으로 건너편 아파트를 돌아보았다.

"거의 오셨나요?"

[이제 막 경찰서에서 출발했습니다.]

"그럼 먼저 가서 기다리겠습니다."

전화를 끊은 나는 급히 옷을 갈아입고 차 열쇠를 챙겨 들었다.

노인의 아파트 앞에 차를 세워놓고 10분 정도 기다리자 형사들이 나타났다. 나는 그들과 함께 노인의 집 1314호로 들어갔다. 집에 들어서서 가장 먼저 본 것은 건너편에 있는 노인 명의의 내 집이었다. 이렇게 바라보니 내 집이 무척 어색하게 보였다. 저기에 내가 살았나 싶을 정도였다. 내가 저기서 이곳을 내려다볼 때는 내가 바라보는 이곳이 새장 같은 느낌이었는데, 이곳에서 보는 내 집 역시 그렇게 보였다. 서로가 서로를 그렇게 보고 있었던가?

노인이 나를 얼마나 의식하고 살았을지 모르지만, 그가 납치당했다고 판단하게 만든 녹화 장면 속 그는 카메라 화면 안으로 들어오기 위해 무척 애쓴 것처럼 보였다. 그 정도로 의식하고 있으려면 매 순간, 매 초 염두에 두고 있어야 했을 것이다. 소모되는 신경이 상당했을 거란 거다. 그렇게 계속 신경 쓰고 살았을 그 노인이 무척 안쓰럽다는 생각이 들었다. 문득 문틈에 꽂혀 있던 두 번째 카드에 적힌 말이 떠올랐다.

—네 생각으로부터 자유로워져라. 그것이 널 해방시켜줄 것이다.

혹시 그게 답일까? 어쩜 내가 너무 내 위주로 생각을 하고 있었던 건 아닐까. 그제야 첫 번째 카드에 적힌 말을 떠올렸다.

—당신이 연 상자에 남은 것이 없을 때까지는 아무것도 믿지 마라.

판도라의 상자는 열렸고, 하나씩 진실이 밝혀지고 있었다. 무엇이 가장 마지막에 남을까. 그리고 상자가 전부 비워졌을 때 나는 무엇을 믿게 될까. 내가 모르고 있던 게임의 끝을 보게 될까.

"변호사님께서 주신 기록에 보면 이쯤에서 일이 일어난 것 같은데."

옆으로 다가오며 건네는 형사의 말에 나는 퍼뜩 정신을 차렸다. 나는 급히 그가 가리키는 현관을 돌아보았다.

"너무 좁지 않나요? 누군가에게 끌려나가는 것이……."

형사는 현관 옆 노인이 사라진, 내 카메라의 사각지대였던 위치를 맴돌며 골몰했다. 나 역시 동감이다. 하지만 그 상황에선 그런 생각이 든 게 사실이었기에 이런저런 자세를 가늠해보았다. 그러면서 노인의 머리가 위치했을 자리에 서서 내 집을 바라보았다. 그때였다.

"여기 좀 보시죠. 이거 카메라 렌즈 아닙니까?"

함께 온 다른 경찰관이 내 옆에 있는 형사를 불렀다. 나와 형사의 눈이 그에게로 쏠렸다. 그가 가리켜 보인 것은 인테리어 화분 속이었다. 다가가 허리를 굽히고 자세히 들여다보니 가지 속 열매 하나가 유난히 반들거려 보였다.

얼핏 보면 모를 정도로 작은 사이즈였다. 나는 눈에 힘을 주고 열매를 바라보았다. 곧 열매의 단면이 초소형 카메라 렌즈를 품고 있는 것을 확인할 수 있었다. 열매를 조심스럽게 당겨 뒤집어보니 연결된 전선이 가지를 따라 단단히 이어 붙어 있었다. 가지에 달린 열매 하나에 카메라 렌즈가 은밀하게 숨어 있었던 것이다.

"요즘 몰래카메라 기술이 하늘을 난다더니 진짜 대단하네요."

형사는 고개를 절레절레 흔들면서 혀를 내둘렀다. 그때였다.

"여기도 있는데요?"

반대쪽에 있던 다른 경찰관이 벽에 걸린 액자 한쪽을 가리켰다. 나와 형사는 얼른 그리로 달려가 관자놀이를 맞대고 액자 한쪽에 시선을 모았다. 그곳 역시 단추 구멍만 한 구멍이 뚫려 있었다. 역시 손톱만 한 렌즈가 반질반질하게 숨어 있는 것이 확인됐다.

"여기도요."

"이것도 몰래카메라 아닙니까?"

"이건 뭐 대놓고 CCTV네요. 거울 속에 숨어서."

여기저기 흩어져서 수색하던 경찰관들은 벽걸이 거울부터 조명틈, 시계의 작은 구멍 할 것 없이 여기저기 각기 다른 위치에서 몰래카메라 렌즈를 찾아냈다. 거실 한가운데 선 나는 기막혀 하며 그들이 찾아낸 카메라들을 둘러보았다. 거실을 빙 둘러 카메라가 없는 곳이 없었다.

그제야 노인이 왜 자신의 집에 CCTV를 설치하지 않았는지 알 것 같았다. 이미 너무 많은 CCTV에 휩싸여 살고 있었던 것이다. 내 집에 설치된 카메라만 신경 써가며 사느라 고됐던 게 아니었다.

"거기 렌즈들의 지문을 다 떠봐야 할 겁니다. 그럼 누가 설치했는지 알겠죠. 물론 조사실에 있는 사람들에게도 물어야 할 거구요."

나는 착잡한 목소리로 말했다.

"그 말은 허명수 씨가 단 게 아니라는 거죠?"

나를 돌아본 형사는 흥미롭게 물었다.

"그랬다면 굳이 저에게 지켜봐달라고 했겠습니까?"

나는 한숨을 내쉬며 건너편 내 집을 다시 올려다보았다. 노인이 허락한 단 하나의 CCTV. 그건 바로 나였던 것이다.

수많은 몰래카메라의 소유자들은 모두 박춘임과 노인의 자식들이었다. CCTV에 찍인 지문들은 각기 다른 인물들의 것이었다. 손수 설치한 것이 아니라 심부름센터 같은 대리인들을 시켜 설치한 것이었다. 취조를 시작했을 당시에는 모두 자신들의 짓이 아니라고 발뺌을 했지만 지문의 주인들을 모두 찾아 대질한 후에야 그들은 자신들의 짓이란 걸 인정했다. 발견한 몰래카메라의 위치와 카메라가 비춘 사정권은 모두 안방의 금고, 거실의 책장과 벽화 등등이었다. 안방의 금고 외에 재산 증서가 숨겨진 제3의 금고를 찾기 위해 설치한 것으로 추정되었다. 그 제3의 금고는 바로 내 로펌 사무실에 있는 금고였다. 그들은 마치 서로 짜기라도 한 듯 적절한 비율로 몰래카메라를 설치해놓았다.

그들이 CCTV에 대해 자백한 후 나는 형사와 함께 경찰서로 가서 조사실의 상황을 지켜보았다. 오랜만에 본 박춘임은 많이 초췌해 보였다. 도도하고 화려했던 모습은 온데간데없었다. 그녀는 CCTV 설치 자체가 노인을 위한 거라 변명했다.

"절대 다른 뜻은 없었어요. 그냥, 그분이 나 없을 때 무슨 일이 일어날지 몰라서 걱정되는 마음에……!"

얼핏 들으면 진심처럼 느껴졌다. 그러나 내가 아는 그녀는 처음부터 진실된 건 하나도 없었다. 이름부터가 사기였기에 그녀는 상대방이 진심으로 그녀의 말을 들어줄 기회를 놓쳤다. 그리고 노인을 위해 걱정하는 마음으로 CCTV를 설치했다는 것이 진짜일 리 없었다. 노인이 사라진 후에도 그의 재산 증서 찾는 데만 혈안이 됐던 그녀였기에.

물론 노인의 자식들도 거품을 물며 해명하기는 마찬가지였다.

"우리가 설치한 거 맞습니다. 하지만 그 여자가 아버지한테 무슨 짓을 할지 몰라서 설치해놓은 겁니다. 아버지가 아니라 그 꽃뱀 같은 년을 감시하려고 했던 거라구요!"

박춘임도, 노인의 자식들도 누구 하나 정당한 이유가 없는 사람이 없었다. 억울해하는 노인의 장남을 노려보던 나는 형사를 향해 씁쓸하게 말했다.

"다들 몰래카메라를 달면서 자기가 달지 않은 몰래카메라가 있다는 걸 모르지 않았습니다. 서로 견제하면서 몰래 설치했다는 거죠. 그 수많은 위치에 있는 몰래카메라 소유자를 추적해보면 누가, 어느 부분에 관심이 많았는지 알 수 있겠네요."

하나같이 노인을 위한 설치였다. 하지만 설치된 카메라의 사정권은 노인의 생활이 아닌, 노인이 뭔가 숨겼을 만한 공간이었다.

"느낌상, 재산을 어디다 숨기는지, 비밀번호는 뭔지 확인하려고 한 것 같습니다. 이럴 거, 그냥 협력이나 하지. 서로 다 알면서 집에 무슨 짓을 한 건지. 쯧쯧."

형사는 노인의 장남을 한심하게 바라보며 혀를 찼다.

"그럼 자기들 몫이 줄잖아요. 게다가 저 여자는 갑자기 유산 전체의 수혜자로 급부상했는데."

나도 한탄스럽기는 마찬가지였다.

"카메라를 그렇게 설치해놓았어도 정작 노인이 무슨 일을 당했는지 찍어놓은 카메라는 하나도 없었습니다. 웃기지 않아요? 그렇게 많은 카메라 중에 그 장면을 찍은 게 없다는 게."

형사는 너털 웃으며 말했다. 그러나 순간 나는 멈칫했다. 찍은 카메라가 없는 게 아니라, 노인이 일부러 사각지대에 있었다면……? 타인에 의한 실종이 아닌, 자의에 의한 행방불명으로. 하지만 개인적으로 내게 연락했던 사람이다. 그런 사람이 이렇게 오랫동안 나타나지 않는다는 건 쉽사리 이해가 되지 않았다. 게다가 난 그 사람의 재산 증서 원본을 가지고 있었다. 노인에게 가장 미심쩍고 위험한 인물이 될 수 있다는 것이다. 그런데 그는 내게 어떤 연락도 하지 않고 있다. 재산에 대한 단도리도 하지 않고 일부러 납치된 척하는 건 쉽게 납득이 되지 않는다.

그때, 노인의 장남이 격분해 소리쳤다.

"다 수작입니다! 결국은 아버지랑 그 변호사 놈이 다 짠 거라구요! 아버지가 숨겨 놓은 아들새끼인 그 변호사 놈한테 정신을 놓고 재산을 모두 그 자식한테 넘겨주려는데……!"

분개하는 장남의 고함에 나는 눈이 휘둥그레졌다. 그러다 나를 황당하게 돌아보는 형사와 눈이 마주쳤다.

"지, 지금 제가 무슨 말을 잘못 들은 것 같은데……."

너무 무방비 상태에서 들었기 때문일까. 덜떨어진 표정으로 주절거리다 그마저도 말문이 막혀버렸다. 내 표정을 물끄러미 보던 형사는 난감한 얼굴로 말했다.

"표정을 보니, 제가 들은 말과 같은 말을 들으신 것 같은데요?"

—생각으로부터 자유로워져라…….

그 말이 의미하는 것이 바로 장남이 분노에 지껄인 그것일까? 형사는 나를 의심의 눈초리로 보기 시작했다. 그래서 결국 나는 또 하나의 비밀을 살포해야만 했다.

"그 노인은 무정자증이라고 했습니다. 그런 사람에게 자기 핏줄의 자식이 있겠습니까?"

그러나 형사는 내 말을 믿지 못했다. 미칠 노릇이었다.

"자기 자식들이 전부 전 부인이 바람피워 낳은 자식이란 걸 알고 자기 재산을 자식들에게 주고 싶지 않다고 했습니다. 정 제가 의심스러우면 그의 비뇨기과 진료 기록을 찾아보시죠."

노인은 내게 비밀스럽게 말한 건데, 나는 내 결백을 위해 하나씩 술술 꺼내게 되었다. 하지만 이 모든 것이 그 노인이 사라져서 벌어진 일이었다. 나는 할 만큼 했다. 내 말은 들은 형사의 의심의 눈초리는 호기심 가득한 눈빛으로 바뀌었다.

"장남 나이가 변호사님 나이보다 적네요. 그 무정자증이라는 거 처음부터 그랬을 리는 없을 수도 있잖습니까? 잘 생각해보세요."

뭘 잘 생각해봐? 내가 수태되기 전 올챙이 정자였을 때 시절을? 그럼 그때 누구로부터 내가 생성됐는지 알 수 있는 거야? 니미럴.

"말도 안 됩니다."

노인의 장남이 뱉어낸 말을 대뇌에 새겨 넣고서 넋을 놓고 되감고 또 되감던 나는 탄식하며 말을 흩뿌렸다. 그리고 신경질적으로 옷매무새를 갖추며 몸을 돌렸다. 내가 까칠한 아우라를 뿜으며 자리를 떠나려 하자 형사는 화제를 바꾸듯 말했다.

"어쨌든 오리무중인 노인의 행방을 계속 조사할 예정입니다."

그의 말에 나는 불편한 숨을 삭이며 걸음을 멈추었다.

"그리고 심문 중인 노인의 자식 두 사람과 내연녀, 보좌관은 각기 혐의가 있기에 처벌을 면키는 어려울 거예요."

당연한 말씀이다.

"특히 노인의 장남과 차남의 처벌 수위는 변호사님 손에 달려 있네요."

그의 말에 내가 눈을 번뜩이며 돌아보자 그는 말을 이었다.

“린치를 당한 정황이 확실하니까 상해죄로 저 사람들을 고발하시면 그럴 거란 얘기죠.”

“저는 고발하지 않겠습니다. 지금 실토한 것들만 중점으로 다뤄주십쇼.”

나는 간략하게 대답하고 경찰서를 나왔다. 하지만 여전히 그들의 아버지가 내 아버지라는 말도 안 되는 가설이 내 머릿속을 마구 헤집고 있었다.

그는 분명 무정자증이라고 했다. 하지만 형사의 말도 아주 일리가 없는 말은 아니다. 또 생각해보면 그의 첫 방문도 그렇고, 무작정 내게 재산 증서를 넘긴 것도, 자신의 집을 들여다보게 한 것도, 그의 자식들에게 린치를 당했을 때 선뜻 새 차를 준 것도…… 그가 내게 보인 모든 호의와 행동이 예사롭지는 않았다. 그러나 그가 나를 자식 보듯 하는 시선을 느낀 적은 없었다. 하지만 그의 성격대로라면 그것이 그다지 특이한 것은 아닐 수도 있었다. 그렇게 괴팍하고 제멋대로인 노인이라면……. 게다가 내게 날아온 의문의 카드들에 적인 말들하며.

비리리링–.

덕분에 혼란스럽던 생각이 멈췄다. 단테의 전화였다.

[아저씨!]

내가 전화를 받자 단테는 반가워 죽을 것처럼 빽 소리쳤다. 오랜만에 듣는 단테의 목소리에 절로 미소가 번졌다. 간만에 웃는다. 단테가 내뱉는 ‘아저씨’란 호칭이 그 어떤 호칭보다 감격스럽다. 이 자식 목소리를 들으니 그나마 사는 것 같다. 그러다 좀 씁쓸해지기도 했다. 내가 이 자식에게 느끼는 감정을, 그 팍팍한 노인네도 나를 보며 느꼈을까? 내가 무슨 생각을 하는 거야! 나는 머리를 힘차게 털며 단테의 목소리를 들었다.

[도대체 아저씨 어떻게 된 거예요?]

마치 보호자에게 듣는 꾸중 같았다.

"학교는 다녀왔냐?"

나는 무의식중에 시계를 보았다. 어느새 아이들의 하교 시간을 체크하게 되었다.

[네. 아저씨는 어디에요? 로펌이에요?]

"아니. 잠깐 밖에 나왔어. 그런데, 왜?"

[왜 인영이 아줌마 화 안 풀어줘요?]

단도직입적인 단테의 물음에 살짝 당황했던 나는 어설픈 미소를 흘렸다. 이 아이는 인영과 나를 세트로 묶어놔야만 마음이 안정되나보다.

"아빠랑 있니?"

화제를 바꾸고자 넌지시 물었다.

[아뇨. 근데 아빠가 걱정하고 계세요.]

"무슨 걱정?"

[아저씨가 인영이 아줌마랑 영영 빠이빠이 하면 어쩌나 하고.]

그 여자, 어디다 또 뭘 흘린 거야. 내가 난처해하고 있는데 단테가 근엄한 목소리로 물었다.

[아저씨, 우리 동네 한 바퀴 안 할래요?]

다시는 가지 않을 것 같았던 단테의 동네에 다시 왔다. 마치 보호자와 아이의 입장이 바뀐 기분으로, 미리 대문 앞에 나와서 기다리고 있던 단테를 만난 나는 아이와 함께 전에 갔던 주스 가게로 향했다. 그리고 키위 주스를 하나씩 들고 공터에 나란히 앉았다.

"지금 우리 아빠가 인영이 아줌마 고민 들어주느라 얼마나 바쁜지 아세요?"

녀석의 돌직구를 얻어맞은 나는 당혹스러워 얼굴이 빨개져버렸다.

"근데 비밀이래요. 그래서 우리 아빠는 아저씨한테 어떻게 말해야 하나 고민이 이만저만이 아니래요. 어떻게 하면 아저씨랑 아줌마를 엮어주나 고민하는데! 그래서 나까지 덩달아 골이 아픈데!"

졸지에 애 골치 아프게 만든 성인 문제아가 되고 말았다.

"인영이 아줌마가 아빠랑 무슨 얘길…… 하셨니?"

성인 문제아로서 민망하지만 묻지 않을 수 없었다.

"일부러 들은 건 아니지만요, 제가 들은 건……."

말하던 단테는 내 눈치를 힐긋 보다 다시 말을 이었다.

"한마디로 아줌마도 아저씨 때문에 골 아프대요. 항상 멋대로라서 언제까지 참아줄 수 있을지 모르겠다고……. 그런데, 아줌마가 먼저 고백하게 만들었어요?"

내가 지금 초등학교 3학년 놈하고 연애 상담하고 있는 게 정상인가? 게다가 이 자식은 이참에 날 제대로 훈육하겠다고 선서하고 온 놈 같다. 마치 내 연애 인생의 멘토처럼. 물론 여자를 아끼는 마음으로는 나보다 훨씬 나은, 또 제법 잘하는 놈이니 할 말이 없긴 하다.

"글쎄, 꼭 그런 건……."

하지만 아니라고 반론할 순 없었다. 먼저 적극적으로 나온 그녀는 투수였고, 난 포수와 다를 바가 없었으니까.

"제대로 좀 하세요. 누구를 좋아하는 기분을, 좋지 않은 마음으로 다른 사람이랑 얘기하는 건 유쾌하지 않은 것 같아요."

제대로 좀 하라는 단테의 말이 욱신거리는 명치에 콱 박혔다. 이 자식이 연애 상담 관련 책을 낸다면 가장 먼저 사 보겠다. 별거 아닌 말로 나를 이다지도 죄책감 느끼게 만들다니. 이 아이와 인영의 얘기는 그만하는 게 좋겠다. 내 이미지를 위해서, 그리고 덩달아 낮아지는 인영의 이미지를 위해서. 대신 나를 각성하게 한 이 아이에게 선물은 줘야 마땅하겠지.

"몬드리아니."

내가 깨우치듯 말을 내뱉자 그동안 나에 대한 불편한 심기로 구겨졌던 단테의 얼굴에 화색이 돌았다.

"그림 보러 가요?"

애늙은이 같던 눈빛이 다시 정상적인 아이의 눈빛으로 돌아왔다.

"아니."

"피-."

내 장난에 단테는 금세 어두운 얼굴을 했다.

"가져가야지."

"우와!"

단테는 금세 들뜬 얼굴로 자리를 박차고 일어났다. 나까지 기분이 들떴다.

소니에게 전화를 걸어 단테를 잠시 빌리겠다고 말했다. 나에 대해 인영과 대화했다는 걸 알기에 그와 말하는 게 껄끄러웠지만 아는 척은 절대 하지 않았다.

"그림을 주려고요. 저녁때쯤 집에 데려다 주겠습니다. 오래 걸리진 않을 겁니다."

내가 소니라면 단테의 재판도 끝난 마당에 아이를 돌려보내지 않으면 어쩌나 고민할 것이다. 그래서 나는 단테를 반납할 시간까지 말해주었다.

[덕분에 제가 편하게 일할 수 있겠네요. 안 그래도 혼자 심심할까 봐 많이 걱정했는데. 오케스트라 연습할 때 종종 혼자 두는 게 마음에 걸렸거든요.]

갑자기 소니도 나와 아주 조금 비슷하다는 생각이 들어 위안이 되었다. 단테가 내 집에 와 있을 때 혼자 두었던 것이 내내 마음에 걸렸었는데, 바쁘면 별반 다르지 않구나.

[나중에라도 혹시 시간이 되시면 단테와 함께 있어 주세요. 단테가 변호사님을 좋아해서 정말 다행입니다.]

정말 이 남자의 손을 잡고 울고 싶다. 이렇게 착한 남자는 내 인생의 역사에 없었다.

[그리고, 언제 저와 술 한잔하시죠.]

뼈가 있는 말이었다. 무슨 말을 하고 싶은지 느낌이 딱 왔지만 역시 모른 척하겠다.

"그러시죠. 저도 단테 덕분에 좋은 친구가 생긴 것 같아 기분이 좋네요."

멋쩍어하는 소니의 웃음소리가 들려왔다. 그도 동감이란 뜻일까? 그도 나를 좋은 친구로 여겨주었으면 좋겠다는 생각을 하며 곁에서 내 보폭에 맞춰 걷는 단테의 정수리를 가만히 쓸어내렸다.

아파트에 도착해 차를 타고 오는 내내 들떠 있던 단테와 함께 현관문의 비밀번호를 누르고 안으로 들어갔다. 내가 신발을 벗는 동안 단테가 먼저 신발을 팽개치며 먼저 튀어 들어갔다. 나는 그 모습을 흐뭇하게 바라보았다. 그런데 그림 쪽으로 향하던 단테는 귀신이라도 본 듯 소스라치게 놀라며 굳었다. 그 반응에 의아해진 나는 얼른 단테에게 다가갔다.

"왜 그래……?"

단테에게 다가서며 단테가 바라보는 그림 쪽을 돌아보던 나는 그만 딱 굳어버렸다. 그림 앞에, 사라졌던 노인이 그림을 바라보다 나와 단테를 막 돌아보고 있었다. 허상 같았다. 실제 있는 사람이 아닌 환각 같은. 하지만 일렁이지 않는 실루엣으로 나와 단테를 쏘아보고 있는 그는 진짜였다.

노인과 눈이 마주친 나도 단테처럼 굳어버렸다. 그의 눈빛이 내게 말을 거는 것 같기도 했다. 하지만 무슨 말을 거는 것인지 감을 잡기는 어려웠다. 나는 그의 얼굴을 찬찬히 뜯어보았다. 나와 닮았나? 눈매는 조금 비슷한 것 같았지만 거울을 보고 있는 느낌은 아닌데. 불과 얼만 전까지만 해도 낯설었던 이 사람이 정말 내 아버지일까? 나를 마지막으로, 정자를 생산해내지 못한 불쌍한 노인네?

내 심중을 읽는 중인지, 나를 빤히 보고 있는 그의 눈을 똑바로 바라보며 나는 핸드폰을 꺼내 버튼을 눌렀다. 그와 관련한 일을 맡은 담당 형사에게 거는 전화였다. 곧 형사는 전화를 받았다. 나는 노인과 눈을 마주친 채로 핸드폰에 대고 말했다.

"허명수 씨 실종 신고는 취소해도 될 것 같습니다."

내 말에 노인은 물끄러미 나를 보다 입꼬리를 살짝 올리며 웃었다.

[네?]

당황한 목소리였다.

"방금 찾았거든요."

이렇게 말한 나는 노인을 응시한 채로 전화를 끊고 핸드폰을 주머니에 넣었다. 노인은 느긋한 얼굴로 나를 보았다.

"어떻게 여길……."

사람들을 의심하며 그를 힘들게 찾아다녔던 것이 허무해져서 내뱉어지는 내 말투에는 기운이 쏙 빠졌다. 그는 나를 한심하게 바라보았다.

"내가 마련해준 집이네. 비밀번호 없이도 들어올 수 있단 생각은 안 해봤나?"

"네."

나는 퉁명스럽게 대꾸했다. 그렇구나, 하는 탄성이 아니었다. 그렇게 쉽게 아무렇지 않게 대답하는 그가 도무지 마음에 들지 않았다. 그러나 그는 개의치 않고 다시 그림을 돌아보았다.

"그림이 마음에 드는군."

다시 그림을 본 노인은 고개를 끄덕였다. 그러자 단테는 나를 불안하게 올려다보았다. 자칫 그림을 뺏길지도 모른다는 생각이 든 것 같다. 몬드리아니 그림의 훌륭함 때문일까, 세 남자만이 공통으로 느낀 감상일까. 갑자기 점을 이어 그리기 하듯 노인에게서 시작된 붉은색 선이 나를 관통해 단테에게 이어지는 것 같은 느낌에 기분이 묘해졌다. 같은 핏줄이라 똑같이 느끼는 것일까, 정말?

"주인이 있는 그림입니다."

나는 단테의 어깨를 지그시 잡으며 말했다. 노인이 내게 단순한 관계 이상의 어떤 존재일지도 모르지만, 일단 그림의 주인은 내가 정했다. 집은 몰라도 그림은 순순히 뺏기지 않을 생각이다.

"그래?"

노인은 아쉬운 눈빛으로 나를 돌아보았다. 그러다 단테를 신기하다는 얼굴로 빤히 내려다보았다. 단테 역시 그의 눈빛에 지지 않고 응수했다. 역시 내 새끼다. 눈싸움에선 먼저 눈 돌리는 사람이 지는 거다.

"누구냐, 넌?"

단테를 마뜩잖게 내려다보던 그가 물었다.

"안단테라고 합니다."

단테는 노인과 눈을 마주친 채로 허리 숙여 인사했다.

"인사 한번 드럽게 하는 놈일세. 안단테?"

시선을 맞추며 인사한 것이 상당히 버르장머리 없다고 생각한 모양이다.

"단테라고 부르시면 됩니다."

내가 중재하듯 끼어들었다. 그러자 노인은 콧방귀를 뀌며 말했다.

"개 새끼 이름으론 딱이구만."

"풉!"

나도 처음 단테의 이름을 듣고 같은 생각을 했었는데. 너무 급습한 대꾸에 당황스럽게도 웃음이 터져 나왔다. 나는 얼른 주먹을 말아 쥐는 척 입을 틀어막았다. 단테의 얼굴이 흉측하게 일그러졌다.

"뭐라구요? 그런 말 처음이에요!"

어디 내놔도 기 안 죽을 애다. 점점 마음에 쏙 든다, 이 자식.

"그러냐? 꽤 들었을 것 같은데."

단테의 노기에 심드렁하게 대꾸한 노인은 나를 힐긋 보며 입술을 비죽 내밀었다. 진짜 웃긴다, 이 두 사람.

"자식들 중 실세와 그 여사님이 처벌을 받게 되니까 나타나신 겁니까? 도망가 계셨던 거예요?"

"일종의 도망일 수 있겠군. 하지만 그렇게 하지 않았다면 그것들이 처벌이나 받을 수 있었겠나? 내가 행동 대원을 잘 고른 것 같긴 하더구만."

그는 나를 만족스럽게 고른 차 보듯 미소 지었다. 결국 나는 소모품이었던가? 슬슬 노인의 장남의 말에 신빙성이 떨어지려고 한다.

"어디 시끄러운 데 가서 얘기를 좀 하고 싶은데."

그는 걸음을 옮기며 말했다.

"조용한 곳이 아니구요?"

"너무 조용하면 누가 듣는 것 같아서 말이지. 야, 너. 홍어 좋아하냐?"

나에게 말하던 노인은 대뜸 단테를 향해 물었다. 어린애한테 그딴 질문이 어디 있느냐는 듯, 단테는 기가 막힌다는 얼굴로 노인을 올려다보았다. 단테의 얼굴을 본 노인은 피식 웃었다.

"대답 없는 걸 보니 좋아하나 보군. 가지."

노인은 나와 단테를 지나쳐 현관으로 걸음을 옮겼다. 나와 단테는 그런 노인을 어이없는 눈빛으로 바라보았다.

우리는 홍어 대신 근처 수제 햄버거 가게에서 햄버거와 콜라를 사이에 두고 마주 앉았다. 노인이 원하던 대로 가게는 신 나는 비트의 음악 소리와 채소 다듬는 도마질과 고기 패티를 패대기쳐가며 다지는 소리, 연인끼리, 또래끼리의 잡담으로 무척 소란스러웠다.

"혈압 높이는 데는 치즈 넣은 새우 버거가 최고지."

제대로 먹지 못하면 어떡하나 걱정했는데 노인은 많이 먹어본 듯 햄버거 포장을 알맞게 벗겨 한 입 베어 물었다. 커피만 주문한 나는 노인과 마주 앉은 자리에서 치킨 버거를 와구와구 먹는 단테 옆에 앉아 대각선에 있는 노인을 착잡하게 바라보았다.

도대체 이 노인네 정체가 뭔지 지금처럼 궁금한 적이 없었다. 장남의 말대로 내게만 재산을 주려고 그런 계획을 꾸몄던 걸까? 그러나 이상한 건, 그의 재산 5%에 독이 바짝 올랐던 내가 이제 그 재산에 그다지 마음이 동하지 않는다는 것이다. 예전 같으면 사실 확인도 하기 전에 돈에 눈이 뒤집혀 '아버지'라고 하며 바짓가랑이 붙잡고 우는 척했을지도 모른다.

"지금 함께 사시던 분과 자제분들 중 두 분이 어디서 뭘 하고 계신지 정확히 알고 이렇게 계시는 겁니까? 정말 이렇게 되길 바라면서 사라지셨던 겁니까?"

탐탁지 않은 목소리로 내뱉게 된 건 복합적인 이유 때문이었다. 노인의 정체성이 모호하다는 것, 그리고 그가 벌인 일 또한 모호하다는 것, 그리고 그 모호한 일들에 나도 관련이 아주 없진 않다는 것이 그다지 마음에 썩 드는 상황은 아니었기 때문이다.

내 물음에도 노인은 대수롭지 않게, 베어 문 햄버거를 씹어 삼키고 콜라를 쭈욱 빨았다. 그러고는 티슈로 입가를 닦아냈다. 그리고 햄버거 소스로 얼룩진 티슈를 틱 튕겨내며 말했다.

"난 법적인 걸 좋아하네. 아량, 선처, 그건 하느님이 하시는 거 아닌가?"

그는 입 안을 헹구듯 콜라를 한 모금 더 마셨다. 그리고 나를 빤히 보며 물었다.

"내가 궁금한가?"

탁한 듯 맑은 그의 눈동자에 내가 비쳐지는 게 보였다.

"아닐 것 같으세요?"

특히 장남이 무슨 말을 했는지 알기나 하냐고 따져 묻고 싶었지만 참았다.

"어쩌면 정말 이렇게 마주 앉아 얘기할 시간을 갖지 못했을 수도 있지. 내가 바라던 대로 잘 하지 않았다면."

티슈에 손가락을 문질러 닦던 그는 눈을 치켜뜨고 나를 보았다.

"제가 어떻게 하길 바라셨습니까?"

나는 불편한 얼굴로 그를 빤히 보았다. 그러자 그는 피식 웃었다.

"솔직히 어떤 그림일 거라고 구체적으로 그려보진 않았네. 또 생각보다 좀 행동이 굼떠서 걱정했는데 막판 스퍼트는 마음에 들었지. 내 집까지 다녀간 걸 보면."

그때 단테가 불쑥 끼어들었다.

"아저씨, 저 햄버거 만드는 거 구경하고 와도 돼요?"

우리의 대화가 뭔 소리인지 전혀 알아먹지 못할 단테는 계산대 뒤에 오픈되어 있는 주방을 해맑게 가리켰다.

"방해되면 바로 와. 알았지?"

노인에게 말할 때와는 반대로, 단테에게 말하는 내 말투는 지극히 부드러웠다. 단테는 고개를 힘차게 끄덕이며 방긋 웃었다.

"네."

그러고는 오픈된 주방 앞으로 쪼르르 달려갔다.

"아들?"

그의 물음에 나는 뜨끔하여 그를 바라보았다. 그러자 그는 단테를 따라 시선을 옮기며 말했다.

"한 번도 본 적 없는 자네 어린 시절 같아서 말이야."

그의 입가에 미소가 스몄다. 소니에게 들었던 말과 같은 말을 노인에게도 들었다. 사람들은 정말 내가 저 아이와 있으면 내 어릴 적 모습을 짐작하게 되는 걸까? 나는 노인을 빤히 보았다. 노인은 마치 내 어린 시절이 궁금하다는 얼굴을 하고 있었다.

"다행이군. 저 애도 보게 돼서."

나는 또다시 말문이 막혔다. 무슨 의미로 하는 말인지 감이 잡히지 않았다. 점점 알 듯 모를 듯한 말만 하는 사람이 뭔가와 닮았다. '누군가'가 아니라 '뭔가'와.

"혹시, 아파트 앞에 카드를 꽂아놓은 사람이……."

나는 가는 눈으로 그를 노려보았다. 그러자 그는 가볍게 콧방귀를 뀌었다.

"어떻게 알려주는 게 가장 좋은 방법일까 생각했지."

젠장! 이 노인네였어? 괜히 아득하게 추측하느라 머릿속만 더 복였다.

"전화를 한 사람도요?"

"자네 여자 친구를 본 건 순전히 우연이네. 감정 상했었다면 미안하네. 답답해서 말이야."

노인은 눈꼬리를 내리며 설핏 웃었다.

"그럼 직접 말로 하시지. 게다가 그런 반어법은 정말 제 스타일이 아니었거든요."

나는 불만스럽게 커피 잔으로 바닥을 두드렸다.

"정말 단순한 놈이었다면 더 쉬울 수도 있었단 얘기야."

그는 아까와는 달리 별로 만족스럽지 않은 표정을 지었다.

"자네를 찾으란 말을, 자네가 숨겨놓은 내 자식이라고 알아들은 자식 놈들을 부추기려고 의도치 않게 자네를 이용한 꼴이 되었네. 하지만 나쁘지 않았어. 내가 연관된 걸 모르기만 한다면 말이지."

그는 마치 밤새 슬롯머신을 당기다 결국 손해 보지 않고 도박장을 떠난 겜블러처럼 나른하고도 만족스러운 표정을 지었다. 의도치 않게? 갑자기 이 단어가 부정적으로 쓰이는지 긍정적으로 쓰이는지 헷갈렸다. 적어도 지금은 아니란 뜻으로 쓰인 것 같긴 하다.

"어느 쪽이든 금방 눈치챘을지도 모를 일이라 나도 꽤 긴장했었네. 그래도 꽤 간결하게 상황이 종결되어 나름 흡족하네."

"이게 간결하다고 보십니까?"

나는 기가 차서 쏘아 뱉듯 말하고 말았다. 그러면서도 내내 이 사람이 정녕 내 '아버지'인가 하는 물음이 뱃속 아래에서부터 차오르는 석연찮은 기분 때문에 그를 바라보는 눈빛이 점점 가늘어졌다.

"최소한 진흙탕 싸움은 면하지 않았나. 자네도 봤으니 알 거 아닌가. 내 집에 가득 찬 카메라들."

그는 피식 웃었다. 그래. 그랬지. 갑자기 노인이 불쌍해졌다. 그러다 내게 측은함을 불러일으키는 그 미소가 내 위장을 비틀었다.

"저를 이용하신 티가 너무 나서 말 돌리지 않고 묻겠습니다. 그 '의도치 않게' 장남 분께서 이해한 말을 좀 해명해 주시겠습니까?"

나는 그의 얼굴을 차갑게 바라보며 물었다. 그러자 그는 갑자기 애잔한 미소를 띠었다.

"자네 어머니를……, 내가 잘 아네……."

과거를 훑듯 나를 보던 그의 시선이 창밖으로 옮겨갔다.

"내가 많이 사랑했어……. 그리고 많이 힘들게 했지……."

점점 누눅해지는 그의 눈빛을 바라보다 가슴이 무겁게 굳어버렸다. 얼굴을 모르는 내 어머니와 지금 내 앞에 있는 주름투성이 백발 노인의 젊었을 적 사랑이 어땠을지 상상이 잘 되지 않았다. 그가 후회하듯 말하는 사랑이, 어쩐지 내가 후회한 사랑과 비슷하게 느껴질 뿐이었다.

마음이 무거워진 나는 그의 시선을 따라 창밖을 돌아보았다. 시끄러운 소음 속에 바쁘게 오가는 사람들과 도로 위를 달리는 차들이 지나치고 있는 풍경 속에서 그가 어떤 기억을 떠올리고 있는지 궁금했다. 그 속엔 내 어머니가 있을 텐데 불행히도 나에게는 보이지 않았다.

"내가 사랑하는 사람과 생고생하면서도 행복하게 살 것이냐, 그럭저럭 안면 튼 정도의, 나를 무척 갖고 싶어 하는 여자와 그 여자가 가진 재물을 가지고 아쉬운 것 없이 풍족하게 살 것이냐……, 고민해봤나?"

정확하게 일치하는 고민을 해본 적은 없었다. 사랑하는 여자를 책임질 수 있느냐, 없느냐라는 고민으로부터 도망친 이후, 꽤 긴 시간 어두운 죄책감과 그것을 회피하는 삶을 사느라 너무 바빴다.

"나는 그 고민을 아주 잠깐, 짧게 했네. 속전속결로 결정을 내리고 여태껏 살아왔지. 한 여자를, 자기를 버리고 돈을 좇은 남자에게 모든 것을 준 걸 후회하고 아파하게 만들었지……. 바로 자네 어머니를 말이야……."

그는 착잡해진 얼굴로 시선을 떨구었고, 나는 그런 그를 아무 말없이 바라보았다. 그를 비난할 마음은 없었다. 내게 그런 자격은 없기 때문이다.

"내 인생의 중간 부분은 말하지 않겠네. 내게 모든 것을 준 여자를 버리고, 속물근성으로 돈 많은 집 딸을 선택한 거지. 이 정도면 말하지 않아도 그 다음은 짐작이 가겠지?"

자신의 인생을 비웃는 듯한 미소가 그의 입가에 썩소처럼 흘렀다. 노인은 말을 이었다.

"나중에, 아주 나중에 알았네. 내가 무정자증이라는 걸. 그제야 돈 싸 들고 내게 시집온 여자가 선천적으로 타고난, 남자 욕심이 넘치는 여자라는 것에 뒤통수 맞고 정신이 들었어. 내가 무슨 실수를, 어떤 죗값을 치르고 살아야 하는지 알게 된 거지. 그리고 그제야 참회하듯 자네 어머니를 찾아봤네."

그의 주름진 입가에 힘이 들어갔다. 이제 곧 내가 가장 궁금한 부분이 그의 입에서 나올 참이었다. 그는 시선을 들어 초점 없이 먼 곳을 바라보았다.

"너무 늦었네. 내가 찾았을 때는 이미 자네 어머닌 박복하게도 알코올 중독자 사내를 만나 고생만 하다 자네가 뱃속에 있는 상태로 그놈에게서 도망쳐 자네를 낳다 세상을 떠난 후였어……."

이제야 전혀 가늠하지 못했던 내 태아 시절 이야기가 어슴푸레 그려졌다. 별반 감흥이 일진 않았다. 가슴이 먹먹하거나 심한 울렁거림을 느껴야 할 것만 같은데, 지금 내 친모에 대해, 그리고 그녀의 불행에 대해 듣는 나는 너무 낯선 기분에 빠졌다. 슬프지만, 그게 내 인생과 연관된 슬픔이지만, 헤어나기 힘들거나 주먹에 힘이 들어가거나 하진 않았다. 아마도 고아원에서 살았다는 것만 빼면 어머니가 살아 있었어도 힘겨웠던 인생이 별반 다르지 않았을 것 같다는 예감이 들어서일지도 모르겠다.

내가 낯선 착잡함에 빠져 있을 때, 그가 내 앞에 사진 한 장을 툭 내밀었다. 낡은 흑백 사진 속에 한 여자가 부끄러운 미소를 짓고 나를 보고 있었다. 그 순간, 사진을 본 내 눈은 당혹스러움에 빨갛게 충혈되었다. 그제야 낯선 착잡함이 깊은 슬픔으로 파도를 타고 몰려왔다. 사진 속의 그녀는 은제를 너무 닮아 있었다. 은제의 어머니라도 해도 믿을 정도로. 나는 떨리는 손으로 사진을 천천히 집어 들었다.

"내가 자기로부터 도망칠 거라는 걸 전혀 모를 때 찍은 사진이네. 그 여자를 버리면서도 그 사진을 버리진 못한 걸 보면 나는 정말 멍청한 놈이었어. 인생은 돈이 전부가 아니라는 걸 모르고 다시없는 사랑을 했던 여자를 버린 머저리 같은 놈……."

그의 얼굴이 슬프게 일그러졌다.

"참회하는 마음으로 자네를 찾으려고 백방으로 수소문했지만 생각보다 시간이 오래 걸렸네. 오죽하면 자식 놈들에게 자네를 찾으라는 미션을 줬겠나. 결국 그마저도 내가 먼저 찾아 미션을 실패시키는 통쾌한 결말이 되긴 했지만. 마침 나는 자식들로도 모자라 내 재산에 숟가락을 얹으려는 정체 모호한 년 때문에 내 재산을 건 전쟁터 한가운데 있었네. 아니……, 오히려 자네에게 접근할 명목이 생긴 터라 더 좋았다고 해야 할까……."

나를 보는 그의 눈빛이 처음으로 부드러워졌다. 반대로 울대가 뻐근해지던 나는 정신을 번쩍 차렸다.

"다행입니다. 하마터면 회장님을 아버지라고 생각할 뻔했습니다."

나는 미소를 머금으며 말했다. 이 노인을 끌어안고 울고불고 하지 않아도 된다는 게 안도감을 주었다. 그런 감정적인 행동은 정말 어색해서 못할 짓이다.

"내가 자넬 헷갈리게 했나?"

그는 웃으며 물었다.

"회장님 장남의 말을 듣고, 정말 회장님 전 재산이 저에게 오면 어떡하나 고민했었거든요."

한숨 놨다는 얼굴로 눈을 감았다 떴다. 그러자 그가 말했다.

"그건 맞네."

순간 뒤통수가 띵하게 울렸다.

"회장님 아들도 아닌 저에게……, 왜요?"

말도 안 되는 말이라 나는 노인을 정신 이상한 사람 보듯 보았다. 그 눈빛이 노인에 대한 실례라고 해도 어쩔 수 없었다. 아무리 무정자증이 충격이었다 하더라도 자신의 자식이 아닌 놈에게 전 재산을 왜 줘? 내 입장에서도 그건 아니라고 본다.

"나도, 제 자식들을 내게 맡기고 저승 간 마누라 뒤통수를 좀 치고 싶었거든."

그는 빙긋 웃었다. 상상만 해도 고소한 표정이었다. 나는 눈살을 찌푸렸다. 그러자 그는 옅은 미소를 머금은 채 말했다.

"일단 내 재산을 가지고 뜯고, 튀고, 쫓고, 난투를 벌이는 걸 원치 않았네."

"차라리 부인의 외도를 알았을 때 이혼하시지 그러셨습니까? 그럼 그 자식들에 대해 그런 분노를 가지고 살 필요는 없으셨을 텐데요."

"분노?"

내 말투에 기분이 상하지는 않았을까 걱정스럽게 바라본 그는 뜻밖에도 허탈한 웃음을 흘렸다.

"나는 당해도 싼 놈이라고 생각했네. 인생에 다시없을 사랑하는 여자를 박복하게 만들고, 가슴에 대못을 박은 대가라고."

웃음을 흘리던 그는 어두운 얼굴로 시선을 다시 먼 곳으로 돌렸다. 그의 말을 듣던 내 얼굴에 힘이 잔뜩 들어가고 말았다. 내 얼굴에 인상이 써진 것은 마치 그의 지금 얼굴이 내 얼굴과 같을 것 같은 기분이 들어서였다. 그의 선택에 화가 난 것이 아니라 어머니와 비슷한 운명의 여자를 내 손으로 만들었다는 생각에 화가 나서 말이다. 그를 비판할 처지가 못 된다, 난. 어머니가 살아 있었다면, 그래서 어머니의 삶을 알았다면 그때 그런 선택을 하지 않았을까? 그것에 대해 자신은 없다.

나도 모르게 햄버거 만드는 광경을 지켜보고 있는 단테에게로 시선이 옮겨갔다. 노인도 몰랐을 것이다. 자신의 선택이 뼈저린 후회로 돌아올 줄은. 그리고 나도 몰랐다. 그래서 뼈저리게 후회하고 있다……. 내가 노인의 아들은 아니지만 비슷한 선택을 한 멍청한 족속이란 생각에 할 말이 없어져버렸다.

"이미 자식들에겐 넘쳐나는 재산을 주었네. 더 이상 욕심을 내는 건 물질욕에 눈이 어두운 돼지를 키우는 것뿐이라 그러지 않는 걸세. 제 정체를 숨기고 내게 접근해 내 비서하고 놀아난 년에게는 말할 것도 없고. 그러니 남은 건 자네에게 주고 싶네. 더 이상 내 재산 보고 꼬이는 놈들을 보고 싶지도 않고 말이야."

그는 가는 한숨을 뿜었다. 그리고 조심스럽게 말을 이었다.

"나는 말이야…… 자네가, 자네 어머니를 대신해서, 그리고 그간

고생하며 살았던 것에 대한 보답이라 생각하고 받아주면 좋겠네."

그는 내 눈을 똑바로 바라보았다. 나는 구정물처럼 먹먹한 블랙홀 같은 눈으로 그의 눈빛을 가만히 바라보다 말했다.

"저는 사양하겠습니다."

이렇게 내뱉은 내 자신에게 너무 놀랐다. 뇌를 거치지 않고 바로 대꾸한 것 같다. 하지만 후회는 되지 않았다.

"왜지?"

노인은 눈을 가늘게 뜨고 나를 보았다. 나는 그런 그의 눈을 빤히 바라보며 대꾸했다.

"제 것이 아니니까요. 그리고……."

숨을 길게 뱉으며 손 안에 들린 사진을 물끄러미 보던 나는 그와 시선을 맞추며 담담히 말을 이었다.

"제 어머니가 살아 계셨으면 어땠을까 하고 가정해 생각해도, 회장님의 그 돈은 받지 않았을 것 같습니다. 제가 어머니 성격을 닮았다면 말이죠……."

내 대답에 갑자기 그의 눈썹이 울퉁불퉁하게 일그러졌다. 하지만 그의 입가는 미소를 띠고 있었다.

"닮았네, 무척. 사랑스러운 여자였지만 누구에게든 휘둘리는 여자는 아니었으니까. 그래서 내가 그 여자를 버렸다고 생각했을 때, 스스로를 버림받은 여자처럼 학대하지 않았지. 그리고 잘못 선택한 남자로부터 자네를 보호하기 위해 도망도 칠 수 있었겠지."

그는 고개를 끄덕였다. 나는 그에게서 시선을 거두고 다시 단테를 돌아보았다. 단테는 까치발을 하고 주방의 유리 벽 턱에 매달려 햄버거가 종류별로 만들어지는 것을 경의에 찬 표정으로 바라보고 있었다. 까치발을 든 녀석의 두 발꿈치가 가지런해서 귀엽게 보였다.

"하지만 난 자네 욕심에 대해선 관심이 없네. 일단 내가 속죄 받는 기분을 갖고 싶다면……, 받아주겠나?"

그는 다시금 물었다.

"아뇨."

나는 단호하게 말했다.

"정말 갖고 싶지 않으시면 다른 방법을 찾아보시죠. 회장님도 최종 미션은 실패하신 것 같은데요."

"최종 미션?"

그는 눈썹을 치켜들며 물었고, 나는 그런 그를 보며 피식 웃었다.

"제게 재산을 털어주는 미션 말입니다."

내 말을 이해한 그도 따라 웃었다. 그리고 내 눈을 깊이 응시하다 지그시 말했다.

"잘 자라줘서 고맙네."

갑작스러운 그의 말에 갑자기 뭉클해져 눈 가장자리에 눈물이 스몄다. 살아오면서 한 번도, 누구에게도 들은 적이 없는 칭찬이었다. 갈비뼈가 양심을 옥죄듯 가슴 언저리가 뻐근하게 아려왔다.

나는 차마 축축해진 눈으로 그와 눈을 마주칠 용기가 나지 않았다. 전 재산을 주겠다는 말을 듣고도 아무렇지 않았는데 이런 말에 울컥하게 되다니.

"잘 자라지 못했습니다. 저도 사랑하는 여자를 버린 적이 있거든요. 제 아들을 남이 키우게 했습니다. 그래서 지금 저는 그 아이에게 아저씨라고 불리면서 살고 있습니다. 아저씨라 불리는 불행 속에서 그 아이 곁에 남을 수 있는 행복을 겨우 맛보면서 말이죠."

나는 고해성사하듯 말했다.

"자네만 그런 게 아니야."

그가 위로하듯 애잔하게 말했다. 나는 그를 멀뚱히 바라보았다. 그러자 그는 부드러운 미소를 품으며 말했다.

"사람들은 모두 선택을 하지. 그런데 그들의 선택이 모두 옳다고 누가 말해주던가. 벌써 자네 옆에 교보재(敎補材)가 있지 않은가. 잘못 선택한 대가를 혹독하게 치르는."

손가락으로 자신을 가리키며 하는 그의 말에 나는 다시 한 번 웃음이 나고 말았다.

"언제 한잔하지. 우리 꽤 잘 맞는 동지가 될 것 같지 않은가?"

악수를 청하는 것 같은 그의 말이었다. 그 말에 나는 얼른 손을 맞잡고 싶은 기분이 들었다. 그때 갑자기 단테가 우리가 앉은 테이블로 달려오며 말했다.

"아저씨! 아빠가 오신대요!"

노인과 내 시선이 일제히 단테에게 쏠렸다. 단테의 손에는 핸드폰이 들려 있었다.

"그럼 일어날까? 자네도, 나도 마저 해결할 일이 남아 있잖은가."

그는 빙긋 웃으며 자리에서 일어났다. 나도 자리를 털고 일어나 단테의 손을 잡고 그와 함께 가게를 나섰다. 순간 참 희한한 기분이 들었다. 내 아버지는 아니지만 내 어머니를 사랑으로 추억하는 남자와 내 아이를 내 아이라 부르지 못하는 아이를 가운데 두고 걷는 그 느낌은…… 뭐랄까, 가족을 초월한 신성한 느낌마저 들었다. 불행히, 선택을 제대로 하지 못해 벌을 받는 두 성인 남자가 끼어 있긴 하지만 말이다.

가게 밖은 어느덧 해가 지고 저녁때가 되었다.

"곧 연락하지. 그땐 자네가 사는 술 좀 마셔보고 싶군."

가게 문 앞에서 그가 미소 지으며 말했다.

"좋습니다. 대신 아파트 앞 단란 주점은 안 됩니다."

나는 인상을 찡그렸다.

"푸훗, 그렇게 거기가 싫은가? 난 좋던데."

실소를 머금은 그는 고개를 끄덕였다. 그러다 단테를 내려다보며 그 애에게 말했다.

"영리해 보이는구나. 공부 열심히 하고, 네 아버지뿐 아니라 주위 사람들에게도 자랑스럽게 자라라. 알았지?"

노인은 단테의 정수리를 토닥여주며 나를 힐긋 보았다. 나는 멋쩍게 웃었다. 이 아이가 자랑스럽지 않을 리 없다.

"네."

단테는 노인을 향해 허리를 숙여 공손히 인사했다. 그러나 여전히 고개는 빳빳이 들려 있어서 내가 지그시 뒤통수를 눌러주었다. 그러자 노인은 피식 웃으며 나를 보았고, 단테는 억지로 고개를 수그리면서도 배꼽 아래 포갠 두 손은 풀지 않았다. 나 역시 노인에게 허리 숙여 인사했다. 노인은 나와 단테에게 손을 들어 보이곤 몸을 돌려 멀어졌다. 사라지는 노인을 잠시 지켜보던 나는 단테와 횡단보도를 향해 돌아섰다.

"여기 햄버거 맛있다. 다음에 또 와요."

단테는 내 손을 잡고 대롱대롱 매달려 걸으며 말했다. 그러다 횡단보도를 보곤 소리쳤다.

"초록불이 깜박여요. 빨리 가요!"

단테는 내 손을 잡고 앞으로 튀어나갔다. 그런데 그만 급히 달려 나간 단테의 손을 놓치고 말았다. 단테는 혼자 횡단보도로 뛰어들었다.

"단테야, 그냥 다음 신호……!"

다음 신호를 기다리자고 손짓을 할 때였다. 100m 앞에서 '빵빵!' 하는 클랙슨 소리가 귀를 찢었다. 놀란 나는 소리 나는 곳을 돌아보았다. 거기 있었던 사람들이 전부 그랬다. 멀지 않은 도로 한가운데로 눈을 희번덕거리는 빨간 트럭이 무섭게 질주해오고 있었다. 연신 번쩍이는 헤드라이트와 귀청을 갈기갈기 찢는 클랙슨 소리에 나는 사색이 되어 소리쳤다.

"단테야!"

하지만 단테는 횡단보도 한가운데 서서 자신을 삼키러 질주해오는 포악한 트럭에 놀라 굳은 얼굴로 마주 보고 있었다.

PIECE 20

# 예상치 못했던 결말

단테의 얼굴이 트럭의 헤드라이트에 하얗게 질려 보였다. 눈을 휘둥그레 뜬 단테는 발에 못이 박힌 듯 그 자리에 굳어 있었다. 나의 심장이 심하게 펌프질하기 시작했다.

"뛰어, 단테야!"

나는 단테를 향해 달려가며 소리쳤다. 달려오던 다른 차들이 '끼익' 소리를 내며 내 정강이 바로 앞에서 멈춰 섰다. 나는 차들을 빗기며 단테를 향해 달렸다. 오로지 트럭보다 내가 빨라야 한다고 생각하며 달렸다. 사람들이 소리를 질러댔다.

어느덧 트럭이 단테의 코앞에 다다라 있었다. 그 순간 난 생각했다. 그래도 내가 트럭보다, 아니 빛의 속도보다 빠를 거라고. 단테가 내 품에 안기는 상상을 했다. 단테를 안고 점프하며 바닥에 구르는 상상을 하며 전력을 다해 몸을 날렸다. '쾅!' 하는 소리가 사람들의 비명을 압도하는 순간, 단테의 몸이 내 품에 안겼다. 그 반동에 나는 뒤쪽으로 튕겨나가면서 품에 안긴 단테를 있는 힘껏 끌어안았다. 단테를 품은 채 횡단보도 밖으로 튀어나가던 내 몸뚱이는 도로 갓길 턱에 부딪혔다. 등에서 '빡!' 하는 소리가 났다. 나는 이를 악물며 신음을 토했다.

갑자기 몸에 힘이 풀리면서 정신이 몽롱해지기 시작했다. 하지만 나는 품에 안긴 단테를 놓치지 않기 위해 손끝에 힘을 바짝 주었다. 등뼈 한가운데서 느껴지는 통증에 몸이 두 동강 나는 것 같았지만 그것보다 중요한 건 단테였다.

나는 급히 몸을 일으키려 했다. 하지만 마음처럼 몸이 움직여지지 않았다. 나는 온 힘을 다해 머리를 들었다. 품에 안긴 단테의 얼굴이 희미하게 보였다. 내 품에 안겨 몸을 웅크린 단테는 미동도 하지 않고 눈을 꼭 감고 있었다.

"단……!"

단테를 부르며 머리에 손을 얹었다. 순간 뜨겁고 미끈한 것이 손바닥 한 가득 느껴졌다. 떨리는 손을 들어보니 손바닥 가득 붉은 액체가 네온사인 불빛에 반짝이고 있었다.

"단테야!"

단테를 깨우듯 소리쳤다. 그러나 단테는 눈을 감고 고개를 수그린 채 그대로 굳어 있었다. 가슴팍이 뜨끈해지기 시작했다. 단테를 안은 내 어깨 밑으로 붉은 피가 고이기 시작했다. 두려웠다. 형체 없는 두려움이 거대한 파도처럼 공포스럽게 밀려오는 느낌은 생애 처음이었다.

단테를 일으켜 세우려 했지만 내 품에 축 늘어진 그 작은 아이를 움직이게 할 힘이 없었다. 그렇다고 단테를 놓을 수도 없었다. 그런 내 주위로 급격하게 몰려들며 119에 신고하는 사람들의 뒤섞인 목소리가 나를 에워싸기 시작했다. 어떻게 하면 이런 당황스러운 꿈에서 깰 수 있는지 묻고 싶었지만 아무 소리도 내지 못했다. 정신은 점점 희미해져갔고, 몸에 남아 있던 힘이 사그라들고 있었다. 갑자기 이 악몽에서 깨는 것이 무서워졌다. 더 무서운 결말이 있을까봐.

그리고…… 이게 꿈이 아니면 어떻게 하지?

시간이 흐르고 있는걸 몰랐다. 앰뷸런스 소리가 귀를 멍하게 만들기 시작했고, 정신을 잃은 단테에게서 나를 떼어놓으려는 구조대원들과 이기지도 못할 몸싸움을 해야 했다. 몸이 마음대로 움직여지지 않아 사람들에게 질질 끌려 단테와 멀어지게 되자 나는 소리쳤다.

"더 충격을 주면 안 됩니다! 애를 깨워야 돼요!"

하지만 내 몸뚱이를 잡는 강한 힘에 나는 속수무책으로 끌려갔다. 단테를 차가운 바닥에 눕히고 호흡을 확인하고서 산소 호흡기를 서둘러 끼우고, 뿜어 나오는 혈액의 분출구를 찾는 구조 대원들의 모습이 슬로우 모션으로 스쳐갔다. 그리고 재빨리 단테를 조심스럽게 추슬러 안는 구조 대원들에게 나는 다시 고함을 쳤다.

"괜찮은 거죠? 아무렇지 않은 거죠? 제발 그렇다고 말해줘요!"

나는 들것에 억지로 뉘어져 목과 허리를 고정당하면서도 소리치는 것을 멈출 수 없었다. 단테의 숨이 멎을 것만 같아 두려웠다. 그 애가 손끝이라도, 솜털 끝이라도 다쳤다가는 그 트럭 운전사 자식의 허리를 동강 내고 말겠다고, 그리고 나 자신도 더 이상 용서할 수 없다고 생각하면서 나는 목이 터져라 소리치고 또 소리쳤다.

주사를 맞은 기억이 났다. 사람들에 의해 좁은 공간에서 끌려나가 침대에 실리고, 눈앞에 있는 형광등이 고속도로를 달릴 때의 중앙 분리대처럼 빠르게 내 몸 위로 스쳐가는 것을 본 기억이 떠올랐다. 그리고 아득한 어둠과 빛 사이를 오가면서 긴장감 어린 기계음, 사람들의 속삭임, 수술실 문이 여닫히는 것을 빠른 영상으로 본 것 같은 기분이 든 얼마 후, 귀에 익지 않은 낯선 사람들의 웅성거림이 조금씩 크게 들려오기 시작했다.

"단테는 무사한 건가요?"

누군가가 다른 누군가에게 묻는 소리가 났다.

단테.

순간 내 눈이 퍼뜩하고 떠졌다.

"피가 모자란 것 같아요!"

누군가의 다급한 말소리가 들려왔다.

피.

순간 나는 단테가 다쳤다는 걸 떠올렸다. 그래, 그랬지. 내 품에서도 핏자국이 선명했었잖아. 문득 단테의 혈액형 이야기가 떠올랐다. 소니와 은제와는 맞지 않았던 혈액형. 그리고 나와 단테는 같은……. 고맙게도.

나는 자리를 박차듯 몸을 일으켰다. 그러다 등뼈에서 바위 알이 튀어나가는 것 같은 고통을 느끼며 몸은 다시 침대에 처박혔다. 침대가 삐그덕거리는 소리에 나를 등지고 있던 인영이 파리한 얼굴로 놀라 나를 돌아보았다.

"움직이지 마!"

인영이 내 어깨를 잡았지만 나는 인영을 밀쳐냈다. 일어나려니 팔뚝이 욱신거렸다. 내려다보니 링거 바늘이 꽂혀 있었다.

"내가, 같아. 내가 같아……."

나는 이렇게 주절거리며 팔에서 링거 바늘을 빼 던졌다. 그리고 당황하는 인영은 아랑곳하지 않고 같은 말을 주절거리며 일어서려 침대 난간을 부여잡았다. 순간 가슴팍이 조이고, 등줄기가 접히는 듯한 저릿한 고통이 밀려왔지만 참을 수 있었다. 숨도 제대로 쉬어지지가 않았지만 그냥 있을 수는 없었다.

"무슨 소리야! 움직이면 안 된댔어!"

인영이 거칠게 내 팔을 잡았다. 하지만 나는 개의치 않았다. 눈앞에 간호사들과 의사, 미향, 그리고 소니가 어렴풋이 보였다. 단테가 충수염으로 병원에 실려 왔던 그때 모습이 떠올랐다. 난 그때 귀찮아했었다. 이 미친놈, 나쁜 놈. 벌을 받아도 싸지.

인영에게 잡힌 나는 그들에게 있는 힘을 다해 소리쳤다.

"내가 B형입니다! 같은 피예요!"

순간 소니와 미향이 나를 황망하게 돌아보았다. 소니와 미향의 얼굴은 참혹했다. 그 얼굴이, 단테가 얼마나 심각한 상황인지 감 잡게 해줘서 당황스러웠다. 그리고 그들에게 그런 참혹한 표정을 짓게 해서 미안했다. 나와 함께 있어 단테가 사고를 당한 것이다. 미안한 마음에 나는 더욱 크게 소리쳤다.

"내가 B형이라구요! 몸에 있는 피를 다 뽑아도 좋으니까, 제발!"

"지금 수혈은 힘드세요! 가서 안정을 취하셔야 합니다!"

멀리서 간호사들이 달려와 나를 억지로 침대에 뉘었다. 나는 필사적으로 저항했지만 그들의 힘을 이길 수가 없었다. 몸이 마음대로 움직여지지 않았다. 한 간호사가 내 팔을 꽉 잡고 주사기를 꽂았다. 진정제인 것 같았다.

"안정을 취하게 하고 싶음 내 피 당장 빼! 단테는 어디 있어!"

"진정해. 지금 수술 중이야. 네가 괜찮았으면 당장 수혈시켰겠지. 그런데 지금은 너도 힘들어! 그러니까 제발 가만히 있어!"

미향이 내 어깨를 다잡으며 눈에 힘을 주고 말했다.

"아니야. 난 괜찮아. 제발, 난 어떻게 돼도 좋으니까 내 피를 뽑아 쓰라고 해줘. 나는 어떻게 되든 좋으니까 제발……."

갑자기 눈에서 눈물이 펑펑 쏟아졌다. 이 상황에서 절대 울어선 안 되는데 너무 답답했다. 그러자 미향이 나를 측은하게 보며 가라앉은 목소리로 말했다.

"지금 단테……, 수혈이 문제가 아냐. 단테 아직 의식불명이야."

순간 접히던 목이 번쩍 세워졌다.

"그런데?"

"장기가 많이 망가졌대……. 트럭에 심하게 받혀서. 간 이식이 급하다는데……."

말하기 힘든지 미향은 얼굴을 구겼다.

"간? 그거 내가 할 수 있는 거 아냐?"

나는 나를 잡아 누르는 미향의 손목을 부여잡았다. 미향은 암담한 얼굴로 시선을 떨구며 고개를 흔들었다. 말도 안 된다.

"너랑 단테, 조직이 안 맞아."

"말도 안 돼. 다시 한 번……!"

"게다가 네 상태도 말이 아니야, 지금. 사고 충격으로 척추에 금이 가서 수술했어. 게다가 갈비뼈가 부러지면서 폐를 찔렀대."

그래서 이렇게 호흡이 힘들었나? 그제야 나를 에워싼 채 깜빡이고 있는 치료 기계들이 눈에 들어왔다.

"지난번에 비장 출혈까지 있었잖아. 조직이 맞았어도 이식 수술을 감당할 만한 몸이 아니라고."

미향은 얼굴을 일그러뜨리며 안타깝게 말했다. 단테를 위해서라면 멀쩡하게 두 눈 뜬 내 장기도 빼다 옮겨줄 유일한 여자였다. 그런데 이 여자가 이렇게 말을 하니 나는 더욱 암담해졌다.

"그럼 어떻게 해……. 다시 한 번만……."

갑자기 멍해지면서 미향과 주변 사람들이 아득하게 보였다. 시야가 다시 좁아지기 시작했다. 진정제가 이제 반응하는 것 같다. 내 몸은 내 의지와 상관없이 물에 젖은 솜처럼 점점 더 잦아들었다.

"괜찮아? 너 왜 그래? 또 어디 안 좋은 거야?"

나를 불쌍하게 보던 미향이 놀란 얼굴로 나를 흔들었다. 다시 마취되는 것 같은 기분이었다. 그때 멀리서 말소리가 들려왔다.

"단테가 심정지 상태래요……!"

인영의 비명 같은 말소리에 미향은 당혹스러움을 감추지 못하고 소리 나는 쪽으로 몸을 돌렸고, 나는 정신을 차리려 애쓰며 힘겹게 팔을 들어 미향을 향해 뻗었다. 나는 괜찮으니까, 내 몸에서 간을 끄집어내라고 말하고 싶은데 내 정신은 점점 아득한 어두운 공간으로 빠져들어 아무 말도 할 수 없었다. 대신 눈가에 뜨거운 눈물이 흐르는 것이 느껴졌다. 차라리 이대로 죽고 싶었다. 내가 눈을 다시 뜨는 순간이 너무 두려워 심장이 멎을 것만 같았다. 나는 기도했다. 단테가 어쩔 수 없이 하늘나라로 가게 된다면 나도 다시는 눈뜨지 않고 그 애와 함께 갈 수 있게 해달라고.

단테와 함께 갈 수 있게 해달라고 기도한 건 그 애에 편승하여 천국에 가겠다는 속셈이 아니었다. 외롭고 두려울 수 있는 그 길을 내가 함께 가주고 싶었다. 아무리 용서를 해주고 또 해줘도 도저히 내가 천국에 입장할 수 없다면 단테가 더 이상 혼란스럽지 않고 두렵지 않을 수 있는 곳까지만 같이 갈 수 있게 해달라고 빌었다. 단테가 하느님 품 안에 안기는 것을 본 다음 홀로 지옥행 열차를 타더라도 상관없을 것 같았다.

내가 눈을 떴을 때, 시야는 온통 뿌옜다. 초점이 흐릿한 가운데 주변을 오가는 사람들이 보였다. 천국인가? 그럴 리가 없는데. 순간, 단테가 생각이 나 정신이 번쩍 들었다. 그 애는 지금 어디 있지?

곧 나를 걱정스럽게 보는 인영의 얼굴이 눈에 들어왔다. 눈에 눈물이 그렁그렁한 그녀의 얼굴을 보고 나는 멍해졌다.

"괜찮아? 정신이 드나 보다. 다행이네."

"어떻게……."

그녀는 눈물을 닦으며 돌아섰다. 상황 판단이 되지 않은 나는 옆으로 고개를 돌렸다. 순간, 침대에 누워 나를 보고 있는 소니와 눈이 마주쳤다. 소니는 환자복을 입은 채 거칠거칠한 얼굴로 나를 보고 힘겨운 표정으로 나른하게 미소 지어 보였다. 거친 그의 목소리가 들려왔다.

"정신이 드셔서 다행이네요……."

"어떻게……."

같은 말만 연발하는 나 때문에 미칠 것 같았다. 하지만 나는 아무것도 이해가 되지 않았다. 답답하게 주위를 둘러보자 미향이 애써 웃으며 나를 돌아보았다.

"단테는?"

다가온 그녀의 손목을 나도 모르게 움켜잡으며 물었다. 힘이 더 있었다면 내 간을 꺼내지 않은 그녀의 멱살을 잡았을 것이다.

"단테는……."

말을 하던 미향은 소니를 건너다보았고, 지켜보던 소니는 눈을 감았다. 눈가에 물기가 가득 고이고 있었다.

"단테는……!"

나는 미향의 손목을 잡은 손아귀에 힘을 주며 다그쳤다. 그러자 그녀는 너울거리는 눈빛으로 나를 보며 빙긋 웃었다.

"지금 회복실에 있어, 단테."

'천국이 아니고?'라고 물으려다 재수 없는 놈이 재수 없이 구는 것 같아 다급히 말을 멈추었다. 궁극적인 결말에선 천국이 좋긴 하겠지만 아직은 여기에서 보는 게 더 반갑겠다.

"어떻게……?"

나는 또 답답한 질문을 하게 되었다. 그러자 미향은 소니를 돌아보았다. 그녀를 보던 나도 그녀의 시선을 따라 황망하게 소니를 돌아보았다. 소니의 가슴팍과 손등에 여러 개의 가는 호스가 연결되어 있었고, 그의 주변에도 나 못지않게 기계들이 둘러싸여져 주기적인 소리를 내며 깜빡거리고 있었다. 미향은 소니를 부드럽게 바라보며 말했다.

"소니 씨가 이식을 해줬어."

놀라 눈이 휘둥그레진 나는 초췌하지만 누구보다 행복한 표정을 짓고 있는 그를 바라보았다. 소니는 나지막이 말했다.

"당연히 조 변호사님이 맞았겠지만 이식해줄 상태가 아니어서 난감했어요. 지푸라기라도 잡는 심정으로 여기 있는 사람들 모두 이식 가능 검사를 했는데, 어떻게 제가 맞았습니다……."

말하던 소니의 눈가에 눈물이 주룩 흘렀다. 그 말을 듣던 내 눈에서, 소니보다 더 많은 눈물이 주룩 흘렀다. 단테를 위해 아무것도 하지 못하고 이렇게 침대에 누워 엉망진창인 꼬라지로 울고 있지만 하나도 창피하지 않았다.

소니에게 감사했다. 저 사람의 모든 것에 감사할 따름이었다. 은제를 보듬어주고, 단테에게 아낌없는 사랑을 주고, 생명을 살려주고, 그러면서 흘리는 눈물까지 어떻게 감사의 말을 전해야 할까.

"얼마나 급박하게 돌아갔는지 몰라. 소니 씨는 경황없이 수술실로 가고, 심정지 상태였던 단테는 심폐 소생술을 받으면서 수술실로 실려 가고……."

생각만 해도 오싹한지 미향은 두 팔을 감싸며 부르르 떨었다. 그러면서도 얼굴에선 미소가 떠나지 않았다.

"정말 감사합니다……."

뜨거운 눈물이 흘러 그를 똑바로 볼 수 없었다.

"얼마나 다행입니까. 단테와 나눈 것이 제게도 생겼어요……. 조변호사님을, 전보다는 덜 부러워할 것 같네요……."

그의 목소리가 왜 그렇게 울퉁불퉁한지, 먹먹한 목소리로 말하는지 알 것 같았다. 그는 이제 정신적인 것을 초월하여 정말 단테의 아버지가 되었다. 축하해줘야 마땅한 일인데, 그 축하를 어떻게 해줘야 할지 나는 가슴이 너무 뻐근해서 답을 찾지 못했다. 하지만 누구보다 내가 가장 먼저, 가장 화려하게 축하해주고 싶다. 내 아이의 진정한 아버지를 위해.

나의 몸은 소니와 더불어 점점 회복되고 있었고, 정양과 로펌 사장의 병문안까지 받았다. 마침 미향이 함께 있을 때라 나는 조금 여유를 부리면서 사장을 맞이할 수 있었다. 사장도 판사까지 와서 지켜봐주는 그런 변호사를 부하 직원으로 둔 것이 굉장히 만족스러운 눈치였다.

몸을 어느 정도 추스르고 나서 단테를 찾아갔다. 나와 소니를 지켜주던 기계들을 전부 합친 것 같은 치료 기구를 침대 머리맡에 두르고 있던 단테는 가늘게 뜬 눈으로 나를 맞이했다.

"죄송해요. 저 때문에……."

나와 눈이 마주치자마자 단테가 말했다. 순간 울컥한 나는 단테 곁으로 다가가 아이의 손을 두 손으로 기도하듯 꼭 쥐었다. 그리고 아직 핏자국이 다 닦이지 못한 아이의 손을 턱에 가만히 갖다 대고 단테의 눈을 마주 보며 말했다.

"아니, 아니……. 나는, 지금 이렇게 너와 대화를 나누고 있는 게 얼마나 감사하고 행복한지 모른다. 네가 잘못한 건 아무것도 없어. 그리고 앞으로도 영원히 넌, 나에게 그런 아이일 거야."

"아빠뿐 아니라, 주위 사람들에게도 자랑스러울 수 있게 자랄 거니까요. 그쵸?"

단테는 어슴푸레 미소를 지으며 말했다. 단테는 노인이 해줬던 말을 기억하고 있었다. 단테의 말을 듣던 내 눈가에 눈물이 고였다. 나는 그걸 모른 척 감추고 싶지 않았다. 나의 눈물이, 너는 벌써 내게 자랑스러운 아이라고 말하고 있다는 걸 단테도 아는 것 같았다.

"그래도 나보다 아저씨가 더 빨리 나았으면 좋겠어요. 그래야 억울한 사람들을 도와줄 수 있을 거잖아요. 아저씨도……, 주위 사람들에게 자랑스러운 사람이에요."

"너에게도?"

미소 지으며 물었지만, 묻는 나의 목소리는 가늘게 떨렸다.

"당연하죠."

고맙다고 웃어주고 싶은데 눈가에 고였던 눈물이 주룩 흘러내렸다. 나는 떨리는 손으로 단테의 뺨을 쓸어내렸다. 단테가 내 손에 바짝 볼을 기댔다. 이렇게 예쁜 아이를 소니가 살렸다. 이렇게 소중하고 보물 같은 아이를 소니가 살려주었다. 나는 그에게 평생 갚지 못할 빚을 지었다.

수많은 의료 기구들을 병풍처럼 두르고 누워 있던 단테는 천천히 건강을 회복했고, 그 기계들이 하나둘씩 떠나면서 정상적인 생활로 돌아왔다. 나는 단테, 소니와 함께 퇴원 파티를 했다. 미향이 주관한 파티였지만 주최자는 바로 나였다. 내 퇴원을 내가 자축하는 건 좀 별로였지만, 속 의미는 단테와 소니가 피와 살을 나눈 사이가 된 것을 축하하는 파티였다. 누가 봐도 그저 퇴원 파티였지만 내 나름대로 소니와 단테에게 특별한 축하를 해주고 싶었다. 단테도 그것을 잘 아는 것 같았다. 그렇게 원망스럽던, 피를 나누지 못했음을 설욕하는 파티의 의미를 말이다. 단테와 소니는 더욱 단단한 끈으로 동여매어졌다.

"어떻게 그럴 수 있어? 단테가 나더러 당신 용서해주래. 애한테 도대체 어떻게 말했길래……!"

파티장에서 인영은 내게 축하의 말보다 원망스러운 말을 쏟아냈다. 말은 자기가 소니에게 한 것 때문인데, 어떻게 시간이 지나다보니 내 잘못이 되었다.

"미안, 하지만 내가 한 말은 하나도……."

여자 앞에서 절절매는 짓은 절대 하지 못한다. 장족의 발전이다. 하지만 인영은 그런 발전의 결과물을 듣기도 전에 말을 싹둑 잘랐다.

"됐어. 예나 지금이나 변한 게 없는 사람이랑은 더 이상 곤란해. 난 단지 소니 씨와 단테 축하해주러 온 거지 당신이 주최한 자리라서, 당신을 축하해주려고 온 게 아니었어. 이제 나한테 말 걸지 마!"

냉철하게 선언하듯 말한 그녀는 정말 내게 1mm의 틈도 주지 않고 돌아섰다. 나는 기가 빠져 다른 말을 하지도, 그녀를 잡지도 못하고 멀어져가는 그녀를 멀뚱히 보기만 했다. 그런 내 곁으로 미향이 다가와 혀를 차며 말했다.

"여자를 마음대로 대한 형벌이 뭔지 예전과 또 다른 버전으로 당하는 기분이 어때?"

모든 것을 다 안다는 얼굴로 나를 한심하게 바라보다 내 어깨를 다독이고 사라지는 미향의 말에 나는 거품이 뽀록뽀록 났다. 불행히도 할 말이 아무것도 없었기에 더욱 그러했다.

퇴원 후 로펌에 출근한 첫날, 나는 퇴원을 축하해주는 동료들의 인사와 사장의 특별한 초콜릿 선물, 그리고 홀로 폭죽을 터뜨려주는 정양의 축하를 받았다.

"갑자기 입원하시느라 일이 밀렸지만 제가 워낙 탁월해서 잘 넘어갔구요. 몇 가지 급한 의뢰는 다른 변호사님들에게 맡겨졌어요. 이의 없으시죠?"

정양은 평소처럼 갓 내린 커피를 들고 나를 따라 들어와 커피를 책상 위에 올려놓으며 말했다.

"병문안 와준 것도 감지덕지인데, 당연히 없지."

재킷을 벗어 옷걸이에 걸어놓은 나는 책상 앞으로 가 책상 위에 '전화 요망'이란 글자로 채워진, 주르륵 붙은 포스트잇을 하나씩 읽었다. 그리고 옆자리에 급한 순서대로 다시 붙였다.

"오늘 사장님 다른 스케줄 있으신가?"

포스트잇을 옮기다 정양을 돌아보며 물었다.

"글쎄요. 왜요? 급한 일이라도……."

돌아서던 정양은 들고 있던 쟁반을 가슴팍에 끌어안으며 나를 돌아보았다.

"상의할 일이 있으니까 사장님 미팅 좀 잡아줘."

"그렇게 말씀하시니까 무슨 일인지 진짜 궁금하네요."

정양은 눈을 빛냈다. 싱긋 웃은 나는 와이셔츠 소매를 풀며 자리에 앉았다.

"나중에 알 게 될 걸 미리 말해서 사장님이 나한테보다 먼저 듣는 건 곤란하니까 참아줘."

"알겠습니다."

정양은 아쉬운 얼굴로 내게 고개를 까닥이곤 밖으로 나갔다. 컴퓨터 마우스를 드래그하니 정양이 미리 켜놓은 컴퓨터 화면이 '윙' 소리를 내며 켜졌다. 화면에는 인터넷 포털 사이트 메인 화면이 떠 있었고, 그 가운데 '사회 환원'이라는 단어가 실시간 검색어 1위인 것이 눈에 들어왔다. 허 노인의 사회 환원 뉴스가 인터넷과 각종 신문들을 뜨겁게 하고 있었다. 작은 섬 하나를 살 법한 재산을 모두 사회에 환원한 것은 이례적인 일이었다.

그는 내가 살고 있는 아파트를 내 명의로 해주었다. 내 한 몸, 나 혼자 살 만한 곳은 마련할 수 있었지만 단테와의 추억이 남은 곳을 떠나는 것도 내키는 일은 아니었다. 노인은 내가 살던 아파트를 내 명의로 해주는 것도 사회 환원의 일부라고 나를 설득했다. 재산 전부도 아니고 아파트를 받을 수 있지 않느냐는 노인의 말에 결국 나는 선심 쓰듯 넘어가주기로 했다.

"내가 살 동안 쓸 만한 재산은 남겨뒀으니 계속 내 후견인이 되어 날 도와주기 바라네."

다른 보수 없이 그 대가로 받는 아파트라면 괜찮은 것도 같아 그렇게 하기로 했다.

'사회 환원' 검색어를 클릭하자, 허 노인의 이름이 기사화된 헤드라인이 보였다. 그리고 그의 아들들, 그의 내연녀 박춘임의 선고 내용이 짧은 기사로 하단을 장식한 것이 보였다. 다른 사람들은 이들의 관련성을 모르겠지만 나는 알고 있기에, 집행 유예를 받은 그의 아들들과 다른 소송으로 여전히 구속 수사 중인 박춘임의 이름에 눈이 가지 않을 수 없었다. 그 기사를 주룩 훑는데 인터폰이 울렸다.

[사장님은 오늘 저녁에 잠깐 시간이 되신대요. 약속 잡았는데 장소는 어디로 할까요?]

"사장님 헬스장 가시면 거기로 하지."

[오, 웬 헬스장요?]

"적당히 시끄러운 곳이 필요해서."

[조용한 곳 아니구요?]

"그래. 헬스장 위치도 이따 알려줘. 아, 가까운 수제 초콜릿 매장 오픈 시간도 알아봐주고."

[아는 곳이 있어요. 저도 못 먹은 지 꽤 되네요. 알겠습니다.]

사달란 말이지? 그녀와 대화를 마치고 인터폰에서 손을 뗀 나는 내 의뢰인들의 명단을 주룩 훑었다. 이들에게 유산 전문 변호를 그만둘 거라는 말을 직접 해야 할 것 같았다. 아직 사장의 오케이가 떨어지진 않았지만 큰 사건이 아니라면 조금씩 의뢰 수를 줄여가면서 다른 쪽으로 옮겨갈 수 있을 것이다. 예전 같으면 정양에게 시켰겠지만 곧 죽을 것을 대비하는 그들에게 직접 연락해 미안한 말을 하는 것이 맞는 것 같다. 사장과 미팅을 하는 이유가 바로 이것이었다. 내 전문 분야를 청소년 사건 위주로 옮기고 싶어졌기 때문이다.

이렇게 내가 점점 변하고 있는 건 누구 덕인지 대충 감이 잡힌다. 그리고 그 외 여러 인물들을 떠올리다 마지막으로 인영이 떠올랐다. 내 행성에서 퇴거 명령을 받았던 그녀는 자기를 막 대했다고 뿔이 난 상태로 내게 전혀 연락하지 않고 있다.

서류들을 확인하다 시계를 보았다. 미향의 정보에 의하면, 오늘 인영은 미란의 후견인이 되어 지난 사건의 위자료 소송을 도와준 후, 법원에서 재판이 있을 거라고 했다. 미향은 내게 말했다.

"옛날이었으면 이렇게 도와주지 못했을 거야. 이번에야말로 실수하지 마."

내 마음을 후비는 그녀의 말에 나는 걸음을 멈추었다.

"누군가의 도움이 필요하면서도 아닌 척하지 마. 결국 혼자서 하려니까 잘 안 되는 거잖아."

"어떻게 그렇게 잘 알아?"

나는 그녀를 씁쓸하게 바라보았다. 그러자 그녀는 내 얼굴을 빤히 바라보다 말했다.

"자책은 이제 안 할 거지? 미래를 보고 살 거지?"

그녀는 옅게 웃어 보였다. 미래. 그녀가 보는 내 미래에선 인영이 보였나보다.

"되도록 후회할 일은 안 만들고 살기는 할 거야."

나는 어설프게 비죽 웃으며 대답했다. 내 미래. 누구보다 내가 행복하길 단테가 바라고 있었다. 그리고 내일과 모레 술 약속을 미리 잡아놓은 허 노인도, 미향도, 그리고 소니도…….

법원에 들렀다가 진행 중인 의뢰인들과의 약속 장소에 나가려면 시간이 빠듯했다. 나는 급히 서류들을 챙겼다. 그때 인터폰이 울렸다.

[초콜릿 매장 오픈 시간은 11시래요. 거기 별 모양이 특히 맛있다네요.]

도대체 초콜릿 모양에 따라 맛이 다른 명확한 이유가 뭐냔 말이다. 시계를 보니 딱 10분 전이다.

"알겠어. 미안한데 전화해서 그 별 모양 초콜릿이랑 선물 세트 주문해주겠어? 별 모양은 정양 씨가 먹고 싶은 만큼 주문해."

[어머, 감사해요! 바로 주문하겠습니다!]

정양은 날아갈 것 같은 목소리로 인터폰을 끊었다. 나는 의뢰인들과 만날 때 필요한 준비를 모두 마치고 자리에서 일어나 풀어진 소매 단추를 다시 잠갔다. 행성에서 퇴거 명령 받고 철수한 우주선 하나를 다시 유인하러 가야 했다. 내 어깨의 나침반이 그 어느 때보다 강력하게 법원 쪽을 가리키고 있었기에 나는 옷걸이에서 재킷을 낚아채며 방을 나섰다.

# 반성문

얼마나 작품을 써야 이 작가 후기를 반성문처럼 쓰지 않을 수 있을지 궁금해지기 시작했습니다. 이건 순전히 능력 문제인데, 불길하게도 작품 하나를 끝낼 때마다 끝도 없이 반성문 쓰기를 병행할 것 같네요.

이 작품은 정말 제가 아끼는 작품입니다. 남자와 여자의 애정 문제만큼 영원한 이야깃거리도 없겠지만, 언제부턴가 약간은 문젯거리도 함께 고민할 수 있는 작품이 쓰고 싶어졌습니다. 네이버 '오늘의 웹소설' 연재 당시, 부족한 작품임에도 읽어주신 독자분들의 응원만으로도 흐뭇했었습니다. 그런데 이렇게 책으로도 마주하게 되다니, 감동스럽습니다. 장르가 다소 어중간해서 출간에 애를 먹을 거라 생각했는데 흔쾌히 허락해주신 대표님께 무한한 감사를 드리고 싶네요. 그리고 법적 조언을 아끼지 않으셨던 모든 분들께 감사드립니다.

이 작품을 내기 전까지 습했던 여름을 지나 지독한 영하의 기온에서 절치부심하다, 온데간데없는 봄, 여름을 훌렁 보내고 가을의 끝자락과 함께 기대하던 작품을 출간하게 되다니.

책이 나올 때가 되면 항상 느끼는 건데, 최선이 아닌, 최악을 면하기 위해 버텨온 것 같습니다. 앞으로 더 수많은 날을 버티고, 연마

해 가야겠지만, 조금만, 아주 조금만 감(感)이 빨라지길.

아직도 많이 서투르고 부족한데도 시베리아 평야 같은 이해력과 태평양 같은 마음으로 이 작품을 받아들여주신 분들께 정말 감사드립니다. 그리고 혹여 부족하다고 느끼신 분들에겐 다음엔 좀 더 특별한 만남을 준비하겠다는, 약속보단 간절한 바람의 말씀을 드리고 싶네요. 어쩌면 부도수표가 될지도 모를 이 말을, 또 한 번 철석같이 믿어주실 독자님들을 위해 더욱 뼈를 깎고, 살을 짜내고(이건 개인적으로도 바람), 코피 터뜨려가면서 노력해서 다시 나타나겠습니다.

몇 년째, 절름발이로 지내온 기분입니다. 앞으로도 당분간 그럴 것 같구요. 스스로도 뭔가 확실하지 못한 형언할 수 없는 것 때문에 생긴 불안함이 제 몸의 중심을 잃게 할 때가 많았지만 그만큼 최선을 다할 게 더 남았다고 생각합니다. 아직 갈 길이 멉니다.

가끔씩 들려오는 여러분의 응원이 메아리처럼 들려와 저를 깨우쳐줍니다. 또 해외에서 들려오는 제 자식 같은 작품들의 선전 소식에 힘도 불끈불끈 나네요. 참 고맙습니다. 그리고…… 제가 이 말을 잘 못합니다.

사……사……사랑합니다. 진심으로.

Thanks to……

준휘야, 형준아. 언제나 일에 쫓기는 엄마를 참아줘서 정말 고마워.
엄마가 이렇게 네 권의 책을 낼 수 있었던 건 너희들의 응원 덕분이란다.
너희는 엄마에게 최고의 선물이야. 사랑해.
아이들의 부친 되시는 분께도 심심한 감사의 말을 전합니다.

거짓말 퍼즐

초판 1쇄 인쇄 2015년 11월 18일
초판 1쇄 발행 2015년 11월 27일

지은이 김은정 | 펴낸이 강성욱 | 책임 기획 전주예 | 기획 디자인 이선영 | 기획 편집 송진아 김혜정
마케팅 손주영 | 로고 김미현 | 교정 서진영, 류혜선
펴낸곳 테라스북 | 등록 제381-2003-000040호
주소 (134-826) 서울특별시 강동구 동남로 65길 13 2층
전화 070-4794-5826 | 팩스 0505-911-5826
블로그 http://terracebook.blog.me | 전자우편 terracebook@naver.com
ISBN 978-89-94300-47-4 (03810)



테라스북은 오름미디어의 임프린트 브랜드입니다.



이 도서의 국립중앙도서관 출판시도서목록(CIP)은 서지정보유통지원시스템 홈페이지(http://www.seoji.nl.go.kr)와 국가자료공동목록시스템(http://www.nl.go.kr/kolisnet)에서 이용하실 수 있습니다. (CIP제어번호: CIP2015012908)